춘원 이광수 전집 7

단종애사

김종욱 | 서울대학교 및 동 대학원을 졸업했고, 현재 서울대학교 국어국문학과 교수로 재직
중이다. 국문학 연구서『한국소설의 시간과 공간』,『한국 현대소설의 서사형식과
미학』,『한국 현대문학과 경계의 상상력』, 평론집『소설 그 기억의 풍경』,『텍스트
의 매혹』, 편저『한국신소설선집』,『심훈전집』등이 있다.

춘원 이광수 전집 7

단종애사

초판 1쇄 발행 2019년 9월 28일

지은이 | 이광수
감　수 | 김종욱

펴낸이 | 지현구　　　　　　　　　펴낸곳 | 태학사
등　록 | 제406-2006-00008호　　주　소 | 경기도 파주시 광인사길 223
전　화 | (031) 955-7580　　　　전　송 | (031) 955-0910
전자우편 | thaehaksa@naver.com　홈페이지 | www.thaehaksa.com
편　집 | 조윤형·오은미·김성천　　디자인 | 이보아·이윤경·김선은

값은 뒤표지에 있습니다.

ISBN 979-11-6395-038-7 04810
　　　979-11-6395-031-8 (세트)

이 도서의 국립중앙도서관 출판예정도서목록(CIP)은 서지정보유통지원시스템 홈페이지
(http://seoji.nl.go.kr)와 국가자료종합목록시스템(http://www.nl.go.kr/kolisnet)에서
이용하실 수 있습니다. (CIP제어번호: CIP2019034147)

이 전집은 춘원 이광수 선생 유족들의 협의를 거쳐 막내딸인 이정화 여사의 주관으로 발간되었습니다.

단종애사

—

장편
소설

김종욱 감수

태학사

이광수(李光洙, 1892~1950)

일러두기

1. 이 책은 1935년 박문서관 간행 단행본(3판)을 저본으로 삼고, 『동아일보』 연재본(1928. 11. 30~1929. 12. 11)을 참고했다.

2. 이 책은 2017년 3월 28일 문화체육관광부 고시 '한글 맞춤법'에 따라 현대어로 옮긴 것이다. 각각의 작품은 저본에 충실하되, 현대적인 작품으로 일신하고자 하였다. 단, 작가의 의도를 드러낼 필요가 있거나 사투리, 옛말, 구어체 중에서도 오늘날 의미나 어감이 통하는 표현은 가급적 살리고자 하였다.

3. 한글만 쓰기를 원칙으로 하되, 낱말의 뜻을 파악하기 어려운 한자어나 외국어의 경우 한글을 먼저 쓰고 한자 또는 해당 원어를 병기하였고, 경전·사서·한시·화제 등의 한문 문장이 인용된 경우 독음 없이 원문을 인용하되, 필요한 경우 번역문을 덧붙였다.

4. 대화는 " "로, 등장인물의 생각이나 강조의 뜻은 ' '로, 말줄임표는 '……'로 표기하였다. 읽는 이들의 편의와 문맥을 감안하여 원문의 의미를 훼손하지 않는 선에서 적절하게 문장부호를 추가, 삭제하거나 단락 구분을 하였다.

5. 저술, 영화, 희곡, 소설, 신문 등의 제목은 각각의 분량을 기준으로 「 」와 『 』로 표기하였다.

6. 숫자는 가급적 한글로 표기하되, 연도 등 문맥을 고려하여 필요하다고 판단되는 경우에는 아라비아 숫자로 표기하였다.

7. 현행 외래어 표기법을 따르되, 그 쓰임이 굳어진 것은 관례적인 표현을 따랐다.

8. 명백한 오탈자라든가 낱말의 순서 바뀜 등의 오류는 바로잡았다. 선정한 저본만으로 해결할 수 없는 경우, 다른 판본을 참조하여 수정하였다.

9. 이상의 편집 원칙에 따르되, 감수자가 개별 작품의 특성을 고려하여 유연하게, 탄력적으로 이 원칙들을 적용하였다.

발간사

춘원연구학회가 춘원(春園) 이광수(李光洙) 연구를 중심축으로 하여 순수 학술단체를 지향하면서 발족을 본 것은 2006년 6월의 일이다. 이제 춘원연구학회가 창립된 지도 13년이 되었다. 그동안 우리 학회는 2007년 창립기념 학술발표대회 이후 학술발표대회를 18회까지, 연구논문집 『춘원연구학보(春園研究學報)』를 15집까지, 소식지 『춘원연구학회 뉴스레터』를 13호까지 발간하였다.

한국 현대문학사에 끼친 춘원의 크고 뚜렷한 발자취에 비추어보면 그동안 우리 학회의 활동은 미약하였다. 그러나 여러 가지 어려운 여건 속에서도 학회를 창립하고 3기까지 회장을 맡아준 김용직 선생님과 4~5기 회장을 맡아준 윤홍로 선생님, 그리고 학계의 원로들과 동호인들의 각고의 노력으로 우리 학회의 내일이 한 시대의 문학과 문화사에 깊고 크게 양각될 것으로 기대된다.

일제강점기에 춘원은 조선인들에게 민족의식을 일깨워주고 문학적 쾌락을 제공하였다. 춘원이 발표한 글 중에는 일제의 검열로 연재가 중단되거나 발간이 금지된 것도 있다. 춘원이 일제의 탄압에도 끊임없이 소설을 쓴 이유는 「여(余)의 작가적 태도」에 잘 나타나 있다. 이 글은 검열을 의식하면서 쓴 글임에도 비교적 자세히 춘원의 입장을 밝히고 있다. 춘원은 "읽을 것을 가지지 못한" 조선인, 그중에도 "나와 같이 젊은 조선의 아들 딸을 염두에" 두고 "조선인에게 읽혀지어 이익을 주려" 하는 것이라 하면서, 자신이 소설을 쓰는 근본 동기가 "민족의식, 민족애의 고조, 민족운동의 기록, 검열관이 허(許)하는 한도의 민족운동의 찬미"라고 밝히고 있다. 춘원의 소설은 많은 젊은이에게 청운의 꿈을 키워주기도 하고 민족적 울분을 삭여주기도 했다.

뿐만 아니라 춘원은 『신한자유종(新韓自由鐘)』의 발간, 2·8독립선언서 작성, 대한민국 임시정부 수립, 임시정부의 『독립신문』사장, 수양동맹회(修養同盟會)와 수양동우회(修養同友會), 그리고 동우회(同友會) 활동 등 독립운동과 민족운동에 참여한 바 있다.

일제는 1937년 7월, 중일전쟁 직전인 1937년 6월부터 1938년 3월까지 수양동우회와 관련이 있는 지식인 180명을 구속하고 전향을 강요하였으며, 1938년 도산(島山) 안창호(安昌浩)의 사후 춘원은 전향하고 '가야마 미쓰로(香山光郎)'로 창씨개명을 하게 된다.

당시의 정황은 우리가 생각하는 것처럼 단순하지 않다. 조선의 히틀러라 불리는 미나미 지로(南次郎) 총독이 전시체제를 가동하여 지식인들의 살생부를 만들고 그들의 생명을 위협하던 시기였다. 나라를 잃고 민족만 남아 있는 일제강점기에 우리 선조들은 온갖 고난을 감수해야만 했다. 일제에 저항하여 독립운동을 하고 옥사한 사람들도 있지만, 생존을 위해 일제에 협력하고 창씨개명을 한 이들도 적지 않았다.

해방 후 춘원은 자신의 과오를 반성하지 않고, 자신은 민족을 위해 친

일을 했고, 민족을 위해 자기희생을 했노라고 했다. 이러한 주장은 많은 사람들로부터 질타를 받았다. 그럼에도 춘원을 배제하고 한국 현대문학과 현대문화를 논할 수 없으며, 그가 남긴 문학적 유산들을 친일이라는 이름으로 폄하하는 것은 온당해 보이지 않는다. 문학 연구에 정치적인 논리나 진영 논리가 개입하면 객관적인 연구가 진척될 수 없다. 공과 과를 분명히 가리고 논의 자체를 논리적이고 이지적으로 전개해야 재론의 여지가 생기지 않는다.

삼중당본 『이광수전집』(1962)과 우신사본 『이광수전집』(1979)은 편집자의 의도에 따라 많은 작품이 누락되어 춘원의 공과 과를 가리기에 어려움이 있다. 또한 현대어와 거리가 먼 언어를 세로쓰기로 조판한 기존의 전집은 현대인들이 읽기에 어려움이 있다.

따라서 춘원이 남긴 모든 저작물들을 포함시킨 새로운 전집을 발간할 필요성이 제기되었다. 춘원연구학회에서는 춘원의 공과 과를 객관적으로 평가하는 장을 마련하기 위해 춘원학회가 아닌 춘원연구학회라 칭하고 창립대회부터 지금까지 공론의 장을 마련해왔으며, 새로운 '춘원 이광수 전집' 발간을 준비해왔다.

전집 발간 준비가 막바지에 달한 2015년 9월 서울 YMCA 다방에 김용직, 윤홍로, 김원모, 신용철, 최종고, 이정화, 배화승, 신문순, 송현호 등이 모여, 모 출판사 사장과 전집을 원문으로 낼 것인가 현대어로 낼 것인가, 그리고 출판 경비는 어느 정도로 할 것인가를 가지고 논의했으나 합의점을 찾지 못했다. 2016년 9월 춘원연구학회 6기 회장단이 출범하면서 전집발간위원회와 전집발간실무위원회를 구성하였다. 전집발간위원회는 송현호(위원장), 김원모, 신용철, 김영민, 이동하, 방민호, 배화

승, 김병선, 하타노 등으로, 전집발간실무위원회는 방민호(위원장), 이
경재, 김형규, 최주한, 박진숙, 정주아, 김주현, 김종욱, 공임순 등으로
구성하였다.

전집발간위원들과 전집발간실무위원들은 연석회의를 열어 구체적인
방안들을 논의하고, 또 전집발간실무위원들은 각 작품의 감수자들과 연
석회의를 하여 세부적인 사항들을 논의한 끝에, 2017년 6월 인사동 '선
천'에서 춘원연구학회장 겸 전집발간위원장 송현호, 태학사 사장 지현
구, 유족 대표 배화승, 신문순 등이 만나 '춘원 이광수 전집' 발간 계약을
체결하였다. 춘원이 남긴 작품이 방대한 관계로 장편소설과 중·단편소
설을 먼저 발간하고 그 밖의 장르를 순차적으로 발간하기로 하였다. 또
한 일본어로 발표된 소설도 포함시키되 이 경우에는 번역문을 함께 수록
하기로 하였다.

전집발간위원회에서 젊은 학자들로 감수자를 선정하여 실명으로 해당
작품을 감수하게 하며, 감수자가 원전(신문 연재본, 초간본, 삼중당본, 우신
사본 등)을 확정하여 통보해주면 출판사에서 입력하여 감수자에게 전송
해주고, 감수자는 판본 대조, 현대어 전환을 하고 작품 해설까지 책임지
기로 하였다.

'춘원 이광수 전집' 발간은 현대어 입력 작업이나 경비 조달 측면에서
간단한 일이 아니어서 오랜 시일이 소요되었다. 전집 발간에 힘을 보태
주신 김용직 명예회장은 영면하셨고, 윤홍로 명예회장은 요양 중이시다.
두 분 명예회장님을 비롯하여 전집발간위원회 위원, 전집발간실무위원
회 위원, 감수자, 유족 대표, 그리고 태학사 지현구 사장님께 감사드린
다. 아울러 실무를 맡아 협조해준 전집발간실무위원회 김민수 간사와 춘

10

원연구학회의 신문순 간사, 그리고 태학사 관계자에게도 고마운 마음을 전한다.

2019년 9월

춘원이광수전집발간위원회 위원장 송현호

차례

단종애사

작품 해설

고명편(顧命篇)

지금부터 사백구십 년 전, 조선을 가장 잘 사랑하시고 한글(언문)과 음악과 시표(時表)를 지으시기로 유명하신 세종대왕(世宗大王) 이십삼년 칠월 이십삼일. 이날에 경복궁 안 자선당(資善堂, 동궁이 거처하시던 집)에서 큰 슬픔의 주인 될 이가 탄생하시니, 그는 세종대왕의 맏손자님이시고 장차 단종대왕이 되실 아기시었다.

아기가 탄생하시기는 진시(辰時) 초였다. 첫가을 아침 볕이 경회루 연당의 갓 피는 연꽃에 넘칠 때에 자선당에서는 아기의 첫 울음소리가 난 것이다.

궁녀는 이 기쁜 기별을 일각이 바쁘게 대전마마께 아뢸 양으로 깁소매 남치마를 펄펄 날리며 달음질을 경회루로 달려왔다. 이때에 왕께서는 매양 하시던 습관으로 집현전(集賢殿)에 입직(入直)하는 학사들을 데리시고 경회루 밑에서 연꽃을 보시고 계시었다. 이날에 왕을 모신 학사는 신숙주(申叔舟)와 성삼문(成三問) 두 사람이었었다.

왕은 연꽃을 보시면서도 자선당에서 기별이 오기를 고대하시었다. 세자빈께오서는 지난밤 술시부터 아기를 비롯으시와 밤새도록 심히 신고하시었다. 왕께서는 옷을 끄르지 아니하시고 때때로 나인을 보내시와 물으시고 친히 내의(內醫)를 부르시와 약을 마련하시며 거의 밤을 새우시었다.

두 나인이 달려오는 것을 먼저 본 이는 왕이시었다. 아직도 젊은 두 학사는 연꽃 보기와 글짓기에 정신이 팔리어 있었다.

나인들이 가까이 오는 것을 바라보시고 용안에는 근심되는 긴장한 빛이 보이었다.

"상감마마, 세자빈께옵서 시방 순산하시어 계십니다."

하고 앞선 늙은 상궁이 읍하고 허리를 굽힐 때에야 비로소 용안이 풀리시며 웃음이 돌았다.

"매우 신고하옵시다가 옥 같으신 아들 아기를 탄생하시옵고는 세자빈께옵서는 곧 잠이 듭시고, 아기씨는 자선당이 쩌렁쩌렁 울리도록 기운차게 우시옵니다."

왕께서는 원손(元孫)이 나시었다는 기별에 매우 만족하시와 용안에 웃음이 가득하시어 두 학사를 돌아보시며,

"이해에 경사가 많구나. 종서(宗瑞)가 육진(六鎭)을 진정하고 돌아오고, 또 원손이 났으니 이런 경사가 또 있느냐."

"막비성덕(莫非聖德)이시옵니다."

하고 숙주, 삼문이 허리를 굽힌다.

"내 몸에 무슨 덕이 있을꼬. 막비 조종의 성덕이시라, 하늘이 큰 복을 이 나라에 내리심이로다. 여봐라, 그래, 아기가 크더냐?"

"네, 크옵시오."

하고 한 상궁이 아뢰니 다른 상궁이,

"갓 납신 아기로 뵈옵기 어렵삽고 몸이 크옵심이나 울음소리 웅장하옵심이나 삼칠일은 지냅신 듯하옵니다."

왕께서는 만족하신 듯이 고개를 끄덕이시더니 두 학사를 돌아보시며 다른 의견이 있는가 하심이다.

삼문도 왕의 뜻을 살피고 국궁하며,

"하해 같으신 성은으로 대사(大赦)를 나리시옵고 환과고독(鰥寡孤獨)을 진휼(賑恤)하옵심이 지당하온 줄로 아뢰오."

한다.

왕은 두 학사의 말이 일치함을 기꺼하시어 고개를 끄덕이시었다.

"어떠할꼬? 오늘로 국내에 대사를 나리어 팔도 죄수를 다 놓아주려 하나 어떠할꼬? 법도에 어그러짐이나 없을까?"

하심은 혹시나 그릇됨이 있을까 삼가시는 성인의 뜻이다.

신숙주가 나서며,

"대사를 나리심은 하해 같은 성은이시니 어찌 법도에 어그러짐이 있사오리까. 또 국가에 원자, 원손이 나옵시면 죄인을 대사하옵고 환과고독을 진휼하옵심은 열성조(列聖朝)의 유범(遺範)이신 줄 아뢰오."

한즉 왕은 다시 성삼문을 보신다.

왕은 오늘 조회에 어떤 모양으로 여러 신하의 하례를 받고, 어떤 모양으로 팔도 죄수에게 일제히 대사령을 내리실 것을 생각하시면서 새로운 기쁨을 가지시고 연당 가로 옥보를 옮기신다.

수은 같은 이슬방울을 얹고 맑은 가을 물 위에 뜬 연잎과 금시에 아침 하늘에서 내려온 듯한 우뚝우뚝한 향기로운 분홍 꽃, 다 핀 꽃, 덜 핀 꽃,

이따가 필 봉오리, 이따금 꿈틀꿈틀 물결 일으키는 물고기. 늙은 솔나무와 무성한 나무숲 사이로 불어오는 첫가을 아침나절의 서늘한 바람, 그것에 날려오는 새소리. 연당 가로 걸어 돌아가는 대로 눈에 띄는 종남산, 인왕산, 백악. 파랗게 맑은 하늘에 활짝 날아오를 듯한 근정전의 가초 끝. 어느 것이나 태평성대의 기쁨을 아뢰지 아니함이 없었다.

게다가 보산(寶算)이 겨우 사십오 세밖에 아니 되신 연기와 총명이 겸비한 임금과 그를 모신 이십칠팔 세 되는 충성 있고 재주 있는 두 신하.

왕은 문득 거니시던 발을 멈추신다. 두 학사는 무슨 말씀이 계시실 것을 살피고 왕의 좌우로 한 걸음쯤 뒤떨어지어 선다.

왕은 몸을 돌리어 두 학사를 이윽히 바라보시더니,

"경들에게 어린 손자를 부탁한다. 나를 섬기던 너의 충성으로 이 어린 손자를 섬겨다고."

하신다. 그 어성은 심히 무거웁고도 슬픈 빛을 띠었다. 왕의 두 눈에는 눈물까지 빛나는 듯하였다.

젊은 두 학사는 왕의 말씀에 전신이 찌르르하여 굽힌 허리를 오래 들지 못할 뿐이요, 목이 메어 말이 나오지를 아니하였다.

왕은 두 신하의 분명한 대답을 들으려 하였다.

"숙주야."

하고 왕은 숙주를 먼저 돌아보시었다. 숙주는 삼문보다 나이 위이므로 왕은 언제나 삼문보다 숙주를 먼저 하신다. 그것도 장유의 차례를 소홀히 아니 하시는 깊으신 뜻이었다.

"네."

하고 숙주는 더욱 감격하여 왕의 앞에 두 손으로 땅을 짚고 엎드리었다.

"어린 손자를 부탁한다. 내가 천추만세한 후에라도 내 부탁을 잊지 말어라."

숙주는 이마를 조아리며,

"상감마마. 성상을 섬기옵고 남는 목숨이 있사옵거든 백 번 고쳐 죽사와도 원손께 견마지역을 다하옵기를 천지신명 전에 맹세하옵니다."

이렇게 아뢰는 숙주의 눈에서도 눈물이 흘러 엎디인 박석을 적시었다.

왕은 다시 삼문을 향하여 같은 부탁을 하시니, 삼문은 다만 땅에 엎드리어 느껴 울 따름이요 대답이 없다. 왕은 두 학사의 충성된 맹세를 들으시고 만족하시나, 용안에는 추연한 빛이 맺히어 풀리지를 아니하였다.

"일어나거라. 진시 중이 되었을 듯하니 조회가 늦어서야 되겠느냐. 오늘 일을 기록하여 후세에 전하여라."

하시고 걸음을 내전으로 옮기시었다.

왕께서 내전에 듭심을 허리 굽히어 지송(祗送)하고, 숙주, 삼문 두 사람은 서로 눈물에 젖은 얼굴을 바라보며 맥맥히 말이 없었다. 살이 죽이 되고 뼈가 가루가 되더라도 새로 나신 아기에게 충성을 다하리라고 천지신명에게 속으로 거듭거듭 맹세한 것은 무론이다.

땅땅 하는 쇳소리가 들리는 것은 벌써 내불당(內佛堂)에서 아기의 수명장수를 축원하는 발원을 함인가.

왕께서 이렇게 아기의 전도를 근심하시는 데는 여러 가지 이유가 있다.

첫째는 세자궁(世子宮)께서 병약하심이다. 세자궁은 이제 삼십밖에 안 되신 젊으신 몸이시지마는 나면서부터 포류지질(蒲柳之質)이신 데다가 연전에 한 일 년 동안 이름 모를 병환으로 누워 계신 뒤로부터는 더욱 몸이 연약하여서 성한 날보다 앓는 날이 항상 많으시었다.

그러한 데다가 동궁은 효성이 지극하여 부왕이신 세종께 혼정신성을 궐함이 없으심은 물론이거니와 조석 수라를 숩실(잡수신다는 뜻) 때에는 반드시 곁에 읍하고 서서 수라 끝나시기를 기다리시고, 또 밤에도 자리에 모시면 아무리 밤이 깊더라도 "물러나거라"는 명이 계신 뒤에야 물러나시었다.

이 모양으로 낮에 온종일을 부왕께 모시고 나서 밤 깊어 자선당에 돌아오신 뒤에도 곧 침소에 듭시는 것이 아니라, 늦게 저녁 수라를 숩시기가 바쁘게 좌필선 정인지(鄭麟趾)와 우문학 최만리(崔萬理) 두 사람을 비롯하여 신숙주, 성삼문, 유성원(柳誠源), 이개(李塏), 최항(崔恒), 이계전(李季甸), 박팽년(朴彭年), 하위지(河緯地) 같은 젊은 어학우(御學友)들을 부르시와 삼경이 넘도록 성리(性理)를 토론하시고 민정을 들으시었다.

그중에 정인지는 스승으로, 신숙주, 성삼문은 벗으로 가장 경애하시와 오경이 되도록 붙드신 일이 가끔이었다. 이러한 일이 모두 세자의 건강을 해한 것은 물론이다.

세자께서 형제에 대하여 우애지정의 지극하심도 내외가 다 감격의 눈물을 흘리던 바다.

세자께서 세종대왕의 맏아드님이시고 같은 모후(母后) 심씨를 어머니로, 둘째가 후일에 세조대왕이 되실 수양대군(首陽大君)이시고, 셋째가 풍채와 문장과 글씨로 일세를 진동한 안평대군(安平大君)이시고, 그 밖에 후일에 단종대왕을 회복하려다가 청주 옥에서 돌아간 금성대군(錦城大君), 세종께서 가장 사랑하시었던 영응대군(永膺大君) 같으신 이들이 계시어, 팔 대군, 이 공주, 십 군, 이 옹주나 동기가 있으시었다.

세자께서는 한 달에 몇 번씩은 반드시 이 여러 형제들을 번갈아 부르시와 우애하는 뜻을 표하시었고, 여러 아우님들도 무슨 어려운 일이 있을 때에는 반드시 형님 되시는 세자궁께 달려와서 청하였다.

열여덟 아우님 중에 가장 말썽꾸러기로 부왕께 걱정을 듣는 이는 수양대군과 안평대군 두 분이었다. 수양은 호협하고 안평은 방탕하였다. 수양은 열네 살에 남의 집 유부녀의 방에서 자다가 본서방에게 들키어 발로 뒷벽을 차서 무너뜨리고 달아나기를 십 리나 하였고, 열여섯 살 적에는 왕방산 사냥에 하루에 노루와 사슴을 스무 마리나 쏘아 잡아서 전신이 피투성이가 되어 이영기(李英奇)로 하여금,

"뜻밖에 태조대왕의 신무(神武)를 다시 뵈옵니다."

하고 눈물을 흘리게 하였다.

세종께서는 수양대군이 너무 날래고 날뛰는 것을 지르기 위하여 항상 소매 넓은 윗옷과 가랑이 넓은 바지를 입히시고,

"너같이 날랜 사람은 넓은 옷을 입어야 쓴다."

하여 경계하시었다.

이렇게 수양대군은 부왕께는 걱정거리가 되고 궁중에서는 웃음거리가 되었으나, 세자께서는 그것이 가엾어서 더욱 이 아우님을 돌아보시었다. 그래서 한번은 수양대군의 피 묻은 활에다가,

鐵石其弓이요 霹靂其矢로다. 吾見其張이나 未見其弛호라.

(활은 철석같고 살은 벽력같도다. 내 그 켕킴을 보았으나 늦춤을 보지 못호라.)

라고 쓰시었다.

안평대군은 소절(小節)을 돌아보지 아니하고 주색을 즐겨하였으나 수양대군과 같이 우락부락하고 왁살스러워 말썽꾸니는 아니었다. 다만 세상이 무에라거나 나는 술이나 마시련다 하는 태도였었다. 그렇지마는 안평대군에게도 숨길 수 없는 영웅의 기상이 있은 것은 말할 수 없었다.

그 밖에 금성대군은 사리에 밝고 의리가 있고, 영응대군은 얌전하고…… 이 모양으로 여덟 분 대군이 모두 한 가지 특색을 가지시었다. 그러나 이 여러 가지 성미를 가진 아우님들을 한결같은 우애로 사랑하시는 세자에게는 성인의 도량과 인자함이 있으시었다.

이러한 모든 사정을 생각할 때에 세종께서 아기의 전도를 염려하심은 당연하다고 하지 아니할 수 없다.

세종께서 세자를 사랑하시고 아끼느니만큼 세자의 병약하심이 더욱 가슴에 찔리었고, 남이 생각하는 것보다 더욱 세자의 수명이 얼마 남지 아니한 것같이 생각하였다. 아드님 팔형제(적자만) 중에서 다른 아드님 다 건장하신 중에 세자 한 분이 가장 어지시면서 병약하심이 아버지의 마음에 더욱 애처로웠다.

게다가 세자께서는 삼십이 되시도록 자녀 간 생육됨이 없었다. 휘빈김씨(徽嬪金氏)와 순빈봉씨(純嬪奉氏)가 다 생산이 없이 폐함을 당하고, 지금 아기를 낳으신 현덕빈권씨(顯德嬪權氏)도 열네 살에 양제(良娣)로 동궁에 들어와 오 년 전에 양원(良媛)으로 봉함이 되어 처음으로 잉태하시매 세자빈에 봉함을 받아 경혜공주(敬惠公主)를 낳으시고는 다섯 살 터울로 이제 원손을 낳으시니, 세자의 기쁨인들 어떠하며 세자빈의 기쁨이야 더욱 말할 것도 없지마는, 세자를 애처롭게 생각하시는 왕께서 기뻐하심이 결코 심상할 것이 아니다.

불행히 세자가 비록 왕위에 올라보지도 못하고 돌아가시는 일이 있다 하더라도 아기가 자라면 그 뒤를 이을 것이라 하여 왕의 마음은 기쁘시었다.

그러나 위에 말한 바와 같이 수양대군, 안평대군 이하 "칠 대군이 강성하여"라고 일컫는 여러 대군들이 있고, 그중에도 수양대군 같은 패기만만한 이가 있으니, 원천석(元天錫)의 말과 같이 장차 형님 되시는 세자를 극(克)하려는 기미도 있거든, 하물며 세자마저 돌아가시고 어린 아기가 등극하시게 되면 필시 무슨 불길한 사달이 있을 것은 누구나 상상하기 어렵지 아니한 일일뿐더러, 더구나 이 아드님 저 아드님의 성미와 장처, 단처를 잘 아시는 명철하신 부왕의 마음이시랴.

왕이 신숙주, 성삼문에게 아기를 부탁하심도 이 때문이다. 숙주, 삼문이 지금은 비록 나이도 어리고 벼슬도 낮지마는, 아기가 자라 왕위에 오르실 때에는 황희(黃喜), 황보인(皇甫仁), 정분(鄭苯), 김종서(金宗瑞) 같은 이들은 벌써 늙어 죽거나 살아 있더라도 권세에서 물러났을 것이다. 이렇게 왕께서 생각하신 것이다.

그러나 더욱 든든히 하기 위하여 그날 조회가 끝난 뒤에 황희, 황보인, 김종서, 정분, 정인지 다섯 사람을 머무르시고 다시 아기의 후사를 부탁하시었다.

사흘 안에 대사의 은명이 팔도에 다 돌아 여러 천 명 죄수들이 일제히 청천백일을 바라보게 되고, 전국 백성들은 국가에 원손이 탄생하시었다는 것보다도 인자하고 병약하신 세자궁께서 아드님을 얻으심을 진정으로 송축하였다.

불쌍한 환과고독들은 넉넉히 진휼함을 받았고, 벼슬아치들은 일 품씩 가자(加資)를 받았고, 전국 각 대찰에서는 일제히 새로 나신 원손의 수명장수를 축원하는 큰 재(齋)를 베풀어 중들과 거지들이 배를 불리게 되었다.

왕께서 불도를 숭상하시므로 아기 나신 날부터 칠월 이십오일까지 사흘 동안 일절 짐승을 죽이지 말라시는 전교를 내리시어 금수까지도 아기의 은혜를 찬송하게 되었다. 진실로 팔도강산에 귀신과 사람과 짐승이 한가지로 이 아기 나심을 기뻐하였다. 이렇게 축복받아 나는 이가 세상에 몇이나 되랴.

그러하건마는 아기에게는 벌써부터 슬픔이 오기 시작하였다.

아기가 나신 이튿날, 칠월 이십사일에 아기의 어머니 되시는 세자빈 권씨는 사랑하는 아기에게 젖꼭지 한 번도 물려보지 못하고 세상을 떠나시었다. 아기의 첫 울음소리를 들으신 때부터 꼭 일 주야 동안 아기를 만져보시었다.

고통이 심하고 기운이 탈진하여 도저히 살지 못할 줄을 알으신 때에 세자빈께서는 그의 친정어머니 되는 화산부부인(花山府夫人) 최씨와 세종대왕께 모시어 한남군(漢南君), 영풍군(永豊君) 두 아드님을 낳고 장차 아기에게 진유(進乳)할 혜빈양씨(惠嬪楊氏)에게 아기를 부탁하시었다.

세상에 나오신 지 일 주야 만에 어머님을 여의신 아기는 혜빈양씨의 젖으로 자라나시었다.

혜빈은 본래 천한 집 딸로서 인물이 아름다운 까닭으로 열세 살에 나인으로 뽑히어 들어와 중전마마의 귀염을 받으며 궁중에서 자라났다. 십오륙 세가 되매 대단히 자색이 아름답고 또 영리하여서 점점 왕의 총애하심을 받게 되어 열여덟 살에는 한남군을 낳았고, 스물네 살인 작년에는 둘째로 영풍군을 낳았다. 영풍군은 아직 돌을 바라보는 어린 아기로서 원손 아기와 젖을 나누어 먹게 된 것이다.

처음에는 아기를 위하여 따로 유모를 구하려 하였으나 왕께서는 특별하신 처분으로 총애하시는 혜빈으로 하여금 아기에게 젖을 드리게 분부하시었다. 혜빈도 세자궁과 동갑일 뿐 아니라 혜빈이 지체가 낮다 하여 궐내에서 항상 휘둘려 지낼 때에 세자빈께서는 부왕이 사랑하시는 서모로 정답게 대접하시었음을 매양 감격하게 여기던 차라, 왕의 분부가 계시기 전에도 아기에게 젖을 드릴 생각을 가지고 있었던 것이라. 왕의 뜻이나 혜빈의 뜻이나 비록 기출(己出) 되는 영풍군에게 다른 유모의 젖을 드리더라도 아기에게는 남의 젖을 아니 드릴 결심이었다.

그러나 우애지심이 많으신 세자께서는 아드님 되시는 아기를 위하여 아우님 되시는 영풍군으로 하여금 어머니의 젖을 잃게 하기를 차마 하지 못하시와, 혜빈의 젖을 두 아기에게 같이 나누어 드리도록 분부가 계시었다. 그 때문에 따로 유모 하나를 가리어 부족한 젖을 채워 두 아기에게 드리기로 하였다.

이렇게 되매 혜빈은 한 달이면 이십 일은 동궁인 자선당에 거처하게 되었다. 그래서 아기는 마치 혜빈의 친아들과 같은 사랑을 받고 길리고, 서삼촌 되는 영풍군과 아기와는 마치 쌍둥이와 같았다. 후일에 영풍군이 단종대왕을 위하여 목숨을 버린 것도 오랜 인연이라 할 것이다.

하루에 한 번씩 세자께서는 반드시 아기를 부르시와 안아주시었다. 세자께서는 아기를 안으실 때마다 돌아가신 세자빈을 생각하시와 낙루하시는 일도 있었다.

세자께서 아기를 불러 안으실 때에는 반드시 영풍군도 안아주시고 그

귀애하심이 조금도 차별이 없으신 듯하였다.

다섯 살 되는 경혜 아기는 반은 동궁에 있고, 반은 외조모 최씨를 따라 있었다.

최씨는 외따님인 세자빈이 국모라는 존칭도 못 받아보고 한창 살 나이에 돌아가신 것을 슬퍼하여 아직 육십도 다 못 되었건마는 갑자기 눈이 어두워질 지경이었다. 부인은 늦어도 열흘에 한 번씩은 궐내에 들어와 외손자 되시는 어린 아기를 안고는 눈물을 흘리었다. 이것이 세자의 특별한 주선인 것은 물론이다.

"눈 모습이, 눈 모습이……."

하고는 말을 맺지 못하여 목이 메었다. 아기의 눈 모습이 천연 그 어머니 되시는 세자빈 권씨였다.

그러나 이 아기가 자라시면 장차 세자궁이 되시고 상감마마가 되실 것을 생각하면 슬픈 중에도 희망과 기쁨이 있었다.

'그렇지만 내가 웬걸, 이 아기 상감님 되시는 것을 보고 죽으리?'

하고 부인은 입 밖에 말을 내지는 못하나 아기를 대할 때마다 늘 혼자 한숨을 쉬었다. 십칠 년 후에 자기도 이 외손자 때문에 참혹한 죽임을 당할 것은 뜻도 못 하였을 것이다.

어머니를 여읜 아기와 그 단 한 분 동기 되는 누님 경혜 아기는 남달리 인자하신 아버지와 늙은 외조모와 혜빈양씨의 사랑 속에, 또 조부님 되시는 왕의 특별하신 자애 속에서 모락모락 자랐다. 삼칠일, 백일 다 지내시와 아바마마께 안기실 때에는 그 기르신 수염을 잡아 뜯게 되시었다.

이렇게 아기가 목을 가누고 사람을 알아보게 되신 때부터 세종대왕께서는 가끔 아기를 데려오라 하시와 몸소 품에 안으시고 대궐 뜰로 거니시기를 자주 하시었다.

한번은 아기를 안으신 채로 집현전으로 행차하시왔더니 마침 입직하던 신숙주와 성삼문이 버선발로 뛰어나와 지영(祗迎)하는 것을 보시고,

"이 애를 부탁한다."

고 한 번 다시 말씀하시었다. 두 사람은 지난해 경회루 하교를 생각하고 황송하여 땅에 엎드리어 눈물을 흘리었다.

어느덧 십이 년이 지났다.

아기가 자라나시어 왕세손이 되시고 왕세자가 되시었다가 임신 오월 십사일에 등극하시와 왕이 되시니, 이 양반이 슬픈 이야기의 주인공이 되시는 단종대왕(端宗大王)이시다.

그렇게 조선을 위하여 큰일을 많이 하신 세종대왕께서 경오년 이월에 승하하신 지 삼 년이 지나서 지난 이월에 대상(大祥)이 지나고, 그 후 석 달이 못 되어 임신 오월 십사일에 우리가 지금껏 세자라고 불러오던 문종대왕(文宗大王)께서 승하하시어 이제 열두 살 되시는 아기께서 왕위에 앉으신 것이다.

오 년 내에 연해 세 번[오 년 전에는 소헌왕후(昭憲王后) 승하] 국상이 나고 어리신 임금이 등극하시니 국내는 슬픔과 근심에 찼다. 장차 큰 폭풍우가 오려는 천지와 같이 조선 팔도는 암담한 구름에 싸이었다.

처음 세종대왕께서 승하하시매 세자께서는 부왕의 영구 앞에서 왕위에 오르시었다. 왕께서 애통하시는 양은 진실로 차마 뵈올 수 없었다. 때는 이월이라 중춘(仲春) 절후라 할 만하건마는 그해따라 늦추위가 심하여서 세종께서 승하하신 때에는 풀리었던 한강이 다시 붙을 지경이었었다.

그러하건마는 왕께서는 병약하신 옥체도 돌아보지 아니하시고 잠시도 여막을 떠나심이 없으시었다. 아무리 신하들이 추운 동안만 방에 듭시기를 청하여도 왕은 우시고 듣지 아니하시었다. 본래 병약하신 몸이신 데다가 지난 일 년 동안 등에 큰 종처(腫處)를 앓으시와 아직 합창(合瘡)이 덜 된 몸이시니 가까운 신하들이 염려함은 무론이거니와 누구나 이 일을 아는 이는 인자하시고 병약하시고 효성이 출천하신 왕을 위하여 근심하지 아니할 수 없었다.

세종대왕께서도 오십이 가까우시며부터 매양 옥체 미령하신 날이 많으시와 승하하시기 육 년 전, 을축년부터는 세자께 참결서무(參決庶務)하랍신 하교가 계시어, 이래 육 년간 세자께서는 부왕을 대리하시와 군국대사를 참결하시었다. 이렇게 낮에 종일 정사를 보시고도 밤이면 부왕의 곁을 모시어 시탕의 정성을 다하시었다. 밤이 늦더라도 왕께서 두세 번 물러나라시는 분부가 계시기 전에는 물러나시는 일이 없으시었다.

더구나 세종께서 승하하시기 전 두어 달 동안은, 세자께서는 거의 하루도 옷을 끄르고 편안히 쉬신 적이 없으시었다.

이리하여 왕이 되신 뒤에도 첫째는 혼전(魂殿)을 모시기에, 둘째는 만기(萬機)를 친재(親裁)하시기에, 셋째는 학문을 연구하시고 민정을 살피시기에 잠시도 한가하신 적이 없으시었다. 그렇게 병약하신 몸으로 그렇게 번극(煩劇)하게 일을 보시니 건강은 갈수록 더욱 쇠약하실 수밖에 없었다.

그래서 판서 민신(閔伸) 같은 이는 간일시사(間日時事)를 주장하였다. 자세히 말하면, 왕께서 하루는 쉬시고 하루는 정사를 보시게 하는 뜻이다. 당시 영의정이던 황희도 민신의 뜻에 찬성하였고, 다른 노신들도 왕을 사랑하는 진정으로 속으로는 민신의 말에 찬성하였다. 그래서 가끔 왕께 간일시사하시고 이양정신(頤養精神)하시기를 간하였으나 왕은,

"임금이 게으르면 천 년을 산들 무엇 하리. 부지런히 정성을 다하면 일 년만 살아도 족하다."

하시고 듣지 아니하시었다. 게다가 정인지 일파는 임금이 정사를 게을리 하심은 나라를 망케 하는 일이라 하여 민신 일파의 의견에 반대하였다. 이리되면 기운 없는 늙은이들은 성인의 뜻을 내세우는 정인지 일파의 의견을 반대하고 기어코 왕을 휴양하시게 할 용기가 없었다.

이래서 왕께서는 부왕의 거상을 다 벗자마자 그렇게도 지극히 사모하시던 부왕의 뒤를 따르시게 된 것이다. 이를테면 하늘이 왕의 효성을 보사 삼년상을 마칠 수명을 왕에게 허하신 것이다.

현덕왕후 승하하신 뒤로, 십 년이 넘도록 문종대왕은 다시 왕후를 책봉하신 일이 없으시고 지존의 몸으로 혼자 계시었다. 세종대왕 승하 전에 세종께서도 세자비 책립에 대하여 근심이 계시었으나 세자께서 장남하실뿐더러 덕이 높으심을 아시므로 굳이 혼인을 하시도록 명하심도 없으시었고, 혹은 근신이 그러한 뜻을 여쭈오면 왕은,

"남녀와 음식은 사람의 욕심 중에 가장 큰 것이지마는 나같이 병약한 사람은 그것이 다 긴치 않의."

하고 웃으실 뿐이었다.

왕은 두 분 아기(세자와 경혜공주)를 지극히 사랑하시었다. 정사가 끝나시고 내전에 드옵시면 두 분 아기를 부르시어 그날그날 배운 글도 외우라 하시고 온종일 무엇 하고 논 것을 아뢰라 하시와, 칭찬하실 것이 있으면 등과 머리를 만지시와 칭찬하시고, 책망하실 것이 있으면 앞에 불러 세

우고 엄숙하고도 인자한 낯빛과 말소리로 책망하시었다. 그리하되 과도히 익애(溺愛)하심도 없고 과도히 엄히 하심도 없으시었다.

아기들도 아바마마 한 분을 아버지 겸 어머니 겸으로 사모하고 따르시어 아무리 장난에 정신이 없으시더라도 왕께서 내전으로 들어오실 시각이 되면 먼저 들어와서 부왕이 듭시기를 기다리었다.

그러다가 작년에 경혜공주가 참판 정충경(鄭忠敬)의 아들 영양위(寧陽尉) 정종(鄭悰)에게로 시집간 뒤에는 오직 세자 한 분만을 곁에 두시고 사랑하시었다.

이 모양으로 왕은 다만 병약하실 뿐 아니라 전혀 가정지락이 없으시었다. 동궁으로 계실 때에 두 번이나 세자빈을 폐하게 된 것도 물론 왕의 뜻은 아니었다.

초취이신 휘빈김씨는 상호군(上護君) 김오문(金五文)의 딸로 심히 자색이 아름다웠다. 그때 세자의 나이 열다섯, 휘빈도 동갑이었다. 세자는 어려서부터 골격이 장대하시고 얼굴이 동탕하시어 이 어린 신랑, 신부는 마치 빚어놓은 듯이 아름다우시다고 근시하는 사람들이 혀를 찼었다.

두 분의 첫사랑은 자못 깊으시어, 세자께서 공부를 폐하시는 날이 있고 얼굴에 핏기가 적어지신다고 수군거릴 지경이었다. 가례(嘉禮) 후 이 태를 지나서 두 분이 열일곱 살이 되어 세자는 남자다운 기상이 더욱 씩씩하시고 휘빈은 아침 이슬 받은 함박꽃같이 환하게 피실 때였었다.

이렇게 아름답고 서로 사랑하는 젊은 한 쌍을 축복하는 이보다도 새우는 이가 많았으니, 그중에 가장 심하게 새운 이가 세자의 모후이신 소헌왕후 심씨이시었음은 물론이다. 며느리 귀애하는 시어머니 없다고 하거니와, 원체 기승하시기로 호랑이같이 두려움을 받으시는 왕후께서는 아드님이신 세자를 대단하게 사랑하시느니만큼 그 아름다운 며느님을 미워하시었다. 중전께서 세자빈을 미워하시는 눈치를 본 궁녀들은 나도 나도 하고 휘빈의 있는 흉 없는 흉을 중전마마께 아뢰어 바치었고, 원체 며느님이 미우신 왕비께서는 며느님을 흉보는 말이면 옳게 들으시었다.

문종, 세조 두 분 대왕과 그에 지지 않는 안평대군, 금성대군 같으신 영걸을 낳으신 그가 결코 범상한 아낙네가 아닐 것은 물론이요, 동방의 요순(堯舜)이라고 부르는 세종대왕을 도우실 만할진댄 덕으로도 부족하시지 아니하련마는, 휘빈을 미워하실 때에는 오직 시기뿐인 범상한 아낙네시었다.

마침내 자선당에서 요기로운 것을 찾았다. 김씨가 이것으로 세자를 혹하게 하였다 하여 어떤 물건을 휘빈 방에서 집어다가 중전께 바친 궁녀가 있었다. 이것이 휘빈이 열여덟 살 적 일인데, 그것이 이유가 되어 휘빈은 폐함이 되었다.

휘빈이 세자를 호리기에 썼다는 요물이란 것은 부적이었다. 이 부적은 한 장은 몸에 지니고, 한 장은 남편의 옷깃 속에 넣고, 한 장은 내외가 자는 방바닥에 감추고, 한 장은 땅속에 묻고, 한 장은 불에 살라 하늘로 올려 보내면 남편의 마음이 그 아내에게 혹하여 다른 계집에게는 가지를 못하는 것이라고 궁중에 출입하는 어떤 늙은 승(僧)이 중전마마께 설명을 하였다.

이러한 요기로운 부적이 휘빈의 방에서 드러났다 하여 궁중은 간 곳마다 수군거리고 휘빈에게 대한 흠담은 더욱 많아지어, 그 말을 다 듣고 보면 휘빈은 마치 세상에 무서운 요물인 듯하였고, 어떤 간사한 궁녀는 휘빈이 구미호의 화신이어서 밤이면 어디를 나갔다가는 이슬에 폭 젖어서 들어오는 것을 보았다는 년까지도 있었다.

마침내 세종께서는 중전마마와 자리를 같이하시와 며느님인 휘빈을 부르시와 전후시말을 물었다. 여러 날 괴로움에 잠을 이루지 못하여 초췌한 세자빈의 모양은 참으로 가련하였다. 시아버님 되시는 왕께서는 본래 휘빈을 귀애하시던 터이라 마음에 측은히 여기시어, 이 소문이 사실이 아니기를 바라시었다.

"아가, 듣거라. 네가 요기로운 부적을 몸에 지녔다 하니 그런 일이 있느냐. 만일 그렇다 하면 그것은 용서할 수 없는 큰 죄로다. 필부의 집에서도 괴변이라 하려든, 후일에 일국의 국모가 될 자리에 있어서 말이 되느냐. 고래로 이런 일은 애매한 누명을 쓰는 수가 많은 것이니 네 바른대로 아뢰어라."

하고 마음에 느끼시는 자애지정을 억제하시고 가장 엄숙하게 말씀하시었다.

만일 왕께서 휘빈께 특별한 자애가 없으시면, 이만한 일이면 휘빈은 대궐 마당에서 무서운 국문을 피치 못하였을 것이다. 그리되면 좌우에 많은 사람들이 늘어서서 그 부끄럽고 욕됨이 비할 데 없을 것이다. 이번에도 중전과 궁녀들은 물론이거니와, 승정원, 사헌부, 사간원의 말썽 좋아하는 신하들도 세자빈을 엄하게 국문할 것을 주장한 것이다.

휘빈은 부왕의 물으심에 대하여 다만 느껴울 뿐이더니 겨우 정신을 수습하여 한 번 일어나 절하고 들릴락 말락 가늘고 떨리는 소리로,

"상감마마 모두 미천한 소신이 덕이 없는 탓이옵니다."

이 말에 중전이 펄쩍 뛰며,

"흥, 그래 네가 애매하단 말이냐? 상감께옵서 인자하신 것을 믿고 그

렇게나 말씀 사뢰서 네 죄를 면해보려고? 천지신명이 다 아시고 미워하시려든!"

하고 독한 눈찌로 마루 위에 엎드린 휘빈을 노려보았다.

왕은 중전의 성나신 양을 보시고 잠깐 양미간을 찡기시더니,

"듣거라. 말 한마디에 네 목숨이 달리었으니 분명히 대답을 하여라. 네 방에서 요기로운 부적이 나왔다 하니 그것이 진실로 네가 지녔던 것이냐, 아주 모르는 것이냐?"

휘빈은 입술을 물어 울음을 참고 이윽히 생각하더니 잠깐 눈물 어린 눈을 들어 중전을 우러러보고,

"신명을 기일지언정 어찌 상감마마를 기이리이까. 부적은 몸에 지닌 적이 없사옵고 그것이 무엇인지 한 번도 본 적도 없사옵니다."

하고 느껴 울었다.

이 말에 중전은 뛰어 일어서서 분을 이기지 못하는 듯이 펄펄 뛰며,

"오, 요망한 것이 이제는 나를 잡으려드는고나. 내가 너를 해하려고 이 일을 꾸며내었다는 말이로고나. 상감께서 밝히 살피시오."

하고 얼굴이 파랗게 질리고 사내바람이 나서 부르르 떠신다.

왕은 부적을 찾았다는 궁녀를 불러 세자빈과 대질을 시키려 하였으나, 세자빈은 다시는 입을 열지 아니하고 울지도 아니하였다. 일이 이렇게 되면 도리어 벗어나지 못할 줄을 알았던 것이다.

그러나 휘빈의 이 태도는, 부왕은 물론이거니와 세상 사람의 동정을 끌어서 중전의 비위를 맞추려는 간사한 무리들을 제하고는, 대개는 휘빈의 애매함을 불쌍히 여기었다.

그때 세자는 세자빈을 사랑하시는 정이 더욱 깊으시었으나 열여덟 살

되신 세자로는 어찌할 도리도 없었다.

아버지 되시는 왕의 특별하신 처분으로 국문을 당하기를 면하고, 휘빈은 영광스러운 세자빈의 지위에서 쫓겨나 한 죄인 김씨가 되어 한 깊은 눈물을 뿌리고 그날 밤이 들기를 기다려 겨우 시녀 두 사람을 데리고 궁녀 타는 가마에 앉아 마음 없는 무리의 손가락질을 받으며 건춘문(建春門)을 나서 삼청동 아버지의 집으로 돌아왔다. 그날에 친정에서도 곡성이 진동한 것은 말할 것도 없다.

휘빈이 폐함이 되어 동궁에서 쫓겨나감으로부터 세자는 며칠 동안 침식을 폐하시고 휘빈을 생각하시었다. 그러나 모래 위에 엎지른 물은 다시 담을 길이 없었다.

이 일이 있은 뒤로 그렇게 쾌활하시던 세자의 용모와 태도에는 침울한 빛이 돌게 되고, 매사에 비감하고 상심하시는 일이 많게 되었다. 그 뒤에 뜻을 나라 다스리는 큰일에 두시었으나, 이 인생의 첫 비극의 쓰린 기억은 세자의 일생을 어둡게 하였다.

휘빈이 폐함이 된 뒤에 곧 다시 간택이 계시어 종부시 소윤 봉려(奉礪)의 딸과 둘째 번 가례를 이루시니, 이이가 순빈(純嬪)이시다.

순빈은 중전의 영지(슈旨)로 고르신, 재색이 아름답지 아니한 어른이었다. 얼굴만 수수한 것이 아니라, 마음도 영리하다 하기보다는 어리숙은 편이었다. 아름답고 재주 있는 휘빈에게 데이신 까닭이다.

순빈봉씨는 아무 일이 없이 무사히 지내기는 하였으나, 세자빈으로 계신 지 팔 년 동안에 한 번도 성태(成胎)함이 없으니 이것이 큰 걱정이었다. 그래서 중전께서는 여러 번 근시하는 사람들을 시키시어 세자께 후사를 구하심이 마땅하단 말씀을 삶고, 세자빈이 성태를 못 하시니 다른

34

여자를 가까이하실 것을 권하며 여러 번 자색 있는 나인을 거천하였다. 그러나 세자는 원래 여색에 마음이 적으신 데다가 정실 밖의 다른 여자를 가까이함도 가도(家道)를 어지럽게 하는 것이라 하여 이러한 꾐에 응하지 아니하시었다.

마침내 중전께서는 참다못하여 직접 세자를 부르시와 속히 다른 여자를 들이어 후사를 얻으시기를 권하실 때에, 그 간절하심이 명령이나 다름이 없었다.

"동궁은 내 말도 아니 들으려나?"

하실 때에는, 효성이 깊으신 세자는 더 거역할 도리가 없으시었다.

중전의 근엄하심도 결코 무리한 일은 아니다. 사삿집에서도 아들이 삼십을 바라보도록 손자를 못 보면 근심이 되려든 하물며 왕가이랴. 더구나 세종대왕께서 항상 미령하신 때가 많으시니 언제 세자께서 즉위하실는지 미리 헤아릴 수 없는 일이다. 세자께서 즉위하시어 왕이 되시면 다시 세자를 책립하시어야 할 것이니, 그렇지 아니하면 궁중에 항상 불안이 있을 것이다. 언제 어떠한 음모가 일어나 어떠한 상서롭지 못한 사달이 일어날지도 모르는 것이다.

이 때문에 세자빈이신 순빈께서도 생산을 못 하심은 다만 중전마마의 걱정이 될뿐더러 대전께서도 근심하시는 바가 되었다. 말하자면 내외분이 걱정하신 결과로 중전께서 동궁께 재촉하시는 것이다.

이리하여 수칙양씨(守則楊氏)가 뽑히어 세자의 침석을 모시게 되었다.

양씨는 자색으로 이름이 높았다. 이렇게 아름다운 양씨를 택한 것은 이유가 있다. 순빈이 너무도 자색 없으시기 때문에 세자께서 예전 휘빈 때 모양으로 그 방에 듭시는 일이 드물다는 까닭이다. 그래서 아무쪼록 아름다운 여자를 택하노라 한 것이 곧 수칙양씨였다.

양씨가 동궁에 들어온 뒤로 순빈봉씨의 태도는 돌변하였다. 그렇게 순하고 어리숙해 보이는 순빈의 마음속에는 사람들을 놀랠 만한 질투의 불이 들어 있었다.

세자께서 양씨와 자리를 같이하신 날이면 순빈은 온종일을 울음으로 지내고, 좌우에 모시는 시녀들을 까닭 없이 못 견디게 굴었다.

이렇게 되면 순빈과 수칙양씨와는 아기 낳기 경쟁을 하게 된다. 순빈 편으로 보면 아무리 자기가 지금은 세자빈이라 하더라도 후사 될 아기를 낳지 못하면 장래가 캄캄하고, 아무리 시방은 종이나 다름없는 양씨라도 세자빈보다 먼저 사내 아기만 낳아놓으면, 비록 당장에 세자빈으로 승차는 못 한다 하더라도 생전 융숭한 대접을 받을뿐더러, 그 아기가 자라 임금이 되시는 날에는 그의 영화가 그지없을 것이요, 잘되면 왕후로 추숭받을는지도 모르는 것이다.

양씨의 자색은 젊으신 세자의 마음을 끌었다. 아무리 남녀에 담박하신 세자께서도 품속에 들어온 어리고 아리따운 양씨를 떠밀어낼 아무 까닭도 없었다. 점점 순빈께 발이 머시고 양씨에게 발이 잦으시었다.

게다가 양씨가 동궁을 모신 지 일 년쯤, 세자와 금슬이 한창 좋을 때에 양씨가 잉태했다는 소문이 궁중에 퍼지었다. 이 소문은 대전마마, 중전마마께도 들리었다. 이것이 기쁜 소문인 것은 물론이다.

양씨가 입맛이 제치고 머리가 아프고 구역을 하여 눕게 된 때, 상감께서는 친히 내의를 명하시와 태모(胎母)에 좋은 약을 쓰게 하시고, 중전마마께서는 하루 두 번씩 궁녀를 동궁으로 보내시와 보약을 달게 하고 양씨에게 여러 가지로 고마우신 말씀을 내리시었다.

이렇게 되면 세력을 따르는 동궁에 있는 궁녀들은 하나씩 둘씩 거의 다 양씨를 가까이하고, 순빈은 우습게 여기게 되었다. "시집온 지 팔 년이 되어도 성태 못 하는 사람이 인제 성태할라고" 하는 것이 여러 궁녀들의 의견이었다. 또 능하지 못하신 순빈은 평소에 궁녀들의 마음을 살 줄도 몰랐다. 고마운 말마디, 피륙 자, 먹다 남은 음식 부스러기……, 이런 것들이 의리 없고 욕심 있는 무리의 혼까지 사는 줄을 순빈은 모르시었다.

순빈은 분한 생각과 질투에 몸이 타는 듯하였다.

이때에 순빈의 친정어머니 되는 이씨는 옳은 말을 따님 되시는 순빈에게 가르치었다.

그 말은 이러하다.

"성태 못 하는 것도 천생 팔자지요. 아무리 자녀를 많이 낳더라도 여편네로 태어나서 시앗을 보는 것은 사삿집에서도 면치 못할 일이어든, 하물며 궁중일까 보오리까. 국모가 되려면 삼천 궁녀를 다 시앗으로 알고 거느려갈 도량이 없으면 아니 되는 것이오. 질투는 사삿집에서도 칠거지악에 들거든, 하물며 궁중이리오. 질투하는 빛이 드러나기만 하면 실덕(失德)이라 하여 몰려날 것이니 애시에 그러한 빛도 보이지를 마시오. 여편네로 태어났으면 참는 것이 일생으로 아시오."

이렇게 우는 딸을 간곡히 권하고 나중에는,

"양씨에게 날마다 사람을 보내어 물어보고 이따금 맛나는 음식도 만들어서 보내되, 어머니가 딸에게 하듯 하시오. 그리하면 인자하신 세자께서 그 덕에 감동하시와 정을 돌리실 것이오. 대전, 중전께옵서도 칭찬하실 것이니, 이리하면 비록 일생에 잉태하지 못하더라도 그 지위가 위태하지 아니하오리다."

고까지 하였다.

그러나 순빈은 이 말대로 실행할 만한 능란이 없었고, 게다가 순빈의 비위를 맞추어 꾀는 사람이 있었다. 어머니의 지혜로운 훈계보다도 간사한 꾐이 질투로 흐린 순빈의 마음에 잘 들어왔다.

간사한 꼬임이라 함은 궁녀 수규홍씨(守閨洪氏)의 꼬임이다.

홍씨는 얼굴이 아름답기로 남도 알아주었거니와 저는 더욱 믿었다. 열다섯 살에 궁녀로 들어와서부터 동궁에 있었다. 그가 궁중에 들어올 적에 그의 부모(아비는 늙은 별감이다)와 이웃은 다 얼마 아니 하여 반드시 영화를 누리리라고 믿었다. 홍씨가 집에서 자라날 때에 그를 보는 사람이야 누구나 그의 아름다움을 칭찬하지 아니하였을까.

그러나 동궁을 모신 지 십 년이 되도록 아직 좋은 운수가 돌아오지 아니하였다. 휘빈이 생존하신 동안에야 어느 누가 감히 세자를 눈 걸어 보았으랴. 후궁 삼천을 다 모아놓더라도 휘빈의 아름다움을 당할 사람은 없었다. 그러나 휘빈이 나가시고 순빈이 들어오신 때부터는 적이 아름다운 자색에 자신이 있는 동궁 궁녀들은 혹시나 세자의 눈에 들어볼까 하고 외기러기 짝사랑을 바치는 이도 한둘만이 아니었다. 홍씨가 그중에서 자색으로나 세자께 가까이 모시기로나 으뜸이었다. 그러나 세자께서는 누구에게나 다정하시면서도 누구에게나 엄정하시었다. 좌우에 모시는 어린 궁녀들을 마치 동생같이, 자식같이 귀애하시었다. 그렇지마는 세자께서는 어느 궁녀의 손목 한 번 아니 잡으시기로 유명하시었다.

세종대왕께서도 아주 색에 범연하신 양반은 아니시어서 귀여운 궁녀를 보시면 가까이 부르시기도 하고, 농담도 하시고, 혹 손목을 만지시기도 하고, 마음에 듭시면 잠자리도 모시게 하시었다. 그래 그들의 몸에 아드님 열 분, 따님 두 분(살아서 자란 이만)이나 두시었다. 그러나 세자께서는 영 그런 일이 없으시었다.

그래도 홍씨는 기어코 세자의 마음에 들려고 열심을 하였다. 비록 나이는 스물다섯이나 되었건마는 아직도 처녀로 있는 그는 세 살은 넉넉히 젊어 보였다. 여자로는 익을 대로 익은 시대였다. 피부에 기름은 오를 대로 오르고 윤택은 날 대로 났다. 그렇지마는 앞으로 이삼 년만 지나면 이 꽃은 아주 쇠어버리고 만다. 홍씨는 그런 줄을 알기 때문에 마음이 조급하였다.

이때에 수칙양씨의 사촌 되는 지밀나인 양씨가 이제 겨우 열일곱 살이면서 왕의 귀여심을 받아 거의 밤마다 왕을 모시게 되어 단박에 상침(尚寢)이 되었다. 중년이 되신 왕께서는 남은 사랑을 온통으로 어린 양씨에게 쏟으시는 듯하였다. 중전께서는 왕이 어린 양씨에게 혹하신 것을 보고 중년 된 부인의 질투로 불같이 화를 내시나 어찌할 수 없었다. 이이가 장차 우리 불쌍하신 어린 임금 단종대왕께 젖을 드리고 마침내 그 어른 때문에 목숨까지 버리게 된 혜빈양씨다.

이런 것을 보면 홍씨의 심중이 자못 조급하다. "모두 양씨 판인가." 이렇게 궁중에서는 수군거리었다.

그런데 수칙양씨가 세자를 모시어 아기를 배었다. 인제는 홍씨의 운수는 영영 가버린 것이다. 홍씨는 한껏 슬프고 한껏 분하였다. 저도 상감을 모시는 궁녀만 되었더면 벌써 왕의 사랑을 받아 아들딸도 낳고 빈(嬪)도 봉함이 되었을 것을, 어찌어찌하여 자선당 시녀가 되어 부처님 같은 동궁을 만난 탓으로 꽃 같은 일생을 허송하게 되었다. '마지막 기회를 빼앗아가는 양씨를 곱게 둘 내가 아니다.' 홍씨는 이렇게 생각하였다.

"마마!"

하고 홍씨는 울고 앉았는 순빈 앞에 읍하고 섰다. 순빈은 혹시나 아침에
나 세자께서 자선당으로 들어오실까 하고 몸을 꾸미고 계시다가 해가 높
아도 소식이 없으시매 우시는 것이다. 홍씨의 눈에도 눈물이 있었다.

"왜 그러느냐. 양가 년이 뒈졌다는 기별이 있느냐?"

하고 순빈은 눈물에 젖은 낯을 들었다. 그 눈에는 원망과 독이 가득 찬 듯
하였다.

"양씨는 오늘부터 저으기 입맛도 나서 아침 진지는 이제 한 주발을 다
자시고, 이따가 점심에 드린다고 시방 일변 곰국을 끓이고 일변 녹용을
달이느라고 눈코 뜰 새 없사옵고, 상감마마, 중전마마께옵서도 여러 가
지 음식을 하사하시와 마치 잔치나 벌어진 듯하옵니다."

"잘들 하는구나. 그래 동궁마마는 또 양가 년한테 계시더냐?"

"네, 마침 동궁마마께옵서는 양씨의 머리와 손을 만지시고 여러 가지
정다운 말씀을 하시는 모양을 뵈오니 자연 분하고 비감하와 눈물이 흘렀
습니다."

순빈은 이를 뽀드득 갈았다. 그렇게 순한 순빈의 속에 어디 그러한 독
이 들었던고 하고 홍씨도 놀랐다.

순빈은 벌떡 일어나 미친 듯이 뛰어나가려 하였다.

홍씨는 꿇어앉아 순빈의 옷소매를 잡았다.

"놓아라. 왜 붙잡느냐. 내가 동궁마마 앞에서 양가 년과 사생결단을
할란다. 밤새도록 붙어 자고도 무엇이 부족하여 아침에도 놓지를 못한다
더냐. 인자하신 동궁마마께옵서야 그렇게 야멸차게 나를 잊으실 리가 있
겠느냐마는, 고 여우 같은 양가 년이 동궁마마를 호리는구나. 에라 놓아

라, 내가 고년을 물어뜯어서라도 죽어버리고 말란다."

"순빈마마. 분을 참으시고 진정하시겨오. 이렇게 뛰어가시면 남이라도 웃고, 옳으신 일도 그르게 됩니다. 궁중에서는 이러한 법이 없습니다. 진정하시겨오."

"그러면 어찌한단 말이냐. 이 터지는 가슴을 어떻게 참으란 말이냐. 고년 양가 년을 살려두고야 내가 어떻게 물인들 목에 넘긴단 말이냐." 하고 방바닥에 주저앉아서 몸부림을 한다. 곁에서 보던 나인들은 고개를 돌리어서 입을 삐쭉댄다.

홍씨는 순빈을 뒤로 안아 일으키는 서슬에 입을 순빈의 귀에 가까이 대고 얼른,

"마마. 이년이 양가 년을 없이해드리리다." 하였다.

홍씨는 다른 궁녀들이 다 나가고 없는 틈을 타서,

"마마. 양가 년 하나를 없애기야 어려울 것이 있습니까. 그까짓 년 하나 소리도 없이 없애기는 여반장입니다. 소인이 팔 년 동안 순빈마마를 모시와 하늘 같으신 은혜를 지었사오니 마마를 위하여서야 목숨인들 아까오리까. 만일 마마께옵서 하라고만 하옵시면 사흘 내에 양가 년을 짹 소리도 못하게 없애버리겠습니다." 하였다.

없앤단 말에 순빈은 깜짝 놀라며,

"없애다니? 사람을 어찌 죽이기야 하느냐."

"양씨가 살아 있으면 마마께옵서는 앞날이 어찌 되시올지 생각만 하와도 가슴이 아프옵니다."

"그러하기는 하다마는 사람을 죽이기야 어이하리. 그저 고년이 동궁마마를 꼼짝 못 하게 호리지만 못 하게 하였으면 좋겠다."

"아기는 낳아도 상관이 없습니까?"

순빈은 이윽히 생각하더니,

"밴 아기를 아니 낳게 할 수야 있느냐?"

"양씨는 아들을 낳고 마마께옵서는 성태를 못 하시면 어찌 되올지."

순빈의 마음은 괴로웠다.

"그러면 어찌할꼬?"

"양씨를 두고 동궁마마를 도로 찾으려 하심은 나무를 세워 두고 그늘만 없이 하렴과 같사옵니다."

"그러면 어찌할꼬?"

"여쭙기 황송하옵니다."

"아나, 무슨 말이나 하여라. 내가 지금에 너 하나밖에 더 믿을 데가 있느냐. 동궁마마는 양가 년한테 홀리시어 저 모양이시고, 중전마마께옵서도 인제는 나를 돌보아주시지 아니하시는 모양이시고, 내가 누구를 믿으랴. 아무런 말이라도 하여라. 나를 살려주려무나."

홍씨는 일어나 옆방과 좌우를 둘러보고 순빈 곁으로 가까이 와서 입을 순빈의 귀에 대고,

"한 범을 잡는 것과 두 범을 잡는 것과 어느 것이 쉽습니까?"

"하나 잡는 것이 쉽지."

"그와 같습니다."

하고 홍씨는 뜻있게 웃었다.

순빈은 그래도 못 알아듣고,

"그와 같다니?"

하고 눈이 둥그렇다.

"양씨 속에 듭신 아기가 납시면 마마 편이 되리까, 양씨 편이 되리까."

"양씨 편이 되지."

하고 그제야 홍씨의 말을 알아들은 듯이 순빈은 입맛을 다시고 고개를 끄덕이었다.

홍씨는 그리 힘들이지 아니하고 비상(砒霜) 한 봉지를 구하였다.

이런 무서운 약을 구하기는 심히 어려운 것 같지마는 궁중에서 살아가는 여자로는 다 길이 있었다. 언제 무슨 일이 생기어서 내 몸이 죽어야 될지도 모르고, 또 언제 내 원수 될 사람을 죽여야 될지도 모르고, 또 시녀의 몸이 되어서는 언제 자기가 직접 모시는 상전을 위하여 남을 죽일 준비를 할지 모르는 것이다. 더구나 세력 있는 어른을 가장 가깝게 모시는 궁녀일수록에 그러한 것이다.

위로서 미운 사람을 죽이려면 미친개 잡듯이 철여의(鐵如意) 하나로 후려갈기어서 거적에 싸서 내어던지면 고만이지마는, 아무 세력도 없고 미천한 목숨 하나만 가진 나인 따위로서 힘 있는 사람을 죽이려면 방자질을 하거나 음식에 독약을 치거나 하는 길밖에 없다. 궁중에 있는 사람들의 이러한 요구에 응하기 위하여 서울 장안에 여러 가지 사람들이 여러 가지 직업을 하여 먹고 산다. 중, 무당, 태주, 도사, 의원, 방물장수 이런 등속들.

홍씨도 이런 무리에게 많은 재물과 혹은 몸까지도 내어주어서(이것이 여자로는 가장 유력한 수단이다) 이 비상 한 봉지를 구한 것이다. 비록 이것으로 목적을 달한다 하더라도, 그는 두고두고 이 비밀을 맡은 사람에게 입을 틀어막을 뇌물을 끊임없이 대어주거나, 이로 그것을 당해낼 수가 없으면 이 비밀을 가진 자까지 없애버리는 수밖에 없는 것이다. 이리하여 이러한 일과 이러한 약은 더욱더욱 횡행하게 되는 것이다.

홍씨는 그 비상 한 봉지를 품에 품고 수칙양씨에게 먹일 기회를 엿보았다.

순빈은 그래도 사람을 죽인다니 벌벌 떨고 겁을 내어서 아무리 양씨가 밉더라도 목숨은 죽이지 말고 세자를 호리지만 못하게 하기를 원하였다. 홍씨는 속으로 픽 웃으면서도 네네 하였다.

"이 애, 그 약을 먹이면 어떻게 되느냐?"

하고 순빈이 물을 때에 홍씨는,

"이것을 먹으면 낯바닥과 온 몸뚱이가 푸르둥둥해진다고 합니다."

"살빛이?"

"네."

"그러면 미워지겠지?"

"낯바닥이 죽은 년의 낯바닥같이 되면 그년을 누가 거들떠보기나 하겠습니까."

순빈은 끄덕끄덕하시었다.

만일 모든 위험을 무릅쓰고 양씨 죽는 것만을 목적으로 한다 하면 그러한 기회를 얻기는 그다지 어렵지 아니할 것이지마는, 저는 살고 양씨만 죽이자니 그 기회를 타기가 심히 어려운 것이다. 나 한 몸 잘 되어보자고 하는 일이니, 섣불리 하여 발각이 되어 내 몸 하나만 없어지면 아무리 양씨 죽이는 일은 성공한다 하더라도 그런 싱거운 일은 없을 것이다. 이렇게 생각하므로 홍씨는 고양이 것을 훔치려는 쥐와 같이 조심조심하여 물부어 샐 틈 없이 일을 하기로 애를 썼다.

홍씨는 양씨가 거처하는 여경당(餘慶堂)에를 하루에 한 번씩 갔다. 겉으로는 동궁빈마마의 뜻을 받아 양씨의 문안을 왔다는 것이 핑계이지마는 기실은 양씨 먹는 음식에 독약을 치자는 것이 목적이었다.

"저것이 왜 요새에 날마다 와?"

"무슨 낌새를 보러 온 게지. 그 여우 같은 것이."

이렇게 여경당 시녀들이 홍씨를 보고는 눈을 흘기었다.

여경당 뒤 툇마루에는 날마다 시녀 하나가 양씨 먹을 보약을 달이느라고 지키어 앉았다. 중전마마의 특별한 분부라 하여 약 맡은 시녀는 잠시도 탕관 곁을 떠나지 아니하였다. 홍씨가 유심하게 엿본 것은 이 약탕관이다.

열 사람이 지키어도 한 도둑을 못 당한다고 마침내 홍씨는 엿보던 틈을 얻었다.

하루는 홍씨가 여경당에를 가서 양씨에게 문안을 하고 물러나와, 뒤 툇마루에 혼자 앉아서 약을 달이는 중전 시녀와 무심한 이야기를 속삭이고 있었다.

이야기는 요사이 어디서나 그러한 모양으로 왕의 사랑을 한 몸에 모두어 일 년이 못 하여 상침에 봉함이 된 양씨(장차 혜빈이 될)와, 한 번 궁에서 나갈 때마다 한 번씩 오입을 하여 장안에 예쁘장한 계집을 둔 사나이가 마음을 놓지 못한다는 수양대군의 이야기였다.

한참 이야기에 꽃이 피다가 약 달이던 나인이,

"약 넘지 않나 잠깐만 보아주우."

하고 뒷간으로 가버리었다. 여러 날 동안에 홍씨에게 대하여 어편네들

사이에 흔히 보는 얕은 정이 든 것이다. 홍씨는,

"응, 얼른 오우. 내가 온 지가 너무 오랬으니깐 곧 가야 하겠어. 또 제
조상궁(여러 나인을 감독하는 나인)이 짱짱거리게."

하고 홍씨는 가장 바쁜 태도를 보이었다.

홍씨는 빠른 눈으로 사방을 둘러보았다. 거기는 아무도 없었다. 홍씨
의 가슴은 두근거리었다. 큰일을 저지른다는 생각이 천근이나 무거운 돌
모양으로 전신을 내리눌렀으나 오랫동안 별러오던 뜻을 갑자기 변할 힘
은 없어서 그의 손은 운명적으로 허리춤 속으로 들어갔다. 그 속에서 초
록 명주 헝겊에 싸인 봉지가 나와서 노르무레한 가루를 김이 나는 약탕관
속에 뿌리었다. 그 모든 행동이 실로 번갯불 같았다. 홍씨는 초록 헝겊을
마루 구멍에 집어넣어버리고 아무 일도 없는 듯이 시치미 떼고 앉아서 약
탕관에 김이 오르는 것을 바라보았다. 그러나 무엇이라고 형용할 수 없
이 가슴이 설레는 것을 금할 수가 없었다.

약 달이던 나인이 뛰어와서,

"에그, 오래 지체해서 미안하우. 약이 끓어 넘지는 안 했수?"

하고 약탕관에 가만히 귀를 기울이더니 안심한 듯이 제자리에 앉았다.

홍씨는 후끈거리는 자기의 낯빛이 혹시나 이상해 보일까 보아,

"그럼 난 가우."

하고 한 번 웃어 보이고 일어섰다. 다리가 마음대로 놓이지를 아니하고
힘없이 떨리었다.

자선당에 다다르매 홍씨는 마음이 턱 놓이었다. 아무러한 일을 저질렀
더라도 이곳에만 들어오면 안심이 되던 옛 습관이 있는 까닭이다.

홍씨는 눈으로 "되었다"는 뜻을 순빈께 고하였다. 순빈의 낯빛은 갑자

46

기 변하였다. 겁이 나신 것이다. 그러나 모래 위에 엎지른 물이라, 다시 주워 담을 수는 없다. 인제는 다만 던지어진 윷가락이 도가 되어 떨어지나 모가 되어 떨어지나를 기다릴 뿐이다. 이렇게 생각하면 마음이 모질어지고 진정이 되었다.

순빈은 두통이 난다는 핑계로 근시하는 나인들을 다 물리고 혼자 자리에 드러누웠다. 무슨 큰 변이 생기는고, 하고 순빈은 문밖에서 들리는 소리를 하나도 빼놓지 아니하고 다 엿들었다. 모든 발자취 소리와 말소리가 다 자기의 죄를 다투는 것만 같아서 아직도 삼월 선선한 때건마는 전신에 땀이 쫙 흘렀다.

홍씨도 다른 나인들과 함께 웃고 이야기하고 돌아다니건마는, 그 태연한 듯한 것이 도리어 태연치 못하고 조그마한 소리에도 가슴을 두근거리었다. 그래서 될 수 있는 대로는 기둥 뒷벽 모퉁이에 몸을 숨기고는 제 손으로 제 얼굴을 만지었다.

"아, 쉽지 아니한 일이다."

이렇게 한탄하였다. 일각일각마다 십 년 살 목숨은 줄어드는 듯하였다.

그러나 순빈과 나인 홍씨가 오래 마음을 졸일 사이도 없이 중전께서 수칙양씨에게 내리신 보약에 독약이 들어간 것은 곧 발각이 되었다.

양씨가 약 그릇을 당기어 마시려다가 문득 너무 뜨겁지나 아니한가 하는 생각이 나서 왼손 무명지로 약을 저어보았다. 그러할 때에 양씨의 운수가 좋아서 그 손가락에 끼었던 은가락지에 약이 묻히었다. 묻자마자 은가락지는 연빛으로 변하여버리었다.

"에구머니!"

하고 양씨는 약 그릇을 떨어뜨리었다.

"누가 내 약에 독을 쳤네."

하고 양씨는 얼굴이 파랗게 질리며 소리를 질렀다.

곁에 섰던 약 달이던 나인은 입을 벌리고 사지를 떨었다. 다른 나인들도 놀래어 약 그릇 가까이로 모이어들었다. 양씨 앞에는 까만 약이 홍건히 고이어 있고, 약 그릇에도 엎지르고 남은 약이 말없이 번적거리었다.

"누가 나 먹는 약에다가 독을 쳤어?"

하고 양씨는 약 달이던 중전 나인을 흘기어보았다. 다른 나인들의 눈도 그 나인한테로 모이었다.

"나는 애매하오."

하고 중전 나인은 겨우 떨리는 입을 벌리었다. 그러나 이 약에 만일 독이 든 것이 사실이라 하면 도저히 자기가 그 죄를 벗어날 수 없는 줄을 깨닫고 얼른 양씨가 엎지르고 남은 약을 들이마시었다.

그러나 약을 먹어보지 아니하더라도 은가락지가 까맣게 죽는다 하면 독이 든 것은 분명하다 하여 곧 동궁마마께 이 연유를 아뢰었다.

동궁은 그때에 집현전에서 여러 학자들과 글 토론을 하시다가 이 놀라운 기별을 들으시고 곧 여경당 양씨의 처소로 오시었다.

동궁은 양씨와 나인들에게서 전후시말을 들으시고 엎지른 약과 죽은 은가락지를 낱낱이 보시옵고 남은 약을 먹었다는 중전 나인을 부르시었다.

중전 나인은 이때에 벌써 복통이 난다고 괴로워하고 입술이 파랗게 되었었다.

인자하신 동궁도 이 일에 대단히 진노하시와 높은 어성으로,

"이봐라, 인명이 지중하거든 네 무슨 연고로 약에 독을 넣었어?"

하고 중전 나인을 노려보시었다.

중전 나인은 마루에 엎드리어 고개를 들지 못하고 떨리는 소리로,

"동궁마마 살피시오. 소인이 수칙양씨와 아무 은원이 없삽거든 약에 독을 칠 리가 있사오리까. 과연 애매하옵니다."

하고 하소하였다.

이 일이 인명에 관계 있는 중대한 일일뿐더러 독약을 친 혐의를 받는 나인이 모후 궁에 속하였은즉 동궁이 자의로 처결할 수 없고, 또 이러한 일이 동궁에서 생긴 것은 동궁의 덕이 부족하여 부모 두 분 마마께 걱정을 끼침이니 불효막심하다 하여, 우선 대전, 내전에 사람을 보내어 사연을 아뢰고 뒤따라 동궁이 몸소 양전에 입시하여 석고대죄하기로 하시었다.

이렇게 되니 궁중이 크게 소동하여 다만 서로 마주 볼 뿐이요, 감히 입을 열어 말하는 이가 없었다. 이런 때에 입 한번 잘못 놀리었다가는 어느 귀신이 잡아가는지 모르게 목이 달아나는 줄을 궁중에 살아본 사람들은 누구나 다 아는 까닭이다.

파조(罷朝) 후에 상감께서는 내전에 듭시와 중전으로 더불어 독약 사건에 대하여 이윽히 말씀이 계신 뒤에 곧 약 달이던 나인을 잡아들이어 내전에서 친국(親鞫)하시기로 하였다.

약 달이던 나인은 독약을 먹었으나 분량이 적었기 때문에 아직 죽지는 아니하고 일어나지만 못하고 있었다. 누운 대로 널쪽에 담아다가 내전 뜰에 내려놓았다.

양전께서는 대청 정면에 좌정하시옵고, 곁에는 동궁이 읍하고 서 계시고 이십여 명 궁녀가 좌우로 옹위하고, 계상에는 근시하는 내시 둘이 대

령하고 계하에는 철여의 든 관노 네 명이 호랑이라도 때려잡을 듯이 벼르고 갈라서 있고, 뜰 한가운데 널쪽 위에는 얼추 다 죽은 나인이 엎드리어 있다.

상감께서는 어성을 높이시와,

"듣거라. 네 무슨 연유로 태중에 있는 아기를 해하려고 약탕관에 독약을 넣었어?"

하시니 내전이 뜨르르 우는 듯하였다.

"상감마마, 소인이 하늘 같은 성은을 입사옵거든 무엇이 부족하여 태중에 계옵신 아기씨를 해할 생각을 하오리이까. 천지신명이 내려다보시거니와 소인은 진실로 애매하옵니다."

목과 입이 부어 어음은 분명치 아니하나 독이 난 때라 말소리는 힘 있게 들리었다.

"어쩐 말이냐. 그러면 네가 치지 아니한 독이 어떻게 약에 들어간단 말이냐. 바로 아뢰어라."

하시니 계상에 선 내시들이,

"바로 아뢰어라."

하고 소리를 길게 뽑는다.

"생각하오면 소인이 죽을죄로 잠깐 남더러 약을 보라 하옵고 자리를 떠난 일이 있사오나 그 밖에는 아무 죄도 없사옵니다."

"남더러 보라 하였다니, 남이란 누구냐?"

"자선당 나인이오."

이 말에 중전은 무릎을 치시었다. 생각하던 바와 같다는 뜻이다.

곧 내시와 관노가 자선당으로 달려가서 발이 땅에 붙지 않게 홍씨를 끌어다가 약 달이던 나인 곁에 엎드리게 하였다.

홍씨는 얼굴이 약간 상기는 하였으나 태연하였다.

상감께서는 홍씨의 아름다운 자색을 이윽히 바라보시더니,

"네가 약 달이는 것을 맡아본 일이 있느냐?"

하고 물으시었다.

"네."

하고 홍씨의 대답은 싸늘하였다.

"그 약에다 독약을 친 일이 있느냐?"

"과연 소인이 그 약에다 비상을 탔습니다."

양전께서와 세자궁께서와 좌우가 다 놀라고, 약 달이던 나인도 놀라서 고개를 들어 홍씨를 바라보았다. 독약을 친 것이 놀라운 것보다 쳤노라고 실토하는 것이 놀랍던 것이다.

한참 동안은 서로 바라보고 몸들도 꼼짝 아니 하였다.

"네 무슨 연유로 약에다가 비상을 타서 인명을 해하려 하였어?"

하고 왕은 얼마 뒤에야 물으시었다.

"소인이 죽사온들 하늘 같으옵신 상감마마를 어찌 기이오리까. 이실직고하오리다. 소인이 궁중에 들어와 동궁마마를 모시온 지 십 년이 되옵거니와 천한 몸이 분수를 아지 못하옵고 매양 동궁마마께옵서 돌아보시와 거두어주시옵기를 고대하오나 동궁마마는 성인이시라 일절 여색에 뜻을 두시지 아니하시오니 소인은 금생에 이루지 못할 소원을 품고 지내옵더니, 천만뜻밖에 수칙양씨가 밖으로서 들어와 동궁마마의 고이심을 받는 것을 보오니 미천한 계집의 생각이라 새우는 마음을 누를 길이 없사옵고, 또 근래에 동궁마마께옵서 양씨만 귀애하시옵고 빈마마를 돌아보

시지 아니하와 빈마마께오서 주야에 눈물로 지내시오니 이것이 다 양씨의 소위로 생각하옵고, 차라리 양씨를 죽여 빈마마와 소인의 분한 마음을 풀까 하와 이런 일을 저질러 상감마마 성려를 끼치시게 하오니 소인의 죄는 만사무석(萬死無惜)이옵니다.”

하는 홍씨의 어성은 아름답고도 분명하고 조금 떨리는 빛도 없었다. 그러나 말이 끝나고는 참았던 울음이 터지는 듯이 등을 들먹거려 울었다.

이 말에 상감은 중전을 보시고 웃으시고, 처음부터 고개를 숙이고 계시던 세자궁께서도 고개를 드시와 홍씨를 바라보시고는 더욱 고개를 숙이시었다.

이리하여 독약 사건은 판명이 되었다. 그러나 중전은 이것만으로 만족하지 못하고 기어이 이것이 순빈이 시킨 것이라는 판명이 되기까지 알고야 말려 하였다. 휘빈김씨는 너무 아름답고 영리한 것이 미웠지마는, 이번 순빈봉씨는 너무 못나고 어리석은 것이 미웠다. 게다가 팔 년이 넘도록 잉태를 못 하니 중전의 눈에 날 대로 났다. 그래서 이번 기회에 폐하여 버릴 생각이 드신 것이다.

그것은 어렵지 아니하였다. 중전은 순빈이 정직하고 어리석음을 알기 때문에 한번 불러 물어보기만 하면 곧 실토하리라고 생각하여 독약 변이 있은 지 며칠 후에 순빈을 내전으로 불렀다.

순빈은 두 마디도 기다리지 아니하고 실토를 하였다. 그러나 양씨를 죽이자는 것이 아니라 얼굴이 미워지고 남자를 혹하게 하는 재주만 없어지게 하려 한 것이라고 말하였다. 이것이 사실이지마는 세상에 그 말을 믿어줄 사람이 없었다. 홍씨는 벌써 때려죽여버렸으니 순빈의 말을 증거하여줄 이는 세상에 없다.

순빈은 당연히 '실덕(失德)'이란 죄명으로 폐함이 되었다.

"무자(無子)함도 칠거지악에 들거든 질투하고 살인하고……."

이것은 중전이 순빈을 면책(面責)하신 말씀이다.

순빈은 울면서 모든 수치를 당하고 마침내 궁중에서 쫓겨나갈 때에는 체면 불고하고 "아이고, 아이고" 목을 놓아 울었다. 한 번 더 동궁마마의 낯을 뵙게 해달라고 애걸하듯이 간청하였으나, 이미 죄를 짓고 폐하여진 세자빈의 말을 들어주는 이는 없었다.

이렇게 순빈봉씨도 폐함을 당하였다. 세자궁은 이 일을 퍽 슬프게 생각하였다. 그렇게 일심으로 자기를 따르던 순빈이 울고 나가는 것이 불쌍하였다. 그러나 부모의 하시는 일을 자식으로 어찌할 도리가 없었고, 다만 얼마 동안 순빈을 돌아보지 아니하여 그렇게 일을 저지르게 한 것을 후회하는 생각이 났다.

그 후 두 달이 못 하여 양원권씨(良媛權氏)를 세자빈으로 봉하니, 이이가 나중 경혜공주와 단종대왕 두 분을 낳으시고 후에 현덕왕후(顯德王后)라고 추숭을 받은 양반이시다.

현덕빈권씨는 한성부 판윤 권전(權專)의 따님으로, 열세 살에 나인으로 동궁에 뽑히어 들어와서 양반집 따님인 까닭으로 곧 승휘(承徽)로 봉함이 되고, 얼마 아니 하여 양원이 되고, 처음 들어온 지 칠 년 만에 열아홉 살에 봉씨가 폐한 뒤를 이어 세자빈이 되시고, 되시자마자 잉태하시어 경혜공주를 낳으시고, 스물네 살 되는 해에 단종대왕 되실 왕손을 낳으시고 그 이튿날 승하하신 것이다.

동궁빈으로 계신 지 만 오 년에 그 사나우신 심 중전께도 아무 탈을 잡히지 아니하시고 유덕하시다는 칭찬 속에 지내시었다.

현덕빈권씨가 돌아가신 뒤에 세자궁의 아까워하시고 슬퍼하심은 밖에 까지 들리었다. 세자께서는 다시 여자를 가까이하시지 아니하시고 경혜 공주와 왕세손 두 분 아기를 어루만지시며 일생을 혼자 지내시었다.

수칙양씨도 순빈이 폐함을 당하던 때에 따님 경숙옹주를 낳고는 이내 동궁을 모시어보지 못하고 말았다.

세자는 개인으로 이만큼 행복되지 못한 어른이시었다. 남달리 감정이 예민하시고 인자하신 성품이 많으신 세자는 가만히 일생을 회고하면 비 감이 항상 많았었다. 왕위에 오르신 후 이 개년 남짓한 동안에도 십에 팔 구는 병환으로 계시고, 웬일인지 민간에도 기근과 여역이 많아 국사에도 근심되는 일이 많았다. 세자궁으로 수년 간 대리하시는 동안이나 왕으로 이 개년 계시는 동안이나, 이러한 모든 불행을 다 당신의 허물로 여기시 어 슬퍼하시었다.

문종대왕께서 부왕이신 세종대왕의 대상을 지내 탈상하신 임신 이월 그믐께 왕의 병환은 심상치 아니하시었다. 정월 이래로 오후가 되면 한 열이 왕래하고 구미가 없어지고 밤에도 잠이 잘 드시지 아니하시와 신고 하시던 것을, 그 추운 날에 대상을 치르고 나시어부터는 열기도 더 오르 고 구미도 더욱 없어지게 되어 사오 일 내에 눈에 띄게 용안에 초췌하신 빛이 보였다.

그러나 부왕도 승하하시고 모후 되시는 심 중전은 부왕보다도 이 년 전 에 돌아가시고 세자빈도 아니 계시고 경혜공주도 작년에 하가하시니, 나 인과 내시밖에는 가까이 왕의 거처 범절을 돌아보아드릴 이가 없었다. 오직 혜빈양씨가 뒤에서 나인을 시키어 간접으로 왕의 잠수시고 입으시 는 것을 돌아보아드리었을 뿐이다.

혜빈양씨는 현덕왕후 권씨(동궁빈으로 돌아가신)의 유촉(遺囑)을 받은 이래로 어린 왕세손(아기가 아홉 살 되시던 때에 세종대왕께서 왕세손을 봉하시었다)을 친기출(親己出)이나 다름없이 젖을 드리고 양육하였다. 젖도 왕세손을 드리고 나서 남는 것이 있어야 기출인 영풍군을 먹이었다. 어느 친어머닌들 이에서 더하랴 하고, 그렇게 혜빈을 미워하시던 심 중전조차 승하하실 때에 특히 혜빈을 부르시와 칭찬하는 말씀을 하시었고, 세종대왕께서 승하하실 때에도 세자궁과 다른 여러 아드님들이 모시어 앉은 곳에서 혜빈을 앞에 부르시와,

"혜빈이 비록 천한 집에 생장하였으나 내가 사랑하던 바요, 십 년 동안에 왕세손을 양육하였고, 또 부덕(婦德)이 있으니 왕후의 예로써 공경하여라."

하시는 어명까지 계시었다.

이러하므로 원래 효성이 지극하신 문종대왕께서는 그때부터 혜빈을 공경함이 모후를 대함과 같으시었고, 혜빈도 미령하신 왕과 어리신 세자를 위하여서는 목숨을 아니 아끼기를 스스로 맹세한 것이다. 경혜공주 하가(下嫁) 시에도 혜빈이 어머니의 할 일을 다한 것은 말할 것도 없었다.

왕의 환후가 더욱 침중하여갈수록 혜빈의 근심함은 여간이 아니었으나, 친근히 모실 도리가 없어 오직 심복 되는 궁녀를 시켜 범절을 보살피게 하니 매양 마음에 차지 아니하여 애를 썼다.

그렇지마는 왕은 당신의 병환을 그리 염려하시지는 아니하는 듯하였다. 이번 병환이 심상치 아니한 줄을 모르심이 아니지마는, 왕은 죽고 사는 것은 도시 천명이라 하여 사는 것을 욕심내지도 아니하시는 동시에 죽

는 것을 두려워하시지도 아니하였다.

그러나 아무리 모든 것에 초탈하신 왕이시라도 외아드님 되시는 어린 세자궁을 위하여서는 마음을 아파하지 아니하실 수가 없었다. 더구나 당신의 수명이 얼마 남지 아니함을 깨달을 때에 그러하였다. 열두 살 되시는 어린 세자가 세상모르고 내시들과 나인들을 따라 뛰놀고 장난하는 양을 보실 때에는 장차 국왕이라는 높고 위태한 자리에 앉아 수없는 시기와 음모의 표적이 될 것이 무한히 가엾으시었다. 귀신 아닌 바에 앞날에 일어날 모든 슬픈 일을 미리 내다보지는 못하더라도, 사랑하는 아버지의 눈에는 그 아기의 전도가 험한 것만 같아서 마치 풍랑 많은 바다에 일엽주(一葉舟)를 태워 내어보내는 것만 같았다.

며칠 밤을 뜬눈으로 밝히신 끝에 이월 그믐께 어느 날 잔치를 베푸시고 집현전 여러 신하를 내전으로 부르시었다.

신숙주, 성삼문, 박팽년, 최항 이하 이십 명 집현전 학사와, 왕이 세자궁으로 계신 동안 날마다 번갈아 시강하던 좌필선 정인지, 우문학 최만리가 자리에 모시었다. 이때에는 정인지는 우참찬이요, 최만리는 부제학으로 다 높은 벼슬에 있었다.

왕은 병환 중 초췌하시었으나 평소에 친구같이 사랑하고 믿으시는 집현전 제신이 한자리에 모여 즐겁게 담론함을 보시고는 기쁨을 금치 못하시는 듯하시었다.

그러나 일래로 병색이 더욱 현저하신 용안을 우러러볼 때에 뜻있는 몇 신하는 마음이 놓이지를 아니하여 이 잔치가 곧 파하기를 바랐다.

이 자리에 모인 이십 명 집현전 제학사는 세종대왕이 필생의 정성을 다하여 기르신 국가의 보배다. 비록 아직 사십이 못 된 젊은 사람들이지마는 세종께서는 그들을 가장 존경하고 가장 믿었다. 왕이 무슨 일을 하시려다가도 집현전 학사가 "못 하십니다" 하고 간하면 아니 하실 만큼 그들을 소중히 여기시니, 이것은 후세 자손들로 하여금 어진 선비의 말을 좇게 하는 본을 보이려 하심이다.

한번은 이러한 일까지 있었다.

세종께서 불도(佛道)를 존숭하시와 대내에 내불당이란 것을 두고 때로 중을 부르시와 법문도 들으시고 몸소 불전에 예배도 하시었다.

집현전 학사들은 대내에 불당을 둠이 태조대왕의 유교입국의 뜻에 어그러진다는 이유로,

"내불당을 폐하고 궁중에 일절 승니(僧尼)를 들이시지 맙소서."

하고 아뢰었다.

그러나 대대로 불도를 존숭하던 것이 골수에 젖어 차마 내불당을 폐하실 뜻이 없으실뿐더러 왕후 심씨가 더욱 듣지 아니하시므로 세종께서는 이때 처음 집현전 제신의 말을 듣지 아니하시었다. 이리하기를 세 번이나 한 뒤에 집현전 학사들은 일제히 물러나가 사흘 동안 다시 입시하지 아니하였다.

"상감께옵서 신등의 간함을 아니 쓰실진대 신등이 무엇 하러 국록을 먹사오리이까. 상감께서 버리시오니 신등은 물러가나이다."

함이었다.

이때에 세종대왕은 수상 황희를 돌아보시고,

"이 사람들이 나를 버리고 가는가."

하고 우시었다.

이러한 집현전이다. 사헌부와 사간원보다도 높아서 삼사의 수위에 처

하였고, 직접 왕의 뜻을 좌우하는 데는 정부(政府)와 정원(政院)보다도 유력한 것이니, 이렇게 되도록 세종대왕께서 만드신 것이다.

문종대왕도 삼십 년 세자로 계시어 부왕의 뜻을 뜻으로 하시게 되어, 집현전 제신을 가장 존중하시와 좋은 음식이 있더라도 반드시 집현전에 하사하시고 만사에 반드시 집현전에 하문하시었다.

집현전 학사를 부르실 때에는 친구의 예로 자(字)를 부르시는 일조차 있었고, 세자로 계실 때에는 때로 밤에 집현전에 미행(微行)하시와, "근보" 하고 부르시어 입직하는 학사를 놀라게 하시는 일이 있었다. 근보는 성삼문의 자다.

그래서 입직하는 학사들은 언제 부르심을 받을지 몰라서 관복을 끄르지 못하고 입은 채로 누워 잘 지경이었다.

이러한 집현전이다.

집현전은 다만 정치와 도덕으로만 가장 높은 데가 아니라 모든 학문, 천문학, 기상학, 역사학, 지리학, 문학, 예술, 철학, 의학, 본초학(本草學), 농학, 역학(譯學, 어학)에도 최고 학부였었다.

조선의 보배요 자랑이 되는 훈민정음도 집현전 학사들의 손으로 된 것이다. 그중에도 신숙주, 성삼문이 자초지종으로 전력하여 세종대왕이 승하하시기 사 년 전에 발표하신 것이다.

문종대왕은 집현전의 어느 학사보다도 학식이 많으시었다. 경사(經史)는 말할 것도 없거니와 시문서화(詩文書畫)에 능하시고 그림에 매화와 글씨에 초서는 당대에 으뜸이었고, 학술 중에는 천문학을 가장 잘하시와 우레와 소나기가 올 방향과 시간을 예언하시었다고 한다.

그러므로 집현전 제신들은 문종대왕께 대하여는 다만 군신지의가 있을 뿐 아니라 모두 수십 년간 거의 매일 대한 벗이요 동창이었다. 그처럼 사사 정분도 두터웠던 것이다.

이날의 잔치는 극히 검소하였으나, 좋은 벗, 좋은 술, 좋은 풍악으로 십분 즐기었었다.

밖에는 봄눈이 펄펄 날리고 바람조차 불었으나 내전 대청인 사찬장(賜餐場)에는 사방에 숯불을 피워 훈훈한 것이 꽃 피는 봄날과 같았다.

정면에 옥좌가 있고, 옥좌 좌우에 늙은 상궁 한 쌍, 젊은 궁녀 한 쌍이 모시어 서고, 그 좌우로는 반쯤 핀 매화 두 분이 담한 향기를 토하고 있다.

매화 분에서 시작하여 옥좌의 왼편 줄에는 수양대군이 수석이 되고, 그다음에 정인지가 앉고, 오른편 줄에는 안평대군이 수석이 되고, 그다음에 대제학 신석조(辛碩祖)와 최만리가 앉고, 그러고는 박팽년, 하위지, 신숙주, 원호(元昊), 권절(權節), 성삼문, 최항, 유성원, 이개가 늘어앉았다.

신석조, 정인지, 최만리 세 사람은 백발이 성성한 중로어니와 기타는 대개 사십 이하의 장년이었다.

비록 병중에 계시더라도 여러 신하들을 부르실 때에 왕의 위의를 갖추시기를 소홀히 아니 하시어 익선관을 쓰시고 곤룡포를 입으시었다. 초췌는 하시었을망정 원래 좋으신 풍신이시라 위풍이 늠름하시고, 그러면서도 웃으실 때와 말씀하실 때에는 춘풍 같은 화기를 발하시었다.

순배와 담론이 끝날 바를 몰라 벌써 날이 저물어 내시들이 분주히, 그러나 발자국 소리 하나 없이 안팎에 등촉을 밝히어 낮과 같이 휘황하게 되매 임금이나 신하나 흥은 밤으로 더불어 깊어가는 듯하였다.

장식(掌食) 나인은 말없이 음식을 나르고, 주궁(奏宮), 주상(奏商),

주각(奏角), 주변치(奏變徵), 주치(奏徵), 주우(奏羽), 주변궁(奏變宮)의 노래 맡은 일곱 쌍 궁녀들은 아름다운 목소리로 만세악(萬歲樂), 가빈곡(嘉賓曲) 같은 여러 가지 노래를 부르고, 악기 맡은 내시들은 금(金), 석(石), 관(管), 현(絃)의 여러 가지 풍악을 아뢰었다.

술이 취하고 풍악이 울리더라도 과도히 질탕함이 없음이 군자의 잔치였다.

그러나 아무도 이때에 왕의 가슴속에 있는 무거운 근심을 알아보는 이는 없었다. 어린 세자에게 나라를 맡기는 근심, 이 근심을 말씀하시려고 이 잔치를 하시는 줄을 알지 못하는 그들은 그저 즐거워하는 이가 많았다.

왕의 부르심을 받아 세자궁께서는 복건, 청포의 평복으로 두 협시의 부액을 받아 대청으로 들어오시와 부왕의 옥좌 곁에 읍하고 서신다. 열두 살로는 키가 크신 편이나 몸은 호리호리하게 가느시었다. 남아답기보다 아름다우신 편이었다.

일동은 일제히 일어나 국궁하여 세자를 지영하였고, 왕께서도 웃음을 머금으시고 고개를 돌리시어 세자를 바라보시었다.

왕은 어탑(御榻)에서 내리시와 평좌하시고 세자를 부르시와 앞에 앉히시고 세자의 등을 만지시며 눈을 드시와 수양대군과 정인지에서부터 성삼문, 신숙주, 박팽년, 최항, 하위지, 유성원, 이개 등을 차례로 보시와, 최만리, 신석조와 안평대군까지 두루 살피신 뒤에 약간 떨리는 듯한 음성으로,

"경들에게 이 아이를 부탁한다."

하시었다.

이때에 수양, 안평 두 분 대군을 비롯하여 모든 신하들은 일제히 엎드리어 그 넓은 방 안에는 먼지 하나 움직이지 아니하는 듯 고요하고 오직 촛불만 춤을 추어 분벽에 그림자를 흔들었다.

왕의 이 말씀에 여러 신하들은 취하였던 술이 일시에 깨는 듯하였다.

왕은 다시 말씀을 이으시와,

"내 병이 심상치 아니한 줄을 알매 오늘 경들에게 이 부탁을 한다."

하시었다.

비장이라고 할 만한 엄숙한, 무거운 기운이 온 방 안을 내리눌러서 사람들은 숙인 고개를 치어들 힘이 없었다. 모두 돌로 깎아놓은 사람같이 고요하고, 오직 왕의 초췌한, 해쓱한 모양만이 움직이는 듯하였다. 어리신 세자궁조차 약간 고개를 숙인 대로 꼼작하지 아니하시었다. 궁녀들의 얼굴에는 벌써 눈물이 흐르는 이조차 있었다. 이 인자하시고도 병약하신 임금은 궁녀들이 애끊게 사모하는 정을 한 몸에 모으시었다. 문종대왕이 등극하신 이래로 일찍이 어느 궁녀 하나를 죽이기는커녕 때리신 일도 없으시었다. 왕은 오직 관대하시어 모든 것을 용서하시었고, 더구나 불쌍한 궁녀와 내시들을 어여삐 여기시와 그 잘한 것은 칭찬하시되 잘못한 것은 못 본 체하시었다.

세종대왕께서는 그렇지 아니하시었다. 그 어른은 엄하심이 있어서 궁녀나 내시나 잘못한 것이 눈에 띄면 때리기도 하고 죽이기도 하시었다. 그러므로 세종대왕은 무서웠다. 그러나 문종대왕은 무서운 어른은 아니시었다. 이것이 왕의 지극히 인자하신 특징도 되지마는 동시에 제왕으로는 흠점일는지도 모른다. 수양대군의 말을 빌면 왕은 무능하시었다. 왕이 너무 위엄을 아니 부리시기 때문에 기강이 해이해지는 것이다. 왕이 벽력과 같은 위엄을 부리어서 신하들이 벌벌 떨어야 나랏일이 되어간다는 것이 수양대군의 의견이다.

"이놈의 말에도 귀를 기웃, 저놈의 말에도 귀를 기웃, 이러니까 조정의 위엄이 없어지고 신하들이 기를 펴는 것입니다."

하고 수양대군은 왕께 아뢰인 일까지 있었다.

그때에 왕은,

"경의 말이 옳다."

하고 칭찬까지 하신 일이 있었다.

오늘같이 주둥이만 까고 아무 힘없는 선비(이것이 집현전 제신에게 대한 수양대군의 의견이다)들을 모아가지고 과공(過恭)이라 할 만치 정중한 대우를 하는 것도 긴치 아니한 일이라고 수양대군은 내심에 불평하였다. 진실로 궁녀로 하여금 술을 치고 가무를 하게 함은 종친을 모은 연락(宴樂)과 다름이 없는 것이다. 만일 이 무리들을 시킬 것이 있거든,

"이리이리하여라. 하면 상을 주마. 아니하면 죽이리라."

한마디면 족할 것이지, 이렇게 융숭하게 저 못난 무리들을 대접할 것은 없는 것이다. 만일 어린 세자를 부탁하겠거든 수양대군 자기에게만 부탁하면 그만이 아닌가, 이렇게 수양대군은 생각하고 형님 되시는 왕의 하시는 일이 모두 부질없이만 보인다.

수양대군이 이 잔치에 불평을 품는 이유는 또 하나 있다. 그것은 이러하다.

형님 되시는 왕과 아우님 되는 안평대군은 다 어느 학사에게 지지 않는 문장과 학식이 있기 때문에 모인 신하들과 말이 어울리지마는, 유독 수양대군은 율(律)을 한 수 지을 줄 모르고 저 무리가 반드시 떠드는 한

62

(漢), 당(唐), 송(宋)의 곰팡내 나는 옛이야기는 알지도 못할뿐더러 듣고 있자면 골치만 아파질 뿐이다. 그런 고린 소리는 묵은 책 좀먹는 집현전 구석에서나 할 것이지 한 나라를 다스리는 왕의 궁전에서 할 것은 아니라고 수양대군은 본다.

"이러고 나랏일이 어찌 돼."

하고 수양대군은 문종 즉위 이래로 형님이신 왕의 하시는 일이 매양 불만하였다. 왕이 상제 노릇 하시느라고 세월의 대부분을 허비하시는 것도 못마땅하였다. 왕이란 그런 헛된 일에 세월을 보낼 것이 아니라고 생각하였다. 효자가 반드시 좋은 왕이 아니다, 이것이 형님을 빈정대는 수양대군의 생각이다.

"거상은 일 년이면 족하다."

이렇게 수양대군이 주장하는 것도 형님께 대한 반감이 가장 큰 원인이다.

형님 되시는 왕의 문약(文弱)을 불만히 여기는 수양대군은 자연히 문학과 풍류를 좋아하는 아우님 안평대군이 미웠다. 더구나 안평대군이 근래에 와서 명망이 크게 떨치어 그의 한강 정자인 담담정(淡淡亭)과 자하문(紫霞門) 밖 무이정사(武夷精舍)에는 날마다 천하의 문장재사와 풍류호걸들이 모이어들어 질탕히 놀므로 세상에서 안평대군 있는 줄은 알고 수양대군 있는 줄은 모르는 것이 분하였고, 더구나 형제 분이 혹시 서로 대할 때면 안평이 형님 되시는 수양을 가볍게 보는 빛이 있을 때에 분하였다.

한번은 무슨 말끝에 안평이,

"형님이 무얼 아신다고 그러시오? 형님은 산에 가서 토끼나 잡으시우."

하고 수양대군이 활 쏘는 것밖에 능(能)이 없는 것을 빈정거릴 때에 수양은 분노하여,

"요 주둥아리만 깐 것이."

하고 벽에 걸린 활을 벗겨 든 일까지 있었다. 그 후부터 수양은 안평을 만나려고 아니 하다가 왕께서(세자로 계실 때에) 들으시고 두 아우님을 부르시어 화의를 붙이시었다. 그렇지마는 패기만만하여 안하에 무인한 두 분이 진심으로 화합할 리는 없었다.

이 연락의 자리에서도 수양, 안평 두 분 대군은 가끔 힐끗힐끗 서로 눈이 마주칠 때마다 불꽃이 이는 듯하였다. 모든 사람들은 그 눈치를 알기 때문에 이상한 흥미를 가지고 가끔 두 대군을 바라보았다.

그러나 왕이 옥좌에서 내려앉으시고 세자의 등을 만지시며 슬픈 부탁을 하실 때에는 아무리 철석같은 수양대군이라도 진심으로 고개를 숙이었다.

일동이 엎드리었던 고개를 들기를 기다리어서 왕은 한층 더 힘 있는 어성으로 세자를 바라보시고,

"너는 평생에 여기 모인 여러 현인들을 고굉(股肱)과 같이 믿고 스승과 같이 공경하여라. 이 사람들은 다 나의 옛 친구들이니 네게는 부집(父執)이니라. 군신지분이 있다고 하여 교만한 마음을 가지지 말어라. 수양, 안평 등 여러 숙부가 있고 이 모든 현신이 있으니, 비록 네가 어리더라도 염려 없을 것이다. 부디 오늘 일과 내가 한 말을 잊지 말어라."

하고 다시 한번 세자의 등을 만지시고 낙루하심을 금치 못하신다.

세자는 일어나 부왕의 앞에 절하고 엎디며 낭랑한 목소리로,

"아바마마, 소신이 비록 어리고 몽매하오나 하교를 지어버리지 아

니하오리이다. 아바마마, 천추만세 후에라도 수양, 안평 두 분 숙부를 주공(周公)과 같이 믿삽고, 집현전 모든 부집을 스승으로 공경하려 하옵니다."

하시었다.

어린 세자의 이 말씀은 모인 사람들의 폐부를 뚫는 듯하였다. 성삼문 같은 이는 느낌을 겨우 억제하였고, 수양대군도 자기에게 세자를 부탁만 하면 주공이 되어보리라 하였다.

세자가 영민하시다 함은 전부터 소문이 있는 바이거니와, 오늘에 비로소 모든 사람이 목전에 그 총명하심을 뵈옵고 감격하였다. 젊은 학사들은 '마정방종(摩頂放踵)'을 하더라도 세자를 도와 요순 같으신 성군이 되시게 하리라.' 하고 속으로 맹세하였다.

왕은 눈물을 거두시고 잔을 올리라 하시와 친히 잔을 들어,

"오늘 내가 경들과 큰 언약을 하였으니 손수 사례의 술을 권하리라. 인생이 덧없으니, 뉘라 목숨의 조석을 알리오. 이렇게 군신이 모여 즐김도 늘 있지 못할 성사(盛事)라, 경들은 내가 권하는 술을 받아 이 밤이 맞도록 취하여 즐기지 아니하려는가."

하고 손에 드신 잔을 먼저 수양대군에게 주시었다.

수양대군은 황감하여 꿇어서 어전에 나아가 두 손으로 어사(御賜)하시는 잔을 받자왔다. 이 모양으로 잔을 받을 때마다 장진주(將進酒) 노래가 우러났다.

술은 취하고 밤은 깊어간다. 촛농은 흘러내리고 불꽃은 튄다. 비단 장을 두른 대궐 안에도 찬바람이 휘돈다. 밖에는 여전히 눈이 내린다. 대궐 지붕과 마당에 눈이 한 뼘이나 쌓였다.

사람들의 취한 눈은 촛불 빛에 빛났다.

왕은 아무리 흥이 깊으시더라도 늙은 신하의 사정을 잊으실 리가 없다.

"학역재(學易齋), 나가오."

하시었다. '학역재'는 정인지의 호다. 정인지는 왕이 세자궁으로 계실 때에 좌필선으로 있었기 때문에 스승 대접을 하여 부르실 때에는 반드시 '학역재'라는 호로써 하였다. 스승을 존경하시는 뜻이다.

정인지는 이때에 벼슬이 의정부 우참찬이요, 나이 쉰일곱이었다. 몸은 작으나 기품이 좋아서 백발은 있어도 아랫수염이 조금 있는 얼굴에는 아직 주름이 없고 목소리가 쨍쨍하여 쇳소리와 같았다.

위인(爲人)이 하턱이 빠르고 코가 날카롭고 얼른 보기에 작고 간사한 듯하지마는, 성품은 자못 호매하고 자부심이 많았다. 그는 일찍 술이 취하여 말하기를, 자기가 만일 공자의 제자가 되었으면 안자(顏子), 증자(曾子)는 바라지 못하여도 자유(子遊), 자하(子夏)만큼은 되었으리라고 장담하였다. 좀 경망스러운 흠이 있지마는 모략과 수완이 있어서 세종대왕의 칭찬을 받았고, 특별히 교제를 잘하므로 명나라 사신 올 때면 매양 관반(館伴)이 되었다. 그때에는 소위 천사(天使)의 접반은 어려운 일 중에도 어려운 일이었던 것이다. 명나라 사신 예겸(倪謙)이 왔을 때에도 그 관반이 되어 조금도 꿀림 없이 직분을 다하여 예겸으로 하여금 탄복하게 하였으니 그의 득의를 짐작할 것이다.

그의 재주는 무서웠다. 열아홉 살에 태종(太宗) 갑오 문과에 장원이 되고 서른세 살에 중시에 또 장원이 되어 재명이 일세에 진동하였다. 글을 알기로나 짓기로나 당대 일류였으나, 실제 정치에 더욱 흥미가 있었다. 그러나 세종대왕에게 인지는 재승(才勝)하다는 비평을 받은 것처럼 그는 덕이 재보다 부족하다는 말을 흔히 들었다.

어찌하였으나 문종대왕이 왕자(王者)의 학을 배운 것은 정인지에게서다. 그러므로 왕이 정인지를 공경하시고 소중히 여기심이 진실로 극진하시었다.

인지의 늙음을 생각하시와 먼저 물러가라는 하교를 내리심은 진실로 황송한 일이어서 모두 정인지를 위하여 영광으로 알았다.

정인지는 황송하신 왕명을 받자와 왕의 앞에 엎드리어 이마를 조아리고 다시 세자궁 앞에 국궁으로 하직하는 예를 행하였다.

왕은 기립하여 정인지의 부복례를 받으시고 세자는 정인지의 국궁함을 읍함으로써 대답하시며,

"선생, 추우시겠소."

하시었다. 부왕이 정인지를 공경하는 뜻을 본받은 것이거니와, 또한 세자빈객에 대한 예도 되는 것이다.

정인지가 왕과 세자의 융숭한 대우를 황송히 생각하면서 최만리와 함께 어전에서 물러나왔다.

정인지가 물러난 뒤에도 수없이 순배가 돌아 밤이 자정이 넘을 때쯤 하여서는 하나씩 둘씩 칠팔 인이나 상감 앞에 쓰러지었다. 겨우 쓰러지지나 아니한 사람들도 눈이 내리어감기고 혀가 얼어 이야기한다는 것이 팔과 고개만 내어젓고, 속으로는 어전인 줄 알면서도 입이 말을 아니 들어 허허 하고 너털웃음을 막지 못하는 이조차 있었다.

신하들이 술이 대취하여 몸을 거누지 못하여 모로 쓰러질 때마다 왕은 궁녀를 시키어 벨 것과 덮을 것을 주라 하시었다.

몇 번 눈을 떠서는 어전인 줄 알고 황송하여 정신을 차리려고 몸을 들

먹거리다는 그만 아주 코를 골아버리는 이도 있었다.

제일 먼저 코를 곤 이는 최항이었다. 통통하고 키가 조그마하고 수염이 한 개도 없는 최 승지는 술도 사람 갑절 먹고 떠들기도 사람 갑절 떠들었으나, 그 대신 맨 먼저 코를 골아버렸다.

왕은 최항이 코 고는 것을 보시고 웃으시며,

"저 사람은 본래 잠으로 유명하거든."

하시고 목침을 주라 하시었다.

최항이 잠으로 유명하다는 왕의 말씀에는 이유가 있다.

선조(先朝) 세종대왕께서 장차 과거를 보이려 하시던 어떤 날 꿈에 성균관 서정(西亭) 잣나무 밑에 용 한 마리가 서리어 있음을 보시고 이상히 여기시어 곧 무감(武監)을 보내어 보고 오라 하시었다. 무감이 달려가 본즉, 어떤 통통하고 작달막한 작자가 보따리를 베고 누워 자는데 한 다리를 잣나무에 뻗고 자는 것을 보고 그대로 왕께 고하였더니, 이튿날 과거에 장원한 사람을 보니 그 사람인데 이것이 최항이라서 유명한 이야깃거리가 되고, 성균관 잣나무까지 이름이 나서 장원나무라고 부르게 되었다. 이러한 일이 있기 때문에 세종께서 특히 최항을 사랑하시어 과거 한 지 몇 해가 아니 하여 집현전 직제학을 하이시고, 십사 년 만에 정묘년 중시에 입격하매 부제학을 삼으시어 강설(講說), 사명(詞命), 편찬(編纂), 제술(製述)을 다 주관하게 하시었고, 그중에도 명나라에 보내는 소위 사대표전(事大表牋)은 도맡아 하였다.

문종대왕도 부왕의 사랑하시던 신하라 하여 최항을 사랑하시와 즉위하시는 머리에 우승지를 삼으시었다.

이러한 옛일을 생각하시고 "잠으로 유명하다." 하신 것이다.

제신은 이 뜻을 알기 때문에 웃었다.

평시 같으면 남보다 삼 갑절 먹고 삼 갑절 떠들 성삼문이 오늘은 매우 조심하는지 꼬박꼬박 하면서도 좀체로 쓰러지지 아니하였다. 눈초리가 쑥 올라간 큼직한 눈은 보기만 해도 쾌활하였다. 더구나 왕이 주시는 술을 사양할 수 없이 받아먹고도 아니 취하려고 애를 써서 졸음이 매어달리는 커단 눈을 더욱 크게 뜨고 두리번거리는 양은 우스울 만하였다.

곁에 앉은 신숙주는 가느단 눈으로 성삼문을 곁눈질해 보고 웃었다. 집현전 여러 학사들 중에 성삼문과 가장 절친하기는 신숙주였다. 성삼문과 신숙주와는 서로 같은 점보다도 서로 다른 점이 더욱 많았다. 삼문은 키가 크고 눈이 크고, 숙주는 그와 반대로 키도 작고 눈도 작았다. 삼문은 눈초리가 봉의 눈인데 숙주는 팔자(八字) 눈인 것같이 반대요, 성질로 보더라도 삼문은 서글서글하나 아무렇게나 하는 점이 있으되 숙주는 겉으로는 서글서글한 체하여도 속은 매우 깐깐하여 이해타산을 분명히 하였다. 삼문이 아무리 재주가 있다 하더라도 일을 도모하기에는 도저히 숙주와 겨룰 수가 없었다. 그러므로 삼문은 무엇에나 일에는 항상 숙주에게 졌다. 삼문은 속에 무엇을 하루를 숨겨두지 못하는 성미나, 숙주는 필요로만 생각하면 일생이라도 마음에 감출 수가 있었다. 그러므로 삼문의 속은 숙주가 빤히 들여다보지마는 숙주의 속을 삼문은 삼분지일도 알지 못하였다.

'요 눈 조꼬맹이가 또 무슨 꾀를 부려.'

하고 삼문은 숙주를 노려보았다.

그러면서도 두 사람은 더할 수 없이 친하였다.

신숙주, 성삼문이 다 취하여 쓰러지되 아직도 까딱없기는 점잖기로 유명한 박팽년과 가냘프기로 유명한 이개다. 그렇게 근엄한 하위지도 쓰러지고 말았건마는 핏기 한 땀도 없고 불면 넘어갈 듯한 이개가 버티고 있는 것을 왕은 이상하게 보시고 웃으시며,

"조상의 힘이로군."

하시었다. 이는 이개가 이목은(李牧隱)의 증손인 것을 말씀하심이다.

마침내 이들조차 쓰러지고 말았다. 오직 왕이 홀로 깨어 취한 눈으로 여러 신하들을 돌아보시었다.

왕은 내시를 시키어 이 사람들을 문짝에 담아 입직청(入直廳)으로 옮겨다 누이라 하시고, 침전 이불을 내어주라 하시고, 그도 부족하여 왕의 잘두루마기까지 내어 손수 덮어주시었다.

신숙주가 잠을 깬 것은 벌써 해가 높은 때였다. 이상한 향기가 들리기로 돌아본즉 몸에 덮은 것은 상감의 잘두루마기였다.

숙주는 벌떡 일어나 꿇어앉아서 잘두루마기를 두 손으로 받들고 감격한 눈물을 흘리었다.

"이 임금 위하여 몸을 아니 바치면 어디다 바치리."

하였다. 그리고 어젯밤 왕이 자기들을 어떻게 융숭하게 대접한 것을 아울러 생각할 때에 더욱 감격함이 깊었다.

곁에 자던 성삼문도 그 커단 눈을 번히 떠서 숙주의 하는 양을 보았다. 살펴본즉 자기가 덮은 것도 왕의 갖옷이었다. 숙주보다도 감격성이 더 많은 삼문은 그 갖옷을 안고 소리를 내어 울었다.

"범옹(泛翁)이, 이런 일도 있는가."

하고 삼문은 어찌할 줄 모르는 동생이 철난 형을 바라보는 모양으로 숙주를 바라보았다. 범옹은 숙주의 자(字)다.

삼문의 이 말에 숙주는 잠깐 고개를 들어 삼문을 바라보았다. 삼문의 얼굴에 눈물이 종횡하였다.

그러고는 말이 없이 맥맥히 마주 보고만 있었다.

이것은 신숙주, 성삼문 두 사람의 일만이 아니다. 정인지, 최항 같은 이도 이와 같은 감격을 가지었다. 그 증거로는 이 일이 있은 지 며칠이 아니 하여 정인지가 그의 심복 되는 승지 최항을 통하여 왕께 수양대군이 녹록한 사람이 아니요 근래에 사람 사귀는 모양이 수상하니 지금에 수양을 제어하는 것이 후환이 없으리란 뜻을 아뢴 것이다.

무론 왕이 이 말을 들으실 리는 만무하다. 비록 수양대군이 딴 뜻을 품은 줄을 적확히 알았다 하더라도 왕의 마음속으로는 골육을 해할 수가 없으려니와, 형제간에 우애지정이 지극하신 왕으로는 도저히 수양대군이 딴 뜻을 품으리라고 생각할 수도 없는 일이었다.

"상감께 사뢰었나?"

"네, 그 이튿날."

"상감께서 무에라 하시던가."

"빙그레 웃으시고는 다른 말씀을 하십데다."

"상감께서 너무 마음이 약하시니까 웬걸 들으실라고."

이러한 담화가 며칠 뒤에 정인지, 최항 사이에 교환되었다. 그 끝에 정인지는 무엇을 목전에 보는 듯이,

"허, 허."

하고 한탄인지 비웃음인지 알 수 없는 웃음을 웃고는 최항더러,

"발설 말게."

하고 당부하였다. 그 뒤부터는 정인지는 다시는 수양대군에 관하여 아무

말이 없었다. 정인지는 이런 말을 낸 것을 깊이 후회하였던 것이다.

이 일이 있은 뒤로부터 왕의 병환은 더욱 침중하시와 오월 이십사일에 마침내 어리신 동궁에게 나라를 맡기시고 승하하시었다.

왕이 승하하시기 전날 마침내 회춘 못 하실 줄 아시고 영의정 황보인, 우의정 김종서, 좌찬성 정분, 우찬성 이양(李穰), 이조판서 이사철(李思哲), 호조판서 윤형(尹炯), 예조판서 이승손(李承孫), 병조판서 민신(閔伸), 지신사 강맹경(姜孟卿), 집현전 제학 신석조 등을 부르시와 세자를 보좌하기를 고명(顧命)하시었다.

왕은 경복궁 천추전 동녘 방(지금으로 이르면 동온돌)에 누우시고, 방 안에는 세자와 공주와 혜빈양씨와 지밀나인 두엇이 모시고, 대청에는 승정원이 주야로 입직하고 정부와 육조의 대관들도 때때로 입시하였다.

고명이 계신 날에 신숙주, 성삼문은 승지로 입직하여 있었다.

왕은 겨우 손을 드시어 수상을 부르시와 황보인이 병석 앞에 엎드린 때에 세자의 등을 만지면서,

"부탁하오."

한마디를 하시고는 기운이 없으시어 다시 말씀이 없으시었다. 무슨 하실 말씀이 있는 듯이 입을 움직이시는 모양이나 어성은 들리지 아니하였다.

왕의 입술과 눈은 움직이시어도 말씀이 없으시고 세자의 등을 만지시던 손이 두어 번 세자의 등을 가볍게 만지시고는 흘러 내려오는 것을 보고 황보인은 떨리는 늙은 음성으로,

"상감, 염려 부리시겨오. 소신 등이 충성을 다하여 세자궁을 보좌하오리이다."

하였다.

이 말이 들리신 모양인지 왕은 약간 고개를 끄덕이시는 듯하여 그 기신 용수(龍鬚)가 가슴 위에서 흔들리었다.

김종서, 이양, 민신 같은 노신들은 왕의 뼈만 남고 핏기 없으신 얼굴을 우러러뵈옵고, 그 곁에 고개를 숙이고 앉아서 느껴 우는 세자궁을 뵈옵고 울음을 머금고 눈물을 떨어뜨리었다.

도승지 강맹경, 입직 승지 신숙주, 성삼문은 곧 어전에 필묵을 들어 이 날에 고명하심과 고명받은 사람의 이름을 정원일기(政院日記)에 기록하였다.

고명하심이 끝난 뒤에 얼마 아니 하여 수양대군과 각 대군이 입시하였다. 왕이 부르신 것이다. 마지막으로 사랑하시던 아우님들을 한번 보시려 함이다. 세자는 수양대군이 들어옴을 보시고 일어나 수양의 소매를 잡으며,

"숙부, 어찌하오?"

하고 우시었다.

대군들이 왕의 곁에 꿇어앉아 왕이 정신 드시기를 기다린 지 이윽하여 왕은 잠깐 눈을 뜨시었다. 오랜 병환에 기운은 더할 수 없이 쇠약하시었으나 정신은 끝까지 분명하시었다.

두 번째 눈을 뜨시었을 때에 왕은 저으기 기운을 회복하시는 모양으로 방 안에 둘러앉은 대군들을 돌아보시었다. 돌아보시던 눈이 양녕대군(讓寧大君)에 미칠 때에 왕은 고개를 드시려는 뜻을 보이시었다. 생시에 양녕대군이 들어오면 왕께서는 반드시 일어나시던 습관이 있기 때문이다. 그러나 고개가 움직여지지 아니할 때에 왕은 다시 눈을 감으시고 한숨을 쉬이시었다.

육십이 가까운 양녕대군은 귀밑과 수염이 눈같이 희었다. 양녕대군은 태종대왕의 맏아드님이요 세종대왕의 형님이요 문종대왕의 백부요, 따라서 종친 중에는 가장 항렬이 높은 어른이다. 태종대왕께서 위(位)를 셋째 아드님이신 충녕대군(忠寧大君)에 전하실 뜻이 있으심을 보고 당시 세자로 있던 양녕대군은 거짓 술 미치광이가 되어 일생을 술에 취하지 아니하면 산수 간에 방랑하기에 보낸 양반이다. 그래서 충녕대군이 태종대왕의 뒤를 이어 세종대왕이 되시고, 당연히 왕이 될 양녕대군은 지금은 한 늙은 선비로 행세를 할 뿐이다.

양녕대군이 왕위를 피한 것에는 또 한 가지 이유가 있다. 그는 조부 되시는 태조대왕과 아버지 되시는 태종대왕과의 부자 분이 보기 싫게 싸우는 것과, 정종대왕과 태종대왕 간의 왕위의 이동과 방간(芳幹)의 변과, 이러한 모든 피비린내 나는 사변을 목도하였다. 이것은 모두 왕위를 위한 다툼이니 자기가 왕이 되어도 반드시 패기만만한 셋째 아우님 충녕대군이 가만히 있을 리가 없을 것을 알았고, 또 한 번 세사를 달관할진대 그까짓 왕위란 그리 탐낼 것도 아니었다. 차라리 좋은 산수를 찾아 경개 보기를 낙을 삼고 달 아래 꽃 아래 술이 취하여 미친 노래를 부르는 것이 인생의 낙사(樂事)라고 생각한 것이다. 이를테면 태종대왕의 정치의 야심과 천재를 받은 이가 세종대왕이시요, 그 어른의 염세적, 초세간적 일 방면을 이은 이가 양녕대군이라 할 것이다.

양녕대군은 동궁 퇴 위에 새덫을 놓고 글을 배우다가도 새가 걸리는 것을 보고 새덫으로 뛰어갔다는 것으로 유명하고, 또 양녕대군이 장차 폐함이 되려 할 때에 그 바로 아우님 되는 효령대군(孝寧大君)이 아마 자기가 세자가 되는 줄 알고 갑자기 얌전하게 되어서 글공부하는 것을 보고 발로 그 등을 차며 "충녕이 성덕이 있지 아니한가." 하고 웃었고, 효령은 그제야 깨닫고 책을 집어던지고 문밖 절로 뛰어나가 북을 치고 염불을 하여 하루 새에 북 가죽이 노닥노닥 떨어지었기로 유명하다.

이러한 내력을 가진 이이기 때문에 평소에 궁중에 출입함이 없었으나, 문종대왕의 임종에 소명을 받아 들어와 천명이 장차 진하려는 왕과 그 곁에 울고 계신 세자를 대할 때에는 그의 흉중에 태조대왕 이래의 모든 광경이 구름 일듯 일어 나와 실로 마음을 진정할 수가 없었다. 양녕대군의 늙은 눈에 맺힌 한 방울 눈물, 그 속에 끝없는 감회가 들어 있었다. 강성한 대군들, 어린 임금, 이렇게 생각할 때에 양녕대군의 경험 많고 지혜 많은 생각에는 수없는 어려운 일, 슬픈 일이 역력히 떠돌았다.

양녕대군은 고개를 들어 세자궁을 뵈옵고, 다시 수양(首陽), 안평(安平), 광평(廣平), 금성(錦城), 평원(平原), 영응(永膺) 등 여섯 대군을 차례로 둘러보았다.

양녕대군이 여러 대군을 돌아보매, 여러 대군은 다 근심된 얼굴로 잠깐 눈을 들어 왕과 세자를 바라보고는 다시 고개를 숙이어 왕의 입이 열리어 무슨 말씀이 내리기를 기다렸다.

그러나 산전수전 다 지낸 양녕대군의 눈에는 이 여섯 대군의 속을 꿰뚫어보는 듯하였다(임영대군은 이때에 벌써 작고하였다).

'일은 이 속에서 나는고나.'

하고 양녕은 생각한다.

'다만 이 중에 어느 사람이 일의 장본인이 될는지가 문제다.'

세상은 안평대군을 말한다. 안평이 남호(南湖) 담담정과 자하문 밖 무이정사에 수없는 문객을 모은다 하여 혹 딴 뜻이나 품은 것이 아닌가고 어떤 사람은 의심한다. 안평을 해치는 이러한 소리는 근래에 수양대군 궁에 출입하는 사람들의 입에서 더욱 많이 나오게 되었다. 그 말의 장본인은 아마도 수양대군의 심복인 권람(權擥)이다. 비록 안평대군에게 호의를 가진 이라도 왕자의 처지로서 문하에 사람을 많이 모으는 것이 도리에 합당치 않다는 비난은 한다.

그렇지마는 양녕대군은 안평의 뜻을 잘 안다.

'안평은 흉한 생각을 할 사람은 아니야.'

하고 지혜로운 양녕의 눈이 보는 것이다. 그 까닭은 안평대군이 반드시 대의를 중히 여기어서 그런다는 것보다는, 양녕대군 자기 모양으로 귀찮은 권세의 자리를 즐겨하지 아니하기 때문이다. 양녕이 보기에 안평은 왕이 되라고 하면 달아날 사람이었다.

제일 마음 놓이지 아니하는 이가 수양대군이다.

'암만해도 가만히 있지 아니할걸.'

하고 양녕대군은 수양대군의 어리었을 때 일을 생각한다. 원천석이 "이 아이 모습이 내조(乃祖)와 혹사하오." 하던 말도 생각한다. 내조라는 태종대왕은 곧 양녕대군 자신의 아버지시거니와, 태종대왕과 같다고 한 말에는 형을 극(克)하고 아버지를 극한 것도 포함된 것이다. 문종대왕이 오래 사시었더면 수양은 형을 극하였을는지 모르고, 세종대왕이 오래 사시었더면 아버지까지라도 극하였을는지 모른다. 그런데 아버지이신 세종도 돌아가시고 형님이신 문종도 돌아가시었으니, 수양이 아비와 형을 극하였단 말은 들을 기회가 없이 되었지마는, 앞에 당할 것이 어린 조카 열두 살 되시는 세자, 장차는 어린 임금을 순순히 섬길까. 이렇게 생각하면 양녕대군은 머리를 흔들고 속으로,

'아니! 안 될 말!'

하고 수양대군의 붉은 광채 나는 살기등등한 눈을 한 번 더 아니 볼 수 없었다.

'만일에 수양이 무슨 일을 저지른다 하면, 또 늙은 몸이 서울을 떠나서 종적을 감추어버리는 것이 상책이겠군.'

양녕대군은 이렇게 생각하고 자기의 신세를 웃는다. 세종대왕께서 양녕대군을 형님으로 극진히 대접하였건마는, 그래도 양녕대군은 세종대왕 생전에는 아무쪼록 도성에 들기를 피하다가 세종대왕 승하 후에는 마음 놓고 서울에 자리를 잡고 있었던 것이다. 그렇지마는 궁중에 다시 무슨 변이 생긴다 하면 종실의 어른으로 간참 아니 할 수 없고, 한다 하면 모두 뒤숭숭하고 위태한 일뿐이다. 이렇게 양녕대군은 벌써부터 보신책을 생각한 것이다.

'그러면 누가 수양을 당해낼꼬?'

대군의 생각과 눈은 다시 육 대군 위로 돌아간다.

임영(臨瀛)이 덕이 있었으나 불행조사하고, 광평은 나이 지긋하였으나 수양, 안평에 비길 수가 없는 인물이요, 평원, 영웅은 아직도 이십 세 내외의 약관이니 장차 날개가 돋고 톱이 나면 몰라도 아직은 수양에 비기면 수리와 병아리 격이다. 그러면 안평이냐. 안평은 명망으로나 실력으로나 적어도 수양을 누를 만하지마는 그러할 뜻이 없으니 반드시 수양의 손에 없어질 것이요, 오직 하나 금성대군이 아직 삼십 미만이로되 기개로나 식견으로나 수양대군의 적수가 되려면 되겠지마는, 그는 아직 나이 젊고 명망과 우익(羽翼)이 부족하다.

양녕대군은 여기까지 생각하고는 한숨을 쉬었다.

육 대군 외에도 장남한 군(君)이 여러 분 되지마는 별로 뛰어나게 잘난 이도 없었거니와, 설사 잘난 이가 있다 하더라도 톱날 같은 대군들이 살아 있는 동안 군으로는 궁중에서 성명이 없을 것이다.

그렇다 하면 종실 중에는 수양의 적수가 없다. 수양이 하려고만 들면 무슨 일이나 될 형편이다.

그러면 신하 중에는 어떠한가. 양녕대군은 신하들을 생각해본다.

황희가 팔십 세만 되었으면야 아무도 감히 조정을 배반하여 고개를 들 생념을 못할 것이지마는, 나이 구십이니 아무리 황희인들 무엇 하랴. 게다가 근래에는 병으로 눕고 귀가 절벽이 되어 손바닥에 글자를 써서 겨우 의사를 통하는 형편이다.

다음에는 영의정 황보인이거니와 나이 칠십이 넘어 늙기도 하였거니와, 본래 세종대왕 같은 명군(明君) 밑에서 임금이 시키는 대로 예예, 하기나 할 호인물이지 수완이 있거나 아귀통이 센 인물은 아니다. '난 대로 믿는 황보 정승'이란 별명은 못난이란 뜻이다. 온후 겸양의 덕은 있다 하더라도 난세에 다스릴 힘은 바랄 수가 없다.

좌의정 남지(南旨)는 식견이 있으나 몸을 아끼어 국가사보다도 일신 일가의 안전을 더 중히 여기는 사람이니 어려운 일에 믿을 수는 없다. 벌써 무슨 기미를 보았는지 남지는 병탈하고 집에 누워 있다. 그러나 그 병이란 게 얼마나한 병인지 알 수 없다. 그는 안평대군이 혼사 청하는 것을 거절하도록 조심하는 사람이다. 안평대군이 강청하므로 부득이 그 아들 우직(友直)을 사위를 삼았다가 나중 우직이 그 아버지와 함께 죽임되는 통에 시호 하나를 밑지었으나 몸은 온전함을 얻었다.

'에익, 얄밉게 약은 것!'

하고 양녕대군은 가만히 남지를 향하여 혀를 찼다.

삼공(三公) 중에 가장 믿을 만하기는 우의정 김종서라고 양녕은 생각하였다. 그 아래위 똑 자르고 가운데 토막만 남겨놓은 듯한 조그맣고 몽토록한 몸, 그것은 도시 충분(忠憤) 덩어리요, 담 덩어리다. 동그란 눈을 흡뜨고 소리를 지를 때에는 그 소리가 벽력같다고 한다. '호랑이'라는 그의 별명은 어느 점으로 보거나 합당하였다. 두만강 가의 표한(慓悍)한 야인들의 무리도 이 호랑이의 벽력같은 소리에 벌벌 떨고 달아난 것이다.

'장차 나라에 무슨 어려운 일이 있다 하면 믿을 사람은 절재(節齋) 하나야.'

하고 양녕은 생각한다. 절재는 김종서의 당호다.

그 밖에는 늙은이는 기력이 없고, 그렇지 아니하면 세력을 따라 사제사초(事齊事楚)를 예사로 할 무리들이다. 딴은 그렇기도 할 게다. 제 아비, 할아비도 왕씨(王氏)의 녹을 대대로 먹다가 일시에 이씨(李氏)의 녹을 바라고 무릎을 꿇지 아니하였나. 그렇게 변통 잘하는 정신은 처세의 비결로 자여손(子與孫)에게 전하여오는 것이다. 이렇게 생각하고 양녕대군은 "응" 하고 구린 것을 입에 넣었던 것같이 입맛을 다시었다.

이때에 왕은 다시 눈을 뜨시어 여러 대군들을 돌아보시었다. 돌로 깎아놓은 듯이 가만히 있던 대군들은 바람에 흔들리는 풀잎 모양으로 몸을 움직이었다.

수양대군이 특별히 왕의 입이 열리기를 기다리는 것은 까닭이 있다. 만일 세자의 제숙부(諸叔父) 중에서 특별히 섭정의 고명을 받는다 하면 그것은 수양대군을 두고는 다시없을 것을 아는 까닭이다. 안평대군이 비록 명성이 있다 하나 항렬로나 정치적 수완으로나 도저히 자기를 당하지 못하리라고 생각할뿐더러, 왕은 어리어서 모양으로 자기를 신임할 것을 믿었다. 요전 집현전에서도 자기에게 특별한 고명이 계실 것을 고대하다가 실망하였거니와, 이번 임종의 소명에는 반드시 그 뜻이 있으리라고 믿은 것이다.

이것은 수양대군뿐 아니라 다른 대군들도 혹시나 하고 생각하였던 것이다.

어젯밤 권람이,

"나으리, 장차 크게 운수가 트이시오."

하고 수양대군을 보고 유심히 웃을 때에,

"그 무슨 말인고?"

하고 수양이 시치미를 떼었으나 속으로는 은근히 큰일을 기약하였던 것이다. 세자가 성년이 되기까지 섭정의 고명을 받거나, 그렇지 못하더라도 세자를 보도(保導)하는 무슨 직함은 반드시 내리리라고 생각하여 그 밤에 잠을 잘 이루지 못하고, 낙랑부대부인(樂浪府大夫人, 수양대군의 부인) 윤씨도 반드시 무슨 좋은 일이 있을 것을 믿었다. 권세에 대한 야심으로는 부인이 도리어 수양대군보다 성하였다.

'주공(周公)과 성왕(成王).'

이것이 수양대군이 그윽이 혼자 생각하고 자부하는 바였다. 군국대사를 한 손에 쥐고 천하에 호령하는 것, 이것이 수양대군이 몽매에 잊지 못하는 야심이다. 그 야심은 바로 목전에 달하여질 것 같았다.

그러나 왕은 느껴 우시는 세자의 등을 또 한 번 만지시고 들릴락 말락한 어음으로,

"이 아이를 경들에게 부탁한다."

하고 세자에게,

"제숙부 있으니 무슨 염려 있느냐."

하시고는 이내 수양대군에게는 아무 특별한 고명도 없으시고 말았다.

이것이 왕의 마지막 말씀이시었다. 그 뒤에 몇 번 눈을 뜨시었으나 말씀은 못 하시고 운명하시었다.

이날에 수양대군의 실망이 어떻게 컸던 것은, 궁에 돌아오는 길로 사모를 벗어 동댕이를 치어서 모각이 부러진 것을 보아 알 것이다. 부인 윤씨도 낯빛이 변하였다.

더구나 대군들이 입시하기 전에 벌써 영의정 황보인 이하에게 보좌의 고명이 계시었음을 들은 때에 수양은 서안을 치며 통분히 여기었다.

큰 기회는 가버리었다. 지금껏 마음에 그리었던 공중누각은 무너져버리고 말았다.

수양대군 궁 사랑에서 대군이 궁중에서 돌아오기를 기다리고 낮잠을 자고 있던 권람이 밖에서 떠들썩하는 소리에 잠을 깨어 머리맡에 놓인 냉수 그릇을 잡아당기어 벌컥벌컥 들이켜고 가만히 귀를 기울이었다. 안으로 대군의 성난 소리가 들리었다.

"틀린 게로군."

하고 권람은 혼자 픽 웃었다. 그렇게 자존심 많고 성미 급한 수양대군이 궁중에서 실망하고 분통이 터지는 양이 눈에 보이는 듯하였다. 그것이 우스웠다. 그러나 자기가 나설 날이 왔다. 만일 쉽사리 권세가 수양대군의 손에 돌아올진댄 자기는 수양대군에게 아무 공로도 세우지 못할 것이다. 그러나 이로부터 자기는 수양대군에 가장 긴한 사람이 될 것이라고 권람은 혼자 기뻐하였다.

안으로서는 수양대군이 또 한 번 소리 지르는 것이 들린다. 아마 애꿎은 어떤 궁인이 애매한 분풀이를 당하는 모양이다. 권람은 또 한 번 픽 웃고 일어나서 마른손으로 얼굴과 목덜미를 세수하듯이 두루 비비고 망건과 갓을 바로잡고 툇마루에 나가 앉아서 난간에 기대어 마당으로 가래침을 퉤 뱉고는 소매로 입을 씻었다. 그리고는 윈장 치고 앉아서 두 손으로 두 발을 만지며 몸을 흔들었다.

나이는 삼십사오 세밖에 아니 되었으나 십칠팔 세부터 부족증(不足症)이 있어서 몸에는 살이 없고 얼굴은 움에서 나온 듯이 희었다. 오직 영채 있는 두 눈이 그의 목숨을 부지하는 듯하였다. 모시 두루막은 까맣게 때가 묻고 버선 끝은 더구나 고린내가 날 듯하였다. 궁한 샌님인 것은 얼른 보아도 알았다.

그는 유명한 권근(權近)의 손자요, 권제(權踶)의 아들이다. 권근은 고려조의 명대부(名大夫)로서 계룡산에서 태조대왕께 올린 송덕표 한 장으로 태조의 총신이 된 사람이다.

"공은 고려 말의 명대부라. 만일 당시에 유방(流放)으로서 만족하였던들 그 문장명론(文章名論)이 어찌 목은 같은 이들만 못하였으리오마는 계룡산의 한 송덕표가 문득 그를 개국 총신을 만들었으니 슬프도다. 이미 항복한 뒤에도 벼슬이 삼사(三司)에 차지 못하고 나이는 육십을 넘기지 못하였으니 그 얻은 바도 적도다. 오직 그 자손이 서로 이어 벼슬이 끊이지 아니하여 지금까지 성한 고로, 사람이 다 양촌(陽村), 양촌 하거니와 (권근이) 덕행이 있는 듯이 말하는 이가 있거니와, 심하다 그 도명(盜名)함이여!"

이렇게 상촌(象村)은 말하였다.

권근이 태조대왕에게 절개를 변하기까지는 전국 선비들이 그를 종(宗)으로 삼아 명성이 삼은(三隱)에 내리지 아니하였다. 태조가 개국하신 뒤에도 야은(冶隱) 길재(吉再)와 목은(牧隱) 이색(李穡) 같은 이와 다름없이 그의 시골인 충주에 숨어 있어 고려를 위하여 절(節)을 지키었다. 태조는 사림(士林)의 뜻을 거두는 것이 민심을 거두는 데 심히 요긴함을 알므로 여말의 여러 문신들을 비사후폐(卑辭厚幣)로, 혹은 군신의 예로 아니하고 빈례(賓禮)로까지 하여 청하였으나 목은, 야은 같은 이들은 준절하게 거절하여버리었다. 그래서 태조, 태종 두 분 대왕께서도 마침내 그네의 절을 꺾지 못할 줄을 알고 가만히 여생을 마치도록 내버려두는 것을 상책으로 알게 되었다.

　권근도 이러한 사람 중에 하나였다. 태조는 그의 문장과 지식과 명망을 알므로 아무리 하여서라도 그를 유혹할 결심을 하고 우선 근의 아버지 희(僖)를 달래어 그가 데리고 있던 손자, 즉 근의 아들인 규(跬)를 태조대왕의 손녀 되는 태종대왕의 따님〔나중에 경안공주(慶安公主) 될 이〕과 혼인을 하게 하고, 다시 희를 달래어 근을 서울로 불러올리게 하였다. 이는 왕의 힘으로는 근을 움직일 수 없는 줄 태조대왕이 생각한 때문이요, 또 행여 근에게 서울에 올 핑계를 얻게 하고자 함이다. 근은 부명을 어길 수 없다 하여 마침내 서울로 올라오게 되니 이것이 벌써 훼절의 시초다. 연로 관원의 대우가 융숭하였다. 그래도 근은 차마 바로 서울로 들어올 면목이 없어서 이리저리로 길을 돌아 간신히 수원까지 왔을 때에 희가 사람을 수원까지 보내어 성화같이 근을 재촉하고, 근은 또 부명을 거스를 수 없다 하여 곧 서울을 향하여 한강에 다다랐다. 아비 희는 한강까지 친히 마주 나와서 근과 함께 밀실에서 종일 무슨 이야기를 하였다. 그리고 근이 곧 서울로 들어가는 말에 대궐로 향하여 빈례로 태조께 뵈오니 이것은 물론 첫 번뿐이요, 둘째 번부터는 조그마한 벼슬아치로 칭신하고 무릎을 꿇었다. 그러고는 태조대왕이 청하시는 대로 전국 명승지의 기(記)를 지어 올리고 고려왕조의 역사를 편술한다는 핑계로 지제교라는 벼슬을 받았다.

이렇게 권근은 절을 헐었다. 이 일이 있은 뒤로부터 사람은 다 권근에게서 얼굴을 돌리고 침을 뱉었다. 그의 친구인 운곡(耘谷) 원천석은 그의 훼절을 평하는 시를 지었는데, 후에 그 자손이 후환이 무서워 불에 던진 것이 기구(起句)만 타버리고 나머지 세 짝만 남은 것이 이러하다고 한다.

……

贊莽楊雄草太玄

白首陽村談義理

世間何代不生賢

〔……

왕망(王莽)을 찬하던 양웅(楊雄)은 태허경을 초하였도다.

머리 허연 양촌(陽村)도 의리를 말하니

세상 어느 시절인들 어진 이가 나오지 않겠는가.― 감수자 역〕

이리하여 권근은 예문관 대제학까지 되어 태조, 태종 두 분 대왕의 충실한 대서인(代書人)이 되었다.

그러한 권근의 손자요, 권제의 아들이다. 그 아버지 권제도 세종의 사랑을 받아 일생에 대제학을 내어놓지 아니하였다.

그러나 권근이나 권제나 다 벼슬은 좋아도 재산은 없었다. 재산이라고
는 남산 밑 비서감(祕書監) 동편에 태조대왕께서 권근에게 하사하신 집
하나가 덩그렇게 있을 뿐이다. 이 집은 찾아오는 사람 없기로 유명한 집
이다. 권근이 한번 절개를 굽히어 전국 선비가 고개를 돌린 뒤로부터 권
근을 이 집에 찾는 사람이 없었다. 충주 모옥(茅屋)에는 문전여시(門前
如市)하더니 장안 갑제(甲第)에는 찾는 이가 없다고 세상은 권근을 비웃
었다. 아무리 왕의 세력이 커도 인심은 어찌할 수 없었다.

　장안에 벼슬하는 사람들치고 누구는 고려 왕씨의 신하 아닌 이가 있으
랴마는, 다른 사람 훼절한 것은 그다지 심히 책망함이 없으면서 하필 권
근을 책망함이 그리 심한가. 그는 두 가지 이유가 있다. 첫째는 세상에서
평소에 권근에게 바라던 바가 큰 것이다. 비록 대세가 다 변한 뒤에 그가
독력으로 천운을 만회할 수는 없다 하더라도, 모든 권세의 유혹과 위협
을 물리치고, 하늘은 무너질지언정 끝끝내 고절(苦節)을 지키다가 죽기
를 바랐던 것이다. 둘째는 그가 예사 정치가나 관료가 아니요, 천하에 대
의명분을 가르치던 사람인 까닭이다. "머리 허연 양촌이 의리를 말한다
면." 하고 운곡이 빈정댄 것이 이것을 가리킨 것이다.

　이런 연유로 남산 밑 권근의 구택인 후조당(後凋堂)은 권근의 생전에
도 친구 아니 찾기로 유명하였거니와, 그 아들 권제도 대제학이라는 맑
은 벼슬을 하기는 하나 집현전에서는 잘 고개를 들지 못하였고, 세상에
서도 될 수 있는 대로 널리 교제하기를 꺼려 여전히 그 집은 찾는 사람 없
는 일종의 흉가가 되었었고, 또 그 아들 권람에 이르러서는 더욱 그러하
였다.

　권람으로 말하면 권근의 손자라, 권근 때부터 삼대나 지났으니 세상이

권근의 일을 잊을 만도 하건마는 그렇지를 아니하였다. 전하고자 하는 공명은 곧 잊어지어도, 잊어주었과저 하는 허물은 전하는 것이다. 권람도 재주 있고 글 잘하고 하건마는 선비들 틈에 끼어지지를 아니하여 매우 고적하게 살았다.

그뿐더러 세종께서 병환이 계시어 정사를 친히 보시지 못하게 된 때로부터는 권람을 권근의 손자라 하여 특별히 끌어올릴 사람도 없고, 또 웬일인지 나이 삼십오 세나 되도록 과거에는 연하여 낙제를 하게 되어 권람의 신세는 더욱 궁하게 되었다. 그 친구 서거정(徐居正)이 일찍이,

"옛날 맹교(孟郊)가 낙제를 하고서 '출문즉유애(出門即有碍)하니 수위천지관(誰謂天地寬)고' 하여 몸 둘 곳이 없는 듯이 슬퍼하더니, 자네 지금 신세가 꼭 그러이그려."

한 적이 있었다.

그 말에 권람은 웃으며,

"팔잔 걸 어찌하나."

하고 태연하였다.

권람은 결코 녹록한 장부가 아니라고 서거정이 탄복하였다고 한다.

권람은 별로 찾아오는 사람도 없고 또 찾아갈 곳도 없어서 자기 집인 후조당 벼랑 위에다가 조그맣게 초당 한 채를 짓고 소한당(所閑堂)이라고 부르고 거기서 혼자 글 읽기로 일을 삼았다.

이 소한당은 후일에 세조대왕이 임행한 일까지 있은 곳이다.

그러다가 어찌어찌하여 수양대군과 사귀게 되어 자주 수양대군 궁에 출입하게 되었다. 피차에 뜻이 맞아 수양대군은 때때로 궁노를 시키어 남산골 권 생원 댁에 시량을 보내었다. 권 생원이라 함은 물론 권람을 가

리킨 것이다.

이번 문종대왕 임종에 소명이 내렸을 때에도 수양대군은 권람에게 미리 말을 하였고, 권람도 그 하회를 기다리느라고 사랑에서 낮잠을 자고 있던 것이다.

이윽고 수양대군이 장히 불쾌한 얼굴로 사랑으로 나왔다. 원체 기골이나 몸집이나 남보다 큰 이지마는, 무슨 일에 성이 나서 밖으로서 들어올 때에는 몸이 더 커지어 방에 그득 차는 듯하였다.

권람은 일어서서 읍하고 대군을 맞으며,

"벌써 대궐에서 나오시었소? 상감 환후 어떠하시오니까?"

하고 슬쩍 눈치를 살피었다.

수양대군은 상감 환후에 대해서는 대답도 없고,

"늙은것들한테 보좌(輔佐)의 고명을 내립시었다네."

하고 아랫목에 앉는다.

"늙은것들이라시니 누구를 말씀이오니까?"

"황보인, 남지, 김종서 이런 것들이지 누구여?"

"황보인은 영의정이요 남지는 좌의정이요 김종서는 우의정이니 삼공이 보좌의 명을 받잡는 것이 당연하지 아니하오니까."

하고 권람은 슬쩍 한번 수양대군의 비위를 건드리고 하회가 어찌 되는가 하고 수양의 뒤룩뒤룩하는 눈자위를 본다.

수양은 벌떡 일어설 듯이 몸짓을 하며,

"이 사람, 자네마저 그런 소리를 한단 말인가. 자네마저 그 늙은것들의 편당이란 말인가. 그따위 귀신 다 된 것들이 무엇을 한단 말인가."

하고 소리소리 지르며 펄펄 뛴다.

권람은 수양이 자기가 놓은 덫에 걸린 것을 보고 속으로 웃으며, 그러나 겉으로는 가장 엄숙하게 무릎을 다시 꿇으며,

　"아니오, 소인이 황보인의 편당이 되는 것이 아니외다마는, 달리는 그만한 중임을 맡을 사람이 없길래 그리된 것이란 말씀이오."

하고 또 한 번 단단히 수양대군의 간을 건드리었다.

　수양대군은 그제야 권람의 말뜻을 알아듣는 듯이,

　"이 사람아, 글쎄 상감께서 그리하시는 일을 어찌한단 말인가."

하고 푹 누그러지며 권람을 바라본다.

　"글쎄외다. 나으리 모르시는 일을 소인이 어찌 아오리까마는 막비천명(莫非天命)이니 천명을 상감께선들 어찌하오리까. 모두 어수선한 일이요, 또 소인 같은 무리가 알 바는 아니나 나으리가 작하나 잘 알으시겠소. 이런 때에 여러 말 하는 것이 다 긴치 아니한 일이요, 또 소인이 소간사도 좀 있으니, 소인 물러가오."

하고 권람이 벌떡 일어나서 읍하고 물러나가려 한다.

　권람의 말이 황당해서 무슨 소린지 알 수는 없으나 그래도 무슨 깊은 의미가 있는 것을 수양이 모를 리가 없다. '천명을 상감께선들 어찌하랴.' 하는 말이 수상하였다. 또 겉으로는 아무렇게 구는 듯한 권람의 일언일동에는 다 무슨 의미가 있는 줄을 수양대군은 미리부터 잘 알거니와, 오늘은 특별히 권람의 말이 무슨 참언(讖言)같이 들렸다.

　"이 사람, 앉게."

　"아니오. 일후 또 오지요."

　수양대군의 만류도 듣지 아니하고 권람이 부득부득 신을 신는 것을 보고 성급한 수양대군이 참다못하여 벌떡 일어나서 권람의 소매를 끌어당

기어서,

"정경(正卿)이, 오늘 내가 꼭 자네를 붙들어야만 할 일이 있네."

한다. 정경은 권람의 자다.

권람은 부득이한 듯이 수양대군에게 끌리어 들어갔다.

수양대군은 권람을 끌고 큰사랑을 지나 안사랑 가장 종용한 방으로 들어갔다. 권람은 수양이 끄는 대로 끌리어 들어갔다. 권람의 말없는 술책은 생각하던 바와 같이 효과를 생하여 수양대군의 흉중에는 자못 알 수 없이 풍랑이 일어난 모양이다. 물론 이 술책은 오늘에 시작된 것이 아니다.

수양대군은 술을 내오라 명하고는 좌우를 물리고 권람과 단둘이 마주 앉았다. 두 사람은 한참 동안 서로 마주 볼 뿐이요 아무도 먼저 입을 열지 아니하였다. 수양대군은 권람이 먼저 입을 열기 바랐으나 권람은 아주 무심한 듯이 벽에 걸린 서화와 활과 전통, 검 등속을 이것저것 돌아보고 있었다. 그렇다고 권람이 진실로 무심할 리는 만무하다. 다만 수양대군의 비위를 가장 힘 있게 건드리어 성급한 그의 오장이 부글부글 끓어오르기를 기다릴 뿐이다.

장차 조선 팔도를 흔들려는 큰 뇌정벽력과 폭풍광랑이 지금 이 자리에서 비롯는 것이다. 벽상에 걸린 활시위가 스르릉 우는 듯한 것은 듣는 사람이 헛들음인가.

"여보게, 자네가 내게 할 말이 있지 아니한가. 있거든 하게."

하고 수양대군이 마침내 입을 열었다. 이렇게 말하는 수양대군의 사색은 매우 은근하였다.

권람은 무엇을 주저하는 듯이 잠시 눈을 감았다가 뜨며,

"모든 것은 나으리 마음에 있사외다."

하고 대답하였다.

"하면 된다는 말인가?"

"그러하오이다. 잘하면 된다는 말씀이외다."

"자네가 나를 도울랴는가?"

수양대군의 이 말에 권람은 대답이 없다.

수양대군은 초조한 듯이 권람의 손을 잡아당기며,

"자네, 오늘 나허구 맹약하려나? 나는 오직 자네를 믿으니 자네가 나를 도울랴는가?"

그래도 권람은 대답이 없다.

수양대군은 다른 손으로 권람의 다른 손을 마저 잡으며,

"왜 대답이 없는가? 내 인물이 부족하다는 말인가, 또는 내 정성이 못 미쳐 그러함인가."

수양대군의 사색은 더욱 간절하여지었다. 그제야 권람이 수양대군 앞에서 자리를 피하여 앉으며,

"나으리께서 그처럼 소인을 믿으신다면 인생이 감의기(感義氣)라니 소인이 견마지역을 다하오리이다."

하였다.

권람의 허락하는 대답을 듣고 수양대군은 극히 만족하여 다시 한번 권람의 손을 힘 있게 잡고는 이내 주안을 대하여 술을 마시었다. 큰일을 생각하면서도 만사를 잊은 듯이 술을 마시는데 수양대군이나 권람의 행내기 아닌 기상이 있다.

상감이시요, 수양대군에게는 친형님이 되시는 이의 목숨이 경각에 있

는 이때에 술을 마시고 취흥이 도도하다 함은 심히 불충부제(不忠不悌)한 일이거니와, 수양대군이나 권람은 그런 것을 교계(較計)하도록 양심이 예민한 사람은 아니었다. 그러나 그 동기에 이르러서는 두 사람이 다 달랐다. 수양대군은 충효 같은 것은 남이 내게 대하여 가지기를 바랄 것이지마는 내가 남에게 대하여 가질 것은 아니라고 생각한다. 그런데 권람은 충효란 것은 할 형편이 되면 하여도 좋고, 못 할 형편이 되면 말아도 좋은 것같이 생각한다. 이를테면 충효란 술과 같은 것이다. 먹어도 좋고 안 먹어도 좋은 것이다. 그러니까 권람의 생각에는 남이 내게 불충불효를 하더라도 "그러면 어떠냐." 하고 치지도외하겠지마는, 수양대군은 그렇지 아니하여 자기의 불충불효는 용서하더라도 남이 내게 대한 불충불효는 추호만큼도 용서할 수 없는 것이다.

아무리 술을 마신다기로 가슴에 큰일을 생각하는 사람이 속까지 취할 리는 없었다. 그래서 겉으로 취한 눈을 무심히 굴리는 듯하면서도 피차에 서로 저편의 눈치를 엿보고 일시의 해학같이 나오는 말 한마디에서도 피차의 속을 들여다보려고 칼날 같은 마음이 저편의 가슴 깊은 속으로 들락날락하는 것이다.

"무릇 큰일을 하는 법이 선살후생(先殺後生)이요. 먼저 살하는 후에 생하는 법이외다. 죽이는 일이 첫 일이외다."

"꼭지를 먼저 따는 것이지요."

"나으리께서 사냥을 아시니 만사가 사냥과 같습니다. 먼저 몸을 숨기어 가만히 엿본 뒤에 분명히 겨누어 번개같이 활을 당기는 것이오. 살이 맞은 뒤에는 크게 소리를 치는 것이오."

이러한 말을 권람이 수양대군에게 한 것도 물론 취담에 섞이었다. 이런 기회 저런 기회에 지나가는 소리를 한마디씩 권람이 던지면 수양대군은 듣는 체 만 체하는 동안에 다 귀담아듣는 것이다.

　우선 몇 사람을 죽일 것, 죽일 때에는 꼭지 되는 큰사람부터 먼저 할 것, 죽이되 가만히 죽이고는 질풍같이 몰아 들어갈 것, 이런 뜻을 수양대군은 권람이 지나가는 말로 던지는 말속에서 다 알아들었다. 그뿐 아니라 그 먼저 죽여야 할 꼭지가 김종서인 것까지, 이 자리에 모르는 결에 말이 다 되었다. 수양대군은 처음에는 황보인을 죽일 사람의 꼭지로 알았었다. 황보인이 영의정이니 그렇게 생각하는 것이 당연한 일이다. 이에 대하여 권람은 '양호유환(養虎遺患)'이란 말을 슬쩍 한마디 던지었다. 김종서의 별명이 '호랑이'이다. 이만하면 수양대군은 김종서가 죽일 사람의 꼭지란 뜻을 알아들었다. 실상 무섭기는 김종서 하나다.

　점점 이야기가 노골하게 되어 서로 꺼림이 없이 된다.

　"이 일에는 세 가지 사람이 있어야 하오. 첫째는 모략 있는 사람이요, 둘째는 용력 있는 사람이니, 이 두 가지 사람은 일을 이루는 데 쓰오. 그러나 일이란 이루기보다도 지키기가 어려운 것이오. 수성(守城)이 창업(創業)보다 어렵다는 것이 이를 두고 이른 것이오. 그런데 모사(謀士)와 용사(勇士)는 창업에 쓰이지마는 수성지재는 따로 있는 것이오."
하며 어떠한 사람을 구하여야 할 것도 말하였다.

　"모사야 자네를 두고 달리 구하겠나마는, 용사와 치평지재(治平之材)는 어떻게 할꼬? 이것도 자네 방촌(方寸)에는 있을 것이니 아끼지 말고 말하소."
하고 수양대군은 다시 권람의 손을 잡았다.

　수양대군의 말에 권람은,

"나으리 아시는 바에 소인 같은 썩은 선비가 무슨 모략이 있소리까. 그 뿐 아니라 매양 몸이 성치 못하니 모든 일이 다 귀찮을 뿐이외다. 남산 밑에 가만히 누워 있는 것이 소인의 일이외다."

이런 말로 한번 슬쩍 몸을 빼었다.

수양대군은,

"그 웬 말인고? 자네는 천하호걸을 많이 교유하니까 사람을 많이 알 것이니 내게 말을 하게. 내가 오직 자네만을 믿는 뜻을 자네가 모르겠나. 만일 사양하는 말로나 모피하면 그것은 친구에게 대한 도리가 아닐세. 자네 말이 세 가지 사람이 요긴하다고 하였으니, 어찌 심중에 먹은 사람은 없을 리가 있겠나. 자네 마음에 쓸 만한 사람이면 내가 쓸 것이요, 자네가 믿는 사람이면 내가 믿을 것일세. 원체 이런 일을 시작하려는 것이 자네 말을 듣고 하는 것이니까 무엇은 자네 말을 아니 듣겠나. 언청계종(言聽計從)할 것일세."

권람의 목적은 수양대군의 입에서 이러한 말이 나오게 하자는 것이다. 지금까지도 수양대군이 자기를 믿지 아니한 것은 아니지마는, 그래도 수양대군 자신의 높은 지위를 더 많이 믿었었다. 그러나 이미 보좌의 고명이 황보인, 남지, 김종서 등에게 내리었으니, 이제 문종대왕이 승하하시고 세자궁이 즉위하시는 날이면 수양대군은 일개 권세 없는 종친에 불과할 것이다. 이제부터는 수양대군은 자기 지위를 지혜와 힘으로 획득할 길밖에 없으니 이리되면 권람은 수양대군에게 있어서 가일층 중요한 인물이 되는 것이다. 이런 관계를 수양대군의 입으로 한번 분명히 선언하게 하는 것이, 권람 자신의 지위를 확립하기 위하여서나, 장차 일을 하여 갈 때에 자기의 말이 수양대군에게 큰 위력이 되기 위하여서나 긴요하다고 권람이 생각하였던 것이다. 이를테면 수양대군은 완전히 권람의 수중에 쥐어진 것이다.

이만하면 권람도 만족이다. 권람의 눈앞에는 자기의 부귀가 번쩍번쩍 빛나는 듯하였다.

"나으리가 그처럼 소인을 믿으시니 소인도 생각하는 바를 아뢰오리다. 첫째, 모략 있는 사람으로는 한명회(韓明澮)만 한 이가 없소이다."
하는 권람의 말에 수양대군은,

"한명회, 그 뉘 아들인가?"
하고 묻는다.

"한상질(韓尙質)의 손자오이다."

"나이는 몇 살이나 되었나?"

"지금 서른여덟이외다."

"무슨 벼슬을 하나?"

"경덕궁직(敬德宮直)이오."

"어, 경덕궁직?"
하고 수양대군은,

"이 사람아, 나이가 서른여덟에 벼슬이 겨우 궁직이야? 허허허."
하고 대소(大笑)하기를 그치지 아니하였다. 권람은 정색하고 수양대군이 웃기를 그치기까지 가만히 있었다. 수양대군은 한참 웃다가 권람에게 대하여 미안한 생각이 나서 웃음을 그치고,

"그래, 그 한 무슨 가가 그렇게 모략이 용하단 말인가. 자네가 그만큼 칭찬하는 것을 보면 범연하겠나마는 어떻게 그리 출세가 늦은가?"
하고 아직도 수양대군의 입 언저리에는 억지로 누른 웃음이 늠실거리며

남아 있다.

　권람은 그제야 말을 이어,

　"한생의 재주는 옛날 관중(管仲)에나 비길까 지금에는 비길 사람이
없소이다. 나으리가 만일 치평대업을 하시려거든 한생이 아니면 불가하
외다."

하였다. 수양대군은 곧 송도에 사람을 보내어 한명회를 불러올리라 하고
다시 권람을 향하여,

　"지금 공경으로 있는 사람 중에는 쓸 만한 사람이 없을까?"

　"우의정 김종서 한 사람이오. 하지마는 김종서는 호랑이니까, 호랑이
는 길드는 법이 없소이다. 정분이가 있으나 무해무익하니 말할 것 없고,
혹 반연(絆緣)이 있으시거든 정인지를 끌어보시오. 첫째, 인지는 명나라
대관 중에 안면이 넓고 집현전에도 최항 이하로 인지의 당여(黨與)가 있
으니 끌어둘 만하외다."

　"인지가 내게로 끌릴까?"

하는 수양대군의 말에 권람은 웃으며,

　"인지는 절개보다도 부귀를 중히 여기는 사람이외다."

하였다. 수양대군도 고개를 끄덕끄덕하였다.

실국편(失國篇)

경덕궁직 한명회는 벼슬은 미미하지마는 송도에서 아는 사람은 알았다.

"어, 그 녀석한테 걸렸다가는 큰코 떼네."

하는 것이 송도 사람들의 한명회 평이었다.

경덕궁 기와를 벗기어 팔아먹는다는 둥, 궁 후원 나무를 찍어 팔아먹는다는 둥 하는 소문도 한명회가 궁직으로 온 지 석 달이 못 하여 나기 시작하였다. 그 소문이 결코 헛소문은 아니었다. '탐재기주색(貪財嗜酒色)'이라는 그의 특색은 이때부터 드러났었다.

한명회의 아내는 민 중추 대생의 딸이다. 민대생(閔大生)의 사위가 넷이나 되는 중에 셋째인 한명회는 다른 동서들에게 업신여김을 받는 것은 말할 것도 없거니와 그 장모 되는 민대생 부인도 다른 사위와 같이 귀애하지를 아니하고 매양 쓴 외 보듯 하였다. 명회가 이렇게 장모와 동서들에게 푸대접을 받은 까닭은 여러 가지 있거니와, 그중에 가장 중요한 것은 그의 용모가 괴상하게 생긴 것이다.

한명회는 그 어머니가 잉태한 지 일곱 달 만에 나왔다. 그 어머니가 명회를 잉태하고 그가 나기까지 일곱 달 동안은 죽도록 신고하여, 말하자면 더 참을 수 없어서 일곱 달 만에 지레 낳아버린 것이다.

나온 것을 보니 사람의 새끼 비슷하기는 하나 '사체유미형성(四體猶未形成)'이라 하도록 아직 사람 꼴이 되지를 아니하여서 그까짓 것을 젖을 먹이려고 애쓸 것도 없이 내다가 버리자고 하는 것을, 그 집에 있던 할멈 하나가 주워다가 솜에 싸서 더운 방 속에 두어 길러내었다고 한다. 『명신록(名臣錄)』을 보면 "시생월수년(始生越數年) 방시성형(方始成形)"이라고 하였으니 난 지 이삼 년이 지나서야 비로소 사람 같은 형상이 되었단 말이다.

그러하던 것이 자라서 한명회가 되었다. 얼굴이 아래가 퍼지고 위가 빠르고 코가 크고 눈은 크나 사팔뜨기요, 머리는 뾰죽하게 잡아뽑은 듯하였다. 이것을 보고 영통사(靈通寺)에서 어느 늙은 중이 '광혁첨(光赫尖)'이니 귀히 될 징조라고 하였다. 어찌하였으나 날 때에는 병신스러웠고 자라나매 괴물 같았지마는, 재주도 있고 엉큼하여 범상치 아니하게 보는 사람은 보았다. 그 종조부 한상덕이 "이 아이는 내 집 천리구(千里駒)야." 하여 데려다가 양육한 것이나 중추 민대생이 사위를 삼은 것이나, 다 그를 범상치 않게 본 까닭이다. 진실로 한명회는 열 달을 못 채우고 지레 낳을 때에 선악을 가리는 양심 하나를 잊어버리고는 다른 것은 다 찾아가지고 나온 것이다.

이리하니 장모가 귀애할 리가 없고 처남과 동서들이 비웃지 아니할 리가 없었다. 그러나 명회는 그런 것들은 다 부족괘치라고 생각하는 듯이 태연하였다. 그렇게 명회는 뱃심이 있었거니와 명회를 미워하는 사람에게는 그 뱃심 좋은 것이 더욱 미웠다.

다른 동서들 중에는 옥관자 붙인 사람까지 있어도, 명회는 집을 이루지 못하여 조부 되는 문열공(文烈公)의 사당이 있는 집도 비워버리고, 아내는 처가에 갖다가 맡겨두고 이따금 생각이 나면 가서 만나보고, 자기는 이 사랑 저 사랑으로 돌아다니었다. 그중에 가장 많이 가 있던 곳은 권람의 집이었다.

명회는 권람의 집을 자기 집과 같이 여기어서 만일 어떤 친구와 만날 일이 있으면 권람의 집을 지정하였고, 권람의 집에서도 한명회를 한집 식구로 알아서 아침밥은 아니 하여도 저녁밥은 차려놓았다. 그러면 흔히 명회는 밤이 깊어서 술이 잔뜩 취하여 무어라고 혼자 지껄이고 웃고는 권람의 집으로 들어와 밥을 찾아 먹고 아직도 기운이 남으면 권람과 무슨 이야기를 하고 떠들다가는 탈망도 아니 하고 이튿날 낮이 기울도록 코를 골고 잤다. 그러면 아침 밥상은 부엌에서 그대로 늙었다.

명회가 돌아다니는 곳은 아는 사람이 없었다. 그렇게 형제 이상으로 절친한 권람도 명회가 사귀는 사람을 다 알지는 못하였다. 다만 가끔 권람의 집 사랑으로 더러 오는 사람의 꼴을 보아 그가 한량, 술객 등속과도 추축(追逐)하는 줄은 알았다.

한번은 권람이,

"여보게 자준(子濬)이, 자네 무슨 술(術)을 배우나?"

하고 물은 일이 있다. 자준이라는 함(銜)은 명회의 자다.

명회는 너털웃음을 치며,

"왜? 내 눈에 벌써 신기로운 빛이 나타나나?"

하고 그 사팔뜨기 눈을 번득거리며 되짚어 권람에게 묻는다. 딴은 그 눈이 술객의 눈과도 같다고 권람은 생각하였다. 어찌 보면 청맹(靑盲)인가 싶으면서도, 자세히 보면 그 눈에는 일종의 광채가 있었다.

권람은 웃으며,

"과연 자네 눈에는 신기(神氣)는커녕 귀기(鬼氣)가 있네."

"어, 거 무슨 소린고? 귀기가 있다니. 내 눈이 이래 보여도 천강성(天罡星) 정기를 받은 눈이야. 자네 눈보다는 나으이."

하고 명회는 어떤 도인이라는 자가 자기의 상을 보고 하던 소리를 옮기었다.

권람은 그래도 조부 이래로 유가서(儒家書)를 존숭하는 집에서 자라났으므로 술이란 것을 믿지 아니하였으나, 명회는 사실상 잡술을 좋아하였다. 그래서 어느 술객에게서 얻어들은 소리를 가장 제가 할 줄이나 아는 듯이 흉내를 내고는 웃었다.

한번은 명회가 어떤 술객 하나를 데리고 권람의 집으로 달려왔다. 그때에는 조선에 도사라는 것이 많아서 무슨 풍운조화나 부리는 재주가 있는 듯이 사람의 마음을 혹하게 하고 돌아다니었다.

그 술객이란 자가 권람의 상을 보더니,

"십 년 내에 배상(拜相)하시겠소."

하고 능청스럽게 일어나 권람에게 절을 하였다. 권람도 너무나 기뻐서 부지불각에 일어나 마주 절을 하였다. 그것을 보고 명회는 웃었다.

술객은 불출 수년에 조선에 큰 정변이 일어난다는 말과, 인명이 많이 상할 것과, 그 일을 맡을 사람이 한명회, 권람 두 사람인 듯하게 말하였다. 명회를 보고는,

"귀하시기로 말하면 영의정을 삼십 년은 지내겠소마는 눈에 살기가 많으니까 인명을 많이 해하겠고, 혹시 검난(劍難)이 있다 하겠지마는 생전에는 염려 없소."

하였다.

이날에 권람과 한명회는 희불자승하여 온종일 술을 마시고 즐기었다. 그리고 이날에 두 사람은 문경지교(刎頸之交)를 맺었다. 그리고 일생을 관중(管仲), 포숙(鮑叔)으로 자처하였다.

"상감만 승하하시면 세자궁은 유충(幼沖)하시어 반드시 수양과 안평이 무슨 일을 내고야 말 것일세. 그런데 안평은 지금 명성이 높지마는 의리를 아는 체하고 문하에 사람이 없으니 무슨 일을 하겠나. 수양은 인물이나 명망이나 안평만은 못하지마는 사람이 영악은 하니까 인정이고 의리고 얽맬 사람은 아니요, 자네와 나와 우리 둘만 붙으면 반드시 성사가될 것일세. 그리되면 우리 둘이 십 년 내에 정승이 된다는 말도 그럴듯하지 아니한가. 문장 도덕으로야 내가 자네를 당하겠나마는 사업을 경륜하는 데는 과히 자네만 못지아니할 것일세. 마침 자네가 지금 수양대군 궁에 긴히 다니니 이것이 다 천의야. 내가 부탁 아니 하기로 어련하랴마는 기회를 잃지 말고 수양대군을 바싹 경마를 들고 나를 거천만 하게. 내가 수양을 만난 뒤에야 만사가 다 내 장중에 있으니까."

이것은 한명회가 월전 다니러 상경하였을 때에 권람에게 하고 간 말이다.

명회가 말한 바와 같이 문장 도덕은 권람이 명회보다 승하였으나 모략으로는 명회가 권람보다 훨씬 상수였다. 권람이나 명회에게 도덕이란 것도 우습지마는, 그래도 권람은 선악을 변별할 줄은 알았다. 어떤 것은 인

100

정에 맞는 일이요 어떤 것은 인정에 맞지 않는 일이요. 어떤 것은 세상에서 옳다고 하고 어떤 것은 세상에서 마땅치 못하게 여길 것임을 잘 알았다. 다만 그까짓 것을 그다지 요긴한 것으로 알지 아니하였을 뿐이다.

그렇지마는 명회는 전혀 선악을 변별하는 양심이 없다. 그에게는 오직 욕심과 그 욕심을 달하려는 한량없는 꾀가 있을 뿐이었다. 어느 놈의 돈을 먹으리라 하면 반드시 먹었고, 어느 계집을 내 것을 만들리라 하면 반드시 만들었다. 그래서 정보(鄭保)의 서매가 자색이 있는 줄을 알고는 곧 정보와 친한 체하여 마침내 그 서매를 첩으로 얻었다. 그것도 석 달 안에. 그러고는 충신 정몽주(鄭夢周)의 손녀를 첩으로 삼았노라고 제배간에 대언장담하였다. 썩은 선비들이 충신이라 떠들고 종사(宗師)라고 존중하는 정몽주의 손녀를 첩으로 삼아 그 이름을 짓밟는 것이 쾌하였던 것이다.

누구나 도덕적 양심만 떼어놓으면 상당히 꾀가 나오는 법이지마는 한명회의 계교는 실로 무궁무진하였다. 그는 체면이라든지 선악이라든지 인정이라든지를 전연히 돌아볼 줄 모르기 때문에 아무러한 짓이라도 목적을 위하여서는 가리지 아니하였다. 후일에 세조대왕이,

"한명회는 내 자방(子房)이야."

하고 누누이 칭찬한 것이 다 이 꾀 때문이다.

그러므로 사람을 사귈 때에도 그는 도덕 있는 사람을 구하지 아니하였다. 상놈이거나 꾀쟁이거나 도적놈이거나 죄인이거나 어떠한 사람이든지 자기의 욕심을 달하기에 필요하다고만 생각하면 사귀었고, 필요만 하면 도덕 있는 사람이라도 사귀기를 사양치 아니하였다. 집현전 여러 학사들 중에 후일에 가장 지기상적(志氣相敵)한 이는 신숙주였다. 그것

은 신숙주가 도덕지사인 까닭은 무론 아니요, 도리어 그가 목적을 위하여서는 수단을 가리지 아니하는 것이 자기와 서로 합하였던 까닭이다.

명회가 경덕궁직으로 있을 때에도 그의 곁을 떠나지 아니하고 따라다닌 사람 셋이 있다. 그것은 양정(楊汀)과 유수(柳洙)와 임운(林芸)이다. 세 사람은 다 골격이 장대하고 여력이 과인하여 모두 고향에서 사람깨나 때려죽이고, 혹은 옥을 깨뜨리고, 혹은 대로변에서 행인을 엄습하여 돈을 빼앗아 먹고살던 무리다. 그들은 한명회의 두호하여 숨겨주는 은혜를 감격하여 죽기로써 명회의 명에 복종하기를 맹세하였다. 그중에도 임운한 사람은 명회의 구종이 되어 장시에 명회의 시중을 들고, 양정, 유수두 사람도 명회가 가는 곳이면 그림자 모양으로 따라다니다가, 만일 어느 누구가 명회를 건드리려고나 하면 맹호같이 내달아서 그 사람을 반죽음을 만들었다. 송도 사람들이 명회를 무서워하는 것은 그의 뾰죽한 머리나 사팔뜨기 눈이 아니요, 실로 명회의 곁을 떠나지 아니하는 흉물 세사람이었다.

명회도 세 사람에게는 극진하였다. 그렇게 궁한 신세로도 생기는 것이있으면 반드시 세 사람에게 나누어주었다. 경덕궁직으로 받는 요(料)도받는 날로 세 사람에게 나누어주었다. 명회가 경덕궁 기와를 벗기어 파는 것도 이렇게 자기 분에 상당치 아니한 부하를 세 사람씩이나 기르는까닭이다.

양정과 유수는 자기네와 같은 무리를 많이 알았다. 그 무리들은 대개귀신 모양으로 낮에는 숨고 밤에만 나와 다니는 무리들이다. 다 사람깨나 죽이고 포도청 출입을 예사로 아는 무리들이었다. 그들의 겨레는 모래판에 마 뿌리 모양으로 얼키설키 끝 간 데를 몰라 조선 전국에 편만하여 있다. 그들은 일종의 도적 나라를 건설하여, 신라, 고려는 바뀌되 이 나라만은 영세 불변할 듯하였다. 양정, 유수는 이 도적 나라 백성이었다.

양정과 유수는 한명회가 종시 궁곤한 것을 보고 도적의 굴혈에 들어가서 거기 두령이 되기를 권하고, 만일 그러할 뜻만 있으면 자기네가 앞장을 서마고까지 말하였다.

"가만있게. 경덕궁 기와나 벗겨먹어가며 좀 더 기다려보세."
하고 명회는 두 사람의 권함을 아직 거절하였다. 그렇지마는 만사가 다 불여의하면 양양으로 들어가면 그만이라고 생각하였다. 강원도 양양 어느 산골짝에 도적 나라의 대두령이 있단 말을 들은 까닭이다.

그리고 자주 권람에게 편지를 부치어 기회를 잃지 말 것을 당부하고, 일변 임운을 시키어 안평대군 궁과 수양대군 궁의 동정을 정탐하게 하였다. 그것은 임운의 일가 되는 사람이 수양대군 궁 궁노로 있던 까닭이다. 또 양정과 유수도 장안에 돌아다니는 끄나풀을 통하여 명회가 시키는 대로 이 사람 저 사람의 행동을 정탐하였다. 이렇게 정탐을 당하는 사람들 중에는 정승도 있고 판서도 있고 집현전 문신들도 있고 수령 방백도 있었다.

명회는 손에 여러 백 명 되는 사람의 명부를 만들어가지고는 양정과 유수와 임운이 정탐하여 보(報)하는 대로 각각 이름 밑에다 적어 넣었다.

"아무 달 아무 날 밤 안평대군이 담담정에서 시회를 열었는데 모인 것은 누구누구요 한 이야기는 무엇 무엇이오."

"누구가 누구를 심방하였소."

"어느 벼슬이 갈리고 누구가 망에 올랐소."

모두 이런 것들인데 열 가지에 한 가지도 들을 만한 것이 없건마는, 그래도 명회는 일일이 명부록에 깨알 같은 잔글자로 적어 넣었다. 그 보고들 중에 종성부사 이경유(李耕㼈)가 이번 서울 올라오는 길에 함길도 절제사 이징옥(李澄玉)이 우의정 김종서에게 보낸 선물, 야인이 쓰던 활 하나와 칼 하나를 가져왔다는 소문도 있었다. 이 보고를 듣고는 명회는 무슨 보물이나 얻은 듯이 기뻐하였다.

"그런 것은 다 아시어서 무얼 하시오?"

하고 양정이나 유수가 물으면 명회는,

"심심파적일세."

하고 웃거나,

"내가 장차 염라대왕이 될 터이니까 모두 알아두는 것이야."

하기도 하였다. 양정이나 유수는 힘쓰고 날랜 것밖에는 별로 아는 것도 없고 꾀도 없는 무부(武夫)들이다. 명회가 자기네보다 모략이 많은 것을 잘 알고 탄복하는 바어니와, 아직도 명회가 무슨 큰일을 낼 사람이라고까지는 생각지 아니하였다.

바로 요전번 단옷날 일이다. 유수부 벼슬아치들이 만월대에다 잔치를 베풀고 하루를 즐거이 놀았다. 그 끝에 누가 말하기를,

"우리는 다 서울 친구로서 같이 옛 서울에 벼슬을 사는 터이니, 오늘을 기회로 하여 계를 모아 오래 두고 서로 사귐이 어떠한고."

하여 만좌가 다 찬성하였다. 그때에 명회도 자리에 있다가,

"그거 좋은 말이오. 나도 넣어주시오."

하였다.

사람들이 보니 경덕궁직 한명회이므로 모두 입을 삐죽거리고 아무도 명회를 입참시키자는 이가 없어서 톡톡히 망신을 당하였다. 명회는 이

말을 양, 유 양인에게도 하지 아니하고 다만 혼자 마음에 새기어 언제 한 번 이 분풀이를 하리라고 맹세할 뿐이었다.

명회가 말하지 아니하더라도 이 말은 송도에 짜아하게 퍼지었다. "그놈 밉더니", "그놈 껍죽대더니" 하고 모두 잘코사니 하였다. 오직 이 말을 듣고 분히 여긴 것은 양, 유, 임 세 사람이었다. 양정은 발을 구르고 임운은 울고 유수는 당장에 그놈들을 모두 때려죽인다고 야료를 하였다.

명회는 웃으며,

"잠깐만 참으소. 다 그럴 날이 있네."

하고 가까스로 무마하였다.

"참기는 언제까지나 참으란 말이오. 이러다가는 밤낮 마찬가지지."

하고 세 사람은 좀체로 불평을 거두지 아니하고 어서 양양으로 가서 도적이 되기를 조르고, 만일 명회가 안 들으면 자기네는 달아날 뜻까지 보이었다.

이러한 때에 문종대왕이 승하하시고 세자궁이 즉위하시었다는 소문이 송도에 들리었다.

명회는 이 소문을 듣고 발을 동동 굴렀다.

"이 사람이 과단이 부족하여."

하고 권람을 원망하였다.

명회 생각에는 세자궁이 즉위하시기 전에 수양대군으로 하여금 왕위를 계승하게 하고자 함이었다. 그때나 자기가 좌명원훈(佐命元勳)이 되어볼까 함이었다. 그랬는데 벌써 새 임금이 등극하였으니 큰일은 모두 틀려버리고 말았다.

"내가 서울에만 있었더면 이렇게는 안 되는걸."

하고 명회는 이를 갈았다.

세자궁이 즉위하기 전에 수양대군을 들여앉히기는 용이한 일이지마는, 한번 세자가 왕이 된 이상 그 왕이 승하하시기 전에 왕을 바꾸기는 여간 어려운 일이 아니다. 까딱 잘못하면 역적이 되고 마는 것이다.

명회는 차라리 도적 속에 들어가 전국에 있는 도적의 무리를 몰아가지고 한번 설레어보다가 잘되면 조선 왕이라도 한번 되어보고, 못 되더라도 일신이 안락하게 살아볼까 하고 양정과 유수를 불러 도적의 일을 자세히 물어보았다. 양, 유 양인은 인제야 명회가 바른길로 들어가려 하는 것을 기꺼하여 자기네가 아는 대로 도적에 관한 이야기를 하고, 도적의 대두목이 되면 서울 장안의 고루거각에 앉아서 처첩, 비복을 거느리고 영화를 누릴 수가 있다는 말을 하여 명회의 비위를 끌기를 힘썼다.

그렇지마는 정승, 판서의 높은 벼슬, 이를테면 이조판서, 병조판서의 푸른 서슬, 영의정, 좌우의정까지는 못 바라더라도 의정부 좌우찬성의 높고 귀함, 그 좋은 권세, 이런 것을 단념하기가 심히 어려웠다. 그래서 하룻밤을 이럴까 저럴까로 새우고 새벽에 편지 한 장을 닦아 임운을 주어 성화같이 서울 권람에게 보내었다. 그 편지에는 이러한 구절이 있었다.

時勢如此 安平睥睨神器 禍亂之作 非朝則夕 君獨無一念及此乎 …… 平定禍亂 非濟世撥亂之主不可 首陽大君 豁達同漢祖 英武類唐宗 天命所在 昭然可知 今子侍筆硯 何不從容建白斷之於早乎.

(시세 이와 같고 안평대군이 임금의 자리를 엿보니 화란이 일어날 것이 아침이 아니면 저녁이라. 그대 홀로 이 생각을 못 하는가. …… 화란을 평정함엔 제세발란의 힘이 있는 임금이 아니면 불가하거늘 수양대군은 활달함이 한 고조와 같고

106

영무하기가 당 태종과 같으니 천명이 있는 곳은 소연히 알지라. 이제 그대 가까이 모시거늘 어찌 종용히 건백하여 늦기 전에 결단케 하지 아니하나뇨.)

이 편지를 보면 명회는 분명히 조금도 꺼림도 없이 수양대군으로 하여금 왕위를 찬탈하게 하기를 권한 것이니, 이것은 권람도 감히 발설 못 한 바요 수양대군도 감히 자주 생각하지 못한 바다.

명회는 권람이 이 편지를 반드시 수양대군에게 보일 것을 알고, 수양대군이 이 편지를 보면 반드시 크게 구미가 동하고 기뻐할 줄을 안다. 그러므로 이 편지는 권람이 보기 위하여 하느니보다 수양대군이 보기 위하여 한 것이다. 얼마쯤 만시지탄이 없지 아니하지마는 지금부터라도 수양대군을 충동하는 것이 자기의 욕심을 달하는 길이라고 믿은 것이다.

수양대군을 한 고조와 당 태종에 비긴 것은 다만 아첨뿐이라고 할 수 없으나 안평대군이 신기(神器)를 엿본다고 한 것은 전혀 명회가 지어낸 말이로되 수양대군을 움직이기에 가장 큰 힘이 있는 말이다. 첫째는 수양대군이 안평대군을 미워하는 심리를 이용한 것이요, 둘째로는 수양대군이 거사할 좋은 핑계를 장만하여드린 것이다.

"안평이 신기를 엿보기로 부득이하여"

수양대군이 일어나서, 새 임금을 옹호하는 파를 안평대군의 당으로 몰아 없애버리고 수양대군이 정권을 잡은 날이면 일은 칠분이나 성공이 되는 것이다. 그 후사는 더 되면 좋고, 안 되더라도 한명회가 이조판서 한 자리는 떼어놓은 당상이라고 생각한 것이다.

"안평이 애매하지마는 나 같은 사람을 만난 것이 팔자이지."
하고 명회는 혼자 웃었다.

이 편지를 주어 임운을 서울로 떼어 보내고 명회는 자못 신기가 불평하였다.

이 편지는 최후 수단이다. 만일 이 편지에 무슨 향기로운 회답이 없으면 자기는 영영 궁직으로 늙어 죽을 수밖에는 없는 것 같았다. 나이 벌써 삼십팔, 사십이 근 당하였으니 이제 다시 과거를 보러 다닐 면목도 없을뿐더러 글짓기는 본래 싫어하는 데다가 그것도 놓아버린 지가 오래여서 붓대를 들면 골치부터 먼저 아프니 제힘으로 과거에 급제할 가망도 없고, 그렇다고 조정에 자기를 알아 남행(南行)으로 원 한 자리라도 시켜줄 사람도 없으니 인제는 꼼짝없이 일생을 망쳐버리고 만 것이다.

정당한 길을 밟으려면 경덕궁직으로 그냥 있어서 어떻게 좋은 기회를 기다리는 것이 좋지마는, 그것도 지나간 사오 삭에 진절머리가 나고 말았다. 기왓장 벗기어 술값을 벌고 마루청 널을 뜯어 불 땔 나무를 삼는 것이 겉으로는 웃고 하는 일이지마는 속으로는 그리 즐거울 리는 만무하였다.

더구나 지난 단오에 부료(府僚)들한테 망신을 당한 뒤로는 송도라는 곳이 지긋지긋하였다. 길에 나서 다니면 모두 뒤로 손가락질하는 것 같았고, 사실상 만월대 망신이 있은 뒤로는 송도 사람들은 명회를 미워하기만 하지 아니하고 멸시하기까지 하여 길에서 마주칠 때에는 분명히 비웃는 눈살을 보이었다.

송도 와서 소득은 정포은 선생의 손녀를 첩으로 삼은 것이거니와, 그도 이렇게 일생을 궁하게만 산다 하면 귀찮을 것이다.

이렇게 생각하면 돌아갈 곳은 양양밖에 없는 듯하였다. 자기만 한 모략을 가지고 도적청만 들어가면 곧 한몫 메는 두목이 될 것이요, 지금 대두령이 어떤 놈인지 모르나 몇 해 동안이면 그까짓 놈 하나 치어버리고 자기가 대신 들어앉기는 땅 짚고 헤엄하는 것 같았다. 그러나 이렇게 낮에 자고 밤에 다니는 사람이 되기에는 이 세상이 너무나 아까웠다.

이렇게 명회의 번뇌한 생각은 개미 쳇바퀴 돌 듯이 뱅뱅 돌았다.

이때에서 명회의 첩 정씨가 밖으로서 황황히 들어오며,

"여보시오, 서울서 사람이 왔어요."

한다.

정씨는 이제 열여덟 살, 분홍치마 연두저고리에 계집애 모양으로 어리게 차리었다. 그러나 가난한 살림에 손수 아침저녁 동자를 짓느라고 손이 거칠고 앞치마는 거뭇거뭇 때가 묻었다. 송도서 사는 명회의 가정은 실로 우스웠다. 명회, 양정, 유수, 임운 합하여 사내가 넷에 여편네라고는 정씨 모녀뿐. 마치 막벌이꾼 치는 주막집 같았다.

"서울서 사람이?"

하고 명회는 대문으로 뛰어나갔다. 거기는 낯익은 권람의 집 종 바람쇠가 서 있다가 명회를 보고 반가운 듯이 허리를 굽히고는 품속으로서 서간 한 장을 내어 명회에게 준다.

밖에서 두런두런하는 소리에 사랑에 있던 양정과 유수도 뛰어나와서 멀거니 명회와 바람쇠를 번갈아 바라본다. 바람쇠는 전에도 두어 번 편지를 가지고 왔었으므로 두 사람을 잘 안다. 그러나 그전 편지도 별 신통이 없었으므로 이번 것도 그저 그러리라고 생각하고 두 사람은 실망한 듯이 혹은 방으로 들어가고, 혹은 밖으로 나가버리었다. 두 사람의 꼴은 기름 장수와 같이 꾀죄죄 흘렀고, 얼굴은 낮잠을 과히 잔 탓인지 부석부석하였다. 혹은 즐기는 비지를 좀 과식하였는지도 모른다.

명회는 미처 방에도 들어오기 전에 권람의 편지를 떼었다. 처음에는 예사로 읽더니 차차 눈이 종이에 꼭 들어박히고 발이 마당에 꽉 붙었다. 명회는 다시금 편지를 보아 자기 눈이 잘못 본 것이 아닌 줄을 확실히 안 뒤에는 편지를 한 손에다 꽉 쥐고 껄껄껄 웃기를 금치 못하였다. 명회는 한번 크게 에헴 하여 가래를 뱉고 마루에 올라섰다.

"무슨 좋은 기별이 있어요?"

하고 정씨도 남편이 근래에 드물게 기뻐하는 양을 보고 창으로 내다보며 물었다.

명회는 정씨가 묻는 말에는 대답도 아니 하고 정씨더러,

"이봐, 내가 급히 상경할 일이 생겼으니 의복 내어놓게."

하고는 사랑으로 나가려 한다.

정씨는 놀라는 듯이 일어나 나오며,

"아니, 서울로 가시다니. 오늘 가시오?"

하고 말로 명회를 붙든다.

"옷이나 내어놓으라면 내어놓아. 무엇을 안다고 참견이야."

하고 핀잔을 주고는 사랑으로 들어가버린다.

남편이 상경하는 데는 두 가지 일이 있다. 한 가지는 귀하게 되어 좋은 벼슬로나 올라가는 일이니, 그렇다 하면 작히나 좋으랴. 정씨 자기도 덩실덩실 춤이라도 출 일이지마는 궁상이 덕지덕지한 남편의 꼬락서니에 무슨 좋은 일이 생길 것 같지도 아니하고, 그렇다 하면 이번 서울 올라가는 것은 자기 집일로 가는 것이요 집일로 간다 하면 본마누라 민씨를 만나러 가는 것이다. 민씨도 나이 사십이 되었으니 서방을 빼앗길까 보아서 겁날 것도 없지마는 그래도 여편네 마음이라 자기는 첩이고 다른 데

본마누라가 있어서 남편이 그리로 간다면 비록 제삿날 제사 참례를 가더라도 싫었다. 그래서 정씨는 반닫이 열쇠를 든 채로 눈물을 흘리었다.

명회가 사랑에 들어오는 것을 보고 양정과 유수 두 사람은 장기판을 밀어놓고 명회의 자리를 내었다.

명회의 시치미 떼는 얼굴에는 아무리 하여도 숨길 수 없는 기쁨이 있었다.

"서울서 무슨 기별 있소?"

하고 양정이 잠자코 있기가 미안한 모양으로, 그러나 그다지 흥미 없는 어성으로, 이를테면 명회의 얼굴을 보아 물은 것이다. 유수는 지금까지 두던 장기 수만 생각하고 있었다.

명회는 양정이 묻는 말을 기회로 의기양양하게,

"나는 오늘 곧 서울로 가야 하겠네."

하고 대단히 바쁜 듯이 벽장문을 열었다 닫히었다 한다. 집은 전조(前朝) 적 집이 되어서 큼직하지마는 안에는 거미줄뿐이라 벽장문을 연대야 켜켜 앉은 먼지밖에 있을 것이 없고, 혹 있다면 양가, 유가의 발 고린내 나는 버선짝일 것이다.

명회가 서울 길을 떠나게 되었단 말에 두 사람은 좀 놀래었다. 그러면 바람쇠가 가지고 온 편지에 그래도 무슨 뜻이 있었던가 함이다.

"아니, 무슨 급한 일이 있기에 해가 저녁때가 다 되었는데 길을 떠나신단 말이오? 엊그제 국상이 났거든 어명이 내리실 리도 만무한데."

이렇게 양정이 반쯤 빈정대어 말하는 것을 유수가 곁에서,

"어디 서울 가까운 능참봉(陵參奉)으로나 승차를 하여 가시오? 그리되면 우리도 서울 구경이나 자주 하게. 또 하늘엘 올라야 별을 따고 서울

을 가야 과거를 한다는 셈으로, 그래도 서울 가까이 있어야 무엇이 생기는 것이 있지그려. 송도 만월대 구석에서 도깨비 모양으로 궁 기왓장이나 굴리고 있으면 백 년을 갔자 신통한 구석이 있소?"

농담 절반, 신세타령 절반으로 손에 든 장기짝을 딱딱거린다.

명회는 이 버릇없는 말을 용서할 수 없다는 듯이 사팔뜨기 눈으로 한번 두 사람을 노려보고 일어나려 하다가 도로 앉으며,

"이번에 내가 상경하는 것은 일절 발설 말게. 수양대군이 밤 도와 올라오라고 나를 부른 것이니까 아마 무슨 큰일을 의논하실 모양인즉, 양정이 자네는 나와 같이 오늘 떠나고 유수 자네는 집에 있게. 생각건대 내가 이번에 서울 가면 다시 송도에 오지 못할 듯싶으니까 임운이가 오거든 같이 가속 데리고 서울로 올라오게. 내가 가는 대로 또 곧 기별도 할 테야."

하고는 여전히 바쁜 듯이 안으로 들어가버린다.

두 사람은 마주 보고 한참이나 말이 없더니 유수가 장기짝을 장기판에 내어버리며,

"무슨 수가 나는가 뵈."

하고 눈을 꿈쩍한다.

양정도 흥 하고 코로 웃는다.

한명회는 양정을 데리고 그날로 집을 떠나 서울로 향하였다. 하필 유수로 하여금 집을 보게 하는 데는 까닭이 있다. 양정은 유수보다 얼굴이 잘생기고 풍채가 좋아서 집에 혼자 두면 젊은 첩 정씨를 빼앗길 염려가 있기 때문이다. 명회는 결코 사람을 믿는 일이 없었고, 특별히 첩에 대하여서는 항상 반반한 남자가 가까이하는 것을 의심하였다. 자기 얼굴이 흉하기 때문에 더욱 풍채 좋은 양정을 의심한 것이다.

명회가 정씨와 대화하기를 허하는 남자는 정씨의 적형(嫡兄) 되는 정
보(鄭保) 한 사람뿐이었다. 그러나 정보도 근래에는 서울 올라가 성삼
문, 박팽년 같은 집 사랑으로 돌아다니고 송도에는 없었다.

"대문 밖에 나지 말고 아무도 대문 안에 들이지 말어!"

하고 정씨를 단단히 노려보고 명회는 집을 떠났다.

한명회, 양정 두 사람은 바람쇠를 따라 말을 탈 형세도 못 되므로 터덜
거리고 걸어서 성화같이 서울로 향하였다. 만일 주막이나 나룻배에서 거
행이 더디면 양정이 눈을 부라리고,

"이 양반은 어명으로 급히 가시는 양반이야."

하고 호통을 뺐었다.

"이 사람아, 어명을 함부로 쓰다가 목 날아나려고 그러나?"

하고 단둘이 되었을 때에 명회가 책망하면 양정은 어깨를 으쓱 올리며,

"한번 그랬으면 작히나 좋소?"

하였다.

홍제원(弘濟院)에는 임운이 인마를 데리고 마주 나와서 기다리고 있
었다.

명회와 양정이 오월도 다 지난 염천에 땀을 벌벌 흘리고 먼지투성이가
되어 앞서거니 뒤서거니 허덕거리고 오는 것을 보고 임운이 일 마장이나
마주 나아가 맞았다.

"생원님, 얼마나 더우시오?"

"덥구 무엇이고 다리가 아파 죽을 지경일세. 사람을 부르거든 말 탈 노
수(路需)라도 보내는 것이 아니라, 오뉴월 염천에 이거 어디 살겠나."

하고 명회가 길가 조그마한 나무 그늘에서 볕을 피하며 연해 부채질을

한다.

임운은 손을 들어 홍제원을 가리키며,

"저기 수양대군 궁에서 인마가 나와서 아침부터 기다리오. 말이 두 필에 안장이 어른어른하고 발등자까지 은이오. 전배 한 쌍, 구종 한 쌍에, 수령 행차 이상이오. 소인이 다 어깨가 으쓱하오."

하고는 편지 한 장을 내어 명회에게 준다.

떼어 보니 편지는 권람의 것인데, 수양대군께서 명회가 오기를 심히 고대한다는 말과 선비를 존중하는 예로 대군이 몸소 명회를 나와 맞을 것이로되 국상 중이라 그리 못 한다는 말과, 또 명회가 명색 없이 수양대군 궁에 출입을 하면 남의 의혹을 살 염려가 있으므로 명회를 송도서 청해 오는 의원으로 대접한다는 것과, 인마를 보내니 타고 다른 데 들르지 말고 곧 수양대군 궁으로 오라는 말과, 거기 오면 권람 자기도 만날 것이란 말이 쓰이어 있다.

명회는 심히 만족하였다. 하늘에 오를 듯이 기뻤다. 그러나 그런 빛은 내지도 아니하고 날이 더운 것과 발이 부르튼 것만 짜증을 내었다. 그러고는 인마고 수양대군이고 다 귀찮은 듯이 나무 그늘에 퍼더버리고 앉아서 하늘에 떠도는 구름만 바라보았다. 양정과 임운은 명회의 속을 들여다보는 듯이 물끄러미 보다가 픽 웃었다.

명회와 양정은 은안준마(銀鞍駿馬)에 덩그렇게 올라앉아 사오 인 구종의 호위를 받아 거드럭거리고 서대문을 들어 자하골 막바지 수양대군 궁으로 들이몰았다.

명회가 온다는 선문(先文)을 듣고 수양대군과 권람은 계하에서 내려서 맞았다. 명회의 초초한 행색이 오늘은 땀이 배고 먼지에 젖어 더욱 초초하건마는 지어서 기고만장한 모양을 보였다.

수양대군은 명회가 권람에게 한 편지를 보고 더할 수 없이 기뻐하였다. 안평대군이 신기를 엿본다는 말이나, 천명이 분명히 자기에게 있단 말이나, 자기를 한 고조, 당 태종에게 비긴 말이나, 다 일생에 처음 듣는 보비위(補脾胃)하는 말이었다. 급기야 명회를 대하며 그 머리와 눈이 미상불 우스꽝스러웠으나 그것이 도리어 비범한 표인 것같이 생각되었다.

수양대군의 한명회에게 대한 대접은 실로 융숭하였다. 처음 계하에서 서로 맞을 때에는 한명회가 읍할 때에 같이 읍함으로써 대답하였고, 그보다도 놀라운 것은 정청에 올라 한명회가 대군께 대하는 예로 절할 때에 수양대군이 마주 절한 것이다.

애초에는 수양대군이 하는 양을 보아 좀 거드름을 부리려 하던 한명회도 수양대군이 이처럼 공손하게 하여주는 것을 당하고는 고만 감지덕지하여 어찌할 줄을 몰랐다. 다만 권람이 곁에서 보아두었다가 후일에 자기의 천착스러움을 비웃지 아니하리만큼 하였다.

수양대군은 국상 중에 궁중을 떠나지 못할 계제이지마는, 궁중에 들어간대야 황보인, 김종서 같은 고명 받은 늙은것들이 좌지우지하는 꼴이 보기 싫고, 안평, 금성 같은 아우님 되는 대군들도 수양대군을 슬슬 따돌리는 기미를 보고는 그만 상기가 되어 될 수 있는 대로는 궁중에 있기를 피하였다. 더구나 오늘은 한명회를 만났으니, 시각이 바쁘게 그의 계책이 듣고 싶어서 한명회와 권람을 밀실로 끌어들이어 두 시각이나 넘도록 이야기를 하였다.

"대사가 장차 어찌될 것이오?"

하고 수양대군이 먼저 문제를 끌어내었다.

한명회는 이때야말로 자기 일생이 부침이 달린 큰 시험인 줄 알므로 평생의 정력을 다하여 자기의 의견과 계책을 수양대군이 묻는 대로 대답하였다.

"소인이 무엇을 알리이까마는, 민심은 곧 천심이라 민심이 돌아가는 것을 살피옵건대 천명이 나으리께 있는 것은 소연(昭然)한 일인가 하오."

하고 자기가 권람에게 한 편지를 수양대군이 보았을 줄은 번연히 알면서도 또 한 번 수양대군을 칭찬하여 한 고조와 당 태종을 끌어내었다. 그러하되 그 성음과 안색이 진실로 지성스러웠다.

수양대군은 좀 낯이 간지러운 듯이 권람도 바라보고 바깥도 바라보더니 명회의 송덕하는 말이 한 대문이 지나간 때를 타서,

"천명이 내게 있다니, 그게 될 말이오? 나같이 덕이 적은 사람이 어찌 천명을 감당하겠소?"

하고 수양대군은 정중한 인사로 겸사를 한다.

한명회는 수양대군의 이 말에 펄쩍 뛰며,

"아니외다. 그렇지를 아니하외다. 겸양지덕이 좋기는 하오나 그것은 태평무사할 때에나 쓰는 것이외다. 천명에 대하여는 겸양이 없는 것이외다. 만일 천명을 모피한다 하면 그것은 겸양이 아니라 역천(逆天)이외다. 태조대왕께서 창업하신 간난을 생각하시거나 창생이 대한(大旱)에 운예(雲霓)와 같이 바라는 것을 생각하시든지 겸양하시는 것이 옳지 아니하외다. 원형이정으로 말씀하오면, 대행대왕께옵서 승하하옵시면 나으리께서 상주가 되시어야 할 것인데, 그리 안 되온 것이 황보인, 김종서 배의 간계에서 나온 것이외다."

하고 도도히 말하였다.

어찌하여 왕세자를 두고 수양대군이 상주가 되어야 하는 것인지 그것은 수양대군도 알 수 없는 이치였으나, 그래도 명회의 말은 언언구구가 다 비위에 맞았다. 마치 내 속에 들어와서 내가 하고자 하는 바를 다 살핀 뒤에 내가 할 말을 대신하여주는 것과 같이 마음에 꼭 맞았다. 더구나 수양대군 자기가 상주가 되어 왕위를 계승하는 것이 원형이정이란 명회의 말이, 이치에는 닿지 아니하면서도 마음에 맞았다.

그렇지마는 수양대군은 도리어 송구하는 빛을 보이며,

"그것은 지나치는 말이오. 세자궁이 계옵시니 세자궁이 상주 되옵심이 마땅하고 나는 오직 충성을 다하여 어리신 상감을 도움이 있을 뿐이오. 어찌 털끝만큼이나 다른 뜻이 있겠소. 오직 걱정되는 것은 황보인, 김종서의 무리가 안평을 떠받들고 국가사를 그르치려는 것이니, 그것을 막을 계획을 내게 말하오."

하였다.

수양대군의 이 말에 한명회는 마른하늘에 벼락을 맞는 것 같았다.

'아뿔싸, 수양대군에게 한 수 졌구나.'

하고 명회는 고개를 숙이었다. 잘못하다가는 이 모가지가 날아날는지도 모른다.

명회는 수양대군의 진의를 의심하지 아니할 수 없었다. 그러면 지금까지 생각하기를, 수양대군이 왕의 자리를 엿본다고 한 것은 자기의 잘못이던가. 수양대군은 과연 주공(周公)이 성왕(成王)을 돕던 옛일을 본받으려 하는 충성밖에 다른 뜻이 없었던가. 그렇다 하면 자기가 오늘 말한 것은 큰 실수였다, 하고 명회는 후회도 하였다.

그러나 그만한 일에 움츠러질 명회가 아니다. 그는 한 수를 내어 수양대군을 걸어보려 하였다. 첫 수는 졌지마는 둘째 수에는 자기가 이길 것을 믿었다. 그야말로 건곤일척의 결심으로 명회는 자리에서 분연히 일어나며,

"소인 물러가오."

하고 한번 읍하였다. 명회의 용모와 눈찌에는 실로 비창한 빛이 떠돌았다.

이 뜻하지 아니한 행동에 권람이 먼저 놀라서 일어나 명회의 소매를 잡으며,

"이 사람, 이게 웬일인가?"

하였다.

명회는 권람이 잡은 소매를 뿌리치며,

"아니, 나를 붙잡지 말게. 선비의 행색이 한번 말을 내었다가 용납이 되면 머물고 용납이 아니 되면 물러가는 법이야. 나는 원래 세상일에 뜻이 없는 사람이야. 부귀와 공명이 내게 부운(浮雲)이로세. 가만히 세상에서 숨어 유유자적하는 것이 나 같은 사람의 본색이어늘, 자네 말을 그릇 듣고 서울에 올라왔다가 이제 나으리 뜻이 내가 생각던 바와 다르니까 나는 물러가는 것이 옳은 일이세."

하고 다시 수양대군을 향하여,

"소인 물러갑니다."

하고 두어 걸음 문을 향하여 나갔다.

이때에 수양대군도 창황히,

"여보 앉으오. 나를 버리지 마오."

하였다. 그 말은 심히 은근하였다.

권람은 명회를 붙들어 앉히었다.

"나를 버리지 마오." 하는 수양대군의 말 한마디면 명회도 목적은 달한 것이다. 수양대군은 마침내 내 약낭 속에 들었다고 명회는 속으로 만족한 웃음을 지었다.

한명회가 다시 자리에 앉은 뒤에 수양대군은 단도직입으로 시국에 처할 계책을 물었다.

"낸들 나랏일에 무심할 리가 있소? 근심이 되길래 이렇게 계책을 묻는 것이 아니오? 그렇지마는 내가 무슨 힘이 있소? 군국대사가 모두 황보인, 김종서 배의 손에 있으니 고장난명(孤掌難鳴)이라 내가 어찌하면 좋겠소? 아끼지 말고 높은 계책을 말하오."

한명회는 수양대군의 말하는 바가 모두 도리에 맞고 또 대인의 기상이 있음을 탄복하였다. 그리고 저절로 고개가 숙음을 깨달았다.

"일을 하는 데는 힘이 으뜸이니 힘을 기르시어야 하오."

하고 명회가 대답한다.

"힘을 기르는 법이 어떠하오?"

하고 수양대군이 다시 묻는 말에 명회는,

"힘을 기르는 데 가장 속(速)한 방법은 불평객을 모아들이는 것이오."

하고 아뢴다.

"불평객이 누구며, 불평객을 모으는 방법은 어떠하오?"

하고 수양대군이 묻는 말은 점입가경이다.

"세상에 불평객이 없는 때가 없사외다. 세종대왕께옵서는 요순과 같으신 성군이시옵거니와 재위하신 지 삼십여 년에 문(文)을 높이시옵고 무(武)를 가벼이 하시오니 태평성대에 그럴 만한 일이어니와, 그 때문에 무신의 불평은 면치 못할 일이요, 또 재야(在野)한 인재도 문장재사는 잘하기 쉬우되 궁시(弓矢)를 잘하는 사람은 일생에 달할 길이 없으니, 자연 문인은 교만하여지고 무사는 불평하게 되는 것이외다. 또 문신 중에도 자기의 현재 처지를 불만히 여기어 매양 불만한 생각을 가지는 이가 있는 것이니, 이러한 무리를 가리키어 불평객이라 하는 것이외다."

하고 한명회가 좋은 구변으로 기운차게 말할 제 수양대군은 혹은 눈을 감고, 혹은 눈을 뜨고, 혹은 고개를 끄덕끄덕하고, 혹은 무릎을 치며 명회의 말을 탄상하는 표를 보인다.

수양대군이 자기의 말에 탄복하는 눈치를 보매 명회는 더욱 기운이 나서 불평객을 모아들이는 계책을 말한다.

"이렇게 불평을 가진 사람들은 매양 어디서 자기네들 불러주기를 기다리는 것이외다. 마치 목마른 사람과 같이 어디서 물소리만 나면 그리로 모여드는 것이외다. 이제 만일 나으리께서 세상의 불평 가진 무리를 받으신다는 소문만 나면 한 달이 못 하여 팔도의 불평객은 나으리 문하에 모여들 것이외다. 사람이란 궁할 때에는 일반지덕(一飯之德)도 골수에 사무치는 것이니까 사방으로서 모이어드는 불평객에게 우선 술 한 잔, 밥 한 그릇으로 그 모이어 온 뜻을 사례하고 후일에 각각 공로를 따라 높은 벼슬과 많은 녹이 있을 것을 보이면, 나으리를 위하여 죽을 사람이 어찌 천이요 만뿐이리이까. 이리하면 나으리의 힘은 대적할 수 없이 커지는 것이외다."

명회의 이 말에 수양대군은 고개를 끄떡임으로써 옳이 여긴다는 뜻을 표하다가,

"그렇지마는 그따위로 궁하여서 모이어드는 사람들이 만 명이면 무슨 일을 하겠소? 좀 큰사람을 얻어야 할 것이 아니오? 큰사람 얻는 방략은

어떠하겠소?"

하고 새 문제를 내었다.

한명회는 이렇게 대답한다.

"사마골(死馬骨)을 오백금으로 사는 것이 천리마를 구하는 법이외다. 범상한 사람을 비사후례로 맞아들이면 걸출한 사람도 찾아오는 것이외다. 천하사에 뜻이 있는 사람은 항상 사람 많이 모이는 곳으로 가는 것이외다. 나으리가 많은 사람을 문하에 모으시면 모인 사람이 비록 모두 다 하잘것없는 무리라 하더라도 세상이 다 나으리의 세력을 두려워하고 우러러보게 될 것이외다. 한번 나으리의 세력이 이만하게 되면 마치 천하의 물이 다 한바다로 모여드는 모양으로 천하의 인걸이 다 나으리 세력을 따라 모이어들 것이외다."

하고 한명회는 한층 더 기운을 내고 어성을 높이어,

"지금 황보인 같은 무리가 국정을 잡았다 하나 그까짓 문신들은 난시(亂時)에는 아무 힘도 쓰지 못하는 것이외다. 난시에는 백 명의 문장지재보다도 한 명 힘쓰는 사람이 힘이 있는 것이외다. 이제 소인을 따라다니는 양정 한 사람에게 철여의(鐵如意) 하나만 들려 내어놓으면 만조백관은 경각간에 끽소리를 못 하게 만들어놓을 것이외다. 안평대군이 아무리 문객이 많다 하더라도 그까짓 심장적구(尋章摘句)하는 무리들이야 만 명이면 쓸 데가 무엇이오니까? 하고 보면 소인이 말하는 불평객은 결코 힘 없는 무리가 아닐뿐더러 이 사람들이야말로 진실로 큰 힘을 내는 무리외다. 이 불평객들을 하나씩 하나씩 흩어놓으면 아무 힘이 없지오마는 위에서 거느리는 이만 있으면 무서운 힘을 발하는 것이외다. 말씀하기 황송하오나 태조대왕께옵서 천명을 받으심도 불평객을 모으신 것이 큰 힘이 되시었다고 생각하옵니다."

하였다.

　수양대군은 더욱더욱 한명회의 말에 탄복하여 마치 무엇에 취한 이와 같았다. 권람의 말도 매우 지혜로운 데가 있거니와 이처럼 구구절절이 귀신 같지는 못하였다. 한명회에 비기면 권람은 예사 선비에 불과한 듯하고, 한명회는 진실로 옛날 장량(張良)이나 제갈량(諸葛亮) 같은 신통한 모략을 가지어 도저히 헤아릴 수 없는 듯하였다. 어떻게 이러한 사람을 오늘에야 만났던가 하여 수양대군은 다시금 한명회의 괴상한 용모를 바라보고, 이는 하늘이 자기를 위하여 보낸 사람이라고 기뻐하였다.

　"그러면 어떻게 하면 그 불평객들을 모을 수가 있겠소?"

하고 한 가지 새로운 문제를 또 꺼내었다.

　명회는 수양대군이 자기의 말을 잘 알아들음과 연해 제출하는 문제가 모두 긍경(肯綮)에 맞음을 보고 더욱 기뻐하여 이렇게 말하였다.

　"그것은 어렵지 아니하외다. 광활하고 종용한 땅을 택하여 사정(射亭)을 세우고 습사장(習射場)을 베풀고, 나으리가 친히 사정에 임하시어 같이 활을 쏘시고, 그날에 가장 잘 맞힌 사람에게 상급을 내리시고, 나으리 친히 그 사람을 부르시어 칭찬하는 말을 주시면 팔도에 활 쏘는 사람이 다 그리로 모일 것이외다."

　명회의 말은 절절이 옳았다.

　수양대군은 감격함을 이기지 못하는 듯이 손을 내어밀어 명회의 팔을 잡으며,

　"이 사람, 어찌 이리 만나기가 늦었나."

하고 '하오' 하던 말을 변하여 '하게'를 하였다. 그만큼 수양대군은 명회

를 친하게 대우하는 것이다.

명회도 수양대군이 이처럼 하는 것을 보고 마음에 심히 기뻤다.

이로부터 한명회는 거의 날마다 수양대군 궁에 출입하였다. 한번 오면 아침이면 해가 지도록, 저녁이면 밤이 깊도록 수양대군과 단둘이 밀실에 마주 앉아 여러 가지 비밀한 의논을 하였다.

권람이나 명회와 마주 앉게 되면 수양대군은 끼니도 잊을 지경이 있었다. 부인 윤씨[후일에 정희왕후(貞熹王后)가 되실 이다]가 화를 내어 흔히,

"또 국 식게 하는 사람[寒羹郞]이 왔느냐?"

하고 소리를 질렀다. 부인도 이 국 식게 하는 사람이 장차 자기로 하여금 일국의 국모가 되게 할 모든 계책을 내는 사람인 줄은 아직 몰랐던 것이다.

이렇게 날마다 만나고도 유위부족하여 수양대군은 명회의 심복 되는 임운을 궁노로 삼아 수양대군 궁에 거처하게 하고, 무시로 무슨 비밀한 일이 있거든 임운을 시키어 명회에게 통하게 하였다. 그래서 궁노면서도 임운은 상시로 수양대군에게 불리어 마주 앉아 담화하는 때가 많았다. 그래서 궁노들 간에 임운의 세도는 대단하였다. 모두 임운을 부러워하였다.

아무러한 한밤중에라도 수양대군이 임운을 명회의 집에 보내어 명회를 부르는 일도 있고, 또 명회가 첫닭 울 때에 수양대군 궁에 올 때도 있었다. 그러한 때에 다른 사람을 알리지 않고 무상출입하기 위하여 임운의 팔에 줄을 매어 들창 밖으로 한 끝을 늘여놓았다. 그래서 어느 때에나 그 줄만 잡아당기면 임운은 명회가 온 줄을 알고 곧 일어나 소리 나지 않게 대문을 열어주는 것이다.

"이거, 유부녀 보러 다니는 셈인걸."

하고 명회가 소리 아니 나게 어깨로 대문을 사르르 밀고 들어서면 임운은,

"원체 많이 해보시었거든."

하고 웃었다. 그러나 한명회는 만족하였다. 자기가 세종대왕의 아드님인 당당한 수양대군 궁에를 무상출입하는 것이 생각할수록 기뻤다. 그래서 밝는 날 아침에라도 늦지 아니할 일이건마는 아닌 밤중에 도적같이 살근살근 걸어와서 임운의 방 들창으로 늘어진 줄 끝을 톡톡 당기고, 그것을 더할 수 없이 낙으로 알았다.

명회의 집은 수양대군 궁에서 멀지 아니한 곳에 있었다. 무론 수양대군이 정해준 집이다. 그리 크지 아니하나, 안채 있고 사랑채 있고, 비록 평대문일망정 이십 칸은 넘는 집이었다. 명회 평생에 이만한 집에 살아본 일은 없었다. 비복까지도 두어 사람 수양대군 궁에서 얻어 왔다. 양식과 나무와 찬수(饌需)도 부족함이 없고, 안방에는 큰마누라 민씨, 건넌방에는 애첩 정씨를 두고 거드럭거리고 살게 되었다.

사랑에는 예나 이제나 다름없이 양정과 유수가 문객 모양으로 유숙하며 낮잠과 장기로 세월을 보내거나, 그렇지 아니하면 눈매 불량한 무리들이 모이어 수군거리었다. 후에 홍달손(洪達孫)이 더 와 있었다. 송도서 강목을 칠 때와 달라서 명회의 사랑에서는 가끔 술 취한 사람들이 지저귀는 소리가 들리었고, 양정, 유수도 동정에 때 묻은 옷은 걸지 아니하게 되었다.

명회의 사랑에 출입하는 무리는 갈수록 늘었다. 사거리 반찬 가게에서도 한 생원 댁에 웬 사람이 저리 다니느냐고 수군거리게 되었다. 그렇게 사람이 많이 다니어도 의관이 제법 똑똑한 위인은 하나도 없고, 옷에 기

름이 묻지 아니하였으면 갓모자가 쭈그러지거나 망건편자가 뚫어지거나
하였다. 유시호(有時乎) 동저고리 바람에 갓만 없고 꽁무니에 목달이 버
선 한 켤레 찬 사람도 있고, 심지어 땅꾼 같은 사람도 왕래를 하였다. 국
상이 났어야 백립(白笠) 하나 변변히 쓴 사람 없고, 백이면 백이 다 갓모
자에다가 백지 조각을 오려 붙인 이들이었다. 그러나 누군들 이 사람들
이 일 년이 못 하여 좌명공신(佐命功臣)이니 익대공신(翊戴功臣)이니 하
여 무슨 부원군, 무슨 부원군 하는 대감들이 될 줄을 알았으랴.

문종대왕이 승하하신 지가 벌써 다섯 달이나 지내어 백악으로서 낙엽
날리는 찬바람 부는 시월이 되었다.

명나라에 사신을 보내어 사고면(賜誥冕)을 사례하여야 한다는 의론이
조정에 일어났다. 그때에는 명나라 조정에 안면을 익히는 것은 조선에서
세력을 잡는 데 매우 요긴한 일이기 때문에 누가 이번 사신으로 갈까 하
는 것이 큰 문제였었다.

어리신 새 왕은 정전에 출어(出御)하시고, 삼공육경(三公六卿), 삼사
(三司) 장관 이하 여러 대관이 모이고, 수양, 안평, 금성 등 여러 대군들
도 참예하여 정부와 종친과 서로 겨루다가 마침내 종친 편이 이기어 수양
대군이 사신으로 가게 되었다. 이렇게 종친이 세력을 얻게 된 데는 내력
이 있다.

애초에 새 왕이 등극하신 처음에 대사헌 기건(奇虔)이 상소하여, 여러
대군이 궐내에 출입하면서 정원(政院)을 거치지 아니하고 국정에 대하
여 용훼(容喙)하기와 문하에 사람을 모아 정치를 의론하기를 금하기를
청하였다. 이것은 임금이 어리신 것을 이용하여 강성한 숙부들이 국정을
휘두를 염려가 있는 때문이니, 대사헌 기건의 의견은 뜻있는 이는 다 옳

게 여기었다. 이현로(李賢老) 같은 이도 그리하는 것이 옳다고 영의정 황보인, 좌의정 김종서, 우의정 정분을 보고 직접 헌책(獻策)을 하였다. 그래서 마침내 이 뜻대로 확정될 뻔하였다.

만일 그리되었더면 수양대군 이하 여러 대군들은 다만 궁중에 들어와 어린 임금을 휘두르지 못할뿐더러 자기 집에 있어서도 정치적 의미로 당파를 모으거나 정권 잡은 사람과 서로 왕래하기 어렵게 되었을 것이다. 적더라도 왕이 어리신 동안에는 이래야만 될 것이라고 황보인도 생각하였던 것이다.

그러나 황보인 노인은 이것을 끝끝내 실행할 기력이 없어서, 고만 수양, 안평 두 분 대군에게 위협을 당하고 맥없이 쭈그러지고 말았다. 그 일은 이렇게 되었다.

이 말을 수양대군에게 밀고한 것은 도승지 강맹경(姜孟卿)이었다.

수양대군이 대사헌 기건의 '금분경안(禁奔競案)'을 듣고는 곧 권람과 한명회를 불렀다. 한명회는 펄쩍 뛰며,

"아무리 하여서라도 이것은 못 하게 하여야 합니다. 만일 기건의 말대로 된다 하면 종친은 수족을 얽어매어 가두어놓음이나 다름없는 것이외다."

하고 수양대군의 성미를 돋우었다.

"그러면 어찌하나. 기건의 말을 다들 옳게 여기는 모양이오. 벌써 정부에서도 뇌정(牢定)이 된 모양이니 이제 어떻게 하면 그것을 막을 수가 있나. 지금 형편에 내가 말한대야 그 말이 설 리도 만무하고. 어허, 괴이한 일이로군."

하고 수양대군은 한탄하였다.

한명회는 한 번 웃으며,

"그리 염려하실 것은 없는 것 같사외다."

하고 사람들이 다 어렵게 생각하는 일이라도 자기에게는 다 처리할 묘책이 있는 자신을 보이었다.

"이 일이 심히 어렵기는 하나 반드시 안 될 일은 아니외다. 기건의 말을 막아낼 기미가 두 가지 있으니, 그것을 나으리가 이용하시오."

"그래, 어찌하면 막아낼까. 세상이 다 기건의 말을 옳게 여기는 모양이니까 섣불리 반대하다가는 일도 되지 아니하고 도리어 망신만 할는지 모르니 차라리 내버려두고 후일을 기다리는 것이 상책일지 몰라."

수양대군은 기건을 두려워하는 모양이다. 실로 기건의 명성은 자못 높았었다. 기건이 대사헌이 된 지 일 년이 못 하여 부정한 생각을 가진 대관들이 전전긍긍하게 되었다. 그처럼 기건은 곧고 엄한 사람이었다. 또 그는 어린 임금이 위에 계신 이때에 강기(綱紀)를 숙정(肅正)하는 것이 지극히 필요함을 자각하여 목숨으로써 대사헌의 중한 직무를 다하려고 결심하였던 것이다. 이번 '금분경안'은 그가 가장 큰 결심을 가지고 내어놓은 것이니, 세력 없는 수양대군이 이것을 두려워하는 것은 당연한 일이었다.

한명회는 또 한 번 웃으며,

"두 기미는 무엇인고 하니, 첫째로는 안평대군을 움직이는 것이외다. 지금 형편으로 나으리 혼자서는 정부를 움직이기가 어려우실는지 모르지마는 안평대군과 합력하시면 될 수도 있을 듯하외다. 또 듣건대 안평대군과 김종서와는 서로 친밀히 내왕이 있다 하니 더욱 좋고, 그렇지 않더라도 안평대군에 친당(親黨)은 정부와 각사(各司)에 없는 곳이 없으니까 안평대군과 합력을 하시거우."

하고 가만히 수양대군의 눈치를 엿보았다.

수양대군은 안평대군이란 말만 들어도 와락 상기가 되었다. 형님인 자기를 보면 늘 비웃는 듯 불쌍히 여기는 듯하는 그 태도도 밉거니와, 문하에 천하 명사를 다 모아놓고 서슬이 푸른 아우님 안평대군을 생각하면 견딜 수 없이 분하였다. 더구나 그러한 안평대군과 합력하라는 한명회의 말은 욕과 같았다. 안평대군과 합력하라 함은 곧 안평대군에게 붙어서 힘을 빌란 말과 얼마 틀리지 아니하는 것이다. 이렇게 생각하고 수양대군은 눈살을 찌푸리었다.

한명회는 물론 그것을 다 보아 알았다. 자기의 말에 수양대군의 흉중이 자못 불평하게 될 줄을 알았으나 그것이 일이 되는 조짐이라고 보기 때문에 명회는 속으로 웃는다.

이윽히 침음하다가 수양대군이,

"안평이 내 말을 들을 듯싶은가?"

하고 억지로 얼굴에 화기를 보인다.

"그것은 염려 없을 줄로 생각합니다. 나으리가 안평대군더러 이렇게 하여라 저렇게 하여라 하면 자존심이 많으신 안평대군이 들으실 것 같지 아니하외다마는, 기건의 일은 나으리께만 관계 있는 일이 아니라 종친 전체에 관계되는 일이니까 안평대군의 자존심을 한번 건드려두면 고만일 것이외다. 기건이 종친의 분경(奔競)을 금한다는 것은 종친을 의심하는 것이요, 특별히 종친 중에 가장 세력이 있는 안평대군을 의심하는 것이라고 나으리가 안평대군께 한 번 말씀만 하시면 반드시 안평대군이 가만히 있지 아니할 것이외다. 그래서 만일 안평대군이 분해하시거든 나으리가 안평대군을 데리시고 황보인 이하 여러 집정(執政)이 모인 곳에 가시어 종실을 의심함은 무슨 까닭이냐고, 이것은 필경 우리를 욕보이려 하는 것이니 우리는 상감께 상서(上書)하여 처분을 기다리겠노라고 준절하게 말씀하시면, 못난 황보인이 반드시 겁을 내어 수그러질 것이외다. 그렇게 수그러지는 것을 보시거든 한 번 더 크게 책망을 하시어 그 무리들의 예기를 질러버리시면 후일에도 나으리를 두려워할 것이니 이야말로 일거양득이외다. 아무 때라도 나으리께서 한번 위령을 세우시지 아니하면 아니 될 터인데 이번이 마치 좋은 기회니, 잘하면 차 소위 전화위복이 될 것이외다."

하는 명회의 계책을 듣고 수양대군은 비로소 얼굴에 화기가 돌며,

"자준이는 과연 장자방(張子房)이 재생이로세. 과연 자네 말이 묘책일세. 안 그런가?"

하고 권람을 돌아본다. 자준은 명회의 자다.

"한명회의 말이 그럴듯하외다"

하고 권람도 찬성하는 뜻을 표하였다.

수양대군은 곧 사람을 보내어 안평대군을 불렀다. 안평대군은 일찍이 형님인 수양대군에게서 불려본 일이 없으므로 처음에는 이상히 여기었다.

"형님이 나를 불러?"

하고 안평대군은 수상스러운 듯이 좌우를 둘러보았다.

문객 중에 어떤 사람은 수양대군의 뜻을 헤아릴 수가 없으니 칭병하고 가지 말기를 권하였다. 안평대군은 듣지 아니하였다.

"우리 형제 우애지정이 부족하여 매양 한이더니, 형님이 이렇게 부르

시니 아니 갈 수 있나."

이렇게 말하고 안평대군은 심히 강개한 안색으로 곧 수레를 내어 수양대군 궁으로 향하였다.

수양대군은 반가운 얼굴로 안평대군을 맞아 대사헌 기건의 '금분경안' 이야기를 하고, 한명회의 말대로 이것은 결국 안평대군을 의심하는 일이요 또 기건 자신의 생각이 아니라 모두 시키는 사람이 있는 것이라는 것을 말하고, 만일 이대로 둔다 하면 종실의 큰 욕이니, 곧 황보인 이하 여러 집정을 보고 항의할 것이라는 말을 하였다.

안평대군은,

"그것이 종실에 그리 욕될 것이 있습니까. 분경을 금하자는 것은 선조(先朝)부터도 말 있어 오는 것이니까 당연한 일인가 합니다."
하고 수양대군의 뜻에 찬동은 아니하였으나 면에 끌리어 굳이 반대도 못하였다.

안평대군이야 수양대군과 뜻이 같거나 말거나 함께 황보인한테로 가기만 하면 수양대군의 목적은 달한 것이다. 안평과 같이 가서 안평은 곁에 앉히어놓고 수양대군 자기가 나서서 말을 하면 결국 안평도 같은 뜻인 것이 표현되는 것이다.

이때에 마침 황보인은 의정부에 앉아 우의정 정분과 국사를 말하고 있었다. 좌의정 김종서는 이날 자리에 없었다.

수양, 안평 두 분 대군이 왔단 말을 듣고 두 대신은 놀라서 계하에 내리어 맞았다.

서로 예가 끝나고 자리에 앉은 뒤에 수양대군은 노기를 띤 어성으로 황보인을 대하여,

"대감은 무슨 연유로 종실을 의심하시오?"

하고 들이댔다.

황보인은 수양대군의 말이 무슨 뜻인 줄을 알았다. 그러나 시치미
떼고,

"나으리, 그게 어인 말씀이시오. 소인이 종실을 의심할 리가 있소?"

하였다.

수양대군은 황보인의 말에 힘이 부족함을 알고 한층 어성을 높이어,

"그 어쩐 말씀이오. 우리들에게 분경을 금한다 하니 그것이 우리를 의
심하는 것이 아니고 무엇이오. 그렇다 하면 우리가 무슨 면목으로 세상
에 선단 말이오."

하고 수양대군은 아까 안평대군이 하던 말을 들어 안평대군의 마음을 흡
족하게 하려고,

"대체 분경이란 세종대왕께서와 대행대왕께서도 불가하다고 하신 것
이지만, 이제 금상 즉위 초에 먼저 종실을 의심하여 이것을 금하신다 하
면 성덕(聖德)에 누가 되심이 아니며, 또 고립무조(孤立無助)하게 되심
이 아니겠소? 이는 스스로 우익(羽翼)을 자르심과 다름이 없으니 우리
가 나라와 휴척(休戚)을 같이하거든 어찌 가만있을 수가 있소? 우리 형
제로 말하면 이 위난지시(危難之時)를 당하여 심력을 다하여 대신 제공
으로 더불어 공제간난(共濟艱難)하자는 것밖에 다른 뜻이 없거든, 도리
어 우리가 의심을 받는단 말이오? 어디 그럴 수가 있소. 우리 형제는 상
감께 상서하여서 진소(陳訴)할 것이지마는 혹 유사(有司)의 잘못이나 아
닌가 하여 먼저 대감께 말하는 것이오."

하였다. 실로 그 위풍이 무서웠다.

황보인은 본래 난 대로 있는 노인이라 수양대군의 호통에 칠분이나 겁이 나서,

"어디 그럴 수가 있소오니까. 소인은 전혀 모르는 일이외다."

하고 정분을 바라본다.

정분 역시 마음은 착하나 황보인과 별로 다름없는 호호야(好好爺)다. 태평 시대에 명군 밑에서 허물없는 대신 노릇하기에는 마초임이지마는 수양대군 같은 이가 한번 눈을 부라리면 앉은 대로 비슬비슬 뒷걸음칠 노인이다.

"그렇다뿐이오니까. 아마 사헌부에서 철없이 그런 소리를 냈나 보외다."

하고 정분이 땀 흘리는 영의정을 구원한다. 그러고는 살려달라는 듯이 안평대군을 바라본다.

곁에 있던 도승지 강맹경 역시,

"아마, 대사헌 기건이가 그런 말을 내었나 보외다."

하여 승정원에서도 그 일은 알지 못한다는 뜻을 말하여 겁난 두 대신을 두호한다. 기실 분경 금한단 말을 먼저 수양대군에게 일러바친 이가 강맹경 자신이면서.

"그렇다면 모르되."

하고 수양대군은 저으기 노기가 풀리며,

"우리도 그런 줄 알았소. 그러길래 먼저 대감을 보고 말한 것이오."

하고 크게 뽐내고 돌아왔다. 안평대군이 형님이 말하는 동안에 가만히 듣고만 있다가 나오는 길에 수양대군을 보고,

"형님, 사랑에 있던 사람이 그 누구요?"

하고 물었다.

"응, 그 사람. 한 서방이라고 저 의원이야."

하고 수양대군은 좀 부끄러운 듯이 대답하였다.

안평대군이 물은 뜻은, 오늘 수양대군이 의정부에서 말하는 것이 반드시 어느 책사가 있음이라고 생각한 까닭이다.

'응, 그것이 수상지인이로군.'

하고 안평대군은 혼자 생각하였다.

이 일이 있음으로부터 수양대군을 무서워하는 생각이 황보인 이하 모든 집정의 머릿속에 들어가고, 수양대군은 아무 꺼리는 것 없이 일변 궁중에 무상출입하고 일변 사랑에 많은 문객을 모으게 되었다. 그래도 아무도 감히 논의를 못 하게 되었다.

이것은 전혀 영의정 황보인이 무능하였던 까닭이다. 황보인만 아귀통이 세어서 대사헌 기건의 금분경안을 시행하게 되었더면 종실은 다시 거두를 못 하였을는지 모른다. 후에 좌의정 김종서가 그 말을 듣고 서안을 치며 통탄한 것이 당연한 일이다. 만일 김종서가 그 자리에 있었더면 그렇게 수양대군의 한 번 호통에 움츠러질 리는 만무하였다.

이 일 뒤에 대사헌 기건만 책임을 지고, 대사헌이라는 중임에서 연안부사로 폄(貶)되고 말았다.

이번 명나라에 사사고면(謝賜誥冕)하는 사신을 보내는 의론에 대하여도 정부와 육조와 삼사의 장관이 상관할 것이요 수양, 안평 등 대군들이 나설 자리가 아니건마는, 저번 일이 있기 때문에 수양대군은 아우님 되는 각 대군을 다 몰아가지고 들어와서 참석을 한 것이다.

"그저 무슨 일에나 바싹바싹 대드시오."

하는 한명회의 헌책도 있거니와, 수양대군 자신도 무슨 일에나 참예하고 말썽을 부리는 것이 세력을 잡는 비결인 줄을 안 까닭이다.

어리신 상감께서는 거의 본능적으로 제숙부(諸叔父), 그중에서도 수양대군을 싫어하시지마는 부득부득 들어오는 것을 나가라고 내어밀 수도 없었다.

"이번 명나라에 사례사(謝禮使)로 누구를 보낼꼬?"

하고 왕이 물으실 때에 제신들은 묵묵히 있어 대답이 없다. 수양대군이 가고 싶어 하는 줄을 아는 까닭에 섣불리 다른 사람을 거천하였다가 수양대군의 미움을 받기도 무섭고, 그렇다고 상감이 싫어하시는 줄을 분명히 알면서 또 자기네들도 싫어하면서도 수양대군을 거천하기도 싫은 까닭이었다.

원래 이런 중대한 일에 명나라에 사신으로 갈 자격은 삼공(三公)이나 대군(大君)이라야 할 것이니, 삼공 중에서 택한다 하면 황보인은 수상일 뿐더러 나이 팔십이니 갈 수 없은즉 좌의정 김종서나 우의정 정분이나 중에서 택할 것이요, 그렇다 하면 인물로나 여력으로나 김종서가 가는 것이 당연할 것이다. 만일 대군 중에 택한다 하면 문장으로나 식견으로나 안평대군이 가는 것이 원형이정이다. 만일 황보인이 한마디,

"김종서가 가감(可堪)한 줄 아뢰오."

한다든가,

"안평대군이 합당한 줄 아뢰오."

한다 하면 아무도 감히 반대하지 못할 것이요, 영의정 말대로 되었을 것이다. 그러나 황보인은 저번 의정부에서 수양대군에게 혼나던 것이 아직도 무서워서 감히 다시 수양대군의 비위를 거스를 용기가 없었다. 그래

서 가만히 앉았는 것이다.

영의정이 이러하거든 다른 사람은 더구나 수양대군이 무서울 것이다. 어찌될지 모르는 세상에, 수양대군의 세상이 될지도 모르는 세상에, 쉬쉬, 입을 닫히어두는 것이 상책이다, 이렇게들 생각하는 것이다.

김종서는 수상 황보인이 자기를 거천하지 아니하는, 아니 함이 아니라 못 하는 심리를 알고, 다른 사람들이 서로 남의 눈치만 엿보고 감히 개구(開口)를 못하는 심리를 알았다. 이러다가는 결국 수양대군에게 빼앗길 것이요 수양대군이 한번 명나라에를 가면 반드시 여러 가지 수단으로 명나라 대관을 친하여 후일에 세력을 이룰 것을 생각하였다. 수양대군이 가느니보다는 차라리 안평대군이 가는 것이 낫다고 생각하였다. 그래서 김종서는,

"이번 사신으로는 안평대군이 가장 합당한 줄로 아뢰오."

하고 왕께 고하였다.

김종서의 말에 황보인 이하 모든 사람들은 살아난 듯이 한숨을 쉬었다. 위태한 일을 김종서가 대신하여준 까닭이다.

김종서의 말대로 상감이,

"그러면 숙부가 다녀오시오."

하고 안평을 향하여 말씀이 계시었다면 일은 그대로 결정이 되었을 것이다.

그러나 왕에게는 다른 생각이 있었다. 그것은 매부 되는 남녕위(南寧尉) 정종(鄭悰)을 이번 사신으로 보내고 싶으신 것이다.

왕은 어리신 마음에 동기지정으로 그 누님 되는 경혜공주를 사모하는 마음이 간절하시고, 따라서 그 매부 되는 남녕위 정종을 사랑함이 비할

데 없었다. 부왕이 승하하시고 궁중에 아무 혈족 한 분도 없이 전혀 남들 속에 외로이 계신 어린 왕은 마음과 정이 가는 곳이 누님 부부뿐이었다.

비록 왕의 어머님 되시는 현덕왕후의 유촉(遺囑)을 받아 왕께 젖을 드리고 친어머니와 다름없는 자애지정으로 왕을 양육한 혜빈양씨가 있지마는, 그래도 동기지정에 비할 수가 없었다. 그래서 즉위하신 이래로 상중임도 불구하고 벌써 사오 차나 남녕위 궁에 거둥하시었다. 열두 살 되신 어린 왕으로 허물할 수도 없는 일이다.

이번 명나라에 사신 가는 일이 중요한 일인 줄은 알기 때문에 왕은 다른 사람을 말고 꼭 정종을 보내고 싶으신 것이다.

그러나 아무도 정종을 거천하는 이는 없었다. 정종이 비록 공주 부마로, 지위로 말하면 영의정에 비길 수가 있다 하더라도, 아직 이십 세가 넘지 못한 소년으로 아무 공로도 없고 이력도 없는 사람을 중대한 왕명을 받드는 사신으로 외국에 보낸다는 것은 아무가 보아도 말이 아니 되는 일이다.

이러한 이유로 우의정 김종서가 안평대군을 거천할 때에 왕은 묵연히 대답이 없으신 것이다.

이윽히 왕이 대답이 없으심을 보고 사람들은 왕의 어린 심중을 살피었다.

이때에 수양대군이 탑전에 나서며,

"신이 다녀오리다."

하고 자천하였다.

왕은 옥좌 위에서 놀라는 듯이 작으신 몸을 움직이시었다. 제일 무섭고 싫은 숙부를 명나라에 보내기는 참으로 원치 아니한 것이다.

그래서 왕은 역시 묵연히 대답이 없으시었다. 왕이 말씀이 없으므로 수양대군은 잠깐 머쓱하여 탑전에서 물러나왔다.

왕은 이때를 놓치지 아니하리라 하고 제신을 돌아보시며,

"남녕위 정종이 어떠하오?"

하고 낭랑한 어성으로 물으시었다. 이 말씀을 하실 때에 왕은 용안을 붉히시었다.

왕의 말씀에 제신은 서로 남의 눈치만 보고 말이 없었다. 수양대군의 관자놀이에는 굵은 핏대가 불끈하였다. 전내에는 찬바람이 도는 듯하였다.

이때에 영의정 황보인이 나서서 결정적으로 한 말만 하면 일은 순순히 귀정이 될 것이건마는, 그는 왕의 편을 들자니 수양대군의 뜻을 거스르겠고, 수양대군의 편을 들자니 왕의 뜻을 거스르겠고, 그래서 조는 듯이 생각는 듯이 가만히 있을 뿐이다.

우의정 정분 역시 영의정과 마찬가지 심사요, 좌의정 김종서는 한 번 안평대군을 거천하였으니 다시 이 일에 무슨 말을 할 수가 없었다.

이때에 우참찬 정인지는 민첩하게 일 되어가는 형세를 살피고 수양대군 편이 되는 것이 가장 유리한 줄로 보아,

"우참찬 정인지 아뢰오. 대저 이번 사고면 사례사(謝禮使)는 상감께옵서 즉위하신 뒤에 처음으로 보냅시는 사신이온즉 식견과 이력이 구비한 사람을 보냅시는 것이 지당하오며, 남녕위 정종으로 말씀하오면 아직 연천하옵고 또 일찍 사신으로 갔던 이력이 없사오니 아뢰옵기 황송하오나 후일에는 몰라도 이번에는 어떠한가 하오며, 수양대군은 대행대왕 즉위 시에도 황조(皇朝)에 간 일이 있사옵고 또 종실 중에 가장 지위가 높

사온즉 수양대군을 보내심이 가장 옳은 줄로 아뢰오."

하였다.

인지의 말에 용안은 주홍빛이 되고, 수양대군은 한 번 인지를 바라보았다.

정인지의 말은 당당하였다. 정인지는 앞뒤를 다 헤아려서 꼭 설 말이 아니면 아니 한다. 아무도 인지의 말에 반대할 이유도 없고 용기도 없는 듯하였다.

왕은 심히 초조한 듯이 좌우를 둘러보시고 울음이 터질 듯싶었다.

이때에 좌참찬 허후(許詡)가 수양대군을 향하여 이렇게 말하였다.

"수양대군이 명나라에 사신으로 가신다는 것은 안 될 말씀이오. 방금 재궁(梓宮)이 빈전에 계시거든 수양대군이 나라에 종신(宗臣)이 되어 나라를 떠나신다는 것이 마땅치 아니하외다."

허후의 반대도 당연한 말이었으나 아무도 허후를 돕는 이가 없어 결국 정인지의 말대로 수양대군이 명나라에 가기로 되었다.

수양대군은 이날에 정인지가 자기를 도와 말하여준 것을 심히 덕으로 여기어서 그날 밤에 대군이 미행으로 정인지의 집에 가서 다짜고짜로 안으로 들어가 인지의 손을 잡고,

"대감, 나허고 혼인합시다."

하였다.

이때에 수양대군은 아드님이 두 분이나 있었지마는, 인지는 당혼(當婚)한 자녀가 없었기 때문에 수양대군의 말하는 뜻을 알지 못하여 잠깐 주저하다가 마침내 그 뜻을 알고,

"네, 그리하오리다."

하고 허락하였다.

수양대군은 예전 권람이 하던 말을 기억하고 정인지를 막하에 끌어들인 것을 만족하게 생각하였다.

정인지도 판이 뒤집히어 이 세상이 수양대군의 세상이 될 것을 보았으므로 수양대군에게 허락한 것이다. 혼인이라 함은 정말 혼인을 가리킨 것이 아니라 일을 같이하자는 뜻이다.

수양대군은 공조판서 이사철로 부사를 삼고 집현 교리 신숙주로 종사를 삼아가지고 연경으로 삼천 리 길을 떠나게 되었다. 종사로 신숙주를 택한 것은 이번 길에 이 재주 있는 집현 학사를 내 것을 만들리라는 생각을 가진 까닭이었다.

이 밖에 영의정 황보인의 아들 황보석(皇甫錫)과 좌의정 김종서의 아들 김승규(金承珪)도 수원으로 택하였다. 이것은 까닭이 있다.

권람은 수양대군이 명나라에 가게 된 것을 알고 놀라며,

"나으리, 지금 황보인, 김종서 패가 잔뜩 나으리를 의심하는 모양인데 이제 만일 나라를 떠나시면 대사가 틀어지지 아니하겠소?"

하고 수양대군을 만류하였다.

수양대군은 웃으며,

"걱정 없어. 안평(安平)은 내 적수가 아니요, 인이나 종서도 호걸지사(豪傑之士)는 아니야. 종서를 세상이 범이라고 하지마는 요새에는 이도 톱도 다 빠진 모양인데. 그것들이 무얼 하겠나. 또 내가 황보석이, 김승규를 데리고 가니까 저희들이 더구나 못 움직일 것일세."

하였다.

실상 황보인, 김종서는 이듬해 계유년 이월 수양대군이 의기양양하게

명나라에서 돌아올 때까지 아무 일도 못 하고 도리어 수양대군이 돌아오는 날에 백관을 거느리고 모악원[母岳院, 명나라를 존숭하는 사람들이 모화관(慕華館)으로 이름을 고치었다]까지 나아가 맞았다.

명나라에 다녀온 뒤로 수양대군의 세력은 흔들 수 없이 되었다. 황보인, 김종서, 정분은 명색은 삼공이나 수양대군이 두려워 뜻대로 국정을 처리하지 못하였다. 저으기 중대한 일을 처리할 때에는 승지를 수양대군에게로 보내어 그 뜻을 묻도록 되었고, 그러지 않아도 수양대군이 날마다 궐내에 들어와 무론 모사하고 아니 참예하는 것이 없었다. 왕도 이를 어찌할 힘이 없었다.

이렇게 되면 수양대군의 세력 밑으로 가만가만히 돌아가는 사람도 있지마는 수양대군의 횡포를 분개하는 사람도 적지 아니하였다. 그중에 두령 되는 이는 그래도 좌의정 김종서였다. 김종서를 떠받드는 사람들이 수군수군 수양대군의 횡포를 제어할 꾀를 말하게 되었다.

명나라에서 돌아온 수양대군은 실로 서슬이 푸르렀다. 권람, 한명회는 거의 수양대군 궁에서 살아서, 세상에서도 이 두 사람이 수양대군의 책사인 것을 알게 되었다.

국상 중임도 꺼리지 아니하고 한 달에도 사오 차씩이나 모악원과 훈련원에 습사장을 베풀고 크게 주연을 배설하여 모이어든 무사를 먹이고, 특별히 용력이 있거나 무예가 있는 사람이면 수양대군이 친히 불러 술을 주고 상을 주었다.

자하골 수양대군 궁 후원에서는 거의 날마다 습사(習射)가 있었다. 여기는 모악원과 훈련원에서 뽑아 온 무사들을 모아놓고 활쏘기와 칼 쓰기를 익히는 곳이다. 무사를 택하는 것은 한명회가 맡아 하였고, 한명회는 양정과 유수와 홍달손을 시켜서 하였다. 천하잡놈과 팔도 망나니는 다 수양대군 궁으로 모인다는 동요까지 날 만하였다.

힘쓰는 사람. 키 큰 사람. 달음질 잘하는 사람. 담 넘기 잘하는 사람. 사람 잘 치는 이. 거짓말 잘하는 이. 활 잘 쏘는 놈. 칼 잘 쓰는 놈. 말 잘 타는 놈. 돌팔매 잘 치는 작자. 도적질 잘하는 작자. 목소리 큰 사람. 무엇이나 한 가지 재주 있는 무리들. 부모한테도 쫓겨나고 동네에서도 몰려난 무리들. 꽁무니에 방망이 하나를 차고 심심하면 사람깨나 때리고 다니는 무리들. 노름판, 색주가, 선술집으로 다니는 무리들.

한명회 집 사랑에 어슬렁어슬렁 출입하던 무리는 수양대군 궁에 상객이 되어 출입하였다.

수양대군이 무사를 모은다는 소문은 팔도에 두루 퍼지었다. 그래서 힘깨나 쓰는 사람은 다투어 수양대군 궁에 출입할 길을 찾았다.

인왕산을 등진 수양대군 궁 후원은 대단히 넓었다. 활터만 있지 아니하고 말 달리는 터까지도 있었다. 마장(馬場)에는 항상 좋은 말 사오 필이 매여 있었고, 활터에는 여러 가지 재료로 만든 여러 가지 모양의 활과 화살이 걸리어 있었다.

습사를 한다는 날은 대개 사오십 명이 모이었으나 어떤 때에는 백 명이나 모이는 때도 있었다. 수양대군도 권람, 한명회, 홍달손, 양정, 유수 등을 거느리고 활터에 나와 앉았고, 흥이 나면 손수 활을 당기어 쏘기도 하였다. 수양대군의 활은 백발백중이라 할 만큼 유명하였었다. 태조대왕 이래 처음이라고까지 수양대군께 아첨하는 이는 찬사를 올리었다. 수양대군이 열여섯 살 적에 형님 되시는 문종대왕이 대군의 활 잘 쏘는 것을 칭찬하여, "鐵石其弓 霹靂其矢 吾見其張 未見其弛"라고 활에 써 주신 것을 전에도 말하였거니와, 그처럼 수양대군은 활에 이름이 높았다. 그렇기 때문에 더구나 무사들이 수양대군을 숭배하게 되었다.

습사가 있는 날에는 수양대군이 친히 임할 뿐 아니라 대군의 부인 되시는 낙랑부대부인 윤씨는 몸소 궁인들을 감독하여 무사들을 공궤할 음식을 차리고, 그것이 끝나면 후원 별당에 임하여 발을 드리우고 활 쏘는 구경을 하였다.

윤씨 부인도 무사들을 좋아하였다.

"오늘은 무사들이 온다."

하고 습사가 있다는 날에는 마치 명절이나 당한 듯이 기뻐하였다. 근래에 와서는 윤씨도 남편의 야심을 대강 짐작하게 되고, 따라서 날마다 이바지하는 무사들이 오늘은 비록 어중이떠중이라 하더라도 장차는 남편의 대사를 도울 사람들인 줄을 알게 되었다.

이렇게 후원에서 습사하고 난 끝에는 반드시 한명회 이하 심복 되는 사람들을 모아 데리고 수양대군이 여러 가지 비밀한 의논을 하였다. 그 비밀한 의논의 대부분은, 어찌하면 황보인, 김종서, 안평대군 같은 무리를 몰아낼까, 무슨 죄명을 씌울까, 암살을 하여버릴까, 아니다 당당하게 무사들로 대오를 편성하여 서울 장안을 점령할까, 그리한다 하면 어떤 모양으로 할까, 이런 제목들이다. 그중에도 목하의 중대한 문제는 황보인, 김종서가 수양대군의 뜻을 아는가 모르는가, 안평대군 궁에 어떤 사람이 출입하며 무슨 일을 의논하는가, 안평대군과 황보인, 김종서 등 문종대왕의 고명을 받은 집정들 사이에 어떠한 연락과 내왕이 있는가 하는 것이었다. 이러한 모든 사정을 염탐하여 들이는 것도 한명회가 맡아서 양정, 유수 등을 시키어서 하였다. 장안에 늘어놓은 끄나풀들이 각색 정보를 염탐해 들이었다.

계유년 시월 십일. 첫겨울이지마는 볕 잘 나는 따뜻한 날이었다.

인왕산 밑 수양대군 궁에는 이른 아침부터 문객이 모이어들었다. 이 문객들은 수양대군 궁에서는 '무사'라고 통칭하는 사람들이다. 이 골목으로 저 골목으로 하나씩 둘씩 아무쪼록 사람의 눈에 띄지 않도록 모이어들었다. 그러나 그중에 굵직굵직한 사람들은 그 얼굴과 눈찌들이 무슨 심상치 아니한 일이 있는 것을 보이었다.

이날에 수양대군 궁에 모인 사람은 강곤(康袞), 홍윤성(洪允成), 임자번(林自蕃), 최윤(崔潤), 안경손(安慶孫), 홍순로(洪純老), 홍귀동(洪貴童), 유형(劉亨), 민발(閔發), 곽연성(郭連成) 등이었다. 권람, 한명회, 양정, 유수 등은 전날 밤을 수양대군 궁에서 새운 것이다. 임운은 수양대군 궁에 궁노로 있으니 말할 것도 없다.

이날도 후원에서 습사를 한다 하여 이상에 말한 중요 인물 외에 훈련원 모악원에서 모아들인 무사란 것들이 백여 명이나 모이어 왔다. 이래서 수양대군 궁은 이날따라 심히 흥성흥성하였다.

이렇게 모이는 것은 근래에 흔히 있는 일이지마는 이날은 결판을 내는 날이다. 황보인, 김종서 이하 집정들을 없애버리고 수양대군이 정난(靖難)이라는 이름으로 국정을 한 손에 총람(總攬)하기로 정한 날이다.

후원에서는 다른 때와 다름없이 무사들이 술 먹고 활 쏘고 즐기었다. 이날에는 특별히 술도 많고 안주도 좋았다. 큰 소 한 마리를 왼이로 삶은 것이었다. 궁한 무사들은 웬 떡인고 하고 마시고 먹었다. 무슨 일이 있으려니 하면서도 오늘이 그날인 줄은 어중이떠중이 무사들은 알지 못하였다. 다만 어렴풋이 '얼마 아니 하여 우리는 장안 대도상(大道上)으로 거드럭거리고 다니느니라.'고 속으로 바라고 있을 뿐이었다.

후원에서 무사들이 먹고 마시고 활 쏘고 하기를 해가 낮이 기울어도,
수양대군이 나오지를 아니하였다

한명회도 잠깐잠깐 빛을 보이고는 들어가버리었다.

"웬일이어? 오늘은 도무지 나으리가 아니 납시니."

하고 의심하는 축도 있고,

"오늘은 무슨 일이 생기나 보이."

하고 가장 아는 체하고 눈을 끔적끔적하는 자도 있었다.

실상 요새 서울 장안에는 유언비어가 성행하여 간 곳마다,

"세상이 뒤집힌대."

"보기만 해요. 해를 못 넘길 테니."

이렇게 수군거리지 않는 데가 없고, 그러면 누가 들어앉느냐고 물으면
혹은 수양대군이라고도 하고 혹은 안평대군이라고도 하고, 또 혹은 고려
왕씨의 후손이 다시 들어앉는다고도 수군대었다.

정부에서도 이런 소문을 안 들었을 리가 없다.

황보인, 김종서도 수양대군의 행동을 의심하는 지는 어제오늘부터가
아니다. 근래에 와서 무뢰지배(수양대군 궁에서 '무사'라고 일컫는 무리를 세
상에서는, 그중에서도 대관들은 무뢰지배라고 일컬어 웃어버린다)를 모아 자주
활을 익히고 술을 먹이고 하는 것을 못 들었을 리가 없다.

"그 원, 숭한 일이야."

"설마 어찌할라고."

"무슨 일이 생기면 어찌하노?"

"막가내하지. 그렇지만 설마."

이것이 늙은 집정들이 혹시나 모이어 앉으면 하는 소리였다.

"그래도 설마."

하는 것이 무기력하고 고식적인 그들의 공통한 심리였던 것이다.

오직 김종서가 이 일을 중대하게 보아 좌참찬 이양(李穰), 병조판서 민신(閔伸), 이조판서 조극관(趙克寬), 내시 김연(金衍), 한숭(韓崧) 등으로 더불어 수양대군의 행동을 감시할 것과, 만일 불우지변이 있더라도 어떻게 막을 것과, 그보다도 만일 분명히 수양대군이 역모를 하는 눈치만 보이거든 상감께 주달하여 아주 수양대군을 처치하여버릴 것까지 의논하였다.

원래 김종서는 정인지의 심사를 수상하게 알았다. 그것은 수양대군을 눌러야 한다는 의론이 날 때마다 정인지는 말이 없음을 본 까닭이다. 그래서 요전번 중대한 비밀회의에는 정인지를 부르지 아니하였던 것이다. 그렇다고 김종서도 차마 여러 사람을 대하여 정인지는 믿을 수가 없으니 부르지 아니하였단 말은 하지 못하였으므로, 원체 남을 의심할 줄 모르는 호인 이양(태조대왕의 서형의 아들)이 고만 이 의론을 정인지에다 누설하여버리고 말았던 것이다. 그래서 정인지는 곧 도승지 강맹경을 시키어서 수양대군에게 통해버린 것이다.

이러한 내력으로 수양대군에게 일어날 핑계를 준 것이다. 황보인, 김종서 배가 수양대군을 배척하려고 한대서는 핑계가 아니 되지마는, 어리신 주상을 시역하고 안평대군을 옹립하려 함이라 하면 천하에 내어놓기에 가장 번뜻한 핑계가 되는 것이다. 이래서 부랴사랴 시월 초열흘날 거사하기로 계교를 세운 것이다.

무사들이 후원에서 해가 늦도록 술 먹고 떠드는 동안 수양대군 궁 안방에서는 한명회, 권람, 홍달손, 송석손 등 주요 인물들이 모여 비밀한 의론을 한다.

그 의론의 제목은 이 계획이 대강 누설이 된 듯싶으니 어찌할까 하는 것이다.

"무어, 누설되었기로 무서울 것 있나. 저놈들이야 다 합한대야 아홉 놈밖에 없으니까. 아홉 놈이래야 그중에 김종서 한 놈이 좀 무섭지, 그놈 한 놈만 없이하면 다른 놈들은 손도 댈 것이 없을 것일세."

이 모양으로 수양대군은 뽐내었다. 여간해서 흥분되지 아니하고 그의 얼굴은 술이 반이나 취한 듯이 붉었다. 아홉 놈이라 함은 황보인, 김종서, 이양, 민신, 조극관, 윤처공(尹處恭), 이명민(李命敏), 원구(元矩), 조번(趙蕃)을 가리킨 것이다.

"그까짓 김종서 놈이기로 이 주머귀 하나면 늙은것을 만두소로 만들고 말지요. 소인, 지금 가서 죽여버리고 오리까?"

하고 나서는 것은 홍윤성이란 궐자다.

"아니외다, 나으리, 일이 그러하지를 아니하외다. 저놈들로 말씀하오면 비록 힘은 없다 하더라도 아직까지 상감마마를 등집니다. 그런 데다가 만일 우리 꾀를 알아채었다 하면 반드시 무슨 계책이 있을 것이니까 섣불리 하다가는 일은 안 되고 공연히 역적득명(逆賊得名)이나 하고 신수이처(身首異處)를 면치 못할 것이외다. 하니까……."

하는 송석손(宋碩孫)의 말이 끝나기도 전에 홍윤성이 거무튀튀한 얼굴에 핏대를 돋히고 팔을 뽐내며,

"아니 여보, 송 생원, 어쩐 말이오? 대사를 시작하는 마당에 역적득명이니 신수이처니 고런 방정맞은 말법을 어디서 한단 말이오. 역적이라니

146

황보인, 김종서 놈들이 역적이지그려, 누가 역적이란 말이오? 그래 나으리가 역적이시란 말이오? 응, 어쩐 말이오? 어디 말 좀 해봅시다."

하고 송석손의 멱살이라도 추켜들 듯이 덤비는 것을 유형과 민발이 붙들며,

"이봐, 홍 선달, 그런 것이 아니야. 어디 그런 말인가. 자 참으오, 참아."

하고 홍윤성을 뒤로 물려 앉히고 나서,

"홍 선달 기개도 장하오마는 송 석사의 말도 이치가 없지 아니한 줄 아오. 협천자이령제후(挾天子以令諸侯)란 셈으로 저놈들이 취할 길이 상감께 매어달리는 길밖에 없으니까, 그놈들에게 좋은 일을 시키지 말고 나으리가 먼저 상감께 저놈들이 역모를 한단 말을 삷고, 왕명을 받아가지고 당당하게 저놈들을 토멸하는 것이 좋을 듯하외다. 모르기는 하거니와 송 석사의 말도 이 뜻인가 합니다."

한다. 유형, 민발의 말은 언정이순(言正理順)하였다.

홍윤성의 호통에 분을 참고 얼굴이 푸르락누르락하던 송석손은 유형, 민발의 말에 겨우 살아나서 고개를 들며,

"누구는 나으리께 향한 충성이 누구만 못한 것이 아니오."

하고 한 번 홍윤성을 노려본 뒤에,

"예, 그러하외다. 지금 유 참봉, 민 진사의 말이 바로 소인이 하려던 말이외다. 소인이 어디 역적득명을 무서워하거나 모가지를 아낄 리가 있소오니까. 지금 이 자리에서라도 내 모가지를 내어놓으라 하시면 선뜻 내어놓을 소인이외다. 어, 홍 선달, 사람을 그리 보지 마소."

하고 송석손은 끝으로 한 번 더 홍윤성을 노려보았다.

홍윤성은 더 하고 싶은 말을 참느라고 넓적한 코만 씰룩거리고 있었다.

홍윤성의 생각에는 땟국이 꾀죄죄 흐르는 좀선비들이 무에라고 찧고 까불고 하는 것이 다 마음에 맞지 아니하였다. 그저 손에 맞는 철여의 하나를 들고 나서서 황보인, 김종서의 무리를 모조리 바수어 죽이고 모든 공명을 저 혼자서만 가지고 싶었다.

유형, 민발의 말에 수양대군도 마음이 솔깃하였다. 곧 궐내로 들어가서 상감께 황보인, 김종서의 무리가 역모를 한다는 말을 삶고 당당히 왕명을 받아가지고 천하에 호령한다는 것이 진실로 번듯하였던 것이다.

"그리하는 것이 땅 짚고 헤엄하는 것이외다."

하고 송석손이 자기 말을 세우려고 한 번 더 다진다.

이렇게 되면 일동의 마음은 자연 움츠러진다. 아무쪼록 위험을 무릅쓰지 말고 공을 이루고 싶은 생각이 나는 것이다.

홍순로(洪純老)가 나서며,

"그게, 일이 그러하지 아니하외다. 만일 이 일이 누설되었다 하면 성사하기는 어려운 일이요 또 관군이 올 의심도 있으니, 아직 북문 밖으로 나가서 재기를 도모하는 것이 좋을까 합니다"

하고 엄청난 소극론을 끄집어내어 일좌를 아연케 한다.

이 말을 모두 다 비웃었지마는 속으로는 점점 겁들도 났다. 그래서 이약 홍윤성으로도 아까 모양으로 뽐내지를 못하고 큰 눈을 뒤룩거리고 수양대군과 한명회의 눈을 본다. 다른 사람들의 눈도 역시 그리로 모인다.

한명회는 사기 저상하는 눈치가 있음을 보고 수양대군을 바라보며,

"이거, 이러다가는 안 되겠소이다. '작사도방(作舍道傍)에 삼년불성(三年不成)'이라고 이러다가는 해만 다 지고 말 터이니, 나으리가 뜻대로 결정하시오."

하고 만좌를 돌아보았다.

　사람들의 눈은 수양대군에게로 모이었다. 수양대군의 눈은 허공을 바라보고 움직이지 아니하고 숨소리가 점점 힘 있게 되었다. 수양대군도 마음이 이럴까 저럴까 자저(趑趄)함이 있는 것이다. 한명회의 말에 홍윤성은 죽었던 기운이 다시 나며,

　"이게 다 일이 아니외다. 용병지도(用兵之道)는 최기유예(最忌猶豫)라고, 이렇게 하다가는 죽도 밥도 안 될 것이외다. 해보는 게지, 여기 앉아서 해가 지도록 이러고저러고 말만 하다가는 그야말로 역적득명만 하고 신수이처가 될 것이외다. 다들 싫거든 소인이 혼자 나가서 그 늙은 놈들을 모조리 해낼라오."

하고 기고만장하여 일동을 노려보고 분연히 자리를 차고 일어섰다.

　방 안에 살기가 돌았다.

　이 통에 수양대군도 벌떡 일어났다.

　"가자, 활시위를 떠난 살이 다시 돌아오는 법이 없다."

하고 수양대군은 소리쳤다.

　"나으리, 아니 됩니다. 이러시다가는 대사는 안 되고 봉변만 할 것입니다."

하고 송석손, 유형, 민발이 수양대군의 소매를 붙들어 만류하였다.

　수양대군은 마침내 흥분이 극도에 달하였다. 평소에 저마다 앞장설 듯이 큰소리하던 자들이 정작 일을 시작할 때를 당하여서는 모두 겁들이 나서 슬슬 꽁무니를 빼는 것이 심히 밉고 분하였다.

　"비켜라! 너희들일랑 가서 관사(官司)에 일러바치어라. 내가 억지로 너희들더러 따르라는 것은 아니어. 나를 따르기 싫은 놈들은 가. 대장부

가 죽으면 나라를 위하여 죽는 것이야. 나 혼자 갈 테니 놓아라, 놓아!"

하고 수양대군은 벽에 걸린 활을 떼어 어깨에 메고 칼자루에 손을 대며,

"어느 놈이나 집미오기(執迷誤機)하는 놈이면 당선참지(當先斬之)할 터이니 그리 알아라."

하고 옷을 붙드는 송석손, 유형, 민발 등을 발길로 차 제치고 노기가 등 등하여 중문으로 뛰어 나섰다.

이때에 부인 윤씨는 조금도 겁냄이 없을뿐더러 도리어 가기를 권하는 듯이 손수 갑옷을 입혀드리었다.

수양대군이 부인이 입히는 갑옷을 받아 입고 임운 한 사람을 데리고 대 문을 향하고 나가는 것을 보고 여러 사람들이 어안이 벙벙하였다.

그중에서도 한명회가 분별을 하여,

"나으리가 혼자 가시니 가만있을 수가 있나. 누가 뒤를 따라야지."

하고 홍윤성더러는 먼저 김종서 집으로 가서 김종서의 행동을 염탐하라 하고, 권언(權偃), 권람, 한서귀(韓瑞龜), 한명진(韓明溍)더러는 돈의문 위에 매복하였다가 수양대군을 돕게 하고, 감순(監巡) 홍달손더러는 밤 이 들더라도 순군을 헤치지 말고 한곳에 모여 있어 지휘를 기다리게 하 고, 양정, 유수, 홍순손(洪順孫)더러는 미복(微服)으로 수양대군을 따라 김종서의 집으로 가게 하였다. 그리하고 한명회 자기는 수양대군 궁에 남아서 후원에서 무사들을 교련하고 비밀히 감추어두었던 철여의와 비 수와 독 바른 살 같은 것을 나누어 주고 오늘 밤으로 거사할 터이니 각각 힘을 다하여 싸우라, 공을 따라서 높은 벼슬과 많은 녹을 주리라는 뜻을 말하고, 또 만일 영을 어기거나 겁내어 달아나거나 적당(賊黨)에게 밀통 하는 자가 있으면 군법으로 처참한다는 엄한 명령까지 내리었다.

한명회의 말을 듣고 어중이떠중이 무사들 중에는 '시호시호부재래(時乎時乎不再來)'라고 기뻐하는 자도 더러 있지마는 대부분은 눈이 둥글하고 무릎을 덜덜 떨었다.

'아이고, 이것이 역적 놈의 소굴이었고나.' 하고 혼비백산하여 "엄마, 엄마" 하고 우는 사람조차 있었다.

누가 이렇게 무서운 일 하려고 이곳에 왔던가. 술 먹는 맛에, 옷가지나 용채 냥이나 얻어 쓸 맛에, 수양대군 궁에 문객이라고 자세(藉勢)하는 맛에 왔던 것이다, 하고 슬며시 꽁무니를 빼고 달아나려는 작자도 있었다.

한명회는 이 오합지졸이 겁이 나서 달아날 구멍만 찾는 눈치를 보고 각 문을 굳이 닫아 일절 출입을 금하고 만일 담을 넘거나 기타 수단으로 도망하려는 자가 있거든, 물어볼 것 없이 죽어버리라고 문을 지키는 심복되는 무사에게 분부하였다.

이렇게 무시무시한 계엄 속에 무사들은 온종일 먹고 즐기던 흥도 깨어지어서 이 구석 저 구석 둘씩 셋씩 모이어 앉아 서로 바라만 보고 있었다.

이것만으로 안심이 되지 아니하여 한명회는 백여 명 무사의 명부록을 들고 돌아가며 일일이 수결을 두게 하였다. 수결 두는 손들은 떨리었다. 그러나 감히 거절하는 사람은 없었다. 만일 거절한다 하면 당장에 모가지가 떨어지고 말았을 것이다. 그래서 잠시라도 모가지를 몸에 붙이어둘 생각으로 덜덜 떨리는 손으로 수결을 두는 것이다.

수결 두는 것이 끝난 뒤에 명회는 여러 무사를 향하여,

"인제 우리는 죽으면 같이 죽고 살면 같이 살게 되었소. 성사가 되면 원훈(元勳)이 될 것이요, 패하면 이 명부록은 역적의 명부록이 될 것이오. 지금 왕자(王子)께서 역적 괴수 김종서를 잡으러 가시었으니 무사하

게 돌아오시면 우리 일은 팔분이나 성사가 된 것이오. 이로부터 성사가 되기까지는 군법을 시행할 것이니 그리 아오."

하고 격려 겸 위협 겸 일장의 훈시를 하였다.

사람이란 죽을죄라도 저지르기 전이 무섭지 저질러놓으면 겁이 없어지는 것이다. 그렇게 겁이 나서 허둥지둥 쩔쩔매던 무사들도 명부록에 수결까지 두어놓고 나서는 다들 죽었던 기운이 다시 살아서 얼굴에 푸른빛이 스러지고 그와 반대로 도리어 기고만장하여 지절대는 자조차 있었다.

수양대군 부인 윤씨는 이 무사들을 위하여 손수 음식을 만들어 저녁을 공궤하였다. 한명회가 이런 말을 무사들에게 전하매, 무사들 중에는 부인의 정성에 감동하여 죽기로써 은혜를 갚는다고 맹세하는 자까지 있었다.

해는 인왕산으로 넘어가고, 시월 초열흘 달은 송편보다도 조금 더 배가 불러서 큰 변이 일려는 서울을 비추고 있었다.

서대문 밖 김종서 집에는 어느 날이나 문객이 떠날 날이 없었다. 의정부 좌의정이라고 서슬이 푸른 정승인 까닭도 있거니와, 삼척동자나 병문(屛門) 막벌이꾼더러 물어도 지금 우리 조선에 첫째가는 양반은 김종서였다. 영의정 황보인은 이름뿐이요 사실 영의정은 김종서라고 다들 말하였고, 호랑이 김 정승이 살아 있는 동안 아무 놈도 감히 거두를 못 한다고 우부우부(愚夫愚婦)들도 다들 이야기하였다.

안평대군도 절재(節齋)라면 항상 존경하는 뜻을 가지고 한 달에 한 번씩은 몸소 김종서의 집을 찾아 경의를 표하였다. 이것이 수양대군에게 김종서가 안평대군을 추대하여 사직을 위태하게 한다는 구실을 준

연유다.

김종서는 그야말로 출장입상(出將入相)하였다. 두만강 가의 야인을 물리치어 육진을 완성한 공로는 조선이 영원히 잊지 못할 것이다. 그때에도 좀것들은 김종서의 공을 시기하여 여러 가지로 육진 개척이 불가함을 말하여 김종서를 나라를 위태하게 하는 무리로 몰아버리려 하였다. 그러나 마침 세종대왕 같은 밝은 임금님을 만났기 때문에 죄를 면하고 공을 온전히 하였던 것이다. 그러기에 김종서가 육진 성 쌓기를 끝내고 개선하는 날(그날은 이야기의 주인공이신 어린 임금이 나시기 바로 전이다)에 세종대왕은 내전에 잔치를 베풀어 김종서의 공로를 위로하시며,

"내가 아니면 종서가 이 일을 할 수 없고, 종서가 아니면 내가 이 일을 할 수가 없다."

고 칭찬하시었다.

문종대왕이 승하하실 때에 어린 세자를 부탁하시며 가장 크게 믿기도 김종서였고, 유충재상(幼沖在上)이라 하여 어린 임금이 위에 계신 이 어려운 판국을 진정할 이도 김종서라고 상하가 다 믿는 판이다.

그렇기 때문에 한명회가 가장 큰 적으로 수양대군에게 일러바치는 이도 김종서였다. 그동안 근 일 년을 두고 계획한 것이, 말하자면 김종서 하나를 어찌하면 가장 잘 없이할까 함이었다.

수양대군이 송석손, 유형, 민발을 발길로 차고, 대장부 죽으면 사직을 위하여 죽는다고 뛰어 나선 것도, 가는 곳이 김종서의 집이었다.

근일에는 시절이 하 수상하여 김종서 집에 출입하던 문객들도 발을 끊어버리었다. 윷이 날지 모가 날지 모르는 이 판국에 섣불리 어느 권문세가에 출입하느니보다는 가만히 숨어서 시세를 엿보다가 이길 듯한 편으

로 가서 달라붙는 것이 가장 약은 수였다. 더구나 수양 일파가 못 먹어 하는 호랑이 김 정승 집 같은 데를 요새 같은 때에 바삐 다니다가는 큰코 뗄 줄을 다들 아는 것이다. 인정은 바람개비 같았다.

이날에도 대궐에서 물러나온 후로 아무도 찾는 이가 없어, 김종서는 안에 있어서 어린 자손들을 데리고 희롱하고 있었다.

아들 승규가 승규의 심복 되는 신사면(辛思勉), 윤광은(尹匡殷)으로 더불어 사랑 마당과 대문 안팎으로 거닐며 혹 자객 같은 것이나 오지 아니하는가 하여 살피고 있었다.

해가 금화산(金華山) 위에 뉘엿뉘엿 넘어갈 때쯤 하여 홍윤성이 터덜 거리고 찾아왔다.

승규는 윤성이 수양대군 문하에 다닌단 말을 들었으므로, '이놈 수상한 놈이다.' 하고 윤성을 노려보았다.

신사면, 윤광은 두 사람도 한껏 홍윤성이 쑥 나선 것이 이상도 하고, 또 한껏 온종일 짐승 하나 못 보던 사냥꾼이 처음으로 무엇을 본 듯한 호기심도 있어서 홍윤성을 에워쌌다.

윤성은 그 눈치를 모름이 아니다. 시치미 떼고 가장 호기 있게,

"춘부 대감 계시오?"

하고 승규더러 물었다.

"계시어요."

하고 승규는 데면데면하게 대답하였다. 이 불량하게 생긴 놈이 왜 왔는고, 하고 한 번 더 승규는 윤성을 노려보았다.

"내가 춘부 대감을 뵙고 긴히 여쭐 말이 있으니 춘부 대감께 그렇게 여쭈시오."

하고 윤성은 태연하였다.

조금만 수상한 눈치가 보이더라도 홍윤성 따위 한두 두름은 미친개 치듯 때려죽일 결심으로 있던 승규도 홍윤성의 태도가 하도 태연한 데 기운이 질리었다.

"가친이 안에 누워 계신 모양이오마는, 무슨 일인지 모르거니와 내게 말하시오. 내가 대신 여쭈어드리오리다."
하고 아까보다는 좀 부드러운, 그러나 더욱 의심스러운 눈으로 홍윤성을 바라보았다.

곁에 있는 신사면, 윤광은 두 사람도 '이놈이 힘쓰는 놈이라는데.' 하고 꽁무니에 숨겨 찬 철편을 옷 속으로 만지어보아 아무 때나 내어두를 준비를 하였다.

홍윤성이 양화도 나루에서 배 잘 건네주지 아니한다고 나룻배에 뛰어오르는 길로 팔때기같이 굵은 삿대를 엿가락 분지르듯 세 마디에 분질러 배 위에 있는 네 사람을 뱃사공과 아울러 순식간에 육장(肉醬)을 만들어 강물에 집어 동댕이를 치고 제 손으로 배를 저어 건너온 까닭에, 마침 양화도에서 뱃놀이하던 수양대군의 눈에 들어 살인한 대죄도 흐지부지 면하고 도리어 수양대군 궁에 긴한 식객이 되었다는 홍윤성을 모르는 사람이 없었다. 그 검고 왁살스러운 얼굴에 불량한 눈망울만 보아도 여간 사람은 가슴이 서늘할 것이다.

"아니오. 그렇지를 아니하외다. 꼭 대감을 뵙고야 할 말이길래 그러는 것이지 그렇지 아니하면 내가 대감을 뵈려고 할 리가 있소? 또 내가 이렇게 대감을 뵈려고 하는 것은 권문세가에 무슨 청이나 하러 온 것이라고 알지 마시오. 사내대장부가 영사(寧死)언정 구구스러이 청을 해서 벼슬깨나 얻어 하겠소? 그럴 내가 아니오. 지금 국가와 대감의 몸에 큰일이 일어날 기미를 내가 보았기 때문에, 나는 비록 일개 포의(布衣)지마는 그런 일을 알고 가만히 있을 수가 없어 온 것이오. 그 밖에는 아무 다른 뜻이 없는 것이니까 만일 대감을 뵙지 말고 가라고 하면 가지요. 구태여 뵈려는 것도 아니오."

하는 윤성의 말은 넉넉히 승규를 움직이었다.

승규는 윤성을 밖에 세워두고 안으로 들어가서 아버지 되는 김종서 앞에서,

"홍윤성이란 자가 아버지를 뵙고 긴히 여쭐 말씀이 있다고 와 섰습니다."

하였다.

종서는 어깨에 매어달리는 손자의 볼기짝을 만지며,

"응, 홍윤성? 그 힘쓴다는 자 말이냐?"

하고 호기심이 생기는 듯이 웃는다. 나이는 칠십이 가깝지마는 백발 동안에 이빨 하나 빠지지 아니하도록 정정하고, 몸은 작지마는 어성은 쇳소리같이 쨍쨍하다.

"네, 양화도에서 뱃사공을 죽인 자입니다."

"그자가 수양대군 궁에 다닌다는데 어째 왔어?"

"글쎄올시다. 수상합니다. 그래도 국가대사요 또 아버지 몸에 큰일이 나겠기로 그 말을 하러 왔노라고 합니다. 아주 태연하고 몸에 무슨 흉기를 지닌가 싶지는 아니합니다."

"흉기를 가졌기로 제가 어찌하겠느냐마는 불러들이려무나. 어디 그놈이 얼마나 힘을 쓰나 한번 시험이나 해보자. 어디 우리 만동(萬同)이허

156

고 한번 힘을 겨루어볼까."

하고 유쾌한 듯이 껄껄 소리를 내어 웃는다. 만동이라 함은 지금 네 살 먹은 승규의 둘째 아들이다. 맏아들은 조동(祖同)이다.

종서도 수양대군이 자기를 가장 큰 원수로 아는 줄을 모름이 아니요, 따라서 자기의 목숨을 엿보는 사람이 가까이 올 줄을 모름이 아니나, 그런 것은 호랑이 김 정승을 두렵게 할 만한 것이 되지 못하였다.

삭풍은 나무 끝에 불고 명월은 눈 속에 찬데,

만리 변성에 일장검 빗기 들고

긴 바람 큰 한 소리에 거칠 것이 없어라.

한 노래를 부른 김종서의 작은 몸뚱이는 일신이 도시 의기요 담이었다.

"만동아, 너 이제 장사가 하나 들어올 테니 대들어서 네 한번 그 따귀를 붙이어라. 그럴래? 그러면 활 주마."

하고 늙은 영웅은 어린 손자의 등을 만진다.

윤성은 다만 김종서의 행동, 김종서가 수양대군의 계교를 아는 모양인가 아닌가, 신변을 경계하고 있는가 아닌가를 보러 온 것이 목적이지마는, 평생에 처음 당대 영웅을 대하는 것이니 한번 사내다움을 보이리라는 야심이 있어서 있는 용기와 위엄을 모두 주워 모아가지고 승규의 뒤를 따라 들어갔다.

윤성은, 초면이요 의심스러운 자기를 안방으로 끌어들이는 데 아니 놀랄 수가 없어서 혹 자기를 없애버리려고 어디 으슥한 곳으로 끌고 가는 것이나 아닌가 잠깐 걸음을 멈추었다. 그러나 절재 김종서는 그렇게 사람을 속일 녹록한 사람이 아니라 생각하고 다시 기운과 위의를 수습하여 방으로 들어갔다.

방에 들어서는 말에 윤성의 눈은 샛별과 같이 광채 나는 종서의 눈과 마주치었다. 윤성은 고만 호랑이 눈살 맞은 토끼 모양으로 전신에 힘이 빠지어 그 자리에 엎드리어 절을 하였다. 연치로 보나 지위로 보나 절하는 것이야 당연하지마는 그처럼 문지방을 채 넘지도 못하여서 당황하게 엎드리지는 아니하여도 좋았을 것을, 하고 얼마 뒤에야 윤성은 혼자 부끄러웠다. 그처럼 종서의 눈은 무서웠던 것이다.

"자네가 힘을 쓴다지?"

이것이 종서의 첫말이었다.

"황송한 말씀이외다."

하고 일어나 꿇어앉은 윤성의 망건편자에 땀방울이 맺히었다.

이때에 종서의 어깨에 매달리어 다리를 들었다 놓았다 하던 만동이 쏜살같이 윤성에게로 달려가더니 고사리 같은 손으로 윤성의 왼편 따귀를 한 개 떨고는

"이놈!"

하고 호령을 한다.

윤성은 하도 의외 일에 어안이 벙벙하였다. 그러나 둘째 순간에는 숨이 막히도록 분통이 가슴에 복받치어 올랐다.

'요것을 왼통으로 아짝아짝 씹어버렸으면.' 하고 만동을 흘겨보고 득하고 이를 갈았다. 윤성의 이 분한 마음은 바로 그 이튿날 풀 수가 있었다. 손수 만동을 거꾸로 치어들고 요 녀석! 하고 두 다리를 잡아 찢어 죽여버렸다.

종서는 껄껄 웃으며,

"자네, 이런 때에 이기는 법을 아는가?"

하고 만동은 책망도 아니 하고 도리어 윤성을 가르치듯이 묻는다.

윤성은 분을 참느라고 침만 꿀떡꿀떡 삼키고 말이 없었다.

종서는 한 번 더 눈을 들어 윤성을 바라보더니, 윤성의 낯이 푸르락누르락하는 것을 보고 무엇을 생각하는지 고개를 끄덕끄덕하고는, 다시 벽에 걸린 활 둘을 내어놓으며,

"어디, 이것 당기어보게."

하였다.

윤성은 분김에 한 활을 들어 힘껏 당기었다. 활짝 밝아지었을 때에 와지끈 소리가 나며 활이 부러지었다. 윤성은 부러진 활을 방바닥에 내어던진다.

종서는 웃으며,

"어, 과연 장사로세."

하고 다른 활을 집어 주며,

"어디 이것도 분질러보게. 못 분지르면 벌주를 줄 테고 분지르면 상으로 술을 줌세."

하고 껄껄 웃었다. 그러고는 술을 내오라고 분부를 하였다.

윤성은 둘째 활을 받아 지그시 당기어보았다. 윤성의 팔은 떨리고 낯에는 핏대가 섰다. 활은 거의 타원형을 이루도록 벌어지고는 다시는 꼼짝도 아니 하였다. 윤성은 두 무릎을 세우고 있는 힘을 다하여 활을 당기었다. 그러나 팔이 떨리고 관자놀이에 핏대만 터질 듯이 불뚝불뚝 일어설 뿐이요, 활은 그 이상 꼼짝도 아니 하고 도리어 주춤주춤 뒤로 물러오

려 하였다.

마침내 윤성은 참다못하여 활을 방바닥에 내려놓고,

"시생, 벌주 먹겠습니다."

하고 소매로 이마의 땀을 씻었다.

"어, 장살세."

하고 종서는 웃었다.

종서는 사랑하는 어린 첩 도림나(都林拏)를 나오라 하여 윤성에서 술을 치라 하였다. 도림나는 종서가 '야화'라고도 부른다.

야화란 두만강 가에서 생장한 야인의 추장의 딸로서, 함길도 절제사 이징옥이 야인과 싸울 때에 포로로 잡아 온 것을 윤성이 꺾으려던 활과 함께 자기의 은인 되는 김종서에게 선물로 보낸 것이다. 야인의 딸이요 들에서 주워 왔다 하여 야화라고 종서 스스로 부르거니와, 절재가 애첩을 두었다는 말은 당시 여러 사람의 호기심을 일으켰고, 근엄을 숭상하는 선비들에게는 일국의 재상으로 하지 못할 일이라는 비난도 받았던 것이다.

야화는 술을 쳐서 윤성에게 권하였다. 윤성도 야화의 말은 들었던 터이라 감히 정시는 못 하더라도 술을 마시느라고 고개를 드는 체하고 두세 번 야화를 바라보았다. 그 눈같이 흰 살, 칠같이 검은 눈, 주홍으로 그은 듯한 입. 윤성은 뼈가 저림을 깨달았다. 일이 성사가 되어 종서를 역적으로 몰아 죽이고 종서의 집과 처첩을 적몰할 때에 첫째로 만동이 놈을 찢어 죽이고 둘째로 야화를 첩으로 데려오리라 하였다.

"애, 장사가 작은 잔으로야 양에 차겠느냐. 네 주발을 갖다가 열 잔만 가뜩가뜩 권하여라."

종서는 이 모양으로 홍윤성에게 술을 권하고 기뻐하였다.

윤성도 사양 아니 하고 주는 술과 안주를 다 받아먹었다.

"어, 장사다!"

하고 종서는 한 번 더 윤성을 칭찬하였다.

윤성은 종서에게 긴히 할 말이 있어서 왔다고 하였으나 아무 말도 아니 하고 가버렸다. 종서도 그런 말에는 관심도 아니 하는 듯 그저 윤성이 장사인 것만 무수히 칭찬하고 돌려보내었다. 어린 첩 야화로 하여금 술을 따르게 한다는 것은 극히 사랑하는 사람을 대할 때가 아니고는 아니 하는 일이다. 종서는 윤성을 극히 사랑하는 사람 중에 하나로 대접하였던 것이다.

"거, 숭한 일입니다. 그 녀석이 아버지한테 긴히 여쭐 말이 있다고 하더니, 아무 말도 아니 하고 가지 안 했습니까? 그런 줄 알았다면 그놈을 없애버릴 걸 그랬습니다."

하고 협실에서 가만히 엿듣고 있던 승규가 분히 여기었다.

"네가 윤성이를 없앨 근력이 있더냐. 이것 봐라, 이 야인의 활을 대번에 분질렀어. 이거는 못 분지르더라마는."

하고 종서는 윤성이 분지른 활을 들어 승규를 보인다.

"그놈만 못해요? 그놈이 못 분질렀다는 것을 제가 분질러보겠습니다."

하고 승규는 분개하였다.

종서는 쾌히 윤성이 가까스로 밟던 활을 승규에게 내어주며,

"어디 분질러보아라!"

하고 소리쳤다.

승규는 활을 아버지에게서 받아서 두어 번 퉁퉁 줄을 울려보고 어깨를

슬쩍 뒤로 젖히며 활짝 밟았다. 원형이 되고 타원형이 되고 마침내 탕 소리를 내고 활시위가 끊어지고 요란한 소리를 내어 활등이 제자리로 돌아왔다. 야화는 놀라서 한참 동안은 눈이 움직이지를 아니하였다. 이 활은 야화의 고향에서도 강하기로 유명한 활이다. 이 활을 밟기만 하여도 힘있다 하거든, 하물며 양의 창자로 한 활시위를 끊는 이는 야화의 아버지 밖에 없었다.

종서는 너무도 장쾌하여 파안일소하며,

"집안에 장사를 두고도 내가 몰랐고나."

하고 야화를 돌아보며,

"인제도 우리 조선에 장사가 없다고 하느냐?"

하고 술을 내오라 하여 승규에게 상으로 석 잔을 주었다.

야화의 눈에는 눈물이 글썽글썽하였다. 종서는 한량없이 사랑스러워 하는 눈으로 야화를 보며,

"네 왜 또 낙루하는고? 또 고향 생각을 하느냐? 고향으로 보내주랴? 고향에 두고 온 정랑이 있느냐? 있거든 보내어주마."

하고 무슨 슬픔을 느끼는 듯이 종서는 한숨을 쉰다.

종서에게는 야화를 대할 때마다 사람으로의 슬픔이 있었다.

처음 야화의 아름다움을 대할 때에 칠십이 된 종서의 가슴에는 젊은 사람의 것과 다름없는 애욕의 불길이 타올랐다. 또 원래 드문 기질을 타고난 종서는 다만 정신적으로만 청춘의 기운이 있는 것이 아니라 육체적으로도 다른 노인과는 달랐다.

그렇지마는 아무리 특출한 천품을 타고난 김종서라 하더라도 공도(公道)를 어길 수는 없었다. 칠십 노인이 건장하기로 얼마나 건장하랴.

무슨 원인인지는 모르지마는 야화는 가끔 김종서 앞에서 울었다. 어떤 때에는 그 검고 기름한 속눈썹에 맑은 이슬이 맺힐 뿐이지마는, 어떤 때에는 참지 못하는 듯이 느껴 우는 일도 있었다.

"왜 우느냐. 고향이 그리우냐?"

이것은 종서가 야화를 위로하는 말이었다.

그러나 종서도 자기로는 도저히 위로할 수 없는 야화의 슬픔이 있는 줄을 알았다.

야화에게는 고향 생각도 간절할 것이다. 조선이라면 야화의 생각에는 만리타국으로 보일 것이다. 문화가 찬란한 서울의, 그중에도 재상가의 호화로운 생활의 아름답고 편안함이 도저히 야만된 야인 부락의 원시생활에 비길 수는 없지마는, 야화에게는 이 열두 대문 들어간다는 서울 재상가보다도 토굴 같은 고향의 집이 그리웠다.

더구나 사슴도 많고 노루도 많고 토끼도 많은 수풀 속과 벌판으로 거침없이 말을 달리는 젊은 사람들이 그리웠던 것이다. 그중에도 야화가 어리어서부터 사모하던 젊은 사람, 우발라(虞勃剌)를 몽매나 잊을 길이 없었다.

우발라는 야화의 부락에서 고개 하나를 새에 둔 부락의 추장의 아들로, 활 잘 쏘고 칼 잘 쓰고 인물 잘나고 소리 잘하고, 무엇이나 남보다 빼어나지 아니할 것이 없는 사람이었다. 야화도 추장의 딸이다. 인물 잘나기로나 소리 잘하기로나 우발라와 천생 한 쌍이라고, 보는 사람마다 말들 하였다.

야화의 아버지와 우발라의 아버지와는 애초에는 서로 사이가 좋지 못하여 고개 하나를 새에 두고 여러 번 싸웠다. 그러나 김종서가 대군을 거느리고 와서 야인을 치는 통에 두 영웅은 조그마한 사사 원험을 버리고 서로 화친하여 동맹군을 이루어서 조선 군사를 막아내었다. 그때에는 야화와 우발라는 아직도 젖 떨어진 지 얼마 아니 되는 어린아이들이었다.

이 두 영웅이 중심이 되어 야인들이 큰 단결을 이루어 죽기로써 저항하기 때문에 김종서도 두만강 저쪽에 건너가기를 중지하고, 이쪽에나 야인이 더 침입하지 못하도록 육진(六鎭)을 두고 성을 쌓고 돌아온 것이다.

그 후 십 년간 조선과 야인 사이에는 평화가 계속하였다. 조선 군사도 두만강을 건너가지 아니하고, 야인도 감히 조선 지경으로 건너오지 아니하였다. 그동안에 우발라와 야화는 평화로운 속에서 모락모락 자라났다.

그러나 야인들은 조선을 믿지 아니하였다. 김종서는 서울로 가버리었으나 김종서 대신으로 절제사가 되어 온 이징옥은 야인들이 보기에 김종서만 못지아니한 영웅이었다.

그래서 야인들은 말없이 자제들에게 말 타기와 활쏘기, 칼 쓰기, 창 쓰기를 가르치고, 언제든지 조선 군사가 치어들어오거든 막아낼 준비를 하고 있었다.

야인의 젊은 사람들은 대개 조선 군사의 손에 죽은 자의 아들이나 동생이나 조카였다. 그들은 살아남은 어른들에게서 조선 군사에게 오래 지키고 살던 고국 강토를 빼앗기고, 여러 번 싸움에 김종서 군사에게 도륙을 당하던 말을 듣고는, 언제나 한번 조선에 원수를 갚는가 하고 이를 갈고 두만강 남쪽을 노려보았다. 우발라도 그런 젊은 사람 중에 하나다.

우발라의 아버지와 야화의 아버지는 더욱 맹세를 군건히 하기 위하여 우발라와 야화와 서로 혼인하기를 약속하였다. 우발라를 모르는 처녀는 있고 야화를 모르는 총각은 있었으랴. 이를테면 가장 잘난 왕자와 가장 아름다운 왕녀와 결혼을 하는 셈이었다.

일 년 농사도 다 끝나서 벌판에 술 취한 늙은이 모양으로 고개 숙인 수수도 다 거둬들이고 묏가에 콩 먹어 기름진 꿩들이 길 때에 서늘하고 달 밝은 날을 받아 우발라와 야화의 혼인 잔치를 한다 하여, 두 부락에서는 큰 명절이 두 개나 세 개나 한꺼번에 닥친 것처럼, 술이야 떡이야, 잔치에 쓸 날짐승, 길짐승의 사냥이야 하고 법석들이 났었다.

"인제 다섯 밤 남고."

"인제 세 밤 남고."

이 모양으로 손꼽아 그날을 기다린 것은 야화의 뛰는 가슴만이 아니었다. 그날에 밤이 맞도록 좋은 술, 좋은 떡, 좋은 고기 마냥으로 먹고 마시고, 북 치고 제금 치고 처녀들 총각들이 엉클어지어 춤을 출 것을 생각하면, 팔다리 못 쓰는 늙은이와 병신들까지도 저절로 웃음이 나왔다.

야화는 지금도 혼자 가만히 앉았노라면 생각이 난다.

그날 밤에 달도 밝았거니. 달이 너무 밝아서 향내 나는 화톳불도 빛이 없었다. 야화 집 넓은 마당에는 온 부락의 남녀들이 모이어서 웃고 떠들며 밤이 깊는 줄을 모르고 즐기었다.

신랑인 우발라는 그날따라 더욱 씩씩하고 아름다웠다. 신랑과 신부는 기쁨과 부끄러움으로 야인 풍속대로 교배를 마치고, 신랑, 신부가 첫날의 즐거움을 누릴 신방에는 쌍촛불이 켜지어 신랑, 신부가 들어오기를 기다리었다.

그러나 이때에 밖으로부터 난데없는 고함 소리가 진동하였다. "조선 군사야! 조선 군사야!" 하고 외치고 우짖는 소리가 들리었다. 즐겁던 연락은 갑자기 수라장으로 이뤄버리었다. 술 마시고 춤추고 노닐던 야인들은 모두 집으로 돌아가 칼과 활을 들고 조선 군사와 싸우려고 나섰다.

야화의 아버지와, 이날에 아들을 데리고 왔던 우발라의 아버지도 곧 무장을 하고 말고삐를 잡았다.

"너희들은 아직 몸을 피하여라. 오늘 밤에는 큰 야단이 올 듯싶으니 너희마저 죽어서야 되겠느냐. 너흴랑 먼 곳으로 피신하였다가 언제든지 조선 놈의 원수를 갚아라."

하고 야화의 아버지 독목한(禿木汗)은 사위와 딸을 향하여 자애가 가득한 늙은 눈에 눈물을 흘리며 말하였다.

야화는 백전백승하는 아버지의 눈에 눈물이 흐르는 것을 처음 보았다.

우발라의 아버지 몽극도(蒙克圖)도 독목한과 같은 말로 아들과 며느리더러 피신하기를 명하였다.

그러나 우발라는 굳세게 고개를 흔들었다.

"이정옥이 놈의 간을 내어 들고야 돌아오겠습니다."

하고는 아버지와 야화를 한 번 바라보고 말에 올랐다. 그의 눈은 샛별과 같이 빛났다.

밖으로서는 점점 더 고함 소리가 요란하게 들리어온다.

아버지 두 사람도 젊은 사람들을 거느리고 말을 달리어나갔다. 야화도 다른 여인들과 함께 문을 굳이 닫고 숨었다.

이날 밤에 야인은 조선 군사에게 거의 몰살을 당하고, 야인 부락은 전부 노략을 당하였다. 남자는 눈에 띄는 대로 죽여버리고 젊은 계집만 모두 팔을 묶어서 두만강으로 끌고 건넜다.

야화도 삼백여 명 다른 여자들과 같이 이 통에 조선 군중(軍中)으로 포로가 되어 붙들리어 갔다. 그래서 나이와 용모를 따라 혹은 장수의 첩이 되고, 혹은 졸병의 아내가 되고, 그만도 못한 것들은 종이 되었다.

야화도 이징옥의 눈에 들어 김종서에게 선물 첩으로 오게 된 것이었다.

야화는 그 아버지와 남편이던 우발라의 생사를 알지 못한다. 어떤 때에는 죽었으려니 하고 울고, 어떤 때에는 살았으려니 하고 혹시나 금생에 만날 때나 있을까 하고 멀리 북방을 바라본다.

그러나 야화는 일찍이 이런 말을 아무에게도 한 일이 없었다. 그의 슬픔은 오직 그가 혼자만 아는 슬픔이었다.

"내가 죽거든 젊은 남편 얻어 가거라."

이렇게 종서는 야화를 위로하였다. 그것은 종서가 야화에게 할 수 있는 유일한 일인 것 같았다.

홍윤성이 돌아간 뒤에 종서는 이상하게 비감함을 깨달았다. 청춘의 기운참을 보고 자기의 노쇠함을 슬퍼함인가, 그것도 있었다. 야화가 윤성과 승규의 힘쓰고 남아다움을 유심히 봄을 볼 때에 질투에 가까운 일종의 불쾌를 느낌인가, 그것도 있었다. 시국의 뒤숭숭함을 혼자 힘으로 수습하기 어려움을 한탄함인가, 그것도 있었다.

그러나 그것뿐만 아니요, 무엇인지 형언할 수 없는 비감이었다.

"야화야, 오늘 하루 나를 즐겁게 해다고."

하고 늙은 소나무 가지와 같은 손을 내어밀어 부드럽고 흰 야화의 손목을 잡아끌었다.

이렇게 종서는 야화더러 술을 치라 하여 평일보다도 술을 많이 마시었다. 그러고는 평일보다도 더욱 다정하게 은근하게 야화를 어루만지었다. 벌써 방 안이 어두워 야화의 얼굴이 취한 종서의 늙은 눈에 어른어른 컸다 작았다 하게 되었건마는 불을 켜려고도 아니 하였다. 야화는 종서를 모신 지 반년이 넘어도 아직까지 이처럼 종서가 취태를 부리는 양을 보지 못하였다. 아무리 술을 먹어도 눕거나 기대는 일이 없고 야화를 보고도 취담을 하는 일도 별로 없었거든, 오늘은 야화의 무릎을 베고 허리를 안고 손을 잡고 취담을 하였다.

바로 저녁상을 받았을 때에 문밖에 인기척이 있는 것을 보고 야화가,

"누가 왔나 보아요"

할 때에 비로소 종서는 야화의 무릎에서 일어났다.

"아버지, 아버지."

승규는 아버지가 야화와 같이 있는 줄을 알고 밖에서 두어 소리 불렀다. 승규의 마음에도 늙은 아버지의 심사가 퍽 처량하였다. 인력으로 할 수만 있으면 야화의 마음을 움직이어서 좀 더 정성스럽게 아버지를 사랑하게 하고 싶었다. 그러나 그럴 새가 있을까 하고 승규는 한숨을 한 번 쉬고 아버지의 대답을 기다리었다.

"오, 왜 그러느냐?"

하는 종서의 소리가 어두운 방에서 들린다.

"아버지, 수양대군이 오시었습니다."

"무엇이? 누가 왔어?"

하고 종서는 자기의 귀를 의심하지 아니할 수 없었다. 안평대군은 여러 번 찾아왔지마는 수양대군은 올 까닭이 없는 것이다.

"수양대군이 오시었습니다."

하고 승규는 창밖으로 더 가까이 온다.

"수양대군이 오시었어? 안평대군이 아니요 수양대군이?"

하고 종서는 승규더러 방으로 들어오라 하였다.

"수양대군이야요. 대궐에서 나오는 길인지 관복을 입고 오시었어요. 웬 수상한 놈을 이삼 인 데리고 왔습니다. 모두 눈망울하고 험상스런 놈들입니다. 사랑으로 들어오시라고 하여도 날이 저물었으니 들어갈 새는 없다고, 아버지께 무슨 긴급히 하실 말씀이 있으니 잠깐만 밖으로 나오시라고……. 어째 모든 행동이 수상합니다. 아까 윤성이 놈 왔던 것하고 다 수상하니 아버지 오늘 조심하서요."

하고 승규는 야화와 함께 종서에게 관복을 입힌다.

"그, 왜 오시었을꼬. 그래 무슨 일이라고는 말이 없더냐?"

하고 저녁상도 밀어놓고 승규의 부액을 받아 종서는 안중문을 나서서 대문 안 넓은 마당으로 나왔다.

바깥은 아직 그처럼 어둡지는 아니하였다. 수양대군은 양정, 유수, 임운을 뒤세우고 우두커니 대문 안에 서 있었다.

종서는 국궁하여 수양대군에게 예하고, 수양대군은 읍하여 대신에게 답례하였다.

종서의 좌우에는 승규와 신사면, 윤광은이 옹위하고 서서 마치 대진한 것 같았다

"나으리가 이렇게 누옥에 왕림하시니 소인의 생광(生光)이 비길 데 없사외다. 대단 황송하오나 잠깐 들어오시지요."

하고 종서가 수양대군을 사랑으로 인도하려 하나 수양대군은 손을 흔들어 막고,

"이렇게 늦게 찾아 미안하오. 날이 저물어 성문을 닫을 때가 되었으니 들어앉을 수는 없소. 어, 대감 집 좋으시오. 집은 후일 와서 다시 보려니와 잠깐 대감에게 물어볼 말이 있어서 왔소. 아니 여기 서서 한마디만 물

어보면 고만이오."

하고 수양대군은 어째 말이 두서를 잃었다.

　종서가 군이 권하는 것을 이기지 못하여 사랑 마당에까지 들어왔으나 방에는 들어오지 아니하고 수양대군은 겨우 말머리를 찾는 듯이,

　"그, 저, 영응(永膺) 부인 일 말이오. 영응 부인이 동래 온정(溫井)에 갔다고 해서 종부시에서 말들이 되는 모양인데 대감 의향은 어떠시오?" 하고 좀 싱거운 듯이 승규와 좌우에 선 사람들을 바라본다.

　영응대군은 세종대왕의 아드님 팔 대군 중에 끝의 아드님이요, 또 가장 사랑하던 아드님이다. 영응대군의 부인 송씨가 성태를 못 한다 하여 나인을 데리고 동래 온정에 목욕을 갔다고 해서 대간(臺諫)이 시비를 일으킨 것이 바로 이때이기 때문에 수양대군이 이 일로나 온 것처럼 말을 한 것이다.

　그러나 아무도 수양대군이 이 일만으로 온 것이라고 생각할 수는 없었다. 그래서 김종서는 대답할 바를 알지 못하여 잠깐 머뭇머뭇하였다.

　수양대군도 자기 말이 우스운 듯하여,

　"그래, 마침 궐내에서 그 말이 났기로 대감의 의향을 먼저 듣는 것이 옳을 듯싶어서 나오는 길에 잠깐 들르노라고 이렇게 늦었소이다." 하여 자기의 말을 증거하는 모양으로 관복과 사모를 만진다.

　애초에 수양대군은 부인이 중문까지 내다가 입히는 투구, 갑옷에 활을 들고 말을 타고 궁을 떠나려 하였으나, 한명회의 말을 따라 홍윤성이 김종서가 어떻게 하고 있는 것을 탐지하고 돌아오기를 기다리어서 종서의 집에 여러 사람이 없는 것과, 종서가 오늘에 무슨 일 있을 것을 짐작 못하는 모양이라는 보고를 듣고 군복을 벗고 관복을 입고 갔던 것이다. 군

복을 입고 가면 노상에서 수상히 알뿐더러 김종서의 집에서도 반드시 의심을 더욱 깊이 하여 방비를 하게 할 것인즉, 방금 궐내에서 나온 모양으로 차리는 것이 가장 그럴듯하다고 명회가 아뢴 것이다.

수양대군은 손을 들어 사모를 바로 쓰려는 듯이 뒤통수를 만지는 서슬에 오른편 사모뿔이 꽂은 대목이 부러지어 땅에 떨어지었다.

"아차, 이게 웬일일꼬? 이게 왜 부러진단 말인고. 어, 고이한 일이로군."

하고 수양대군은 부러진 사모뿔을 손에 들고 흔들었다.

기실 고이할 것은 조금도 없다. 이것이 다 한명회가 수양대군에게 준 것이다. 만일 승규가 종서의 곁을 떠나지 아니하거든 사모뿔을 떨어뜨리라, 그리하면 반드시 종서가 승규를 시키어 가져오게 하리라, 이렇게 꾀를 정한 것이다. 승규가 종서의 곁에 있고는 비록 양정, 유수, 임운이 합력을 하더라도 종서를 당하기 어려운 줄 안 것이다.

종서는 물론 그 꾀를 알았을 리가 없다. 그렇지마는 왕자(王子)가 내 집에서 사모뿔을 분질렀으니 일각이라도 주저할 수가 없어서 곧 자기의 것을 빼어서,

"그게, 원, 웬일입니까? 옛습니다. 황송하오나 이것을 꽂으시겨오."

하고 두 손으로 수양대군에게 드리었다.

수양대군은 계교가 틀어짐을 보았다. 이렇게 종서가 제 머리에 꽂았던 것을 빼어주면 승규는 곁을 떠나지 않고 말 모양이니, 이래서는 아니 될 것이다.

수양대군은 종서가 받들어 드리는 사모뿔을 받아 들고,

"그 원, 미안하외다."

하며 사모에 꽂아보더니,

"허, 이것이 맞지를 않는군. 좀 굵은걸. 원, 들어가야지."

하고 아무리 꽂으려 하여도 아니 꽂아지는 모양으로 얼굴을 찡긴다.

종서는 이 광경을 보고,

"얘, 네 들어가서 다른 것을 하나 내다 드려라. 원, 그게 왜 그리 굵단 말인고."

하고 종서는 수양대군의 손에서 자기의 사모뿔을 받아 들고 원망스러운 듯이 끝을 만진다.

승규는 가슴이 뜨끔하였다. 지금 자기가 아버지의 곁을 떠나는 것은, 마치 아버지를 죽이는 것과 다름없는 듯하였다.

"사모뿔이면 다 마찬가지지. 그렇게 굵어서 안 들어가는 법이 어디 있담."

하고 승규는 수양대군과 그 좌우에 모시고 섰는 불량한 작자들을 바라보았다. 그리고 아버지 말을 못 들은 듯이 발을 움직이려 하지 아니하고 곁에 있는 신사면, 윤광은 두 사람을 눈질하여 바라보았다.

종서는 승규가 자저하는 양을 보고 그 뜻을 모름이 아니나, 이러한 경우에라도 안 돌아보지 못할 것은 체면이다. 더구나 아비의 명령이 아들에게 시행되지 않는단 말은 죽을지언정 차마 듣지 못할 것이다.

"어서 내어다가 드리려무나. 있는 대로 여러 개를 가져오너라. 그중에는 맞는 것도 있겠지."

하고 종서는 승규를 재촉하였다.

승규는 심히 난처한 경우를 당하였다. 수양대군이 온 것이 결코 심상한 일이 아니다. 아까 윤성이 다녀간 것이나 또 지금 수양대군이 불량하

172

게 생긴 위인을 데리고 들어와서 들어앉지도 아니하고, 게다가 사모뿔을 분지르는 것이나 어느 것이 수상치 아니한 것이 없다.

그러나 부명을 어길 수가 없다. 승규는 사면, 광은 두 사람에게 한 번 더 뜻있는 눈을 주고 안으로 들어갔다. 사면, 광은 두 사람은 승규의 뜻이 자기네더러 종서의 곁을 떠나지 말라는 것임을 알고 전보다 한 걸음씩 다가들어 종서를 옹위하고 섰다.

"글쎄외다. 영웅대군 부인이 동래 온정에 가신 일은 소인도 들었소이다마는 종실 일이니까 정부에서 마음대로 처단할 수도 없어서, 그렇지 아니하여도 나으리께 여쭈려고 하였습니다."
하고 종서는 잠시 대답할 기회를 놓치지 아니하려는 듯이 말한다.

이러는 동안에도 수양대군은 연해 기미를 엿본다. 승규가 도로 나오기 전에 해버려야 할 텐데, 종서가 그 샛별 같은 눈으로 자기의 눈을 마주 보는 동안에는 아무리 효용무쌍(驍勇無雙)하다는 수양대군으로도 수족을 놀릴 수가 없었다. 그처럼 종서의 안광은 사람의 폐부를 꿰뚫는 듯하고, 겸하여 그 눈은 매 눈과 같이 잠시도 방심함이 없이 사방을 살피는 듯하였다. 수양대군은 일생에 이때처럼 어떤 사람의 위엄에 눌려본 일이 없었다. 저번 명나라 사신으로 갔을 때에는 코끼리들이 수양대군의 위엄에 눌리어 일제히 무릎을 꿇었다 하거니와, 그처럼 위풍이 늠름한 수양대군도 김종서의 안광에는 헤아릴 수 없는 무거운 무엇으로 내리눌리는 듯한 압박을 깨달았다.

그 압박은 다만 종서의 안광과 위풍에서만 오는 것은 아니다. 옳지 못한 것이 옳은 것을 대할 때에 당하는 꿀림이 수양대군을 겁하게 한 것도 적지 아니한 것은 말할 것도 없다.

'내가 죄 없는 사람, 지극히 옳은 사람을 해하려 하는구나.' 하는 생각이 수양대군의 마음속에 번개같이 지나갈 때에는 수양대군의 등골에 식은땀이 쭉쭉 흘렀다.

'대사에, 대사에' 하고 수양대군은 구부러지려는 마음의 허리를 억지로 펴고, 신사면, 윤광은을 향하여,

"대감께 은밀히 할 말이 있으니 자네들은 잠깐 저리로 가게."
하고 최후의 결심을 하였다.

신, 윤 양인은 하릴없이 물러섰으나 서너 걸음밖에 더 물러서지 아니하고 우뚝 섰다. 수양대군은 소매에서 편지 한 장을 내어 종서 앞에 내어밀며,

"여기 편지 한 장이 있으니 이것을 좀 보아주시오."
한다.

"그건 무슨 편지오니까?"
하고 종서가 받아 드는 것을 보고 수양대군은,

"보시면 자연 알지요. 대감께 오는 편지면 청하는 편지밖에 있겠소?"
하고 껄껄 웃는다.

수양대군의 우렁찬 웃음소리는 고요한 밤을 흔든다.

종서는 의심 없이 편지를 떼어 달빛에 비추어 읽었다. 시월 초열흘 달빛은 촛불에 지지 않게 밝았다. 왼편으로 돌린 종서의 얼굴에 찬 달빛이 가득히 차고 사모 테가 번쩍번쩍하였다. 실로 갸륵하고 아름다웠다.

그러나 수양대군은 달빛에 비추인 종서의 모양의 아름다움을 완상할 여유가 없었다. 수양대군은 오른손을 들었다. 이것은 군호다.

수양대군이 오른손을 드는 것을 보고 임운은 옷 속에 숨기었던 철여의

를 뽑아 번개같이 김종서의 뒤통수를 내리갈기었다.

김종서는 본능적으로 손을 들어 머리를 가리려 하였으나 임운이 둘째 번 치는 바람에 사모와 아울러 머리가 갈라지어 붉은 피를 쏟고,

"나으리, 이런 법이 없소."

하며 수양대군을 한번 흘겨보고는 땅에 거꾸러진다.

임운은 한 발로 종서의 허리를 밟고 등과 머리를 난타할 때에 승규가 안으로부터 뛰어나왔다.

승규가 나오는 길로 손을 들어 임운의 목덜미를 잡아 한 번 내어두르니 땅바닥에 코를 박고 서너 걸음이나 미끄러진다.

"이놈!"

하고 승규의 발이 한 번 번쩍 들렸다가 임운의 등을 밟을 때에 임운은 쿵 하는 한 소리와 함께 피거품을 부구국 물고는 숨이 끊어지고 말았다.

이러는 동안에 신사면, 윤광은은 양정과 유수에게 모두 허리가 두 동강이 나서 죽어버리었다. 유수는 꿈지럭거리고 일어나려 하는 김종서를 마저 죽어버리려고 달려들 때에 승규는 임운을 버리고 임운의 손에 들리었던 철여의를 들고 유수를 엄습하였다.

"역적 놈아, 너도 고 자리에 꼼짝 말고 가만히 섰어! 하늘이 무심하지 아니한 줄을 알아라!"

하고 한번 수양대군을 흘겨보고는 승규는 대드는 유수의 칼을 슬쩍 몸을 비키어 피하는 서슬에 철여의를 들어 유수의 칼 든 팔을 갈기니, 어깻죽지 바로 밑에서 유수의 팔이 부러지어 축 늘어지고 칼은 소리를 내고 땅바닥에 떨어진다.

승규와 유수가 겨루는 틈을 타서 양정은 종서를 엄습한다. 승규가 유

수의 팔을 분지른 때는 바로 양정의 칼이 종서의 목을 향하고 내려오는 때다. 승규는 오직 한 길밖에 없었다. 그런데 그 길을 취하였다. 그것은 몸으로 아버지를 덮는 것이다.

승규는 손에 들었던 철여의를 양정을 향하여 내어던지고 몸으로 종서의 몸을 덮으며,

"이 역적 놈아. 내가 죽어서라도 너를 그냥 두지는 아니하리라."

하고 말이 끝나기 전에 양정의 칼이 승규의 허리를 잘라버리었다. "이 역적 놈아." 하고 승규가 원수 갚기를 맹세한 것은 수양대군이었다.

승규의 독이 오른 상모와 말에 수양대군도 잠깐 몸에 소름이 끼치었다. 그러나 양정의 칼이 승규를 마저 죽여버림을 볼 때에 수양대군은 만족한 웃음을 빙그레 웃었다. 김종서, 김승규, 신사면, 윤광은의 시체가 피에 떠서 가로세로 넘어지고, 유수도 한 팔이 부러지고 옆구리를 승규에게 채여 일어서지도 못하고 앉지도 못하고 가만히 누워 있을 수도 없이 비비 꼬고 꿈틀거리는 양을 한 번 더 둘러보고는,

"어, 되었네. 가세."

하고 수양대군은 몸을 날려 말에 오른다. 하얀 관복 자락이 달빛에 펄렁한다.

양정은 승규의 옷자락에 두어 번 칼에 묻은 피를 씻어 칼집에 꽂고 수양대군의 뒤에 떨어질 것을 두려워하는 듯이 황망히 말에 올라 말발굽 소리를 내며 대문을 나간다.

"나를 어찌하고 다들 가오?"

하는 유수의 죽어가는 소리가 수양대군의 귀에 들리었다. 대사를 앞에 두고 팔 부러진 유수 따위 하나를 위하여 무서운 곳에서 어름더름할 수는

없었다. 양정은 유수를 두고 가는 것이 좀 더 마음에 걸리었지마는 이판에 잠시라도 수양대군을 떨어지었다가는 전공이 가석(可惜) 되고 마는지도 모른다. 이리하여 두 사람은 서대문을 향하고 말을 달리었다. 마음에 기쁨이 충만하여.

사람 죽인 자들이 달아난 지 이슥한 뒤에야 종서 집 노복들의 빠지었던 혼들이 다시 돌아와서, 혹은 마루 밑에서, 혹은 아궁이 속에서 엉기엉기 기어나왔다. 그제야 온 식구들이 무슨 일이 일어난 것을 알았다. 그리고는 벼락 맞은 사람들 모양으로 얼마 동안 어안이 벙벙하였다.

맨 먼저 종서의 시체 곁에 달려온 것은 야화라는 도립나였다.

종서 부자가 수양대군의 손에 참살을 당하였다는 말을 들은 종서의 가족들은 오직 입을 벌리고 덜덜 떨 뿐이요 말도 못 하고 울지도 못하였다. 아이들까지도 꼼짝 아니 하고 어른이 하는 양만 보았다. 오직 종서의 맏아들인 승벽(承璧)의 맏아들 석대(石臺)가 열여덟 살이어서 이 모든 일의 뜻을 아는 듯싶었다. 석대는 곧 편지를 써서 해주에 감사로 가 있는 아버지 승벽에게 급히 사람을 보내었다.

부인네들이 모두 덜덜 떠는 판에 오직 하나 태연히 중문으로 뛰어나온 것은 야화다. 그는 고국에 있는 동안에 친족과 이웃 사람이 전장에서 죽는 것을 여러 번 보았고, 그뿐더러 자기의 아버지와 사랑하는 남편이 죽으러 나가는 양을 목격한 사람인 까닭에 아무리 무서운 일을 당하여도 눈썹 한 대 움직이지 아니하였다.

야화의 뒤를 따라 야화의 시비가 따르고, 다시 그 뒤에 승규의 부인이 따랐다. 이 광경을 보고는 집에 있는 모든 식구와 비복들이 모두 황황하게 뒤를 따랐다.

야화는 종서의 가슴 위에 엎힌 승규의 시체를 손수 젖히어놓았다. 야인의 딸인 야화에게는 그만한 힘과 용기가 있는 것이다. 그러고 치맛자락으로 종서의 얼굴의 피를 썼었다. 종서의 얼굴에는 종서의 머리에서 흐른 피와 승규의 목과 허리에서 뿜은 피가 엉기어 달빛에 번쩍거리었다. 야화의 치맛자락이 한참이나 왔다 갔다 한 뒤에야 종서의 눈과 코와 입이 분명히 드러났다. 그러한 뒤에 야화는 손을 종서의 코에 대었다. 숨이 없는 듯하다. 얼른 종서의 앞가슴을 헤치고 왼편 젖가슴에 귀를 대어본다. 심장 뛰는 소리가 아주 죽지는 아니한 모양이다. 야화는 다시 종서의 코에 손을 대어본다. 숨도 있다!

야화는 물을 가지어오라고 외치고 종서의 몸을 안으로 옮기라고 소리질렀다. 사람들은 야화가 명하는 대로 하였다.

야화는 시비가 떠 온 냉수를 종서의 얼굴에 끼얹었다. 소식이 없다. 두 번째 끼얹었다. 그제는 종서가 깜짝 놀라며 눈을 번쩍 떴다. 그러나 기운 없이 도로 감았다. 야화가 눈에 띄었을 것은 말할 것 없다.

종서가 눈을 번쩍 뜨는 것을 보고 야화는 놀라는 듯이 뒤로 물러앉았다.

종서는 야화의 원수다. 야화 개인의 원수는 아니나 야화의 동족인 야인 전체의 원수다. 종서만 아니더면 야인들은 수백 년 누리던 옛 땅을 도로 빼앗기지 아니하고 수만 명 목숨이 전장에서 스러지지 아니하였을 것이요, 이징옥이 두만강에 오지 아니하였을 것이요, 이징옥이 아니 왔더면 자기의 아버지와 남편과(그들이 살았나? 죽었나?) 동족들이 그처럼 악착한 살해를 당하지 아니하였을 것이다. 이렇게 생각하면 김종서는 도림나의 원수다.

도림나의 딸들은 원수 갚을 의무가 있다. 혹은 부모를 위하여, 혹은 형제를 위하여, 혹은 남편을 위하여 원수 갚을 의무가 있다. 만일 이 의무를 다하지 못하면 죽어서도 좋은 곳을 가지 못하고, 혹은 짐승으로도 태어나고 혹은 버러지로 태어나서 천만 겁을 지나더라도 그 원수를 갚고야 갈 데로 가는 것이다. 이렇게 야인의 딸들은 생각한다.

아버지와 남편이 분명히 죽었으면 야화는 이징옥에게 원수를 갚아야 한다. 김종서에게도 원수를 갚아야 한다.

누가 김종서를 죽이었다 하면 도림나에게 한 원수는 없어진 것이다. 그러나 김종서는 자기가 반년간 섬기던 남편이다. 김종서는 지나간 반년간에 자기를 극진하게 사랑하였다. 원수인 것을 잊어버리리만큼 극진하게 사랑하였다.

그렇다 하면 야인의 법대로 야화는 김종서의 몸에 박힌 칼이나 화살을 맨 먼저 뽑아야 하고, 상처에 흐르는 피를 맨 먼저 씻어야 하고, 만일 아직도 숨이 남았으면 마지막 물 한 모금을 손수 떠 넣어주어야 하고, 또 이 남편의 원수도 생전에 갚아야만 하는 것이다.

야인의 딸인 야화는 이렇게 생각하기 때문에 그가 생각하는 대로 태연하게 거침없이 행한 것이다.

김종서의 하회가 어찌 된 것은 후에 말하기로 하자.

수양대군은 김종서 부자를 죽이고 의기양양하여 서대문으로 말을 달리었다. 벌써 성문을 닫힐 때건마는 권람 일파가 문 지키는 군관을 위협하여 수양대군이 어명을 받들고 김 정승 집에 갔다는 것을 이유로 문 닫기를 방해하고 있었다. 비록 아직 이씨조(李氏朝)의 기강이 해이하지 아니한 때이지마는, 이른바 팔 대군이 강성한 때라, 대군이라 하면 안 될 일도 되는 일이 많았다. 하물며 근래에 갑자기 서슬이 푸른 수양대군이랴. 수양대군이 어명을 받들고 호랑이 김 정승 집으로 가시었다니, 아무리 강직하기 그지없다는 성승(成勝)의 군사라 하더라도 수그러지지 아니할 수가 없었던 것이다.

수양대군이 탄 말이 서대문을 들어설 때에는 수양대군의 의기는 마치 개선장군의 그것과 같았다. 아까 이 문을 나설 때에는 미상불 근심이 많았다. 그것은 실로 호랑이 잡으러 가는 포수의 근심이었다. 김종서, 김승규라는 말만 들어도 그들과 겨루는 것은 불가능한 것으로 믿지 아니하면 아니 될 줄 아는 때였었다. 비록 불의에 암살하는 길이라 하더라도 까딱 잘못하면 호랑이를 잡으려던 포수는 호랑이에게 잡히게 될 것이다.

그러나 하늘이 도왔다! 마침내 수양대군은 큰 호랑이를 잡고 돌아오는 것이다. 이 앞은 무인지경이다. 아무도 감히 수양대군과 겨룰 놈은 없는 것이다.

'좀 굵직굵직한 놈들은 오늘 밤으로 조처를 해버리고 좀것들은 내일 하루에 쓸어내이면 고만이지. 그러고 나면 내 세상이다. 다시는 내어놓지 아니할 내 세상이다!'

이렇게 생각하면 수양대군이 아무리 참으려 하여도 웃음을 금할 수가 없었다. 그것은 주린 듯이 목마른 듯이 구하는 수양대군의 권력욕이다.

그러나 한 가지 근심은 김종서 집에서 누가 빠지어나가서 이 일을 황보인에게 벌써 말하지나 아니하였나 하는 것이다. 그렇다 하면 황보인은 군사를 풀어 먼저 서대문을 막고 자기를 방어할는지도 모른다. 그렇지마는 순군(巡軍)이 내 손에 있으니……. 이렇게 기뻤다 근심했다 하면서 수양대군은 서대문에 다다랐다.

서대문이 환하게 열리었다!

일은 되었다!

서대문에서 기다리던 권람, 권언, 한서귀, 한명진이 수양대군을 나와 맞는다.

수양대군은 마상에서,

"애썼네."

한마디를 권람 이하 네 사람에게 던지고는, 이때에 잠시도 지체할 수 없다는 듯이 기운차게 말을 달리어간다. 양정도 네 사람을 잠깐 바라보고 빙긋 한 번 웃고는 수양대군의 뒤를 따랐다. '오늘의 큰 공은 내 것이다.' 하는 생각이 양정으로 하여금 몸에 날개가 돋치어 공중에 훨훨 날아오르는 듯이 생각게 하였다. 여덟 말발굽 소리가 초어스름의 장안 대도를 울리며 서궐(西闕) 앞을 지나 야주개〔夜照峴〕를 지나 자하골로 올라갔다.

종침교(琮沈橋) 다리에는 등불이 보이었다. 점점 가까이 가보면 그것은 분명히 궁에서만 쓰는 사초롱이었다. 수양대군 궁에서 누가 나와서 기다리는 것이다. 기다리는 자는 한명회였다. 한명회는 사오 인의 활 메고 창 든 무사를 데리고, 자기는 중추막, 백립의 예사 차림으로 마상에 올라앉아 있었다. 그때에는 아직도 태조 건국 시대의 무풍(武風)이 많이 남아서 자혁으로 말 타는 것이 성풍(成風)하였던 것이다.

예정한 시각보다 늦도록 수양대군이 아니 돌아오는 것을 보고 명회는 저으기 염려가 되어서 이처럼 나와서 기다리는 것이다. 만일에 좀 더 기다려보아도 수양대군이 아니 돌아온다 하면 일은 패한 것이니, 그런 줄만 알면 명회는 이 길로 강원도 양양으로 달아나려 한 것이다. 말을 탄 것은 이러한 연유도 있는 것이다.

"이것은 정말 말발굽 소리요."

하고 귀를 기울이고 있던 무사 하나가 말하였다.

사람들은 모두 귀를 기울이었다.

과연 멀리서 들리는 다듬이 소리와 같은 소리가 야주개 편으로 들리는 것도 같았다.

'이 소리도 그 소리가 아니면 큰일이다!' 이것은 다만 명회만의 근심이 아니었다.

"투드락 투드락."

그것은 진실로 말발굽 소리였다.

달빛에 어른어른 이리로 이리로 오는 그림자가 보인다.

명회의 눈은 그 그림자에 박히었다.

"나오리시오."

하고 한 무사가 나직한 소리로 외친다.

"나오리 같으면 네 사람일 텐데."

하고 명회가 바라본다.

분명히 수양대군이다. 수양대군의 흰 관복과 한편 사모뿔 없는 것까지 분명히 보인다. 수양대군의 말은 탄 주인의 기운을 아는 듯이 네 굽을 안아 뛰었다. 성공한 기쁨으로 뜀인가, 실패하여 도망함인가. 등불 앞에서 말이 우뚝 선다.

한명회는

"나으리!"

하고 등불 빛에 비추인 수양대군의 얼굴을 근심스러운 눈으로 들여다보았다. 그것은 빙그레 웃는 낯이었다.

"그놈을 잡았네."

하고 수양대군은 의기양양하여,

"새끼까지 잡았네."

하고 양정을 돌아본다.

양정은 이때로다 하는 듯이,

"그까짓 놈 여남은 놈 더 있더라도 이 칼로 다 잡을 것이오."

하고 찼던 칼을 쑥 뺀다. 칼에는 아직도 거뭇거뭇한 피가 보인다.

수양대군은 양정의 마음을 만족케 하려고,

"오늘 수공(首功)은 양정이야."

하고 명회를 보고 웃었다.

명회는,

"그것 보시오. 무사를 데리고 가서 엄습한 것보다 일이 수월하지 아니하오니까."

하고 자기의 계교가 맞은 것을 내어세운다.

"암, 그렇고말고. 자네 계교가 여합부절(如合符節)이야. 사모뿔만으로 안 되어서 그 편지를 내어주었네."

하고 수양대군은 명회를 기쁘게 한다.

"그래, 놈이 그 편지를 봅더니까?"

"응, 모두 자네 계교대로야. 달빛에 비추어 보데그려. 그러는 것을 임운이가……."

하다가 수양대군은 이렇게 한담하고 있을 때가 아닌 줄을 불현듯 깨달은 듯, 말을 뚝 끊치었다가,

"시각이 바쁘니 자넬랑 무사들을 데리고 바로 교동으로 가게. 나는 순청(巡廳)으로 가서 순군을 데리고 감세."

하고 수양대군은 말을 채치어 서십자각을 향하여 달린다. 양정이 그 뒤를 따르고 명회가 데리고 왔던 무사 중에 두 사람이 역시 그 뒤를 따랐다.

수양대군의 그림자가 아니 보이게 된 때에 명회는 달을 향하여 한 번 빙그레 웃었다. 인제는 강원도 양양으로 아니 가도 된다. 그의 계교는 귀신 같은 듯하였다. 명회는 자기의 계교가 하도 신통한 것을 스스로 찬탄하였다. 자기는 장량, 제갈량에 지지 않는 모사라고 스스로 우러러보았다.

이렇게 요샛말로 하면 자기도취의 쾌미를 보면서 명회는 수양대군 궁으로 말을 달리었다.

'큰일은 이제부터다. 닭 울기 전에 조선은 한 번 뒤집히는 것이다.' 하고 명회는 마상에서 손을 품속에 넣어 깊이깊이 간직한 조그마한 책 한 권을 만지어본다. 그 책은 생살부(生殺簿)다. 명회가 일 년래 두고 꾸민 생살부다. 몇 번이나 명회는 이 생살부를 펴보고 언제나 이것을 시행할 날이 올까 하고 기다리었던고. 그런데 그날이 왔다. 오늘 밤이 그날이다. 죽을 사람의 허두에 이름이 적힌 김종서는 벌써 죽었다. 나머지는 닭 울기 전에 끝장이 나는 것이다.

명회는 별 많은 하늘을 우러러보았다. 끝없이 높고 끝없이 오랜 하늘. 자하문으로 북풍이 내리분다. 그러나 그런 것들은 명회에게는 아무것도 아니었다. 오직 피 흘리고 죽는 대관들의 모양, 그것이 유쾌하였다. 그 대관들인 그놈들은 내게 원 한 자리 아니 준 놈들이다.

시월 십일은 왕의 누님 되는 경혜공주의 생신이다. 왕보다 사 년 위 되는 경혜공주는 지금 열일곱 살이다. 공주의 남편이 영양위 정종인 것은 독자도 기억할 것이다. 정종은 수양대군으로 더불어 명나라에 가기를 겨루다가 수양대군에게 진 사람이 아닌가.

왕은 이날을 기억하시어 영양위 궁에 거둥하시기로 하였다.

열세 살 먹은 어리신 몸으로 부모도 없고 형제자매도 없고, 그렇다고 마음껏 장난을 같이할 동무도 없는 궁중 생활은 왕에게는 지긋지긋하게 멀미가 났다.

열세 살이면 한창 장난할 때가 아닌가. 내시나 궁녀들을 데리고 간혹 술래잡기도 하고 윷놀이도 하며 일시 즐겁게 웃고 뛰놀 때도 있지마는, 혹 늙은 신하들의 눈에나 띄면,

"임금의 몸으로, 더구나 거상 중의 몸으로 그리하실 수 없습니다."

하고 매양 파흥을 시키었다. 그리고 글만 읽으라고 아빙고를 메워 날마다 우참찬 정인지가 들어와서는 보기도 싫은 『좌전(左傳)』을 펴놓고 제 환공이니 진 문공이니 하는 이야기만 하였다. 그중에는 재미있는 이야기도 많으나, 재미없는 것, 알아듣지 못할 것이 더욱 많았다. 아무리 재미있다 하여도 궁녀 시키어 이야기책 보게 하는 데 비길 수는 없었다.

왕이 장난에 미치어 젊은 내시들과 나인들과 가댁질을 하고 즐겁게 놀 때에, 김연, 한숭 같은 늙고 충성스러운 내시는 그것이 물이든지 흙이든지 왕의 앞에 꿇어 엎디어,

"상감마마, 이리하실 수 없습니다."

하고 이마를 조아리었다.

그러면 왕은 머쓱하여 장난을 그치고 같이 놀던 내시와 궁녀들은 돌아보지도 아니하고 내전으로 뛰어 들어가서 일부러 소리를 높이어 왱왱 글을 외웠다.

글을 싫어하심은 아니었다. 아직 나이 어리시지마는 오언, 칠언으로

고풍(古風)은 물론이거니와 절구(絶句) 같은 것도 지으시어 여러 문신들의 찬탄을 받았다. 그렇지마는 글도 잠시 잠시다. 언제나 하고 싶은 것은 장난이었다.

파조 후에 왕은 지긋지긋한 늙은이들의 이야기판을 벗어난 것만 기뻐서 편전(便殿)으로 나오시어서는,

"누가 윷 안 노느냐. 나고 놀자. 나를 이기거든 상 주마."

하고 나인들을 부르신다.

그러면 나인들은 왕을 기쁘시게 하노라고 나도 나도 하고 왕의 앞에 가서 앉는다.

"상감마마께오서 지시면 상을 주시려니와 소인이 지면 어찌하오리까?"

하고 나인이 웃으며 묻는다.

"네가 지면 이야기를 하나 하여라."

"이야기를 있는 대로 다 상감께 아뢰었으니 어디 남은 것이 있습니까."

"아따, 그러면 이야기책이라도 보려무나."

이리하여 윷판이 벌어지면 저녁 수라가 오를 때까지 희희낙락한다.

이런 줄을 또 어떻게 듣고, 정인지나 기타 명나라 사람 다 된, 어진 체하는 노신들이 절반 이상이나 한문 문자를 섞어가며,

"전하께서는 일방(一邦)의 인군이 되시었으니 소의한식(宵衣旰食)하시옵고, 여한이 있으시옵거든 성경현전(聖經賢傳)이나 상고하실 것이요, 내시나 궁녀로 더불어 희롱하심이 만만불가하시외다."

하고 말썽을 하면, 왕은 어떤 때에는 시끄러운 듯이,

"나도 그런 줄 아오. 마는 편전에서 좀 놀기로 어떻소."

하시는 일도 있었다.

이러한 때에는 맨 먼저 생각되는 것이 누님 되는 경혜공주다. 교동 영양위 궁에만 가면 아주는 마음을 놓지 못하여도 궁중보다는 저으기 마음을 놓고 놀 수가 있는 것이다. 사랑하는 동기와 한자리에 모여[왕이 영양위 궁에 거둥하시는 때면 반성위(班城尉) 강자순(姜子順)에게 하가(下嫁)한 수칙양씨의 몸에 난 경숙옹주도 반드시 영양위 궁으로 온다] 노니는 것이 어린 왕에게는 가장 큰 기쁨이었다. 하물며 이날은 경혜공주의 생신까지 되니 왕의 기쁨이야 비할 데가 없었다.

왕은 경혜공주의 생신을 벼르고 별러 이날(시월 십일) 파조 후에 영양위 궁으로 거둥을 납시었다.

왕의 성미가 원체 떠드는 것을 좋아하지 아니하여 미복으로 남여(籃輿)를 타고 다니시기를 원하여 그렇게 하기도 몇 번 하였지마는, 대간이 그 불가함을 누누이 말한 뒤로는 그렇게도 하기 어렵게 되었다. 그러나 미행은 있었다.

대간이 이렇게 왕의 미행을 불가하다 한 것은 물론 옳은 일이어서, 왕도 비록 어린 마음에라도 그 말이 옳은 줄 알고 "지도(知道)"라고 매양 전교를 내리시었다.

그러나 대간이 왕의 미행을 그렇게도 성화하게, 더구나 근래에 와서 불가하다고 상소질을 하고 말썽을 부리는 데는 반드시 그렇게 충성된 동기만이 있는 것은 아니었다. 왕이 누님 되는 경혜공주와 영양위를 사랑하시고 신임하시는 줄을 알므로, 왕에게 가까이하려는 자, 왕에게 무슨 뜻을 통하려는 자들은 많이 교동 영양위 궁에 출입하였다. 그래서 영양위는 공주 부마라는 것밖에 아무 경력도 없는 연천한 사람이건마는 당시

정계에 일종의 세력을 이루었다. 영양위가 북경에 가려다가 못 간 것이 반드시 그 세력을 감하지도 아니하였다.

왕은 아직도 어리시지 아니하냐. 비록 이씨 계통이 수(壽)를 못 한다 하더라도 앞으로 삼사십 년은 왕으로 계실 터이요, 이 양반이 왕으로 계신 동안에는 영양위 궁 세도는 떨어질 리가 없을 듯하였던 것이다.

이렇기 때문에 왕을 위하는 좋은 동기로나 자기의 벼슬 다리 올라가기를 위하는 개인적 동기로나, 왕께 가까이하려는 자는 먼저 영양위 궁에 출입하였던 것이다.

이리되면 자연 영양위 궁에 가까운 패와 가깝지 못한 패가 생기는 것이요, 그리되면 세력 있는 곳에 가깝지 못한 패는 가까운 패를 시기하는 것이 인정이다. 저도 가까이하고 싶건마는 그러할 계제가 되지 못할 때에 가까이할 계제에 있는 다른 사람들이 잡아먹도록 미운 것이다.

이 미운 무리들을 없이하는 한 방편으로 왕이 영양위 궁에 가시지 못하게 하려 하는 것도 간관 중에 어떠한 사람의 동기는 되었던 것이다. 차라리 그편이 많았을는지도 모른다. "영양위 궁에 자주 거둥하시는 것이 옳지 아니하외다." 할 수는 없으니까 예(禮)에 어떠하니, 선왕지법(先王之法)에 어떠하니 하여서 왕이 대궐을 떠나는 것이 옳지 않다는 일반론을 첫 조건으로 하고, 만일 부득이 거둥을 하실 때면 반드시 왕의 위의를 갖추어야 한다는 것을 둘째 조건으로 하고, 어리신 왕을 성가시게 함으로 소기한 목적을 달하려 한 것이다.

이리하여 왕이 영양위 궁에 가시는 것을 아주 막을 도리는 없었으나 심히 불편하게는 만들었다. 내시와 나인들 중에도 왕이 영양위 궁에 내왕하시는 것을 좋게 생각하는 이와 좋지 않게 생각하는 이와 두 편으로 갈

리게 되어, 좋지 않게 생각하는 편은 가끔 왕께,

"상감께 아뢰오. 그렇게 자주 민가에 거둥하시는 것이 옳지 아니하외다."

하고 간하는 자가 있으면,

"귀찮다. 너희들까지 나를 못 견디게 구느냐. 내가 하는 일이 옳지 않거든 너희가 물러나가서 보지를 말려무나!"

하고 왕이 발연변색(勃然變色)하여 책망하시는 일도 있었다. 이렇게나 하지 아니하면 그 충신인 체하는 작자들이 시끄러워서 견딜 수가 없었던 것이다.

이날 영양위 궁 거둥에도 너무 굉장하리만큼 거둥의 노부(鹵簿)가 컸다. 그리고 영양위 궁에 오신 뒤에도 승지 최항(崔恒), 선전관 한회(韓晦), 내금위 봉석주(奉石柱) 등이 각각 부서를 정하여 입직하고, 금군 오십 명은 안에, 순군 오십 명은 밖에 옹위하여 새 새끼, 쥐새끼 한 마리 얼씬하지 못하게 하였다. 지존이 계시니 이만함도 당연하거니와, 이것이 반드시 지존을 위한 것이 아닐 것이다. 다만 이날에 왕께 근시하는 내시와 궁녀는 왕의 마음대로 택하신 것이니 늙고 충성스러운 내시 김연, 한숭이든지, 지밀나인 윤연화(尹蓮華), 이월담(李月潭)이든지는 다 왕이 가장 신임하는 사람들이다.

왕은 잠시라도 쓸쓸하고 뒤숭숭한 궁중 생활을 떠나서 하루 저녁으로 사랑하는 동기들과 같이 유쾌히 지낼 양으로 내시들까지도 물리고 극히 종용하게 윷도 놀고 이야기도 하고 과일 등속도 잡수시고, 혹은 안석에 기대기도 하고 혹은 베개도 말고 팔 굽이를 베고 누워서 다리도 버둥거리었다. 왕은 이날에 심히 유쾌하신 모양이었다.

경혜공주, 경숙옹주 두 분 누님도 왕이 기뻐하심을 만족히 여기어 아무쪼록 흥을 깨뜨리지 아니하도록 여러 가지로 장난할 것을 장만하였다.

왕이 등극하시면서 곧 왕과 동갑이거나 한두 살 위아래 되는 계집아이 넷을 나인으로 택하여, 항상 왕의 곁에 있어서 시종하고 장난 동무도 하게 하였다. 나인이라 하지마는 이러한 경우에는 큰 세력이 따라다니므로 그 네 아이 중에는 양반집 딸이 둘이나 있었다. 어리신 왕이 장차 왕후를 책립하실 때에 다행히 간택에 들면 그 딸의 아버지는 국구(國舅)로 한번 세도를 하여볼 수 있는 까닭이다. 그 양반집 두 딸이란 것은, 하나는 판돈령부사 송현수(宋玹壽)의 딸이요, 하나는 의정부 우참찬 정인지의 질녀였다. 둘이 다 상감보다도 한 살 위여서 열네 살이요, 덕은 자라난 뒤에야 알겠지마는 재색이 겸비하였었다.

이렇게 지체 좋고 세력 있는 집에서 딸을 궁녀로 들여보내는 것은 그리 흔치 아니한 일이지마는, 이때에 있어서는 기실은 왕후 후보자였던 것이다.

이 네 아가씨들은 국상 중이라 비록 채색옷은 못 입는다 하더라도, 온 장안을 떨어서 골라낸 인물이라 몸가짐일지 목소릴지 꽃송아리와 같이 아름다웠다. 아직 남녀의 정을 알 까닭도 없고 권세도 알 까닭이 없지마는, 그래도 저마다 어리고 아름답고 인자하고 다정하신 왕에게 깊이 정이 들어 다투어 왕께 가까이하려 하였다.

왕도 이 어린 궁녀들을 사랑하였다. 아름답다든지 얌전하다든지 영리한 것도 다 제치어놓더라도, 동갑 사이의 어린 동무로도 깊이 정이 들 것은 자연한 일이었다. 그중에도 왕은 송씨와 장씨 두 사람을 더욱 사랑하였다. 정씨는 특별히 미워함은 아니나 까다롭고 쌀쌀한 정인지를 생각할 때에는 그의 질녀 되는 정씨도 정이 떨어지었던 것이다.

이 네 아기 궁녀도 물론 왕을 따라 영양위 궁에 왔다. 왕이 가시는 곳에는 반드시 이 네 계집아이가 따랐다. 이 네 계집아이(송씨, 정씨, 장씨하고 또 하나는 한씨)는 왕에게 가장 친근한 이로, 모든 사람의 부러워함을 받았다. 이날도 왕께 대하여 끝없는 사랑을 가진 경혜공주는 아무리 동기라 하더라도 군신지분이 있으니 그 애정을 직접 왕께 표하지는 못하고, 어린 아기 궁녀들에게 대신으로 주는 듯하였다.

이렇게 이날 밤 영양위 궁 안방에는 기쁨과 정다움과 웃음이 차고 넘치어 밤이 깊을수록 더욱 그 즐거움이 깊어가는 듯하였다. 혹시 피차에 몸에 입은 상복을 바라보고는 승하하신 부왕을 생각하여 잠시 눈물이 고이는 때도 있었지마는, 그래도 은 촛대 휘황하게 밝은 촛불 빛에는 눈물조차 한숨조차 아름답고 즐겁게 되고야 마는가 싶었다.

협실에 멀리 모시고 있는 늙은 상궁들과 내시들도 모두 마음 놓고 하사하시는 술과 음식에 취코 배불러, 가느단 눈으로 어리신 성상의 만수무강하시기를 빌고 있었다.

그러나 이 화평한 시간은 오래가지를 못하였다. 영양위 궁 대문 밖에는 난데없는 말발굽 소리가 울리었다. 수양대군이 감순(監巡) 홍달손의 부하인 순군(巡軍) 이백 명과 한명회가 거느린 무사 백 명의 옹위를 받아 상감의 행재소인 영양위 궁으로 달려온 것이다.

이 삼백여 명 군사의 들레는 소리는 영양위 궁 안방에까지 들리었다. 방금 어린 네 궁녀가 손을 마주 잡고 돌아가며,

"달아 달아 밝은 달아, 이태백이 놀던 달아."

를 부르던 때다. 왕은 놀라는 듯이 손을 들어 궁녀들의 노래를 막으며,

"바깥이 왜 이리 소란하냐?"

하시었다.

왕은 높은 지위에 있는 이만 가지는 의혹의 눈으로 바라보며 한 번 더

"이게 웬 인마(人馬)의 소린고?"

하신다.

공주들도 놀라서 왕과 같이 귀를 기울이고, 어린 궁녀들도 노래를 그치고 눈이 동그래서 왕과 공주를 바라보았다.

"아마 순군들이 순 도는 소린가 보오."

하는 지밀나인 윤연화가 아뢴다.

"그렇기로 저렇게 요란할까. 승정원에 알아 올리라 하여라."

하고 왕은 안심을 못 하시는 모양이었다.

나인은 내시에게로 달려가고, 내시는 사랑에 임시로 있는 승정원으로 달려갔다.

이때에 수양대군은 영양위 궁 대문에 와서 시급히 상감께 주달할 일이 있으니 정원(政院)을 부르라 하여 입직 승지 최항이 뛰어나왔다. 그러나 밤이 깊은지라 문을 열지 아니하고 문틈으로 서로 말을 주고받고 하였다.

최항은 입직하기 전에 벌써 정인지에게서 오늘 일의 계교를 들었으므로, 내심으로는 수양대군이 이제나 오나 저제나 오나 하고 기다리었던 터이다. 만일 최항이 아니 하려면 이 밤에 수양대군이 상감께 뵈옵지 못할 것이요, 상감께 뵈옵기 전에 김종서 죽인 소문이 영의정 황보인이나 병조판서 민신의 귀에 들어가면 수양대군의 일은 수포에 돌아갈 것이니, 그리되면 지금 거느리고 온 삼백 명 군사로 영양위 궁을 들이치고 성즉군

왕(成則君王) 패즉역적(敗則逆賊)의 최후 수단을 써야만 될 것인즉, 아직 여기까지는 나아갈 용기도 없고 준비도 없는 것이다. 이러므로 이날 최항 한 사람의 향배는 수양대군에게는 대단히 큰일이었다.

최항도 비록 정인지의 부탁도 받았고 또 이번 일이 잘만 되면 일신의 부귀도 얻을 줄은 알지마는, 그래도 정작 수양대군을 대하고 보니 곧 문을 열기가 어려웠다. 만일 수양대군을 들였다가 일은 틀리고 상감의 노여심만 받으면 어느 귀신이 집어가는지도 모르게 모가지가 날아날 것이다. 최항은 두근거리는 가슴을 안고 주저하였다. 수양대군이 문 열라는 재촉이 성화같으면 성화같을수록 최항은 어찌할 바를 몰랐다.

수양대군은 최항이 주저하는 뜻을 짐작하였다. 만일 김종서가 이미 죽은 줄만 알면 최항도 안심하리라. 이렇게 생각하고 수양대군은 대문 틈에 입을 대고 들릴락 말락 한 음성으로,

"적괴는 벌써 없애버렸네."

하고는 다시 소리를 높이어,

"긴급히 친계(親啓)할 일이 있으니 정원은 바삐 문을 열라."

하고 외치었다.

그제야 최항은 문 지키는 군사를 시키어 문을 열게 하였다.

내금위 봉석주도 벌써 정인지의 부탁을 받은 것은 말할 것도 없다.

삐걱하고 문이 열리며 문안에 들어서는 길로 수양대군은 최항의 손을 잡았다. 최항은 황공하여 두 손으로 수양대군의 손을 받들어 잡고 허리를 굽히었다.

법대로 하면 입직 승지가 먼저 상감께 여쭈어 알현을 허하심을 받는 것이 옳지마는 수양대군은 최항의 손목을 잡아끌고 자기가 앞서서 안으로

들어갔다.

이때에는 밖에서 무엇이 요란하냐, 알아 올리라는 왕명을 받들고 승지한테 나왔던 내시가 뛰어 들어가서 수양대군이 무슨 긴급히 주달할 말씀이 있으니 문을 열라고 한다는 뜻을 아뢴 후였다.

"이 밤중에 무슨 긴급한 일이 있담. 그렇기로 왜 군사는 그리 많이 데리고 다녀."

하고 왕은 더욱 의심스러운 듯이 늙은 내시를 바라보았다. 늙은 내시의 낯빛에도 안심 못 되는 빛이 있었다.

왕은 벗어놓았던 의관을 정제하려 하였다. 무서운 숙부를 이렇게 풀어헤친 모양대로 대할 수는 없었던 것이다. 공주들과 영양위 정종과 나인들은 모두 옷깃을 바루고 일어났다.

그러나 방에 흩어지었던 윷가락과 밤, 잣 같은 것을 다 치우기도 전에 퉁퉁 하는 소리가 나며 수양대군이 썩 들어섰다.

왕은 수양대군이 들어오는 것을 보고 한 손으로 사모를 바로 쓰며 한 손으로 띠를 바로잡았다.

수양대군은 살기 있는 눈으로 방 안을 한번 둘러보고 왕이 자리에 앉으시기를 기다리어 그 앞에 꿇어 엎드리었다.

"인(仁), 종서(宗瑞) 놈들이 모반을 하옵기로 일이 급하와 미처 여쭙지 못하옵고 적괴 종서를 베이옵고 그 연유를 상감께 아뢰오."

하였다.

수양대군의 말에 왕이 깜짝 놀라며,

"인과 종서가 모반을 하여?"

하고 소리를 높이시었다.

194

"그러하외다. 인, 종서가 겉으로는 충성이 있는 체하면서 속으로는 안평대군 용(瑢)과 왕래하옵고 광식친당(廣植親黨)하와 분거중외(分據中外)하옵고, 음양사사(陰養死士)하여 비사후폐(卑辭厚幣)로 힘쓰고, 무예 있는 잡류를 모아들이옵고 변읍(邊邑) 병기를 가만히 서울로 실어 들이어 불궤를 도모한 지 오래외다. 신(臣)은 그 눈치를 안 지 오래오나 미리 발설하면 도리어 상감께 위태하심이 있을까 하와 가만히 그놈들의 형세를 살피옵더니, 오늘 시월 십일에 상감께서 영양위 궁에 거둥하시는 기회를 타서 밤 오경에 영양위 궁을 엄습하려는 꾀를 세운 줄을 아옵고, 신이 몸소 종서의 집에 가서 종서를 죽이고 오는 길이오나 아직 여당(餘黨)이 남아 있사오니 형세가 자못 위급하옵니다."

하고 수양대군이 아뢰었다.

왕은 더욱 놀라시며,

"아니, 그럴 수가 있겠소? 인과 종서가 무엇이 부족하여 역모를 하다니. 그럴 수가 있겠소?"

"늙은것들이 심히 음흉하외다. 상감께서 어리신 것을 타서 안평대군을 세우려 함이외다."

"안평대군이라니? 안평 숙부가 나를 반한단 말이오?"

하고 왕은 수양대군을 바라보았다.

수양대군은 차마 왕의 눈을 바로 바라보지 못하여 고개를 숙이며,

"안평이 담담정과 무이정사를 이룩하고 천하의 선비를 모아들이는 것이 다 까닭이 있는 것이외다."

하고 왕의 주의를 안평대군에게로 끌려고만 하였다.

수양대군의 말을 들어보면, 어린 왕의 생각에 또 그럴듯도 하였다. 더

구나 이 밤으로 자기를 해하려 올 계획을 하였다 하니 열세 살 된 왕에게
겁이 앞설 것도 자연한 일이다. 수양대군이 이처럼 자기 앞에 부복한 것
을 보면 당장 수양대군이 자기를 해할 것 같지는 아니하였다. 그렇다 하
면 이 처지에 있어서 왕이 믿을 곳은 수양대군밖에 없는 것 같았다. 더욱
이 수양대군의 용모에 부왕과 비슷한 데가 있는 것을 보고는, 왕은 숙부
인 수양대군을 의지하는 생각이 더 나는 듯하였다.

"그러면 인, 종서와 같이 역모에 참예한 놈이 몇 놈이나 된단 말이오?"
하고 왕은 어린아이답지 아니 한 말을 물으시었다.

수양대군은 옳다구나 하는 듯이,

"좌찬성 이양(李穰)허옵고."

하고 꼽기를 시작한다.

"이양이라니? 이양이면 종실 아니오?"

하고 왕은 한 번 더 놀라고 의심하는 빛을 표하였다. 이양은 태조대왕의
서형의 아들이다.

"그러하외다. 이양도 안평의 패외다."

"또."

하고 왕이 재촉하신다.

"병조판서 민신허옵고, 이조판서 조극관허옵고……."

"어, 병조판서, 이조판서도?"

"예, 그러하외다. 민신, 조극관이 본래 종서의 무리외다."

"그러면 정부와 육조가 다 역모에 들었단 말이오?"

"윤처공, 이명민, 원구, 조번 등은 안에서 응하옵고, 함길도 절제사 이
징옥은 종서의 심복이옵고, 종성부사 이경유는 이징옥의 명을 받아 병기

를 종서의 집으로 실어 왔삽고, 평안도 관찰사 조수량(趙邃良), 충청도 관찰사 안완경(安完慶)은 다 이 무리외다."

수양대군이 역적이라고 꼽는 사람을 보니, 대개가 부왕이신 문종대왕의 고명을 받은 사람들이라 아니 놀랄 수가 없었다.

"그래, 그 사람들이 다 역모를 하였단 말이오? 아바마마의 고명을 받은 사람들이?"

하고 왕은 진실로 무서움에 눌리어 몸이 떨림을 깨달았다.

황보인, 김종서, 이양은 말할 것도 없거니와 민신, 조극관도 어린 생각에나마 왕이 잘 알고 믿던 바다. 선조께서도 왕의 등을 만지시며 그 사람들의 충성을 말씀하시고, 어떤 사람이 참소를 하더라도 결코 의심하지 말고 끝까지 믿으라고 유훈이 계시었다. 아바마마를 가장 믿으시는 왕은 아바마마의 유훈을 한마디라도 의심할 수는 없었다. 게다가 늙고 충성스러운 내시 김연과 한숭 두 사람도 매양 황보인과 김종서 등의 충성을 일컬었다. 태종대왕 때부터 충성으로 신임을 받아오는 이 두 늙은이가 여러 대관들의 성질을 잘못 알 리가 없고 또 왕에게 거짓말을 할 리가 없는 것이다.

그렇지마는 목전에 친숙부 되는 수양대군이 있지 아니한가. 오늘 밤으로 나를 해하려고 역모를 하는 것을 이 숙부가 알았다고 하지 않는가. 아무리 신하들이 충성되기로 부자나 다름없는 혈족의 친함에 비기랴.

왕은 무서움과 의심됨과 놀라움의 엉클어진 정서에 얽히어 어찌할 줄을 몰랐다. 그러나 이렇게 어려운 때에 늘 하던 습관으로 방 한편 구석에 읍하고 섰는 김연, 한숭 두 내시를 바라보시며,

"그렇게 너희들이 충신이라고 일컫던 인과 종서가 역모를 한다는구나."

하시었다. 두 내시는 수양대군이 들어온 뒤에 얼마 있다가 들어왔으므로, 왕은 그들에게 일변 사정을 알리고 일변 그들의 의견을 들으려 하는 것이었다.

늙은 내시들은 김종서가 수양대군의 손에 죽은 줄을 알았고, 그렇다 하면 이것이 모두 수양대군의 음모인 줄도 알았다. 다만 모르는 것은 수양대군의 야심이 어디까지나 가서 그칠까 함이었다. 만일 황보인, 김종서나 치워버리고 만다 하면 참을 수도 있으려니와, 수양대군이 어리었을 때부터 길러내나 다름이 없는 김, 한 두 내시는 수양대군의 야심이 거기에만 그치지 아니하고 반드시 용상에 올라앉는 것임을 짐작한다. 그렇다 하면 늙은 목숨이 마지막으로 충성을 다할 때가 이때다. 천하고 늙은 몸이 아무것도 가진 것이 없고, 있는 것이 오직 물불도 가리지 아니하는 한 조각 충성된 마음과 부월로도 능히 굽히지 못할 곧은 혀가 있을 뿐이다.

김연은 두 눈에서 흐르는 눈물도 씻으려 하지 아니하고 두어 걸음 왕의 앞으로 기어 나와 엎드리어,

"소인 김연이 아뢰오. 소인이 비록 천한 놈이오나 태종대왕마마 때부터 지존께 가까이 모시와 금상마마까지 사조(四朝)로 모시오니 이래 사십 년이 넘었사옵고 그동안에 들고 난 문무 제신을 모르는 이가 없사옵거니와, 문장 도덕이라든지 경국제세지재(經國濟世之才)는 소인 같은 천한 놈이 알 배 아니오나 지약충성하와는 황보인, 김종서를 따를 사람이 없사온 줄을 버러지 같은 소인만이 아는 것이 아니오라, 동방 요순이옵신 성주(聖主) 세종대왕께옵서도 매양 칭찬하옵시었고, 선조께서도 특히 그 충성을 일컬으시와 주상 전하를 보좌하옵도록 고명이 계시오니, 상전이 벽해가 되옵고 한강에 물이 마를 날이 있사옵더라도 인과 종서 두

대신이 모반을 하리라고는 비단 소인뿐 아니라 천지신명도 생각지 아니하리라고 생각하오. 수양대군 나으리께서 상필 무엇을 잘못 알고 하심인 듯하오니, 복원 성상께옵서는 밝히 살피시와 뿌리 없는 참소를 가벼이 믿으시고 국가의 동량이 되는 충신들을 잃지 마시옵소서."

하고 금시에 피라도 날 듯이 이마를 조아리니, 뒤에 엎드리었던 늙은 내시 한숭도 수없이 머리를 조아리며,

"연(衍)의 말이 지당하오."

한다.

실내에는 처참한 기운이 돈다.

수양대군은 살기 있는 눈을 들어 김연을 노려보았다.

왕은 수양대군과 늙은 내시 연을 번갈아 보며 고개를 끄덕끄덕하시었다.

연은 이 기회를 타서 한 번 더 힘 있게 말할 것이라고 생각하고 떨리는 음성으로,

"대저 역모란 것은 국가에 대하여 불평과 원망을 품는 자가 하는 일이외다. 인은 벼슬이 영의정이옵고, 종서는 좌의정이옵고, 그 밖에 이양, 민신, 조극관 같은 사람들이 벼슬이 공경에 달하여 영화가 극하옵거든 무엇을 더 바라고 천벌을 두려워할 줄 모르고 역모를 하오리이까. 이로 보아도 인과 종서가 모반을 한다 하옴은 말이 되지 아니하는 말인가 하오. 또……."

하고 연의 말이 다 끝나기도 전에 한숭은 이마를 조아리며,

"상감마마, 과연 연의 아뢰는 말씀이 지당한 줄 아뢰오. 만일 참소를 들으시옵고 충신을 해하옵시면 스스로 우익(羽翼)을 자르심과 다름이

없사외다. 황보인이가 역심을 품는다고 하면 누가 곧이듣겠소리까. 하물며 김종서의 충성을 의심하옵신다 하면 백세에 웃음을 끼치실 줄로 아뢰오. 아뢰옵기 황송하오나 수양대군 나으리께오서는 어느 간사한 무리의 거짓말을 믿으시고 경동하심인가 하오니, 복원 성상은 밝히 살피시오."
한다. 그 말이 마디마디 사람의 폐부를 찌르는 듯하였다.

수양대군은 참다못하여 벌떡 일어나 칼자루에 손을 대었다.

"네 이 요망한 늙은것들이! 상감이 어리신 것을 기화로 여겨 역적 놈들과 내통한 죄만 하여도 만 번 죽어 아까움이 없거든, 하물며 주상 전하 앞에서 무엄한 입을 놀리고 또 나를 잡으니, 네 이 요망한 늙은것들이 모가지 아까운 줄을 모르느냐!"
하고 수양대군은 왕을 향하여,

"상감, 이 두 늙은 놈이 적괴 종서 놈의 심복이외다. 이 능구리 같은 놈들이 또 무슨 흉계를 할는지 알 수 없으니 이 두 놈을 신에게 내어주시오."
하고는 왕이 아무 말씀도 하시기 전에 칼을 빼어 들고 김연, 한숭 두 늙은 내시를 어르며,

"냉큼 물러나거라!"
하고 호령을 한다.

김연은 고개를 번쩍 들어 수양대군을 노려보며 소리를 가다듬어,

"나으리가 아무리 나라의 숙부시기로 군신지분이 지엄하거든 감히 성상 앞에서 무엄히 칼을 빼니 이것을 차마 하거든 무엇은 못 하겠소? 나으리가 먼저 물러나가 계하에 대죄하는 것을 보기 전에는 늙은 김연이 살아서는 상감마마 곁을 아니 떠날 줄 아시오."

하는 소리에는 마디마디 서리가 날린다.

"이 요망한 천한 것이!"

하고 수양대군의 칼은 촛불에 번쩍하며 김연의 늙은 목을 내리치었다. 목은 방바닥에 떨어지어 구르고 피는 솟아 상감의 옷자락을 붉게 물들이었다.

"나으리, 눈을 보니 충신의 피를 많이 흘리게 생겼소. 나으리 손에 죽는 사람이면 충신 아닐 이 없으니, 었소, 나도 죽이시오. 내 늙은 목은 마음대로 베이더라도 부디 외람된 마음일랑 먹지 마시오. 충신의 피가 어느 때에나 소리를 치는 것이외다."

하는 한숭의 말이 끝나기도 전에 수양대군의 칼은 한숭의 왼편 어깨에서 비스듬히 가슴을 내리베었다.

경혜공주와 경숙옹주는 기색하여 쓰러지고, 궁녀들은 방구석에 달라붙어서 발발 떨었다. 승지 최항도 무릎이 덜덜 떨리고 이가 딱딱 마주치었다.

오직 늙은 궁녀 윤연화가 두 팔을 쩍 벌리고 왕과 수양대군 사이에 썩 나서서 몸으로 왕을 가리며,

"나으리, 너무 무엄하지 않소?"

하고 소리를 질렀다.

수양대군의 칼이 늙은 궁녀를 범하려 할 때에 왕은 황망히 수양대군의 칼 든 팔에 매어달리시며,

"숙부, 날 살리오!"

하고 소리를 내어 울으시었다.

수양대군은 왕의 우는 얼굴을 굽어보았다. 비록 심히 숙성하신 왕이라

하더라도 우는 얼굴은 더욱이 어리시게 보이었다. 수양대군은 피 묻은 칼을 옷자락으로 씻어 칼집에 넣었다.

수양대군은 왕께 대하여 잠시 측은한 마음이 생기었다. 그렇지 아니하더면 두 늙은 내시를 베던 칼로 왕을 해하였을는지 모른다. 그것은 수양대군 자신도 모르는 것이다.

"그것은 어렵지 아니하외다. 역적 놈의 괴수는 벌써 죽었으니 다른 놈들을 없애기는 여반장이외다. 신이 잘 처치할 것이니 상감은 주무시오."

하고 승지 최항을 시키어 명패(命牌)를 내어 영의정 황보인, 좌찬성 이양, 이조판서 조극관 이하 요로 대관을 부르라 하였다. 좌의정 김종서는 이미 죽었고, 우의정 정분은 전경(全慶) 도체찰사로 아직도 돌아오지 아니하였고, 병조판서 민신은 현릉 비석소(碑石所)에 가 있었기 때문에 이 밤에는 아니 불렀다.

이렇게 수양대군이 섭정이나 된 듯이 자행자지(自行自止)하는 것을 보고도 인제는 말 한마디 할 사람도 없었다. 최항은 인제는 수양대군이 세력을 잡을 것이 분명한 것을 보고 안심하여 족불부지하게 정원인 사랑으로 뛰어나가 선전관 한회에게 명패를 내어주어 제재(諸宰)더러 즉각으로 입내하랍시는 어명을 전하였다.

상감은 목전에 김연, 한숭 두 내시의 피 묻은 시체가 놓인 것을 보고, 또 수양대군의 허리에 피 묻은 칼이 있는 것을 보니 이 자리에 잠시도 머물러 있을 마음이 없었다. 그래서 환궁하실 뜻을 말씀하시었으나 수양대군은 적도(賊徒)를 다 소멸하기까지는 환궁하시는 길이 위태하다는 핑계로 왕을 붙들었다. 수양대군이 "못 하오." 하면 왕은 다시 두말을 할 용기가 없었다.

수양대군은 영양위와 공주를 불러 상감을 종용한 다른 방으로 옮겨 모시어 주무시게 하기를 부탁하였다. 영양위도 일각이라도 바삐 수양대군 앞을 떠나기만 원하였으므로 수양대군의 말대로 왕을 부액하여 별당으로 모시고 공주와 경숙옹주와 나인들도 뒤를 따랐다.

수양대군도 왕을 호위하여 침소까지 이르러 다시 왕께 안심하고 주무실 것을 말하고 물러나오려 할 때에,

"군사를 시켜 밖을 지키게 할 것이니 무서우실 것 없습니다. 적도들은 신이 다 처치하겠으니 상감은 안심하시고 주무시오."

하고 한 번 더 안심하시기를 청하였다. 왕은 겨우 눈물을 거두시며,

"숙부, 황보인은 선조 중신(重臣)이니 죽이지는 마오."

하시었다.

수양대군은 못마땅한 듯이 왕을 한 번 노려보고 물러나갔다.

수양대군이 물러나간 지 얼마 아니 하여 군사들이 별당을 에워싸는 소리가 들리고, 창부리를 언 땅에 울리는 소리가 사람의 몸에 소름이 끼치게 하였다.

그러한 소리가 날 때마다 왕은 깜짝깜짝 놀라시는 모양을 보이시었다. 아까까지는 나라의 모든 군사들은 다 왕 자기만을 위하고 지키는 듯하더니, 이제는 그들은 모두 수양대군의 편이 되어 사방으로서 왕을 해하려는 것만 같았다.

영양위 정종이 왕의 침소에서 물러나가려고 하직 인사를 할 때에 왕은 그 팔을 붙들며,

"어디를 가오? 여기 같이 있어서 어찌 되는 양을 봅시다."

하고 붙들어 앉히고, 누님들과 궁녀더러도,

"아무러기로 오늘 밤 잠자기는 틀렸으니 이렇게 모여 앉아서 세상이 어찌 되나 보자."

하시고 물러가지 말라 하시었다.

이 말씀에 모두 소매로 낯을 가리었다.

왕은 정종의 말들 들어 훈련도감 성승에게 밀서를 내리시려 하였으나, 나인 하나만 마당에 나서도 군사가 내달아 어디로 가느냐 무엇 하러 가느냐 하여 두 손을 펴 보이라 하고 몸을 뒤지며 안중문 밖으로는 고양이 하나 얼씬 못 하게 하니 그 계획도 수포로 돌아가고 말았다(성승은 성삼문의 아버지다).

왕의 침소에서는 왕 이하로 칠팔 인 사람들이 마치 갇힌 새 모양으로 가슴을 두근거리며 맥맥히 서로 바라보고 밖에서 들리는 소리에 귀만 기울이었다.

이따금 경혜공주와 경숙옹주의 참다못하여 터지는 울음소리가 방 안에 울려 사람들의 분함과 슬픔을 자아내었다.

"그놈 최항이 놈도!"

하고 정종은 이를 갈았다.

수양대군은 감순 홍달손의 군사로 대문과 뒷문과 담 밖을 에워싸 제일문을 삼고, 내금위 봉석주의 군사로 첫 중문을 지키게 하여 제이문을 삼고, 수양대군 궁에서 사사로 기른 소위 무사로 안중문을 지키어 제삼문을 만들어 쥐 한 마리 물 한 방울 샐 틈 없이 철통같이 짜놓고, 다른 일대 군사로는 상감을 시위한다는 명목으로 별당인 상감의 침소를 에워싸 아무도 뒷간 출입 외에는 들고 나지를 못하게 하였다.

그러고는 홍달손이 첫 문에 지키어 있어 대관이 부르심을 받아 들어오는 대로 첫 문에서 종자(從者)를 떼게 하고, 봉석주가 둘째 문을 지키어 들어오는 대관의 벼슬과 이름을 큰소리로 외우기로 하고, 그리하면 문 안에는 한명회가 생살부를 들고 앉았다가 봉석주가 부르는 이름이 사부(死簿)에 있는 자면 일어나 맞는 체하고 손을 들어 죽이라는 군호를 하고, 그리하면 문 뒤에 숨어 섰던 홍윤성, 양정 및 함귀(咸貴) 등의 역사가 철여의를 들어 단개에 박살하도록 하고, 만일 이름이 생부에 오른 자면 인도하여 제삼문을 들어가 수양대군이 입직 승지 최항을 데리고 앉은 대청으로 불러들이어 황보인, 김종서 등이 과연 역모를 하였다는 다짐 책에 이름을 두게 하고, 만일 듣지 아니하면 도로 문밖으로 내치어 철여의로 끝장을 내도록 작정하여놓았다.

밤은 점점 깊어가는데 영양위 궁 안마당과 바깥마당과 후원은 초롱불로 마치 불난 집 같고, 그 불빛에 군사들의 든 창끝이 무섭게 번쩍번쩍하였다.

"이게 어디 오나. 어느 놈이 먼저 내 철여의 맛을 보려는고."

하고 손으로 시커먼 철여의를 한번 만지는 것은 양정이다.

"아따 이 사람, 자네는 벌써 종서 놈을 하나 잡지 아니하였나. 생각하면 분하이. 내가 아까 그놈의 집에를 갔다가 왜 그저 돌아온담. 그놈은 꼭 내 손으로 잡았어야 할 게야."

하고 홍윤성은 목전에 누구를 보는 듯이 무섭게 노려보며,

"이놈! 하고 그놈을…… . 그놈을…… ."

하며 이를 득 간다. 윤성은 종서의 손자에게 뺨을 얻어맞던 생각이 나는 것이다.

"이 사람, 사람 다치리. 자네 따위가 종서 앞에 가면 고양이 본 쥐같이

기운을 못 썼을 것일세. 지금 여기서나 큰소리를 하지."

하고 빈정대는 것은 함귀다.

한명회는 이 작자들의 말은 들은 체 만 체하고 갓을 푹 수그려 쓰고 초롱불에 생살부를 펴놓고 책장을 넘기며 어떤 이름을 사부에서 생부에 옮기기도 하고, 또 어떤 이름은 생부에서 사부에 옮기기도 한다. 오늘 밤으로 대관의 죽고 살기는 전혀 한명회의 마음에 달린 것이다. 명회는 과연 소원대로 염라대왕이 된 것이다.

"한 놈 들어왔으면 좋을 텐데."

하고 홍윤성이 철여의를 번적 들어 사람 치는 연습을 하는 모양으로 한 번 허공을 내리친다.

명회도 어서 그 젠체하는 고관대작들이 들어와서 자기의 군호 한 번으로 미친개 맞아 죽듯이 맞아 거꾸러지는 양을 보고 싶었다.

"흥, 아니꼬운 놈. 조가 놈. 이놈 내가 그만치 청을 했건만 원 한 자리도 아니 주고, 이놈이 오늘 나를 보고 살려달라는 꼴을 보았으면 속이 다 시원하겠다."

하고 철여의 든 세 사람을 향하여,

"자네네들 중에 누가 그 조가 놈을 아나?"

하고 그 사팔뜨기 눈을 부릅뜬다.

"조가라니? 장안에 조가가 한 사람뿐인가."

하고 홍윤성이 웃는다.

"아, 그 이조판서 조극관이 놈 말이야."

명회의 이 말에 윤성과 양정은 서로 바라본다. 시골서 올라와서 벼슬도 못 하는 놈들이 이조판서의 얼굴을 먼발치서 우러러볼 기회라도 있었을 리가 없었다. 그중에 오직 함귀가 벼슬은 아직 전적(典籍)에 지나지 못하였으나 과거한 지 이십 년이나 되도록 각 마을로 미관말직을 다니었기 때문에 대관들의 얼굴 모르는 사람이 없었다. 더구나 벼슬 아니 올려준다고 평생에 미워하던 조극관, 황보인의 얼굴을 그믐밤에라도 못 알아낼 리가 없었다. 오늘 밤 이 중임을 맡은 것도 그 덕이었다.

"함 전적 나으리가 중방 밑 귀뚜라미니까 잘 알겠군."

하고 홍윤성이 웃는다.

함귀도 한명회의 이른바 불평객 중의 하나다. 그가 수십 년 환로에 옥관자 하나 못 얻어 붙이고 매양 불평한 눈치를 보고 명회가 수양대군의 이름을 팔아서 끌어온 것이다. 함귀는 늘 혼자서 이 힘센 팔을 언제나 한번 시험할 날이 올꼬, 하고 있었다.

수양대군 휘하에 들어가서는 각 마을의 내정과 대관들의 언동을 염탐하는 일을 맡았고, 오늘 밤에는 들어오는 사람이 누구인지를 알아내는 직분을 맡은 것이다. 함귀가 보기에 누구나 높은 벼슬로 있는 놈은 다 자기의 원수건마는, 그중에도 미운 것은 황보인과 김종서와 민신과 조극관이었다.

"이놈들이 나를 괄시하고……."

이렇게 그는 대관들을 원망하였다. 황보인, 김종서가 특별히 함귀를 괄시한 것도 아니었건마는, 자기를 특별히 사랑하여 원 한 자리도 아니 시키어주는 것은 곧 자기를 괄시함이었다. 오늘 밤에 그는 이십 년래에 쌓이어온 분풀이를 한번 실컷 하게 되었다. 이 점으로 함귀는 한명회와 동지였다.

"조극관이면 내가 길러내었네."

하고 귀는 명회를 보고 웃었다.

"응, 자네가 잘 알겠네그려. 자네도 어지간히 그놈한테 청도 해보았을 터이지."

하고 명회가 붓대를 서안에 던진다.

"군자가 그런 애자지원(睚眥之怨)을 염두에 두겠나."

하고 귀는 소매를 들어 콧물을 씻는다.

"군자!"

하고 홍윤성이 껄껄 웃으며,

"군자 다 집어치워라 얘. 쇠몽둥이로 사람 잡는 놈이 군자는 무슨 빌어 먹다 죽을 군자야, 군자."

하고 아니꼬운 듯이 땅에 침을 퉤 뱉고는 발로 쓱쓱 비빈다.

윤성의 말에 귀는 부끄러운 듯이 머쓱하고 명회는 고개를 끄덕끄덕하고 코웃음을 한다. 명회도 윤성의 말이 좀 듣기가 거북하였던 것이다.

이때에 밖에서 대문 열리는 소리가 들리고 두런거리는 소리가 들린다. 명회는 무엇이 자기의 얼굴을 들여다볼 것을 두려워하는 듯이 얼른 한 손으로는 망건편자를 만지고 한 손으로는 붓을 들어 생살부 껍데기에다가 되는 대로 글자를 끄적거리었다. 그 글자 중에는 '공경 경(敬)' 자와 '멍에 양(襄)' 자가 많이 있었다. 무심히 끄적거리는 중에도 경덕궁(敬德宮)이란 것과 양양(襄陽)이란 것이 생각이 났던 모양이다. 이렇게 아무 죄도 없는 사람의 목숨을 많이 죽이어서라도 일신의 부귀영화의 욕심을 채우는 것보다는 경덕궁에 궁직으로 기왓장이나 벗겨 팔아먹고 사는 것이, 또는 양양에 도적 두목의 편지나 써주고 얻어먹고 사는 것이 편안할 걸, 하고 명회도 모르는 사이에 명회의 마음이 뉘우치는 것이나 아닌가.

명회만 아니라 그렇게도 팔을 뽐내던 홍윤성, 양정도 담 밑에 착 달라붙어서 눈이 멀뚱멀뚱하고, 함귀는 더구나 안절부절을 못 하는 듯이 발을 들었다 놓았다 하고 있다. 무릎이 떨리는가 보다. 그러나 오늘 저녁에 잘하지 아니하면 일생 영화는 아주 달아나고 마는 것이다. 그저 눈 꽉 감아라! 쓴 약 먹는 모양으로 눈 꽉 감고 꿀떡 삼켜라! 이렇게 스스로 편달하면서 함귀는 정말 무엇을 삼키는 듯이 눈을 꽉 감고 꿀떡 삼키었다. 그렇게 마음을 맵게 먹으면 저으기 무릎 떨리는 것이 덜하는 듯하였다.

"의정부 좌찬성 이양!"

하고 봉석주가 홀기(笏記) 부르듯이 길게 부르는 소리가 나자 백발이 성성하고 키 꼴 큰 점잖은 늙은 대관 한 분이 사모관복에 손을 읍하고 머리를 약간 숙이고 바로 상감 앞에 있는 듯한 조심하는 태도로 중문 안으로 들어선다. 유덕하기로, 근엄하기로 이름 높은 이양이다.

이양이면 명회의 손에 있는 사부에 셋째로 이름이 오른 사람이다. 첫째가 김종서, 둘째가 황보인, 셋째가 우의정 정분이라야 옳을 것이건마는, 정분은 전경도 도체찰사로 밖에 있기도 하려니와 그렇게 중요하게도 보지 아니한 것이다.

한명회는 손에 들었던 붓으로 이양이란 이름 위에 점 하나를 치고는 벌떡 일어나며 손을 들었다.

그제야 이양도 좀 수상하게 생각하였다. 행재소면 변시(變時) 궁중이거늘 중문 안에 웬 불량스러운 선비 같기도 하고 한량 같기도 한 것들이 헌 망건, 때 묻은 중추막으로 구석구석이 늘어서고, 게다가 웬 괴물 같은 작자가 사팔뜨기 눈을 번적거리며 자기가 들어오는 것을 보고 손을 번적드니 이것이 수상하지 아니할 리가 없었다. 그래서 이양은 잠깐 걸음을 멈추고 사방을 돌아보려 하였다.

이때에 함귀가 문 그늘에서 살랑살랑 걸어나오더니 이양의 앞에서 읍한다. 이것은,

"이것이 분명히 이양이다."

하는 뜻이다. 귀는 관복을 입었었다.

이양은 귀를 어렴풋이 알아보고 저으기 의혹을 푼 듯이 다시 걸음을 옮겨놓았다.

그러나 이양이 두 걸음을 옮기기도 전에 홍윤성과 양정의 철여의가 이양의 머리와 등을 동시에 내리치었다.

이양은 소리도 없이 땅에 거꾸러지어 입으로 피를 토하였다.

함귀도 가만히 있어서는 공이 깎일 것 같아서 눈을 뜨고 피거품 문 입을 움직이려 하는 이양의 양미간을 철여의로 내리바수었다. 얼굴은 알아보지도 못하게 으깨어지고 말았다.

그렇게 점잖고 엄숙하던 이양은 피투성이 송장이 되어 누웠다. 진실로 '아이고' 소리 한마디 아니 나고 사람의 목숨 하나가 끊어지었다.

"이 사람."

하고 윤성이,

"한림학사 사람 치는 법은 그러한가. 그렇게 낯바닥을 바사버리면 누군지 알 수가 있나."

하고 함귀를 보고 픽 웃는다.

'이놈이. 이 종의 자식 놈이 인제는 사뭇 허게를 하려 드는구나.' 하고 귀는 분하였다. 그래서 한번 윤성을 흘겨보았다.

다음에 들어온 것은 우참찬 정인지다. 집현전 교리 신숙주가 뒤를 따

랐다.

명회는 일어나 공손히 인지에게 읍하였다. 인지는 곁에 놓인 시체를 보고,

"누군가?"

하고 명회에게 묻는다.

"이양이오."

하고 명회와 귀가 일제히 대답한다. 서로 대답을 경쟁하는 듯하였다.

"인제 겨우 하나야?"

하고 인지는 불만한 듯하였다. 그러나 명회를 위로하는 듯이 한번 웃어 보이고 이양의 흘린 피를 아니 밟을 양으로 사뿐사뿐 골라 디디며 안으로 걸어 들어간다.

숙주는, 명회는 본체만체하고 함귀더러만 웃음을 바꾼다. 그러고는 명회와 윤성, 양정을 경멸하는 눈으로 한번 슬쩍 둘러보고는 역시 땅바닥에 고인 이양의 피를 피하여 피 없는 데를 골라 디디면서 인지의 뒤를 따른다.

"주리를 할 녀석."

하고 명회가 숙주의 뒤를 흘겨본다.

"흥, 이 녀석, 모든 일은 다 네가 하는 것 같지. 흥, 모두 내님의 계교야. 네까짓 놈 백 놈 있어보아라. 김종서 발가락 하나나 건드리나."

이렇게 명회는 숙주를 원망하였다. 명나라에 종사로 데리고 갔다 온 이래로 수양대군은 신숙주를 사랑할뿐더러 심복을 만들었다. 정인지를 완전히 수양대군 편을 만든 것도 신숙주의 공이 많은 것이다. 숙주는 수양대군과 정인지 사이에 혀와 같았다.

그렇지마는 한명회가 보기에는 신숙주는 자기가 세운 공을 가로채어 먹는 도적놈같이만 보였다. 가만히 앉아서 오늘 일이 패하면 나는 모르오 하고 여전히 벼슬을 다니고, 만일 성사가 되면 남보다 먼저 나서서,

"이 일은 모두 내 공이오."

하려는 것만 같았다.

"흥, 국밥 다 지어놓으니까 먹으러만 살랑살랑."

하고 명회는 인지와 숙주가 문안에 들어가고 안 보일 때까지 노려보았다.

다음에 들어온 것이 좌찬찬 허후다.

마당에 흥건한 피를 보고 깜짝 놀라 땅에 발이 붙은 듯이 우뚝 서서 사방을 둘러본다. 피 있는 곳에서 사오 보 동쪽으로 허옇게 엎어놓은 이양의 시체가 등불의 춤추는 빛을 받아 마치 들먹들먹 움직이는 것 같다.

천생 감격성이 많은 허후는 좌우에 벌이어 있는 것이 누군 줄도 보지 아니하고,

"이게 웬일이냐?"

하고 소리를 질렀다.

"역적 이양이오."

하고 귀가 읍한다.

허후는 보니, 평소에 아는 함귀다. 허후는 귀의 위아래를 훑어보더니,

"역적 이양이라니? 이양이가 언제 역적이 되었던가."

귀는 더 할 말이 없었고, 명회는 다른 데를 돌아보고 픽 웃었다.

허후도 당연히 죽을 것이지마는 작년 시월 수양대군이 명나라에 간다고 할 때에,

"지금 재궁이 빈전에 계시고 백성이 의심 속에 있거든, 나으리가 나라

에 종신이 되어 나라를 떠나시다니 될 말이오?"

한 것이 수양대군의 비위에 맞아서 이름이 사부에 오르기를 면한 것이다.

허후는 장히 못마땅한 듯이 서너 번 고개를 흔들더니 한명회, 홍윤성 등을 한번 노려보고 도로 나갈까 들어갈까를 결정하지 못하는 듯이 잠깐 주저하다가 안으로 들어간다.

허후의 그림자가 수양대군 있는 대청 앞에 다다르려 할 때에,

"이조판서 조극관!"

하고 외우는 소리가 들리었다.

허후는 무슨 일이 생기나 보자 하고 휘 돌아섰다.

중문을 통하여 함귀가 조극관 앞에 읍한 모양과 한명회가 한 손을 번적 들고 일어서는 양이 불빛에 비치어 마치 귀신과 같았다.

허후는 발을 돌려 안중문까지 나와서 가만히 내다보았다.

그중에 한 놈이 기다란 그림자를 끌고 어두운 속에서 내달으며 철퇴를 들어 조극관의 뒤통수를 갈기는 모양이다. "아이쿠" 소리도 들리는 듯 마는 듯 조극관의 관복 자락이 펄럭거리며 땅에 거꾸러지는 것이 보이고, 그러자 함귀가 발을 들어 극관의 가슴을 서너 번 차는 양이 보이고, 그중에 한 놈이 허리를 굽히어서 극관의 얼굴을 들여다보고는 몸을 흔들며 끼득끼득 웃는 소리가 들린다.

그러고는 또 한 놈이 철여의를 들어서 조극관의 면상을 내리치는 것이 보이고는, 다른 두 놈이 달려들어 극관의 몸(아마 시체일 것이다)을 발길로 굴리어서 이양의 시체 있는 곳에 밀어다 놓고, 그중 한 놈이 극관의 발목을 잡아 한편 구석으로 홱 내어던지고는 미친놈의 웃음 모양으로 깔깔깔 웃는 소리가 들린다. 그러고는 도로 아까 모양으로 조용해지고 여러

놈의 그림자는 그늘 속으로 사라지어버리고 만다.

허후는 이 광경을 다 보고 나서 "응 쩝쩝" 하고 입맛을 두어 번 다시더니 모든 의미를 알았다는 듯이 대청을 향하고 다시 걸음을 옮긴다.

김종서 부자가 수양대군의 손에 맞아 죽었다는 소식은 성문이 열리기 전에는 장안에 들어올 수가 없었다. 또 서대문, 남대문, 서소문을 지키는 군사가 이미 수양대군 편이 되어버린 홍달손의 군사고 보니 더구나 김종서 피해된 소식을 문안에 들여보낼 리가 없었다.

김종서가 기절하였다가 다시 살아나서 원구(元矩)를 시키어서 대신이 암살을 당할 뻔하였단 뜻과 상처가 중하니 내의를 하송하실 것을 상감께 아뢰려 하였으나, 서대문, 남대문이 다 굳이 닫기고 아무리 하여도 열어 주지를 아니하였다.

그래서 영의정 황보인은 김종서 집에 생긴 일도 알지 못하고, 저녁 후에 사랑에 앉아 한담하고 있었다.

이때에 선전관 한희가 와서 즉각으로 입시하라는 명을 전하고는 다른 데 갈 길이 바쁘다 하여 당에 오르지도 아니하고 말을 달리어 가버리었다.

이 뜻하지 아니한 부르심에 황보인 집은 내외가 다 놀래었다. 황보인도 방에 들어가려고도 아니 하고 마당에 우두커니 서서 눈을 감았다. 희고 기다란 수염이 가슴에 빛난다.

"초헌 내어라."

하고 인은 마침내 명령하였다.

"아버지, 들어가십니까?"

하고 근심스러운 빛을 띠고 한 걸음쯤 인의 뒤에 모시고 섰던 석(錫)이

한 걸음 나서며 아버지에게 묻는다.

인은 잠깐 아들을 보고는 그 시선을 피하는 듯이 고개로 하늘을 바라보며,

"부르시니 아니 들어가겠느냐. 내가 오래 국은을 입고 한 일이 없으되 또 큰 허물도 없나니라. 어느 때에 무슨 일이 있더라도 낭패하지 아니하도록 하여라."

하고는 초헌에 올랐다.

인의 이 말은 최후의 유언같이 들리어 석(錫), 흠(欽) 이하로 오직 고개를 숙일 뿐이요 말이 없었다.

인은 이 밤중에 위로서 부르시는 것이 무슨 뜻인지는 모르나 대문을 나서매 자연히 이번 길이 마지막 길인 것같이 생각되어서 비감함을 금치 못하였다.

지금까지 해로하여온 부인도 한 번 더 보고 싶었고, 어린 손자들도 한번 만지고 싶었다. 그러나 인은 왕명을 받아서 감을 생각하고 다만 사당을 향하여 잠깐 읍하여 혹 영결이 될는지 모르는 하직을 고하였다. 그러나 초헌에 흔들리는 인의 허연 수염에는 눈물이 굴러내리었다.

뒤에는 인의 아들 석이 종자 두어 사람을 데리고 멀리 아버지의 뒤를 따랐다. 석은 이 밤에 부르시는 것이 반드시 무슨 까닭이 있음을 의심하였고, 그 의심 속에는 수양대군의 모양이 번쩍 나타났다. 석은 작년에 종서의 아들 승규와 같이 수양대군을 따라 명나라에 갔었다. 신숙주를 심복으로 사랑하면서도 승규와 자기와를 누구나 알아보게 미워하던 것을 기억한다. 그 수양대군의 살기 있는 눈이 석에게는 분명히 보이는 것이다.

의심스러우니 가지 말라고 만일 자기가 아버지를 만류하면,

"신자로서 군부의 명을 의심하는 법이 없나니라."

하고 자기를 책망하여버리고 말 것을 석은 잘 알았다. 그러므로 감히 가지 말라고도 못 하고 다만 뒤만 따라올 뿐이었다.

종묘 앞을 당도하여 사인(舍人) 이예장(李禮長)을 만났다. 그는 황황히 황보인의 초헌을 붙들고 말한다.

"대감, 가시지 마시오. 지금 영양위 궁에는 안팎으로 순군과 금군으로 둘러쌌습니다. 그것도 상관없지마는 수양대군 궁 무사란 것들이 들락날락하고, 안마당에서는 사람을 때려죽이는지 아이쿠 소리가 났다고 합니다. 지금 대신을 부르는 것이 다 수양의 농간인 듯하니, 이편에서도 막아낼 도리를 하는 것이 옳을 듯하외다."

사인 이예장이 황보인의 초헌을 붙들고 만류하는 사이에 뒤를 따르던 황보석도 무슨 일인가 하고 달려왔다. 와서 이예장의 말을 듣고 석은 인을 바라보며,

"아버지, 제가 먼저 영양위 궁에 가서 보고 올 것이니 아버지는 아직 집으로 돌아가시오. 암만해도 일이 수상하외다."

하였다.

"어찌 그리할 수 있느냐. 임금이 부르시거든 어찌 일각인들 지체할 수가 있느냐. 설사 무슨 흉계가 있다 하더라도 군자는 가기이방(可欺以方)이니라."

하고 예장의 손을 잡으며,

"무슨 일이 나고야 마는 모양이니 나 같은 늙은 사람이 죽고 사는 것이야 대순가마는, 만일 수양대군이 무슨 흉계를 꾸민다 하면 선조(先朝) 고

216

명받은 사람을 다 없애버릴 모양이니, 그리되면 어리신 상감께서 어찌하시나. 모두 내가 어두워 이리된 것이니 지하에 영묘(英廟)와 선조를 뵈올 면목이 없는 죄인일세."

하고는 눈을 감아 눈을 흐리게 하는 눈물을 떨어뜨리고 나서,

"자네는 이 길로 절재한테 가보게. 다행히 만나거든 좋고 벌써 들어왔으면 무가내하지. 만일 절재를 못 만나거든 성승과 유응부를 보고 후사를 부탁한다고 하게. 그 사람들은 죽지 아니할 듯하니까."

하고는 아들 석을 보고,

"따라올 것 없으니 너는 집으로 가거라."

하고 두어 걸음 가다가 초헌을 멈추고,

"병조판서가 어디 있느냐?"

하고 묻는다.

석이 달려가서,

"어저께 비석소(碑石所)에 나가서 아직 안 들어왔습니다."

하는 대답을 듣고는,

"오. 아직도 비석소에 있느냐. 어서 집으로 가거라. 남 웃기지 말아라."

하고 종묘 앞에서 내리지도 아니하고 살같이 영양위 궁을 향하여 달려간다. 초롱불이 가물가물하는 것도 아들에게는 슬펐다.

이러한 말을 아들 석에게는 부탁하지 아니한 것은, 아들의 목숨도 내일을 지내기 어려울 듯한 까닭이다. 아들에게 주는 마지막 부탁이 남 웃기지 말라는 것이다. 온 집안이 도륙을 당하더라도 비겁한 빛을 보이지 말고 당당하게 태연하게 당하라는 뜻인가.

영의정 황보인이 영양위 궁 문전에 다다른 때에는 그래도 다른 때와 달

랐다. 군사들은 더욱 정숙하고 홍달손은 이마가 땅에 닿으리만큼 허리를 굽히고 대문은 활짝 열리었다.

그러나 황보인은 대문 밖에서 초헌을 내리었다. 그리고 유심하게 좌우를 돌아보았다.

"좌상 들어왔느냐?"

하는 어성은 높지 아니하나 그래도 일국을 호령하던 수상다운 힘과 무거움이 있었다.

"아직 아니 오시었소."

하는 홍달손의 등에는 자연 물이 흘렀다. 그리고 김종서가 죽은 줄도 모르고 자기가 몇 걸음만 더 걸으면 철여의 바람에 두골이 으스러지어 죽을 줄도 모르는 늙은 영의정이 우습기도 하고 가엾기도 하였다.

"수양대군 듭시었느냐?"

하고 인이 다시 물을 때에는 달손은 대단히 거북하였다.

"예, 벌써부터 듭시어 계시외다."

하면서도 달손은 까닭 모를 위압을 깨달았다.

"그 밖에 누구누구 와 있느냐?"

달손은 잠깐 말문이 막히었다.

대문에 영의정 황보인이 온 줄은 곧 둘째 문 셋째 문까지 알려지었고, 인이 달손과 이야기하는 동안에 수양대군이 앉았는 안방에까지 알려지었다.

"인이가 왔어?"

하고 수양대군도 놀라는 빛을 보이고, 정인지, 이사철, 한확, 신숙주의 무리는 얼굴빛이 해쓱하여지는 듯하였다.

그중에 태연한 이는 오직 허후 한 사람뿐이었다. 그의 주름 많은 얼굴에는 우는 듯 비웃는 듯 무엇이라고 형언할 수 없는 빛이 떠돌았다.

후는 인지를 이윽히 보더니,

"이 사람, 저 늙은이야 무슨 죄 있나. 자네겐들 무슨 원혐 있나. 앗게. 죽이질랑 말게."

한다.

후가 황보인 죽이지 말자는 말을 수양대군에게 하지 아니하고 인지에게 하는 것은 은연중 인지가 이 일에 깊이 관계된 것을 빈정대는 것이다.

인지는 후의 말에 미상불 낯에 쥐가 나는 듯하였다. 허후는 좌참찬이요 인지는 우참찬으로 가깝다 하면 심히 가까워야 옳은 일이요, 또 죽마고우로 글벗으로 수십 년간 친지다. 황보인으로 말하면, 두 사람에게는 다 절친하다 할 만한 존장이요 선배다. 비록 인지가 수양대군의 수하가 되어 이번 정난(靖難) 계획에 가장 중요하게(물론 남모르게) 관계는 하였다 하더라도 대해놓고 이렇게 하는 말을 들으면 얼굴에 쥐가 아니 날 리가 없다. 더구나 다소 여자다운 편심을 가진 인지는 속으로 허후의 오늘 욕보임을 단단히 치부하여둔 것이다.

"거 원, 무슨 말인가, 날더러. 내가 누구를 죽이고 살리고 한단 말인가."

하고 인지가 그 가느단 눈으로 허후를 노려본다. 신숙주, 최항, 이계전 등 젊은 무리들은 면난(面赧)한 듯이 인지와 후를 번갈아 본다.

수양대군은 못마땅한 눈으로 후를 노려보나 후는 못 본 체하고,

"나으리, 김종서 하나만 죽이면 고만 아니오. 글쎄 이양은 무엇 하러 죽이며 또 황보인은 무엇 하러 죽이시오. 뜻에 아니 맞거든 어디 먼 곳으로 귀양이나 보내시지. 죽이지는 마시오. 역사삼세(歷事三世)한 노신이

아니오니까. 그리 마시겨오."

하고 인지를 노려본다.

수양대군은 후의 말을 안 들으려는 듯이 몸을 이리저리로 움직이더니,

"어, 웬 여러 말이오?"

하고 후를 향하여 소리를 질러버린다. 대대 충효가 자손으로, 더구나 그
부모상에 효성이 지극하다는 명성이 높은 허후는 과히 귀찮게만 아니 굴
면 살려두어 자기가 어떻게 충효를 존중하는가를 세상에 보이는 증거를
삼으려 하는 것이 수양대군의 생각이었다. 허후는 정치적 수완으로 그리
용할 것도 없었고, 더구나 정치적으로는 극히 야심이 없었다. 그것이 수
양대군이 허후를 살려두려는 또 한 가지 이유도 된다. 그는 살려두어야
해될 것은 없는 까닭이다. 오직 그의 어리석다 하리만큼 곧은 입이 염려
였으나 그것이야 못 참으랴 하였다.

수양대군이 주는 핀잔을 후는 꿀떡 삼키었으나 자기의 힘이 도저히
황보인을 살릴 수 없음을 깨달았다. 그러고는 눈을 감고 입을 다물어버
리었다.

밖에서 두런두런하는 소리가 들린다. 황보인이 둘째 문을 들어오는 모
양이다. 허후는 참다못하여 문을 열고 나갔다. 그러는 것을 보고 수양대
군은 너털웃음을 치며,

"허 참찬, 황보인 감참(監斬)이나 잘 하오."

하고 허후가 들으리만큼 큰 소리로 외친다.

인지는 이맛전만 씰룩거리나 다른 사람들은 수양대군의 비위를 맞추
어서 다 웃었다. 그렇게 웃음으로 밖에서 노재상 황보인이 철퇴에 맞아
시방 피를 흘리려니 하는 생각에서 오는 형언할 수 없는 무시무시한, 살

220

인죄에 관계한 사람만이 경험하는 무시무시함을 약간 잊어버리려는 생각도 있었다.

흔들리는 촛불 그늘에 방 안 구석구석이 혹은 김종서의 키 작은 모양이, 혹은 이양의 부대한 몸이, 혹은 황보인의 허연 수염이 보이었다 스러지었다 하는 듯하여, 황보인의 "아이쿠" 소리를 이젠가 저젠가 하고 귀를 기울이고 있는 수양대군 이하 여러 사람들은 서로 바라보고 몸에 소름이 끼치었다.

허후가 안중문에서 내다볼 때에는 바로 황보인이 한명회 앉았는 둘째 문을 들어설 때었다. 감격성 많은 허후는 아무리 하여서라도 황보인을 구해내어야 할 것같이 생각하여 걸음을 빨리하였다. 자기가 간대야 죽을 황보인을 살릴 수 없는 줄을 미처 생각할 수가 없었던 것이다.

한명회의 옷소매가 들리고 그늘 속에서 철여의 든 놈들이 뛰어나서는 양이 보이었다.

"낯바닥을랑 성하게 두어라!"

하는 한명회의 우렁찬 음성이 들리자 뚱뚱한 홍윤성의 철여의가 황보인의 뒤통수를 향하고 내려오는 것을 후가 보았다. 그때에 황보인은 '오, 그렇더냐. 다 알았다.' 하는 듯이 걸음을 멈추고 우뚝 서서 한명회를 노려보며,

"어, 여기가 어디라고 이 웬 잡인들이니!"

하고 호령하였다.

그러나 그 호령이 끝나기 전에 홍윤성의 철퇴에 맞아 황보인은 마치 큰 나무가 뿌리가 뽑히어서 넘어지는 모양으로 땅 위에 쓰러지었다. 영의정 잡은 공로에 나도 나도 참예하겠다고 좌우에 벌여 섰던 무사들이 우르르

뛰어 나선다. 그중에는 강곤, 민발, 유형, 곽연성, 홍귀동, 홍순로, 송석손 등도 있었다.

황보인이 땅에 쓰러지자 좌우로서 어중이떠중이가 와 모여드는 것을 보고 허후는 억제할 수 없는 의분을 느끼어,

"이놈들아, 글쎄 이 도적놈들아, 그 양반이 무슨 죄가 있다고 그러느냐. 이놈들아, 그 양반께 손을 대지 말아라."

하고 달려들었다.

사람들은 웬일인고 하고 잠깐 물러섰다.

명회는 허후를 노려보았다. 사람들이 잠깐 물러선 동안에 허후는 땅에 쓰러진 황보인의 곁에 앉아 두 손을 피 흐르는 황보인의 머리 밑에 넣어 머리를 좀 들고,

"나를 보시오! 나를 보시오! 후외다. 허후이오. 글쎄 이게 모두 무슨 변이란 말인고. 뒤통수가 이렇게 으스러졌으니 살아날 수가 있나⋯⋯. 날 좀 보시오. 대감, 좀 보시오. 눈은 떴는데⋯⋯. 정신을 못 차리시나. 이게 원 무슨 일이람."

하고 소매를 들어 앞을 가리는 눈물을 씻는다. 씻고는 인의 얼굴을 들여다보고, 보고는 또 씻고 하는 동안에 후는 "우후후" 하고 소리를 내어 운다.

"글쎄, 무슨 죄로 이렇게 참혹하게 돌아가시오?"

얼마 만에 인의 눈이 움직이는 듯하더니,

"오, 자넨가. 자네는 아직 안 죽었나?"

하고 반가운 듯한 표정까지 보인다.

"예, 웬일인지 나는 아직 살았소이다. 정신이 좀 나시오?"

하고 후가 자기 얼굴을 더욱 인에게 가까이 댄다.

"좌상 어찌 되었누?"

인은 김종서의 말을 묻는 것이다.

"좌상은 벌써 죽었어요. 이양도 죽고요. 조극관도 죽고 웬만한 사람은 다 죽겠지요."

"인지는 살았나?"

인은 정인지 말을 묻는 것이다.

"살아도 잘 살았나 보외다. 머리가 이렇게 으스러졌으니 사실 수야 있나. 무슨 부탁하실 말씀은 없으시오? 원, 낸들 언제 죽을지 아나. 그래도 무슨 하실 말씀이 있거든 하시오. 어, 고만 정신을 못 차리시나 보군."

황보인은 더 정신을 차리지 못하고 눈에 생기가 없어진다.

허후는 두어 번 인의 머리를 흔들며 불러보았으나 대답이 없는 것을 보고 인의 머리를 자기 무릎 위에 놓으며,

"아뿔싸, 고만 운명을 하시는군. 이 사람들아, 자네네들이 더 때리지 아니하여도 벌써 운명하였네. 일생에 아무 죄 없는 양반을 시체나 성하게 가만두소."

하고 오른손을 들어 인의 눈을 감긴다.

명회는 황보인이 완전히 절명한 것을 보고 안으로 들어갔다. 안에서는 수양대군 이하 여러 사람이 마치 무슨 무서운 기별을 기다리는 듯이 명회를 바라보았다.

명회는 그 사팔뜨기 눈으로 한 번 방 안에 있는 모든 사람들을 둘러본다. 내 얼굴을 잘 익혀두어라 하는 듯하다. 그리고 난 뒤에 수양대군을 향하여,

"나으리, 인을 잡았소."

하고 한 번 웃어 보인다.

수양대군은 명회의 이 보고가 아니라도 황보인이 지금 죽는구나 하고 이미 알고 있지 아니함이 아니나, 그래도 영의정 황보인까지 그렇게 쉽사리 자기 뜻대로 잡아질 것 같지 아니하여, 마치 어른이 가지고 있는 물건을 집어오는 어린아이와 같은 걱정이 없지 아니하였던 것이다. 그러다가 명회의 보고를 들으매 인제는 황보인을 잡은 것이 사실인 것이 분명하였다.

"어, 인이 놈을 마저 잡았어?"

하고 수양대군은 성공의 기쁨, 승리의 기쁨으로 다만 눈이 번쩍번쩍 빛나고 입 근육이 씰룩씰룩 움직일 뿐이었다. 수양대군뿐 아니라 정인지, 신숙주, 이계전, 최항 이하 이 일에 무서운 생각을 가지고 며칠 동안 밤잠을 잘 이루지 못하던 무리들도 가슴을 지질러놓았던 무거운 바둑돌이 금시에 제치어진 모양으로 부지불각에 "휘우" 한숨을 쉬고 또 부지불각에 인제는 되었다 하는 숨길 수 없는 웃음이 입가로 떠돌았다. 그중에도 정인지, 신숙주가 희불자승하는 태도가 더욱 눈에 띄었다.

"우스운 일이 있소이다."

하고 명회가,

"허 참찬이 인의 머리를 무릎 위에 놓고 '이놈들아, 죄 없는 양반을 왜 죽이느냐.'고 소인을 보고 호령을 하고 울고불고 야단이외다. 어찌하오리까? 그냥 두오리까, 좀 아픈 맛을 보이오리까?"

하고 웃는다. 아까 당장에는 허후가 때려죽이고 싶도록 미웠으나 지금 이 자리에 서서 자기가 가장 공이 커서 장차 허후보다 높아질 것을 생각하면 지금은 허후가 가엾고 우습기만 하였다.

"응, 사람이 어째 그 모양이야. 아무리 일러도 그 모양이람."

하고 정인지가 귀찮은 듯이 고개를 흔든다.

"워낙 괴벽하니까."

하고 수양대군이 웃는다.

"아니외다. 괴벽이 아니외다. 졸(拙)해서 그러외다."

하고 신숙주가 책망하는 듯이 말한다.

"그래도 사람은 진국이여."

하고 수양대군이 아긴다.

저편 구석에서 눈을 깜작깜작하고 말할 기회를 기다리느라고 몸을 옴짝옴짝하던 이계전이 상큼 나앉으며,

"아니외다. 일이 그렇지를 아니하외다. 아무리 허후라 하더라도 역적인을 두호한다 하면 역시 역적이니까 가만두는 것이 옳지 아니하외다. 마땅히 내어 베어야 합니다."

하고 소리를 높이고 낯에 핏대를 돋우며 외친다. 이계전은 고려 충신 목은 이색의 손자다.

이계전의 말에 사람들의 얼굴에는 무서운 기운이 돌고 눈들은 수양대군을 향하였다.

수양대군의 낯빛도 긴장이 되며 이계전을 이윽히 바라보더니,

"아니, 그럴 수 없어."

하고 허후 죽이자는 이계전의 발론을 물리친다. 그러나 마음에 이계전의 자기에게 대한 충성은 만족하게 여기었다. 이러하면 계전의 목적도 달한 것이다. 허후를 살려두면 선비들의 뜻을 살 것이다, 하고 생각한 것이다.

"나으리, 이미 밤이 늦었으나 국가대사온즉 지금 곧 황보인의 수급(首級)을 가지시고 나으리께서 상감께 정난수말(靖難首末)을 주달하는 것이 옳을 듯하외다."

황보인의 머리를 가지고 상감께 정난수말을 주달하여야 한다는 인지의 말이 수양대군에게 무척 기뻤다. 적장의 머리를 베어 들고 탑전에 공을 아뢰는 장쾌한 맛을 깨달은 것이다. 그러나 어찌 생각하면 수줍기도 하였다.

"그래야 할까?"

수양대군은 탄식하는 듯이 이렇게 말하였다.

"그러기를 두말씀이오니까. 이번 정난은 막비 나으리의 공이온즉 적괴의 수급을 가지고 주공(奏功)하심이 마땅하올뿐더러, 또 그리하심이 성려(聖慮)를 덜으심인가 하오."

하는 인지의 말은 정히 수양대군의 비위에 맞았다.

이미 다 죽은 인의 머리를 베는 것이지마는 이것을 베는 절차를 어찌할까 하는 것이 꽤 문제가 되었다. 워낙 조 찾기와 말썽 많기로 세종대왕 시절부터 유명한 이계전은 적괴를 참하는 모든 형식과 위의를 베풀기를 주장하였으나, 만사에 그리 흥미를 가지지 않는 이사철은,

"그것은 그래 무엇 하나. 이왕 다 죽은 것이니 아무렇게나 목을 자르면 고만이지그려."

하고 시끄러운 듯이 고개를 돌리었다.

이계전은 자기가 황보인 감참하는 명예를 가지고 싶었던 것이다. 명예보다도 공을 가지고 싶었던 것이다.

그러나 원체 수양대군이 무슨 정당한 직임을 가지고, 이를테면 정당한

자격을 가지고 하는 것이 아니라 모두 비공식이기 때문에 모든 일이 자연 서툴렀다. 조를 찾자 하니 찾을 조가 없고 아니 찾자 하니 너무 싱거워서 얼마 동안 예문(禮文) 토론을 하다가, 마침내 정인지의 발의로 자기가 임시로 판의금(判義禁) 격이 되고 신숙주가 동의금(同義禁) 격이 되어 황보인, 이양, 조극관 이하 오늘 밤에 죽은 사람 십여 명의 목을 베기로 하였다.

이렇게 결정이 되매 이계전은 실망하였으나, 한확, 이사철, 최항의 무리는 안심하는 한숨을 쉬었다. 대개 사람의 목 자르는 것을 보고 싶은 사람이 어디 있으랴마는, 더욱이나 오늘 아침까지 자기네 상관으로, 동료로, 또 사정으로 보면 세의의 어른으로, 친구로 웃고 대하던 황보인 이하 여러 사람들의 죄 없는 목을 자르는, 그것도 철여의에 맞아 으스러진 시체의 목을 자르는 직책을 맡는 것은 그들에게도 그리 재미있는 일은 아닌 까닭이었다.

인지와 숙주는 명회를 따라 황보인의 시체 있는 곳으로 나아갔다. 이때까지 황보인의 머리를 무릎 위에 놓고 울고 앉았던 허후는 인지와 숙주가 오는 것을 보고 소매로 눈물을 씻고 두 사람을 바라보며,

"글쎄 이 사람, 이 늙은이가 무슨 죄가 있나."

하고 아까 방에서 하던 말과 같은 말을 중얼거린다.

인지는 귀찮은 듯이 낯을 찡기며,

"일어나게. 이게 무슨 꼴이람. 땅바닥에 펄썩 주저앉아서. 신체는 우리가 처치할 테니 자넬랑 일어나 들어가게. 대군께서 기다리시네."

하고 허후의 소매를 끌어 일으킨다. 허후를 이 자리에 두어 황보인 목 베는 광경을 보게 하면 또 무슨 말썽이 생길는지 모르는 까닭이다.

"신체를 처치하다니, 어떻게 처치한단 말인가? 설마 효수는 아니 할 테지?"

하고 후는 인지의 손을 뿌리치려고도 아니 하고 애원하는 눈으로 묻는다.

"어서 일어나게."

하고 인지는 후가 반항 아니 하는 것을 기화로 여기어 한 번 더 후의 소매를 끌며,

"지금 나으리가 자네를 찾으시니까 아마 그런 일을 의논하시려는 모양이니 얼른 가보게."

하는 말을 믿고, 후는 그래도 의심스러운 듯이 인지와 숙주와 명회와 기타 둘러선 무사의 무리를 한번 둘러보고는,

"이놈들, 그 양반이 무슨 죄가 있어?"

하고 한번 눈을 흘기고 안으로 들어간다. 가서 수양대군에게 황보인 이하 오늘 밤에 죽은 사람들의 신체나 온전히 자손에게 내어주어 장사하게 하도록 청하려 한 것이다.

후가 안중문을 들어가고 다시 보이지 아니하기를 기다려서 인지는 좌우를 시키어 쟁반에 백지 한 장을 깔아 오라고 명하였다. 이윽고 영양위 궁 종이 쟁반을 들고 나와서 이 광경을 보고 "아마니!" 하고 쟁반을 동댕이를 친다. 뎅그렁뎅그렁 소리를 내며 쟁반이 땅바닥에 떨어지어 구른다. 그것이 무시무시했다.

양정은 굴러가는 쟁반을 발로 막아 붙들어 땅에 떨어진 백지를 집어 깔아서 두 손으로 들어다가 인지 앞에 놓았다.

인지는 아무쪼록 인의 시체를 아니 보려 하면서 누구를 향하는지 분명치 아니하게,

"인의 목을 베어라."

하고 명을 내렸다. 인지의 어성은 약간 떨리는 듯하였다.

사람들은 아무 대답이 없었다. 마당은 잠잠하였다. 윤성, 정조차 서로 바라만 보고 머뭇머뭇하였다.

"어찌하여 베지 아니하느냐?"

하고 인지는 위엄 있게 소리를 질렀다.

"소인이 베오리다."

하고 칼을 빼어 들고 나서는 것은 홍윤성이었다.

윤성은 소매를 걷고 나와 발길로 황보인의 가슴패기를 한 번 탁 차서 반듯이 누인 뒤에 양정더러 두 귀를 잡아 인의 머리를 땅에서 좀 들리게 하고 칼날을 한 번 손으로 쓸어 만지고 나서 인지와 숙주와 좌우를 돌아보며 왼편 손을 허리에 닿고 오른손으로 칼을 머리 위에 높이 들고 이윽히 인의 목을 내려다본 뒤에 "에익" 하는 소리도 기운차게 허리가 잠깐 굽으며 번개같이 칼이 내려온다. 어느덧에 찍히었는지 소리도 났는지 말았는지 모르건마는 인의 머리는 몸에서 떨어지어서 양정의 손에 두 귀를 붙들려 공중에 달려 있다.

양정은 인제는 제가 나설 차례라 하는 듯이 두 팔을 번쩍 들어 인의 머리를 한 번 내어두르고는 쟁반 위에 올려놓아 인지의 앞으로 밀어놓았다. 인지의 붉은빛 나는 얼굴은 해쓱하게 되고 그 조그마한 눈을 아무리 인의 머리에서 피하려 하여도 인의 허연 수염이 눈에 달리어서 인지를 따르는 듯하였다.

이양 이하의 머리는 명회더러 맡아 조처하라고 분부하고, 인지는 윤성으로 하여금 인의 머리 담은 쟁반을 들게 하고 무서운 곳에서 도망하는 사람 모양으로 숙주를 데리고 방으로 들어왔다.

윤성은 인의 머리 담은 쟁반을 들어 수양대군 앞에 바싹 갖다가 놓았다.

허후가 감기었던 인의 눈이 저절로 떠지어 수양대군을 바라보는 듯하였다. 수양대군은 무서운 생각이 아니 나도록 담력을 모으려 하였으나 인의 눈이 춤추는 촛불 빛에 번쩍번쩍할 때에는 전신에 찬 기운을 깨닫고 머리가 띵한 것 같았다.

'이래서 될 수 있나.' 하고 수양대군은 스스로 자기의 마음을 편달하여 눈앞에 밀려 들어오는 무서움을 쓸어버리는 듯이 손을 내어두르며,

"이것을 여기 놓아두면 어찌하느냐. 아직 어디 안 보이는 데 갖다 두려무나."

하고 안 보려면서도 인의 머리를 한 번 더 보았다. 보고는 눈을 다른 데로 돌리려 하나 눈이 인의 머리에 붙어서 떨어지지를 아니하는 것 같았다. 그러고 가만히 인의 얼굴을 들여다보고 않았노라면 그 허연 수염이 움직이는 것 같기도 하고, 또 그 머리가 컸다 작았다 하는 것도 같고, 공중으로 떠오르는 것 같기도 하였다.

'응, 보기 흉한 것이로군.' 하고 수양대군은 속으로 중얼거리고 등골에 찬땀이 흐름을 깨달았다.

허후는 마치 기색한 사람 모양으로 입을 반쯤 벌리고 눈으로 수양대군을 바라본 대로 가만히 앉아 있었다.

인지도 전신에 땀이 흐름을 깨달았다. 손끝과 발이 싸늘하게 얼어들어옴을 깨달았다. 말 많은 이계전도 아무 말 없이 작은 몸을 좌우로 흔들고 겁난 듯한 눈으로 다른 사람들의 눈치를 돌아보고 있었다. 이사철은 천장을 바라보고, 신숙주는 붓을 들고 종이에 무엇을 그적이고, 최항은 자

리를 못 잡고 대청으로 들락날락하였다. 오직 가만히 있는 것은 피투성이 된 황보인의 머리뿐이었다.

"어찌 된 모양이냐?"

하고 왕은 바깥 형편을 엿보고 들어오는 궁녀더러 애타는 듯이 물으신다.

"아직 사람을 죽이는 모양이냐? 대관절 몇 사람이나 죽었어?"

"인제는 '아이구구' 하는 소리가 좀 덜한 모양이오. 벌써 닭이 울었으니 아마 고만 죽이려는가 보오. 또 그만하면 죽일 만한 사람은 다 죽었을 것이니 더 죽일 사람도 없을 것이오."

하는 것은 역시 밖에서 할 수 있는 대로는 사정을 염탐하고 들어오는 영양위 정종의 말이다.

"그래 황보인도 분명히 죽었소?"

하고 왕은 근심스럽게 종에게 묻는다.

"아마 분명한가 보오."

"죽을 뿐 아니라."

하고 늙은 궁녀가,

"황보 정승의 목까지 잘랐다 하오."

하고 몸서리치는 듯이 몸을 한 번 떤다.

"목을 잘러? 죽였으면 고만이지 목은 무엇 하러 잘러."

하고 왕은 혼잣말 모양을 하시고 낯을 찡기신다.

이때에,

"입직 승지 최항이 아뢰오"

하고 최항이 왕의 앞에 들어와 부복한다.

왕도 놀라시고 주위에 있는 사람들도 놀랐다. 입직 승지가 들어온다고 놀랄 것도 없지마는, 오늘 저녁에는 사람이란 사람은 다 나의 목숨을 엿보는 원수와만 같았던 까닭이다.

그래도 왕은 곧 위의를 수습하여,

"무슨 일이냐?"

하고 분명한 음성으로 물으시었다.

"야심하옵거늘 아뢰옵기 황송하오나 수양대군 유(瑈)와 우참찬 정인지가 적괴 인(仁), 양(穰) 등을 국문한 전후수말을 탑전에 주달하올 줄로 계하에 대령하였소."

하고 최승지가 아뢰었다.

왕은 주저하는 듯이 눈을 들어 잠깐 영양위를 바라보았으나 곧 결심한 듯이,

"들라 하여라."

하고 수양대군과 정인지의 알현을 허하시었다.

늙은 궁녀들의 주선으로 왕의 자리를 방의 정면으로 옮기고, 몇 사람 안 되는 근시하는 궁녀들이 왕을 옹위하는 듯이 좌우로 늘어섰다. 힘껏은 왕의 위의를 갖추자는 늙은 궁녀의 정성이다. 그리고 영양위 부처는 협실로 물러나갔다.

이렇게 자리가 정돈되기를 기다려 수양대군이 정인지와 최항을 뒤에 달고 들어와 왕의 앞에 부복하여 예한 후에 두 팔로 방바닥을 짚고 고개를 숙이고 꿇어앉고, 그 뒤에는 정인지, 최항이 역시 팔을 짚고 꿇어앉았다.

"적괴 종서를 제하온 것은 벌써 상주하였사옵거니와, 신이 아까 어명을 받자와 남은 적괴도 일일이 불러 국문하온바 개개 실토하였소."

하고 수양대군은 잠깐 고개를 들어 왕을 우러러본다.

"실토하였소?"

하고 왕은 놀라는 듯이 묻는다.

"실토하였소. 인, 종서 등이 안평대군 용을 받들어 유충하옵신 상감을 폐하려고 흉계를 꾸몄고, 오늘 상감께오서 영양위 궁 거둥 계오실 때를 타서 거사하기로 하였더란 말을 개개 실토하였소."

이러한 수양대군의 말을 이어,

"우참찬 정인지 아뢰오."

하고 정인지가 슬행(膝行)으로 한 걸음 왕의 앞으로 가까이 나아와 거의 이마가 땅에 닿을 듯이 엎디어 아뢴다.

"진실로 수양대군의 충성과 공로는 옛날 주공(周公)에 비길 것인 줄로 아뢰오. 만일 수양대군이 아니었던들 저 흉악한 적도를 뉘 있어 제하였 사오리까. 인, 종서의 무리가 선조의 황송하옵신 고명을 받았으니 국궁 진췌하여 충성으로 성상을 보좌하옴이 지당하오려든, 한갓 세도를 믿어 감히 불궤한 뜻을 품었사오니 신인공노(神人共怒)할 일인 줄 아뢰오. 그 러하오나 수양대군의 충성으로 대난을 미연에 방지하였사온즉 막비성덕 인가 하옵거니와, 논공행상을 밝히 하시와 수양대군의 충성과 공로를 표 창하심이 지당한 줄로 아뢰오."

이렇게 정인지가 수양대군의 공을 칭송하고 나서 앉은 대로 고개를 돌 리어 뒤를 돌아보며 최항더러 귓속말로,

"그것 들여오게."

한다.

최항은,

"제가요?"

하고 원치 않는 뜻을 보인다.

"달리 누구 있나."

하고 인지가 재촉한다.

최항은 이런 일까지 왜 날더러 하라는고, 하고 마음에 심히 불평하였으나 인지의 말을 어길 수도 없어서 일어나 나갔다.

최항이 놋쟁반에 담긴 황보인의 머리를 두 손으로 받들어다가 인지의 앞에 놓으려 하였으나 인지가 손가락으로 수양대군을 가리키므로 무릎걸음으로 수양대군의 머리 앞에 놓았다. 수양대군의 앞이면 곧 왕의 앞이었다. 놓고 나서 백지를 걷었다. 하얀 백지, 붉은 피, 해쓱한 얼굴, 아무리 하여도 감기지 아니하는 눈, 망건도 벗기고 풀어헤친 백발.

왕은 벌떡 일어나시며,

"이게 무에야?"

하고 놀라는 소리를 치시었다. 누군들 이런 광경을 가끔 보랴마는 열세 살 되신 어린 왕은 일찍이 이런 것을 생각하신 일도 없었던 것이다.

"상감, 놀라실 것 없소. 역적 괴수 황보인의 머리요."

하고 수양대군도 따라 일어나서 읍하였다.

왕은 겨우 정신을 수습하여 다시 자리에 앉으시며 쟁반에 놓인 황보인의 머리를 이윽히 보시었다.

이때에 정인지가,

"상감께 아뢰오."

하고 그 여무진 목소리로 아뢴다.

"이제 역적 괴수는 다 멸하였사온즉 국가에 큰 근심을 덜었사오나, 군국대사가 앞으로 더 어려운 일이 많사온즉 가장 충성 있고 어진 사람을 택하시와 정사를 맡기심이 지당합신 줄 아뢰오. 그러하온대 수양대군 유는 종실에 머릴뿐더러 이번 인, 종서의 무리를 토멸하는 데 원훈이온즉 복걸 성명께오서는 수양대군 유로 영의정부사 판이병조 겸 내외병마도통사를 하이시와 군국 중사를 맡기심이 옳을 줄로 아뢰오. 이것은 유독 노신의 뜻만 아니옵고 백관의 뜻이 다 그러한 줄 아뢰오."

이것은 무론 오래전부터 수양대군과 정인지와 서로 의논하고 짜놓았던 계획이다. 이래보아서 만일 왕이 응하시지 아니하거든 위협을 하여보고, 위협으로도 왕이 듣지 아니하시거든 왕이야 어째 생각하시든지 어린 아이로 제치어놓고 수양대군과 정인지 뜻대로 국사를 맡아가자고 한 것이다.

그러나 그리할 필요는 없었다. 왕은 어리시지마는 그 총명으로 대세가 어찌할 수 없음을 통찰하시었다. 그래서 제왕의 특유한 지혜와 권위로 웃는 낯을 지으며,

"숙부 공로를 내가 아오. 앞으로는 군국대사에 어린 나를 잘 도우오." 하시었다.

이리하여 즉석에서 수양대군은 영의정, 이조판서, 병조판서 겸 내외병마도통사라는 전무후무한 겸직으로 일국의 중요한 권세를 혼자 맡게 되었으니, 이것은 또한 정인지의 공이 크다고 아니 할 수 없다.

그래서 수양대군은 즉석에서 왕께 청하여 정인지로 좌의정, 한확으로 우의정을 삼고, 허후로 좌찬성을 삼고, 최항으로 도승지를 삼았다.

이리하여 밤새도록에 국가의 정권을 전혀 수양대군과 정인지 일파의 손에 거두어버리고, 밝는 날 아침에 일변 소위 적도 여당을 잡아들이며,

일변 육조, 삼사와 수령 방백 중에 황보인, 김종서 계통이라고 인정하는 자를 갈고, 정인지 계통인 자와 수양대군의 문객들을 등용하였다.

이날에 좌의정 정인지가 백관을 거느리고 수양대군을 포양(襃揚)하자는 뜻으로 상소를 하였다. 수양대군을 포양하는 요지는 그 공이 주공과 같다고 함이었다. 주공이 어린 조카 성왕(成王)을 잘 도와서 성인(聖人)이란 존칭을 듣거니와, 수양대군도 어린 조카 되는 왕을 충성으로 도움이 주공과 같다는 것이다.

수양대군의 공과 덕이 주공과 같고 아니 같은 것은 어찌 되었든지, 우선 왕의 이름으로 수양대군이 한 일을 옳게 여긴다, 합법하게 여긴다는 뜻을 중외에 선포하는 것은 가장 긴하고 가장 급한 일이다. 왜 그런고 하면, 수양대군이 황보인, 김종서 이하 선조의 고명받은 중신들을 일일지내(一日之內)에 죽여버리었다 하면, 이것은 큰 충신이 되거나 큰 역적이 되거나 둘 중에 하나일 것이니, 이 일에 대하여 최후의 판단을 하는 것은 결국 민중의 양심이려니와, 당장에 가부를 결정할 이는 오직 왕이 있을 뿐인 까닭이다. 왕이 수양대군의 일을 옳다 하고 말하면 수양대군은 옳고, 그의 손에 죽은 자들은 역적의 누명을 쓰고 그 집과 자녀들까지도 적몰을 당하여야 하는 것이다.

정인지가 무엇보다도 시급히 수양대군의 공을 포양하기 위하여 백관을 거느리고 상소하는 뜻을 알 것이다.

왕이 이것을 거절할 리가 없다.

인지는 왕께 청하여 집현전으로 하여금 교서를 기초하게 하였다. 이것은 곧 집현전이 수양대군의 공을 승인하는 결과가 되는 까닭이었다.

집현전에 사람을 보내었더니 마침 입직한 유성원(柳誠源)이 있다가 이 교서 짓는 일을 맡게 되었다. 유성원은 이 교서를 짓고 나서, 집에 돌아가서 통곡하였다 한다.

그 교서의 대략은 이러하였다.

叔父 孝友本乎天性 忠義出於至誠 氣蓋一世 勇冠三軍 爲善最樂 富貴聲色 無足搖其中 事君以忠 夷險終始 曷嘗貳其操 粤余沖人 遭家不造 瑢居至親之地 蓄無上之心 …… 皇甫仁 金宗瑞 李穰 閔伸 趙克寬 尹處恭 李命敏等 陰爲黨援 …… 大姦根據而莫去 寡躬孤立 而爲叔父 雄斷英規 奮發義勇 卿曾不移時 一擧迅掃 不有叔父 予焉及玆 乃眷忠誠 兼權將相 予拔心腹以委任 卿竭股肱而盡忠 不動聲色 措國家於磐石之安 不以兵戈 奠生靈於康莊之樂 眞可謂托孤寄命 社稷之重臣矣 昔周公誅管蔡 以安王家 推今較古 異世同符 肆勳策爲靖難一等功臣 賜奮忠仗義匡國輔祚定策靖難之號 於戲 卿有周公之才之美 而且兼周公之大勳 予尙成王之年之幼 而又見成王之多難 旣以成王 責周公者 責叔父 亦叔父當以周公 輔成王者 輔寡躬 …….

이 교서의 대의를 우리말로 쓰면 이러하다.

숙부는 천성이 충효롭고 기운과 날램이 세상에 으뜸이며 부귀성색은 거들떠보지도 아니한다. 충성으로써 임금을 섬기니, 편안하나 험하나, 처음이나 나중이나 어찌 그 절조를 변할 줄이 있으랴. 내 어린 사람으로서 집안이 불행하여 용(瑢, 안평대군)이 지친의 자리에 있으면서 외람된 마음을 품고······ 황보인, 김종서, 이양, 민신, 조극관, 윤처공, 이명민 같은 무리가 그윽이 한 패가 되니······ 내가 외로이 서서 어찌할 수 있으랴. 숙부가 용단과 의용을 분발하여 번개같이 대번에 쓸어버리고 말았거니와 숙부가 아니런들 내가 어찌 이처럼 할 수 있었을까. ······ 옛날 주공이 관채를 베고 왕가를 편안히 하였거니와 이번 숙부의 일이 그와 같다. ······ 경은 주공의 재주와 아름다움을 갖추었고 게다가 주공의 큰 공까지 겸하였으며 나는 성왕과 같이 어린 데다가 또 성왕과 같이 어려운 판국을 당하였으니 나는 성왕이 숙부를 믿던 듯이 하려니와 숙부도 주공이 성왕을 돕던 듯이 나를 도우라······.

이 교서는 무론 수양대군에게 내린 것이다. 수양대군의 지극히 갸륵하고 높은 공을 왕께서 가상히 여기심을 표한 것이다. 그렇지마는 이 교서에는 그보다도 더욱 중요한 뜻이 있으니, 그것은 첫째 안평대군 용을 역적의 괴수로 본 것이요, 둘째 황보인, 김종서 이하 문종의 고명을 받아 섭정하던 제신이 다 안평대군의 당이 되었다 함이요, 셋째는 이번 수양대군이 질풍신뢰적으로 김종서, 황보인 등을 암살한 것이 가장 충성되고 갸륵한 공이라 하는 것이요, 나중으로 가장 중요한 것은, 그러하니까 수양대군에게 군국대사를 들어 맡긴다는 것이었다.

이 교서는, 쓰기는 유성원이 하였으나 글의 내용과 요점은 정인지가 불러준 것이다.

"어떠하오니까?"

하고 인지는 이 교서 초를 수양대군에게 보이었다.

수양대군은 그것을 받아서 읽다가 잠깐 얼굴을 붉히며,

"과하지 아니하오?"

하였다.

　왕은 근정전에 출어하시와 문무백관의 하례(이번 정난에 대하여)를 받으시고 손수 이 교서를 수양대군에게 내리시고, 도승지 최항은 탑전에 서서 이 교서를 낭독하였다. 그리하는 동안에 수양대군은 부복하여 고개를 들지 아니하고 백관들은 과연 그 교서의 뜻이 지당하외다 하는 듯이 가만히 한 번씩 고개를 끄덕이는 듯하였다. 이제부터 수양대군의 세도로구나 하고 사람들은 어떻게 수양대군을 한번 가까이할까 하고 속으로 인아친척(姻婭親戚)의 반연을 찾아보았고, 그보다도 어찌하여 고명받은 제신이 다 죽는 판에 정인지 하나는 죽지 아니하였을뿐더러 우참찬에서 껑충 뛰어 좌의정이 되었는고 하고 다시금 인지의 조그마한 몸과 꾀 있을 듯한 얼굴을 치어다보며 부러워하는 침을 삼키었다.

　수양대군이 이렇게 정식으로 영의정이 되매 궐내에는 하례하는 큰 잔치가 벌어지었다.

　이날에 하례받는 주인은 무론 수양대군이지마는, 버금으로 하례를 받을 이는 우참찬으로 대번에 좌의정에 올라 뛴 정인지와 예조판서로서 대번에 우의정에 올라 뛴 한확과, 집현전 교리로서 대번에 좌찬성에 올라 뛴 신숙주, 경덕궁 궁직으로서 군기시 녹사가 된 한명회 등일 것이다. 그뿐인가. 며칠만 지나면 정난공신으로 군(君)이 되는 것이다.

　과연 이날에 가장 기쁜 빛을 보이는 이도 정인지, 한확, 신숙주, 이계전 등이었다. 어제까지 모르는 체하던 사람들도 오늘에는 다투어 그들에게 요공의 말과 요공의 술잔을 권하였다. 그러면 그들은 그 요공의 말과 술을 당연히 받을 것으로 받았다. 술이 얼근하게 취하매 모두 무릎을 치고 소리를 내어 웃고 떠들었다. 태평성대가 일시에 임한 듯하였다. 수양대군도 거의 체면을 차리지 못하리만큼 희불자승하였다. 만인의 우러러보는 시선이 일신에 모임을 깨달을 때에 그는 전신이 가려운 듯한 기쁨을 깨달아서 웃고 웃고 또 웃었다. 그 곁을 떠나지 아니하고 수양대군이 웃으면 웃고 무릎을 치면 같이 치고 애써 그의 비위를 맞추는 이는 물어볼 것도 없이 이계전이었다. 신숙주는 과도하게 기쁜 빛을 보이지 아니하였다. 그는 그 속에 든 글 구절이 창자를 긁음을 깨달았기 때문인 듯하다.

이때에 한편 구석에 우두커니 앉아 있어 술도 아니 먹고 고기도 아니 먹고 말도 아니하고 웃지도 아니하는 이가 있으니, 그는 허후다. 허후는 이번 통에 목숨을 부지하였을뿐더러 좌참찬이란 벼슬자리도 떼이지는 아니하였으니 이것은 실로 수양대군의 특별한 생각이다. 자기의 차석이던 정인지가 좌의정이 되어 까맣게 위로 뛰어올라간 때에 좌참찬이라는 옛 자리를 지키는 것이 그다지 명예스러운 일은 아니라 하더라도, 이 처지에서는 허후 같은 사람으로는 목숨과 벼슬을 아울러 떼이지 아니한 것만 다행일 것이다.

그런데 이 기쁜 잔치에 그는 또 무슨 궁상을 피우느라고 저 모양을 하는고.

그렇지마는 이 기쁜 판에 한편 구석에 허후 한 사람이 뚱딴지로 있는 것을 알아볼 사람은 없었다. 더구나 자부심이 강한 수양대군은 오늘 같은 날에 이 자리에 감히 기뻐하지 아니할 사람이 있으리라고도 생각지 아니하였기 때문에 그런 것은 주목도 하지 아니하였다.

그러나 이계전의 눈이 자주 허후에게로 쏠리었다. 이계전은 이러한 좋

은 기회를 자기가 수양대군에게 긴하게 보이는 데 이용하지 아니할 사람
이 아니다.

"나으리!"

하고 이계전은 수양대군의 소매를 끌었다.

"저기를 보시오. 저 허 참찬을 보시오."

하고 그는 곁눈으로 허후 앉은 곳을 한번 흘겨보며 손가락으로 허후 있는
방향을 가리킨다.

수양대군은 무슨 일인가 하고 몽롱한 취안으로 계전이 가리키는 곳을
바라보았다. 거기는 허후가 잔뜩 양미간에 '내 천' 자를 쓰고 앉아서 좌
중에 웃고 떠드는 사람들의 광경이 눈에 띌 것을 두려워하는 듯이 눈으로
허공을 바라보며 몸을 좌우로 흔들고 앉았는 양이 보인다.

"응, 또 저러는군."

하고 수양대군은 한 번 허후를 노려보고는 그거 내버려두어라 하는 듯이
여전히 술을 마시고 담소하더니, 그래도 마음에 걸리는 듯이 다시 허후
를 바라보며,

"여보 허 참찬, 왜 술도 안 자시고 그렇게 찌푸리고만 앉았소? 거 원,
무어란 말이오?"

하고 술 치는 기녀를 가리키며,

"이 애, 저기 저 대감께 잔 가득 부어드리되 잡수시게 하지 못하면 네
가 벌을 쓸 테다⋯⋯. 자, 그만 받으시오. 오늘같이 국가에 경사가 있는
날에 그 이맛살이 무어란 말요? 거 원."

하고 껄껄 웃는다. 만좌의 시선은 허후에게로 모인다.

허후는 술잔을 들고 곁으로 오는 기녀를 무서운 것이나 막는 듯이 손을

들어 막으며.

"아니오. 그런 게 아니라 조부 기일이 있어서 재계를 하는 것이오."

하고 머리를 흔든다.

"그러면 몰라도."

하고 수양대군은 더 추구하려고도 아니 한다.

이런 일이 있은 뒤에 취하리만큼 술도 취하고 부르리만큼 배도 불러, 화제는 황보인, 김종서 등의 머리를 효시하고 그 자손들을 죽이고 가산을 적몰할 것인가 말 것인가로 돌아갔다.

"아, 효수를 하다뿐이오? 신인(神人)이 공노할 대역부도어늘 단불용대(斷不容貸)하고 의율처단(依律處斷)할 것이지, 다시 여러 말이 있을 리가 있소? 안 그렇소오니까?"

하고 계전은 좌중을 한 번 둘러보고는 나중에는 수양대군과 정인지를 번갈아 본다.

수양대군과 정인지는 다만 들을 뿐이요, 말이 없었다. 그리고 여러 사람의 의견을 구한다는 듯이 웃음을 머금은 눈으로 좌중을 둘러볼 뿐이다.

이 눈치를 보고는 저마다 제 의견을 세워볼 양으로, 제 의견을 세워본다는 것보다도 수양대군과 정인지의 원하는 생각이 무엇인지를 알아맞히려고, 그래서 자기가 가장 긴히 보이려고 한마디씩 의견을 말하였다. 그런데 그 의견들은 마치 어떻게 하면 황보인, 김종서 들의 죄를 가장 크고 흉악하게 만들까 하는 것을 경쟁하는 듯하였다.

"그게야 원형이정이 아니오. 그놈들을, 그놈들을."

할 뿐이요, 누구도 감히 황보인, 김종서 등의 죄를 고만하고 말자는 이는 없었다.

"그럴 것은 없어. 이미 저희들이 제 죄에 죽었고 또 일을 미연에 방지하였으니까 그렇게 자손까지 죽일 것이야 있나."

하는 것은 수양대군이다.

"어, 안 될 말씀이오."

하고 이계전은 가슴을 떡 벌리고 어성을 가다듬어,

"나으리께서는 비록 성인의 마음으로 궁흉극악한 그놈들의 자손까지도 어여삐 여기심이거니와, 어디 국법을 문란할 수야 있소오니까. 인, 종서 등 이번 역모에 참예하였던 놈들은 효수노륙(梟首孥戮)하여 만세 난신적자에게 경계를 삼는 것이 지당한 줄 아뢰오."

하고 요두전목한다.

계전이 수양대군을 가리키어 성인이라 한 데는 정인지도 속으로 웃지 아니할 수 없었다. 그러나 그의 말을 누가 감히 반대할 수는 없었다. 그가 사람이 높아서 그런 것이 아니라 그의 말이 가장 잘 수양대군의 마음을 알아맞힌 것인 까닭이다.

수양대군도 계전의 말에 마음이 흡족하였다.

'오, 네 소원대로 병조판서 한 자리 주마.' 하고 수양대군은 속으로 웃으면서 계전을 본다.

'잘고 잔망하고 경망하지마는 비위를 잘 맞추거든. 보기를 시킨단 말야.'

하는 생각으로 수양대군은 계전의 조그마한 몸을 본다.

계전은 의기양양하여 '오늘 수훈은 내다.' 하는 듯이 일좌를 한 번 둘러본다. 그러다가 눈이 한편 모퉁이에 이르렀을 때에 계전의 얼굴에는 발끈하는 불쾌한 빛이 보인다. 그것은 그의 조카 이개(李塏)와 이개의 매부 허조(許慥)를 본 까닭이다. 허조는 허후의 아들이요 집현전 학사요 수찬이다.

'아니꼬운 놈들이!'

하고 계전은 자기를 천착스럽게 부정한 수단으로 공명을 탐한다고 공격하는 조카와 조카사위를 흘겨본다.

'너희 놈들이 미워서라도 후란 놈은 없애고야 말걸?'

하고 통쾌한 듯이 한 번 웃는다.

"그러면."

하고 마침내 인지가 수양대군을 향하여,

"백관의 뜻이 다 저러하니 무가내하외다."

하여 황보인과 김종서 이하 이번 사건에 관계된 자는 효수하고, 자손을 멸하는 죄를 아니 쓸 수 없다는 뜻을 말하였다.

수양대군이 장히 마음에 대견하여 그리하라는 명령을 내리려 할 때 허후가 나섰으며,

"글쎄, 이 사람들이 무슨 큰 죄를 지었기에 철여의로 때려죽이고도 유위부족하여 효수노륙을 한단 말이오? 종서는 소인이 친분이 없으니까 그 심지를 잘 안다고 할 수가 없소마는, 지어 인(仁) 하는 소인이 그 위인을 잘 알거니와 다른 일은 몰라도 역모를 할 리는 만무한 것이오. 황보인의 위인이 어떠한 것은 천하가 다 알겠지마는 오래 그 권고(眷顧)를 받은 좌의정 정 정승이 소인보다 잘 알 것이오. 하니까……."

하고 정인지를 '정 정승'이라고 부를 때에는 정 정승의 얼굴은 주홍같이 빨갛게 되었다.

그러나 정 정승의 이마에 찬 땀방울이 맺히기 전에 수상인 수양대군의 눈에는 살기가 서며 눈초리가 쭉 위로 올려 뻗고 관자놀이가 들먹들먹한다. 폭풍이 일어나는 듯하였다. 만좌는 다 자기가 무슨 벼락을 당하는 듯하여 귀밑으로 찬바람이 휙휙 지나감을 깨달았다.

"그래, 네가."

하고 수양대군의 홍종(洪鍾) 같은 소리가 터지며 불을 뿜는 듯한 눈살이 바로 허후를 쏜다. 존장이 넘는 허후를 보고 '너'라고 나오는 것이 벌써 여간한 진노가 아니다.

"그래, 네가 오늘 고기를 아니 먹는 것이 이 때문이로고나. 응?"

"그러하오. 조정 원로가 한날에 다 죽었거든 허후 홀로 살아난 것만 끔찍하지. 차마 고기야 먹을 수가 있소?"

하고 두 눈에서 눈물이 좔좔 흐른다.

'이놈을, 이놈을, 이놈을 내어 베어라!' 하는 말이 목까지 나오는 것을 수양대군은 꿀떡 참고,

"어, 괴이한 손 같으니. 물러가오. 보기 싫으이."

하였다. 어제부터 허후의 하는 언행이 일일이 자기를 거역하는 일이건마는 수양대군은 그의 재덕을 아끼어 기어코 자기 사람을 만들고야 말려 한 것이다.

사람들은 허후의 목이 몸에 붙어서 집에 돌아가는 것을 알 수 없는 이상한 일로 생각하였다.

이렇게 궐내에서는 연락이 벌어진 때에 밖에서는 이번에 수난한 제신의 자손이 참혹하게 학살을 당하였다. 여자는 목숨은 살려 관비를 삼고, 남자로 생긴 이는 젖먹이 어린것까지도 목을 잘라 죽이었다.

이날에 죽은 사람을 어찌 이루 헤아리랴마는 그중에 중요한 몇만 꼽자면,

황보인의 아들 석, 흠 형제와 손자 가나이, 경근 들.

김종서의 손자 석대, 대대, 조동, 만동(승벽은 수일 뒤에 해주에서 죽었다).

이양의 아들 승윤, 승효와 손자 계조, 소조, 장군.

민신의 아들 보창, 보해, 보석과 손자 돌이.

윤처공의 아들 경, 위, 탁, 식과 손자 갯동, 효동.

이 모양이다. 이렇게 죽은 사람 중에는 삼십, 사십 된 어른도 있거니와 두 살, 세 살 되는 젖먹이도 있고, 난 지 백날이 못 찬 핏덩어리도 있었다.

어른들은 잔뜩 뒷짐결박을 지우고 상투를 풀어 입이 하늘을 향하도록 잔뜩 고개를 뒤로 젖히어 비끄러매어 수레에 싣고 역적 아무의 아들 또는 손자 아무개라고 대서특서한 패를 달고 장안 대도상으로 끌고 돌아다닌 뒤에 남대문 밖 새남터에서 목을 베어 죽이고, 어린아이들은, 어떤 이는 어른 탄 수레에 실어 어미를 아니 떨어진다 울고 어떤 이는 바로 그 집에서 그 부모의 앞에서 혹은 모가지를 비틀어서도 죽이고 혹은 발목을 들어 댓돌 위에 던지어서도 죽이고, 금부 나졸의 마음대로 장난삼아 죽여버렸다.

민신은 현릉(顯陵) 비석소에 가 있는 것을 새벽에 양정을 보내어 세수하는 것을 뒤로 살살 돌아 목을 베어 죽이고, 윤처공은 집에 누워 앓는 것을 달려들어 병석에서 죽여버렸다.

이야기가 좀 뒤로 돌아간다.

김종서는 수양대군이 돌아간 뒤에 식경이나 있다가 도로 살아나서 사랑하는 야화의 손에 물을 받아먹었다.

종서는 정신이 들매 곧 일이 어떻게 되는 것임을 분명히 보았다.

"내가 지금 궐내에 들어가야 할 터이니 보교를 하나 불러라."

하여 가족들을 놀라게 하였다. 그러나 아무도 감히 '못 하십니다.' 하고 만류하는 이가 없었다.

이보다 먼저 원구가 종서의 집에 왔다가 이 광경을 보고 곧 성문에 다다라,

"정부에 아뢰어라. 정승이 야래에 자객에게 맞아 기지사경(幾至死境)이니 상감께 주달하여 약을 나리시게 하라!"

하고 소리를 치나 문을 지키는 군사들은 벌써 한명회의 지휘를 받았으므로 못 들은 체하고 아무 대답이 없었다.

이래서 원구는 돈의(敦義), 소덕(昭德), 숭례(崇禮) 삼문을 다 돌아도 대답이 없으므로 황망히 종서의 집에 돌아오니, 이때에 마침 종서가 소생하여 머리의 상처를 싸매고 부인네 타는 가마를 타고 성내로 들어가려고 집을 떠나는 길이었다.

"대감, 어디를 가시오?"

하고 원구는 놀라서 가마채를 붙들었다.

"오, 자넨가?"

하고 종서는 가마 문으로 손은 내밀어 원구의 손을 잡으며,

"지금 수양이 작란(作亂)을 하는 모양이니 아무리 하여서라도 내가 입궐을 해야겠네. 국가에 대변이 날 모양이니 모두 내 불찰일세. 자네에게 뒷일을 맡기네. 시각이 바쁘니 지체할 수는 없네……. 어서 가자."

하고 교군을 몰아 나간다.

그러나 원구의 말과 같이, 또 원구가 당한 바와 같이 처음에 돈의문에,

다음에 소덕문에, 나중에 숭례문에 가서 문을 열어달라 하여도 대답이 없어서 하릴없이 집으로 돌아왔다.

집에 돌아오는 길로 종서는 정신을 잃고 쓰러지었다. 야화와 승규의 처 허씨는 밤을 새워 애통과 정성으로 종서를 간호하였다. 야화의 정성도 끔찍하거니와 승규의 처 허씨는 죽은 남편도 잊어버린 듯이 오직 시아버지를 위하여 애를 썼다. 그는 잠깐잠깐 승규의 시체를 누인 방에 다녀와서는 시아버지 곁을 떠나지 아니하였다.

종서는 혹시 눈을 떠서 야화와 며느리를 바라도 보고 혹시 헛소리도 하거니와, 대부분은 혼수상태에 있었다. 두골이 그렇게 갈라지고도 아직 생명이 붙어 있는 것이 알 수 없는 일이었다.

"승규 있느냐?"

하고 종서는 혼몽 중에 죽은 아들의 이름을 부른다. 승규는 가장 사랑하던 아들이다.

"초헌을 내어라. 상감께서 부르신다."

이러한 말도 하고는 아마 눈앞에 상감의 모양을 보는지 두 손을 들어서 읍하였다.

"내가 죽거든 야화를 제 나라로 돌려보내주어라."

이런 말도 하였다.

"이 애들 불러라."

하여 손자 넷을 불러 세우고(제일 어린 만동은 네 살, 제일 위 되는 석대가 열여덟 살),

"내가 죽은 뒤에 아마 나를 역적으로 몰고 너희들을 다 잡아 죽일는지도 모르니, 그런 일을 당하더라도 대장부답게 웃고 죽을지언정 아녀자와 같이 죽기를 두려워하는 빛을 보이지 마라."
하고 훈계도 하였다.

아직 채 밝기도 전에 이흥상(李興相)이 군사 수십 인을 거느리고 종서의 집을 습격하였다. 이흥상은 김종서 집 사랑에 다니다가 수양대군 궁으로 옮아간 무뢰한이니, 홍달손 부하의 군관이다. 수양대군이 황보인까지 다 때려죽인 뒤에 생각난 것이 김종서가 다시 살아나지나 아니하였나 하는 것이었다. 김종서를 가리는 승규를 죽인 것은 분명하지마는, 김종서는 임운의 철퇴에 머리를 맞고 땅바닥에 쓰러진 것은 확실하나 꼭 죽었는지 아니 죽었는지는 분명치 아니하였던 것이다.

그래서 보낸 것이 이흥상이다.

"가보고 아직도 살았거든 끌어오고, 죽었거든 모가지만 잘라 오라."
하는 명을 받아가지고 이흥상은 자기 은인의 은혜를 원수로 갚는 길을 떠난 것이다.

대문이 부서지어라 하고 두드리며,

"문 열어라."
소리를 고래고래 지르는 것을 보고 허씨는 알아차리었다. 그러나 황망한 빛도 없이 손수 종서의 몸을 안아 종서의 침실에서 승규의 방으로 옮기어 승규의 시체와 가지런히 누이고 홑이불로 얼굴까지 가리워 마치 죽은 사람과 같이 하고 소병풍을 둘러놓았다.

홍상은 군졸들로 사방을 지키게 하고 자기는 칼을 빼어 든 장사 삼사 인과 함께 종서의 방으로 달려들었다.

"이놈 종서야, 나오너라."
하고 홍상은 때를 만난 듯이 날뛰었다.

홍상은 종서가 평상시에 거처하는 방에 없음을 보고 방방의 문을 열어 젖히고 "이놈 종서야!" 하고 날뛰다가 마침내 승규의 방 앞에 다다라 문고리를 잡아채며,

"문 열어라."

하고 소리를 치었다. 집에 있던 개와 닭들이 모두 부접할 곳을 몰라 이리 뛰고 저리 뛰며 소리를 질렀다. 그러나 종서의 손자, 손녀 되는 아이들은 마치 무슨 구경터에나 있는 듯이 가만히 그들이 날뛰는 양만 바라보았다.

"너희들은 어떤 놈들이완데 대신 댁 내정에 돌입하여 이 야료란 말이냐. 이놈들 목숨이 아깝거든 냉큼 물러나가거라."

하고 승규의 처 허씨가 방 안에서 호령을 한다. 이 의외의 호령에 홍상 이하로 여러 군졸들은 어안이 벙벙하여 말문이 막히고 한 걸음씩 뒤로 물러섰다.

그러나 홍상이 기운을 내어,

"허, 이년 보아라. 호령하는고나."

하고 문을 박차고 뛰어들어가 달려드는 허씨와 야화의 머리채를 끌어 문밖에 끌어내고, 나중에 종서를 끌어내어 마당에 굴리고,

"이놈, 일어나서 가자."

하고 발길로 수없이 냅다 질렀다.

종서는 눈을 번쩍 떠서 홍상을 보더니,

"내가 걸어갈 수 있느냐? 초헌을 들여라."

하고 곁에 머리를 풀어헤친 야화와 며느리를 바라보았다.

"흥, 초헌. 에라 귀찮다."

250

하고 이홍상은 칼을 들어 종서의 목을 잘랐다.

종서의 목을 베어가지고 홍상의 무리가 종서 집 안팎을 뒤지어 값가는 물건을 노략하고 돌아간 뒤에 승규의 처 허씨는 마당에서 일어나 야화와 함께 종서의 목 없는 시체를 들어 안방으로 모시고, 전부터 준비하였던 수의를 내어 서투른 솜씨로, 그러나 가장 정성스럽게, 가장 슬프게 염습을 하였다.

야화도 허씨를 도와 가장 침착한 태도로 이 모든 일을 하였다.

허씨는 오늘 안으로 가문이 멸망할 줄을 잘 알았다(허씨는 허후의 당질녀다). 시아버지가 손자들을 불러놓고 한 유훈이 없더라도 이 일이 어떠한 일인지는 알 만한 허씨였다. 이렇게 이날에 사랑하는 아들들까지도 모두 죽어버리고, 딸들은 관비의 천역을 하게 될 것을 잘 알면서도 가장 태연하였다. 허씨 부인은 아들딸의 머리를 풀리고 무색옷을 벗기고, 만일에 어려운 일이 생길 때에 어떻게 할 것을 분부하고, 또 아직도 도망하지 아니하고 집에 남아 있는 비복들을 불러 종 문서와 아울러 약간 재물을 분급하여 속량을 시키고, 만일 뜻이 있거든 후일에 선대감 이하 가족들의 해골이 가는 곳이나 알아서 흙이나 깊이 묻어달라 하였다.

비복들은 다 눈물을 흘리고 땅바닥에 이마를 조아리며, 어떤 늙은이는 상전 댁이 대대로 적공적덕을 하였거든 이렇게 될 수가 있느냐고 통곡하다가 댓돌에 머리를 부딪쳐 기진하였다.

그리고 허씨 부인은 늙은 종 충남(忠男) 내외를 불러 약간의 금은 패물을 주며 그것을 팔아 노자를 삼아가지고 야화를 야인의 나라에 데려다주라는 뜻을 말하였다.

"이것은 내 말이 아니라, 선대감 유언이시니 부디 그대로 해라."

이렇게 허씨 부인은 충직한 충남의 부처에게 야화를 부탁하였다.

비복들 중에는 젖먹이 도련님들은 감추어 기르기를 원한다는 이도 있고, 혹은 자기네 자식과 바꾸어 죽게 하기를 원하는 이조차 있었다.

이러한 모든 분부를 하는 동안에 야화는 별로 슬퍼하는 빛도 없고 가장 태연하게 아주 무심한 사람 모양으로 우두커니 종서의 시체 곁에 앉아 있었다. 언제까지라도 그 곁을 떠날 뜻이 없는 사람같이.

그러나 오래지 아니하여 금부도사가 십여 명 부하를 거느리고 종서 집에 달려들었다. 나졸들은 도망할 근심 있는 짐승들이나 붙들려는 듯이 불량한 눈망울을 굴리고 발소리를 유난히 쾅쾅 울리면서,

"이놈들아, 꼼짝 말고 있던 자리에 죽은 듯이 있으렷다. 년이나 놈이나 꼼짝만 하거든 모가지나 허리나 두 동강 날 줄 알아라."

하고 소리소리 외치며 방망이로 이 문 저 문 두들겨 부순다.

무론 아무도 도망하려는 사람은 없었다. 식구들은 모두 머리를 풀고 시체 있는 방에 모여 있어서 지극히 고요하게 모든 생기는 일을 기다리었다.

금부 나졸들은 시체 있는 방으로 달려들어 석대, 대대 같은 큰 남자들과 조동, 만동 같은 세 살, 네 살 된 아이들까지도 머리채를 끌어내어 잔뜩잔뜩 결박을 지우고, 그러고도 유위부족하여 공연히 발길로 차고 굴리었다.

"엄마, 엄마."

하고 목이 메어 우는 세 살 먹은 만동을 어떤 나졸 하나가 마당에서 흙 한 줌을 쥐어 우는 그 입에 틀어막아버리니 꺽꺽 하고 숨이 막히어 울지를 못하였다. 이것을 보고 나졸들은 좋아라고 웃었다.

"앗게, 돼지리. 고것은 홍윤성이가 통으로 아작아작 먹는다고 산 채로 가져오라데."

한 놈은 이렇게 말하였다.

"고거 이쁜데. 내나 주었으면."

이 모양으로 무지한 나졸들은 야화와 승규의 딸 소저를 보고 희롱하였다. 그러고 달려들어 결박하려 할 때에 허씨 부인과 소저는 나는 듯이 품에서 비수를 꺼내어 새파란 그 끝을 물고 땅에 엎어지었다. 야화도 그보다 더디지 않게 품에서 칼을 내어 허씨 부인의 뒤를 따랐다.

죽일 사람도 서울 안에 있는 사람은 거의 다 죽이고 시골 있는 사람은 비밀한 명령을 띤 사람들이 떠나가고, 귀양 갈 사람들은 귀양 길을 떠나고, 귀양 보낸다 칭하고 뒤로 자객을 보내어 길에서 없이해버릴 사람은 또 그렇게 하기로 다 작정이 되었다.

종로 네거리 한복판에 무슨 장막이나 치려는 듯이 드문드문하게 둥그렇게 돌려 박아놓은 길 반씩이나 잔뜩 넘는 소나무 말뚝 끝에는 이번 정난 통에 역적으로 몰려 죽은 이들의 머리가 눈을 부릅뜨고 대롱대롱 매달려 있고, 그 밑에는 말뚝에 패를 달아 희게 만들고는 그 모가지 임자의 죄명과 성명을 대자로 썼다.

"대역부도 불공대천지수 적괴 황보인(大逆不道不共戴天之讐敵魁皇甫仁)."

"대역간흉 김종서(大逆奸凶金宗瑞)."

이 모양으로 사람 따라 조금씩 직함이 다르고 또 인물의 대소를 따라 직함의 장단이 있었다. 김종서는 황보인과 같이 직함이 길어야 할 것이지마는 아마 미운 것이 지나치어 '대역간흉' 넉 자만으로 그친 모양이다.

사람들은 대개 이 앞을 지날 때에 눈을 감았고, 더러는 눈물을 흘리었다.

이제 남은 것이 안평대군 용이다. 안평대군은 독자가 다 아시는 바와 같이, 세종대왕의 셋째 아드님(대군으로)이요 금상의 숙부요 수양대군과는 아버지도 같고 어머니도 같고 또 항렬로 바로 다음 되는 아우님이다. 그러하건마는 황보인, 김종서를 역적을 만들자면 어느 세력 있는 대군(큰 뜻을 품으려면 품을 수 있는 대군) 하나는 희생하지 아니할 수 없고, 그렇다 하면 전국 선비의 숭앙을 받는 안평대군을 두고는 달리 구할 이가 없을 것이다. 이래서 안평대군은 자기도 영문도 알지 못하는 동안에 그만 조카님 되시는 금상마마를 없이하고 자기가 왕이 되려는 불궤한 뜻을 가지고 역모를 하던 괴수가 되어버린 것이다.

안평대군은 아직 아무것도 모르고 서강 담담정에서 시를 읊고 술을 마시는 동안에 소위 정난이 끝나고,

"간신 황보인, 김종서 등이 안평대군 용과 어우러지어 널리 당파를 모아 안과 밖에 나누어 웅거케 하고, 그윽이 결사대를 양성하며 몰래 변읍 병기를 실어 들이어 역모를 하는도다. 간악한 무리들이 이제 다 죽임을 당하였거니와 안평대군 용은 지친인지라 차마 법대로 할 수 없어 밖에 안치하노라."

는 전교가 내리어 그 아들 우직(友直)과 함께 집을 쫓겨나고 서울을 쫓겨나서 강화로 귀양 가는 죄인이 되어버린 것이다.

정인지는 후환을 끊기 위할 것을 목적으로 안평대군을 죽여버리기를 주장하였으나 수양대군은 형제지정에 차마 죽이기까지 할 수는 없다 하여 안평대군 부자가 겨우 목숨을 부지하게 되었다.

안평대군의 죄를 결정하는 교서는 정인지가 부르고 권람이 붓을 들고 이계전, 최항이 도와서 지은 것이니, 밤이 깊도록 이것을 지은 것이 수고롭다 하여 수양대군은 왕께 여쭈와 내관을 시키어 술상을 내리시게 하였다.

이튿날 새벽에 금부도사 신선경(愼先庚)이 십여 명 나졸을 대동하고 안평대군 궁을 엄습하여 아직 침실에 있는 안평대군에게 대역죄로 강화로 귀양 가게 되었으니 시각을 지체 말고 곧 발정(發程)하라는 명령을 전하였다. 아무리 금왕(今王)의 숙부 되는 귀한 이라도 역적이라면 한 죄인에 불과하다.

이 청천벽력에 안평대군 궁은 일시에 울음판으로 변하고 말았다.

안평대군은 아무리 하여도 믿기지 아니하였다. 자기도 모르는 죄를 누가 지어주었는가.

"그래, 이 일을 좌상도 아오?"

하고 도사에게 물었다.

'좌상이 알면서 나를 이 지경을 만들 수가 있나.' 하고 안평대군은 종서가 아직도 살아 있는 줄만 알고 혹시나 자기를 구해 줄까 한 것이다.

안평대군은 굴건제복(屈巾祭服)에 방립 하나를 쓰고 짚신을 신고, 첫째로 대궐을 향하여 세 번 절하고, 다음에 양부 되는 성녕대군(誠寧大君) 사당에 하직하고, 나중으로 양모 되는 성녕대군 부인께 하직하고, 울며 따라 나오는 부인과 가권들을 한번 둘러본 뒤에,

"왕명이어든 지체해서 쓰겠느냐. 어서 가자."

하고 같은 죄로 가는 아들 우직과 금부도사 일행을 재촉하였다.

금부도사 신선경은 정인지에게 친히 받은 명령이 있다.

안평대군은 문객도 많을뿐더러 그 문하에는 무용(武勇)이 과인하는 사람도 있으니 아무쪼록 안평대군이라는 것을 세상이 알지 못하도록 할 것이요, 또 안평대군이라면 무지한 백성들까지도 사모하는 못된 버릇이 있으니 비록 길 가는 행인이나 길가 주막 사람에게라도 그가 안평대군이라는 눈치를 채지 않도록 하라는 것이다.

그러므로 안평대군을 강화 적소까지 데리고 가기까지는 극히 조심하되, 만일 무슨 일이 생기어서 놓치어버릴 근심이 있거든 마음대로 조처해버리라는 것이다.

이 마지막 부탁을 할 때에 인지는 신선경을 보고 유심하게 웃었다. 신선경도 알아차리었다. 인지가 웃는 뜻은 할 수 있는 대로 가는 노중에서 핑계를 얻어서 안평대군을 없애버리라, 그리하면 네 공로는 알아주마, 하는 것이다. 이것은 흔히 있는 일이니 신선경이 이 눈치를 못 챌 리가 없었다.

추운 아침. 남대문을 나서매 안평대군은 다시 돌아올 길 망연한 장안을 다시금 한번 돌아보고 독수리 같은 형님과 병아리 같은 조카님을 생각하매 삼연히 눈물이 흘렀다. 마치 뒤에서 무엇이 마음을 잡아끄는 듯하여 몸은 끌리어 나와도 마음은 남대문 안에서 헤매는 듯하였다. 본래 호탕한 천품이어서 부귀영욕을 뜬구름같이 보건마는 오늘은 울지 아니할 수 없었다.

'崇禮門(숭례문)'이라고 남대문 현판 글씨는 안평대군이 부왕이신 세종대왕의 명을 받자와 쓴 것이다. 천하 명필로 조자앙(趙子昻), 왕우군(王右軍)보다도 승하다는 칭찬을 받는 아드님의 글씨를 사랑하여 조선 안에서 가장 사람이 많이 보는 남대문 현판을 쓰게 하신 아버지 뜻이다.

수양대군의 활에 찬하는 글을 써주신 문종대왕은 당시 동궁으로, 세종대
왕 곁에 모시어 안평대군이 글 쓰는 것을 보다가 손수 먹을 갈아주시고,

"참 천하 명필이다."

하고 칭찬하시었다.

그러한 숭례문 석 자다. 안평대군은,

"흥, 그것이 내가 세상에서 왔던 표더냐."

하고 빙그레 웃었다.

육로로 가면 혹시 무슨 일이 있을까 하여 양화도에서 배를 잡아타고 수
로로 한강을 흘리저어 강화로 가기로 하였다.

이렇게 안평대군을 시골로 내어쫓기는 하였으나 그를 살려두어서는
후일에 근심이 된다 하여 정인지는 아무리 하여서라도 안평대군이 천하
인심을 수습할 새가 없이 하루바삐 없애려 하였다.

그래서 즉일로 자기의 심복 되는 권준(權蹲)으로 대사헌을 삼고 이계
전으로 대사간을 삼아 그들로 하여금,

용은 역적 괴수라 불공대천지수오니 어찌 한 나라에 같이 처하오리까.
청컨대 죄를 나토아 버히소서.

(瑢首惡不共戴天之讎 豈可同處一國乎 請接罪誅之.)

라는 장계를 하게 하였다. 이 글은 상소 잘하기로 유명한 이계전이 지었
다. 안평대군의 죄를 올리는 도도 수천 언의 대문장이었다.

이 장계가 오르매 도승지 최항은 인지의 뜻을 왕께 그 장계대로 허락하
시도록 말씀하였으나 왕은 노기를 띠시어,

"안평 숙부가 무슨 죄가 있길래 죽인단 말이냐."

하시고 붓을 당기시어 커다란 글자로 "不允(안 된다)"이라고 쓰시어 밀어 던지시었다.

곁에 모시었던 수양대군과 최항은 얼굴빛이 흙빛이 되어 물러나왔다.

"어떻게 하시려오?"

하고 좌의정 정인지가 영의정 수양대군을 향하여 묻는다. 여태껏 말하여 오던 문제를 재촉하는 모양이다. 곁에는 좌찬성 신숙주, 도승지 최항, 대사간 이계전이 있다. 문제는 물론 안평대군에 관한 것이다.

"어?"

하고 수양대군은 어떤 상소를 읽다가 고개를 들어 인지를 보며 귀찮은 듯이,

"서울서 내어쫓았으면 고만이지 더 무엇을 한단 말이오?"

하고 도리어 불쾌한 빛을 보인다. 정인지는 눈을 감고 입을 다문다.

"그렇지를 아니하외다."

하고 신숙주가 정인지를 도와서 나선다.

"안평대군의 명성으로 어디를 있든지 반드시 인심이 따를 것이외다. 천하 인심이 안평대군에게로 돌아가놓으면 그때에야말로 막을 도리가 없을 것이외다. 화단을 미연에 방지하지 아니하면 반드시 큰일이 생길까 저어합니다. 지금 한 사람을 살려두면 나중에는 만 사람을 죽이지 아니하면 아니 될 터이니, 이것은 국가에 큰 불행이외다. 비록 나으리께서 인자하신 마음에 골육의 정을 차마 못 하여 그리시는 일이지마는 대의멸친(大義滅親)이외다. 국가대사를 위하여는 사정을 못 돌아보는 것이외다."

"신 찬성 말씀이 지당하외다."

하고 대사간 이계전이 무슨 말을 꺼내려는 것을 다 듣지 아니하고 수양대
군은,

"그렇기로니 아무 죄도 없는 사람을 어떻게 죽인단 말이야?"

하고 괴로워하는 빛을 보인다.

잠시 아무도 말이 없다.

"죄가 없길래 죽여야 하는 것이외다."

하고 인지가 감았던 눈을 뜬다. 감았던 눈을 뜰 때마다 정인지의 입에서
는 피비린내 나는 꾀가 나오는 것이다.

"안평대군이 진실로 죄가 있다 하면 백성의 마음이 따르지 아니할 것
이니 무슨 두려워할 것이 있겠소오리까마는, 죄가 없는지라, 죄가 없이
누명을 쓴지라 백성의 마음이 그리로 돌아가는 것이오. 백성의 마음이
안평대군으로 돌아가면 자연히 나으리를 원망하게 되는 것이외다. 그러
니까 백성의 마음이 안평에게로 돌아가기 전에 화근을 끊어버리는 것이
지당한가 하오."

"과연 그러하외다. 좌의정 말씀이 지당하외다."

"과연 지당하외다."

"그렇기를 두말씀이오니까."

이 모양으로 우의정 한확, 도승지 최항 등이 한마디씩 찬성하는 말을 할
때에 이계전이 아까 말 끝맺지 못한 무안을 회복하려고 어성을 높이어,

"좌의정 말씀이 지당하외다. 도리어 만시지탄이 불무하외다. 나으리
께서는 안평대군이 죄 없는 것을 말씀하시거니와 어찌 죄가 없다고 할 수
가 있소오니까. 아우가 되어 형의 뜻을 순종치 않는 것이 첫째 큰 죄요,
또 왕자로 앉아서 많이 문객을 양성하며 조정을 비훼(誹毀)하는 것이 둘

째 큰 죄요, 또……."

하고 무슨 할 말이 있는 것을 참는 듯이 잠깐 참았다가 생긋 웃고,

"그 밖에 죄를 꼽으려면 부지기수일 것이오. 죽을죄를 꼽더라도 죄목이 부족할 것은 아니외다. 무죄하기로 말하면야 황보인, 김종서는 무슨 죄 있었던가요. 그렇지마는 다 죽을죄가 있어서 죽은 것이니까 안평대군도 죽을죄가 있는 것이 분명하외다."

이계전의 말에 정인지 이하로 다 픽 웃었다. 수양대군도 입술에 잠깐 웃음이 돌다가 얼른 괴로운 빛으로 변한다.

수양대군은 뜻을 결정치 못하는 듯이 벌떡 일어서며,

"모두 상감 처분이시지."

하고 유심하게 정인지 이하 여러 사람을 한 번 바라보고 밖으로 나간다. 상감의 입으로 안평대군을 죽이라는 말이 나오게 하라는 뜻인 줄을 정인지는 알아차리었다.

정인지는 수양대군의 뜻을 알아차리고 곧 도승지 최항과 대사간 이계전을 데리고 왕이 계신 곳으로 들어가며, 우의정 한확더러는 대사헌 권준을 불러가지고 뒤따라 들어오라 하였다. 이리하면 의정부와 사헌부와 사간원과 또 인지 자신과 이계전, 최항 등이 집현전 사람들이기 때문에 집현전과, 다시 말하면 정부와 삼사와 아울러 상감께 조르는 셈이다. 여기다가 육조 판서만 가하면 소위 백관을 거느리고 상소하는 형식이 될 것이니, 오늘 만일 왕이 안평대군 죽이기를 윤허하지 아니하시면 내일은 정인지가 솔백관(率百官)하고 조를 작정이다.

왕은 날이 따뜻함을 택하시와 경회루에 납시었다. 어린 임금으로 어려운 판국을 당하여 지나간 이틀 동안을 지낸 것이 마치 이십 년이나 지낸

듯이 지긋지긋하였다. 누구 하나 정답게 말할 사람이나 있나, 들어가나 나오나 쓸쓸한 빈집. 시끄러우리만큼 안팎에 수종 드는 나인들과 내시들은 허수아비와 같아서 줄 정도 없고 받을 정도 없었다. 어머니같이 정든 혜빈양씨도 동궁으로 계실 때와 달라, 왕이 되신 뒤에는 명절이라든지 탄신이라든지 특별한 일이 있기 전에는 자유로 만나기가 어려웠다.

'심심해', '쓸쓸해', '귀찮아', 이것이 어린 왕의 심중이었다.

"아이구, 지긋지긋해."

어제 오늘 무시로 수양대군, 정인지, 최항의 무리가 무상출입으로 쑥쑥 들어올 때마다 왕은 이렇게 부르짖지 아니치 못할 것이다.

"방에 앉았으면 또 누가 들어와서 무슨 귀찮은 소리를 할는지 아나. 경회루로 가자."

이리하여 왕은 두어 궁녀를 데리고 경회루로 나오신 것이다.

내리치는 서리에 연 잎사귀는 다 말라서 찬물 위에 떠 있는 것이 슬펐다. 헤엄치는 잉어의 몸에 흔들리어 아깝지도 않게 수없는 진주를 굴려 떨구던 여름 이슬이 어디 남았나. 그 한 아름 되는 불그레한 꽃 송아리, 전 세계를 다 덮을 듯하던 향기, 다시 찾을 곳이 없다.

왕의 어리신 마음에는 까닭 모를 슬픔이 솟아올랐다.

"이 애, 너희들은 기쁘냐?"

하고 불현듯 왕은 젊은 궁녀들을 돌아보시었다. 궁녀들의 얼굴은 꽃같이 젊고 아름다웠다. 궁녀들은 무엇이라고 대답 여쭐 바를 몰라서 서로 바라보았다.

"얼음이 얼거든 핑구나 돌릴까."

하고 왕은 핑구 채를 두르는 시늉을 하며 웃으시었다. 웃음이 스러지려

할 때의 왕의 옥같이 흰 얼굴은 과연 아름다우시었다.

　왕이 연당 물을 물끄러미 들여다보고 계실 때에 좌의정 정인지가 왕의 교의 뒤에 와서 허리를 굽히고 섰다.

　"좌의정 정인지 아뢰오."

　왕은 꿈이나 깨는 듯이 고개를 돌리었다. 그러고 한숨을 지으시었다. 정인지를 보면 웬일인지 뱀을 볼 때와 같이 몸에 소름이 끼치시었다.

　그러나 왕은 대신을 공경하는 예로 일어나 자리를 돌리어놓게 하시고 인지와 정면으로 대하시어 앉으시었다.

　"상감께 아뢰오. 안평대군 용은 지친이면서 불궤한 뜻을 품어, 수양대군의 충성이 아니더면 그 대역부도하고 흉악한 손이 하마터면 성상을 범할 뻔하였사오니, 이런 대죄인을 살려두옵시면 장차 난신적자를 어떻게 다스리오며, 또 안평대군 용은 사당(私黨)이 많사온즉 목숨이 있는 날까지는 또 무슨 흉계를 꾸미어 나라를 어지럽게 할지 모르오니 아직 뿌리가 생기지 아니하여서 제하는 것이 지당한가 하오."

하고 정인지가 아뢴다.

　왕은 인지를 흘기어보시며,

　"그러면 어찌하란 말이오?"

하고 떨리는 어성으로 소리치시었다.

　"안평대군 용은 죽음이 마땅하오."

하고 인지는 조금도 서슴지 아니하고 힘 있게 말한다.

　왕은 인지의 수그린 얼굴을 한참이나 들여다보시었다. 인지는 왕의 시선이 닿는 편 뺨이 간질간질함을 깨달았으나 아무리 하여서라도 안평대군은 없애지 아니하여서는 아니 될 줄을 깊이 믿는다. 안평대군을 살려두었다가는 그 손에 정인지 자기 목이 날아날 날이 머지 아니하리라고 그가 믿는 까닭이다.

"아무 죄도 없는 사람을 죽이라고 할 수는 없소. 또 설혹 안평 숙부가 무슨 죄가 있다 하더라도 내 숙부를 내 손으로 죽일 수는 없소."

하고 왕은 준절하게 인지의 청을 거절하였다.

"좌찬성 신숙주 아뢰오. 지친을 차마 법에 두지 못하심은 성덕이시오나 사정(私情)은 사정이요 국사는 국사오니 사정으로써 국사를 그릇하지 아니하심이 더욱 크신 성덕인가 하오. 안평대군 용은 신인이 공노하는 대죄인이옵고 지금 천하가 다 가살이라 하옵거든 지친의 사정에 거리끼시와 이러한 국가의 대죄인을 살려두시면 장차 국가에 큰 화단이 있을 뿐더러 또한 성덕에 누가 될까 저어하오."

하고 신숙주가 안평대군을 죽여야 할 것을 아뢰었다. 신숙주도 정인지의 생각과 꼭 같다. 숙주와 인지와는 과연 동지였다. 숙주 없이 인지 되지 못하고, 인지 없이 숙주 되지 못하였다. 인지, 숙주, 람, 명회는 수양대군의 팔다리다. 네 기둥이다.

숙주의 말은 조리가 꼭 닿았다. 그러나 왕은 고개를 흔드시었다. 아무리 생각을 하여도 죄 없는 숙부 한 사람을 죽이는 것이 국가에 도움이 될 것 같지도 아니하고, 또 성덕이 될 것 같지도 아니하였다.

"내 숙부가 나를 배반하리라고 나는 생각지 아니하오. 내가 안평 숙부를 사모하고 믿으니 안평 숙부도 나를 위하리라고 믿소. 경들은 뉘 말을 잘못 듣고 염려하는 모양이나 내가 다 알아 할 테니 더 염려 마오. 공연히 이 일로만 성화하지 말고 나아가 다른 일이나 보오."

하고 왕은 귀찮은 듯이 고개를 돌리시어 연당 물을 바라보신다.

인지 이하로 여러 사람들은 왕의 말씀에 놀랐다. 그 말씀의 노성함이 열세 살 되는 어린 사람의 말이라고 보기 어려운 까닭이다.

　　인지의 눈은 한 번 빛난다. 그는 왕의 뒤에 이러한 말을 가르쳐드리는 누가 있는가고 의심한 것이다. 그러고는 물러나가는 길로 왕께 가까이 모시는 나인이나 내시나 중에 말마디나 할 만한 사람은 모두 골라서 내어쫓기로 작정하고, 또 아무리 지친이라도 함부로 궐내에 출입하지 못하도록 길을 꼭 막아야 할 것이라고 작정하였다.

　　'양씨가 미워.'

　　인지는 왕의 말씀에서 받은 부끄러움과 분함에 가슴이 자못 불평하여 혜빈양씨에게 그 분풀이를 한다.

　　'양씨도 치워버려야.'

하고 인지 혼자 결심한다. 왕이 혜빈양씨를 믿고 존경하심을 알므로 그 양씨가 인지의 마음에 미운 것이다.

　　'양씨가 왕께 여러 가지 꾀를 일러바치는지 모른다.'

　　왕이 불쾌하신 빛으로 고개를 돌리시니 아무리 인지라도 더 말씀할 수가 없어서 마치 물러가라는 처분이나 기다리는 듯이 멋없이 읍하고 서 있었다.

　　이때에 우의정 한확이 이조판서 정창손(鄭昌孫)과 대사헌 권준을 데리고 들어와 왕께 보인다. 인지와 숙주는 이 기회를 타서 한 번 더 졸라보려 하여 한확과 권준에게 곁눈질을 하였다.

　　한확이 무슨 말씀을 아뢰려 할 때에 왕이 먼저 선수를 쓰시어,

　　"안평 숙부 일을 다들 잘못 듣고 경들이 공연히 염려하는 모양이나 숙질간의 일은 숙질간에 서로 잘 알 것이니 염려 말라고 하였소."

하고 한확의 말을 막아버리신다.

이때에 대사헌 권준과 대사간 이계전이 땅바닥에 넙죽 엎디어 이마를 조아리며 우는 소리로,

"임금이 잘못하심이 있으시거든 신하 된 자 죽기로써 간함이 마땅하오. 대역부도 안평대군 용을 죽이랍시는 전교가 나리실 때까지 소신 등은 아니 물러나겠사오니 안평대군 용을 아니 죽이시려거든 이 자리에서 소신 등을 죽여줍소서."

한다.

권준, 이계전이 이렇게 지성으로 안평대군의 목숨을 끊으려고 하는 것은 수양대군과 정인지의 비위를 맞추려는 것이다. 더구나 이계전은 불일간에 병조판서를 시켜준다는 내약을 수양대군에게서 얻었었고, 사실상 오늘 일 때문에 이튿날 곧 병조판서가 된 것이다.

그러나 왕은 권준, 이계전의 엄살에 겁내지 아니하시고 도리어 조롱하는 듯이 웃으시며,

"안평 숙부도 죽을죄가 없거니와 경등인들 무슨 죽을죄가 있나. 물러나라."

하시었다. 이것은 무론 권준, 이계전 두 사람에게 내리시는 처분이다.

정인지는 한확이 무슨 말을 하기를 기다리었으나 아무 말이 없었다. 그리고 오늘은 이 이상 더 말해야 무익할 줄 깨닫고 정인지 이하로 다 물러나가버리었다.

정인지는 이날에 매우 심사가 불쾌하였다. 물러나온 길에 이계전을 은밀한 데로 불러,

"자네, 이 길로 수양대군 궁에 가보게. 가서 오늘 상감께서 하시던 말씀

을 하고, 우리 말만 가지고는 상감의 뜻을 움직이기가 어려울 듯하니 나으리가 한번 단단히 서두르시어야 한다고 그러게. 어, 고이한 일이로군."
하고 입맛을 다신다. 어린 왕에게 욕을 당한 것 같아서 아무리 하여도 분한 생각을 참을 수가 없었다. 이계전도 정인지의 마음속을 알고 분해서 못 견디는 듯이 조그마한 몸을 둘 곳이 없는 듯이 팔팔 뛰었다.

이계전은 곧 수양대군 궁으로 달려갔다. 이렇게 긴하고 은밀한 일에 자기가 참견하는 것이 계전에게는 크게 만족하였다. 며칠이 안 지나면 병조판서가 아니냐. 정경(正卿)이 아니냐. 대감이 아니냐. 상감도 '하오' 하는 지위가 아니냐. 생각하면 금시에 날개가 돋치어서 공중으로 날아오를 듯하였다. 그러나 이것이 다 수양대군의 은혜다. 이 은혜를 생각하면 아무리 하여서라도 수양대군이 가장 미워하는 안평대군을 하루바삐 없애드려려 할 것이다. 이러한 생각을 하고 수양대군 궁을 향하여 마음으로 수없이 절을 하였다.

이계전은 첫째로 좌의정 정인지와 자기가 어떻게 간절하게 안평대군을 죽여야 할 것을 상감께 말한 것이며, 자기는 죽여줍소사까지 한 것이며, 그러나 상감은 '안평 숙부가 무슨 죄가 있나?' 하여 안평대군이 죄 없는 것을 누구이 말씀하시던 것을 말한 뒤에, 이계전 자기의 의견으로,

"그러면 말씀이오, 안평대군이 무죄하다 하면 나으리가 죄인이 되신단 말씀이오. 안 그렇소오니까? 하니까 소인은 죽더라도 안평을 없애고야 말려오."
하고 자못 자기 말에 스스로 흥분이 되어 얼굴이 붉고 어성이 높아진다.

그러다가 비로소 자기가 정인지에게 받아가지고 온 사명이 생각이 나서 제 말만 하느라고 심부름 온 것도 잊어버리었던 자기의 경망을 스스로

266

웃고,

"하니까, 나으리께서 몸소 상감께 뵈옵고 안평대군의 죄상이 용서할 수 없는 것을 말씀하여놓으시면, 오늘 안으로 말씀이야요, 그리하시면 내일은 좌의정이 솔백관하고 안평대군 용의 목을 줍소사고 상소를 할 것이니까, 그리만 되면 안평대군의 목이 쇠로 되었기로 견딜 장사 있소오니까."

하고 한 번 웃어 보인다.

수양대군은 계전의 말을 듣고 불쾌한 빛을 보인다. 수양대군의 진정은 동기 되는 안평대군을 죽이기까지 할 생각은 없는 것이다. 상감 말씀마따나 안평대군이 무슨 죄 있나. 한명회 말과 같이 여러 형제 중에 뛰어나게 잘난 죄밖에 없는 것이다. 안평대군이 미운 것도 사실이요, 누가 죽여주었으면 다행일 것도 진정이지마는, 형 되는 자기 손으로 아우를 죽이어서 후세에라도 동기를 죽이었다는 누명을 듣기는 그리 원치 아니하는 바였다. 그러므로 이제 다시 상감 앞에 가서 자기 입으로 안평대군을 죽여줍소사 하는 말은 하기가 싫었다.

수양대군의 생각에는 어디까지든지 자기는 안평대군 죽이는 일에서는 발을 빼고 싶었다. 다만 발을 뺄 뿐 아니라, 수양대군은 어디까지든지 지친의 정리에 안평대군을 죽일 수는 없다고 반대하는 태도로 일관하고 싶었다.

'어, 안 되지. 안평이 죄가 있기로 죽이다니 말이 되나.'

이렇게 한번 힘 있게 말하고 싶었다. 수양대군의 본심은 이렇게 말하기를 졸랐으나 수양대군의 욕심이 훼방을 놓았다.

'안평을 살려두고 내 뜻을 이룰까.'

하고 수양대군은 눈을 감는다. 뜻을 이룬다 함은 일국의 정권을 내 손에 잡는 욕심을 채운다는 말이다.

수양대군이 아무리 안평대군을 못 죽인다고 뻗대더라도, 정인지가 죽여주었으면 고런 맞추임은 없을 것이다. 그렇지마는 만일 수양대군이 안평대군을 살리고 싶어 하는 빛을 조금만 보이고 말면 정인지도 그것이 한 면치레인 줄 알고 '어, 안 되오. 죽여야 하오.' 하겠지마는 그 분량이 조금 지나쳤다가는 정인지로 하여금 '에키' 하고 물러서게 할 것인즉, 그랬다가는 안평대군은 살아나고 말 것이다.

수양대군의 마음은 잠깐 괴로웠다.

"그렇지마는 내 말은 사정이요 제상(諸相)의 말은 공론이니까, 만일 공론이 그렇다 하면 나도 공론을 막을 바는 아니여."

하고 한참 말을 끊었다가 다시 이계전을 바로 보며,

"다 상감 처분에 달렸지. 내야 알겠나? 알아 하소."

하고 더 말하기 거북한 빛을 보인다.

이계전은 수양대군의 그 심사를 못 알아볼 사람이 아니다. 아무렇게 하든지 왕의 입으로 안평대군을 죽이라는 말씀이 나오도록 하라는 뜻이다.

"소인 물러가오. 염려 마시겨요."

하고 이계전은 수양대군 궁에서 나와 곧 정인지에게로 갔다.

정인지는 아직도 아까 경회루에서 상감의 말씀으로 생긴 분함이 가라앉지 아니하여 어찌하면 안평대군을 죽이는 목적을 달하고, 또 어찌하면 왕으로 하여금 정인지가 무서운 사람인 줄을 알게 할까 하는 생각에 애를 쓰고 있었다.

계전이 돌아와 전하는 말을 듣고, 인지는 자기가 예기하였던 생각과 같았다는 듯이 눈을 사르르 감고 입을 한일자로 다물고 소리 없이 웃는다. 이것은 무슨 계획을 얻어가지고 되었다, 하는 뜻이다.

인지는 곧 사인(舍人)을 불러 내일 아침에는 솔백관계(率百官啓)할 일이 있으니 정부, 정원, 삼사, 육조 할 것 없이 육품 이상은 한 사람 빠지지 말고 근정전에 모이라고 분부를 내리었다.

때는 신시(申時) 초나 되어 각 마을 대소 관인들은 그날 사무를 끝내고 사퇴하려 하는 때다. 이때에 '솔백관계'라는 말을 듣고 모두 무슨 큰일이나 보는 듯이 서로 바라보며 두런두런하였다.

대신이 백관을 거느리고 상소한다는 것은 과연 큰일이다. 여간한 국가 대사가 아니고는 못 하는 일일뿐더러, 만일 이렇게까지 하여도 왕이 듣지 아니하시면 대신은 백관을 거느리고 벼슬을 버리고 조정에서 물러나오는 책임까지도 져야 할 것이니 여간 대사가 아니다. 이를테면 왕에게 대한 시위운동이요 최후통첩이다.

수양대군의 의향을 안 정인지는 이 어마어마한 최후 수단을 가지고 어리신 왕을 위협하자는 것이다. 사실상 왕은 아니 지지 못할 것이다. 정인지의 입에는 쾌한 승리의 웃음이 떠돌았다.

비록 상소할 내용은 말하지 아니하였더라도 이것이 안평대군의 생명에 관한 것인 줄은 다들 짐작하였다. 누구나 안평대군이 살아 있고는 수양대군의 세상이 얼마 오래가지 못할 것을 아는 까닭이다. 그런데 백관이라도 사람들 중에는 안평대군 궁에 출입하던 사람도 적지 아니하고, 또 설사 직접으로는 안평대군을 만나지 못하였더라도 마음으로 안평대군을 사모하던 이는 부지기수요, 그뿐더러 안평대군이 아무 죄도 없이 아주 애매한 것은 한 사람도 의심하는 사람이 없었다. 이 사람들은 장차 이 일에 어떠한 태도를 취할는고.

원동 성 총관(摠管) 집 사랑이다. 성 총관이라 함은 성삼문의 아버지 오위도총부 도총관 성승(成勝) 말이다. 주인 대감은 도총관이요, 맏아들 삼문은 집현전 학사로 승정원 우승지 곧 예방승지(禮房承旨)요, 삼문의 아우 되는 삼고(三顧), 삼빙(三聘), 삼성(三省)도 다 진사 대과로 한림(翰林), 검상(檢詳)의 청환(淸宦)을 지내고 있다. 비록 세도하는 집은 못 된다 하더라도 인물이나 문한으로는 당시 일류로 일세가 부러워하는 바였었다. 그중에는 성삼문이라면 집현전 학사 중에도 가장 이름이 높은 사람 중에 하나였었다. 그와 비견할 만한 이는 박팽년, 하위지, 이개, 유성원, 신숙주 등이 있었을 뿐이다.

세종대왕께서 말년에 피부병이 계시어 누차 온천에 행행하실 때에도 성삼문은 이개, 신숙주 등으로 더불어 평복으로 왕의 곁에 모시어 무시로 왕의 고문을 받았다. 이처럼 성삼문과 신숙주는 세종대왕의 특별한 사랑을 받았다. 훈민정음을 지을 때에도 성삼문, 신숙주가 중심이었던 것은 누구나 다 아는 바다.

세종대왕이 승하하시고 문종대왕이 즉위하신 뒤에도 성삼문은 집현전 모든 학사 중에 가장 왕의 사랑하심을 받았다. 성삼문이 입직하는 날 밤이면 가끔 왕이 "근보(謹甫)" 하고 부르시며 입직청에 무시로 찾아오시기 때문에 밤이 깊어 왕이 취침하심이 확실하다고 생각된 뒤가 아니면 성삼문은 관복을 벗지 못하였다고 하는 것은 전에도 한 번 한 말이다.

당시 이름 높던 집현전 팔 학사 중에서 경학(經學)과 인격으로는 박팽년이 으뜸이요, 책론(策論)으로는 하위지가 으뜸이요, 시(詩)로는 이개가 으뜸이요, 사학(史學)으로는 유성원이 으뜸이요, 어학(語學)과 교제와 모략으로는 신숙주가 으뜸이요, 이 모양으로 다 각기 특색이 있는 중에 찬란한 문장과 풍류 해학으로는 성삼문이 으뜸이었다.

술 잘 먹고 잘 떠들고 우스운 소리 잘하고 세상 이면, 경계 같은 것은 돌아볼 줄 몰랐다. 그러하면서도 그에게는 추상열일(秋霜烈日)과 같은 엄연한 절개가 있었다.

그가 북경 가던 길에 백이숙제묘(伯夷叔齊廟)에 써 붙이었다는 시,

當年叩馬取言非
大義堂堂日月輝
草木亦霑周雨露
愧君猶食首陽薇
(당년에 말고삐 잡고 감히 그르다 말하니
대의는 당당하여 해와 달처럼 빛났건마는,
초목도 주 나라의 비와 이슬로 자랐거니
부끄럽다, 그대 수양산 고사리는 왜 먹었는가. ― 감수자 역)

를 보든지, 또 그가 지은 단가(시조),

이 몸이 죽어 가서 무엇이 될고 하니
봉래산 제일봉에 낙락장송 되어 있어
백설이 만건곤할 제 독야청청하리라.

한 것을 보든지 다 그의 열사적(烈士的) 반면을 보이는 것이다. 아니다, 열사적 반면이랄 것이 아니라, 겉으로는 파탈하고 웃고 떠든다 하더라도 속으로는 무엇으로도 굽힐 수 없는 송죽 같은 맑고 매운 절개가 있던 것이다.

또 성삼문이 북경 갔던 길에 어떤 사람이 조선 문장 성삼문이 온다는 말을 듣고 묵화백로도(墨畫白鷺圖) 한 폭을 가지고 와서 화제(畫題)를 청하였다. 삼문은 그림을 보자마자,

雪作衣裳玉作趾
窺魚蘆渚幾多時
偶然飛過山陰墅
誤落羲之洗硯池
〔눈으로 옷을 짓고 옥으로 발가락을 만들었네.
갈대 사이로 물고기를 엿본 것이 몇 번이던가.
우연히 산음현(山陰縣)을 날아가다가
잘못하여 왕희지 벼루 씻던 못에 떨어졌구나. ― 감수자 역〕

라고 불러서 명나라 사람들을 놀래었다고 한다. 아무리 성삼문이 시는 잘못 짓는다 하더라도 이만큼은 그도 시인이다.

성삼문은 이번 수양대군의 소위 정난에 의분을 금하지 못하나 일개 승지로 어찌할 수가 없었다. 그러다가 내일은 안평대군을 죽이기 위하여 좌의정 정인지가 솔백관계한단 말을 듣고는 도저히 가만히 있을 수 없다 하여, 그 아버지 승의 허락을 얻어가지고 평소부터 믿는 집현전 친구들

을 모아 명일에 할 대책을 토론하기로 하였다.

삼문은 술과 안주를 준비하고 시회를 빙자로 박팽년, 하위지, 유성원, 이개, 이석형(李石亨), 기건(奇虔) 등을 청하였다. 신숙주, 최항을 청하고 아니 청하는 것은 여러 사람이 모인 뒤에 의논하기로 하였다.

사람들이 하나둘 모이어드는 대로 비분강개한 언론이 나왔다. 이번 수양대군의 정난이 생긴 뒤에 이렇게 모이어서 토론하기는 처음인 까닭이다.

"당초에 어찌 된 셈을 알 수 없어. 자네는 정원에 있으니 잘 아나?"

이것은 하위지가 성삼문에게 물은 말이다. 하위지의 이때 벼슬은 집의다. 청천벽력이어서 어찌 된 셈을 모르는 것은 하위지뿐이 아니었다. 수양대군이 이상한 뜻을 품었다는 것은 문종대왕 승하 이래로 소문난 일이지마는, 설마 이렇게도 벼락같이 되리라고는 아무도 생각지 못하였던 것이다.

"그래 정부에서는 깜깜히 몰랐더람. 지봉(芝峯)은 몰랐다 하더라도 절재(節齋)까지도 몰랐더람. 다들 낮잠만 자고 있었더람."
하고 주인 되는 성삼문이 도리어 먼저 분개하였다. 지봉이란 황보인의 당호요, 절재란 김종서의 당호다. 다른 사람들도 모두 정부의 무능을 분개하게 여기었다.

"그런 게 아니래. 절재가 수양대군의 흉계를 먼저 알기는 알았으나 저편이 수양대군이고 보니 일이 생기기도 전에 잡아 가둘 수도 없어서 기회를 기다리기로 다 계획을 정하였더래. 그런 걸 지봉이란 양반이 정가에게 말을 했더라네그려. 그래서 모두 이 꼴이 된 거래."
하고 이개가 픽 웃는다.

황보인이 정인지에게 말하였다는 것은 잘못 안 말이다. 수양대군이 조금만 꿈쩍하면 사정없이 처치한다는 계획을 정인지에게 누설한 것은 황보인이 아니라 이양이었다.

"응, 자네 말이 그럴듯한 말일세."

하고 박팽년이,

"그러면 정가는 애초부터 수양의 편이더란 말인가?"

하고 놀라는 빛을 보인다.

"참말 오활한 선빌세그려."

하고 하위지가 박팽년을 보고 웃으면서,

"그럼 무엇으로 우참찬에서 껑충 뛰어서 좌의정이야? 정가의 눈에 아비 죽일 살이 있다더니 이제 그 눈이 큰일 낼걸."

정가라 함은 무론 정인지다.

"벌써 큰일을 내지 아니하였나. 그놈이 사실 전부터 수양허구 통하였다 하면 그놈 살려두겠다고? 그놈이 지봉에게 수학을 하였다네."

하는 것은 박팽년이다.

"무부무군(無父無君)한 이 세상에 스승인들 있겠나. 뭐 이것, 이 앞에 무슨 일이 있을는지 아나. 아직 시초일세 시초여."

하고 세상을 비관하는 뜻을 보이는 것은 하위지다. 과연 하위지의 얼굴에는 상심하는 빛이 보이었다.

"그런데 이 사람이 왜 아니 와."

하고 성삼문은 유성원을 기다린다.

"그 반교문(頒敎文)을 지어놓고는 여태 밥도 아니 먹는대."

하는 것은 김질(金礩)이다. 김질은 정창손의 사위요 장차 육신의 계획을 세조대왕에게 일러바칠 사람이다. 그러나 지금은 수양대군의 일에 분개하는 지사다.

한 번 더 유성원 집에 사람을 보내어 어서 오기를 재촉하였다.

유성원은 '내 무슨 면목으로 다시 그대들을 대하랴.' 하고 여러 번 거절하다가 마침내 마지못하여 왔다. 원래 뚱뚱한 편이던 그 얼굴이 그렇게 보는 탓인지는 몰라도 하루 사이에 눈에 뜨이게 초췌한 듯하였다.

유성원은 방에 들어서서 성삼문, 박팽년 이하 여러 친구들을 대하는 길로 눈물을 흘리며 느껴 울었다.

"내가 무슨 낯으로 제공(諸公)을 대하겠나."

하고 말끝을 맺지 못하였다.

성삼문 이하로 모인 사람들이 다 삼연히 눈물을 머금고 유성원의 손을 잡아 위로하였다.

"자네가 죄라면 우리가 다 동죄(同罪)야. 그렇지만 우리가 살아남지 아니하면 대의를 뉘 있어 지키겠나."

하고 성삼문이 특별히 성원을 위로하였다.

유성원의 눈물은 여러 동지에게 깊은 감동을 주었다. 유성원이 수양대군에게 내리는 교서를 지은 것이 그의 일생에 가장 큰 유한이 아닐 리가 없고, 또 가장 공평하게 말하더라도 유성원의 일생에 큰 오점이 아닐 리가 없다. 만일 유성원으로 하여금 절개가 온전한 사람이 되게 하려면 반드시 그로 하여금 교서 짓기를 거절하게 하여야 할 것이다. 그 결과로 수양대군의 노함을 사서 목이 몸에 붙어 있지 못하게 될 것은 분명하지마는, 그것이 의기남아가 밟을 가장 옳은 길일 것이다.

유성원에게는 칠십이 넘은, 병석에 누운 노모가 있었다. 자기는 결코 목숨을 아낀 것이 노모를 위한 것이란 말을 하지 아니하나, 성삼문, 박팽년 등 지기지우들은 그의 충성과 효성을 잘 알았다. 그렇지마는 아무리 정인지가 불러주다시피 교서에 쓸 요령을 명령하였다 하더라도 자기 손으로 아무 죄도 없을뿐더러 충의가 일월과 같은 황보인, 김종서 등을 궁흉극악한 역적을 만들어놓은 것을 생각하면, 천지일월이 부끄럽고 금수초목이 부끄럽고 자기 그림자가 부끄러웠던 것이 당연한 일이라고 아니할 수 없었다.

"이 사람, 과도히 슬퍼 말게. 우리 목숨이 열이라도 장차 다 쓰고도 부족할 날이 있을 것일세. 아직은 억지로라도 살아야 해. 못 참을 것을 참더라도 살아야 하네. 자네 진정을 천지신명이 알고 우리 몇 친구가 아니, 무슨 걱정인가."

하고 손을 잡고 유성원을 위로하는 것은 박팽년이다.

"그렇기를 두말인가. 자네 이번 일이 잘한 일은 아니지. 실수는 실수지만 장차 벗을 날이 있으니까."

하는 것은 하위지다. 하위지는 앞일을 내다보는 듯이 말하였다.

친구들의 진정으로 하는 말이 일변 가슴을 찌르는 듯이 아프기도 하고 일변 고맙기도 하였다.

유성원 때문에 좌중에는 말할 수 없이 비창한 기운이 충만하였다.

"자, 이 말은 고만하고 내일 일을 의논하세."

하고 화제를 돌리려는 것은 성삼문이다.

"내일 솔백관하고 상소를 한다니 그게 무슨 일이겠나. 생각건대 안평대군 일인 듯하이."

하고 성삼문은 정원에 있으므로 가장 이런 일에 기미를 알아야 할 처지이므로 먼저 의견을 말하는 것이다.

"최항이는 그 일을 알 듯하기로 물어보았지마는 잡아떼어. 도승지가 되었다고 교(驕)가 났는지, 우리를 대하기가 부끄러운 일이 있는지 나를 보면 피해."

"영양위 궁에서 수양대군을 불러들이고 고명 제신들을 속이어서 불러들이고 상감을 속이고 한 것이 모두 최항이 놈의 농간이야."

하고 격하기 쉬운 이개의 핏기 없는, 연약해 보이는, 병색 있는 얼굴이 감정으로 빨개진다.

"최항이가 정인지 문하에 긴히 다니느니. 사람이 재승박덕해. 재주는 있지마는 원체 의리가 박하고 물욕이 있어."

하는 것은 전 대사헌 기건의 말이다. 기건은 수양대군 이하 왕자들이 궁중에 분경(奔競)하는 것을 탄핵하다가 수양대군에게 밀리어 쫓겨난 사람이다.

"최항이 아니기로 모르겠나. 내일 상소야 빤하지. 수양대군이 안평대군을 싫어하는 줄 아니까 안평을 아주 죽여버리어서 수양의 마음을 기쁘게 하자는 정 정승의 충성에서 나온 일이겠지."

하는 것은 하위지다.

문제의 중심은 내일 아침 정인지가 백관을 거느리고 근정전에서 상감께 안평대군 죽여야 할 것을 아뢸 때에 그 옳지 못함을 한번 다투어볼까 함이다.

"간신의 무리가 무죄한 사람에게 누명을 씌워 죽이는 것을 볼 때에 묘당(廟堂)에 한 사람도 다투는 이가 없다 하면 의(義)를 어디 가서 찾는단 말인가. 또 이때에 한번 수양과 정가의 예기를 지르지 아니하면 장차 무슨 일이 생길지 모를 것이니까, 이때에 우리가 불가불 목숨을 내어놓고 다투어야 할 것일세."

하고 강경론을 하는 것은 이개다. 이렇게 말하는 이개의 심중에 항상 수양대군과 정인지의 주구가 되어 껍죽대는 그 숙부 계전의 모양이 보이었다.

이개의 강경론에 성삼문, 김질도 찬성하였다. 어전에서 한번 정인지와 흑백을 다툴 것을 주장하였다.

"우리가 아니 하면 누가 한단 말인가. 만약 이 일을 그대로 내버려두면 무소불위할 것이니까 우리 몇 사람이 중심이 되어서 연명을 하여가지고 한번 정가에게 하늘 높은 양을 보여야 하네."

하고 김질은 연명 상소라는 구체안까지 내어놓았다. 김질의 말에 여러 사람은 그럴 듯이, 그러나 결정 못 하는 듯이 서로 바라보고 앉았다.

김질은 풍세가 좋은 듯하면 더욱 기운을 내는 사람이다. 자기의 의견이 설 듯한 눈치를 보고는 더욱 기운을 내어,

"이렇게 한단 말이야. 내일 조회에 정인지가 말을 낼 때까지는 아무 소리 말고 가만히 있거든. 정인지가 의기양양해서 안평대군 죽여야 한다는 뜻을 상감께 상주하고 물러나지 않겠나. 그러면 아무도 감히 나서는 사람이 없을 것이어든. 그러면 정인지의 득의가 오죽하겠나. 그때에 우리가 나선단 말이야. 우리가 '상감께 아뢰오. 좌의정 정인지의 말이 옳지 아니하외다.' 하고 나서는 날이면 제가 간담이 서늘하지 않고 배기겠나. 고만 빨간 낯바닥이 흙빛이 될 것일세. 정가뿐이겠나. 이것도 (하고 왼손 엄지손가락을 우뚝 내세운다. 수양대군을 가리키는 뜻이다.) '에키' 하고 가슴이 꿈적할 것일세. 그렇다구 우리가 무서워서 하려던 일을 못 하지는 않

겠지마는, 설사 우리 본뜻은 실패한다 하더라도 어쨌든지 한번 크게 예기는 질러놓는단 말이야. 망신도 한번 톡톡히 시키고, 안 그런가?"

김질의 눈가에는 회심의 웃음이 돈다.

박팽년, 하위지같이 마음이 무거운 패는 김질의 말을 듣고,

'응, 왜 그리 말이 교묘하고 지리할꼬.'

하여 김질의 태도가 군자답지 못함을 불쾌하게 여기었으나, 성삼문, 이개와 같은 의분이 앞서는 사람들은 수양대군, 정인지 등을 한번 망신을 시키는 것만 해도 어떻게나 통쾌한지 몰랐다.

"됐네 됐어. 꼭 됐어."

하고 성삼문은 무릎을 치며 김질의 꾀를 칭찬하였다.

유성원은 말없이 가만히 듣고만 앉았다.

이렇게까지 하여서라도 안평대군을 위한다는 데는 여러 가지 이유가 있다. 결코 안평대군이 무죄한 사람이란 이유만은 아니다. 이러한 어수선한 판에 무죄한 목숨을 위해서 여러 사람이 목숨을 내어놓고 다툴 여유가 있을까, 없다. 안평대군을 살려야만 할 이유가 있다.

그 이유 중에 첫째로 가는 것은 안평대군이 살아 있지 않고는 감히 수양대군을 당해낼 사람이 없다는 것이니, 안평대군마저 죽여버리면 수양대군 일파에 대하여서는 정히 무인지경이 되는 것이다. 그러므로 이러한 정치적 이유로 보아서 아무리 하여서라도 안평대군은 죽지 않게 하여야 할 것이다.

또 안평대군을 살려야 할 둘째 이유가 있으니 그것은 도덕적 이유다. 성삼문 등이 생각하기에, 수양대군은 불의를 대표한 세력이요 안평대군은 의를 대표한 세력이었다. 안평대군이 밤낮에 시와 술과 풍류에 묻히

어서 비록 적극적으로 하여놓은 일은 없었다 하더라도, 그는 옳은 일을 알아보고 옳은 사람을 알아볼 줄 알므로 천하 옳은 사람의 돌아가는 바가 되어 은연중 천하 인인지사의 중심이 되었던 것이다. 그러므로 안평대군이 죽는 것은 안평대군 개인이 죽는 것이 아니라 실로 의를 대표하는 세력이 죽는 것이다. 이러므로 안평대군은 아니 살리지 못할 것이다.

안평대군을 아니 살리지 못할 셋째 이유가 있다. 그것은 어리신 상감을 위하여서다. 고명받은 유력한 제신이 다 죽어버린 이때에 어리신 왕을 보호할 가장 큰 힘은 안평대군이다. 성삼문 일파의 눈에 수양대군은 아무리 자기가 그렇지 않다는 것, 자기의 목적이 성왕에게 대한 주공이 됨에 있는 것을 누구이 성언한다 하더라도, 상감에게 호의를 가진 보호자가 아닌 줄로 보이었다. 그러므로 왕을 안전케 함(그것은 성삼문 일파 자기네의 문종 고명에 대한 최대한 의무다)에는 안평대군을 살리는 수밖에 없었다. 안평대군에게 개인적으로 받은 지우(知遇)에 대한 정도 결코 가벼운 것은 아니었다.

어느 편으로 보든지 안평대군을 살려내는 것은 현하 시국에 있어서 가장 중대한 문제다. 그런데 이 목적을 달하려면, 그 가장 첩경은 수양대군의 마음을 돌리는 것이지마는 그것은 불가능한 일이요, 오직 남은 길은 여론을 일으키어서 수양대군으로 하여금 체면에 안평대군 죽이기를 주장하지 못하게 하는 것이다.

그렇지마는 정인지는 이것을, 여론이 일어나면 이롭지 못할 것을 알기 때문에 극비밀리에, 질풍신뢰적으로 해버리려는 것이다. 내일 아침에 솔백관하고 왕을 위협해 왕께서 부득이 수양대군에게 물으시어, 수양대군이 가장 부득이한 듯이 백관의 의향을 막을 수 없다고 상주를 하여, 그리

하면 아마 일 주야가 지나지 못하여 안평대군의 목숨은 벌써 없을 것이다. 그러므로 안평대군을 살리려는 편에서는 어떻게 조수족(措手足)할 여유가 없다.

사정이 이러하고 보니 인제는 김질의 말과 같이 내일 아침 묘당에서 한바탕 풍파를 일으켜보는 수밖에는 아무 도리도 없다.

감정에 격한 이개, 성삼문 등은 전후를 돌아볼 새 없이 김질의 말에 찬동하였으나 비교적 냉정하고 이지적인 하위지, 박팽년 같은 이는 또 그 결과에까지 생각이 미치지 아니할 수 없었다.

'일은 안 되고 목숨은 잃고, 그렇지마는 의리상 아니 그러할 수는 없고……'

실로 난처한 딜레마(경우)다.

"이번에도 목숨은 하나 내어놓아야 하겠고, 또 후일을 위하여서도 목숨은 하나 남겨두어야 하겠고."

하고 마침내 박팽년이 탄식하는 소리를 발하게 되었다.

사실상 그러하였다. 수양대군이 정권을 잡은 지 사흘이 다 되지 못하여서 벌써 벼슬하는 사람들은 그 밑으로 들어가 붙으려고 애를 썼다. 날이 갈수록 사람들은 의리와 임금에게 충성되기보다 권세 잡은 수양대군, 정인지에게 충성되기를 힘쓸 것이다. 만일 이번 안평대군 일로 하여 '우리네'가 다 죽어버리면 뒷일은 누구에게 부탁하랴 하는 것이 오늘 밤 모인 몇 사람의 진정의 근심이었다.

이때에 성삼문이 신숙주 문제를 끌어내었다.

"내가 그 사람을 청하려다가 또 다들 어떻게 생각할지 몰라서 아니 청하였어. 이번에 갑자기 벼슬이 높이 오른 것을 보면 수양이나 정가에게 긴히 보이기도 한 모양이지마는, 그런들 설마 아주 환장이야 하였겠나. 설사 환장이 되었기로니 우리 말이야 제가 안 듣겠나. 또 가만히 생각하면 우리네 중에 신숙주가 가장 수월한 듯하니까 아마 그 마음을 사노라고 높은 벼슬을 주었는지도 알 수 없어. 아무리 세상이 뒤집히었기로 설마 신숙주가 어디 그럴 리야 있을라고."

신숙주는 이른바 집현전 팔 학사 중에 하나로 여기 모인 사람 중에 어느 누구와는 친하지 아니하랴마는, 특히 성삼문과는 성이 다를 뿐이지 죽마고우요 동문수학이요 동포형제나 다름이 없이 절친한 사이였다. 그래서 이번 사건에 남들은 다 신숙주를 의심하여도 성삼문만은 아직도 그를 의심하고 싶지 아니하였다.

"아니야, 아니야."

하고 성삼문의 말에 이개가 손을 내어두르며 굳세게 부인하였다.

"신숙주가 이번 일에는 제일가는 모사래. 첫째 한명회, 둘째 신숙주라데. 내 삼촌 말을 들으니까 신숙주는 벌써부터 수양대군과 통한 모양이요, 정인지를 수양대군에게 갖다가 붙인 것도 신숙주라나 보데. 내 삼촌은 수양대군 문하에 밤낮 다니기나 하지마는 신숙주는 수양대군 궁에 한번 발도 안 들여놓고도 내 삼촌보다는 더 긴했던 모양이니 알아볼 것 아닌가."

사람들의 눈은 성삼문에게로 옮았다. 그러나 삼문도 이개의 말을 반박할 아무 재료도 가지지 못하였다.

"그래도 신숙주가 나서면 혹시 안평대군을 살려낼지도 모르니 한번 말이나 해볼까."

"안 될 말이야! 안평대군을 죽여야 한다는 꾀도 신숙주 놈의 속에서 나왔기가 십상팔굽세. 내 삼촌의 말눈치가 신숙주 놈부터 때려죽일 놈이야."

하고 이개는 흥분을 못 이기어 그 가냘픈 몸을 떤다. 이개가 삼촌이라는 것은 무론 이계전이다.

명일 조회에 한 풍파 일으키기로 마침내 작정이 되었다. 의리 소재에 주저할 바가 아니라고 보았다.

"뒷일을 생각해서 목숨을 아껴둔다는 것은 의가 아니어. 보지 못하는 장래를 위하여 목전에 다닥친 대의를 저버리다니 말이 되나. 우리네가 이번 의에 죽으면 후일에 그때 의에 죽을 사람이 자연 또 있을 것이어."

하는 이개의 말은 여러 사람의 뜻을 결정하는 데 가장 힘이 있었다. 이석형, 기건의 자중론은 이 대의론 앞에 자연히 소멸되고 말았다.

오류 인 미관말직의 외롭고 약한 힘으로 일국 정권을 마음대로 놀리는 수양대군과 정인지를 대항한다는 것은 실로 당랑거철이라 아니 할 수 없다. 그러나 '우리는 의를 위하여 죽는다.' 하고 생각하면 마음이 든든하였다.

술이 나왔다. 아마 이 세상에서 마지막인지 모를 주회다. 권커니 잡거니 여러 순배에 이르러도 내일 일이 관심이 되어 술이 취하지는 아니하였다.

"누구 유력한 사람을 하나 장두(狀頭)로 세우는 것이 어떠한가. 우리네 미관말직만이 나서는 것보다 그래도 재열(宰列)에 참예한 사람이 한둘 있었으면 더 소리가 크지 않겠나."

하고 하위지가 술잔을 놓고 말을 낸다.

"그래, 내 뜻도 그러이."

하는 것은 박팽년이다.

박팽년이 예조참의, 성삼문이 우승지, 이개가 직제학, 유성원이 사예, 김질도 유성원과 같이 사예, 이석형이 교리, 그중에 기건이 대사헌을 지냈으니 가장 벼슬자리가 높다 하려니와 현직은 없고, 그 나머지는 조정에 나서서 힘 있게 말할 만한 지위에 있는 이가 없다. 현재 대사헌 권준, 대사간 이계전이 동지였으면 대단히 소리가 클 것이건마는 이 두 사람은 수양대군의 심복이다. 그런즉 내일 조정에서 정인지와 다툴 때에는 적어도 정경(正卿)의 지위는 가진 사람이 두목으로 나서는 것이 필요하다. 한번 말을 낸 뒤에는 아무나 나서서 말할 수가 있겠지마는, 처음 말을 낼 사람은 지위나 명망이 족히 정인지와 비등할 사람이 필요하다.

그러나 누가 좋을까 하며 오래 생각할 필요가 없이 한 사람을 택하였다. 그 사람이 누구인 것은 독자도 벌써 짐작할 것이니, 그것은 의정부 좌참찬 허후다.

허후 집에 가는 교섭 위원은 성삼문과 이개 두 사람으로 정하였다. 이개와 허후와는 관계가 있다. 허후의 아들 교리 허조(許慥)가 이개의 매부였다. 이렇게 이개와 허조와는 다만 남매의 분의(分誼)가 있을뿐더러 또한 지기상적하는 동지였다.

성삼문, 이개가 잿골 허후 집에 다다랐을 때에는 벌써 야심하였었다. 그러나 언제 어떠한 벼락이 내릴지 모르는 허후 집에서는 내외가 다 잠을 이루지 못하고, 개만 짖어도 금부도사나 아닌가 하고 마음을 졸이고 있었다.

성삼문, 이개는 위선 허조와 만나서 내일 일을 말하였다. 허조는 대번에 승낙하였다.

"그런데, 여보게."

하고 성삼문은 허조더러,

"춘부 대감께서 앞장을 서시어야 하겠네. 우리네 미관말직배들만으로야 무슨 말이 설 수가 있겠나. 그래서 춘부 대감을 우리 두령으로 추대하기로 의논들이 되었네."

하고 허후가 두목으로 나서지 아니하면 안 될 뜻을 말하였다.

허조는 아버지의 명운이 실로 절박한 것을 깨닫고 한참이나 침음하더니,

"잠깐 기다리게. 내 아버지헌테 자네 말은 전함세. 자식 된 도리에 늙은 아버지를 죽을 길로 들어가시라고 권하기는 차마 못 하겠네그려."

하고 큰사랑으로 올라갔다.

허후는 이때까지도 옷도 끄르지 아니하고 편지 축을 내어놓고는 이번에 순난(殉難)한 여러 친구들에게서 받은 필적들을 골라서 꿇어앉아서 두 손으로 받들고 읽고 있었다. 그러다가 문을 열고 들어오는 아들을 바라보며 무슨 말을 내려는 뜻을 보인다.

허후는 아들 허조가 들어오는 것을 보고,

"오, 너 잘 왔다. 이리 오너라."

하고 서안 위에 골라놓은 몇 뭉텅이 종이를 가리키며,

"이것이 지봉, 이것이 절재 필적이야. 충신열사의 필적은 분향 단좌하여 보는 법이야. 이것은 내가 죽은 뒤에라도 자손에게 전해야 한다."

하고, 또 다른 뭉텅이 하나를 내어놓으며,

"이것은 안평대군 필적이야. 다 잘 두어라."

한다. 아무리 의에 대하여는 자기 목숨을 초개같이 아는 허후라도 불출

일 년에 아들 손자가 다 도륙을 당하고 허후의 집이 영원히 멸망해버리리라고까지는 생각하지 못하였을 것이다. 그의 눈앞에는 둘째 손자 구령(九齡)이 할아버지 곁에서 놀다가 아랫목에 곤하게 자는 양이 보인다. 큰손자 연령(延齡)은 명춘에 과거를 보려는 나이다.

허조는 아버지가 말하는 대로 예예 하기는 하면서도 마음은 슬펐다. 그렇게도 좋은 아버지, 좀 괴벽하다고 할 만은 하지마는 일찍 옳지 않다고 생각하는 일을 하는 것을 보지 못하고, 제 몸이나 제 집을 위하여 무엇을 생각하거나 일하는 것을 보지 못한 그러한 아버지, 별로 능력은 없으나 나랏일만을 자기 일로 생각하고 기뻐하고 슬퍼하고 분해하던 아버지, 그러한 아버지가 이제나저제나 하고 금부도사를 기다리게 된 정경을 생각하면 전래 효성을 타고난 허조의 가슴은 미어지는 듯하였다. 더구나 성삼문, 이개가 청하는 대로 한다면, 아마도 이 늙고 좋은 아버지의 생명은 내일 하루를 넘기지 못할 것이다.

"아버지!"

하고 부르고는 허조는 말문이 막히었다. 죽고 사는 데 대하여 무서워하거나 슬퍼할 허조가 아니건마는 모든 사정이 허조의 슬픔을 폭발하게 한 것이다.

허후는 안평대군의 편지 한 장을 들고 보다가 아들의 말에 놀라는 듯이 고개를 들어 물끄러미 아들을 바라본다.

"아버지!"

하고 허조는 남아의 의기로 북받치어 오르는 울음을 눌러버리고,

"성삼문이가 왔습니다."

하고 말문을 열었다.

"성삼문이가 왔어? 혼자?"

"이개허구요."

"응, 어찌해 이 밤중에?"

하고 허후는 손에 들었던 안평대군의 편지를 책상 위에 내려놓는다.

"내일 아침에 솔백관계한다고 아니 합니까?"

"응, 그렇지. 정가가."

허조는 방 안에 누가 듣지나 않나 하는 듯이 휘 한 번 둘러보고는 소리를 낮추어,

"오늘 저녁에 성삼문의 집에 몇 사람이 모였더래요."

"누구 누구?"

"그 사람들이지요. 박팽년, 하위지, 이석형, 기건, 유성원……."

하고 말도 끝나기 전에 허후가 눈을 크게 뜨며,

"무어? 유성원이가 무슨 낯을 들고 나와 댕겨?"

하고 소리를 지른다.

"그게야 협박을 받아서 그런 것입니다. 유성원이가 마음이야 변할 리가 있어요?"

하고 허조는 유성원을 두남둔다.

"협박만 받으면 아무런 것이라도 한단 말이냐?"

하고 허후의 소리는 더욱 커진다.

허조는 아버지 뜻을 거스르기가 어려워 잠깐 잠자코 앉았다.

허후는 유성원 문제보다 더 중대한 문제를 잊었던 것을 생각하고 성난 것을 거두고,

"그래, 그 사람들이 모여서 어찌했단 말이냐?"

"내일 아침 정인지가 안평대군 죽여야 할 것을 주장하거든 안평대군을 죽이는 것이 옳지 않다고 크게 반론하기로 작정하였다고 합니다."

하는 허조의 말에, 허후의 고개가 저절로 번쩍 들리고 눈이 크게 떠지더니 숨길 수 없이 기쁜 빛이 드러나며,

"그러기로 작정을 했어? 조정에서 정인지와 한바탕 다투기로?"

하고 참을 수 없는 듯이 빙그레 웃는다.

"어, 장하다. 아직도 의가 살았구나."

허후는 유성원 때문에 일어났던 분한 마음도 다 스러지고 가장 유쾌한 듯이,

"왜 이리 들어오라고 아니 한단 말이냐. 귀한 손님들이로고나. 이리 들어오라고 하여라."

하고 서안 위에 늘어놓인 종이 뭉텅이를 주섬주섬 주워서 문갑 속에 집어넣는다.

"그런데, 아버지가 앞장을 서시라고요."

하고 허조가 아버지를 우러러본다.

"내가 나서라고? 나서기를 두말이냐. 하늘이 도와서 인제 내가 죽을 곳을 얻었다. 어서 다들 이리 들어오라고 하려무나."

하고 허후는 마치 오래 그리워하던, 대단히 반가운 사람이나 만나려는 듯이 기뻐하였다. 처네를 들어 손자 구령의 곤히 자는 몸을 덮어주었다.

이리하여 허후와 내일 일을 다 짜놓고 허후 집에서 나오는 길에 성삼문이 이개더러,

"여보게, 우리 범옹(泛翁)이헌테 들러 가세."

하였다. 범옹은 신숙주의 자다.

"그건 무엇하러?"

하고 이개는 냉랭하였다.

"가서 그 사람이 환장을 했나 아니 했나 보세그려. 보아서 정말 환장을
했거든 한바탕 호령이나 해주고, 그렇지 않고 예전 신숙주대로 있거든
안평대군 위해 힘을 좀 쓰라고 해보세그려. 사실 여부를 알아보지도 아
니하고 친구를 버린다는 것이 어디 친구의 도린가?"

하고 삼문은 이개를 끌었다.

성삼문의 말은 이치에 합당하였다. 이개는 마음으로는 싫지마는 성삼
문의 말을 그렇게 거절할 수도 없고, 또 신숙주 집이래야 허후 집과 같이
잿골이어서 집으로 가는 길에서 얼마 돌지도 아니하겠기로 성삼문을 따
라섰다.

신숙주 집 대문은 굳이 잠겨 있었다. 문을 열 때에는 전에 보지 못하던
관노 같은 자 사오 인이 성삼문, 이개에게 대하여 교만한 태도로 수하(誰
何)하였다. 이개는 대로하여,

"이놈들! 눈이 삐었느냐. 우리를 몰라보고 웬 버르장머리야."

하고 호령을 하였다.

이개가 하도 톡톡히 호령하는 바람에 관노 같은 놈들은 뒤로 물러섰
다. 이 소리에 뛰어나온 종 하나가 성삼문을 알아보고 허리를 굽신하며,

"원골 영감마님입시오?"

한다.

"오, 영감 계시냐?"

하고 성삼문의 말에 종이,

"네, 대감마님 계시오."

하고 곁에 무엇이 있으면 둘러치기라도 할 듯이 잔뜩 성이 난 이개를 힐 끗 본다.

"오, 딴은 영감이 아니라 대감이시로고나."

하고 성삼문은 신숙주 집 기구가 갑자기 변하였구나 하면서 사랑으로 들 어갔다.

"범옹이!"

하고 길게 부르는 성삼문의 소리(그것은 거의 날마다 귀에 익히 듣던 옛 친구 의 소리다)에 신숙주는,

"어, 근본가."

하고 전보다도 더욱 반가운 듯이 뛰어나와 맞았다. 숙주의 등 뒤로 흘러 나오는 불빛에 전에 보던 커다랗고 넓적한 옥관자가 없어지고 그 자리에 자그마한 환옥관자를 붙인 것이 눈에 띄었다.

"소인, 문안 아뢰오."

하고 성삼문이 시치미 떼고 신숙주 앞에서 읍하는 것을 신숙주가 한 손으 로 성삼문의 팔을 잡고 다른 손으로는 이개의 팔을 잡으면서,

"이 사람 미치었나. 이건 다 무슨 짓이야."

하고 픽 웃고,

"이리 들어오게."

하며 두 사람을 방으로 끌어다가 앉히고,

"그런데 이게 웬일이야? 이 밤중에?"

하고 어찌할 바를 모르는 듯이 방 한편 구석에 피석하여 앉은 사람을 바 라본다. 성삼문, 이개의 눈도 그리로 향하였다. 거기는 사팔뜨기 눈에 광 대뼈 쑥 내솟고 허우대 큰 작자가 하나가 있다.

'저게 웬 것이야?'

하고 성삼문은 속으로 생각하였다. 그 괴상하게 생긴 작자는,

"대감 안녕히 주무시오. 소인 물러갑니다."

하고 일어나 나갔다.

한명회가 사팔뜨기라더니 저것이 한명회라는 것인가, 하고 성삼문은 일어나 나가는 한명회의 뒷모양을 흘기어보고, 한명회류가 이 야심한데 신숙주와 단둘이 무슨 은밀한 이야기를 하고 있는 것이 대단히 마땅치 못하였다.

"이 사람, 그것 웬 작잔가?"

하고 삼문은 한명회가 마당에 내려설까 말까 한 때에 들겠거든 들어라 하는 듯이 큰 소리로 물었다. 이개도 책망하는 듯한 눈으로 이 질문을 받는 신숙주를 바라보았다.

"응, 그 사람, 저, 뉘 심부름 온 사람이야."

하고 숙주의 어음은 분명치를 못하였다. 숙주는 어찌해 등에다가 모닥불을 퍼붓는 듯함을 느끼었다.

여태껏 한명회에게 또박또박 대감을 받히고 경대함을 받을 때에는 자기의 지위가 높음을 깨달아 만족한 기쁨이 있더니, 성삼문, 이개 두 친구의 들여다보는 눈을 볼 때에는 몸이 무엇에 눌려 쥐구멍에라도 들어가고 싶음을 깨달았다.

"뉘 심부름 온 사람이라니, 그 눈깔 하고 흉악하게 생겨먹은 품이 수양대군 궁에 드나든다는 한가 아닌가. 이번에 영양위 궁 사람 죽이는 일에는 원훈이라지?"

하고 이개가 칼날같이 날카로운 말로 숙주를 쏘았다.

숙주는 웃고 손으로 턱을 만질 뿐이요 대답이 없다.

"그런가, 그것이 한명회인가?"

하고 삼문도 곁에서 재촉한다.

"그래, 한명회야. 그렇게 흉악한 사람은 아닐세. 외양은 그렇지마는 마음은 그다지는 아니 한 모양이야. 저 민대생(閔大生)의 사위 아닌가."

하고 우리네가 사귀어도 관계치 않다는 듯이 숙주가 억지로 쾌활한 빛을 보인다.

숙주가 한명회의 변명을 하는 것이 두 사람에게는 더욱 불쾌하였다. 더구나 이개는 당장에 숙주의 낯에 가래침이라도 뱉어주고 싶도록 명회를 변명하는 숙주의 낯이 뻔뻔하였다. 오직 숙주를 가장 믿고 사랑하는, 본래 친구를 믿으면 거짓말까지도 믿으려 하여 의심할 줄을 모르는 성삼 문만이 어떻게 하여서라도 숙주가 변심하지 아니한 것을 이개에게 증명 하고 싶었다. 그래서 단도직입으로,

"여보게, 우리가 이렇게 야심한데 온 것은 자네헌테 물어볼 말이 있어 서 온 것이야. 세상에서 말하기를 자네가 변심하였다네그려. 우리네를 버리고 정인지 편이 되었다니, 그런가? 정인지라고 본래부터 그리된 것 은 아니겠지마는 정인지야말로 단단히 변심을 하였어. 세상이 다 지봉, 절재를 배반한다기로니 정인지야 어디 그럴 수가 있겠나. 저는 그럴 수 가 없지. 그런데 듣는 바로 보면, 지봉, 절재를 죽이게 한 것이 한명회, 정인지의 소위라 하니, 정인지가 환장이 안 되었으면 그럴 수가 있겠나. 그런데 자네는 이계전, 최항과 함께 정인지 패가 되었다고 하니 그게 있 을 말인가. 어디 자네 입으로 좀 그렇지 않다고 말을 하여보게. 이번 자 네 벼슬이 갑자기 뛰어오른 것이 수상하다고들 하지마는, 그것이 혹 자

292

네를 환장시키려는 정인지의 계책인지 몰라. 그렇지만 어디 세상에서야 그렇게 생각해주나. 다 자네가 정인지 편이 되었다고 그러지. 아무려나 자네가 청백한 것을 보이려거든 우선 자네 입으로 이 자리에서 시원히 말을 해보게."

하고 숙주를 바라보았다.

숙주의 관자놀이는 쉴 새 없이 들먹거리었다.

"어디 변심이고 말고가 있나."

하고 숙주가 겨우 불분명한 외마디 대답을 한다.

"아니, 이 사람."

하고 이개가 고개를 숙주에게 내어밀고 살기 있는 눈을 숙주의 옥같이 아름다운 얼굴을 노려보며 묻는다.

"그러면 자네는 이번 수양대군의 일에는 아무 상관이 없단 말인가? 집현전에서 영묘(英廟)와 현릉(顯陵)의 고명을 받던 신숙주 고대로 있단 말인가? 그렇거든 그렇다고 분명히 말을 하게."

성삼문, 이개의 말은 구구절절이 신숙주의 폐부를 찔렀다. 신숙주는 '죽을죄로 잘못했으니 살려줍시오.' 하고 그만 방바닥에 엎드리고도 싶었다. 그러나 그리할 수가 있을까. 그리할 수는 없다. 숙주는 얼음같이 차디찬 욕심의 돌로 설레는 양심의 병아리를 꽉 눌러 질식을 시키고,

"글쎄, 이 사람들이 오늘 웬일인가. 자네들까지야 나를 이렇게 의심해서 쓰겠나."

하고 슬쩍 농치어버린다.

이때에 종이 주안상을 들고 나왔다.

이 주안상은 숙주를 살리었다. 숙주에게 잠시 피신할 곳을 준 셈이다.

"자, 한잔 먹세."

하고 숙주는 어여쁜 종으로 하여금 술을 치게 하였다. 이 젊은 종은 삼문이나 이개가 일찍 숙주의 집에서 보지 못한 바다. 그렇기로 벼슬이 오른지 사흘이 못 되어 이대도록 숙주 집 기구가 굉장하게 변할까.

신숙주 아버지는 참판 신장(申檣)이다. 그렇게 호화로운 집은 되지 못한다. 아버지 신 참판이 치산하는 재주가 있는 덕에 가난치는 않다 하더라도 이렇게 아름다운 종을 둘 처지가 못 되는 줄은 성삼문이 가장 잘 아는 바다. 이 종은 수양대군한테서 선물받은 종이다. 술도 수양대군 궁에서 온 술이다. 그런 줄을 알았더면 성삼문, 이개는 아니 먹었을는지 모르거니와, 그들은 출출한 김, 흥분한 김, 으스스 추운 김에 이 따뜻하게 데운 달고 매운 향긋한 청주를 따라놓는 대로 아니 마실 수가 없었다. 이러하는 동안에 신숙주는 두 친구의 무형한 단근질에 부대끼던 몸을 잠시 숨을 태울 수가 있었다.

이 술에 대하여 신숙주의 부인 윤씨에게 감사하지 아니하면 아니 된다. 윤씨는 재와 색과 덕이 겸비하기로 동배간에 유명한 부인이다. 그는 남편의 친구가 사랑에 오면 가만히 종을 시켜서 그가 누구인지를 탐지하여서 적당하게 대접을 한다. 그것은 남편과의 친불친을 표준으로 하는 것은 말할 것도 없지마는, 결코 그뿐은 아니다. 덕행과 명성에 흠이 있는가 없는가를 스스로 판단하여서, 대접할 만한 이는 하고 못한 이는 아니 한다. 윤씨의 이 총명에 대하여서는 신숙주도 신임하고 감복하는 터이다.

윤씨 부인은 한명회가 왔을 때에는 아무 대접도 아니 하였다.

"왜 그런 소인을 사귀시오?"

하고 직접 남편에게 말한 적까지 있었다.

"아니, 그 사람이 그렇게 소인은 아닌걸."

하고 그때에도 숙주는 아내에게 어물어물해버리었다.

성삼문이 윤씨 부인의 가장 환영하는 손님인 것은 말할 것도 없다. 성삼문 올 때에 나오는 술상이 가장 좋다. 좋은 술이나 안주가 생긴 때에는 윤씨는 성삼문 오기를 기다리어서 다락 속에 감추어둔다. 오래 감추어둘 것 없이 성삼문이 찾아온다. 아내의 이 뜻을 신숙주도 기뻐한다. 아내 윤씨는 남편 신숙주의 뜻을 다 알아두고는 남편이 말하기 전에 그가 원하는 바를 다 하여준다. 참 알뜰한 며느리요, 아내라고 칭찬받는 것이 마땅하였다.

"그러면 자네 뜻은 예나 이제나 변함이 없단 말인가?"

하고 성삼문은 한 번 더 숙주에게 묻는다.

"두말인가? 신숙주가 설마 권세를 따라서 마음 변할 사람이겠나. 자네들헌테 이러한 의심을 받는 것이 내가 박덕한 탓일세마는 내 마음은 그렇지를 않아."

하고 숙주는 잠깐 휴양하는 동안에 새 기운을 얻어서 서슴지 않고 대답하여버린다.

"글쎄, 그러면 그렇지. 우리 범옹이가 설마 절개를 팔아먹을 리야 있나. 여보게 백고(伯高), 안 그런가."

하고 성삼문은 그만 맘이 탁 풀리어서 좋아라고 무릎을 치며 이개를 바라본다. 숙주가 무죄한 것이 그렇게 기뻤던 것이다. 백고는 이개의 자다.

그러나 이개는 그렇게 단순한 사람이 아니다. 그는 맵고 맺힌 사람이다. 숙주의 말이 그대로 믿기지를 아니하였다.

"자네가 진실로 청백하거든."

하고 이개는 폐간을 꿰뚫어보는 듯한 무서운 눈으로 신숙주를 들여다보며 명령하는 듯한 어조로 들이세운다.

"진실로 자네가 청청백백할 것 같으면 그러한 표를 보이게."

하고 이개가 요구한다.

"어떻게 하면 그 표를 보이는 것인가."

하고 신숙주도 청백한 표를 보이고 싶은 태도를 보인다.

"첫째로 자네 벼슬을 내어놓게. 자네 벼슬이 너무 엽등(躐等)이야. 까닭이 없는 엽등에는 바르지 못한 속살이 있는 것이라고 남이 말한들 자네가 무엇이라고 발명(發明)할 터인가? 자네가 아무리 청청백백하다고 하더라도 일개 승지로서 일약에 좌참찬이 되었다 하면, 아무도 자네를 이번 일에 가장 공이 큰 사람으로 아니 볼 수가 있나. 정인지가 우참찬에서 좌의정으로 뛰어오르고, 한명회가 백면으로서 군기시 녹사 된 지 이틀 만에 이조참의가 된 것 이상일세. 그러니까 자네가 진실로 청백하거든 내일 아침으로 자네 벼슬을 내어놓게."

이개의 이 말은 참으로 신숙주에게는 아픈 말이었다. 일 년래로 친구를 속이고 아내를 속이고 양심까지 속이고 애를 쓴 것이 무엇 때문인데? 권세 때문인데. 이개의 말은 큰일 날 소리였다.

"자네 말이 옳기는 옳의. 그렇지마는 너무 서생론(書生論)이야."

하고 신숙주는 이제는 조금도 면난한 빛이 없고 도리어 이개를 지도하는 태도다.

"어찌해 자네 말이 서생론인고 하니, 우리가 다 청렴한 듯이 발을 빼고 물러나오면 나랏일은 어찌한단 말인가. 영릉, 현릉께서 고명하신 것도 결코 물러나와서 독선기신(獨善其身)이나 하라고 하신 뜻은 아닐 것일세. 자네들이나 내나 다 같이 이 몸과 목숨을 나라에 바치지 아니하였나. 한번 바친 몸과 목숨을 늙어서 폐인이 되거나 죽어서 해골이 되기 전에 다시 찾을 수가 있나. 그것은 도리가 아니야. 하물며 오늘날같이 국가다사한 날에 우리가 일신의 명예나 안락을 위해서 몸을 피하다니 될 말인가. 백고! 자네가 잘못 생각한 말일세. 안 그런가, 이 사람 근보?"

신숙주의 말은 과연 당당하다. 과연 충신의 말이요, 국사(國士)의 말이었다.

"옳의, 범옹이, 자네 말이 옳의. 우리가 물러나와서 쓰겠나. 우리가 나오면 그야말로 권람이, 한명회 같은 유의 판이 되게. 안 그런가, 백고?"
하고 성삼문은 의심이 다 풀리었다 하는 만족한 표정으로 이개의 동의를 구한다.

그러나 이개도 성삼문 모양으로 그렇게 단순하게 신숙주의 말에 넘어갈 사람은 아니다. 도리어 이 그럴듯한 신숙주의 말속에 더욱 가증한 속임이 있는 듯이 깨달았다. 그렇지마는 그것을 폭로하여 뻔뻔한 신숙주가 부끄러워 죽도록 윽박지를 방법이 없는 것이 분하였다. 이개의 해쓱한 얼굴은 더욱 해쓱하고 여자의 손가락같이 가늘고 흰 손가락들은 홍분으로 떨리었다. 숙주가 싸워 이긴 기쁨으로 빙그레 웃는 낯으로 이개를 보는 것이 더욱 가증하고 분하였다.

"자네 속은 시원하게 알았네."
하고 성삼문은 기쁜 듯이,

"언제는 내가 자네를 의심하였겠나마는 하도 세상에서들 자네가 이번 일에 원흉이라고 그러니까 자네 입으로 한마디 안 그렇단 말을 시원히 들어보려고 왔더니…… 어, 속이 다 트이는걸. 안 그런가, 백고?"

하고 이개의 팔을 잡아끌며,

"자, 한잔 더 먹세."

하고는 자기부터 혼자 잔을 들어 마신다.

"그러면 자네는 벼슬을 내어놓을 수 없단 말일세그려?"

하고 이개가 다시 채찍을 들어 신숙주의 피나는 양심을 후려갈긴다.

곤경이 다 풀리었거니 하였던 숙주는 꿈쩍하였다. '이 사람이 내가 죽는 양을 보고야 말려는가.' 하고 잠깐 망연자실 아니 할 수 없었다.

"이 사람, 고만하게. 더 말할 것이야 있나."

하고 성삼문이 민망한 듯이 손으로 이개를 막는 모양을 한다.

이개가 다시 다지는 바람에 신숙주는 몸에 소름이 끼치고 등골에 땀이 흘렀다. 그리고 결코 뜻이 변하지 아니한 것을 중언부언 말하였으나 그 말에는 도시 힘이 없었다. 성삼문이 새에 나서서 이개를 무마하여가지고 신숙주 집을 나섰다. 그날 밤 신숙주는 잠을 이루지 못하였다. 그러나 이개의 말과 같이 벼슬을 내어놓을 생각은 없었다.

이튿날 조회다. 영의정 수양대군 유, 좌의정 정인지, 우의정 한확, 좌찬성 신숙주, 좌참찬 허후 이하로 정부, 삼사, 육조의 백관이 품질 찾아 근정전에 모이었다.

이날 조회에 첫째로 한 일은 수양대군 궁을 호위하는 일이다. 정인지의 상주대로 금군진무(禁軍鎭撫) 두 사람이 갑사 오십, 별시위 오십, 총통 이십, 방패 이십으로 수양대군 궁을 호위하기로 되었다. 이것은 황보인, 김종서 등 역적의 잔당이 혹시 수양대군을 엿볼까 하는 근심이 있다는 이유에서 나온 것이다. 기실은 정인지의 수양대군에 대한 충성을 표한 것이다.

둘째 일은 이번 일에 공 있는 사람들을 정난공신(靖難功臣)이라 하여 정인지 이하 삼십육 인에게 일등훈, 이등훈, 삼등훈으로 나누어 군(君)을 봉한다는 것을 발표한 것이다. 그중에 중요한 사람 몇을 들면,

하동부원군 정인지

서원부원군 한확

고령부원군 신숙주

길창부원군 권람

상당부원군 한명회

인산부원군 홍윤성

남양부원군 홍달손

영성부원군 최항

한성부원군 이계전

강성부원군 봉석주

서○부원군 양정

여기 적힌 이름들은 독자도 벌써 다 아시는 바다. 한명회, 홍윤성, 양정도 인제부터는 부원군 대감이 되었다.

그런데 우스운 것은, 박팽년, 성삼문 두 사람이 그날 밤에 집현전 입직을 하였다 하여 정난공신 삼등훈에 들어 군을 봉함받은 것이다. 무론 이두 사람은 한 번도 군 행세를 한 일이 없었고, 또 공신들이 돌려가며 한턱씩 낼 때에도 두 사람은 가난하다는 것을 핑계로 내지를 아니하였다.

그러나 청천벽력으로 한명회, 홍윤성 등과 같이 정난공신 명부에 이름이 오른 것을 볼 때에는 두 사람은 벌린 입이 다물어지지를 아니하였다.

성삼문, 박팽년 두 사람을 정난공신에 집어넣은 것이 수양대군, 정인지 등의 고등 정책인 것은 말할 것도 없다. 될 수 있으면 집현전 학사들 중에 누구누구 하는 사람들을 다라도 정난공신 속에 집어넣고 싶었다. 이러하므로 이번 소위 정난의 누명을 조금이라도 감할 수가 있고, 적어도 말썽 많은 사람들의 입을 틀어막을 수가 있는 까닭이었다. 그러나 다른 사람은 핑계가 없었고, 성삼문, 박팽년은 그날 밤에 입직하였다는 핑계가 있었던 것이다. 또 이 두 사람을 공신에 넣는 데 신숙주가 정인지에게 많이 힘을 쓴 것은 사실이다.

삼십육 인 정난공신이 탑전에 사은숙배한 뒤에 정인지는 안평대군 용과 전 우의정전경도도체찰사(右議政全慶道都體察使) 정분(鄭苯)에게 사사(賜死)하여야 할 것을 백관의 뜻이라 칭하여 탑전에 아뢰었다. 그 요지는 이러하다.

안평대군 용은 수악(首惡)이라 종사의 대죄인인즉, 비록 지친이라 할지라도 단정코 용서할 수 없을 것이요, 또 백관과 민심이 다 이 불공대천지수를 살려두기를 원치 아니하니 왕은 사정을 버리시고 공론을 좇아 단연히 안평대군을 죽이고자 함이요, 또 전 우의정 정분에 대하여는 정분이 비록 도체찰사로 밖에 있었으나 황보인, 김종서와 같은 붕당인 것이 의심 없은즉 그도 죽임이 마땅하다 함이다.

정인지가 충성을 다하는 듯, 죽음을 무릅쓰는 듯, 어린 왕을 효유(曉諭)하는 듯, 위협하는 듯, 도도 수천 언을 늘어놓을 때에 백관 중에는 숨소리도 없는 듯하였고, 왕은 다만 어찌할 줄 모르는 듯이 좌우를 돌아보시었다.

안평대군의 목숨이 쇠줄로 되었더라도 견디어날 것 같지 아니하였다. 어리신 왕은 이 사람들이 어찌하여 한사코 안평대군을 죽이고야 말려는 고, 하고 그 속을 알 수가 없으시었다. 왕은 정인지를 바라보고, 다시 마치 동정을 청하는 듯이 수양대군을 바라보았다.

이 경우에 왕이 취할 길이 셋이다. '윤(允)'이라 하거나, 그와 반대로 '불윤(不允)'이라 하거나, 또 "令瑈輔政 軍國重事 悉委摠治 以待余親政之日"이라 함과 같이, 나랏일은 모두 수양대군에게 위임해버리었으니 안평대군을 죽이고 살리는 판결을 수양대군에게 밀어버리시든지. 실로 위기일발이다.

이때에 허후가 나섰다.

"좌참찬 허후 아뢰오."

하는 힘 있는 늙은 음성이 종용하던 전내에 울릴 때에 사람들의 귀와 눈이 다 허후에게로 향하였다.

'저것이 또 무슨 객담을 하려고 나서.'

하고 수양대군은 허후를 흘겨보았다. 아무리 하여도 길들일 수 없는 허후가 미웠다.

왕도 눈을 허후에게 돌리었다.

허후는 탑전에 부복하였다.

성삼문, 이개, 박팽년, 유성원, 김질, 하위지 등은 언제나 나설 차비를 하고 뒷줄에서 허후와 함께 가슴을 뛰게 한다.

"상감께옵서 좌의정 정인지를 파직하시와 금부로 내려 가두시오!"

이것이 허후의 말 허두다. 누구는 이 말에 놀라지 아니하였으랴마는 그중에도 정인지는 낯빛이 종잇장같이 되었다.

"안평대군 용은 종실의 지친이어늘 정인지는 신자가 되어 지친을 모함하여 골육지변을 일으키려 하니 기죄가살(其罪可殺)이옵고, 그뿐 아니어 안평은 지친이라 불인치법(不忍置法)이라 하옵신 전교를 나리신 것이 어저께 일이어늘, 이러한 전교가 계신 지 하루가 못 하여서 또 솔백관계한다 칭하고 지존을 번거로우시게 하니 이는 지존의 말씀을 가벼이 여기고 제 사사로운 뜻을 이루려고 지존을 위협함이오니 더욱 기죄가살이옵고, 또 영의정이 자재하거든 좌의정의 몸으로 솔백관계를 한다 하니 이는 관기를 문란하는 것이라 역시 기죄가살이외다. 만일 지금 정인지를 엄벌하시와 그 화근을 끊지 아니하옵시면 위로는 지존과 종실을 업수이여기고, 아래로는 백관을 농락하여 무소부지(無所不至)할 염려가 있사오니 당장에 삭탈관직하옵시고 금부에 나려 가두게 하심이 지당한가 하오."

허후의 말은 실로 청천벽력이었다. 사람들은 너무도 그 말이 의외인데 아연하여 다들 자기네의 귀를 의심하였다.

정인지는 돌로 깎아 세운 듯이 가만히 있었다. 오직 그 입술과 손가락이 분한 것으로 파르르 떨릴 뿐이었다. 아무도 감히 말하는 자가 없었다.

이윽히 있다가 왕은,

"안평대군을 죽이는 것이 불가하다고 생각하는 자는 반열 밖에 나서라."

하시었다.

성삼문, 박팽년, 이개, 유성원, 김질, 기건, 이석형, 권절(權節) 등 삼십여 인이었다. 애초에 짠 사람은 칠팔 인밖에 아니 되지마는, 나머지 이십여 인은 불기이동(不期而同)으로 의사를 같이한 사람들이다. 허후의 말이 그들을 움직이는 데 가장 힘 있는 것은 무론이다.

이렇게 삼십여 인이 정인지를 반대하고 나서고 보니 조정에는 불온한 기운이 돌았다. 이대로 가다가는 더욱 불온한 일이 생길까 하여 수양대군은 상감 앞으로 가까이 나와,

"고만 파조하시옵고, 정인지와 허후가 아뢴 말씀은 파조 후에 재결하심이 지당할까 하오."

하였다.

왕은 이 자리에서 좀 더 두 파로 하여금 흑백을 다투게 하고 싶으시었으나 군국대사를 전부 위임하신 영의정 수양대군의 말을 모른다 할 수 없으시어 곧 파조하시고 편전으로 입어하시었다.

이리하여, 어찌하였으나 정인지의 술백관계를 묵주머니로 만들기에 성공하였다. 이날에,

"안평대군 용을 강화에서 교동으로 옮기라."

하시는 전교가 계시었다.

안평대군 부자를 교동으로 옮긴다는 것은 한 구실에 지나지 못하였다. 허후의 야단이 있은 날 정인지는 수양대군을 보고 이렇게 하다가는 큰일 날 뜻을 말하였다. 그 뜻은 이러하다.

지금 수양대군의 신정부가 들어선 지 날이 얕고 또 이번 정난에 대하여 민간에 시비가 많을뿐더러 일반 민심은 도리어 황보인, 김종서를 옳게 여기고 안평대군이 그릇된 세상을 바로잡을 유일한 사람인 것같이 생각하니, 이때를 당하여 한 가지 믿을 것은 오직 위력뿐이라, 무엇이나 한 번 말을 내면 그대로 하고 터럭 끝만치라도 어기는 자는 단불용대(斷不容貸)코 엄벌함으로써 인민으로 하여금 무서워서 감히 입을 벌리지 못하

게 함이 아니면 이 구석 저 구석에서 쑥쑥 나오는 수없는 허후를 낱낱이 접응할 수 없다 함이다.

"그러면 어떡헌단 말이오?"

수양대군도 오늘 허후의 변에는 두통이 났다.

"단정코 안평대군에게 사사를 하여야지요. 그리고 우선 허후와 그 연루자를 일변 엄벌하고 또 성화같이 내외에 퍼지어 있는 황보인, 김종서의 잔당을 사실(査實)하여서 모조리 소멸하여야 하지요. 지금에 순을 자르지 아니하면 나중에 큰 나무를 꺾어야 하게 될 것이외다."

이렇게 정인지의 의견은 심히 고압적, 무단적이었다.

"그렇지마는 상감께서 윤허가 아니 계시니 어찌하오. 내 생각에는 아직 그대로 두고 후일에 인심이 진정되기를 기다리는 것이 옳을까 하오." 하는 수양대군은 정인지에게 비기어 온건한 의견을 가지었다.

그러나 마침내 정인지의 의견이 채용되어 "군국중사를 다 위임한다." 는 구절을 적용하여, 재래에 하던 모양으로 일일이 왕에게 묻거나 조정에서 말할 것 없이, 수양대군이 옳다고 생각하는 대로 독단하여 행하고 난 뒤에 왕께 그 연유를 아뢰기로 방침을 정하였다. 그렇지 아니하면 허후 같은 자가 말썽 부릴 기회가 많을 것이요, 또 어리신 왕이 못 하리라 하시면 억지로 할 수 없을 것이니, 차라리 말썽 생길 근본을 끊어버리는 것이 편리하다고 생각한 것이다.

그래서 금부진무 이백순(李伯淳)을 보내어 안평대군에게 약을 내리고, 그 아들 의춘군(宜春君) 우직(友直)을 멀리 진도로 보내게 하고, 전우의정 정분을 낙안에, 지정(池淨)은 영암에, 조수량(趙遂良)은 고성에, 이석정(李石貞)은 연일에, 안완경(安完慶)은 양산에, 유중문(柳仲門)은 거제에 혹은 유배하고 혹은 안치하고, 파직을 당하고 충주에 돌아가 있는 교리 이현로(李賢老)는 사람을 보내어 죽이고, 그 아들 건옥(乾玉), 건철(乾鐵), 건금(乾金) 삼형제를 연좌하고 가족과 가산을 적몰하였다. 이는 독자가 다 아는 바와 같이, 맨 처음 대사헌 기건과 함께 수양대군의 발호를 막으려던 죄에 인함이다. 또 동의금(同義禁)을 보내어 종성부사 이경유(李耕畦)와 그 아들 물금(勿金), 수동(秀同) 형제를 죽이고, 또 박호문(朴好問)으로 함길도 절제사를 삼아 본래부터 함길도 절제사로 있던 이징옥을 죽이려다가 실패하여 이징옥의 난이라는 것이 일어나게 하였다. 이징옥은 김종서가 세종대왕께 거천하여 십팔 세에 함길도 절제사가 된 명장이다.

이런 모든 일을 할 때에 한 번도 조의(朝議)에 묻거나 왕의 재가를 받음이 없이 모두 수양대군이 정인지, 한확, 신숙주, 권람, 한명회 등 심복과는 상의하여 처결하고, 혹 그 후에 왕이 물으시는 일이면 대강대강 상주할 뿐이었다.

안평대군을 죽인 죄목 중에 양모를 붙었다는 무섭고 더러운 죄목이 들어 있었다. 안평대군은 그 삼촌, 즉 세종대왕의 아우님 되는 성녕대군의 양자를 들었다. 그런데 성녕대군 부인 성씨가 대군의 후실이 되어 안평대군과 연치가 상적하고 또 자색이 있으므로 이러한 죄목이 생긴 것이니, 안평대군은 오직 "하늘이 나려다보소서." 한마디를 부르짖고 죽었다고 한다. 이 일에 대하여 왕이 수양대군에게 그 증거를 물으실 때에 수양대군은 말이 막히었다.

정인지는 허후 이하 삼십여 인을 엄벌하기를 주장하였으나, 수양대군은 이에 반대하여 허후 한 사람은 거제로 귀양 보내기로 하고 다른 사람

들은 다 용서하여 죄를 묻지 않기로 하였다. 이 일은 수양대군의 명성을
대단히 높게 하였다.

안평대군이 더러운 죄를 쓰고 죽었단 말을 듣고 그 양모 되는 성녕대군
부인도 목을 매어 자진하였다. 안평대군에게 이렇게 말 못 할 누명을 씌
운 것은 백성들이 누구나 이를 갈고 분하게 여기었다.

안평대군도 죽고 이징옥, 이경유도 죽었으니 이제는 천하태평이었다.
아무도 감히 수양대군의 신정부에 거역할 자가 없었다.

이렇게 되매 수양대군은 정난 사건으로 하여 잃어버렸던 명성을 회복
하기로 힘을 썼다. 관기진숙(官紀振肅)과 제정쇄신(諸政刷新), 이것은
수양대군이 새로 정사하려는 첫 목표였다. 세종대왕 어우(御宇) 삼십 년
태평과 문종대왕 삼 년간의 거상과 병약으로 미상불 중앙, 지방을 물론
하고 기강이 해이하고 정무가 적체하여 일대 쇄신을 요구함이 컸었다.
이러한 때를 당하여 수양대군은 자기의 할 일이 어느 곳에 있는 줄을 알
았고, 또 정인지, 신숙주가 다 제도와 행정에 대하여는 귀재라 할 만한
재주 있는 사람들이었다. 수양대군의 무단적 용단력과, 정인지, 신숙주
의 행정적 재능과 수완과, 또 권람, 한명회 등의 고등 정책적 모략과 이
렇게 삼합이 갖춤으로 불출 삼월에 내외 정치의 면목이 일신하였다. 만
일 김종서의 여당이라, 안평대군 여당이라 하는 명목으로 많은 사람을
무시로 죽이는 일만 없었더면, 전국 백성은 수양대군의 선정을 칭송하고
태평을 구가하였을 것이다. 그러나 수양대군에게는 자기가 한 일에 약점
이 있기 때문에 다른 일에는 다 냉정하고 공평하려 하면서도, 안평대군
이나 황보인, 김종서를 변호하는 사람이 있다는 말을 들으면 고만 눈이

뒤집히어 전후를 돌아보지 못하여 반드시 그를 죽여버린 뒤에야 비위가 가라앉았다.

수양대군은 정치를 새롭게 하는 것 밖에 아무쪼록 왕의 마음을 기쁘게 하려고 애를 썼다. 수양대군은 조카님 되시는 왕께 대하여 근래에 깊은 애정까지도 깨달았다. 왕이 다른 사람의 손에 있다고 생각할 때에는 왕까지도 미웠거니와, 이제 자기 수중에 있게 된 때에는 왕을 미워하는 마음은 없어지고 어떻게 이 어리신 왕을 잘 보좌하여서 자기가 진실로 주공 (周公)이 되고 싶었다.

그래서 수양대군은 왕의 뜻을 생각하여 혜빈양씨로 하여금 무시로 궁중에 들어와 왕의 곁에 있기를 허하였다(그동안은 일시 혜빈양씨의 궁중 출입을 금하였었다). 이것은 외로우신 왕에게는 더할 수 없이 기쁜 일이었다.

둘째로, 수양대군은 군국대사를 자기가 다 맡아 하기 때문에 왕에게는 실제 정치의 번거로움과 누를 끼치지 아니하고 공부나 하고 마음대로 노시도록 하였다. 어리신 왕에게는 그것도 기쁜 일이었다. 근래에는 왕이 정전에 출어하는 일조차 별로 없으시었다. 그래서 수양대군을 미워하고 무서워하는 생각도 훨씬 줄었다.

전에는 수양대군이 좋지 아니한 뜻을 품었다는 말과 결코 그를 믿지 말라는 말을 왕에게 은밀히 아뢰는 이도 있었으나, 지금은 왕의 주위에는 그런 말 하는 사람도 없었다. 수양대군 정난 후에 제일착으로 궁금(宮禁)을 숙청할 때에 수양대군이 못마땅하게 생각하는 자는 궁녀나 내시를 물론하고 다 내어쫓은 까닭이다. 혜빈양씨도 그때 통에 출입 금지를 받았다가 이번에 정인지, 한명회 등의 반대함도 듣지 아니하고 다시 출입을 허하였으니, 왕의 귀에 수양대군을 반대하는 말이 들어갈 기회가 있다 하면 그것은 혜빈양씨를 통하여서일 것이다.

셋째로, 수양대군이 왕을 위하여 하려는 일은 왕후를 택하는 것이다. 비록 아직 양암(諒闇) 중이라도 왕이 궁중에 외로이 계신 것이 딱하고 또 하루라도 속히 후사를 얻음이 필요하다 하여 이 역시 정인지, 한명회 등의 반대함도 불고하고 단행하기로 결심하였다.

전 같으면 국혼 문제 같은 큰 문제요, 겸하여 옛 법을 무시하고 양암 중에 하자는 것이니 마땅히 조정의 공의에 내어놓아야 할 것이요, 그리하면 갑론을박으로 해가 늦도록 다투어 여러 날이 되어도 끝날 줄을 모를 것이요, 그러한 끝에는 조정은 가부 양편으로 갈리어 일종의 정치적, 사상적 당파를 이루어 심각한 싸움을 계속할 것이다. 수양대군은 국인(國人)의 이 흠점을 잘 알기도 하고 목격해보기도 하였기 때문에, 더구나 아무에게도 알리지 아니하고, 심지어 좌우 대신에게도 미리 의논함이 없이 다만 혜빈양씨에게 알리고는 독단적으로 다 정해버리었다. "조정에서 왕비 책립하기를 여러 날 하여 마지아니하거늘(朝廷請納妃 累日不已)"이라고 실록에 있지마는, 그것은 다 그럴듯하게 쓴 말에서 지나지 못한다.

갑술년 정월, 왕의 나이 열네 살. 풍저창 부사 송현수(宋玹壽)의 딸을 왕비로, 김사우(金師禹)의 딸과 권완(權完)의 딸을 후궁으로 간택하여 놓았다. 송현수의 딸은 왕보다 한 살이 많아 열다섯 살이었다. 왕비 간택은 수양대군의 부대부인 윤씨가 주장하여 하고, 후궁 인선은 혜빈양씨가 주장하였다.

내일같이 왕후 책립의 의를 행하기로 다 작정해놓은 뒤에야 수양대군이 사인 황효원(黃孝源)을 좌의정 정인지에게 보내어, '명일 황후를 세울 터이니 일찍 들어오라.'는 뜻을 전하였다.

정인지도 이 일을 몰랐을 까닭이 없다. 전하는 말로 누구누구를 간택하였단 말까지 들어서 알았지마는, 설마 사전에 자기에게야 의논치 아니하랴 하고 기다리고 있었다. 그런데 이 모양으로 다 작정해놓은 뒤에 '일찍 오라.' 하고 부름을 받으니 그는 아니 노할 수 없었다.

"거상 중에 혼인하는 법이 어디 있어! 자네도 유자(儒者)면서 내게 그런 소리를 전하러 다닌단 말인가?"

하고 높이 소리 질러서 다시 입도 열지 못하게 하였다.

정인지가 이렇게 노한 데는 자기를 무시하였다는 것 밖에 또 한 가지 이유가 있다. 그것은 자기 손녀로 왕후를 삼도록 평소에 생각도 하여왔고, 직접 수양대군에게 말은 못 하여도 그러한 눈치는 넉넉히 비치어두었었다. 자기의 공로를 생각하더라도 그것은 들어주리라고 생각하였던 것이다. 수양대군 편에서도 정인지의 뜻을 잘 알았으나 그에게 국구(國舅)의 권세를 주는 것이 싫어서 모른 체하고, 아무쪼록 세력도 없고 또 장차 세력을 잡을 근심도 없는 사람을 택하느라고 송현수의 딸을 택한 것이다.

사인 황효원은 정인지에게 호령을 받고 돌아가서 차마 정인지가 하던 말을 그대로 옮기지는 못하고 다만,

"좌상이 채신지우(採薪之憂)가 있는가 보아요. 아무 말이 없습니다."

하고 거짓말로 전하였다.

수양대군은 정인지의 뜻을 알고 속으로 웃은 뒤에,

"사재명일(事在明日)이어든 불가불급(不可不急)이야. 자네, 다시 가

보게. 그리고 이렇게 말하게. 혜빈도 어서 납비(納妃)하기를 청하니 아니 좇을 수가 없다고."

하고 다시 황효원을 정인지에게로 보내었다.

효원은 인지에게 수양대군이 시키던 대로 말하고 또 혜빈이 재촉하니 아니 좇을 수 없다는 것을 말하였다.

혜빈이란 말에 인지는 낯을 붉히고 노하였다. 자기가 주장하여서 대궐 밖으로 내어쫓았던 것을 수양대군이 자의로 다시 불러들인 것이 분한 까닭이다. 혜빈이 수양대군은 고맙게 생각하리라, 자기만을 원망하리라 하면 더욱 분하였다. 근래에 수양대군이 매사에 자기를 무시하는 것도 분하였다. 정인지는 사랑이 떠나갈 듯한 음성으로,

"혜빈이란 다 무엇이야. 양씨로 말하면 비록 세종께서 봉빈을 하시었다 하더라도 고시천녀(固是賤女)여든 제가 무엇이라고 국가사에 입을 놀린단 말이야. 양씨 말이 나랏일이란 말이야?"

하고 소리를 질렀다.

벼락 맞은 황효원은 물러나 꿇어앉으며,

"소인 가서 무슨 말씀으로 회계(回啓)하오리까?"

하고 울려고 들었다.

"내일 일찍 예궐한다고 그러게."

하고 인지는 쌩 웃었다.

정인지도 정인지거니와 제일 걱정이 왕이다. 내일로 날짜까지 정한 뒤에 수양대군은 왕께 '종권납비(從權納妃)' 하실 것을 아뢰었다. 수양대군의 이 말에 왕은 펄쩍 뛰며,

"숙부, 웬 말이오? 거상 중에 납비가 말이 되오?"

310

하고 고개를 흔드시었다.

"오월이면 탈상을 할 터인데 무엇이 급하여서."

하고 왕은 거절하시었다.

수양대군은 혜빈과 힘을 합하여 가까스로 왕의 뜻을 움직이었다. 왕은 비록 어리시지마는 효성은 아버지에게서 받은 것이었다.

이리하여 정월 갑술일(이를테면 갑술년 갑술일이다)에 왕은 거상 중이건마는 길복으로 근정전에 출어하시와 왕에게는 종조부 되는 효령대군 보(補, 이 양반에 관한 이야기는 이 위에 한 번 나온 일이 있다)와 호조판서 조혜(趙惠)를 풍저창 부사 송현수의 집에 보내어 그 딸로 왕비를 책립한다는 뜻을 정식으로 전하고 옥책문(玉冊文)을 내리시니 그 글은 이러하였다.

하늘과 땅이 덕을 합하여 만물을 생성하나니 왕 된 이는 하늘을 법받아 반드시 원비를 세우나니 써 종통을 받들고 풍화를 터잡는 바니라. 내 어린 나이로 나라를 이으며 경계함으로 서로 이룰지니 마땅히 내조를 힘입을지라. 이에 넓히 좋은 가문을 찾고 두루 아름다운 사람을 구하더니 자(咨)홉다, 너 송씨! 성품이 온유하고 덕이 유한하여 진실로 정위중곤(正位中壼)이라 한 나라의 어미 될 만한지라. 이제 사자를 보내어 옥책보장을 주어 써 왕비를 삼노니, 오희라 몸이 합하고 즐김을 같이하여 써 종묘를 받들고 관저의 화의 종사의 경이 다 오늘부터 비롯도다. 삼가지 아니할쏘냐.

(乾坤合德 生成萬物 王者法天 必立元妃 所以奉宗統 而基風化也 予以沖年 嗣守丕基 敬戒相成 當資內助 是庸博采茂年 傍求懿德 咨爾宋氏 性稟溫柔 德著幽閑 固己正位中壼 母臨一國 今遣使 授玉冊寶章 以爲王妃 於戲 合體同

歡 以承宗廟 關雎之化 盦斯之慶 皆自今日始 可不愼歟.)

　이리하여 왕비 책립이 끝나고, 후궁으로 택함이 된 권완의 딸 권씨와 김사우의 딸 김씨도 동시에 궁중에 들어오게 되어 혈혈단신이던 왕은 갑자기 두 가족을 가지게 되고, 대관 중에도 외숙 되는 예조판서 권자신(權自愼) 외에 이번에 지돈령이 된 장인 송현수가 왕의 밭은 사람이 되게 되었다.

　왕비 책립과 동시에 문제가 된 것은 '단상(短喪)' 문제다. 단상이라 함은 거상하는 기간을 줄여버리자는 것이다. 상중에 혼인하였으니 벌써 거상은 그만둔 것이라, 이제 다시 거상한다는 것도 도리어 우스우니 아주 탈상해버리고 길복을 입는 것이 옳다 함이다. 문종의 거상이 오월 십사일인즉 아직 다섯 달이 남은 상기를 잘라버리자는 것이다.

　이 주장의 중심은 무론 수양대군이다. 수양대군은, 형님 되시는 문종대왕의 삼 년 거상에 너무도 효도의 노예가 되어 국정까지도 돌아보지 아니하신 것에 반감을 가지어 일 년 거상이면 족하다는 의견을 품고 있었다. 그래서 이 기회를 타서 이 의견을 실행하려 한 것이다.

　여기 항의한 것이 예조참의 어효첨(魚孝瞻)이다. 그의 항의하는 요점은,

　왕비를 세움은 종사 대계를 위하여 부득이하여 할지언정 무슨 부득이함이 있어서 단상을 구태여 하랴.

　(納妃雖以宗社大計 不得已而爲之 短喪有何不得已而强爲之乎.)

함이었다.

312

어효첨의 의견이 옳다고 생각하는 이는 많으나 수양대군의 위권이 두려워 감히 입 밖에 내어 말하는 이는 없고, 상중 납비를 그렇게 반대하던 정인지조차 부질없음을 알고 입을 닫치어버리었다. 그뿐더러 어효첨이 감히 이러한 항의를 하는 것은 그의 상관 되는 예조판서 권자신이 시킨 것이나 아닌가, 왕의 외숙 되는 권자신이 어효첨을 시키어서 이 문제를 내어 은연히 수양대군과 자기와 한번 겨루어보려는 것이 아닌가 하는 생각이 있기 때문에 강경하게 여러 번 항의함이 있음에도 불구하고 어효첨의 말은 마침내 채용되지 아니하였다.

그런 뒤 한 반년 동안에는 아무 일이 없이 평화로운 날이 계속되었다.

수양대군은 그렇게도 소원이요, 무엇보다도 즐기던 정권을 잡아 마음대로 자기의 수완으로 두르되 거칠 것이 없었고, 한명회, 권람, 신숙주, 홍윤성, 이계전 같은 사람들은 모두 정난공신으로 지위와 재산과 노비를 받아 갑자기 부자가 된 가난뱅이 모양으로 영화와 교만을 마음대로 누리게 되었다. 그중에도 한명회는 반년이 못 되어 이조참판이 되고, 홍윤성도 병조참의가 되고, 이계전은 소원대로 병조판서가 되었다.

그러되 누구 하나 감히 정부를 비방하지 못하고 모두 입을 다물고 있었다.

남은 문제, 소위 '청제용여당(請除瑢餘黨)'이란 것이다. 사헌부와 사간원에서는 밤낮에 생각하는 일이 어찌하면 안평대군의 여당을 찾아내어, 찾아낸다는 것보다도 만들어내어, 청제용여당이라는 문제로 상소를 할까 함인 듯하였다. 어제는 무슨 장령, 오늘은 무슨 사간 하는 작자들이 배운 글재주를 다 짜내어서 '청제용여당'을 부르짖었다. 오직 이 일에 참예하기를 수양대군, 정인지 등이 바라건마는, 참예 아니 하는 것은 집현전 학사 패들이다. 그들 중에도 '청제용여당'이라는 염불만 부르면 수가 날 줄을 알고 침을 삼키는 자가 없지도 아니하지마는, 원체 박팽년, 성삼문, 하위지, 이개, 유성원 등의 세력이 크기 때문에 눌리어서 꿈적을 못 한 것이다.

안평대군 여당이라 하면 낙안에 있는 정분, 거제에 있는 허후, 진도에 있는 의춘군 우직이다. 허후를 못 먹어 애절을 하는 이는 정인지, 이계전이요, 정분을 없애려고 하는 이는 권람, 한명회요, 안평대군의 아들 되는 우직을 살려두어서 마음이 아니 놓이는 이는 수양대군 자신이다.

허후에 대하여 수양대군은 까닭 모를 일종의 애착심을 품고 있었다. 원체 수양대군이 인재를 자기 수하에 넣으려는 욕심이 있는 것은 말할 것도 없거니와, 특별히 허후에게 대하여서는 아끼는 마음이 있어서 아무리 하여서라도 그를 살리어서 자기 사람을 만들고 싶었다. 그러나 정인지는 본디 허후를 미워하였을뿐더러 허후에게 큰 망신을 당한 뒤로부터는 더욱 허후를 하루라도 살려둘 수 없다고 단언하였다. 그래서 허후의 배소(配所)인 거제에 염탐꾼을 보내어 허후의 일언일동을 염탐케 하고, 진즉 허후와 가까이 사귀게 하여 허후의 입에서 수양대군을 원망하거나 모욕하는 말이 나오게 만들기를 힘쓰고, 또 시사(視事)를 비방하는 시나 편지나 이러한 필적을 얻어내어 그를 죽일 새 증거를 얻으려 하였다.

이리하여 염탐꾼에게서는 있는 소리 없는 소리, 허후의 목숨에 관계될 보고가 정인지와 이계전의 손에 들어오고, 두어 자, 서너 자 끄적거려버린 꼬깃꼬깃한 휴지까지도 허후의 필적이라면 무슨 보물이나 되는 듯이 싸서 거제에서 오는 관문서와 같이 소중하게 정인지, 이계전에게로 보냄이 되었다.

그렇게 원체 근엄한 허후는 남에게 책잡힐 말이나 글을 함부로 하지 아니하였기 때문에 이러한 모든 노력에도 예기한 수확이 없었다.

정분을 죽여야 한다고 권람, 한명회가 주장하는 데는 이유가 있다. 고명 중신 중에 살아남은 자가 정분일뿐더러 정분은 당시의 우의정이었었고, 또 정난 당시에 전경 도체찰사로 밖에 있었은즉 설사 황보인, 김종서가 죄가 있다 하더라도 정분은 애매하다 하는 민간의 동정을 받을뿐더러, 안평대군까지 죽은 오늘날에는 정분은 수양대군을 반대하는 사람들이 떠받들 중심 인물이 될 것이 분명한즉, 미리 죽여버리어서 후환이 없게 하자는 것이다.

사실상 정분은 최근 삼사 개월래로 민간에 불 일듯 하는 동정과 존경을 받게 되었다. 이것은 그의 처지에도 말미암음이거니와 또한 그의 덕행과 절개에도 말미암음이 있다. 그는 수완 있는 사람은 아니나 덕은 있는 사람이요 또 마음이 변할 사람은 아니다. 그가 조금만 수양대군에게 호의를 표하면 수양대군은 기쁘게 그를 중용할 것이지마는, 그는 그것을 아니 한다. 이런 것이 다 그의 명성과 동정의 근원이 되는 것이다.

처음에 정분이 전경도 도체찰사로 전라도, 경상도로 순회하고 회로(回路)에 충주 지경에 이르러 전 교리 이현로를 만나 서울서 일어난 소식을 자세히 듣고, 오늘인가 내일인가 자기의 죽을 날이 앞에 다닥치는 것을 기다리면서 이현로와 동행하여 서울을 향하고 말을 몰았다. 비록 죽음이 앞에서 기다린다 하더라도 자기의 할 일은 궐하에 복명하는 것이니 하루라도 중로에서 지체할 수 없다고 생각한 까닭이다.

이현로도 무론 자기의 생명이 남으리라고는 생각지 아니하였다. 평소에 안평대군과 절재 김종서 문하에 다닌 것으로 보든지, 또 수양대군이 궁중에 무상출입하는 것을 불가하다고 극언한 것으로 보든지, 수양대군이 세도만 잡으면 자기의 생명은 없어질 것을 미리 알아차리고 있는 터이다.

한 걸음 한 걸음 서울로 가까이 갈수록 두 사람에게는 죽음이 가까이 오는 것이다. 한 고개 넘고 한 굽이 돌아 두 사람은 말없이 말없이 간다. 멀리 앞에 말 탄 사람만 번뜻 보여도 경관(京官)인가 경관인가 하면서.

충주에 이르러 황보인, 김종서 등의 머리를 만났다. 마음 같아서는 이 좋은 친구요 동료요 또 충신들의 머리를 안고 울기라도 하고 싶건마는, 그러할 수도 없어 오직 고개를 돌리고 늙은 눈의 눈물을 씻을 뿐이었다. 이현로는 소리를 내어 통곡함을 금치 못하였다. 그는 벼슬을 버린 자유의 몸이니 그러할 자유가 있는 것이다.

"이 사람, 이런 일도 있나?"

하고 사람 없는 데를 당도하여서 정분은 이현로를 돌아보았다.

"대감마저 돌아가시면 어리신 상감을 뉘 있어 도웁니까?"

하고 이현로는 다른 말로 대답하였다.

용안역(用安驛) 조금 못 미처서 두 사람은 어떤 사람이 산굽이로 말을 달리어 돌아오는 것을 보았다.

"저것이 경관 아닌가?"

하고 정분이 물었다.

"이번에는 짜장 경관인가 보외다."

하고 이현로는 말을 멈추려 하고 앞을 바라보았다. 검은 전복을 입은 모양이 금부 관원인 듯한 것이다.

"어서 말을 몰아라."

하고 정분은 관노를 재촉하였다. 정분에게는 이현로 외에 사인, 서리, 영리 등 사오 인의 종자가 있었다. 그들도 다 말없이 앞에 달려오는 인마만 바라보았다. 경관이다, 금부도사다, 하는 생각들이 번개같이 사람들의 머리로 지나갔다.

이편 사람들의 얼굴이 보일 만하게 가까이 온 때, 그 말 탄 사람들 중에서 한 사람이 앞으로 내달아,

"전지(傳旨)야!"

하고 오른손을 높이 들었다. 보니 그 사람은 전에 정분이 이조판서로 있을 때에 정랑을 다니던 사람이었다.

정분은 곧 말에서 내려 전지를 받든 관원을 향하여 두 번 절하고,

"노중에서 죽는 것이 모양이 흉하니 역관에 가도 관계치 아니하오?"

하고 물었다. 정분은 자기가 죽음을 받을 줄 믿었던 것이다.

"아니오. 소인은 전지를 받아 대감을 적소로 압송하러 왔소이다."

하고 그 말이 매우 공손하였다.

정분은 다시 두 번 절하며,

"그러면 나를 살리시는 것이오?"

하고 말에 올라 말머리를 돌려 낙안으로 향하였다.

경관은 가장 정분에게 친절한 체하고, 심복인 체하고, 때때로 여러 가지로 조정 일과 수양대군에 관한 말을 물었다. 그 묻는 말이 다 정분의 처지로는 심히 대답하기 어려운 말들이었다. 이것은 무론 정분의 마음을 떠보려고, 또는 그를 죽일 구실을 얻으려고 하는 일이다.

낙안에 온 뒤에도 십여 일 동안이나 경관이 기거를 같이하면서 교언영색으로 정분에게 여러 말을 물어도 정분은 한 번도 개구(開口)를 아니 하

였다.

이현로는 용안역에서 교살을 당하고 정분만 낙안으로 압송되었다. 낙안서 정분과 같이 기거하기 십여 일에 마침내 경관은 아무 소득이 없이 서울로 떠나버리었다.

정분은 낙안 배소에 있는 동안 독서로 소일을 삼았다. 얼마 뒤부터는 탄선(坦禪)이라는 늙은 중이 와서 동무를 하고 있었다. 이 중이 어떠한 사람인지 알지 못하므로 처음에는 서울서 보낸 염탐꾼인가 하고 의심하였으나 얼마 아니 하여 정분은 그를 믿게 되었다. 정분 내외가 다 칠십이 가까운 노인이요 또 귀양살이에 노복이 있을 리도 없어서, 흔히 탄선이 물을 긷고 부엌일을 하였다. 정분의 부인은 정경부인의 귀한 몸이지마는 가난한 살림에는 결코 힘 있는 주부가 될 수 없었다.

혹시 지방 사람들이 정분의 처지에 동정하여 생선이나 닭 마리나 가져오는 이도 있고, 또 명절이나 잔치가 있을 때에는 동네 늙은이에게 하는 예로 술과 안주로 찾아오는 일도 있으나, 그것도 감시하는 관원의 눈에 띄어 군수가 알게 되면 재미없는 까닭에 매우 어려웠다. 중 탄선도 행색을 숨기고 머슴 모양으로 있었다.

군수는 아무쪼록 정분을 못 견디게 구는 것이 직책인 줄로 아는 듯하였다. 사흘에 한 번씩 수형리(首刑吏)를 시키어서 정분의 거처하는 곳을 적간(摘奸)하였다. 이것은 정분에게 가장 큰 모욕이었다. 그리고 무시로 사령이 들락날락하였다. 이렇게 정분에게 가혹하게 하는 것이 상관의 비위를 맞춤인 줄을 아는 까닭이다.

정분은 배소에 있는 동안에도 조상의 신주를 만들어두고 반드시 제사를 궐하지 아니하였다. 그는 별로 능력이 없는 사람이거니와 효성과 충

318

성은 지극하였다. 헌 소반에 밥 한 그릇, 나물국 한 그릇, 술 한 잔, 이러한 제물로라도 정성스럽게 제사를 지내고, 삭망에도 반드시 분향하고 문종대왕의 영연(靈筵)을 향하여 요배하며, 또 국기일(國忌日)에도 반드시 의관을 정제하고 종묘에서 제향(祭享) 잡술 시각을 보아 북향하며 절하기를 잊지 아니하였다.

이렇게 그는 불평도 없이, 원망은 물론 없이 근 일 년의 세월이 지나갔다. 이러한 생활이 도리어 사림과 일반 민중의 존경과 동정을 끌어서 정분의 명성은 정승으로 있을 때보다도 더욱 높아지었다. 이 명성이 정분의 목숨을 재촉한 것이다.

팔월 어느 날, 정경부인의 유일한 말동무 되는 이웃집 노파(그는 기실 정분을 감시하는 사령의 어미다)가 와서 경관이 내려왔다는 말을 전하였다. 이것은 그 아들이 정분에게 동정하여 그 어미를 시키어서 미리 알려주는 것이다. 미리 안대야 무엇 하랴마는 그래도 호의다.

때에 정분은 동네 코 흘리는 아이들을 모아놓고 글을 가르치고 있었다. 아이들은 이 좋은 늙은이를 즐겨하여 식전부터 이 '서울 영감'의 오막살이에 모이어들었다.

정분은 일이 있으니 이따가 오라 하여 아이들을 돌려보내고, 탄선더러 밥을 지으라 하고 목욕하고 관대를 갖추고 조상에게 하직하는 제사를 지낸 뒤에 손수 신주를 다 불살라버리고, 그러한 뒤에는 관복을 벗고 부인더러 우장(雨裝)을 내오라 하여 갈모를 쓰고 유삼(油衫)을 입고 수건을 들고 단정히 앉아서 관차(官差)가 나오기를 기다렸다.

비도 아니 오는데 우장은 왜 하는가 하고 부인은 수상히 여기었으나, 다 무슨 생각하심이 있음이려니 하여 감히 묻지 아니하고 다만 눈물을 머금을 뿐이었다.

이윽고 관차 사오 인이,

"정분이 나서라!"

하고 소리를 치며 달려들어 한 놈은 정분의 바른팔을 잡고 한 놈은 왼팔을 잡고 한 놈은 등을 밀고 한 놈은 앞을 서고 한 놈은 뒤를 지키어서 "가자, 빨리 가자." 하고 버릇없이 덜렁거리었다.

부인은 참다못하여 정분의 옷소매를 잡고 울며,

"대감, 어디로 가시오! 칠십 평생에 해로하다가 나를 두고 어디로 가시오!"

하였다.

"조명(朝命)이니 할 수 있소? 나 죽은 뒷일은 부인이 다 알아 하시오."

하고 태연히 말은 하나, 부인의 울음소리가 뒤에 들릴 때마다 가슴이 아니 아플 수가 없었다.

정분이 사령들에게 끌려갈 때에 동네 아이들이 어디를 가느냐고 뒤를 따랐다. 그들은 정든 친구 '서울 영감'을 잃어버리는 것이 아까웠던 것이다.

"언제 와요?"

하고 아이들은 정분이 다시 돌아올 줄만 믿었다.

정 정승이라고 부를 줄 아는 동네 사람들도 문밖에 나와서 허우대가 커다란 노인이 이 볕 나는 날에 우장을 하고 사령들에게 끌려가는 것을 먼 발치에 바라보고 아깝게 여기었다.

"경관이 내려왔대."

"정 정승이 역적에 몰려 죽는대."

320

이만큼은 낙안 백성치고는 아무리 무식한 사람들까지도 알았다. 또 정 정승이 흉악한 사람이 아니요 도리어 충신이란 것도 누구의 선전인지는 모르나 다들 생각하게 되었다.

"정 정승은 아무 죄도 없대. 김 정승 모양으로 간신한테 몰려서 죽는 거래."

김 정승이란 김종서를 이름이다.

충신이 간신한테 몰리어서 죽는다는 것은 전제군주 시대의 공식이어서 무식한 백성들 사이에도 용이하게 이해함이 되었다.

조그마한 고장이라 정 정승이 객사 앞 장터에서 오늘 죽는다는 말이 한 입 건너 두 입 건너 낙안 읍내와 근촌에 들리자, 수백 명 사람이 객사 앞 장터로 모이어들었다. 감히 큰 소리로는 말을 못 하나 숙덕숙덕하는 소리는 아니 들리는 데가 없었다.

우장을 입은 정분이 사령들에게 끌리어 장터 한복판으로 와서 우뚝 섰다. 미시(未時)를 기다리는 것이다.

"정 정승이다!"

"갓모 쓴 이가 정 정승이다. 충신이다."

"충신을 죽이고 천벌이 없을까."

이러한 소박한 분개와 비평이 민중 사이로 돌아간다. 이 백성들은 지난 동짓달에 바로 이 자리에서 황보인, 김종서 등의 순수(循首)를 보았다. 그때에는 창졸간이라 아마 황보인, 김종서가 역적질을 하였나 보다 하였으나, 정분이 이 고을에 와 있은 뒤로 각처 선비들이 많이 출입하고 또 민간에서 수양대군 정난 사실의 내용을 어지간히 자세히 알게 되매, 백성들의 동정은 황보인, 김종서 등에게로 몰리어 그들을 충신으로 추앙

하고 수양대군과 정인지에게 대하여 격렬한 반감을 가지게 된 것이다. 이러한 감정은 정분에게 향하는 존경과 동정으로 나타난 것이다. 만일 이 민중의 감정을 알아보아 그들을 조직하고 지도하는 자가 있었더면 이 백성은 폭동을 일으키어 정분을 빼앗을는지 모른다. 그러나 그들은 그리 할 줄 모르는 백성이었다.

형벌을 행한다는 미시가 가까우매 사람들은 더욱 많이 모이어들었다. 정분은 내리쪼이는 볕 밑에 나무로 깎아 세운 사람 모양으로 갓모를 쓰고 가만히 서 있었다.

군수와 감형관도 백성들 중에 불온한 기운이 있는 줄을 알아 행형을 명일로 밀려고 하였다. 겁이 난 것이다. 그러나 정분은 준절하게 거절하였다.

"거 무슨 말이오. 조명이 지엄하시거든 어찌 마음대로 기한을 변할 수가 있소. 나는 죽으러 여기 나선 사람이니까 관에 들어가 무엇 한단 말이오?"

하루 동안 관에 머물기를 감형관이 청한 까닭이다.

정분의 사색은 추상같았다.

감형관은 하릴없이 올가미를 손에 들어 정분의 목에 씌우려 할 때에,

"마지막으로 할 말이 있거든 하라."

하고 정분에게 여유를 주었다.

정분은 감형관의 허락을 얻어가지고 북으로 서울을 향하여 어리신 상감께 하직하는 절을 하고, 다시 눈앞에 지봉, 절재 같은 먼저 죽은 친구들을 바라보며 한 번 읍하고 난 뒤에 인제는 할 일을 다 하였다는 듯이 두 팔를 늘이며 하늘을 우러러 부르짖었다.

"자, 그 올가미를 이 목에 씌우라. 죽는 것은 같지마는 절개는 다른 법이야. 내가 만일 이심(二心)이 있었거든 하늘이 맑은 대로 있으려니와, 하늘이 만일 내 충성을 알거든 반드시 이상한 일이 있을 것이야."

정분의 숨이 끊기자 보던 백성들이 통곡을 하고, 갑자기 구름이 일어나 소나기가 퍼부어 감형관과 군수가 우산을 받고 뛰어 들어갔다.

허후와 의춘군 우직이 죽임을 받은 모양도 정분과 대동소이하였다. 다만 의춘군 우직은 원통하게 죽은 안평대군의 아들인 만큼, 또 인제 겨우 열다섯 살밖에 아니 된 어린 소년인 만큼, 그가 초립을 쓰고 형장에 나설 때에 보던 사람들이 측은한 눈물을 아니 흘릴 수가 없었다. 정분과 허후와 우직까지 죽으니 인제는 수양대군이 미워하는 사람은 거의 다 죽었다. 이제 수양대군은 왕께 청하여,

"다시는 적도에 관하여 말을 마라."

하는 전교를 내리시게 하였다. 지평, 장령 패들의 칭찬받으려는 상소가 귀찮은 까닭도 있거니와, 또 금도(襟度)가 넓은 것을 보이려는 수양대군의 정책도 있는 것이다. 아무러나 이 전교가 내렸기 때문에 아직 목이 붙어 있는 사람은 제 목이 한참은 견딜 줄을 믿게는 되었다.

이번 수양대군의 정난 통에 원통하게 죽은 사람을 아는 대로 적어보자.

안평대군 용(瑢)

　의춘군 우직(友直)

황보인(皇甫仁)

　황보석(皇甫錫), 황보흠(皇甫欽), 황보갓난(皇甫加ㄴ耳), 황보경근(皇甫京斤)

김종서(金宗瑞)

　김승벽(金承璧), 김승규(金承珪), 김석대(金石臺), 김목대(金木臺
　혹은 大臺), 김조동(金祖同), 김만동(金萬同)

이양(李穰)

　이승윤(李承胤), 이계조(李繼祖), 이소조(李紹祖), 이장군(李將
　軍), 이승효(李承孝)

허후(許詡)

정분(鄭笨)

민신(閔伸)

　민보창(閔甫昌), 민보해(閔甫諧), 민보흥(閔甫興), 민보석(閔甫
　釋), 민돌이(閔石伊)

조극관(趙克寬)

조수량(趙遂良)

윤처공(尹處恭)

　윤경(尹涇), 윤위(尹渭), 윤탁(尹濁), 윤식(尹湜), 윤갯동(尹㖟同),
　윤효동(尹孝同)

이명민(李命敏)

이현로(李賢老)

　이건금(李乾金), 이건옥(李乾玉), 이건철(李乾鐵)

이경유(李耕畎)

　이물금(李勿金), 이수동(李秀同)

원구(元矩)

조번(趙蕃)

조연동(趙年同), 조향동(趙香同), 조귀동(趙貴同)

김연(金衍, 내시)

　김대정(金大丁)

한숭(韓崧, 내시)

이석정(李石貞)

이징옥(李澄玉)

　이자원(李滋源), 이윤원(李潤源), 이철동(李鐵同), 이성동(李成同)

안완경(安完慶)

지정(池淨)

지신화(池信和)

하석(河碩)

이보인(李保仁, 이양의 종제)

　화성군 해(諧), 화산군 심(諶), 화릉군 모(謨), 화남군 사문(沙門),

　화평군 주령(住令)

한산군 이의산(李義山)

　해령군 우경(友敬)

김말생(金末生)

　김산호(金珊瑚)

김정(金晶)

　김갯동(金金同)

박이령(朴以寧)

　박하(朴夏)

이차(李差)

최로(崔老)

김상충(金尙忠)

　김득천(金得千), 김복천(金福千)

양옥(梁玉)

조석강(趙石崗)

황귀존(黃貴存)

안막동(安莫同)

　안장손(安長孫), 안경손(安敬孫)

조완규(趙完圭)

　조순생(趙順生), 조불련(趙佛連, 안평대군의 사위)

고덕칭(高德稱)

황의헌(黃義軒)

　황석동(黃石同)

이식배(李植培)

이귀진(李貴珍)

이은중(李銀仲)

김유덕(金有德)

　김죽(金竹)

김신례(金信禮)

유세(劉世)

강막동(姜莫同)

정효강(鄭孝康)

　정백지(鄭白池)

326

정효전(鄭孝全)

　정원석(鄭元碩)

박계우(朴季愚)

(이름에 한 자 떨어뜨리어 쓴 것은 자손을 표한 것입니다.)

충의편(忠義篇)

수양대군은 단연히 왕의 자리를 도모할 결심을 하였다. 득롱망촉(得隴望蜀)이란 셈으로, 바라던 자리를 얻으면 한층 더 높은 자리를 또 바라는 법이다. 이리하여 사람은 한없는 욕심의 층층대를 허덕거리며 오르다가 마침내 끝 간 데를 보지 못하고 현기증이 나서 굴러 떨어지어 머리가 부서지어 죽는 법이다. 더구나 수양대군 같은 야심이 만만한 사람이 오를 수 있는 한 층을 남겨두고 마음을 잡을 리가 없다. 일국 정권을 한 손에 거두어 쥐고 보면 부족한 것이 오직 익선관, 곤룡포인 듯하였다.

부대부인 윤씨가 침석 간에 수양대군에게 그러한 뜻(임금 되라는)을 비추이는 것(이 일은 진실로 여러 번 있었다)도 수양대군의 뜻을 정하게 한 한 가지 원인이 되고, 권람, 한명회가 무시로 권하는 것도 한 가지 원인이 된다.

미상불 권람의 말이 옳다. 왕이 아직은 나이 어리시어 수양대군의 마음대로 무슨 일이나 다 할 수 있지마는, 차차 나이 많아지어 국정을 몸소 보시게만 되는 날이면 족히 수양대군을 물리칠 수도 있는 것이다. 하물며 세종대왕의 맏아드님 되는 화의군(和義君) 영(瓔)을 비롯하여 금성대군(錦城大君) 유(瑜), 평원대군(平原大君) 임(琳), 한남군(漢南君) 어(琙) 같은 종친들이 겉으로 드러내어 말은 아니 하지마는 속으로는 수양대군의 야심을 미워하고 어리신 왕께 동정을 가지는 것이 사실임에랴.

그 밖에도 왕의 편이라고 볼 만한 유력자로는 세종대왕의 후궁이요 어리신 왕을 양육한 혜빈양씨가 있고, 왕의 외숙 되는 권자신(이때에 벼슬이 예조판서), 국구 되는 여량부원군 송현수, 왕이 가장 사랑하고 신임하시는 누님 경혜공주의 남편 되는 영양위 정종 같은 이가 있다.

이러한 사람들이 아직은 수양대군의 권세에 눌리어서 아무러한 일도 하지 못하고 있다 하더라도, 왕이 성년 되어 권세를 찾으실 만하게 되면 반드시 왕의 팔다리가 되어 수양대군에게 대항할 것은 권람, 한명회의 말을 듣지 않더라도 분명한 일이다.

만일 수양대군이 마치 항상 사람을 대하면 말하는 모양으로, 왕이 성년이 되시어 정사를 친히 잡으실 만하기를 기다리어 공성신퇴(功成身退)한다 하면 만사가 다 구순하게 되었을 것이다. 왕은 일생을 두고 수양대군을 고맙게 알았을 것이요, 백성은 진실로 주공의 덕으로써 수양대군을 비기었을 것이요, 그 숱한 사람은 원통한 피를 흘리지 아니하였을 것이요, 수양대군 당신도 만년에 꿈자리 사납지 않게 지내었을 것이다. 그러하건마는 운명은 수양대군의 가슴속에 한 움큼 욕심의 불을 던지어 커다란 비극을 만들어내게 한 것이다.

수양대군은 일변 궁금(宮禁)을 숙청한다고 칭하여 혜빈양씨에게 엄중한 견책을 주어 일절 궁중에 출입하지 못하게 하고, 또 문종대왕 시절부터 왕의 곁을 떠나지 아니하여 왕의 동무요 보호자이던 늙은 내시 엄자치(嚴自治)에게 없는 죄명을 씌워 금부에 가두었다가 멀리 제주에 안치할 차로 보내던 중로에 사람을 보내어 주막에서 죽이어버리고, 금성대군 이하 종친들도 수상인 수양대군의 허락이 없이는 일절 궁중에 출입하기를 금하여버리고, 또 왕의 숙부 중 가장 나이 많고 가장 왕을 생각하는 화의군을 아우님 되는 평원대군의 첩 초요섬(楚腰纖)과 통간하였다는 누명을 씌워 외방으로 내어쫓고, 안평대군이 돌아간 뒤에 가장 수양대군에게 듣기 싫은 바른말을 하는 금성대군은 화의군과 좋아한다 하여 그의 집인 금성 궁 밖에 나오지를 못하게 하여 갑사(甲士)로 대문에 파수를 보게 하고, 국구 되는 송현수는 소시부터 친분이 있는 것을 이용하여 회유하기를 힘쓰고, 왕의 외숙 권자신도 그 환심을 사느라고 예조판서를 주었다. 그러나 송현수, 권자신은 언제 죽어도 죽을 사람이다. 수양대군의 눈에 매양 걸리는 것이 송, 권 두 사람이었다.

마음에 맞지 않는 사람들을 모조리 없애버리었으면 하는 생각도 무단적인 수양대군의 마음에 아니 떠오름도 아니지마는, 그것은 최후 수단이다. 될 수만 있으면 피 한 방울 흘리지 아니하고 목적을 달하고 싶은 것이다. 사람이란 살아 있을 때에는 아무 힘이 없던 이라도 죽여버리면 꿈자리 사나운 것임을 황보인, 김종서 통에 경험한 수양대군이다. 이 때문에 생긴 것이 수양대군의 인재 방문이다.

총명한 수양대군은 인심을 얻는 길이 무엇인지를 잘 알고, 또 권람과 한명회의 지혜는 수양대군의 총명을 돕고도 남았다. 만일 이 총명과 지혜(그것은 진실로 흔히 보기 어려운 것이었다)를 가진 이들이 사욕에 빠짐이 없이 오직 정의로 나라만을 위하는 일을 하였던들 역사에 드문 큰 공적을 세웠을 것이다. 그리고 그들은 만대에 사모함을 받았을 것이다. '부정한 욕심과 부정한 음모' 이것이 그 좋은 총명과 지혜를 망쳐버리었다.

수양대군은 사람을 세 가지로 나누었다. 첫째는 위엄으로 눌러버릴 종류의 사람이니, 이것은 가장 수많은 서민들과 가장 수많은 벼슬아치들이다. 이 종류 사람은 권세를 보이기만 하면 다 머리를 숙이고 모여드는 것이다. 그렇지마는 이 종류 사람도 노상 안심할 수가 없다. 그것은 본래 위엄으로 눌리었던 무리기 때문에 더 큰 위엄이 오는 날이면 곧 예전 주인을 배반하고 새 위엄 밑으로 돌아서는 것이다. 더구나 이 무리들은 자기의 주장이 굳게 서지 못하고 또 항상 현재 자기네를 누르는 권세에 대하여 원망과 의혹과 미움을 품기 때문에, 또 게다가 흔히 무지하기 때문에 다른 권세를 약속하는 자의 선동을 받기 쉬운 것이다. 권세 가진 눈으로 보면 소위 난화지맹(難化之氓)이다. 그러나 그까짓 것은 수양대군에게 대하여 그리 중요한 일은 아니다. 왜 그런고 하면, 이런 무리가 근심되는 것은 권력을 잡은 시초가 아니요 옛 권력이 쇠할 만한 때인 까닭이다. 수양대군의 눈앞에는 끝없는 영화가 있다. 천추만세에 연면 부절하는 권세가 있다(왕의 자리만 얻고 보면 말이다). 인사(人事)의 무상을 깨닫기에는 수양대군은 너무도 젊고 너무도 순경(順境)이다. 건강하고 젊고 (사십이면 한창이 아닌가) 뜻하는 바를 못 이루어본 적이 없는 바에 순풍에 돛을 달고 물결 없는 한바다로 선유하는 것만큼밖에는 인생이 보이지 아니하는 수양대군에게, 반성이 있을 리가 없고 후회가 있을 리가 없고 무상이 있을 리가 없다. 이런 것들을 깨닫기 위하여서는 그는 얼마 더 인생의 어리석은 경험을 쌓아야 한다. 원컨대 그가 이 쓰라린 무상의 술잔을 아니 마시었과저, 그러나 십 년 얼마 더 넘지 못하여 그는 마침내 이 술잔을 집어 마시지 아니치 못하였다. 그러할 권세를 수양대군은 영원한 것으로만 여기었다. 그러고는 전력을 다하여 못 할 짓 없이 이것을 추구하였다.

수양대군이 보는 둘째 종류 사람은 이름과 이(利)로 달래어 영구히 노예적 복종을 맹세시킬 수 있는 무리다. 벼슬이라는 것, 울긋불긋하고 너덜너덜한 옷과 띠와 망건, 관자와 한 해에 쌀 몇 섬 되는 녹(祿)이란 것으로 군신의 관계를 맺는 것이다. 이 계급은 현재 조정에 벼슬하는 무리의 대부분과, 태학관을 머리로 하여 전국 수없는 서원(書院), 서당(書堂), 사정(射亭)에 공부하는 무리와 과거에 참예할 자격을 가진, 이른바 양반의 무리, 줄여 말하면 사회의 상층인 계급이다. 이 무리의 마음을 거둬쥐는 것이 일국의 권세를 누리는 데는 대단히, 아마 절대로 필요한 일이다. 이 무리는 인의예지(仁義禮智)와 효제충신(孝悌忠信)을 도맡아 파는 도가(都家)일뿐더러 치국평천하(治國平天下)의 도편수로 자처하는 무리들이다. 기실 정사를 하는 일꾼은 아전들이요, 이 무리는 주먹심도 다릿심도 의리의 힘도 없는 무리지마는, 세습적인 양반권(이런 말을 쓸 수 있다 하면)과 역시 유전적이라 할 만한 뱃심과 입심만을 가지고 놀고먹고 대접받는 땅을 잡는 것이다.

지금 이 무리의 두목은 좌의정 정인지다. 정인지의 말 한마디면 이 무리의 머리는 마치 바람 맞은 풀 모양으로 이리로 굽실, 저리로 굽실, 굽실거리는 것이다. 정인지가 이미 수양대군의 심복이 되었으니, 정인지의 뒤를 따라 수양대군에게 충성을 맹세할 사람이 많을 것은 물론이다.

그러나 닭을 천을 기르면 그중에도 봉이 난다는 셈으로, 이렇게 명리를 따라 동으로 가고 서로 가는 무리들 중에도 굽히어지지 아니하는 곧은 무리가 있으니, 이러한 무리들이 비록 수효는 적을망정 자연히 한 세력을 이루는 것이다. 비록 그들이 기치를 내어세우고 호령을 함이 없더라도 충의가 있는 곳에 반드시 따르는 천연의 위엄이 능히 사람으로 하여금 정색하게 하는 것이다.

이러한 몇 사람 안 되는 무리가 곧 수양대군이 이른바 셋째 종류 사람이다.

수양대군은 아무리 하여서라도 이 무리의 마음을 사려 한다. 그가 임금의 자리에 올라 한 나라를 누리는 데는 이 무리의 마음을 사는 것이 필요함을 아는 까닭이다. 명리지배 백 명을 얻음보다는 이러한 충의지사 하나를 얻는 것이 더욱 힘 있음을 수양대군은 잘 안다. 옳은 선비 한 사람의 뜻이 십만 강병보다도 힘 있는 줄을 잘 안다.

이 무리는 위엄으로 내리누를 수가 없다. 그네는 의를 위하여는 시퍼런 칼날을 우습게 보고 한 몸의 목숨을 터럭같이 여긴다. 몸을 열 토막에 내고 목숨을 백 번 다시 끊더라도 그만한 것을 두려워할 그네가 아니다. 박제상(朴堤上), 정몽주(鄭夢周)의 몸에 흐르던 충의의 피는 한강에 물이 마를 때까지 이 땅에 나는 사람의 핏줄에 흐른다. 의인의 피와 살이 땅속에 스며들어 이 땅을 의(義)의 땅을 만들고 그 무덤에 나는 풀이 의인의 기운을 뿜어 이 나라의 초목까지도 의의 이름을 부르게 된다. 그런 이들이 아니면 이 땅에 의는 죽어버리고 만다. 죽는 것을 두려워할 줄 모르는 이 무리들이야말로 수양대군의 큰 적이 아닐 수 없다.

이미 죽는 것을 두려워할 줄 모르거니, 하물며 명리랴. 그가 이름을 싫어함이 아니다. 아름다운 이름을 천하에 들리고 천추에 들리움이 그의 욕심이건마는, 의가 아닌 때에 그는 이름 보기를 초개같이 여긴다. 그가 가장 견디지 못하는 수치와 고통은 하루라도 불의의 부귀를 누리는 것이다. 불의의 부귀를 누림으론 차라리 당장에 죽어버리기를 택한다.

비록 몸에 치국평천하의 큰 경륜과 큰 재주를 품었다 하더라도 의에 맞음이 아니면 차라리 이 경륜, 이 재주를 초토에 썩혀버린다.

위무(威武)로 굴(屈)할 수 없고 부귀(富貴)로 음(淫)할 수 없는 이 의인의 무리는 고왕금래에 불의의 권세를 탐하는 자들의 두통거리가 되었다. 그들이 수효로는 비록 몇백 명, 그보다도 더 적게 몇십 명에 불과한다 하더라도, 그들은 의의 불씨를 천추만세의 후손에게 전하는 거룩하고도 고마운 직분을 맡아 한 나라의 주인이 되는 것이다. 전 인류의 주인이 되는 것이다.

수양대군은 이것을 모르는 사람이 아니다. 그는 의를 알고 의인을 알고 불의를 알고 불의한 사람을 안다. 그는 임금 중에도 가장 총명한 임금인 세종대왕의 아드님이요, 임금 중에도 가장 인자한 임금인 문종대왕의 아우님이다. 총명이 뛰어난 그가 무엇인들 모를 리가 없건마는, 다만 그의 억제할 수 없는 욕심이 모든 덕과 모든 총명을 눌러버린 것이다. 후일에 그의 인자함과 총명함이 다시 바로 서려 할 때는 벌써 만고에 씻어버릴 수 없는 불의를 행한 뒤였다. 일생으로써, 생명으로써 그의 지나간 허물을 씻어버리려고 나라를 위하여 많은 좋은 일을 하느라고 무진 애를 썼으나, 그의 양심의 가책은 그의 공로로 갚아버리기에는 너무 컸고, 게다가 그러한 공로로 지나간 죄를 벗으려고 목숨이 오래 허하여지지를 아니하였다. 그래서 그는 마침내 후회하는 피눈물로 눈을 감아버린 것이다. 그로 하여금 이러한 비극의 주인공이 되게 한 그의 억제할 수 없는 패기는 실로 그의 숙명이었다. 이 성격의 결함(특징이라면 특징)은 총명한 그의 힘으로 어찌할 수 없었던 모양이다. 그는 이 패기의 날랜 말에 올라앉아 그 뛰어난 총명과 예지로 자기가 달려가는 길이 무엇인지를 보면서도, '안 되겠다, 안 되겠다.' 하고 연해 후회하면서도, 걷잡을 수 없이 그가 마침내 굴러떨어진 절벽 끝으로 가버린 것이다.

그러므로 수양대군은 옳은 사람에게 대하여서는 특별한 사모와 존경을 품고 있었다. 허후에 대하여 취한 태도도 이것을 표하는 것이다. 그는 옳은 뜻을 가진 선비에게 옳지 못하다고 생각되는 것을 대단히 괴롭게 여기었다. 의인의 무리의 칭찬을 받는 것은 그의 간절한 소원이었다. 그가 후년에 일변『국조보감(國朝寶鑑)』,『동국통감(東國通鑑)』같은 서적을 편찬하게 하고, 일변 유가서(儒家書), 불가서(佛家書)를 언해하게 한 것이 그의 문화 사업에 대한 사랑에서 나온 것은 물론이지마는, 자기가 의를 사모하는 자인 것을 의인의 무리에게 인정하게 하자는 뜻이 또 한 작지 아니한 동기가 된 것도 무시할 수 없는 일이다.

이렇게 그는 의인이 되려는 간절한 소원과 권세를 잡으려는 불 같은 패기와, 이 두 가지 사이에 끼여 이 두 가지를 다 만족시키려는 어림없는 큰 욕심을 가지게 된 것이다.

애인하사(愛人下士)라는 말은 동양에서는 권력 잡은 자가 누구나 하는 말이다. 한(漢)나라 유현덕(劉玄德)이 제갈공명(諸葛孔明)을 세 번이나 남양(南陽)이라는 시골구석에 찾아본 것을 삼고초려(三顧草廬)라 하여 후세 제왕의 모범이 되었다.

수양대군이 그의 야심을 달하는 수단으로 택한 중요한 길 중에 하나가 선비를 찾아보는 일이다.

최항을 새에 내세워 집현전에 관계한 사람들 중에 중요한 이들을 혹은

수양대군으로 불러보고, 혹은 수양대군이 몸소 찾아갔다. 여간한 사람들
은 상감의 숙부요 영의정으로 군국대사를 한 손에 걸어쥔 수양대군이 만
나기를 원한다 하면 신을 거꾸로 끌고 달려와서 수양대군 앞에 엎드리었
다. 이렇게 수양대군 편에서 조금도 힘들이지 아니하고 제 편에서 덜덜
굴러와 붙는 사람들을 수양대군은 대견히 여기지 아니하였다. 사냥을 즐
겨하는 수양대군은 힘 안 들이고 잡힌 짐승을 즐겨하지 아니한다. 아침
부터 온종일 산을 넘고 골짜기를 건너 따르고 따라도 잡히지 아니하는 짐
승이 도리어 몇 갑절이나 더 그의 마음을 끌었다. 사람을 구하는 데도 그
와 같은 맛이 있었다. 단 한마디에 주르르 따라오는 사람은 비록 쓸 데는
있더라도 재미는 없었다. 아무리 끌어도 아니 끌리는 사람이야말로 끌
재미가 있었다.

전 대사헌 기건(奇虔)이나 집현전 교리 권절(權節), 집현전 부제학 조
상치(曺尙治) 같은 이들이 다 그런 이들이다.

기건에 관하여는 위에 말한 일이 있다. 교리 이현로와 함께 종친 분경
을 금하라는 상소를 하여 수양대군의 미움을 받은 사람이다. 그는 연안
부사로 좌천이 되었다가 시사에 뜻이 없어 벼슬을 버리고 사랑문조차 닫
아버리고 숨어 있는 사람이다.

수양대군은 기건의 명망과 재주를 사랑하여서 아무리 하여서도 자기
사람을 만들려고 하였다. 그래서 세력이 당당한 수양대군으로서 세 번이
나 빈한한 기건의 집을 찾았다. 교리 따위 작은 벼슬아치가 집에 앉아서
영의정을 불러 본다는 것은 진실로 놀라운 일이다. 하물며 기건은 세종
조의 포의(布衣)로서 지평이 된 사람임에랴.

그러나 기건은 자기가 청맹이 되어 앞을 보지 못한다 칭하고 수양대군

이 벼슬에 나오라는 청을 거절하였다.

수양대군은 기건의 거절을 당하고 기건의 집에서 나올 때마다 기건의 팔목을 잡고 차마 놓지 못하는 듯이 머뭇머뭇하며 앞을 보지 못하는 이가 계하에 내리기가 어려울 터이니 방에서 작별하지, 하여 기건을 아끼었다.

"그놈이 어디 그럴 수가 있소오니까."

하고 친근한 사람들이 수양대군에게 기건의 무례함을 꾸짖었으나 수양대군은 아무 말 없이 또 한 번 기건의 집으로 기건을 찾아갔다. 이것이 세 번째다.

"나라를 보아서 기 참판이 나서야 하지 아니하겠소? 내가 이렇게 세 번씩이나 부탁하는 정성을 보아서라도 일어나서야 아니 하겠소?"

하고 수양대군은 권하다 못해 이렇게 말을 하였다.

"이처럼 세 번이나 누옥에 왕림하시니 황송하외다마는 소인같이 앞을 못 보는 사람이 무엇을 하오리까."

하는 것이 기건의 대답이다.

수양대군이 보이지 않는다고 일컫는 기건의 눈을 물끄러미 들여다보더니 손에 감추어 들었던 바늘 끝으로 기건의 눈을 찌를 듯이 하였으나, 기건의 눈은 조금도 움직이지를 아니하고 멀뚱멀뚱 수양대군을 바라보고 있었다. 수양대군은 마침내 기건의 뜻을 움직이지 못할 줄 알고 돌아가버리고 말았다.

'기건이 정말 청맹인가?'

하는 것은 수양대군에게만 의문이 아니라 세상 사람에게도 의문이요, 그 집 식구들까지도 의문으로 알고 있었다. 그러나 누구나 그가 정말 청맹이라고 생각하는 사람은 없었다.

"그리하시어서는 체면을 손상하십니다. 말을 아니 듣는 놈이면 없애버리시면 고만이지. 어디 그렇게 하시어서 될 수가 있소오니까."
하고 이계전, 홍윤성의 무리가 수양대군을 보고 분개하였다.

기건에게 세 번이나 거절을 받을 때에 수양대군도 분이 치밀어 올라오지 않음이 아니었다. 홍윤성의 말대로 그런 놈은 주먹으로 버릇을 가르치는 것이 마땅하다고도 생각하였다. 자다가 말고도 가끔 그것이 분하였다. 그러나 수양대군은 대사를 위하여 꾹 참았다. 그리고 여전히 방문 정책을 써서 뜻 굳은 사람들의 마음을 움직이기에 전력을 다하였다.

수양대군은 교리 권절에게 또 한 번 땀을 빼었다.

권절은 자를 단조(端操)라 하고 호를 동정(東亭)이라 한다. 세종 정묘에 문과에 급제하여 집현전 교리가 되었다. 연조로 말하면 박팽년, 성삼문 같은 이보다도 훨씬 후배지마는, 덕으로나 학으로나 시문으로나 명성이 쟁쟁하였다. 이 때문에 수양대군이 그를 끌려 한 것이다.

수양대군이 권절의 집에 찾아가면 그는 예를 갖추어 영접하지마는, 수양대군이 하는 말, 묻는 말에는 일절 대답을 아니 하였다. 수양대군은 여러 가지로 국가의 형편과 자기의 뜻을 말하나 권절은 한마디도 대답함이 없고 오직 손을 들어 귓가에 흔들며,

"소인 귀가 먹어 나으리 하시는 말씀을 한마디도 들을 수가 없소이다."
할 뿐이었다.

수양대군은 혹은 우스운 말도 하여보고, 혹은 권절이 들으면 성낼 말도 하여보고, 혹은 불의에 무슨 말을 물어 무심중에 권절로 하여금 입을 열게 하려고도 하여보았으나, 권절은 아무 소리도 들리지 아니한다는 듯

이 창만 바라보고 딴청을 하였다.

수양대군은 그래도 기건이 청맹과니가 아닌 모양으로 권절이 귀머거리가 아닌 줄을 믿기 때문에 그 뒤에도 여러 번 권절을 찾았으나 마침내 대답을 듣지 못하고는, 나중에는 한 계교를 내어 종이에다가 자기가 할 말과 권절에게 물을 말을 써가지고 권절의 집에 찾아가서 그 눈앞에 펴놓고 대답하기를 요구하였다. 권절도 여기는 질색하였다. 식자우환이란 이를 두고 이름이라고 땀을 빼고 난 뒤에, 그 조카 권안(權晏)과 의논하고, 서울에 있다가는 마침내 몸과 집을 안보하지 못하리라 하여 고향인 안동에 숨어 출입을 끊고 말았다. 후일에 수양대군이 왕이 된 뒤에 지중추라는 벼슬로 불렀으나 미친 모양을 하여 응하지 아니하였다.

집현전 부제학 조상치의 집에도 수양대군은 여러 번 찾아갔다.

조상치의 자는 치숙(治叔)이요, 호는 정재(靜齋)라고도 하고 단고(丹皐)라고도 한다. 세종대왕 기해년에 생원 문과에 장원을 하여 집현전 부제학이 되었다. 젊어서 길야은(吉冶隱)에게 수학하여 성리학에 공부가 깊어 일세의 추존을 받는 터이다. 태종대왕 때에 현량시에 으뜸으로 뽑히었을 적에 태종대왕이 그를 불러 보시고,

"네가 왕씨 신하 조신충(曺信忠)의 아들이야?"
하고 기특하게 여기심을 받음으로도 유명하다.

그러므로 이때에는 조상치는 벌써 백발이 성성한 노인이었다.

수양대군이 찾아올 때마다 그는,

"나으리가 주공의 덕을 본받으시오."
하였다.

수양대군이 무슨 말을 하거나 그의 대답은 오직 이 한마디에 그치었

다. 이 한마디 속에는 외람된 생각을 품지 말라는 뜻이 품겨 있는 것을 수양대군이 모를 리가 없다.

수양대군이 국가에 어려운 일이 많은 것을 말하고, 이러한 난국에 처하려면 큰사람이 필요한 것을 말하여 은연히 시국이 이대로 갈 수가 없는 것과, 그 시국을 처리할 사람이 자기밖에 없는 것과, 그러므로 나라에 뜻이 있는 사람은 자기를 도와야 할 것을 비추면 조상치는 엄연히,

"국가에 어려운 일이 많으되 의리가 무너지는 것보다 어려운 일이 없고, 국가가 큰사람을 기다리거니와 그 큰사람은 의리를 으뜸으로 하는 사람이외다."

하고 듣기에는 비록 부드럽지마는 속에는 추상열일(秋霜烈日) 같은 무서움을 품은 대답을 하였다.

조상치의 말은 실로 사람을 감동케 할 힘이 있었다. 수양대군도 그의 점잖고도 겸손하고도 정당하고도 엄숙한 태도와 말에 옷깃을 바르게 하지 아니할 수가 없었다. 그래서 비록 거절은 당하였더라도 사모하는 마음이 깊었다. 부왕 되시는 세종대왕의 지우를 받던 이라 하여 선생의 예로써 대접하였다. 도저히 그의 뜻을 빼앗을 수 없을 것을 알고 다시는 찾지 아니하였다.

그러나 조상치는 수양대군의 야심과 대세가 기울어지는 양을 살피고 시골에 돌아가 숨으려 할 즈음에 세조가 즉위하게 되었다. 조상치는 한 걸음 늦은 것을 한탄하였으나, 병이라 칭하고 새로 즉위한 임금을 치하하는 하반(賀班)에 참예하지 아니하고 곧 사직하는 상소를 올리고 행장을 수습하여 영천을 향하여 서울을 떠나게 되었다.

세조는 조상치가 하반에 참예 아니 한 것을 허물치 아니하고 도리어 호

조에 명을 내리어 동대문 밖에 조석(祖席, 송별연)을 베풀게 하고 조신을 명하여 이 늙은 지사를 전송하게 하였다.

이것이 무론 세조의 진정도 되려니와 그 밖에도 중요한 의미가 있다. 대개 조정재라 하면 명성이 전국에 높을뿐더러 집현전 관계자들에게는 혹은 수십 년 오랜 친구요, 혹은 스승이라 할 만한 선비다. 이러한 조상치가 서울을 떠난다 하면 전별하고 싶은 이도 많을 것이나 단종대왕을 사모하여 금상을 아니 섬길 뜻으로 산수 간에 종적을 감추는 이번 길에 누가 감히 내놓고 그를 전송하랴. 세조는 사람들의 이 심리를 이용하여 그들에게 만족을 주려 함이다. 우리 임금이 이처럼 인재를 사랑하고 존경한다는 칭찬을 받는 것은 인심을 수람(收攬)하는 데 여간 큰 효험이 있는 것이 아니다. 사실상 그는 이만한 효과를 얻었다. 권세 잡은 이가 하는 일은 권세를 부러워하는 사람들에게 감격을 주기가 쉽다. 코끝에 붙은 파리를 잊어버리고 아니 날리더라도 그것이 보통 사람인 때에는 신경이 둔한 놈이라 하려니와, 높은 사람인 때에는 호생지덕(好生之德)이라 하여 마치 보통 사람은 하지 못할 일같이 높이는 것이다.

조상치가 영천으로 들어갈 때에 세조대왕이 송별연을 베풀게 한 데는 이만한 효과가 있었다. 조상치를 평소에 경앙하던 사람들은 마음을 놓고 동대문 밖으로 나아가 송별연에 참예하였다. 이 송별연에 모인 사람들은 왕을 무서워하는 생각을 떼어버리고 가장 유쾌하게 마시고 말하고 읊조리었다. 조상치의 높은 명성도 더욱 높으려니와 왕의 아름다운 뜻도 더욱 빛나는 듯이 생각되었다.

나중에 지필을 내어 전송하는 시와 글을 쓸 때에도 사람들은 꺼림 없이 각기 저 생각하는 바를 썼다. 그중에도 이러한 구절이 있었다.

瞻望行塵 卓乎難及.

(행차하시는 티끌을 바라보자니 높아서 따르기가 어렵습니다. — 감수자 역).

이라 한 것은 박팽년의 말이요,

永川淸風 便作東方之箕潁 吾輩乃曺丈之罪人.

(영천의 맑음이 동방의 기산과 영수가 되니, 저희는 어르신네의 죄인이로소이
다. — 감수자 역).

이라 한 것은 성삼문의 말이다. 이 두 사람의 글 구절 중에 우리는 오는
날에 있을 일을 짐작할 것이다.

수양대군의 준비는 날로 갖추어갔다.

어리신 왕의 좌우에는 왕의 심복이 될 만한 이는 하나도 없어지고 말았
다. 왕이 오래 만나지 못한 혜빈을 사모하여 자개(者介)라는 궁녀를 은밀
히 혜빈에게로 보내었더니 그것이 탄로가 되어 자개는 박살을 당하고 말
았다. 왕의 외가댁인 화성부원군 댁과 처가 되는 여량부원군 댁과도 전
혀 내왕이 끊이고 말았다. 더구나 혜빈 궁에 갔던 죄로 자개가 박살을 당
한 뒤로는 궁녀들은 모두 전전긍긍하여 왕께서 무슨 말씀을 내리시면 그
대로 할 것인가 말 것인가 하고 겁부터 먼저 집어먹었다. 낮말은 새가 듣
고 밤말은 쥐가 듣는다. 어느 구석에 어느 궁녀가, 또는 어느 내시가 수
양대군 궁에서 요화(料貨)를 받아먹는지 모른다. 그저 입을 다물어라,
이렇게들 생각하였다. 그러니까 궁중은 음산하고 적막하고 무시무시하
였다. 열여섯 살 되시는 상감과 열일곱 살 되시는 왕후와 두 분이 호의를

가지지 아니한 사람들 속에 외로이 마주 앉으시었다.

왕도 울울불락(鬱鬱不樂)하시어 내전에서 납시는 일이 별로 없으시고, 매양 무엇을 생각하시는 듯하시다가도 간혹 눈물을 떨구시는 일도 있었다.

왕은 소년 시대에 마땅히 있을 쾌활한 기운을 잃어버리고 말으시었다.

열여섯 살이면 종달새의 봄철과 같이 즐거운 때건마는 왕은 그러한 소년의 즐거움을 다 잃어버리시었다. 계유년 변(수양대군이 황보인, 김종서 등을 죽인, 소위 계유정난)이 있은 뒤로부터 이 년이 못 되는 동안이건마는, 그 짧은 동안에 왕은 나이를 열 살은 더 잡수신 듯이 노성하시었다.

독자는 다 아시거니와, 왕은 결코 침울하신 천성을 타고나신 어른은 아니시다. 비록 나시면서 어머니(처음에는 현덕빈이다가 돌아가신 뒤에 현덕왕후라 추숭을 받으신 권씨)를 여의시어 사랑 중에도 가장 큰 사랑이라는 어머님의 사랑은 맛보시지 못하였지마는, 조부 되시는 세종대왕께서는 항상 팔에 안으시고 무릎에 놓으시어 곁을 떠나게 아니 하시도록 귀애하시었고, 부왕 되시는 문종대왕의 인자하신 사랑은 말할 것도 없거니와, 세종의 후궁이요 왕의 양육을 맡아서 한 혜빈은 기출이나 다름없이 어머니다운 사랑을 드리었다. 어리신 동궁은 온 궁중의 사랑과 위함의 중심이 되시지 아니하였던가. 그 양반이 원하시는 것으로 이루어지지 아니한 것이 있으며, 그 양반이 싫다 하신 것으로 즉각에 치워지지 아니한 것이 있던가?

그때에 왕은 오직 즐거우시었고 오직 뜻대로 놀고 뛰시었다. 참 어떻게나 귀하게 소중하게 나고 자라신 어른이신가. 그렇지마는 삼 년 내에 할아버님과 아버님을 다 여의시고, 이제는 어머님을 대신하던 혜빈마저 만나기를 금함이 되시었다. 사모하시는 누님 경혜공주며, 매부 되는 영양위 정종도 무슨 큰일 때가 아니고는 만나심을 금함이 되었고, 지금 세상에 살아 있는 사람 중에 왕께 대하여 가장 자애가 지극할 외조모 되는 화산부원군 부인 최씨와 만난 지도 벌써 일 년이 넘는다. 외숙 되는 권자신도 예조판서로 있기 때문에 하루 한 번씩 조회에서 얼굴을 대할 뿐이요 정답게 말 한마디 붙일 수 없었다. 왕은 당신이 친근하게 말 한마디라도 하시는 것이 그에게 큰 위험이 될 줄을 아신다.

나이가 열여섯 살이면 가장 그리운 것이 할머니, 아주머니, 누이 같은 정다운 친족들인 것은 임금이나 뭇 사람이나 다를 리가 없다. 그 아버님의 성품을 받아 애정이 자별하신 왕은 더구나 골육지정이 자별하시었건 마는 이 소원조차 풀지 못하였다.

왕의 일언일동은 하나 빼지 아니하고 도리어 좋지 아니한 편으로 보태어서 수양대군과 정인지에게 소소하게 일러바치어지었다. 그래서는 대수롭지 아니한 일을 가지고 혹시는 수양대군에게, 혹시는 정인지에게 간한다고 말은 좋게, 듣기 싫은 책망을 받았다. 수양대군이나 정인지의 말대로 하면, 왕은 문밖에 나가지도 말고 누구를 불러 보지도 말고, 내시나 궁녀까지라도 가까이하지도 말고, 등신 모양으로 온종일 가만히 앉아 있어야만 한다. 그것이 임금의 체면이라고 한다.

이렇게 마음 펴지 못하는 세월을 보내시는 왕은 마치 사나운 계모 밑에 사는 며느리 모양으로 앳되고 숫된 기운이 사라지고 부자연하게 노성한 빛이 올랐다. 왕이 무슨 근심이 계시어 (흔히는 수양대군이나 정인지에게서 불쾌한 소리를 들으신 뒤에) 문지방에 가슴을 대시고 멀거니 하늘을 바라보실 때에는 그 얼굴이 마치 삼십이나 넘은 사람의 태를 보이시었다. 혜빈이 아직 궁중에서 쫓겨나기 전에 왕의 이러하신 모양으로 뵈옵고 비감함을 이기지 못하여 목을 놓아 울었다고 한다.

외양에만 노성한 태가 도는 것이 아니라 눈치를 보시는 데나 마음을 쓰시는 데는 더욱 그러하였다. 마음이 그러하시므로 외양에 나타나는 것이다. 얼굴은 마음의 목록이라고 한다.

오월 십사일은 문종대왕의 첫 번 기제일이다. 작년까지는 상복이나 입고 있었건마는 금년에는 벌써 길복이다. 이것이 다 회구적(懷舊的)인 왕에게서는 슬픈 일이다. 그만큼 아버님은 더욱 멀어가는구나, 하고 왕은 제복 소매가 젖도록 우시었다. 이 광경을 보고 아니 운 이는 수양대군, 정인지같이 목석 같은 간장을 가진 사람들뿐이었다.

제사가 끝난 뒤에 왕은 오래간만에 경혜공주와 경숙옹주 두 분 동기를 만나 체면 돌아볼 새 없이 우시었다. 경혜, 경숙 두 분 누님도 가슴이 터지도록 울었다. 돌아가신 아버님을 우는 것보다도 외로우신 오라버님을 위하여 운 것이다. 궁녀 중에도 북받치어 오르는 울음을 삼키는 이가 몇 사람 있었다. 이 일이 또 후환의 빌미 중에 하나가 된 것은 말할 것도 없다.

이 일이 있은 뒤로부터 왕은 더욱 슬픈 마음을 가지시었다.

유월도 다 지나고 윤유월 초승 어느 날 왕은 더위를 피하시와 경회루에 오르시었다. 이해에 날이 가물고 더위가 심하여 대단히 민정이 오오(嗷嗷)하였다.

왕은 난간 가로 거니시며 흙 타는 연기라고 할 만한 까만 기운이 안개와 같이 둘린 하늘가를 바라보시며,

"이렇게 가물어서 백성이 어찌 산단 말이냐."

하고 한탄을 하신다.

"그러하오. 민정이 오오하오이다."

하는 것은 왕의 곁에 모신 내시 이귀(李貴)다. 이귀는 같은 내시 김충(金忠), 김인평(金印平)과 같이 항상 왕의 곁에 모시도록 수양대군의 명함을 받은 자들이다. 이들이 본래 아무 세력 없이 궁중에서 늙은 성명 없는 내시들이다. 본래 세종대왕 때부터 왕께 친근하던 내시들은 다 쫓겨나고 아무 능력 없는 내시들을 골라 왕을 모시게 한 것이다. 그러한 십여 명 내시 중에 이귀, 김충, 김인평 세 사람은 가장 왕께 충성을 가진 사람들이다.

"아랫녘에는 비가 왔다고 아니 하느냐?"

어저께 전라감사의 장계가 오른 것을 보시고 하시는 말씀이다.

내시들은 대답할 바를 모르고 다만 허리를 굽힐 뿐이었다.

"이렇게 가무는 것이 임금의 죄라 하니, 예로부터 그러한 말이 있느냐?"

"황송하옵신 말씀이오나 어디 전하께 죄라 함이 당하오리까. 천종지성(天縱之聖)이시고……."

김인평의 말이 끝도 나기 전에 왕은,

"너는 글을 모르는구나. 옛날에 대한 칠년 적에 탕 임금이 신영백모(身纓白茅)하고 이신위희생(以身爲犧牲)하사 도우상림지야(禱于桑林之野)하시지 아니하였느냐."

하시고 깊이 탄식하시는 어조로,

"이 몸에 죄가 많아 음양이 불화하고 풍우가 불순하며 민생이 오오하니 어찌할꼬. 세종대왕 어우에는 이러한 일은 없었다고 하지 아니하느냐. 모두 불초한 이 몸의 탓이로구나.”

모신 내시들과 궁녀들은 다만 황송하여 허리를 굽힐 뿐이요 아무 말이 없었다.

이윽고 내시 김충이,

“젓삽기 황송하오나 소인이 듣사오니 이음양순사시(理陰陽順四時)는 재상이 할 일이라 하오니 이것이 모두 대신의 죄인가 하오.”

하고 이마가 마루청에 닿도록 한 번 허리를 굽힌다.

“소인도 그러한가 하오.”

하고 이귀와 김인평도 말한다.

왕은 눈을 돌리어 내시들을 한번 흘겨보시고 웃으시며,

“그런 소리를 하고 그 목이 몸에 붙어 있을까.”

하고는 달리 엿듣는 자나 없는가 살피시는 듯 얼른 사방을 둘러보신다. 지금 이런 소리를 하는 내시도 염탐꾼인지 알 수 없고 또 저 궁녀들 중에도 왕께 가장 친근한 체하는 자가 한명회의 끄나풀이 아닌지도 알 수 없는 것이다.

“소인의 모가지가 열 번 떨어지더라도……”

하고 주먹으로 눈물을 씻는 김충을 본체만체 심서를 진정하기 어려우신 듯이 걸음을 옮기시더니 연당을 바로 내려다보는 서향 난간 앞에 와 발을 멈추시며,

“세종께오서 여기 앉으시기를 즐겨하시었거든.”

하고 추연한 빛을 띤다.

“그러하오.”

하는 것은 이귀의 대답이다.

"이맘때면 소인이 상감마마를 안아 받드옵고 세종대왕마마를 모시어 이곳에 있었사외다."

하고 늙은 궁녀 하석(河石)이 눈물을 머금는다.

왕은 감개무량한 듯이 하석의 주름 잡힌 낯을 바라보시며,

"그랬더냐. 내가 울지나 않더냐?"

하시고 웃으신다. 적막한 웃음이다.

"전하께오서는 어리신 적에도 성덕을 갖추시와 아프신 때가 아니면 보채신 일이 없었사외다."

"그랬으면 다행이다. 유모도 잠을 잤겠고나."

"황송하오."

왕의 유모 되는 궁비 아가지(阿加之)와 그의 남편 이오(李午)도 혜빈과 함께 궁중에서 쫓겨난 사람 중의 하나다.

"참으로 인자하옵시고."

"인정이 많으시와 누구 하나 책망하신 일도 없으시옵고."

이러한 늙은 궁녀 고염석(高廉石)의 말이나 젊은 궁녀 김수동(金壽同), 이막산(李漠山)의 말은 결코 왕께 요공하는 말이 아니라 사실이었다.

왕은 더욱 비감이 새로워지는 모양이었다. 손을 들어 기둥과 난간을 어루만지며,

"세종께서는 여기 거니시기를 즐겨하시더니. 지금 계시더면 오죽이나 날 귀애하시랴."

하시며 눈물을 떨구시었다. 그 말씀의 비장함이 듣는 사람의 창자를 끊는 듯하였다.

늙은 내시 김충은 어린아이 모양으로 두 소매를 눈에 대고 흑흑 느껴

울었다. 다른 내시들과 궁녀들도 울었다.

이때에 내전 편으로서 사람들이 오는 모양이 보인다. 어떤 궁녀가 가만히 "쉬" 하는 소리로 다른 사람들에게 사람 오는 것을 알리매, 내시들과 궁녀들은 얼른 고개를 돌리어서 눈물을 씻어버리고 가장 천연스러운 태를 보이었다. 왕도 눈물을 거두시고 인왕산 가로 떠도는 구름 조각을 바라보았다. 한 나라의 임금의 몸으로 궁중에 있으면서도 바삭만 하여도 깜짝깜짝 놀라고 궁녀나 내시만 보아도 눈치를 슬슬 보지 아니하면 아니 될 당신의 가엾은 신세를 생각하면 하늘에 떠도는 구름 조각이 부러웠다.

경회루로 왕을 찾아오는 이는 좌의정 정인지다.

인지는 공손히 손을 읍하여 눈앞에 들고 추보(趨步)로 왕의 앞에 나아와,

"좌의정 정인지 아뢰오."

하고 허리를 굽히었다.

왕은 난간을 잡았던 손을 떼고 돌아서시었다. 왕은 미간을 잠깐 찡그리었다. 또 무슨 귀찮은 소리를 하러 왔는고, 이번에는 또 무엇을 잘못했다는 잔소리를 하러 왔는고, 정인지가 와서 좋은 말이야 무엇이 있으랴, 하여 인지를 보시기만 하여도 지긋지긋하시었다.

"좌상은 덥지 아니하오?"

하는 것이 정인지에게 대한 왕의 첫 말씀이다. 이 고열에 듣기 싫은 소리는 말라시는 듯하였다. 인지도 이 의외 말씀에 어찌할 바를 모르고 잠깐 머뭇거리다가,

"황송하외다."

할 뿐이었다.

"삼남에는 비가 왔다 하오?"

하고 왕이 물으신다. 마치 인지의 입에서 말이 나올 새가 없이 미리 막아 놓으시려는 듯하다. 이것도 인지에게는 의외의 물으심이다. 실상 요사이 수양대군이나 정인지는 삼남에 비가 오고 아니 오는 것 같은 것은 생각해 볼 여가도 없었다. 그들은 요사이 야이계일(夜以繼日)로 어떤 중대한 일을 의논하느라고 나라 정사까지도 잊어버린 지가 오래다. 과연 금년 같은 한재(旱災)는 국가에 큰일이다. 그러나 사욕에 골몰한 자들은 국가를 생각할 새도 없었다.

"황송하오나 아직 아무 장계도 오르지 아니하였소."

하고 인지는 등골과 이마에 구슬땀이 흐름을 깨달았다. '총명하고 가련한 어린 임금' 이러한 생각이 인지의 마음속에 떠올랐다.

"비 온다는 소식이나 있다구?"

하고 왕은 실심한 듯이 또 앞에 구부리고 선 신하를 멸시나 하는 듯이 몸을 돌리어 인왕산 위에 뜬 구름장을 바라보시었다.

이윽고 다시 고개를 돌리시며,

"양서(兩西) 각 읍에는 비가 온다 하오?"

하고 둘째 번 물음을 인지에게 던지신다.

인지는 한 번 더 등과 이마에 구슬땀을 흘리지 아니치 못하였다.

"황송하오."

할 뿐이었다.

"황송할 것 있소? 좌상같이 명철한 사람은 그런 것을 다 알고 있는 줄 알았지."

하고 왕은 다시 인왕산 구름장을 바라보신다. 구름장은 점점 높이 떠올라 삼각산을 향하고 흘러간다.

"또 서풍이 부니 비가 올 리가 있나. 여름에 왜 서풍만 불어."

하고 뒤에 선 대신이 있는 것도 잊어버리신 듯이 멀거니 가는 구름만 바라보신다.

왕의 이러하신 태도는 결코 심상한 것이 아니다. 이것은 왕이 정인지에게 대한 적개심을 분명히 발로하는 표적(表迹)이었다. 왕이 부왕과 조부께 대한 효성은 골육지친에도 뻗치어 누가 무어라고 하더라도 수양대군을 미워할 지경까지는 감정을 끌어가지 못하였다. 비록 수양대군이 당신에게 대하여 자애지심이 부족한 숙부라 하더라도 충의의 절개가 부족한 신하라고까지는 생각하지 아니하시었다. 아니하시었다는 것보다 그의 천품으로는 못 하신 것이다.

왕의 인자하신 성품이, 게다가 어리신 마음이 누구든지를 의심하거나 미워하는 법을 배우기는 심히 어려운 공부다. 그러나 지나간 삼 년간에 왕은 이 공부를 조금은 배우시어 근래에는 좌의정 정인지의 심사를 의심도 하고 미워도 하게 되시었다. 실상 왕에게서 모든 친한 사람과 편안한 마음을 빼앗아간 것이 정인지의 손이 아니냐. 숙부인 수양대군을 차마 미워 못 하시는 왕은 그의 수족인 인지를 원망 아니 할 수 없었다.

정인지가 근래에 더욱 왕을 괴로우시게 하는 말을 아뢰고 가끔 일부러 왕의 화를 돋우는 말, 심지어는 왕을 멸시하는 듯한 말을 하는 것이 심하게 되어 아무리 하여도 왕은 정인지에게 대하여 호의를 가질 수가 없으시었다.

인지의 말에 왕이 못 들은 체하고 고개를 돌리시어 다른 데를 보시거나, 좌우를 돌아보시고 다른 말씀을 하시거나, 혹은 탑전에 부복한 그를 본체만체하고 일어나 나오시거나 하시면(근래에 이러한 일이 수차 있었다), 그것이 또 임금의 덕이 아니라 하여 이른바 직간(直諫)의 거리가 되었다.

왕은 한번은,

"늙은이의 객쩍은 소리가 듣기 싫다는 것이 임금의 도리에 어그러진다 하면, 임금의 귀에 거슬리는 객쩍은 소리만 하는 것은 신하의 도리에는 어그러지지 아니하오? 내가 나이 어리고 덕이 비록 박하지마는 선생의 가르치심을 글로 읽었고 선왕의 말씀을 이 귀로 들어서 말의 옳고 그른 것과 사람이 충성되고 아니 된 것을 가릴 줄은 아오."

하시었다.

'좌상의 말에 터럭 끝만 한 충성이 있다 하면 내 마음은 스승에게 대한 공손한 마음으로 그 말을 듣겠소.'

하는 말이 복받치어 오르는 것을 그야말로 임금이 신하에 대한 체모에 어그러지는가 하여 꾹 눌러 참으시었다.

이 일이 있은 지가 삼사 일 되었다. 그동안 인지는 한 번도 왕께 무슨 말씀이든지 주달한 일이 없었다.

"오늘은 어찌 정가가 아니 오는고."

하고 저녁때마다 왕은 혼자 웃으시었다. 즉위하신 처음에는 왕은 지극한 존경과 신뢰로 정인지를 대하였다. 그는 정인지가 조부 세종대왕이 사랑하시던 신하일뿐더러 아버님 문종대왕이 스승으로 대접하여 당신을 부탁하신 사람인 까닭이다. 그래서 처음에는 인지의 귀 거스르는 말도 충성된 쓴 말로만 여기었으나, 임금의 총명하심은 인지의 품은 악의를 간파하여버렸다. 입으로는 이 소리를 하고 마음으로는 저 생각을 하는 줄을 간파하였고, 귀찮게 하는 소리가 모두 왕의 마음을 떠보거나 왕을 못 견디게 하려는 간계라고만 생각하시게 되었다.

삼사 일이나 말이 없다가 오늘 이렇게 늦게 미복으로 경회루에 납신 때 건만도 들어온 것을 보면 필시 대단히 듣기 싫은 말이 있는 모양이라고 왕은 생각하시었다. 왕의 눈과 궁녀들의 낯에 눈물 자국이 있는 것을 보았으면 그것이 또 이 충신의 말거리가 되리라 하고 처음에는 끔찍끔찍하고 지긋지긋하시었으나, 몇 마디로 인지를 욕을 보이고 나시니 '제까짓 것이' 하는 자포자기에 가까운 태연한 마음이 생긴다. 늙고 학식 많고 경험 많고 말솜씨나 일솜씨가 다 노련한 정인지라 하더라도 무서울 것이 하나도 없었다.

'학문 토론을 하거나 꾀 겨룸을 한다면 몰라도 총명이나 예지나 말에 네게 질 내가 아니다.'
하고 왕은 혼자 마음속에 정인지는 땅바닥에 기는 조그마한 벌레같이 생각하신다.

정인지 역시 처음에는 군신지분과, 때때로 무심중에 무사한 때에 발로되는 사람의 양심으로 등과 이마에 땀도 흘리었으나, 왕에게 이만큼 수모를 하고 나면 그의 악할 수 있는 정인지의 마음은 매 잦은 독사와 같이 빳빳하게 토라졌다.

좌의정 정인지는 흩어지려던 용기를 수습하여 아무러한 감동할 만한 일에도 감동하지 아니하도록, 피 흐르는 것을 보더라도 그 조그마한 눈을 깜짝도 아니 하도록 굳게 결심하고 소리를 가다듬어,

"전하께 아뢰오."
하고 외치었다.

왕이 깜짝 놀라리만큼 그 소리가 야무지었다. 마치 갑자기 치는 쇳소리와도 같았다. 왕은 '인제 시작이로고나.' 하고 몸은 여전히 인왕산을 향하고 고개만 뒤로 돌리어 정인지를 보시었다.

"은밀하게 아뢰올 말씀 있사오니 청컨대 좌우를 물리시오."

하고 인지가 다시 아뢴다.

"은밀한 말?"

하고 왕이 반문하신다.

"은밀한 말이 무슨 은밀한 말이란 말이오? 또 내가 무어 잘못한 것이 있소? 내가 덕이 없어서 날마다 좌상에게 잔소리, 아차, 잔소리가 아니라 충간이라더라, 충간을 듣는 것은 세소공지어든 곁에 사람이 있기로 어떠하오? 할 말이 있거든 하오."

하시며 왕은 몸을 돌리시어 곁에 놓인 교의에 걸터앉으신다. 아무리 견디기 어려운 일이라도 당하자꾸나, 아무러면 내게야 좋은 일 있겠느냐, 하시는 태다.

인지는 딱한 듯이 약간 고개를 들어 좌우에 있는 궁녀와 내시들을 힐끗 본다. 그들은 상감님보다도 무서운 정 정승의 눈살에 몸에 소름이 끼치어 왕이 명하심도 기다리지 아니하고 서너 걸음씩 비슬비슬 뒤로 물러서다가는, 그 후에는 좀 더 걸음을 빨리하여 기둥 뒤로 슬슬 몸을 감추어버린다. 그중에 오직 김충이 까딱없이 본래 섰던 자리에 서서 좌의정 같은 것은 안하에도 두지 않는 듯이 태연하다.

인지는 참다못하여,

"너는 어찌하여 물러나지 아니하느냐?"

하고 어전인 것도 꺼리지 않고 독이 있는 어성으로 김충을 꾸짖었다.

"어전에서 무엄하오."

하고 김충은 엄숙하게 인지를 흘겨보았다.

인지의 눈초리는 노염으로 빨갛게 상기가 된다. 이 순간에 김충의 목숨이 어찌 될 것은 결정이 되었다.

살기가 찬바람 모양으로 돈다. 조선 천하에 누가 감히 호랑이 같은 좌의정 정인지의 비위를 긁적거릴 자랴. 그의 비위를 거스르다가는 임금이라도 자리를 쫓겨날 그러한 세도 재상의 비위를 거스르는 김충의 이 순간의 행위는 무슨 큰 변이 일어날 조짐이라고 아니 할 수 없었다. 인지의 전신에는 찬 기운이 한 번 돌았다. 그 기운은 마치 서리를 몰아오는 갈바람 모양으로 천지를 숙살(肅殺)할 기운이다. 인지의 이 기운과 김충의 저 기운과 그만 마주치어버렸다. 그것은 큰 싸움의 시작이거니와, 다 늙어 빠진, 마치 벌레와 같이 천한, 한낱 내시 김충과 수양대군의 심복이 되어 군국 대권을 마음대로 잡아 흔드는 좌의정 정인지와의 씨름은 우습기를 지나서 기막히다고 할 만한, 말 되지 않는 씨름이다. 옳은 것은 언제나 연약한 광대로 차리고 무대에 뛰어나와서 옳지 아니한 힘에게 참혹한 피투성이가 되어서 거꾸러지어 구경꾼의 눈물을 자아내게 하는 것이 조물의 뜻이다. 심술궂은 뜻이다.

왕은 김충을 향하여,

"물러 있거라."

하는 명을 내리시었다. 그제서야 김충은 약간 허리 굽은 몸을 끌고 비틀걸음으로 십수 보 밖에 물러섰다. 그러나 그의 껌벅껌벅하는 눈은 항상 왕의 몸에 있었다. 제 따위가 그리한대야 왕에게 무슨 도움이 되랴마는 오직 억제할 수 없는 충성이 그러하게 함이다.

"은밀한 말이라니 무슨 말이오?"

하고 왕은 김충이 물러나는 양을 물끄러미 보시고, 그의 앞에 반드시 참혹한 죽음이 있을 것을 가엾이 여기신 뒤에 인지를 향하여 물으시었다.

김충은 왕의 앞에서 물러나와 궁녀들 모이어 섰는 곳을 지나가며 누구더러 말하는지 모르게,

"엿들어보아야지."

하였다.

늙은 상궁 하석(河石)이 얼른 김충의 말을 알아듣고 젊은 궁녀 수동(壽同)과 막산(漠山)을 눈짓하여 앞으로 가까이 불러 정인지 눈에 띄지 아니하게 몸을 숨기어 그 하는 말을 엿들을 것을 말하였다.

영리한 두 궁녀는 늙은 상궁의 뜻을 알았다. 만일 정 정승에게 들키었다가는 철여의 모둠매에 뼈다귀 하나 온전치 못할 줄을 모름이 아니지마는 평소에 사모하던 왕을 위하여 몸의 위험을 무릅쓰고 하여드릴 일이 생기는 것이 도리어 기뻤다. 두 궁녀는 작은 가슴을 두근거리며 기둥 그늘에 몸을 숨기어 살랑살랑 정인지의 뒤로 가까이 들어갔다. 가는 길에 왕의 눈이 두 궁녀를 보았으나 그들의 뜻을 아시는 듯이 못 보신 체하였다.

왕은 비록 정인지의 입에서 어떠한 말이 나오더라도 태연자약할 결심은 하시었으면서도, 그래도 무슨 말이 나오는가 하고 마음이 놓이지를 아니하였다. 그래서 태연자약하려고 애쓰면 애쓸수록 마음이 산란함을 깨달으시었다.

정인지도 차마 말이 나오지 아니하는 듯이 입술이 열리려다가는 닫히고 열리려다가는 또 닫히었다.

"아뢰옵기 황송하오나 지금 국보간난(國步艱難)하와 내외다사(內外多事)하옵고 민심이 돌아갈 바를 몰라 요언비어가 항간에 성행하올뿐더러, 간신 인, 종서의 여당이 아직도 경향에 출몰하와 불궤(不軌)를 도모하는 모양이오니, 이러다가는 아뢰옵기 황송하오나 역성지변이 있을까 저어하오며, 그러하오면 위로 태조대왕과 열성조의 위업이 일조에 오유(烏有)가 될뿐더러 무고한 창생이 도탄에 빠질 것이온즉, 지인지효(至仁至孝)하옵신 전하께옵서 이 일을 어찌 차마 하시리이까……."

정인지는 가장 지성 측달한 어조로 이렇게 지금 나랏일이 위태한 뜻을 아뢰다가 말이 막히었다. 그것이 마치 차마 할 수 없는 말이 있는 듯하였다.

왕은 인지가 아뢰는 말씀을 들으시며 용안에 근심하는 빛이 가득하시어 하시다가 인지가 말을 끊으매, 왕은 옥좌에서 일어나시어 두 손을 가슴에 들어 읍하시며,

"다 내가 부덕한 탓이오. 좌상이 이러한 충성된 말씀을 하거든 내가 앉아서 들을 수가 있소? 내가 부덕하고 또 유충하여 조종의 유업을 위태하게 하고 창생으로 하여금 도탄에 빠지게 한다 하니 내 지금 찬땀이 등에 흐르오. 그러나 다행히 숙부 충성이 하늘에 사모치고 좌상이 또한 경국제세지재가 있으니 부덕한 나를 보도(輔導)하여 대과가 없도록 하오."
하시고 다시 자리에 앉으신다.

어리고 감격성이 많으신 왕은 정인지가 나라를 근심하는 말을 하는 것을 보시고는, 지금껏 의심하고 미워하시던 생각도 버리시고 도리어 인지의 충성에 감동이 되신 것이다. 그리고 대신을 모만(侮慢)하신 생각을 후회하신 것이다.

인지도 왕의 말씀에 숨이 꽉 막히었다. 왕이 자기를 미워하시는 때에는 아무러한 말이라도 하기가 어렵지 아니하나 자기를 신임하시는 양을 뵈옵고는 그 어른의 가슴을 아프시게 할 말씀을 사뢰기가 매우 거북하였다.

그러나 요마한 인정(인지는 그것을 요마하다고 생각한다)에 구애하여 대공을 세울 기회를 놓칠 수는 없다. 왕에게 왕위를 내어놓으라는 첫마디는 꼭 자기 입으로 나오게 해야만 한다. 그렇지 아니하면 우의정 한확에게 그 공을 빼앗길 근심이 있다.

본래 수양대군이 정인지더러 왕께 퇴위하시기를 권하라는 부탁을 한 것은 아니다. 아무리 수양대군이 왕위에 야심이 있더라도 이러한 부탁을 자기 입으로 할 수는 없는 것이다. 마치 내가 왕이 되고 싶다 하는 말을 제 입으로 할 수 없는 모양으로, 왕께 물러나시기를 청해달라는 말도 제 입으로 할 수 없는 것이다. 이러한 때에는 다 그 뜻을 잘 알아차리는 사람이 있어서, 당자는 겉으로 싫다고 하여도 그 사람이 나서서 국가를 위하여 이리이리하지 아니하면 아니 된다고 서둘러야 하는 것이니, 정인지가 곧 이 사람이다.

입 밖에 내어서 말은 아니 하더라도 그야말로 이심전심으로 수양대군이 왕위에 야심이 있는 것을 그의 심복이 되는 총명된 부하가 알아차리었다. 그것은 권람과 한명회 두 사람이다. 하루의 반 이상을 수양대군 궁 밀실에서 살고 수양대군의 심중을 취찰하기로 직업을 삼는 이 두 사람이 아니고야 어떻게 주공(周公)의 마음속에 성왕(成王)의 자리를 빼앗을 뜻이 있는 줄을 분명히 알아보랴.

수양대군이 왕이 되는 것이 두 사람에게 이롭지 못하다 하면 두 사람은 그 뜻을 알고도 모르는 체할 것이지마는, 그것이 자기네에게 크게 이익이 되는 일이기 때문에 나서서 설도를 하게 되는 것이다. 이 사람들이 자기의 뜻을 알아본 표를 보일 때까지에 수양대군의 마음이 얼마나 조급하였을 것은 진실로 동정할 일이다.

권람, 한명회가 수양대군의 양심을 확적히 안 뒤에 첫째로 할 일은 이 뜻을 두 대신(좌의정 정인지와 우의정 한확)에게 전하는 것이거니와, 이 일도 어려우려면 무척 어려운 일이지마는 쉬우려면 또 무척 쉬운 일이다. 어떠한 경우에 일이 어렵겠는가 하면, 그것을 전함을 받을 사람이 이(利)로 움직이지 아니할 사람인 경우다. 이러한 경우에는 그 사람을 휘어 넣으려면 그 일에 의리의 가면을 씌워야 하거니와 대단히 어려운 일이다.

그렇지마는 저편이 이에 움직이는 줄만 알면 거저먹기다. 마치 음탕한 계집을 유혹하는 것이나 다름없다. 슬쩍 눈치만 보이면 그만이다. 오직 한 가지 어려움은 분명히 입 밖에 내어 말할 수도 없고, 더구나 무슨 증거가 될 만한 것을 뒤에 남길 수도 없는 것이다. 자칫 잘못하면 역적으로 몰리어서 모가지가 날아날 일이다. 권람, 한명회는 이런 일을 목이 날아나게 할 사람이 아니다.

권람은 그 조부 권근(權近)의 반연으로 소시로부터 정인지와는 교분이 있었고, 또 우의정 한확은 수양대군과도 친척 간이어서 두 사람에게 수양대군이 속에 먹은 뜻을 전하기에는 편함이 많았다. 그러나 그보다도 정인지나 한확이나 다 이(利)를 보면 따라가는 사람들이다.

권람과 한명회의 계책은 정인지, 한확 두 사람으로 하여금 공을 다투게 함이었다. 누구나 먼저 왕께 퇴위를 권하는 사람이 수공(首功)이 될 것은 말할 것이 없다. 그런데 이 일은 아무리 그들이라도 심히 어려운 일이었다. 아무리 그들이기로 인정이 없을 리가 없다. 어리신 임금을 생각하고 문종대왕의 고명하신 것을 생각하면 측은한 생각이 아니 날 리가 없다, 의리라는 생각도 아니 날 리가 없다. 의리라는 생각을 떼어버리기는 그들에게는 어려운 일이 아니라 하더라도, 인정을 발로 밟아버리기는 그들이라도 눈물 없이는 할 수 없는 일이었다. 될 수만 있으면 이런 못 할 일은 아니 하였으면 하는 것이 그들에게도 소원이다.

그렇지마는 수양대군의 뜻은 변할 리가 없은즉, 내가 아니 하면 반드시 다른 사람이 하리라, 다른 사람에게 좋은 일을 시키느니보다도 내가 하리라, 내생의 지옥을 누가 보았더냐, 하는 것이 정인지, 한확 두 사람이 마침내 도달한 심리였다. 이러한 결론으로 정인지가 한확보다 먼저 왕께 '물러납시오' 말씀을 아뢰러 들어온 것이다.

이윽히 잠잠하다가 마침내 좌의정 정인지는 입을 열었다.

"아뢰옵기 황송하오나 열성조의 위업을 보시와……."

인지는 또 열성조를 팔았다.

왕은 인지가 머뭇머뭇 어물어물하는 태도에 한참 동안 스러지었던 의심을 다시 품으시게 되었다. 변변치 못한 말은 아무리 꾸며도 당당한 기운이 없었다.

"이렇게 국보가 간난하옵고, 또 전하께옵서는 비록 천종지성(天縱之聖)이시와도 춘추 어리시오니, 국사로 보옵든지 전하께오서 옥체를 한가히 하시기로 보옵든지 이때에 군국대사를 다른 사람에게 넘기시고 전하께옵서는 편안히 즐거우신 일생을 보내심이 옳을까 하오."

인지의 이 말을 왕이 차마 들을 수 있으랴. 왕은 인지가 말하는 뜻을 못 알아들으시는 듯이 실심한 사람 모양으로 물끄러미 인지의 조그마한 몸 뚱이를 바라보실 뿐이었다.

인지는 말하던 김에 단단히 다질 필요를 느끼고,

"그뿐 아니옵고, 만일 이대로 가오면 옥체에도 무슨 불측한 일이 있을지 알 수 없사오니 신자의 도리에 어찌 차마 보오리까. 그러하옵기로 소인이 죽음을 무릅쓰고……."

왕은 인제야 인지가 하는 말이 무슨 뜻인지를 깨달은 듯하였다. 그러나 설마 그 뜻이랴 하였다. 왕이 아니시라도, 아무라도 설마 그 뜻이랴 할 것이다. 그렇지마는 좌의정 정인지가 신자의 도리에 차마 앉아 볼 수 없어서 죽기를 무릅쓰고 사뢰는 충성된 말의 뜻은 결국 그 뜻이요 다른 뜻은 아니었다.

"군국대사를 숙부에게 맡기었으니 이제 날더러 무엇을 더 다른 사람에게 주란 말이오?"

하고 왕은 인지의 참뜻을 알아보실 마지막 길로 이렇게 물으시었다.

"아뢰옵기 황송하오나 보위(寶位)를 수양대군에게 사양하시오."

하고 인지는 무서운 곳을 지나가는 사람 모양으로 눈을 꼭 감았다. 어디서 벼락이 떨어질 듯한 무서움도 있으나 대단히 어려운 곳을 지나온 듯한 안심도 있었다.

'왕이 대로하시기로 제 나를 어찌하랴.'

인지의 머릿속에는 이러한 생각이 지나간다.

'이제는 왕은 벌써 거추장거리는 한 어린아이다. 왕은 벌써 수양대군이 아니냐.'

인지는 이렇게도 생각하여 자기가 저질러놓은 일이 무서운 일이 아니라는 것을 스스로 믿으려 한다. 그리고 자기의 총명과 용기와 행운을 스스로 치하한다. 이러하는 동안이 실로 순식간이다.

"좌상이 나더러 왕위에서 물러나란 말이야?"

하시고 왕은 옥좌에서 벌떡 일어나시었다.

"나더러 부왕께서 전하여주신 왕위를 버리란 말이야? 그것이 대신이 할 말이야? 그것이 어느 성경현전(聖經賢傳)에 있는 신하의 도리야? 정인지의 목에는 칼이 들어갈 줄을 몰라?"

왕은 용안이 주홍빛이 되시고 발을 구르시었다.

"숙부가 있거든 정인지를 시켜 이런 말을 하게 한단 말이냐? 누구 없느냐. 이리 오너라! 역신 정인지를 금부로 내려 가두고 전교를 기다리라 하여라! 난신적자를 하룬들 살려둔단 말이냐. 요망한 늙은것이 오늘따라 가장 충성이 있는 듯하기로 무슨 소리를 하는고 하였더니 언감생심 그런 소리를 한단 말이냐. 이놈, 네가 선조의 녹을 먹고 고명하심을 받았거든 이제 이심을 품으니 천의가 없으리란 말이냐. 누구 없느냐. 이 역신을 끌어내는 놈이 없단 말이냐?"

하시는 왕의 두 눈에서는 원통한 눈물이 흘렀다.

왕이 부르시매 궁녀들과 내시들이 모여왔으나 아무도 감히 정인지에게 손을 대는 이가 없었다. 다만 눈들이 둥글하여 벌벌 떨 뿐이었다. 정인지에게 손을 대는 것은 마치 호랑이의 수염을 건드림과 다름이 없을 것이다.

정인지도 왕이 진노하심도 돌아보지 아니하고 좀 더 언성을 높이어,

"옛날로 말씀하와도 요(堯), 순(舜), 우(禹)의 상전(相傳)이 있었사옵고, 우리나라로 말씀하더라도 태조대왕께옵서 정종대왕께 선위를 하

362

시왔고 정종대왕께옵서는 또 태종대왕께 선위하시었사오며, 또 황조(皇朝)로 말씀하와도 건문황제(建文皇帝)께옵서……."

하고 왕으로 하여금 선위하는 일이 결코 전례 없는 일도 아니요, 또 흉한 일도 아닌 것을 해득하게 하려고 한다. 그러나 왕은 인지의 말이 끝나기도 전에,

"선조 고명받은 충신 정인지가 나를 요, 순을 만들려는가?"

하시었다.

인지에게는 실패는 없었다. 먼저 말만 떼었으면 벌써 성공이거니와 한번 인지가 내어놓은 말은 반드시 실현되고야 말 것이다. 그것은 인지의 힘이 커서 그런 것이 아니다. 인지가 시세의 그러한 기미를 용하게 빨리 살피고 민첩하게 그 기미를 자기에게 이익이 되도록 이용한 것이다.

인지가 할 말을 다 하고 물러나간 뒤에 왕을 옹위하는 사람들은 일시에 목을 놓아 울었다. 경회루가 한바탕 울음 터가 되기는 실로 개국 이래에 처음이다.

왕은 인지의 말을 들으시고 인지를 질책하실 때에는 노성한 어른이시었으나, 인지가 물러나가고 좌우가 우는 것을 보신 때에는 도로 열여섯 살 먹은 어린 고아시었다. 그래서 왕은 흑흑 느껴 우시다가 궁녀들의 부축으로 정신 잃은 이와 같이 내전으로 돌아오시었다.

내전에서도 왕과 그를 따르는 사람들이 우는 양을 보고 모두 무슨 일이 생긴고 하여 황황하였다. 궁녀들은 섰던 자나 걸어오던 자나 다 발이 붙은 것같이 우뚝 서서 몸을 움직이지 못하였다. 근래에 궁중에는 불원간에 무슨 큰 변이 생기리라는 예감이 돌았다. 그 변이 무엇인지 아무도 감히 입 밖에 내어 말은 하지 못하더라도 속으로는 저마다 아는 듯하였으

니, 그것은 곧 어리신 왕의 몸에 관한 불길한 일이었었다.

"웬일인지 상감마마께오서는 낙루하시며 드옵시오."

하고 지밀나인이 아뢰는 말에 왕후 송씨께서도 깜짝 놀라시와,

"낙루라니? 상감마마께옵서 어쩨 낙루를 하옵신단 말이냐?"

하고 계하로 뛰어내리시었다.

왕은 내전에 들어오시는 길로 몸이 불편하다 하시고 좌우를 물리시고 자리에 누우시었다. 왕후는 뒤에 남아 왕이 비감하시는 까닭을 알려 하시었으나 아직 어리시고 혼인하신 지 일 년밖에 아니 된 내외분이시라 왕후는 아직도 왕의 앞에서 수줍을 떼지 못하시어 직접으로 왕께 연유를 여쭙기도 어려웠다.

그러나 왕후는 상궁 하석에게서 오늘 경회루에서 일어난 일을 대강 들으시고, 또 기둥 뒤에서 엿듣던 김수동, 이막산 두 궁녀를 부르시와 좌의정 정인지가 왕께 아뢰던 말과 왕께서 인지에게 하시던 말씀을 낱낱이 들어 기절하실 듯이 괴로워하시었다.

그러나 왕후는 궁중이 어떠한 곳인 줄을 아시었다. 낮말은 새가 듣고 밤말은 쥐가 듣는 곳이어서, 무슨 말이나 행동을 마음대로 못 하는 곳인 줄을 여자이니만큼 더 잘 아신다. 그래서 왕후는 눈물을 거두고 좌우를 물리신 뒤에, 지금 이 처지가 어떠한 처지인 것과 이 처지에서 할 일이 무엇인가를 생각하시기에 힘을 쓰시었다. 그렇게 태연하기를 힘쓰시었으나,

"세상에 이런 말도 듣는 법이 있느냐."

하시고 왕후는 마침내 무릎에 엎드리어 우시었다. 그 슬픔은 구천에 사무치고 영원히 끝날 줄을 모르는 듯하였다. 왕의 자리를 물려남도 슬픔

이러니와 남편 되시는 왕의 몸에 만일의 변이 미칠 것을 생각하면 천지가 캄캄해지는 듯하였다.

여자는 아무리 급한 때에라도 완전히 정신을 잃어버리는 일은 없고, 반드시 이해타산을 할 여유를 가진다고 한다. 어리신 왕비로 이러한 때에 생각나시는 것은 친정 부모다. 아무리 어려운 처지에 있더라도 친정 부모에게만 알리면 무슨 도리가 있을 듯하였다. 부모라 함은 여량부원군 송현수 내외다.

그러나 송현수에게 기별을 전하는 것이 용이한 일이 아니다. 궁녀가 대궐 밖으로 나가는 것이나 밖의 여자가 궁중에 들어오는 것이 비록 절대로 금함이 되었다고는 할 수 없더라도, 거의 무망이었고 섣불리 하다가는 목이 날아나는 판이다.

그렇다고 하루라도 지체할 수는 없다. 왕후는 첫째 어느 나인을 붙들고 부탁할까 애를 쓰시었다. 평소에 보면 심복 같지마는 이런 중대한 일을 당하고 보면 다 의심스러웠다.

'설마 막산이야 어떨라고. 막산이보다 염석이가 날까. 이런 때에 자개가 있으면 작히나 좋을까.'

하고 혜빈 궁에 출입한다고 박살을 당한 자개를 생각하시었다. 염석은 하석과 같이 세종대왕 시절부터 왕이 왕세손이라고 일컬을 때로부터 왕의 곁에 모시는 늙은 상궁이요, 막산은 수동과 같이 금상에 즉위하시며부터 왕께 친근히 모시는 젊은 궁녀다. 왕의 곁에 근시하는 궁녀들이 다 쫓겨나는 판에 이런 사람들은 특별히 눈에 뜨일 만하지 아니한 덕으로, 이를테면 잘나지 못한 덕으로 오늘날까지 왕의 곁에 남아 있는 것이다. 그러니까 그녀들은 양전 마마께서 보시면 가장 오래 낯익은 궁녀들이어서 특별히 귀애하심을 받았다. 그렇지마는 그들을 곧 믿을 수 있을까 의문이다. 그래도 이 사람들밖에 더 믿을 사람이 없다.

왕후는 마침내 여러 사람의 눈에 띄지 아니하게 막산을 부르시어,

"막산아, 너 어려운 일 하나 들어주련?"

하고 은근히 물으시었다.

막산은 왕후의 이렇게 은근하신 태도에 너무나 황송하여 머리를 조아리며,

"곤전마마께옵서 하라 하옵시면 소인이 물엔들 아니 들어가며 불엔들 아니 들어가오리까. 머리를 베어 신을 삼아 바친들 양전 마마 태산 같으신 은혜를 갚을 길이 없사옵니다."

하고 눈물을 떨군다. 막산은 아까 경회루에서 생긴 감격이 아직 스러지지 아니하였다가 왕후의 심상치 아니하신 태도에 다시 불길이 일어난 것이다. 아직 왕후의 말씀이 무슨 말씀인지는 알지 못하거니와 그것이 대단히 중대한 것인 줄은 짐작하였다.

"어떻게 하면 오늘 일을 부원군 궁에 통할 수가 있겠느냐? 믿고 하는 말이니 네가 무슨 도리를 생각하여라."

하시는 왕후의 말씀을 듣고 막산은 이윽히 생각하더니,

"소인이 할 도리가 있으니 곤전마마는 염려를 부리시오. 오늘 밤으로 이 말씀을 부원군 궁에 통하도록 하오리이다."

한다.

"그러면 작하나 좋으랴. 그러하면 상감마마께 아뢰와 네 공은 후히 갚으려니와, 너도 알다시피 이 일이 심히 큰일이니 만일 탄로되었다가는 필시 큰 변이 날 것이다. 네 목숨도 위태하려니와 잘못하면 부원군 궁에

366

도 화가 미칠까 하니 부디 조심하여라."

하고 왕후는 적이 마음을 놓으시는 중에도 여자다운 자상한 걱정을 하신다.

"곤전마마, 염려 부리시오. 쥐도 새도 모르게 하오리다."

"다행한 말이다마는 무슨 꾀가 있느냐. 어찌할 생각이냐. 그리고 오늘 밤에는 꼭 되겠느냐. 나는 새라도 마음대로 출입하지 못하거든 네가 무슨 재주로 이 기별을 통하려 하느냐?"

하고 그래도 왕후는 염려를 놓지 못하신다.

"그것은 염려 없사외다. 별시위 댕기는 사람에 소인의 오라비의 친구 형제가 있사외다. 이 사람들만 만나서 부탁을 하오려 하오."

하고 막산은 왕후를 안심시키려고 여량부원군 집에 기별 전하는 방법을 말씀드렸다.

왕후는 펄쩍 뛰신다.

"그것이 될 말이냐. 네 오라비 친구가 어떠한 사람이길래 이러한 부탁을 한단 말이냐. 별시위나 댕기는 것들을 어떻게 믿고……."

"그렇지 아니하오이다. 그 사람네 형제로 말씀하오면 비록 버러지와 같이 천한 태생이오나 의리를 목숨보다 중히 아옵고 한번 허락한 말씀이면 물불이 앞을 가리어도 변하지를 아니하오. 요새 정승, 판서님네는 사제사초(事齊事楚)를 당연히 알아도, 소인네 천한 무리는 그러할 줄을 모르오."

하고 막산은 기를 내어 자기네 계급이 충성됨을 변호한다.

"옛날에는 그러한 사람들도 살았다 하지만 지금 세상에도 있을까?"

하고 왕후는 반신반의하시었으나 막산의 충성을 믿고 만사를 맡겨버리고 말았다.

김득상(金得祥)은 아직 삼십이 다 차지 못한 젊은 별시위다. 키는 그렇게 큰 키는 아니나 구간(軀幹)과 사지가 모두 힘 있게 어울리게 붙고 빛은 검을지언정 얼굴과 이목구비가 다 바로 박히어 날래고 굳센 기운이 미우에 가득하였다. 일신이 도시 양기 덩어린 듯이 항상 유쾌하였다. 그는 동무들에게와 아는 여자들에게 사랑을 받았으나 또 여간해서는 성을 내는 일이 없이 한마디 '이런!' 하고 참아버리거니와, 한번 성이 나는 날이면 벼락같고 호랑이 같았다. 아는 사람은 그를 독한 사람이라고 하였다.

궁녀 막산이 이 김득상의 가장 절친한 친구 김덕산(金德山)의 누이로, 이 용사 득상과 통내외하고 다니는 동안에 깊이 사랑의 정이 들게 된 것은 가장 자연한 일이다. 궁녀 된 막산이 시집갈 수 없는 것은 무론이지마는 득상도 아직 장가도 들지 아니하고 궁중 으슥한 그늘에서 때때로 막산을 만나보는 것으로 만족히 여기었다.

이러한 사람의 친구는 몇 사람 되지 아니하나 사귄 사람은 다 형제와 같았다. 마음에 맞지 아니하는 사람은,

"저는 저요, 나는 나지."

하여 내어버리고,

"여보게 동관!"

하고 우대조로 혹은 왕십리조로 한번 반갑게 부른 뒤에 손으로 아프리만큼 어깨를 툭 치는 사이만 되면,

"어, 그럼세."

하고 한번 허락한 것이면 다시 두말이 없고, 어떤 친구에게 어려운 일이

생기면 내 일 내어놓고 나서서 보아준다. 친구가 어느 놈한테 매를 맞았다는 소문을 들으면 그는 밥을 먹다가도 자다가도,

"이런 제길. 그놈의 정강이가 성해?"

하고 뛰어 나선다. 그러는 날이면 저놈의 정강이나 내 정강이나 간에 하나는 부러지고야 만다.

만일 어느 친구가 친환이 나거나 내환이 있거나 아환이 있거나 하여 돈이 없어 곤란한 것을 보아? 그는 곧 아내의 비녀, 속옷이라도 잡혀다가 도와준다.

그들에게는 왕께 대한 충성이 있다. 그러나 막산이 말마따나 버러지같이 미천한 계급에 태어난 그들로는 충성이 있어야 그것을 보일 기회가 없었다. 쥐가 사자에게 충성을 보이려는 것과 다름이 없다. 그리고 돈에도 팔리고 이름에도 팔리고, 아침에는 왕가(王哥), 저녁에는 이가(李哥)를 섬기는 무리들만이 충신열사는 도맡아 가지고 있다. 마치 소경이 보기(寶器)를 맡은 것과 같다.

그날 밤은 마침 별시위 김득상이 대궐에 번 드는 날이다. 밤 자정에 번을 들어 이튿날 오정에 나가게 되었다. 득상이 맡은 직책은 철여의를 들고 사정전(思政殿) 뒷마당을 지키는 일이었다. 사정전은 왕이 낮에 거처하시는 편전이어서 밤에는 그렇게 중요하게 지킬 필요는 없는 곳이지마는, 그래도 군사 네 명이 전후좌우 사방을 맡아서 밤새도록 지키게 되었다.

윤유월 날은 밤에도 더웠다. 대궐 마당에도 모기가 있었고 경회루 가초 끝에는 북두성 자루가 걸리어 있다.

득상은 사정전 뒤뜰을 동에서 서로 왔다가는 가고 왔다가는 가기를 수

없이 반복한다. 크나큰 대궐은 어두움 속에 보면 하늘에 솟은 괴물 같았고, 득상의 발자취 소리는 저벅저벅 전각에 울린다.

'어느새 반딧불이 났네.'

하고 득상은 발을 멈추고 귀신의 등불 모양으로 파란 불을 껐다 켰다 하며 뒷담을 넘어 사정전 추녀 밑으로 날아가는 반딧불을 때리기나 하려는 듯이 손에 든 철여의를 내어둘러보고는 또 걷기를 시작한다. 걷다가는 한 걸음 멈추는 것은 무엇이 들리기를 기다리는 것이다.

밤에 대궐 안에서 궁녀와 밀회한다는 것은 목숨을 하나만 가지고는 못할 일이다. 한번 들키는 날이면 그 목숨은 간 곳을 모른다. 그렇지마는 어떤 때 사람의 사랑은 죽음보다 힘 있다. 그래서 한 해에도 몇 사람씩 죽는 양을 보면서도 궁녀는 사랑의 뒤를 따른다. 크나큰 대궐 안에는 사랑하는 두 사람을 감출 만한 으슥한 담 모퉁이와 나무 그늘도 많다. 두어 마디 속삭이어보고 손 한번 마주 잡아보고, 이것만으로도 사랑하는 사람들이 서로 만나는 것은 목숨 하나 내어낼 만한 값은 넉넉하다.

득상과 막산도 이렇게 만난다. 이틀에 한 번 드는 번이 삼추보다도 오랜 듯하였고, 또 번 들 때마다 반드시 만나지는 것도 아니었다. 혹시 내전에서(막산은 내전에 있는 궁녀니깐) 먼 곳에 번을 들게 되어도 만나기 어렵고, 또 혼자가 아니요 이삼 인이 같이 있게 되어도 만날 기회는 적었다. 그런데 오늘 저녁 같은 때는 비교적 좋은 기회다. 득상은 혼자서 조용한 곳에 왔다 갔다 할 수가 있는 것이다.

이윽고 담 밖에서 자작자작하는 발자취가 들린다. 득상은 우뚝 선다.

'왔다! 왔다!'

하고 득상은 그 발자취 소리가 그리운 막산의 것인 줄을 안다.

득상은 가만히 뒷문을 나서서 담 그늘에서 몸이 호리호리한 여자의 팔목을 잡을 수가 있었다. 득상의 손바닥은 불같이 덥다.

"아무도 없소?"

하는 것은 어두운 속으로 앞뒤를 바라보는 막산의 말이다.

"그럼 없지, 누가 있어? 마마님 행차에 어느 놈이 얼씬했다 봐. 내님이 가만두어?"

하고 득상은 막산이나 겨우 들을 말로 호통을 빼고는 씩 웃는다. 그리고는 자기도 안심이 아니 되어 서너 걸음씩이나 앞뒤로 왔다 갔다 하며 어두움 속을 살피고 나서는,

"아무도 없어. 원 이렇게 어두운 데가 세상에 어디 있담. 요렇게 내 곁에 섰건만도 우리 마누라 얼굴이 다 보이지를 않는걸. 어디 정말 우리 막산 아씨신가 어디 좀!"

하고 팔을 막산의 목에 걸어 잡아끌며 자기 얼굴을 막산에게로 가까이 대며,

"하하, 분명이야. 분명히 우리 정경부인이신걸. 왜 우리 마누라는 정경부인이 못 되라는 법 있나?"

하고 그 무서운 용사가 마치 어리광하는 어린아이 모양으로 혼자 좋아라고 한다.

그래도 막산은 말이 없이 다만 색색 숨결만 빠르다.

"웬일이야? 왜 말이 없어? 왜 무슨 걱정이 있나?"

하고 득상은 파흥이 되는 듯이 막산의 목을 팔에서 내어놓고 한 걸음 뒤로 물러선다.

막산은 가슴을 두근거리다가 마침내 말을 내었다.

"무엔지 큰일 났소. 오빠헌테 어려운 청이 있어."

"거 무슨 청이람. 말을 해보아. 내 힘에 할 일이면야 동생 청 안 듣겠나?"

친구의 누이라 하여 동생이라 하고 오라버니의 친구라 하여 오빠라 부르는 것이다. 득상이 농담 삼아 '마누라'라고 불러도 막산은 노여워하지 아니한다. 두 사람의 사랑이 깊고 깊어 내외나 다름없는 것은 사실이다. 그러면 막산이 구실을 물러나와 득상에게 시집을 가버리면 고만이지마는, 그들의 일이 그렇게 뜻대로 되기도 어렵다. 이 사람들은 그냥 두면 언제까지든지 어두운 구석에서 몰래 만나는 사랑의 생활을 보낼 것이다.

그들은 자기가 지금 처하여진 처지에서 벗어나려고 반항적인 노력을 할 생각이 나지 아니한다. 그들은 마치 식물과 같이 누가 어느 곳에 갖다 심으면 일생 그 자리에서 늙는다. 이렇게 평탄의 운명의 물결에 순종하는 백성도 이따금 험한 물굽이를 만나 바위 뿌다구니에 부딪히어 피거품이 되어버리는 수가 있다. 득상과 막산도 지금 그러한 경우를 당한 것이다.

"꼭 내 청을 들어주지?"

하고 막산은 애원하는 듯이 득상을 바라본다. 막산은 의심스러운 듯이 좌우를 돌아보며,

"누구 엿듣는 사람 없을까?"

"엿듣기는, 우리네 따위의 말을 들어서는 무엇을 얻어먹겠다고."

하고 득상은 웃는다.

막산은 오늘 낮에 왕이 경회루에 납시었을 때에 일어난 일, 정인지가

372

들어오던 일, 좌우를 물리라던 일, 내시 김충이 아니 물러나던 일, 자기
가 수동과 함께 기둥 뒤에 숨어서 엿듣던 일, 정인지가 왕께 여쭙던 말,
왕께서 진노하시던 일, 우시던 일, 자기네도 울었단 말, 그런 뒤에 왕후
께서 막산을 부르시와 여량부원군 댁에 기별을 전하라고 부탁하신 말,
그러고는 자기가 염려 없다고 장담한 말까지 여자다운 자세함으로 내리
말을 한 뒤에,

"그러니 내야 무슨 힘 있소? 그래서 오빠 말씀을 아뢰었지. 소인의 오
라비의 절친한 친구에 김 아무라는 별시위 다니는 사람이 있습니다고,
그 사람은 의리를 보고는 사생을 불고하는 사람이라고, 그 사람께 말하
면 오늘 밤으로 부원군께 기별이 갈 터이니 염려 놓읍소사고. 그랬더니
곤전마마 말씀이, 그러면 부디 그 사람에게 잘 말하라고, 그러면 후히 상
을 주시마고 그러신단 말씀이야요. 내가 잘못했지? 오빠를 위태한 일에
천거해서 안 되었지?"

하고 정말 미안한 표정을 하였다.

"아니, 무어? 그놈이, 그 정가 놈이 상감마마께 어쩌고 어쩌꼬? 이놈
을 당장에 때려죽여야."

하고 득상은 은밀한 말인 것도 잊어버린 듯이 소리를 냅다 지르며 철여의
를 어두운 허공중에 내어두르고 금방 어디를 달려가거나 할 듯한 기세를
보인다.

"아이, 여보!"

하고 막산은 잠든 사람을 깨우는 모양으로 득상의 팔을 힘껏 잡아 흔들
었다.

이때에 고루(鼓樓)에서 사경을 아뢰는 북소리가 둥둥 울려온다.

왕후의 친정인 여량부원군 송현수 집에서는 이런 줄은 알 까닭도 없이 상하 내외가 고요히 잠이 들어 있었다. 이러한 때에 별시위 득상이 대문을 두드리었다.

만일 왕께서 나라의 실권을 잡으시었을 양이면 국구 되는 여량부원군 집이 이렇게 소조(蕭條)하지는 아니하련마는 모든 권세를 수양대군에게 맡겨버리신 왕으로는 무엇 하나 마음대로 하시는 것이 없어서, 그 처가 댁 대문이 명색이 솟을대문이지 줄행랑이라고는 대문 좌우에 한 칸씩밖에 없었다.

내시 이귀, 김인평, 김충 세 사람은 경회루에서 나오는 길로 각각 기회를 엿보아서 정인지가 오늘 왕께 아뢴 불충, 무엄한 말을 금성대군, 한남군, 영풍군께 전하고, 또 지중추 조유례(趙由禮), 호군 성문치(成文治)에게도 김충이 평소에 친밀하던 까닭에 이 일을 알리고, 일이 심히 급하니 곧 무슨 조처가 있기를 청하였다.

궁녀 하석, 고염석 등도 곧 사람을 놓아 혜빈양씨에게 이 기별을 전하였다.

혜빈양씨는 이 기별을 받는 대로 곧 왕의 외숙 되는 예조판서 권자신에게 사람을 보내었다.

이러한 위태한 심부름을 한 이는 다 영민한 충성된 여자들이었다. 혜빈의 심복으로 심부름을 한 이는 관노 이오의 처 아가지다. 아가지는 왕이 어리신 적에 젖을 드린 연고로 줄곧 궁중에 있다가 수양대군에게 혜빈이 쫓겨나는 통에 같이 쫓겨나와서 혜빈 궁에 붙이어 살며 밤낮에 왕을 생각하고는 울고, 혜빈과 함께 후원에 칠성단을 모으고 왕의 만세를 빌고 있다.

왕의 외조모 화산부원군 부인 최씨의 심복으로 이번 일에 심부름을 한 이는 아지(阿只)와 불덕(佛德)이라는 두 비자(婢子)요, 왕의 장모 되는 여량부원군 부인의 심부름을 한 이는 내근내(乃斤乃)라는, 아직 열여덟 살 된 비자였다. 그리고 궁중과 외간에 연락하는 일을 많이 하기는 내은(內隱), 덕비(德非), 용안(龍眼) 등 무당이었다.

세종대왕 시절에 내불당을 폐한 뒤로는 궁중에 여승의 출입이 없어지고 그 대신에 무당이 출입하게 되었다. 혜빈도 무당을 믿는 이었었다. 혜빈이 궁중으로부터 쫓겨난 것이 무당들에게도 타격이었으나 그래도 궁녀들이 사는 곳에 무당은 언제나 필요하였고, 비록 혜빈이 궁중에서 쫓겨나 아무 세력이 없다 하더라도 내은, 덕비, 용안 같은 무당들은 오랫동안 혜빈의 비호를 받은 옛정, 옛 은혜를 저버리지 아니하였다.

이 어려운 처지에서 왕을 구하여내는 길은 오직 하나다. 그것은 곧 수양대군을 치어버리는 것이라 함은 누구나 생각할 바다. 금성대군이나 송현수나 권자신이나 또는 혜빈이나, 정인지가 왕에게 선위하시기를 권하였다는 소식은 그리 놀라울 것도 없었다. 차라리 기다리는 일이 올 만한 때에 온 것처럼 심상하게 생각하였다. 그리할뿐더러, 설사 이것이 놀라운 일이라 하더라도 그들에게는 군국 대권을 한 손에 잡은 수양대군을 저항할 아무 준비도 없었다. 금성대군, 한남군, 영풍군 세 분은 친형제건마는 아직은 서로 의심하는 처지다. 한남군, 영풍군 두 분은 다 혜빈의 아드님이요, 따라서 왕과는 숙질인 동시에 형제와 같이 자라났다. 그렇기 때문에 누가 생각하든지 왕의 여러 분 숙부 중에 왕께 대하여 가장 큰 동정을 가질 이는 이 두 분이다. 이 점으로 보아서 이귀 등은 곧 이 두 분에게 정인지가 왕께 선위하시기를 간하였단 말을 전한 것이다.

또 금성대군으로 말하면, 왕의 여러 숙부 중에 가장 대의명분을 지키는 이일뿐더러, 바로 석 달 전인 지나간 삼월에 금성대군 궁에서 화의군(和義君), 최영손(崔永孫), 김옥겸(金玉謙) 등이 모이어 사연(射宴)을 베풀었다 하여 금성대군이 수양대군의 말로 고신(告身)을 당한 것으로 보더라도 수양대군과는 서로 대적이요 왕께는 충성과 동정을 가진 줄을 누구나 알 것이다. 그렇지마는 이렇게 의사가 일치하면서도 금성대군과 한남군, 영풍군 두 분과는 서로 의사가 통할 지경은 아니다. 비록 형제라 하더라도 대군과 군과는 지위가 다르고, 그럴뿐더러 왕의 집 형제들은 우리네 형제와 같이 친근할 수가 없었다. 그래서 서로 저편이 수양대군 편이나 아닌가 하고 의심하는 처지다.

송현수, 권자신, 금성대군, 한남군, 영풍군, 혜빈, 조유례, 성문치, 영양위 정종, 이러한 왕의 편이 될 만한 이들은 아무 연락 없이 모래 알알이 흩어진 힘이다. 이 흩어진 힘이 얼마나한 일을 할까.

송현수, 권자신 두 사람의 관계도 그러하다. 송현수는 왕의 장인이나 수양대군하고는 소시부터 친한 사이다. 그러나 하길래 수양대군이 그 딸로 왕후를 삼은 것이다. 지금도 송현수는 수양대군에게 친근한 대접을 받았다. 그러기 때문에 금성대군이나 권자신 편에서 보면 송현수는 수양대군을 없이할 의논을 함께할 사람은 아닌 듯하였다. 또 사실상 송현수는 그렇게 야심이 있고 수완이 있는 사람이 못 되고, 또 살신성인할 만한 충의의 열정이나 용기가 있는 사람도 아니다. 득상에게서 왕후의 전갈을 듣고도,

"으응?"

하고 쓴 입맛을 다시었을 뿐이다.

"대감, 이 일을 어찌하시려오? 글쎄, 이런 변도 있을까. 곤전마마가 얼마나 마음이 괴로우실까. 아이, 가엾으시어라. 글쎄, 대감 어찌하시려오? 그 정인진가 하는 놈을 가만두신단 말요?"

하고 부인이 발을 굴러도 현수는,

"여보, 하인들 듣겠소. 지금이 어느 세상이라고 그런 소리를 함부로 하오?"

하고 시끄러운 듯이 팔을 내어두른다.

"어느 세상이면 누가 어찌할 텐가. 정인지가 제가 아무리 세도를 하기로 우리를 어찌한단 말씀이오?"

하고 그래도 부인은 호기 있는 소리를 한다.

"누가 정인지가 무섭다나?"

하는 현수의 말에 부인은,

"그럼 누가 무섭소?"

하고 약간 성을 내며,

"수양대군인들 무서울 것이 무엇이오? 다른 사람들은 부원군이 되면 무서운 사람이 없다던데, 대감은 왜 그리 못나시었소? 그래, 그러면 중전께서 저렇게 대감이 도와드리기를 바라고 계시는데도 수양대군이 무서워서 가만히 계실 작정이오? 아버지 정리에 어떻게 그러신단 말씀이오?"

하고 현수를 몰아세웠다.

"그러니 어떻게 한담. 수양대군이 내 말을 들을 사람인가. 공연히 섣불리 그런 소리 하다가는 봉변이나 했지 무슨 소용 있나. 다 운수지, 운수야. 천운이 수양대군께로 돌아가는 것을 어찌하나. 설마 목숨이야 어떡하겠소. 비 전하한테도 가만히 계시기만 하라고, 수양대군 눈 밖에 났다가는 그야말로 무슨 봉변을 당할지 모른다고, 멸문지환을 당한다고 말씀이나 하구려."

하고는 도로 자리에 누워 눈을 감는다.

부인은 애가 타서 콩 튀듯 팥 튀듯 하였다. 따님의 장래를 생각하면 앞이 캄캄하였다. 남편이 어쩌면 저렇게 못났는고 하고 원망스러웠다.

"아이구, 이 일을 어찌하리. 대감이 아니 하면 누가 이 일을 막아내리. 멸문지환? 그래, 금상마마가 선위를 하시고 수양이 들어앉으면 대감 댁은 멸문지환을 안 당할 줄 아시오? 그때야말로 멸문지환을 당한다나. …… 대감같이 무골충이가 어디 있단 말이오? 사내가 왜 한번 나서서 수양의 역모를 막아내지를 못하고 '무서워, 무서워'가 다 무엇이오? 부원군이 되어도 세도 한번 못 부려보고 '무서워, 무서워' 하다가 멸문지환만 당하게 되니 이런 기막힐 데가 어디 있소?"

하고 발을 동동 구른다.

"허어, 글쎄 이게 무슨 요망이람. 이 밤중에 울기는 왜 울어? 멸문지환이란 소리는 왜 자꾸 외워? 방정맞게."

이렇게 내외 싸움만 벌어지고 말았다. 송현수는 아무 책동을 할 기미를 보이지 아니한다.

송현수가 그렇게 생각하면 부인도 어찌할 수 없을 줄을 알고 기운이 줄었다. 그러나 그대로 가만히 있을 수가 없다고 생각하여 비자 내근내를 불러 돈과 쌀을 주어 소경 나갈두(羅乫豆)에게로 문복(問卜)을 보내었다. 한번 신명의 뜻이나 알아보고 나서 일이 될 듯하다면 그 점괘를 가지고 한 번 더 대감을 졸라보자는 뜻이다.

"아직 밝지도 아니하였는뎁시오?"

하고 내근내는 부인의 명령을 이상하게 생각하였다. 밤은 아직 오경도 아니 친 때다.

　내근내는 부원군 부인의 말을 들어 이 일이 지극히 크고 은밀한 일인 줄을 알고는, 자기가 그러한 일에 관계되는 것을 만족하게 생각하면서 가마를 타고 뒷문으로 나가 늙은 아비를 따라 사직골 나갈두의 집으로 간다.

　나갈두는 당시 명복(名卜)으로, 모든 상류 가정의 부인들의 신임을 받아 문복하는 사람이 접종(接踵)하는 판이었다. 여량부원군 송현수 부인도 나갈두의 단골 되는 귀부인 중의 하나다. 내근내는 어리어서부터 부인의 심부름으로 이 집에를 다니었다. 소경 나갈두는 깊이 든 잠을 깨어서 내근내를 불러들이었다.

"어디서 오시었소?"

하고 소경은 의심스러운 듯이 내객에게 물었다.

"아니, 저 부원군 댁에서 왔는데."

하는 것은 소경의 아내다.

"오, 내근내야?"

하고 나갈두는 반가운 듯이 웃으며 소경이 흔히 하는 버릇으로 손을 내어 밀어 저편의 몸을 만지려 든다. 내근내는 나갈두의 손을 피하면서,

"부원군 부인마님께서 보내시어서 급한 일로 왔으니 어서 소세나 하셔요."

하고 책망하는 듯한 어조다.

"무슨 문복하실 일이 있나?"

하고 소경은 약간 겸연쩍어한다.

"그저 젊은 여편네 소리만 나면 사족을 못 쓰지. 아이 흉해라, 병신 고운 데 없다고."

하고 마누라가 내근내를 향하여 눈을 실쭉하며 바가지를 긁는다. 나갈두의 아내는 좀 자색이 있고 천성이 음탕하여 소경 남편에게는 결코 충성된 아내가 아니었다. 그는 본디 안평대군 궁 비자로서 안평대군의 온 집안이 멸망하는 통에 어떻게 빠지어나와서 돈 잘 번다는 장님 나갈두의 마누라가 된 것이다. 그래서 자기는 귀한 가문에서 생장하였다 하여 마치 제가 귀한 사람이나 되는 듯이 남편에게 찾아오는 사람에게 자랑하고 교만을 부리었다. 이 음탕한 계집에게는 항상 한둘씩 간부(間夫)가 있어 남편이 앞 못 보는 것을 기화로 여기고 다만 몸만 훔치어주는 것뿐 아니라 나갈두가 벌어들이는 전곡도 훔치어내었다. 그래도 노래(老來)에 혹한 젊은 계집 앞에 나갈두는 정신이 없었다.

갈두는 소세하고 아내를 시키어 싸서 매달았던 돗자리를 내어 깔게 하였다. 이 돗자리는 어느 대가에서 문복하러 올 때에만 내어 까는 것이다. 그리고 수양대군 부인이 해주었다고 자랑하는 화류(樺榴) 점상과 궁중에서 나왔다는(하사하신 것은 아니나 어찌어찌 굴러나온 것이다) 오동 향로 향합과 자주 명주 주머니에 넣은 거북.

상은 남향하여 놓고 소경은 상을 앞에 놓고 앉아서 거북을 두 손에 받들어 들었다. 향로에서는 향연이 피어올라서 상 위의 양푼에 가득 담은, 내근내가 가지고 온 얼음 같은 백미와 그 앞에 은빛같이 닦아놓은 놋종발 청수 그릇 위에 구름같이 안개같이 서리어 신령을 청하여 내린다.

천지신명에 묻는 말씀은 이것이다.

지금 조정에 세도 잡은 간신이 있어서 신기(神器)를 엿보오니 장차 어디로서 어떠한 충신열사가 일어나서 외로우신 왕과 왕후를 돕사오리까, 함이다.

"은밀히, 은밀히."

라고 하면서, 이러한 소리를 비자에게 통하고 노방에서 매복하는 소경과 그 소경의 마누라에게까지 통하는 것은 진실로 여자의 어리석음이다. 그러나 따님이신 왕후를 생각하기에 골똘한 송현수의 부인은 남편인 대감을 믿을 수 없게 된 때에 천지신명에게 물어볼 수밖에 없었던 것이다.

나갈두는 이 심상치 아니한 큰 점에 대하여 어떠한 태도를 취할꼬, 하고 거북을 두 손으로 움키어 받들어서 피어오르는 향연 위에 이윽히 머물게 하였다. 향불 연기는 점점 더 많이 거북을 싸고 올랐다.

내근내는 거북을 향하여 경건하게 일어나서 네 번 절하였다.

나갈두는 이윽히 거북을 공중에 흔들더니 문득 한 손으로 점상을 땅 하고 치며,

"사흘 안으로 거사를 하여야 한다. 사흘이 지나면 객성(客星)이 자미성(紫微星)을 범하는 괘라 궁중에 곡성이 진동하고 나라의 주인이 바뀌리라 하는 것인데, 나라의 주인이 바뀌면 국척(國戚)인들 무사할 리가 있나. 상감 외가댁인 화산부원군 댁과 곤전마마 친정 되는 여량부원군 댁에 큰 화가 있겠다 하는 괘요."

하고 나갈두는 신명의 뜻을 전하는 어조를 끊고 보통 어조로,

"나라에 큰일이 있는 때에는 신하가 점을 아니 하는 법이야. 점해서 쓸 데가 없거든. 정말 임금께 충성이 있으면야 오는 일을 미리 알아보아 무엇 하나. 수인사대천명으로, 죽든지 살든지 할 일일랑 하고 보는 법이

야. 일이 될까 아니 될까 점을 한다는 것이 말이 되나. 어, 세상도 말세로군."
하고는 입맛을 다시며 거북을 손으로 두어 번 쓸어보고 자주 명주 주머니에 집어넣는다.

금성대군은 내시들의 내통으로 정인지가 왕에게 한 말을 들어 알았다. 그러고는 주먹을 들어서 서안을 치고 미친 듯이 소리를 질렀다.

"우리 집이 망하는고나!"

금성대군은, 독자가 이미 아시거니와, 왕의 숙부요 수양대군의 친아우님이다. 불행히 충의와 강직을 가지고 이 어지러운 세상에 태어나서 하루도 가슴 끓지 아니할 날이 없다. 왕께 충성을 다하려면 골육의 형을 원수로 삼지 아니하면 아니 될 것이다.

안평대군이 돌아간 뒤로 종실 중에 그래도 수양대군과 겨눌 사람은, 비록 나이는 어리나 금성대군 한 분밖에 없었다. 그러하기 때문에 수양대군은 벌써부터 금성대군을 미워하여 가만히 사람을 놓아 그 행동을 살피어 안평대군 모양으로 처치해버릴 기회만 엿보았다. 요전에 금성대군 궁에서 화의군이며 누구누구와 사연을 베풀었다 하여 처벌을 당한 것도 이 때문이다.

오늘 들은 말과 같은 말이 있을 줄을 금성대군은 미리 짐작하였었다. 만일 진실로 이러한 일이 있다 하면 금성대군은 가만히 앉아 있을 수가 없었다.

금성대군은 식전에 아침도 아니 먹고 수양대군 궁으로 달려갔다. 금성대군이 수양대군 궁에 가기가 싫어 세배 간 뒤로는 처음이다. 그래서 금성대군이 단신으로 말을 타고 여름 해가 아직 뜨기도 전에 달려드는 것을 보고 수양대군 궁 사람들은 놀랐다.

금성대군은 형님인 수양대군의 소매를 붙들어 앉히고,

"형님, 어저께 정인지란 놈이 상감께 선위하시기를 청하였다 하니, 이것이 정가 놈의 생각이요, 형님이 시키신 게요?"

하고 단도직입으로 질문을 발하였다.

수양대군은 안색을 변하며,

"네가 미쳤느냐. 그게 웬 소리냐?"

하고 뚝 잡아떼었다.

"그렇거든 오늘로 정가를 삭탈관직하고 내어 베이시오! 그렇지 아니하면 정가가 제 마음대로 한 말이라 하더라도 세상에서는 형님이 시키신 것으로 알 것이오. 워낙 정가란 할 수 없는 소인이요 간신이오. 그놈을 살려두었다가는 형님까지도 누명을 쓰시리다. 어떡하실 테요? 형님의 대답을 듣고야 가겠소이다."

하고 금성대군은 다지었다.

"상감 처분이지. 정인지가 대신이어든 낸들 어찌하나."

하고 수양대군은 어디까지든지 모르는 체한다.

금성대군은 형님의 진의를 의심하는 듯하는 눈으로 수양대군을 이윽히 바라보더니,

"형님이 그런 간신 놈들의 꾀에 넘어서 외람한 뜻을 두면 우리 집안은 망할 것이오. 금왕의 숙부로서 군국 대권을 다 잡으시었으니 무엇이 부족하단 말씀이오? 형님이 만일 잘못된 뜻을 품으시면 천하가 명고이공지(鳴鼓而攻止)할 것이오. 나부터도 형님의 목에 칼을 겨눌 것이외다."

하였다.

금성대군은 수양대군이 잡아떼는 것을 그대로 믿을 수가 없었지마는 그 이상 더 말해야 쓸데없는 줄 알고 다만,

"형님, 매양 주공으로 자처하지 아니하시오? 부디 주공이 되시오. 그러고 충의를 모르는 간신밸랑 모두 물리치어버리시오."

하고 물러나왔다.

금성대군이 다녀간 뒤에 수양대군은 대단히 불쾌하였을뿐더러 또 놀래었다. 왜 불쾌한고 하면, 안평대군이 없어진 뒤로 누가 감히 자기의 비위를 거스르지 못하더니 나이로 말하면 십사오 년이나 어린 금성대군이 얼러대는 품이 안평대군 이상인 까닭이다. 괘씸한 것을 보아서는 당장 한마디로 호령하여버리겠지마는 금성대군의 말이 옳고 보니 옳은 말의 힘에는 수양대군의 패기도 고개를 들기가 어려웠다.

'허, 고것도 없애버려야 되겠는걸!' 하고 수양대군은 나가는 친아우 금성대군의 뒷모양을 노려보며 생각하였다.

안평대군을 죽이자고 정인지, 권람, 한명회의 무리가 진언할 때에는 골육의 정도 생각하고 세상의 물론(物論)도 염려가 되었으나, 한번 이러한 일을 저질러놓은 뒤인 오늘날에는 그것 다 우스웠다.

"제왕가(帝王家)에서는 그러한 일은 예사요."

하고 권가, 한가 들의 말이 과연 그럴듯하게 들리었다.

그것은 그렇다 하고라도, 정인지가 어저께 경회루에서 벽좌우하고 왕께 아뢰었다는 말이 이렇게 빨리 외간에 흩어진 것이 놀랍지 아니할 수 없다.

"원, 누가 말을 내었담."

하고 수양대군은 매우 초조한 빛을 보인다. 왕이 사람을 시키어 누구누구 하는 사람들에게 정인지의 말을 전하였는가. 그렇다 하면 그 심부름은 누가 하였을까. 이 일을 금성대군 외에 또 누가 아는가. 수양대군은 이 생각 저 생각에 매우 신기가 불평하여 조반도 자시는 듯 만 듯하였다.

부인 윤씨가 수양대군이 수색이 있는 것을 보고 물었다.

"나으리, 무슨 근심이시오? 천운이 나으리께 돌아왔거든 무슨 근심이시오? 대사를 하시는 양반이 소소한 걱정을 버리시오."

이것은 수양대군이 무슨 근심을 할 때마다 그 부인이 격려하는 말이다. 더구나 '천운이 나으리께 돌아왔거든' 하는 것은 입버릇 모양으로 반드시 하는 말이다. 부인의 이 말은 미상불 수양대군에게는 큰 힘이 되었다.

수양대군은 그렇게 꿋꿋한 사람이면서도 어느 구석에는 내약한 데가 있었다. 때로 그는 냉혹하기 철석같아도 때로는 또 더운 눈물을 흘리는 이였다. 윤씨 부인이며 정가, 한가, 권가 같은 이들이 돕지 아니하였던들 그는 제왕의 사업을 할 생각은 아니 하고 외로운 조카님을 도와 주공을 본받았을지도 모른다.

"벌써 누설이 되었구려."

하고 수양대군은 부인을 바라보았다. 부인도 잠깐은 놀란다.

수양대군은 금성대군이 와서 하던 말을 하였다.

"그거 누설되었기로 걱정하실 것 있소? 성사하면 더 말할 것 없거니와, 만일 일이 틀어지면 정 정승이 한 말이니 정 정승께 미루시오그려."

하고 부인은 태연하다.

수양대군은 부인의 바르지 못한 생각이 불쾌하여 입을 다물어버리었다.

식후에는 한남군과 영풍군이 와서 금성대군 모양으로 정인지를 엄벌하고 수양대군은 어디까지든지 주공이 되어서 어리신 상감의 몸과 자리를 옹호하여야 할 것을 말하고, 다음에는 또 송현수가 와서 그와 같은 뜻으로 수양대군에게 간청을 하였다. 송현수는 부인의 조름을 못 이기어 우선 수양대군한테 한번 말이나 하여보자고 오기 싫은 길을 온 것이다.

수양대군의 화는 상투 끝까지 올랐다. 은밀하게 한다는 노릇이 이렇게 그날 밤으로 누설이 되니 화가 아니 날 수 없다. 오늘 안으로 몇 놈의 모가지가 날아가고야 말 것을 수양대군은 생각하였다. 그 눈에는 살기가 있다.

한남군, 영풍군도 수양대군을 만나보고 나서는 분개하기는 하였으나 어찌할 도리가 없었다.

왕의 외숙 권자신도 속수무책이라고 생각하고 다만 일이 되어가는 양을 볼 수밖에 없었다.

나이 많고 부인의 지혜를 가진 혜빈도 섣불리 이 사람 저 사람과 뜻을 통하다가 발각이 되면 한남군, 영풍군 두 분 아울러 자기 삼모자가 화를 면하지 못할뿐더러 왕께까지도 누가 미칠 것을 알았다.

오직 따님을 생각하고 여량부원군 부인이 밖에서 잠시도 가만히 있을 수 없고, 궁중에서는 내시 김충 등과 궁녀 막산 등이 발을 동동 굴러 애를 썼다. 그러나 경계가 엄중하고 염탐이 많아서 비록 뜻이 같다 하더라도 서로 의사를 통할 수가 없었다. 가까스로 여편네들이 새에 나서서 입으로 말을 전하였으나 힘 있는 대감네들이 겁을 집어먹고 쉬쉬하니 수양대군을 반대하여 왕을 옹호하는 큰 운동을 일으킬 가망은 없었다.

이래서 온 하루 동안이나 왔다 갔다 하던 끝에 세워진 계획이란 것이, 무당을 시키어서 수양대군과 정인지가 죽어버리도록 예방을 하는 것, 인왕산에 사람을 보내어 칠성과 산천에 왕과 왕후를 위하여 기도를 올리는 것 등이요, 가장 유력한 계획이라 할 것이 지중추 조유례, 호군 성문치 등이 중심이 되어 일변 장사를 사서 수양대군과 정인지 등을 습격하고 일변 격문을 돌리어 천하에 민심을 일으키자는 것인데, 금성대군을 머리에 떠받들려 한 것이다.

그러나 이러한 일이 다 준비도 되기 전에 김득상이 어젯밤 밖에 나갔던 것이 발각이 되고, 경회루에서 정인지가 왕께 선위를 청하는 말씀을 아뢸 때에 먼발치 모시고 있던 내시들과 궁녀들이 왕과 왕후의 목숨을 해하려 음모를 하였다는 혐의로 엄형 국문을 당하게 되었다. 김득상은 대장부라 뼈가 부러지어도 실토할 리가 없지마는, 젊은 궁녀 막산이 매에 못 이기어서 왕후의 명으로 김득상에게 말 전한 이야기며, 늙은 상궁 하석, 고염석의 명으로 궁녀 수동과 함께 기둥 뒤에 숨어 정인지의 말을 엿들었단 말이며, 그 밖에 인왕산에서 기도하는 말, 수양대군과 정인지를 저주한다는 말까지 다 일러바치어버렸다. 다만 왕께서 시키더냐 하여 시키었다는 대답을 듣고 싶어 하였으나, 그것은 대답하지 아니하였다. 또 조유례, 성문치 등이 하는 계획은 막산이 몰랐기 때문에 말하지 아니하였다. 그래서 막산이 실토하는 중에 든 사람들은 모조리 붙들리었다.

사건은 이만하고 말았을 것을, 소경 나갈두의 처 변씨가 그 남편을 없애버릴 생각으로 그 정부(情夫)요 금부에 나졸 다니는 홍갑동(洪甲童)에게 여량부원군 댁에서 이러이러한 일로 점치러 왔더란 말을 고하여서 내근내가 붙들리게 되고, 왕의 유모 아가지, 권자신의 비자 아지, 불덕, 무녀 내은, 덕비, 용안 등이 인왕산 기도소에서 붙들리게 되었다.

조유례, 성문치 등은 일이 탄로될 줄을 알고, 조유례는 장사 김득성을 구종 모양으로 복색을 시키어 데리고 수양대군을 찾아가고, 성문치는 장사 윤갯동(尹㖙同)을 데리고 정인지를 찾아갔다. 이것은 기회를 보아 하나씩 때려죽이자는 꾀다.

수양대군은 조유례가 금성대군 문객인 줄을 알기 때문에 보지 아니하고 궁노를 시키어 그가 데리고 온 구종으로 차린 김득성을 묶어서 죽도록 때리라고 하였다. 이것은 조유례를 욕보이어 금성대군으로 하여금 분통이 터지게 하려는 뜻이다.

그러나 무예와 여력이 과인한 김득성은 감추었던 철여의를 내어둘러 달려드는 수양대군 궁노들을 수십 명이나 두들겨 누이고,

"역적 수양대군, 나서라!"

소리를 치며 안으로 달려들어갔다.

김득성은 임금의 원수와 아우(김원상)의 원수를 한꺼번에 갚으려는 듯이 성난 범 모양으로 철여의를 두르며 수양대군 궁 안마당으로 뛰어 들어간다. 만일 수양대군이 득성의 눈에 번뜻 보이기만 하였던들 득성의 성난 철퇴에 가루가 되고 말았을 것이다. 그러나 수양대군은 벌써 뒷문으로 도망하고, 부인과 두 아들과 맏며느리 한씨(우의정 한확의 딸)와 여러 비복이 크게 놀래어 좁은 구석을 찾았다.

그래도 부대부인 윤씨가 태연히 대청에 나서서,

"이놈! 어떤 놈이완데 어디라고 무엄하게시리……. 이봐라, 저놈을 끌어내어 단개에 때려죽이지를 못하느냐?"

하고 소리를 지른다.

"어머님! 어머님!"

하고 열아홉 살 되는 맏아드님〔이름은 숭(崇), 후에 왕세자 된 뒤에 이름은 장(暲)이니, 후에 덕종대왕(德宗大王)이라는 추숭을 받았다〕은 황황하게 어머니 윤씨의 소매를 끌어 만류하고, 일곱 살 되는 둘째 아드님〔이름은 평보(平甫), 아버지 수양대군이 왕이 되신 뒤에 이름은 황(晄), 세조대왕의 뒤를 이어 예종대왕(睿宗大王)이 되시었다〕은 어머님의 치마에 매어달리어 득성을 바라보며 울었다.

부인은 두 팔로 두 아들을 안으며,

"이놈, 어디 한 걸음만 올라서보아라, 천벌이 내릴 터이니!"

하는 소리에 득성은 기운이 꺾이었다. 어차피 인제는 죽는 몸이니 닥치는 대로 수양대군 식구를 때려죽이리라 하였더니, 부대부인 위풍에 눌리어서 수양대군을 찾는 모양으로 뒤꼍으로 돌아갔다. 거기서 젖먹이〔나중에 월산대군(月山大君)〕를 안은, 수양대군 맏며느님 한씨를 만나 철퇴를 들었으나 때리지는 아니하였다. 그는 미처 뒷문을 다 나서지 못하여서 밖에 매복하고 섰던, 수양대군 궁 호위하는 삼십여 명 갑사 한 떼의 포위를 받아 반이나 죽도록 얻어맞고 잔뜩 결박을 지웠다. 조유례는 벌써 수족을 묶이어 문밖에 넘어지어 있다가 득성이 갑사들에게 끌리어 나오는 것을 보고,

"수양은 잡았지?"

하고 물었다.

득성은 못 잡았다는 뜻으로 고개를 흔들어 보인다. 흔들 때에 이마며 두 귀 밑에서 흐르는 피가 빗방울 모양으로 좌우로 흩어진다.

"으으응! 역적을 놓치었고나!"

하고 으쩍 깨문 것이 조유례 자기의 혓바닥이다. 수양대군을 못 죽이었으니 자기는 죽은 몸이거니와, 죽기 전에 국문을 받으면 혹시나 정신없는 소리로라도 금성대군을 부를까 겁이 나서 차라리 말을 못 하도록 혀를 끊어버린 것이다. 나이 오십이 넘어 빈발(鬢髮)이 반백이나 된 조유례, 그는 결코 국은을 많이 받아 영달한 사람은 아니다. 그의 입에서 흘러내려 반백한 수염을 적시고도 땅바닥을 물들이는 피는 그의 임금께 대한 충성이다.

정인지가 왕께 선위를 청한 것보다도 조유례가 수양대군 궁에 야료한 것이 큰 변이다. 입으로 피를 흘리는 조유례와 전신이 도시 피투성이가 된 김득성은 반은 끌리고 반은 채워서 야주개와 황토마루를 지나 의금부로 왔다. 끌려가는 그들의 다리는 두 마디 세 마디로 부러진 듯하여 바로 서지를 못하였다. 아이들이 구경 삼아 뒤를 따랐다.

금부에는 벌써 성문치와 윤갯동이 역시 반생반사가 되어 붙들려 와 있다가 조유례 일행이 들어오는 것을 보고 실망한 듯이 고개를 숙여버렸다. 성문치도 장사 윤갯동을 데리고 정인지를 찾아갔으나 정인지 집 대문과 사랑에는 수십 명 갑사가 옹위하고 있어 사람을 들이지를 아니하므로, 성문치는 윤갯동을 데리고 병문 어귀에 숨어 있다가 정인지가 평교자를 타고 나오는 것을 보고 달려들었으나 정인지는 얼른 뛰어내려 길갓집 행랑으로 뛰어들어가고 중과부적하여 붙들려 온 것이다.

이튿날 우의정 한확, 좌찬성 이사철, 우찬성 이계린, 좌참찬 강맹경이 비청에 모이어 이번 사건을 의론할새 영의정 수양대군과 좌의정 정인지는 일부러 의론에 참예하지 아니하였으니, 그것은 그들이 직접 사건 관계자인 까닭인 것도 있거니와 또 하나는 어저께 당한 일이 자못 창피한 까닭이기도 하다. 뒷문으로 도망한 수양대군이나 길갓집 행랑에 숨은 정인지나 결코 남 보기 부끄럽지 않지 아니하였다.

수양대군과 정인지가 비록 이 자리에 있지 아니하다 하더라도 여기 모인 자가 다 그들의 심복인 것은 말할 것도 없다. 오직 한확이 정인지와 공명을 다투는 일은 있으나.

수양대군과 정인지는 이번 사건의 책임을 왕과 왕후에게까지 돌리고 싶었으나, 왕은 사실상 이번 일을 아시지도 못할뿐더러 아직 일반의 물론을 두려워하여 동지 중추원사 조유례, 호군 성문치를 역적으로 몰고 그들이 한남군 어(珳), 영풍군 전(瑔) 등과 부동하여 금성대군 유(瑜)를 왕위에 올리려고 한 것같이 꾸미었다. 이렇게 한 데는 이유가 있다. 수양대군과 정인지가 욕을 당하였다는 소문은 번개같이 퍼지어 '고소하다', '통쾌하다'는 생각을 주었기 때문에, 만일 이제 조유례, 호군 성문치를 대신을 습격한 죄로 다스린다 하면 세상의 동정은 도리어 조, 성 등에게로 돌아가고, 수양대군과 정인지는 불이익한 처지에 서게 된다. 그러나 조, 성을 역적으로 몰면(그렇게 백성의 눈을 속일 수가 있을까) 몰지 못할 것도 없을뿐더러 자기네는 도리어 왕을 옹호하는 충성으로써 왕을 위하여 조, 성의 욕을 당한 것으로 볼 수가 있을 것이니, 이야말로 저편의 화살로 저편을 쏘는 격이다, 하는 것이 권람, 한명회의 헌책이었고, 또 정부에서도 그럴듯하게 생각한 것이다.

이리하여 조유례, 성문치는 그만 왕을 해하려던 음모자로 몰리고, 혜빈양씨, 금성대군, 한남군, 영풍군 등은 수양대군한테 찾아갔던 죄로, 조, 성의 머리라 하여 삼남 각처로 귀양을 보내었다. 전혀 애매한 사람을 차마 죽이지는 못한 것이다.

윤갯동, 김득성, 김득상, 왕의 유모 이오의 처 아가지, 궁녀 하석, 고염석, 김수동, 김막산, 내시 이귀, 김인평, 김충, 소경 나갈두, 송현수의 비자 내근내, 권자신의 비자 아지, 불덕, 무당 내은, 덕비, 용안 등은 다 사형을 받았다.

이번 통에 요행으로 벗어난 것은 송현수와 권자신이니, 이것은 부득이 하여 면하여진 것이다. 왕이나 왕후가 수양대군을 없이하기 위한 일이면 왕의 외숙이나 장인이 참예도 하려니와, 금성대군의 무리가 왕을 없이하려고 하는 일에 그들이 관계할 까닭이 없을 것이다.

다만 하나 알 수 없는 일은 이번 통에 영양위 정종을 유배한 일이다. 어느 편으로 생각하더라도 그는 이번 사건에 관계한 형적도 없고 또 관계할 리도 없건마는, 청천벽력으로 순천부에 귀양을 가게 되었다. 정종이 귀양 길을 떠나기 전에 경혜공주는 오라버님이신 왕께 마지막으로 하직이나 사뢰려 하였으나 국가의 죄인(?)으로는 그러한 특전을 허함이 될 리가 없었다. 그래서 한 어머니의 피를 나눈 단 두 동기인 왕과 공주는 남북 천리에 이별하게 되었다. 그것은 영원한 이별이 되었다.

이 일이 있음으로부터 왕은 유폐나 다름이 없었다. 궐내에서도 마음대로 출입을 못 하시고, 어느 한 전각에 계시라는 강제를 받아 왕은 항상 사모하옵는 조부 세종대왕께서 즐겨 거처하시던 자미당(紫微堂)에 숨으시와 왕후와 마주 보시고 우시는 세월을 보내시게 되었다. 그러한 세월도 며칠이 없었다.

금성대군은 순흥부에, 영양위는 순천부에…… 이 모양으로 왕의 편이 될 만한 이들은 다 먼 곳으로 치어버림이 되었다. 왕의 곁에 모시던 낮

익은 내시와 궁녀들조차 다 비명에 죽어버리니, 궁중은 왕과 왕후에게는 지옥보다도 더욱 적막하였다.

"상감마마, 모두 소인이 경솔하와……."

하고 왕후 송씨는 당신이 이번 일을 저지르신 것을 왕의 앞에 후회하고 운다.

"이만만 하고 말겠소? 이보다 더한 일이 올 터이지. 그렇게 눈물을 흘려서 되겠소? 마음을 철석같이 가지고도 견디어내기가 어려울걸. 그렇지마는 불서(佛書)에도 인생은 헛된 것이라 하였고, 또 속담에도 우리 인생이 한바탕 꿈이라 하였으니, 꿈이 오래면 얼마나 오래요? 그저 가위눌린 줄 알고 지냅시다그려."

왕은 이러한 말씀을 하신다. 마치 인생의 쓴맛 단맛을 다 보고 난 노성한 사람 모양으로. 그러나 언제나 이렇게 태연한 생각으로 계실 수는 없었다. 원래 인자하신 성품에 왕후가 슬퍼하시는 것을 보실 때에는 웃는 얼굴을 지으시고 불경 생각도 하시어 태연하신 태도로 위로하는 말씀도 하시지마는, 그것도 한때지, 혼자 촛불을 대하실 때나 어원(御苑)에 새소리를 들으실 때에도 눈물이 앞을 가리움을 금하실 수가 없었다. 조부님 생각, 아버님 생각, 용모도 기억하지 못하시는 불쌍하신 어머님 생각, 남편 따라 죄 없이 먼 시골에 귀양 간 누님 생각, 애매한 원혼이 된 근시하던 내시와 궁녀들 생각, 믿던 숙부 수양대군 생각, 막막한 앞길, 가엾은 왕후의 신세, 모두 불길한 생각, 피눈물을 자아내는 생각뿐이다. 밤에 주무시다가도 경회루에서 정인지를 꾸짖으시던 꿈을 꾸시고는,

"이놈! 늙은 놈이! 그것이 임금 섬기는 도리냐?"

하고 소리를 지르시고 목을 놓아 우시었다.

"상감, 꿈이시오, 꿈이시오."

하시고 왕의 옥체를 흔들어 깨우시는 왕후도 울음을 참으시느라고 입술을 물으시었다.

"내가 칼을 빼어서 인지 놈을 치려는 서슬에 나를 깨우시었구려."

하시고 왕은 아까운 듯이 입맛을 다시었다.

잠을 깨어서 가만히 눈을 감고 계시노라면 죽어버린 늙은 김충, 김인평, 이귀 같은 내시들이며, 수동, 막산 같은 젊은 궁녀들의 모양이 방 안에 어른거리는 듯하여 몸에 소름이 끼침을 깨달으신다. 그러다가는 수양대군과 정인지가 횃불을 들리고 칼 빼어 든 군사를 데리고 두 분이 주무시는 침전으로 들어와 두 분의 목에 칼을 겨누는 모양도 보인다.

왕은 이러한 불쾌한 환상을 떼어버리려고 베개 위에서 머리를 흔드시고, 혹은 잠드신 왕후를 흔들어,

"마마, 마마, 자오?"

하고 깨우시기도 한다.

그러한 때에는 두 분 사이에 무서운 생각이 나지 아니할 만한 말씀, 어리신 때에 지내시던 일, 혼인하신 후에 생긴 일 중에도 유쾌하던 일을 골라서 말씀하시나, 어느덧 차고 무서운 현실 문제에 이야기 끝이 돌아와서는 눈물과 한숨으로, 그러고는 서로 위로하시는 말씀으로 끝을 맺고는 피차에 저편이 먼저 잠드시기를 기다리시었다.

한번 왕께서 어떤 산 밑, 강가에 정결한 초당을 지으시고 농가 생활을 하신다는 꿈을 꾸시다가 깨어서 왕후를 깨워 그 꿈 말씀을 하시고는,

"그런데 꿈에 그 집에 마마는 아니 왔거든. 그 어째 아니 왔을까. 내가 있는데 마마가 아니 올 리가 있소?"

하고 웃으신다.

'새로 집을 짓는 꿈을 꾸면 흉하다는데.'

하고 왕후는 민간에서 들은 이야기를 생각하였으나 그런 말을 아뢰지 아니하고,

"김씨는 꿈에도 상감 곁을 떠나지 아니하였어요?"

하시고 잠깐 질투하시는 생각을 발하였다. 김씨라 함은 왕후와 동시에 권완의 딸과 함께 후궁으로 들어온 이니, 김사우의 딸이다. 왕은 김씨를 특히 사랑하시는 까닭이다. 김씨는 가장 영리하고 아름다웠던 까닭이다.

"마마, 내가 왕위를 버리고 일개 농부가 된다면 마마는 어찌하려오?"

하고 왕은 더욱 잠이 달아나시는 모양으로 왕후께 농담 삼아 말씀하신다.

"상감께서 농부가 되옵시면 소인은 지어미가 되지 아니하오리까…… . 그런데 왜 그러한 흉한 말씀을 하옵시는지."

황후는 심히 염려되시는 모양이다.

"농부 된다는 것이 흉한 말일까. 나는 왕가에 태어나지 말고 농부의 집에 태어났으면 하오. 농부들 속에야 수양 숙부와 같이 무정하고 정인지 모양으로 고약한 사람이 있을라고. 산에고 들에고 마음대로 다니고 맥반 총탕이라도 마음 편히 끓여먹고 앉았는 것이 도리어 살찔 것 같단 말이오."

왕의 말끝은 흐린다.

"그야 상감께서는 인자하시와 백성을 생각하시기에 그러하시거니와…… 어찌하여 그런 슬픈 말씀만 하옵시는지."

하시고 왕후는 지극히 슬퍼하시는 모양으로 몸을 상감 무릎 위에 엎드리신다.

왕은 손을 들어 왕후의 등을 만지시며,

"농담이오. 부러 하는 말이오."

하고 위로하시나 왕후의 등을 만지시는 손은 떨린다.

왕은 일래에 심히 수척하시었다. 밤에 잠을 잘 못 주무시고, 수라도 원체 많이 잡수시는 편은 아니시지마는 요새 며칠 동안에 술을 드시는 듯 마는 듯하시었다. 그래야 왕후밖에는 왕이 이러하심을 근심하여드리는 이조차 없다.

내시나 나인이나 모두 권람, 한명회가 고르고 골라서 들인 것들이니, 왕이나 왕후를 편안하시게 모신다는 것보다는 두 분의 동정을 염탐하고 (설마 그렇기야 하랴마는) 도리어 일부러 두 분의 심사를 불편하시게 하는 듯하다. 그렇게까지는 아니 간다 하여도 지밀에 있는 이로는 두 분께 대하여 정성을 가지는 이는 극히 적었고, 설사 있다 하더라도 그런 빛을 드러내는 것은 생명이 위태한 일이었다.

이렇게 불쾌하고 답답하고 외롭고 괴로운 세월을 보내시는 왕에게는 날마다 정인지, 신숙주, 이계전, 권람, 이사철의 무리가 번갈아 들어와서 혹은 달래고 혹은 타이르고, 혹은 가장 충신인 체하고 울며 간하고, 혹은 위협하여 수양대군에게 선위하시는 길밖에 없는 것을 귀찮게 아뢴다.

"또 그 말이야?"

하고 왕은 마침내 화를 내시게까지 되었다. 그러나 저 무리는 예정한 계획이라 화를 내시거나 말거나 진노하시거나 말거나 그것을 교계(較計)할 바가 아니다. 다만 왕을 귀찮으시게 하여 자리에서 물러나시게만 하면 그만인 듯하였다.

왕으로 하여금 선위하시게 한 공을 어떤 사람 하나에게만 돌리는 것이 못 할 일이니 나도 나도 그 공에 한몫 끼이자 하는 것이 이 충신들의 심리다. 이대로 오래가면 칼을 품고 달려들어 왕의 목을 베어 들고 수양대군 앞에 공 자랑을 할 사람이 나올는지도 모른다. 그러나 아직은, 너무 남보다 뛰어나는 공을 세우려다가 자칫하여 모가지를 잃어버리는 것보다는, 바로 전 사람이 왕께 여쭌 말씀 정도보다 한 걸음만큼 더 나아가게 하는 것이 약은 짓이었다. 그래서 갑보다는 을이 더 들으시기 어려운 말씀을 왕의 앞에 아뢰면, 병은 을보다 한충 더 심하게 하고, 다시 갑은 병보다 더 심하게 하여, 이렇게 끝없이 들락날락, 점점 더 무엄하게 되었다.

왕께서는 처음에는 괘씸하게도 무섭게도 생각하시었으나, 나중에는 그 무리가 모두 파리떼와 같고 모기떼와도 같아서 귀찮고 성가시기만 하시었다.

저놈들도 사람인가. 인형은 썼지마는 모두 개돼지만도 못한 놈들이다. 모두 더럽고 염치없고 음흉하고 간교하고 은혜 모르고 야멸치고…… . 평소에 그렇게 번드르하게 공자, 맹자 다 된 듯이 이윤(伊尹), 주공(周公) 다 된 듯이 굴던 놈들이 일조에, 일조에, 일조에 똥 묻은 개가 다 된 것을 생각하시면 도리어 우스꽝스럽고 통쾌하였다. 이렇게 생각하시면 얼마큼 현실의 괴로움을 잊기도 하시었다.

아무리 여러 신하들이 성가시게 선위하시기를 청하여도 왕께서는 한결같이 물리치시었다.

그러나 하루는 정인지가 왕께 최후의 경고를 하였다. 그것은 왕께서 만일 자진하여 선위하시지 아니하시면 '국가를 위하여' 강제로라도 선위하시도록 할 터이니 생각하시라는 것이다. 이때에 정인지는 몸소 들어오지 아니하고 신숙주를 시키어서 말씀하게 하였다. 정인지가 몸소 예궐하지 아니하고 사람을 시킨 것은 실로 무례하였으나, 그는 병탈을 하였고 또 그렇지 아니하더라도 이제는 왕께서 그런 것을 책하실 힘이 없으시었다.

　신숙주는 정인지의 뜻을 아뢰고 나서는 자기 뜻으로 선위하심이 왕을 위하여, 국가를 위하여 가장 온편(穩便)한 계책임을 아뢰었다. 다년 외교관으로 닦은 변설로 신숙주는 어리신 왕의 뜻을 움직임이 컸다. 그의 말은 마치 충성된 신하로서 임금을 위하여 눈물을 흘리며 부득이한 처분을 청하는 은근한 태도를 가지었다. 은근한 태도만 하여도 왕께는 한없이 고마웠다. 그동안 왕께 진언한 대관들은 군신의 분의를 지키는 것은 처음뿐이요, 왕께서 자기네 말을 거절하실 때에는 가장 무엄한 태도와 말로 지존을 위협하였다. 인정 반복이 어찌하면 이대도록 심하랴 하고 왕은 우시었다. 그런데 신숙주는 그래도 눈에 거슬리는 모양, 귀에 거슬리는 말은 아니 하였다.

　'저놈인들 내게 무슨 충성이 있으랴.'
하시면서도 마치 목마른 사람이 물을 가리지 아니하는 모양으로 그 은근한 태도만이 고마웠다.

　이때에는 왕은 신숙주의 아뢰는 말씀에 화도 아니 내시고 가만히 듣기만 하시었다. 신숙주도 왕께서 고개를 푹 수그리고 근심에 잠기신 것을 뵈올 때에 가슴에 측은한 생각이 움직이지 아니할 수 없었다. 숙주의 청량한 기억 속에는 왕께서 왕손으로 계실 때에 세종께서 품에 안으시고 집현전으로 오시와 자기와 성삼문, 박팽년 등을 바라보시고,

　"이 어린것을 부탁한다."

398

하시던 것이며, 또 문종대왕께서(문종대왕은 신숙주의 무리와는 군신지의가
있을 뿐 아니라 죽마고우라 할 만한 친구였다. 문종이 동궁으로 계실 때에 얼마나
신숙주의 무리를 애경하시었나. 공부를 같이 하시고 사업을 같이 하시지 아니하
시었던가) 승하하시기 얼마 전에 그때 동궁이신 왕의 등을 만지시며 눈물
겨운 말씀으로,

"부탁한다."

하시던 것이 역력히 생각난다. 그날 밤에 술이 대취하여 입직청에서 잘
때에 문종대왕은 손수 어의(御衣)로 숙주의 무리를 덮어주시지 아니하
였던가. 이것이 얼마나한 은혜며, 얼마나한 우정인고. 그때에 숙주는 잠
이 깨어 눈물을 흘리며,

"이 임금을 위하여 목숨을 안 버리고 어이하리."

하고 성삼문과 함께 맹세하지 아니하였던가. 그것이 겨우 삼 년 전 일이
다. 그런데 신숙주는 수양대군의 수족이 되어 선왕에게 고명받아 도와야
할 왕을 보좌에서 떠밀어내는 것으로 갚으려 한다.

"나도 뜻을 정하였으니 다시는 성가시게 굴지 말라고 수상과 좌상에
게 말하오."

하시고 신숙주를 내어보내시었다.

신숙주가 나간 뒤에 왕은 목을 놓아 통곡하시었다. 자미당 협문을 나
서다가 신숙주는 왕의 곡성을 듣고 추연히 배회하였다. 그러나 그는 대
세가 이미 이리된 바에 부질없이 왕께 동정하는 양을 보이다가 장래에
화를 사는 것이 극히 어리석은 일인 것을 깨닫고 빨리빨리 걸음을 옮기
어 무서운 데서 달아나는 사람과 같았다. 이날 이때의 말할 수 없이 슬
픈 인상은 일생 신숙주의 가슴을 떠나지 아니하고 그를 괴롭게 하였다.

그가 임종(그는 오래 살지도 못하였다)에 가장 괴로움 받은 것이 이때 생각이었다.

왕후는 불시의 곡성에 놀라시었다. 이날에 두 분은 마주 보고 마음 놓고 우시었다. 자미당에서는 느껴 우시는 소리가 온종일을 두고 때때로 울려 나왔다. 비록 무심한 내시들과 궁녀들도 비감하지 아니할 수가 없었다.

그러나 이날에 왕은 마침내 결심을 하시었다.

하룻밤을 울음으로 지내신 왕이 잠을 이루시기는 짧은 여름밤이 다 지나고 훤하게 먼동이 틀 때였다. 왕은 옷도 끄르지 아니하시고 안석에 비스듬히 기대신 채 그만 잠이 들어버리신 것이다. 왕께서 잠드시는 것을 보고야 왕후께서도 눈을 붙이시려 하였다.

그러나 왕후는 마침내 잠이 드시지를 못하시었다. 그것은 왕께서 슬퍼하심의 심한 것이 염려될뿐더러, 또 왕께서 어떠한 결심을 하시었는지 조금도 발설치 아니하는 것이 근심이 되었다. 어떠한 생각을 하시느냐고 물으시기도 어렵고 다만 한마디 한마디 눈치만 떠보려 하나, 왕께서는 털끝만치도 왕후에게까지도 뜻을 보이심이 없으시었다. 그것이 왕후의 가슴을 아프게 하였다.

다만 왕후에게 한 가지 대견한 것은, 이러한 큰 슬픔이 생긴 뒤로부터 왕이 왕후께 대한 애정이 눈에 띄게 깊어짐이다. 어리어서 혼인하신 까닭도 있지마는 왕과 왕후는 그리 정다우신 내외분은 아니시었다. 왕후가 다소 샘을 가지시는 바와 같이 후궁 김씨에게 대한 애정이 더 많으시었다. 그러하던 것이 최근에 와서는 눈물겹도록 왕후를 측은히 여기시었다.

실상 왕에게 이때에 애정이니 무엇이니 할 여유가 없으시었지마는, 이러한 인생의 어려운 일, 아픈 일을 당하시며 본래 인정을 통찰하는 밝은 마음을 가지신 왕은, 임금이라는 사람이 만들어놓은 지위를 뛰어나서 벌거벗은 사람으로 사람을 대하시는 경계를 터득하신 것이다. 이 때문에, 정인지 같은 사람까지도 측은히 여기시는 마음을 가지는 양반이시기 때문에 왕은 남보다 갑절 인생의 슬픔을 맛보시는 것이다.

　왕은 인정이 많으심으로나 인생을 속 깊이 통찰하심으로나 시인이시었다. 그러나 시인만 되시었던들 다행일 것을, 시인의 상상력으로 지어내기 어려운 큰 비극의 가장 비참의 주인공이 되시었다. 그래서 왕은 시인의 예민한 감수성으로 인생의 슬픔을 감수할 여가가 없이 당신 스스로의 아픔과 쓰림을 감수하시게 되었다. 그 어리고 연연하고 인자하고 깨끗하고 죄 없는 몸이, 마음이 이렇게 견디기 어려운 수난을 하심은 너무 애연한 일이다.

　윤유월 초십일. 가뭄은 아직도 끝날 바를 몰라서 대궐 마당에 풀 잎사귀도 노릇노릇 시들 지경이다. 대궐 추녀 끝에 지저귀는 참새들도 더위를 못 이기어 입을 벌리고 할딱거리고, 먹을 것을 찾으러 나갔던 왜가리, 따오기도 헛걸음을 하고 어원 수풀로 돌아갔다. 더구나 날개도 흔들지 아니하고 마치 날기를 잊어버린 듯이 휘 공중에 떠도는 솔개미의 백년 풍상에 다 떨어진 거무튀튀한 날갯죽지가 숨이 막히는 더위를 내어뿜는 듯하다. 경회루 연당에 비추이는 흰 구름 조각, 그 그림자에 흔들리는 가는 물결 그것조차 부글부글 끓어오르는 듯하거든, 몇천 년에 두 번도 있기 어려운 큰 슬픔을 품은 왕의 가슴이야 오죽이나 답답하시었으랴. 돌아보는 이 하나도 없는, 참으로 하나도 없는 외로운 처지, 잡아먹으려는 흉물

에게 에워싸인 처지, 그것은 백 날 가무는 여름날보다도 더욱 숨 막히는
일이다.

그러한 윤유월 초십일 오정이 지나서 우의정 한확이 왕께 알현하였다.
사흘 만에 뵈옵거니와 왕은 몰라보게 수척하시어 진실로 차마 뵙기 어려
웠다. 왕과 연배가 같은 자녀들을 둔 한확은 왕의 이렇게 초췌하신 양을
뵈옵고 측은한 정이 발하지 아니할 수 없었다.

"용안이 초췌하옵시니 옥체 미령하옵시니이까?"
하고 한확은 진정으로 왕을 동정하였다. 실상 이번 선위 문제에 대하여
공이 정인지에게 돌아가 장차 세도가 그에게로 돌아갈 것을 생각하기 때
문에 한확은 그윽이 불쾌하게 여기었다. 될 수만 있으면 이번 정인지가
머리가 되어서 하는 선위 문제를 방해하여 정의 세력을 때려누인 뒤에 서
서히 자기가 중심이 되어 문제를 해결하고 싶었다. 왜 그런고 하면, 한확
은 성격으로 보든지 수양대군과 인척 관계로 보든지, 그보다도 그 딸을
명나라 황제의 후궁에 넣어 광록시(光祿寺) 소경(少卿)이라는 명나라 벼
슬을 가진 것(이것은 당시에 큰 자랑이 아닐 수 없었다)으로 보든지, 한확은
정인지의 하품에 서기를 달게 여기지 아니한다.

"몸보다 마음이 아프오마는 나 같은 사람이 아프거나 쓰리거나 경 같
은 사람에게 무슨 상관 있소?"
하고 왕은 전에 없이 한확의 말을 빈정거리었다.

"황송하오."
하고 한확은 허리를 굽힌다.

"우상은 명나라에도 다녔고 명나라 벼슬도 하였으니 알 만하오마는,
그 나라에서는 대신들이 무슨 일을 하고 있소?"

하고 왕은 이상한 말씀을 물으신다.

"하문합시는 뜻을 소신이 알지 못하오나, 황조기로 신하의 도리에야 국조나 다름이 있사오리까?"

"같단 말요?"

"네, 같은가 하옵니다."

하는 한확은 어떻게 아뢸 바, 임금의 뜻이 무엇인지를 몰라 당황하였다.

"그러면 명나라에서도 대신들이 하는 일이라고는 번갈아 들며 나며 임금더러 자리에서 물러나라고 하기로 일을 삼소?"

하시고 낭랑하게 웃으신다.

"소신이 지존 앞에 무슨 죄를 범하였사온지?"

하고 한확은 울고 싶도록 어찌할 바를 몰랐다. 그에게는 그만큼 내약한 구석도 있었거니와, 또 왕이 이상하게 태연하신 태도로, 마치 노성한 사람 모양으로 풍자를 하시는 것이 모두 심상치 아니하여 그 태연하신 위엄과 열일곱 살답지 아니하신 지혜에 눌린 것이다.

"우상이 무슨 죄가 있겠소? 세울 공을 못 세웠으니까 오늘 그 공을 세우러 왔나 보오."

"소신이 세울 공이 무엇이온지, 만일 소신더러 하라시는 일이 있다 하면 소신이 분골쇄신을 하옵기로 견마지역을 다하려 하옵거니와, 어리석은 소신이 무슨 일을 하올 바를 알지 못하옵니다."

왕은 한확의 말을 대수롭게 여기지 아니하는 듯이 눈을 들어 이글이글 불길이 일어날 듯한 뜰에 까치와 참새가 뛰어다니는 것을 바라보시다가 한확에게 얼굴도 돌리지 아니하시고,

"흥, 내게 견마지역을 하여서 공 될 것이 있소? 좌의정 본을 받아서 새

임금 밑으로 돌아가야지……."

이때에 마당에 앉아서 무엇을 주워 먹던 참새 두 마리가 물고 차고 오르락내리락 서로 싸우는 것을 보시고,

"어, 조놈들이 왜 싸울까. 넓은 천지에 조그만 몸뚱이가 무엇이 부족해서 서로 싸울까. 요놈, 고얀놈들이로고."

하시고 궁녀를 시키어 싸우는 참새를 날려버리라고 분부하신다.

한확도 고개를 들어 뜰을 바라보았다. 궁녀의 "후어! 후어!" 하는 소리에 싸우던 참새들은 싸움도 원수도 다 잊어버리고 날아서 지붕을 넘어버린다.

"새 임금이라 하옵시니 어쩐 말씀이시온지?"

하고 한확이 왕께 여쭙는다.

왕은 참새들이 날아가는 양, 붉은 잠자리가 오고가는 양, 하늘의 구름, 모두 무상을 아뢰는 듯한 자연을 바라보시매 인생 만사가 다 귀찮은 것만 같이 생각이 되어 아까보다도 더욱 냉정하신 어조로,

"우상, 내가 만기(萬機)를 수양 숙부에게 맡기려오. 좋은 일이 있소. 정인지가 나를 내어쫓은 공을 혼자 차지할 터이니 경이 가서 내 다짐을 받고 왔노라고 하오. 그것이 좋은 일이 아니오?"

하시고 또 하하 웃으신다.

한확은 엄연히 위엄을 갖추어,

"상감께 아뢰오. 아까 정인지가 새 임금 밑으로 들어갔다 하옵시고 이제 또 만기를 수양대군에게 맡기신다 하옵시니, 그것이 어찌한 말씀이옵신지? 수양대군은 이미 군국대사를 다 맡았사온즉 다시 더 맡기옵실 것은 무엇이오리까? 수양대군이 매양 주공 되기로 자처하오니 설마 이지

404

(二志)를 품을 리 없사온즉, 모르옵거니와 좌의정 정인지가 무슨 무엄한 말씀을 아뢴 것이나 아니온지 도무지 소신은 어찌 아뢸 바를 알지 못하옵니다. 설사 조정에 딴 뜻을 품는 자가 있다 하오면 목을 베어 천하에 보이심이 지당하옵거든, 만기를 맡기옵신다 하옵심은 어찌한 성의(聖意)이온지?"

하고 한확의 음성에는 충분(忠憤)이 떨리는 듯하다.

이튿날 왕은 정식으로 내시 전균(田鈞)을 우의정 한확에게로 보내어,

予幼沖 不知中外之事 致奸黨竊發 亂萌未息 今將以大任傳與領議政.

〔내가 나이가 어리고 중외(中外)의 일을 알지 못하는 탓으로 간사한 무리들이 은밀히 나타나고 난을 도모하는 싹이 끝나지 아니하니, 이제 대임을 영의정에게 전하려 한다.— 감수자 역〕

이라는 뜻을 전하였다.

한확은 어제 아뢴 대로 그러시지 마시기를 전균을 통하여 계청(啓請)하였다.

그러나 왕의 뜻은 굳었다.

予自前日 已有此意 今已計定 不可改也 其速辦諸事.

(내 전일부터 이 뜻을 가지었노라. 계교 이미 정하였으니 가히 고치지 못할지라. 속히 모든 절차를 차비할지어다.)

하시는 교지를 다시 내리시었다.

이날은 단종대왕 삼년 을해(乙亥) 윤유월 십일일이다.

이왕 선위를 하지 아니치 못할 것이면 정인지 배에게 위협을 당하여 창피한 꼴을 당하느니보다는 차라리 정정당당하게 내 편에서 내어던지리라 한 것이 왕의 생각이었다. 이 생각을 내시느라고 왕은 지난밤에도 잠을 이루지 못하시고 몇 번을 우시었고, 우의정 한확에서 선위하신다는 전교를 내리신 뒤에는 부랴사랴 간략한 노부(鹵簿)로 종묘에 하직까지 하시었다.

신시(申時)!

정원, 정부, 육조 할 것 없이 대신으로부터 아래 서리에 이르기까지 난리를 당한 모양으로 끓었다.

신시!

백관은 경회루 아래로 모이었다. 아무도 가슴만 두근거릴 뿐이요, 입도 벙긋하지 못하였다. 하늘이 무너지는 큰일이 생기지 아니하느냐. 발가락만 달싹하여도 무슨 큰 변이 날 것만 같았다.

부슬부슬 안개비가 온다. 음산한 바람이 이따금 연당에 마르다 남은 물에 가는 물결을 일으킨다.

승지 성삼문은 명을 받아가지고 내시 전균을 데리고 대보(大寶)를 가지러 상서원(尙瑞院)으로 달려간다.

삼문이 대보를 내시 전균에게 들리고 경회루로 돌아올 때에 사정전 뒷문 밖에서 도총부 관노를 만났다. 관노는 삼문에게 절하고 종잇조각 하나를 전한다. 도총부 도총관으로 입직한, 삼문의 부친 성승(成勝)의 필적이다. 다른 말 아무것도 없고,

"眞耶(참인가)."

경회루 밑 박석 위에 아무것도 깔지도 아니하고 남향으로 옥좌를 설하고, 앞에는 정원, 정부, 육조, 집현전, 사헌부, 사간원의 중요한 대관들이 모였다. 그들 중에도 오늘 무슨 일이 있는지 분명히 아는 이는 몇 사람이 되지 아니하였다. 다만 왕께서 급히 부르신다고만 들었을 뿐이다. 무론 무슨 일인지 속으로는 다 알았다. 그처럼 창졸간에 이 일이 생기었다.

나중에 수양대군이 좌의정 정인지를 데리고 위풍이 늠름하게 뚜벅뚜벅 걸어 들어왔다. 수양대군이 들어오는 것을 보고 대관들은 모두 약간 허리를 굽히어 경의를 표하였다. 모두 마음이 그를 무서워하는 생각이 났다. 수양대군은 일동을 휘 둘러보고 옥좌에서 댓 걸음 앞에 읍하고 섰다.

이렇게 기다리기 한참. 음산한 바람만 이슬비를 몰아 연당 위로 오락가락한다.

이윽고 왕이 사정전 뒷문을 납시와 초췌하옵신 용안이 경회루를 향하시고 옥보를 옮기시었다. 상감으로는 마지막 걸음을 걸으시는 것이다.

왕은 익선관, 곤룡포를 갖추시었다. 감개무량하신 모양으로 경회루와 연당과 인왕산을 한 번 돌아보신 뒤에 약간 걸음을 빠르게 하시어 권설(權設)한 옥좌에 좌정하신다. 수양대군, 정인지, 한확을 비롯하여 대소 관리가 다 이마가 땅에 닿으리만치 허리를 굽힌다.

승지 성삼문은 대보를 안고 옥좌에서 두어 걸음 오른편에 시립하였다.

이날에 문관만을 부르고 무관을 부르지 아니한 것은 수양대군의 의사다. 무신의 곧고 굳센 성정이 이 광경을 보면 어떤 변을 일으킬지 모르는 까닭이다. 도총관 성승이나, 훈련도감 유응부나, 용양위 대호군 송석동(宋石同) 같은 이는 수양대군이 이날에 꺼리는 사람 중에 가장 중요한 사람이요, 금영대장 봉석주도 반드시 수양대군의 심복이라고 할 수 없었다.

권람은 이조판서로, 한명회는 어느덧 병조판서로 모두 불차(不次)로 엽등하여 의기양양하게 수양대군 뒤에 서 있다.

우찬성 강맹경은 계유사변에 도승지로서 수양대군에게 황보인, 김종서의 계획을 일러바친 사람이요, 그 밖에 옥좌 앞에 늘어선 대소 관인들은 다 수양대군이나 정인지와 무슨 인연이 있는 사람들이다.

신숙주가 온 것은 물론이요, 승지(承旨), 사관(史官)이 시립하고, 박팽년도 집현전에 입직하였다가 불리었다.

박팽년은 성삼문, 하위지 등과 아울러 수양대군이 자기 사람을 만들려고 애쓰는 사람들 중에 하나다.

왕은 태연하려 하시나 그래도 흥분한 빛을 감추시지 못하여 손을 가만두지 못하시었다. 사람들은 무슨 처분이 내리는가 하고 숨도 크게 쉬지 못하였다.

왕은 일어나신다. 그 아름다우신 얼굴과 빛나는 눈!

"영의정!"

하고 낭랑한 음성으로 부르시니 수양대군은 서너 걸음을 추보로 옥좌 앞으로 나와 부복한다.

"오늘 대임을 숙부께 맡기오."

하시고 예방승지 성삼문을 향하여 국새를 올리라는 뜻을 보이신다.

성삼문은 두 팔로 받들었던 옥새를 힘껏 부둥켜안고 그만 실성 통곡한다.

수양대군은 부복하여 있다가 머리를 들어 성삼문을 흘겨본다.

삼문은 두 눈에 눈물을 거둘 수도 없이 왕명을 거스르지 못하여 슬행(膝行)하여 국새를 받들어 왕께 드린다.

왕은 삼문에게서 국새를 받으시와 수양대군에게 전하신다.

시립한 사람들 중에서는 느껴 우는 소리가 들린다. 한확의 눈에서는 눈물이 흘렀다. 비록 밖에서는 왕의 선위를 주장하던 무리라도 손에 옥새를 들고 서 계신 왕을 우러러뵈옵고 그 심사를 미루어볼 때에는 눈물이 아니 흐를 수가 없었다.

수양대군은 이마를 조아리어 세 번 사양하였다. 그러나 마침내 일어나 옥좌 앞에 꿇어앉아 왕의 손에서 국새를 받아 들고 어찌할 바를 모르고 다시 부복하였다. 수양대군도 마음이 설레고 눈물이라도 흘리고 싶었으나 조금도 슬프지 아니하였다. 손에 오랫동안 바라고 바라던 옥새가 있지 아니하냐. 이것은 꿈이 아니라야 한다.

왕은 명하여 수양대군을 부축하여 나가게 하라 하시고, 당신도 모든 시름, 모든 무거운 짐을 벗어놓은 듯이, 그러나 얼빠진 사람 모양으로 옥좌에서 일어나시어 왕의 위의도 다 끝났다 하는 듯이 걸어 나가신다.

박팽년은 억색하여 안색이 죽은 사람 같더니 왕이(인제는 왕이 아니시다) 듭신 뒤에 경회루 연못에 빠져 죽으려 하였다. 그러다가 성삼문에게 붙들린 바 되었다.

"이 사람, 참으소. 비록 신기(神器)는 옮기었다 하더라도 상감께서는 아직 상왕으로 계옵시니 우리네는 아직 죽지 말고 할 일이 있지 아니한가. 그러다가 성사가 아니 되면 그때에 죽더라도 늦지 아니할 것이 아닌가. 이 사람아 참으소."

하고 손을 마주 잡고 통곡하였다.

남산과 낙산에 무지개가 서고 인왕산 머리에 걸린 햇빛이 구름 틈으로 흘러 경회루와 울고 섰는 두 사람을 비춘다.

수양대군은 곧 근정전(勤政殿)으로 올라가려 하였으나 다시 생각하고 대군청(大君廳)으로 나왔다. 이때에는 벌써 수양대군이 아니요 상감마마이시어서 백관이 좌우에 시립하고 군사가 겹겹이 시위하였다.

일각이라도 지체할 수 없다. 일변 집현전 부제학 김예몽(金禮蒙)을 시키어 선위, 즉위의 교서를 봉하게 하고, 일변 유사(有司)를 시키어 근정전에 헌가를 베풀어 즉위식 차비를 시키었다. 그동안이 실로 순식간이다.

수양대군은 미리 준비하였던 익선관, 곤룡포를 갖추고 위의 엄숙하게 백관의 옹위를 받아 근정전 뜰로 들어가 수선(受禪)하는 의식을 마치고는 정전에 올라가 옥좌에 앉아 백관의 하례를 받고 이내 사정전(思政殿)에 들어가 상왕께 뵈오려 하였으나 상왕은 받지 아니하시었다.

그날 밤으로 왕(수양대군)은 근정전에 대연(大宴)을 배설하고 백관을 불러 질탕하게 노시었다.

"오늘 밤에는 군신지분을 파탈하고 놀자. 누구든지 마음대로 마시고 마음대로 노래하고 마음대로 춤추라. 무슨 일이나 허물치 아니하리라."

하시었다. 그리고 왕이 친히 잔을 들어 정인지, 신숙주, 강맹경, 한확 같은 공신들에게 술을 권하고, 좀 더 취하게 되매 몸소 무릎을 치고 노래를 부르시었다.

신하들도 한없이 기쁜 듯하였다. 아까까지는 영의정이요 같은 신하였지마는, 지금은 상감이 되신 수양대군이 손수 권하시는 술잔을 받을 때에 황송하고도 감격하여 눈물을 흘리는 자까지 있고, 우리 성주(聖主)께 충성을 다하리라고 술 취하여 어눌한 음조로 맹세하는 것은 저마다였다.

질탕한 풍악이 울려올 때에 사정전에 계옵시던 상왕께서는 왕대비를 돌아보시고 말없이 낙루하시었다. 새 임금을 모시고 질탕하게 노니는 옛 신하들은 흥에 겨워 옛 주인을 생각할 여유가 없었다. 어떻게 하여서라도 새 임금의 마음에 들자, 어떻게 하여서라도 옛 임금을 사모하는 표를 보이지 말자, 하고 그들은 없는 취흥도 돋우었다. 더구나 정인지, 강맹경 같은 사람들은 희색이 만면하여 새 임금의 성덕을 칭양하였다.

권람과 한확 같은 무리는 여러 사람들 새에 끼여 앉아서 술을 마시고 즐기는 체하면서도 누가 불편한 기색을 가지는가 하고 속을 치부하여두었다. 그중에 성삼문, 박팽년의 무리 같은 것은 말할 것도 없다. 만일 이 자리에 허후가 살아 있었던들 한바탕 풍파를 일으키었을 것이나, 그러한 노인은 이미 씨를 끊었다. 오직 청년 학사들 중에 비분강개한 눈물을 머금고 끓어오르는 창자를 둘 곳을 몰라할 뿐이다.

잔치가 더욱 질탕하고 군신 간에 취흥이 더욱 무르녹았을 때에 성삼문은 참다못하여 뒷간에 간다 핑계하고 자리에서 물러나와 하늘을 우러러 통곡하였다. 이개도 나오고 유성원도 나왔다. 나중에 박팽년도 나와서 뜰에 서서 서로 손을 잡고 울었다. 그러나 말은 없었다.

오직 김예몽이 이번 선위, 즉위의 교서를 짓는 사람으로 뽑힌 것을 자랑삼아 의기양양하고, 홍윤성, 양정 같은 무리가 호기당당하여 공신의 머리인 것을 자랑하였다.

"숙부!"

하고 왕은 연해 양녕대군을 돌아보고 마치 그의 승인을 얻으려는 듯이 환심을 사려 하였다. 양녕대군은 오래 산 것과 공연히 서울에 돌아온 것을 후회하고 내일로 금강산을 향하고 떠나기로 결심하였다.

이렇게 태평 건곤이 열린 한편 구석에 거의 아무도 모르게 상왕은 왕대비와 함께 대궐을 빠져나시어 수강궁(壽康宮)으로 몸을 피하시었다.

왕은 이날 밤을 이 대궐 안에서 지내시기를 원치 아니하시었다. 조부님, 아버님이 계시던 곳이라면 떠나기도 어렵지마는, 지나간 삼 년에 지낸 일을 생각하면 지긋지긋하기 그지없는 곳이다. 무엇 하러 한 시각인들 이곳에 있으랴. 더구나 이제는 남의 집이 아니냐.

"마마, 우리는 나갑시다."

하고 상왕은 왕대비를 향하여 마치 이사나 가자는 예사 사람 모양으로 말씀하신다.

"나가다니 어디를 나가시오?"

하고 대비도 놀라신다.

"기왕 쫓겨나는 몸이 내어쫓기를 기다리고 있을 것이 있소? 나가라기 전에 먼저 나갑시다. 수강궁은 선조께서 동궁으로 계실 때에 오래 계시었으니 그리로 갑시다. 또 혜빈이 바로 얼마 전까지 거기 계시었으니 아직 퇴락하지는 아니하였을 것이오."

이 말씀에 대비는 새로운 슬픔이 또 솟아오르시어 그만 방성통곡하시었다.

상왕은 내시 전균을 부르시와,

"내가 지금 수강궁으로 갈 터이니 차비하라."

하시는 명령을 내리신다.

전균은 황공하여,

"젓삽기 황송하오나 지금 상감께서 잔치를 베푸시와 백관이 다 근정

412

전에 입시하오니 차비를 하라 하옵신들 누구를 불러 하오리이까. 밤도 깊었사온즉 명일로 하심이 어떠하올지."

"그럴 수 없다. 오늘 밤을 여기서 지낼 수가 있느냐. 어서 수강궁으로 갈 차비를 하여라. 차비라야 별것 있느냐. 세 사람이 타고 갈 것이나 장만하려무나. 아무리 쫓겨나가는 임금이기로 이 밤에 장안 대도상으로 걸어갈 수야 있느냐. 또 탈것이라 하여도 나는 이미 서인이니 무엇인들 게관하랴. 너희들 타고 다니던 것이라도 셋만 내려무나."

"그러하와도……."

하고 전균은 차마 못 할 듯이 주저한다. 전균은 실상 어찌할 바를 모르는 것이다. 아까까지 왕으로 계시던 양반이 이 밤중에 초초하시게 대궐에서 나가신다는 것도 말이 아니요, 또 그냥 나가시게 하였다가는 새 왕에게 어떠한 변을 당하는지도 알 수 없는 일이다. 그러나 상왕의 재촉하심이 심하시므로 부득이 궁녀들 타고 다니는 보교 몇을 준비하여 사정전 앞뜰에 들이대었다.

상왕은 무엇을 아까워하시는 빛도 없이 대비와, 후궁 권씨, 후궁 김씨 두 분을 데리시고 초초한 보교에 오르신다.

전균 이하로 내시 몇 사람과 저번 통에 갈아들여 지척에 모시던 궁녀 칠팔 인이 울며 세 가마 뒤를 따르고, 뒤에 떨어지는 내시와 궁녀들은 울고 땅에 엎드리어 배송한다.

"광화문으로 가오리이까?"

하고 여짜온즉 상왕은 침음양구(沈吟良久)하시다가,

"건춘문으로 나가자."

하신다. 이 말씀이 뒤따르는 사람들에게는 더욱 슬펐다.

윤유월 열하루. 송편 개보다도 배가 불룩한 달이 비 오다가 갠 하늘에 떠 있다. 근정전 전정에 불빛 조요한 것이 뒤를 돌아보는 사람들의 눈에 비추인다.

세 분이 타신 가마는 동관과 통안으로 마치 반우(返虞) 들어오는 행렬 같이 소리도 없이 수강궁 대문에 다다랐다.

텅텅 빈 수강궁은 대문이 열리었을 리가 없다. 본래 수강궁은 창덕궁 가까이 있어서 별궁 모양으로 쓰던 조그마한 대궐이다. 궁을 지키는 군사들도 다 잠이 들어서 한참이나 대문을 두드리기 전에는 일어나지도 아니하였다.

"누구야?"

하는 졸리운 소리는 마치 사삿집 행랑아범 소리나 다름이 없었다.

"쉬! 상감마마 거둥이시다."

하고 문 두드리던 관노가 열리는 대문을 좌우로 활짝 열어젖힌다.

쓸쓸한 수강궁에는 번 드는 군사의 방밖에는 불 켜놓은 방도 없다. 우거질 대로 우거진 뜰 풀에서 제 세상으로 알고 우짖던 늦은 여름 벌레 소리가 난데없는 사람의 발자취와 등불 빛에 놀라 끊일락 이을락 한다. 달빛이 휑뎅그렁하게 빈 대청들과 방들을 더욱 캄캄하게 만든다.

대비와 두 분 후궁은 두 걸음도 서로 떨어지지 아니하고 상왕의 뒤를 따라서 곰팡냄새 나는 장마 지낸 방으로 들어가신다. 몇 번을 거미줄이 얼굴에 걸리었고 날아나는 박쥐에게 놀램이 되시었다. 방에는 먼지가 켜켜이 앉았다. 이러한 황량한 곳에 길 잃은 사람들 모양으로 한 줄로 늘어선 사람들의 그림자가 초롱불 빛에 어른어른 춤을 추는 것은 이 세상 사람들 같지도 아니하다.

414

"이거 어디 사람 앉겠느냐. 방을 좀 훔치어라!"

대비는 이러한 말씀까지 하시게 되시었다. 남치마 입은 궁녀들이 이리저리 오락가락하며 방을 치운다.

초를 사오려 하나 돈이 없다. 한 나라의 왕으로 주머니에 돈을 지니랴. 내시들이나 궁녀들도 궁중에서 돈 쓸 일이 없었다. 관노의 돈을 꾸어서 초를 사왔다. 대관절 이것이 웬일인고, 이런 법도 있나, 하고 군사들과 관노들도 어찌 된 영문을 몰랐다.

새 왕이, 상왕께서 수강궁으로 옮아가신 줄을 안 것은 상왕과 대비가 수강궁에 마주 앉으시어 새로운 눈물을 흘리실 때였다. 왕은 상왕이 이렇게 하신 것을 불쾌히 여기었으나 더 어찌할 수 없어서 급히 명하여 상왕이 쓰실 것을 넉넉하게 수강궁으로 보내라 하시었다.

이튿날 윤유월 십일일은 수양대군이 왕으로 첫 번 조회를 받고 정사를 하시는 날이다. 차마 그날로 집을 옮기어 대궐로 들어올 수는 없어서, 아직 며칠 동안은 수양대군 궁에 계시기로 하고 아침마다 위의를 갖추어 경복궁으로 오시되, 기치와 창검이 황토마루에서 광화문까지 닿았다.

이날에 상왕의 이름으로 이러한 교서가 발표되었다. 그것은 집현전 부제학 김예몽이 지은 것이다. 이번에도 유성원더러 지으라 하였으나 그는 군이 사양하였다. 손을 끊기로 맹세한 것이다.

小子 遭家不造 幼沖嗣服 深居宮掖之中 內外庶務 蒙未有知 致兇徒煽亂 國家多故 叔父首陽大君瑈 奮發忠義 左右我躬 克淸兇徒 弘濟艱難 然 兇徒未殄 變故相仍 屬玆大亂 非予寡躬所能鎭定 宗廟社稷之責 實在我叔父 叔父先王介弟 以德以望 有大勳勞於國家 天命

人心之所歸也 玆釋重負 以畀我叔父 嗚呼 宗親文武百官大小臣僚
其匡輔我叔父 以對揚祖宗之休命.

이 교서로 보건대, 상왕은 나이 어리시고 일을 모르시므로, 덕망이 많
고 국가에 공로가 큰 숙부 수양대군에게 무거운 짐을 옮기신다는 뜻이
다. 어리신 왕이 그대로 가시면 흉악한 무리들 때문에 장차 종묘와 사직
이 위태할 것이니 이때를 당하여 종묘와 사직을 안보할 사람은 수양대
군밖에 없다 하여 스스로 마음이 나시어 선위하신 것 같다. 그렇지마는
실상에 들어가 보면, 이렇게 하고 싶어 하는 선위가 있을 리가 없다. 또
이 교서라는 것은 정인지가 앉아서 시키고 수양대군이 한 번 읽어본 것
이요, 왕(상왕)은 한 번 보신 일도 없는 것이다. 만일 상왕이 보시었던들
반드시,

"이런 거짓말이 어디 있으랴."
하고 찢어버리시었을 것이다.

후에 왕(수양대군)은 상왕을 창덕궁으로 옮기고, 공의온문태상왕(恭
懿溫文太上王)이라고 존호를 받들고, 대비 송씨는 의덕왕대비(懿德王大
妃)라고 하였다. 그리고 매삭 삼 차 일일, 십이일, 이십이일에 왕이 친히
창덕궁에 나아가 상왕과 대비께 문안을 드리기로 하고, 칠월에 처음으로
면복(冕服)을 갖추시고 왕후 윤씨(본래 수양대군 부대부인)와 함께 백관을
거느리고 크게 위의를 갖추어 창덕궁에 뵈오러 가시었으나 상왕과 대비
는 받지 아니하시었다.

왕(수양대군)이 백관을 거느리고 창덕궁에 진알하실 때에 상왕이,

"마땅치 아니하오."

하고 거절하신 것은 매우 중대한 사건이었다. 첫째로 창덕궁 돈화문 밖에서 왕후와 왕자들과 백관을 거느리고 들어가기를 거절당한 것이 더할 수 없이 창피한 일일뿐더러, 둘째로 이번에 상왕이 왕의 진알을 거절함으로 하여 민간에서 상왕의 마음에 동정하는 것이 더욱 간절하게 되었다. 아무리 상왕이 자진하여 금상에서 선위를 하시었다고 선전하더라도 이 사실이 있은 뒤에 그 선전은 아무 효과도 있을 수가 없었다. 그러면 누가 상왕에게 이런 꾀를 아뢰었는가. 이것이 반드시 어리신 상왕의 생각만은 아닐 것이니, 반드시 책략을 아뢴 자가 있으리라는 것이 왕과 한명회의 추측이었다. 그렇지마는 이 말은 상왕께 여쭈어볼 수도 없는 일인즉, 다만 많이 사람을 놓아 염탐할 뿐이었다.

상왕이 왕의 알현을 물리친 뒤로 뜻있는 사람들의 불평이 더욱 높아진다. 성승, 성삼문, 박팽년, 유응부, 박정(朴靖), 이개, 하위지, 유성원, 윤영손(尹鈴孫), 김질, 권자신, 송석동, 이휘(李徽), 성희(成熺) 등이 금상을 폐하고 상왕을 복위하도록 맹약한 것도 이때 일이다.

이상에 적힌 사람들 중에 성승은 도총관으로 성삼문의 아버지요, 성희는 당숙이요, 박정, 유응부, 송석동은 다 장신(將臣)으로 병권을 가지었고, 권자신은 상왕의 외숙으로, 윤영손은 상왕의 이모부로 창덕궁에 출입할 수가 있고, 나중에 동지를 팔아서 공명을 산 김질과 이휘는 다 성삼문, 박팽년 등과 막역한 친구일뿐더러, 그중에도 김질은 그 장인 되는 정창손과 함께 상왕 복위에 대하여 가장 열렬한 패다.

애초에 윤유월 열하루 상왕께서 선위하시던 날에 성승이 몇십 차례나 정원에 사람을 보내어 아들 삼문에게 선위 여부를 묻다가 마침내 삼문이 앙천 낙루하더란 말을 듣고는, 그는 곧 병을 일컫고 집에 돌아와 사랑문

을 굳이 닫고 집안사람도 들이지 아니하였다. 밤에 삼문이 돌아온 뒤에야 삼문을 불러 보고,

"네 어찌 살아 있느냐?"

하고 꾸짖었다.

"후설지관(喉舌之官)이 되어 상감 지척에 모시었을뿐더러 네가 선조의 고명을 받았거든, 이제 네 손으로 수양에게 국보를 전하고 또 그 잔치에 참예하였다가 살아서 집으로 돌아온단 말이냐. 내 평소에 너를 절의 있는 사람으로 여기었더니 내 집에 불행이로고나."

하고 피눈물로써 엄히 꾸짖었다.

삼문은 그 아버지가 죽기를 결심한 줄을 알아차리고 머리맡에 놓인 칼을 보았다. 이 칼은 일찍이 세종대왕께서 하사하신 것이요 성승이 평소에 사랑하던 칼이다. 그는 반드시 이 칼로 자문(自刎)하거나 그렇지 아니하면 식음을 전폐하고 굶어서 죽을 결심인 줄을 알았다. 성승은 그러한 사람이다.

삼문은 아버지 앞에 엎디어 느껴 울다가 아버지의 꾸짖음이 끝나기를 기다려,

"소자가 구차히 목숨을 아끼는 것이 아니요 죽을 곳을 찾으려 하는 것입니다. 한번 죽기는 쉽거니와 상왕을 도와 보위를 회복하기는 뉘 있어 하오리이까. 다행히 우리 사형제 다 무엇이나 할 만하고 또 밖에도 충의지사가 없지 아니할 것이오니, 오늘 구차한 목숨을 살려가지고 돌아온 것은 이 까닭이옵니다."

하고 경회루 밑에서 박팽년과 서로 맹약한 이야기도 하였다.

삼문의 말에 성승은 주먹으로 서안을 치고 기뻐하였다.

"그러하더냐? 진실로 그러할진댄 나도 죽지 아니하고 너희가 하는 일에 한몫 참예하리라. 사람이라고 다 믿지 말아라. 큰일 그르칠라."

백발이 성성한 성승의 눈에서는 대장부의 피눈물이 흘렀다.

왕은 무슨 변란이 일어나기 전에 하루바삐 그 지위를 굳건히 하기를 힘썼다. 이러하기 위하여서 첫째로 한 일은, 요샛말로 하면 선전이다. 왕이, 왕이 되고 싶어서 되신 것이 아니라 상왕이 사양하심과 국가의 사정이 부득이하므로 왕이 되었다는 것을 널리 선전하는 것이다. 왕은 첫째로 이러한 즉위 교서를 내리시었다.

恭惟我 太祖 受天明命 奄有大東 列聖相承 重熙累洽 主上殿下 嗣服以來 不幸國家多難 以寡人先王母弟 又有微勞 不有長君 無以鎭定艱危 遂付以大位 予堅讓不獲 宗親大臣咸謂 宗社大計 義不可辭 乃勉循輿情.

〔공경히 생각하건대 우리 태조(太祖)께서 하늘의 밝은 명을 받으시고, 이 대동(大東)의 나라를 가지셨고, 열성(列聖)께서 서로 계승하시며 밝고 평화로운 세월이 거듭되어왔다. 그런데 주상전하께서 선업(先業)을 이어받으신 이래, 불행하게도 국가에 어지러운 일이 많았다. 이에 덕 없는 내가 선왕(先王)과는 한 어머니의 아우이고 또 자그마한 공로가 있었기에, 장군(長君)인 내가 아니면 이 어렵고 위태로운 상황을 진정시킬 길이 없다고 하여 드디어 대위(大位)를 나에게 주시는 것을 굳게 사양하였으나 이를 얻지 못하였고, 또 종친과 대신들도 모두 이르기를 종사(宗社)의 대계로 보아 의리상 사양할 수 없다고 하는지라, 필경 억지로 여정(輿情)을 좇았노라. ─ 감수자 역〕

이것 역시 국가 다사한 이때에 어린 임금으로는 종사를 지켜갈 수 없다 하여 상왕이 굳이 사양하시고, 또 종친과 대신들이 "다 말하기를" 종사 대계를 사양하는 것이 의리에 어그러진다고 하므로 부득이 여론을 좇은 것이라 한 것이다.

둘째로 할 일은, 이때에 있어서는 명나라 황제의 승인을 어서 속히 받는 것이다. 이러한 때의 준비로 상왕이 즉위하실 때에도 당시 수양대군으로 명나라에 가시기를 전력을 다하신 것이다. 또 명나라 황제의 후궁의 아버지 되는 한확도 유력한 사람이다. 비록 이번 선위에 대하여 한확이 속으로 반대하는 뜻을 가졌으나 일이 이렇게 된 뒤에야 보신지책으로 하더라도 새 왕께 요공할 수밖에 없이 되었다.

왕은 곧 예조판서 권자신(상왕의 외숙)을 파면하고 김하(金何)로 대신하여 정사를 삼고, 형조참판 우효강(禹孝剛)으로 부사를 삼아 명나라로 보내었다. 예조판서 권자신을 보낼 수 없는 것은 말할 것도 없는 일이다.

이번 사신은 상왕이 선위하시기 전에, 이를테면 조선 왕이라는 벼슬을 사면한다는 사면 청원을 하는 사신이다. 이것이 절차로는 당연하거니와 또 새 왕에게도 편한 일이 많다. 첫째 이번 선위가 상왕이 자신하여 하신 것이요 결코 새 왕이 찬역(簒逆)하신 것이 아닌 것을 보이는 데 편하고, 둘째로는 이번 기회에 황보인, 김종서의 죄를 역설하여 어디까지든지 새 왕이 옳으신 것을 발명하기에 편한 것이다. 미상불 계유정난이라는 이름으로 일컬어지는 계유사변은 명나라에서는 매우 시빗거리가 되었다. 누구나 이 일은 당시 수양대군이 자기의 야심을 펴려는 준비로 생각하였고, 더구나 이번 선위로 말미암아 그것이 증명된 것같이 알게 되었다.

재래의 관례로 보더라도 명나라가 조선의 내정을 간섭한 일은 없었으므로, 이번 상왕이 선위하신 데 대하여 적극적으로 명나라 조정에서 간섭을 하리라고는 생각되지 아니하나, 명나라 조정에서 조금이라도 새 왕의 행동을 비난하는 일이 있으면 그것은 곧 조선 민심에 반향이 되어 새 왕께는 적지 아니한 손해가 될 것이 분명하다.

이에 청사위주문(請辭位奏文)의 필자가 문제가 되었다. 가장 글 잘하는 사람, 가장 명성 높은 사람의 손으로 이 글을 짓게 하는 것이 또한 왕에게 유리한 일이요, 될 수만 있으면 문종대왕의 고명을 받은 집현전 학사들 중에서 택하고 싶었다. 이래서 망에 오른 것이 사헌부 집의 하위지, 승정원 좌부승지 성삼문, 성균관 사예 유성원과 상왕의 선위 교서를 지은 김예몽이었다. 박팽년도 망에 올랐으나 그때 병탈하고 집에 누웠기 때문에 문제가 되지 아니하였다.

하위지, 성삼문, 유성원은 심히 곤란한 처지에 있었다. 그러나 준절히 거절한다 하면 우스운 일에 생명 문제이므로, 왕의 이번 일에 붓을 든 사람이라 하여 김예몽을 천(薦)하였다. 왕은 세 사람의 뜻을 모름이 아니나, 그들의 마음을 당신에게로 돌리기를 힘쓰시기 때문에 더 강잉하지도 아니하시고 김예몽으로 하여금 기록하게 하고 정인지가 지휘하게 하시었다.

그 소위 청사위주문이란 것은 이러하다.

(전략하고) 臣竊念自童稚得疾 氣常不順 臣父先臣恭順王 於景泰三年薨逝 臣年十二承襲 罔知所爲 凡百庶務 委諸臣僚 至景泰四年 姦臣謀逆 禍機斯迫 叔父陪臣首陽大君瑈 奔告於臣 旋卽戡定 然 獨 兇徒未殄 變故相仍 人心未安 念臣孱弱 難以鎭定 社稷安危 所係甚重

先臣母弟瑈 學通今古 有功有德 允孚興望 已於景泰六年閏六月十一日 令權襲軍國句當 伏望聖鑑洞察 特降明允.

이 글은 다섯 가지 부분으로 되었다. 첫째는 왕이 어려서부터 항상 몸이 약하고 병이 있다는 것을 말하여 건강으로 보아 왕이 될 자격이 없는 것을 말하고, 둘째로 이러한 몸을 가지고 열두 살에 왕이 되어서는 어찌할 바를 몰라서 모든 일을 신하들에게 맡기었다는 것을 말하고, 셋째로 그랬더니 간신이 역모를 하는 것을 숙부 수양대군이 먼저 왕께 고하여서 그 공로로 나라를 안보하였다는 것, 넷째로 그런데 아직도 흉한 무리가 남아 있고 왕 자기는 왕이 될 자격이 없고 숙부 수양대군이 학문이 도저하고 덕이 높고 공이 많고 만민의 숭앙을 받으니 그가 아니면 안 되겠기로 지나간 윤유월 십일일에 명나라 황제의 윤허도 없이 벌써 왕의 자리를 수양대군에게 물려주었다는 것, 그러니 제발 허하여 달라는 것이다.

"과연 일대 문장이다!"

하고 왕은 이 글을 보시고는 격절탄상(擊節歎賞)하시었다.

이 글로 보건대, 과연 상왕은 선위 아니 하실 수가 없고 수양대군은 왕이 아니 되실 수가 없었다. 아무 억지도 없이 일이 순순히 된 것 같다. 이 주문에 대한 황제의 조칙은 반년이 넘어도 오지 아니하였다. 아무리 조선의 내정에 간섭하지 않는 주의를 쓴다 하더라도 명나라 조정에는 이론이 있었던 까닭이다.

첫째는, 상왕이 결코 병약하지 아니하시다는 것이다. 상왕이 비록 수양대군과 같이 장골은 아니시고 외탁을 하시와 몸이 작으시고 여자 모양으로 용모가 단아하시와 약질이신 듯하지마는 별로 병환은 계시지 아니하였고, 그뿐더러 근년에 와서는 혼인하신 뒤로 도리어 건강이 증진하시는 형편이시었다.

명나라 조정에서 또 한 가지 이번 선위에 의심을 낸 것은, 상왕께서 명철하시다는 것이다. 비록 교통이 불편한 당시라 하더라도 명나라에서는 결코 조선 사정을 알기를 소홀히 여기지 아니하였다. 그래서 상왕이 왕손으로 계실 때부터 장차 명군이 되실 자질을 가지시었다는 정보가 명나라 조정에 아니 들어갔을 리가 없다.

셋째로, 이 사위주문이 믿어지지 아니하는 것은 황보인, 김종서 등이 역모를 하였다는 것이다. 더구나 황보인은 명나라 대관들도 많이 아는 이다. 그들이 수모(首謀)가 되어서 역모를 하리라고는 생각되지 아니하였다. 이러한 여러 가지 이유로 승인이 지체된 것이다.

명나라 조정에 이러한 이론이 있는 것이 얼마쯤 걱정되지 아니함이 아니나, 그렇다고 그다지 크게 걱정될 것도 없었다. 그래서 새 왕은 식구를 데리고 당당하게 경복궁으로 들어와 부인 윤씨는 곤전마마, 열아홉 살된 맏아드님 도원군(桃源君)은 왕세자, 여섯 살 되는 둘째 아드님(장래 예종대왕)은 해양대군(海陽大君)을 봉하시어 왕의 영화를 누리시고, 정인지, 한명회, 권람, 신숙주 이하 사십일 인은 좌익공신(佐翼功臣)이라 하여 모두 작록을 받아 갑자기 부귀를 누리게 되었다.

다만 마음이 놓이지 아니하는 것은 상왕의 일이다. 아직도 민심은 상왕에 있고 상왕이 왕께 대하여 품으신 노여우심과 원망하심은 풀리지를 아니하시어, 선위 후 첫 번 원조(元祖)인 병자년 설날에 왕이 또 백관을 거느리고 창덕궁에 세배차로 오시었을 때에도 상왕과 대비는 단연히 거절하시고 받지 아니하시었다.

왕은 도저히 상왕의 마음을 풀 수 없는 줄을 깨달으시고 심히 걱정하시었다.

상왕을 현재의 지위에 계시게 하고는 도저히 화근을 끊을 수가 없었다. 크나큰 창덕궁 대궐에 수백 명 사람이 왕을 시위하고 또 외척과 상왕이 신임하는 사람들이 출입하니, 그것도 도리어 전에 상왕이 왕으로 계실 때보다도 금하기가 극난하였다. 상왕이 선위하신 지 반년이 넘도록 이다지도 왕을 두려워하시는 빛을 보이지 아니하는 것은 반드시 뒤에 상왕을 충동하는 무리가 있는 것이니, 이대로 두었다가는 혹시 상왕을 받들어 복위시키려는 반란이 일어날지도 모를 것이다. 그래서 왕은 상왕을 창덕궁에서 어디 조그마한 곳으로 옮겨 모시고 아주 교통과 통신을 끊어버리기로 결심하였다.

이때에 영의정 정인지가 육조 참판 이상을 거느리고 왕께 아뢰었다.

"소신 등이 전부터 매양 아뢰옵는 바이옵거니와, 상왕을 지금과 같은 지위에 모시오면 반드시 화근이 될 것이 분명하오니 복원 전하는 속결무류(速決無留)하옵시오."

정인지의 주장은, 상왕의 지위를 왕보다도 높이 하여 창덕궁에 거처하시게 하지 말고, 상왕의 지위를 낮추어 군(君)으로 강봉하여서 어느 먼 시골에 계시게 하자는 것이다. 그리하면 첫째로는 민심도 상왕을 떨어질 것이요, 둘째로는 흉악한 무리들이 상왕을 끼고 흉모를 할 수 없으리라 함이다.

정인지는 두어 번이나 상왕의 생명을 없이하여 아주 화근을 끊어버릴 것을 진언한 일도 있었으나 왕은 말없이 고개를 흔드시었다.

그러나 근래에 와서 민간에 상왕을 사모하는 생각이 점점 간절하여지고, 또 이렇다 저렇다 하는 소문도 들리어 정인지의 뜻이 자못 편치 못하였다. 만일 상왕이 다시 정권을 잡으시거나, 그렇지 못하더라도 누가 상왕을 복위하시게 할 도모를 한다 하면 반드시 정인지 자기가 미움의 과녁이 될 것을 잘 안다. 항간에 전하는 말에도 '정가'를 좋지 못하게 말하는 일이 많았다. '정가'라 하면 곧 정인지를 가리키었다. 이러한 줄을 밝은 정인지가 모를 리가 없다. 그러면 이제 남은 일은 죽기를 한하고 상왕을 제거하고 새 왕의 업을 왕성케 하는 것이다. 이것이 동시에 정인지 개인의 보신지책이 되는 것이다.

그뿐 아니라 이렇게 생각하는 사람은 정인지뿐이 아니다. 정난공신이니 좌익공신이니 하는, 수양대군의 뒤를 따라 부귀를 누리는 축들은 다 정인지와 같은 생각을 가지지 아니할 수 없었다. 그들은 이 모양으로 이해가 상동하므로 한데 뭉칠 수가 있어서, 그들의 독한 눈찌는 밤낮으로 창덕궁을 향하였다. 원컨대 무슨 급한 병으로 상왕이 돌아가시었으면 하는 이도 불소하였다.

후환을 두려워하는 것뿐 아니라, 마치 사람을 때려서 채 죽이지 아니하고 돌아선 사람이 어디를 가나 그 사람이 따라올까, 따라올까 겁이 나는 모양으로, 또는 옳은 사람을 모해한 무리들이 하늘 어느 구석에서 이제나저제나 무슨 천벌이 떨어질 듯한 불안이 있는 모양으로, 이 정난공신들과 좌익공신들이 창덕궁에 계옵신 상왕을 생각할 때마다 이러한 겁과 불안이 있었다.

이래서 그들은 하루라도 바삐 상왕을 제거하기를 도모하였다. 그러자면 왕의 뜻을 움직일 수밖에 없다. 그런데 왕은 상왕에 대한 말이 날 때마다 항상 말없이 고개를 돌리시었다.

왕도 상왕이 후환의 근원이 되실 줄을 모름이 아니나, 골육의 친조카에게서 이미 나라를 빼앗고 이제 다시 목숨을 빼앗을 뜻은 없으시었다. 될 수만 있으면 현상태로 영원히 가고 싶다고 생각하시었다.

이에 정인지는 상왕을 제거할 정당한 이유를 발견할 필요를 느끼었고, 또 그것은 어렵지 아니한 일이었다. 그러면 그 이유란 무엇인가. '첫째는 국가의 안녕을 위하여서요, 둘째는 상왕 자신의 안락을 위하여서'라 함이었다.

국가를 위하여서 상왕을 서울 밖에 계시게 함이 좋다, 상왕이 일생을 편히 지내시기 위하여 높은 상왕의 지위를 떼고 군(君)으로 강봉하는 것이 좋다 하는 것이 인제는 왕께 요공하는 백관의 말투가 되었다. 정인지가 상왕의 목숨을 끊어버리기를 진언하는 때에는, 그것은 극히 은밀한 때의 귓속말이요, 큰 소리로 하는 말 역시 이것이었다.

이번에 육조 참판 이상을 거느리고 왕의 최후의 결심을 재촉한 때에도 그 내용은 상왕의 지위를 낮추고 상왕을 어느 조그마한 시골에 가두어버리자는 것이다.

그러나 왕은 여전히,

"경들의 말이 옳거니와, 자고로 제왕이 일어나는 것은 반드시 천명이니, 내가 일어난 것도 천명이어든 간사한 놈들이 있더라도 어찌 상왕을 힘입어 못된 도모를 할 수가 있나. '망진자호야(亡秦者胡也)'라 하였거니와 천명을 어찌할 수가 있나."

하시었다. 왕이, 천명이 당신에게 있는 것을 믿으신 것도 사실이다. 그는 본래 자부심이 많은 이신 까닭에. 그러나 이렇게 천명에 미루고 태연하심을 보이심에는 다른 정책이 있는 것이 물론이다. 그 정책이란 무엇인

426

가. 정인지 등 신료로 하여금 더욱더욱 상왕 처치할 것을 발론케 하기 위함이요, 또 하나는 왕자(王者)의 경동하지 아니하고 태연한 태도와 상왕께 대한 골육지정이 깊음을 보이려 하심이다. 그렇지마는 왕의 속은 그렇게 편안하실 수가 없었다. 정인지, 한명회 무리보다도 더 조급하신 것이 사실이다.

정인지, 한명회의 무리도 왕의 이러하신 심정을 잘 알기 때문에 왕께서 거절할수록 더욱 졸랐다.

"전하, 일어나옵심이 천명인 것이야 다시 말씀하오리이까마는, 천명에만 맡길 수 없사옵고 마땅히 인사를 다할 것인가 하오. 상왕은 밖에 나아가 계시게 하여 혐의를 피함이 마땅한가 하오. 만일 늦으면 후회막급이 되올까 하오."

하고 정인지가 물러나지 아니하고 다시 아뢴다. 지극히 충성을 보임이다.

왕은 지필을 올리라 하시와 이렇게 적어 정인지를 보이시었다.

國之大事 固當先庚後甲 熟思博議 生後度棄前量 予料計數月 究端千億 今乃定之 卿等不可以固執 予亦不可以獨斷 不有固執 何取於國論 不有獨斷 何稟於一人 其令修理瑜家 嚴其禁防 約其侍從 出居焉可也.

〔나라의 큰일은 마땅히 선경후갑(先庚後甲)에서 곰곰이 생각하고 널리 의논하여 뒷생각이 나면 앞생각은 버려야 한다. 내가 몇 달 동안을 생각하고 천억 번이나 구명하여 이제야 결정했으니, 경등은 고집해서는 안 될 것이며, 나 또한 독단해서는 안 될 것이다. 고집이 있지 않으면 어찌 국론을 취하겠으며, 독단이 있지 않으면 어찌 일인(一人)에게 품고(稟告)하겠는가? 그것은 이유(李瑜, 금성대

군)의 집을 수리하여 금방(禁防)을 엄하게 하고, 그 시종들을 단속하여 나가서 거처하게 하는 것이 옳겠다. 의정부에서 그것을 다시 의논하여 아뢰라.— 감수자 역]

왕에게는 이러한 결심이 벌써 있었던 것이다. 지금 비어 있는 금성대군 궁을 수리하고, 그리고 상왕을 옮겨 모시자는 것이다. 창덕궁에서 금성대군 궁에 옮겨 모신다는 것은 안방에서 행랑으로 내어 모신다는 것보다 더한 일이다. 게다가 "엄기금방(嚴其禁防) 약기시종(約其侍從)", 바깥과 통하지를 못하시게 하고 모시는 사람을 부쩍 줄이자는 것이다.

만일 상왕의 지위를 낮추어 군을 봉하고 어느 시골로 귀양살이를 시킨다 하면 민심을 경동할뿐더러 왕의 성덕에 하자가 될 근심이 있거니와, 서울 안에서 거처만 바꾸면 그다지 눈에 거슬리지 아니할 듯함이다.

이튿날 영의정 정인지는 다시 솔백관하고 상왕출외(上王出外)를 청하였으나 왕은 다시 붓을 드시와,

昨日予書盡之矣.
(어제 내 글에 할 말을 다 했다.— 감수자 역)

라 하고 쓰시었다. 이 일에 관하여 말씀으로 하시기는 퍽 비편하시었던 까닭이다. 하기 싫은 말인 까닭이다.

이 일에 양녕대군 제(禔)가 매우 어려운 처지에 있었다. 그는 종친의 어른으로서 여러 종친을 거느리고 정인지와 함께 상왕 출외를 주청하지 아니치 못할 사세가 된 까닭이다.

왕은 이에 제종(諸宗)과 백관의 뜻을 버릴 수 없다는 이유로 상왕을 금성대군 집으로 옮겨 모시었다. 금성대군은 벌써 순흥에 귀양 가 있는 것은 독자가 기억하실 바다.

상왕을 창덕궁에서 금성대군 집으로 옮겨 모시는 일도 크게 슬픈 일 중에 하나였었다. 상왕과 대비 두 분이 창덕궁에 오신 지 거의 일 년이 되어 집과 동산에 다 낯이 익고 마음을 붙이실 때쯤 하여 한번 상왕께 여쭈어보지도 아니하고 별안간 거마를 보내어 두 분을 모시어내었다. 그것은 마치 잡아내는 것과 같았다. 쓰시던 물건 하나도 마음대로 못 나르시고 부리시던 사람들조차 마지막으로 불러 보실 사이도 없으시었다. 그러나 왕은 반항하실 길도 없어 오직 분을 참고 금성대군 집으로 끌리어오시었다. 금성대군 집이 바로 원골이기 때문에 궁장 밑을 돌아 초초하게 행차하시니, 백성들도 누구신지 알아뵙지 못하였다. 그러길래 상왕과 대비 두 분께서 금성대군 궁에 옮아오신 뒤에도 얼마 동안 백성들은 두 분이 창덕궁에 계시거니 하였다.

상왕을 창덕궁에서 금성대군 집으로 옮겨 모시고는 왕은 상왕의 거처 범절에 관하여 이렇게 규정하시었다.

첫째, 삼군진무(三軍鎭撫) 두 사람으로 하여금 군사 열씩을 거느리고 번갈아 파수하여 잡인의 출입을 금지할 것.

상왕전(上王殿)에는 주부내시〔酒府宦官〕 두 사람, 장번내시〔長番宦官〕 두 사람, 차비속고적(差備速古赤) 네 사람, 별감(別監) 네 사람을 두되 반씩 갈라 번갈게 하고, 시녀 열 사람, 수사(水賜) 다섯 사람, 복지(卜只) 두 사람, 수모(水母) 두 사람, 방자(房子) 네 사람을 두고, 양 별실에는 시인(侍人) 각 두 사람, 수사 각 한 사람을 두고, 각 색장(色掌) 십이

인은 둘에 갈라 번갈게 하고 덕녕부(德寧府) 관원이 차례로 낮에 입직하기로 하고, 대비 한 분, 별실 두 분 본댁에서 내왕하는 환관, 시녀의 출입이며 무슨 물건 진납은 사흘에 한 번씩 덕녕부에서 승정원에 고하여 허가를 얻은 뒤에야 하도록 명하시었다.

이렇게 되니 존호는 비록 상왕이라 하여도 갇힌 죄인이나 다름이 없었다. 귀찮고 눈칫밥 잡숫는 식구가 되시었다.

성삼문 부자는 이 일이 있음으로부터, 더구나 야심 후면 마주 앉아 통곡하였다.

"저렇게 해놓고 어떤 짓을 할는지 알 수 있느냐?"

하는 성승의 말은 옳은 말이다. 사람들은 이렇게 상왕을 가두어놓은 것은 다른 뜻이 있음이라고 수군거린다. 혹시나 음식에 독을 넣어드리지나 아니할는지, 독약은커녕 아무렇게 죽이더라도 그 속에서 하는 일을 아무도 알 리가 없다고 생각하였다. 그렇게 돌아가시게 한 뒤에 어떠어떠한 병환으로 승하하시었다고 하면 그만이 아닐까 하였다.

성승이나 기타 상왕을 생각하는 사람들이 가장 염려한 것은 이것이다. 상왕이 살아 계시고야 모복(謀復)도 하고 어떠한 날에 흑백을 가리어 통분한 것을 씻기도 하려니와, 상왕 한 분이 돌아가시고만 보면 만사가 수포에 돌아가고 불의의 무리들은 제 세상이라고 발을 뻗고 누워 억울한 죽임을 당한 의인들(황보인, 김종서 이하로 장차 죽을 수 있는 사람들까지)이 영영 누명을 쓰고 말 것이다.

이렇게 생각한 성삼문의 무리는 매우 초조하여 기회를 엿보았다.

왕이 이들의 음모를 알 리는 없지마는, 그래도 그들이 마음 놓이지 아니하는 것은 사실이다. 그래서 그들로 하여금 서울에 모이어 있지 못하게 하는 방책으로 박팽년을 전라감사로 보내고, 하위지를 경상감사로 보내고, 그 밖에도 다 상당히 높은 벼슬을 주어 하나씩 하나씩 외방으로 보낼 경륜을 하였다. 제일착으로 박팽년은 전라감사로 갔으나, 하위지는 비록 권도(權道)라 하여도 수양대군 조정의 벼슬을 아니 받는다 하여 사헌부 집의라는 상왕 때의 직함을 띤 채로 고향인 선산으로 돌아가 자제들을 데리고 농사일에 숨어버리고 말았다.

그러하는 동안에 한 기회가 온다. 그것은 상왕이 선위하고 수양대군이 즉위하신 문제에 대한 명나라 조정의 의론이 정하여 수양대군 아무로 조선 왕 됨을 승인한다는 조칙을 가지고 명나라 사신이 서울에 오게 된 것이다.

명나라 사신이 온다는 것은 유월이다. 예조판서 김하 등이 갔던 일, 상왕이 선위하시는 것을 승인한다는 명나라 조서가 온 것은 두 달 전인 사월이다. 김하가 명나라에 갔던 것이 지난해 윤유월이니까 거의 열 달이나 넘은 셈이다. 비록 말썽 되던 일이지마는 명나라 조정은 마침내 새 왕을 승인하게 된 것이다. 왕이 상왕을 창덕궁에서 옮기어 금성대군 집에 가둘 용기를 내신 것도 이것이 큰 힘이 되었던 것이다.

소위 천사(天使)라는 명나라 사신이 오는 것은 정식으로 고명과 면복을 전하기 위함이다. 이때 명나라 사신은 윤봉(尹鳳)이었다.

윤봉은 의주에 건너서는 날 조선 조정에서 마중 간 접반원(接伴員) 신숙주를 보고,

"신왕이 상왕을 유폐하였다 하니 참인가?"

하고 책망다운 질문을 하였다.

그 접반원은 땀을 흘렸다. 대개 명나라 황제가 지난 사월에 왕께 보낸

조서 중에 "須常加優侍毋忽."이라 한 구절이 있는 까닭이다. 왕은 "항상 상왕을 우대하되 모름지기 소홀히 함이 없어라." 한, 이를테면 명령이다. 그런데 창덕궁에 계시던 상왕을 금성대군 궁으로 옮겨 모신 것은 결코 우대가 아니었다.

이 시절에 명나라 사신의 말이라면 실로 하늘 말과 같이 무서웠다. 실상 윤봉이 이런 말을 끌어낸 것은 한번 트집을 잡아보자는 속이요, 왕도 이러한 어려운 트집이 나올 줄 짐작하였길래 신숙주 같은 중신을 국경까지 관반(館伴)으로 파견하시었던 것이었다.

"아니, 왕이 상왕을 유폐하신 것이 아니오. 상왕이 가끔 궁에서 나오시기를 즐겨하시기로 나오신 때 거처하실 곳을 권정(權定)한 것이 아마 간인(姦人)의 입으로 천조(天朝)에 오전된가 보오."
하고 말 부족한 신숙주가 아니라 극력하여 변명하였다. 그러고는 사람을 달리어 서울에 이 뜻을 급보하였다.

의주에서 신숙주가 올린 장계는 일천백 리 길을 밤 사흘, 낮 사흘에 땀 흐르는 파발말 편에 실리어 서울에 올라왔다.

이 편지에 왕의 놀라심도 작지 아니하였다. 명나라 사신이 그만한 트집을 잡는다고 대세에 무슨 변동이 있을 것도 아니지마는 그래도 그에게 책을 잡히는 것은 고통이 아니 될 수 없었다.

이에 왕은 일변 사람을 명하여 창덕궁을 정하게 수리하게 하고, 일변 친히 금성대군 궁에 상왕을 뵈오러 가시었다.

왕이 마지막 상왕을 뵈오러 가신 것은 지나간 설날이니 벌써 반년 전이다. 그러나 그때에도 상왕을 뵈옵지는 못하였으니, 정말 서로 대면하시기는 작년 윤유월 열하루, 경회루에서 선위하시고 나서 사정전에 듭시었을 때다. 그동안이 일 년이 되었다.

왕이 상왕을 뵈오러 오신다는 말씀을 들으시고 상왕은 놀라시었다. 상왕 따위는 다 잊어버리었을 만한 때에 왕이 몸소 온다는 것이 웬일인고, 이렇게 생각하신 것이다. 실상 그동안 두어 달, 금성 궁에 이어하신 뒤로 말하면 상왕의 지위는 어느 대군 하나만도 못하였다.

상왕은 거절하실 것을 생각하시었다. 그러나 이 처지에 상왕은 거절하실 힘이 없으시다. 비록 오너라 하고 부른다든지 관노를 보내어 붙들어 가더라도 대항할 힘이 없었던 것이다.

그래서 상왕은 왕을 만나시었다. 일 년 동안에 두 분의 용모는 무척도 변하시었다. 상왕은 수양 숙부의 얼굴이 과연 왕자(王者)답게, 더욱 위엄과 윤택한 빛이 생긴 것을 놀라시고, 왕은 상왕의 얼굴에서 소년다운 빛이 전혀 사라지고 마치 인생의 고초를 다 겪은 중년 남자의 얼굴과 같이 노성하고도 초췌한 빛을 띤 것을 놀라시었다. 마음의 한편 구석에 심히 감동되기 쉬운 인정을 가지신 왕은 기구한 인생의 행로에 감개가 아니 일어날 수가 없었다.

왕은 상왕을 위로하는 말씀을 많이 하시고, 또 이튿날부터 다시 창덕궁으로 이어하실 것과, 지금 계신 집이 창덕궁과 연장하여 있으니 어느 때에나 소창(消暢)하러 나오실 것도 권하시었다.

상왕은 창덕궁으로 다시 가라는 것도 귀찮게 생각하시고, 또 이 집에 가끔 소창하러 나오라는 것도 우습게 생각하시었다. 이 집, 숙부 되는 금성대군이 상왕 당신을 위해서 쫓겨난 집이 잠시인들 상왕의 마음을 편안하시게 할 리가 없다.

그렇지마는 상왕께서는 입 밖에 내어 반대도 아니 하시고 그저 듣기만

하실 뿐이었다.

"여기도 좋소."

하신 것이 유일한 대답이시었다.

마지막으로 왕은 명나라에서 사신이 온다는 말과 그때에는 상왕께서도 왕과 함께 태평관(太平館)에 천사를 방문하실 것을 말씀하시었다.

"내가 무엇 하러 가오?"

하고 상왕은 거절하시었으나, 마침내 왕이 오늘 찾아오신 일이 이 일 때문이요, 창덕궁으로 도로 가시라고 하시는 것도 다 이 때문인 줄을 상왕도 대강 짐작하시었다.

왕은 상왕이 태평관에 명나라 사신 방문하기를 거절하시는 것을 고통으로 생각하신다. 새 왕이 상왕을 홀대한다, 두 분의 사이가 좋지 못하다 하는 것이 거짓 선전이요, 도리어 상왕과 왕과의 사이가 극히 친밀하신 것이 사실인 것을 명나라 사신에게 보이는 것이 매우 중요한 일인 까닭이다. 이것은 오직 명나라 조정의 여론을 완화시키기 위하여서보다 조선 내의 민심을 완화하기 위하여서 지극히 중요한 일이다. 그리하기 때문에 왕은 잊어버림이 되시었던 상왕 궁에를 몸소 찾아오시었고, 상왕께 여러 가지로 유리한 조건을 드린 것이다.

상왕은 마침내 왕의 청을 들으시어 왕과 함께 명사(明使)를 태평관에 방문하시었다. 그러할뿐더러 상왕이 결코 창덕궁에서 쫓기어나신 것이 아닌 것을 보이기 위하여 삼 일 후에는 상왕이 주인이 되어 창덕궁에 명사를 환영하는 어연(御宴)을 배설할 것까지도 상왕이 허락하시었다. 실로 이 일이 성공된다 하면 왕이 상왕에게서 무리하게 왕위를 찬탈하고 또 그 후에도 상왕께 대하여 우대함이 부족하다는 시비를 명나라에서나 본국에서나 덜 듣게 될 것이다. 일거양득이란 이를 두고 이른 말이다. 왕은 매사가 뜻대로 되는 것을 생각하고 혼자 빙그레 웃으시었다.

도총관 성승과 훈련도감 유응부가 이날에 운검(雲劒)으로 뽑히게 된 것은 성삼문, 박팽년 등의 계략에는 가장 큰 도움이 되었다. 대개 운검이라 하면 검을 빼어 들고 왕의 뒤에서 왕을 호위하고 섰는 직책이기 때문이다. 운검으로 섰는 사람이 왕을 죽이려면 그야말로 일거수로 될 것이 아닌가. 이날에 왕이 동궁을 곁에 앉히고 명나라 사신을 대하실 예정이니, 실로 왕과 동궁과의 생명은 성승과 유응부 두 사람의 칼날 밑에 있다 할 것이다.

"수양 부자는 응부가 담당할 것이니 다른 놈들은 군 등이 맡으소." 하고 장담한 유응부의 말은 조금도 보탬 없는 가장 확실한 말이다.

"그담에 죽일 놈은 신숙주야. 숙주는 나와 평생지교지마는 죄가 중하니까 불가불주(不可不誅)야."

한 것은 성삼문이다.

"그렇고말고. 숙주의 죄는 인지, 명회보다도 가증한 바 있어." 하고 자리에 있던 동지들이 웅성하였다. 대개 명나라와 본국 민간에 대하여 선위 사건의 거짓 선전을 맡은 자가 신숙주인 까닭이다.

"신숙주는 내가 맡으리라. 그놈의 모가지는 내가 베리다." 하고 나서는 것이 형조정랑이요 상왕의 이모부 되는 윤영손이다.

"정인지의 늙은 모가지는 내가 맡았소."

팔을 뽐내고 나서는 것은 김질이다. 그는 이번 모사에 가장 열렬한 급진주의자였다.

"가안(可安)인가. 이번 성사하면 수상(首相)은 자네 장인이 되어야 할 것일세. 어떻게들 생각하시오?"

하는 것은 성삼문이다. 가안은 김질의 자다. 그의 장인이라 함은 우찬성 정창손을 이름이다. 대관 중에 이 일에 내통한 이는 정창손뿐이다. 이러한 의논을 한 것은 창덕궁에 어연이 있을 전날 밤이다.

이 밖에 장신(將臣) 박정, 송석동이 각각 밖에서 창덕궁과 경복궁을 엿보아 안으로서 무슨 군호만 있으면 동(動)하기로 하고, 궁내에서는 잔치 중간에 일제히 일을 일으키어 왕과 세자와 정인지, 신수주 등의 중신을 죽이고, 명나라 사신이 증인으로 앉은 자리에서 상왕을 복위하게 하시고 왕의 죄를 성토하자는 것이다.

"이렇게 하면 여반장이야."

하고 그들은 맹세하는 술을 마시었다.

"한명회, 권람 두 놈은 내가 담당하마."

하고 늙은 성승의 눈에 불이 난다. 삼문은 정다운 듯이 아버지의 주름 잡힌 얼굴을 바라본다.

이튿날 창덕궁 광연전(廣延殿)에는 명나라 사신을 맞는 큰 잔치가 벌어지었다. 대청 동쪽이 주인 측의 자리가 되어 남으로부터 북에 차례로 처음에 상왕, 다음이 왕, 그다음이 동궁의 자리가 되고, 서쪽이 객의 자리가 되어 역시 남으로부터 북에 차례로 윤봉 이하 부사 아울러 명나라 사신 세 사람이 늘어앉게 되고, 북벽과 주, 객석 좌우로는 본국 대관과 명나라 사신의 수원(隨員)이 벌이어 서게 되었다.

영의정 정인지, 좌의정 한확, 우의정 강맹경, 좌찬성 신숙주, 이조판서 권람, 예조판서 홍윤성, 병조판서 양정, 명나라에 사신으로 갔던 현 공조판서 김하, 호조판서를 지내고 나서 도리어 도승지가 된 한명회, 좌승지 박원형, 동부승지 김질, 좌부승지 성삼문, 명나라 사신과 글 짓는 접반이 되기 위하여 전라감사 박팽년, 집현전 직제학 이개 등이 주인 편 좌우에 입시하게 되고, 도총관 성승, 훈련도감 유응부는 명예로운 운검으로 왕의 뒤에 칼을 빼어 들고 모시게 되었다.

광연전 마당에는 차일을 치고 풍악과 춤을 아뢰게 될 것이며, 삼천 궁녀 중에서 고르고 고른 꽃같이 아름다운 궁녀들은 비단 소매를 너울거리며 배반(杯盤) 사이에 주선할 것이다. 어찌하였으나 조선의 힘으로 차릴 수 있는 대로 아름답게 차린 잔치다.

왕은 미상불 다소의 근심이 없지 아니하시었다. 연락하는 석상에서 명나라 사신한테 상왕의 선위에 대하여 무슨 책이나 잡히지 아니할까 하는 것도 걱정이려니와, 그보다도 이 자리에서 상왕이나 또는 상왕을 사모하는 자 중에서 누구가 상왕의 선위하시지 아니치 못하게 된 내막, 즉 왕이 정인지의 무리를 시키어서 하신 음모를 발설이나 아니 할까 하는 것도 염려요, 그보다도 한층 더 나아가서 이 기회, 명나라 사신이 오고 사람이 많이 모이고 민심이 흥분되어 무슨 일이 일어나지나 아니하나 하는 기대를 가지고 있는 기회를 타서 왕의 목숨을 엿보는 일이나 있지 아니할까 하는 것도 근심이 되시었다. 본래는 무서움이 없던 왕도 왕이 되신 뒤에는 겁이 많이 늘으시어 주무실 때면 사벽에서 칼날이나 아니 나오는가 하시고 의심내실 때도 있었다. 그중에도 상왕(왕이실 적에도)을 없이할 말씀을 정인지, 한명회 같은 무리에게서 들으신 때나 또는 혼자서 그러한 생각을 하신 날, 그러한 의심이 더 하여 잠이 들지 아니하시었다. 비록 심복이라 하더라도 이러한 때에는 의심이 난다. 어느 신하는 문종대왕이나 상왕의 신하가 아니던가. 상왕을 배반하고 돌아선 정인지, 신숙주의 무리는 지금 왕을 배반하고 돌아서지 말라는 법이 있나. 이렇게 생각하면 도무지 마음이 놓이지를 아니하였다. 왕이란 결코 마음 놓이는 자리가 아닌 것을 깨달았다.

"상감, 내일 운검을 폐하시겨오."

하는 한명회의 말에는 깊은 뜻이 있는 듯이 왕에게 들리었다. 등 뒤에 칼 빼어 들고 섰을 두 장수, 분명히 속을 믿기 어려운 성승과 유응부. 왕은 생각만 하여도 전신에 찬 기운이 돌았다.

"또 동궁께오서는 명일 본궁을 지키심이 옳은가 하오."

한명회는 이런 말씀도 아뢰었다.

왕은 밤을 잠 없이 지내시와 매우 신기가 불편하신 대로 경복궁을 납시어 운종가(雲從街, 종로)를 지나시와 창덕궁으로 거둥하시었다. 동궁은 명회 말대로 경복궁에 있으라 하시었으나 운검을 폐하라는 명회의 말은 듣지 아니하시었다. 대개 그것은 예에 어그러질뿐더러 또한 세상에 너무 비겁하다는 치소(嗤笑)를 들을까 두려워하는 까닭이다. 성승, 유응부, 제가 감히 나를 어찌하랴, 천명이 내게 있지 아니하냐, 이렇게 생각하시고 마음을 진정하시려 하시었다.

예정대로 상왕이 수석에 앉으시고 다음에 왕이 앉으시고 그다음 동궁이 앉을 자리는 비우기로 되었다. 성삼문은 그 빈자리를 힐끗힐끗 바라보고 침을 삼킨다.

운검 성승이 칼을 차고 바야흐로 전에 오르려 할 때에 도승지 한명회가 문을 막아서며,

"운검 들지 말라 하옵시오."

한다. 명회의 그 태도가 심히 오만무례하였다.

성승은 분김에 칼자루에 손을 대었으나 명회 뒤에 서 있는 삼문이 눈짓하는 것을 보고 말없이 계하로 내려서서 뒷문 밖으로 물러나왔다. 뒤를 따라 삼문이 나온다.

"명회 놈부터 먼저 죽일란다. 운검을 안 들이는 것을 보면 무슨 낌새를 챈 모양이니 닥치는 대로 한 놈이라도 죽이는 것이 옳지 아니하냐?"

하는 것이 성승이 삼문을 보고 하는 말이다. 성승의 목에는 핏줄이 불룩거린다.

"아니올시다."

하고 삼문은 손을 들어 아버지를 막는 모양을 하며,

"세자가 아니 왔으니 명회를 죽이면 무엇 합니까? 오늘 일은 틀렸습니다. 후일 다시 기회를 보지요."

한다.

이때에 유응부가 역시 칼을 들고 들어온다.

삼문이 유응부를 막으며,

"아니외다. 세자가 본궁에 있고 또 운검을 들이지 아니하니 하늘이 시키는 것이외다. 만일 여기서 거사를 하더라도 세자가 경복궁에서 기병을 하면 승패를 미가지(未可知)니까 다른 날 상감과 세자가 함께 있는 때를 타서 일을 하는 것이 옳을까 합니다."

한다.

유응부가 삼문의 말을 듣고 미간을 찌푸리어 화를 내며,

"아닐세. 일은 신속해야 하는 것이야. 공연히 지연하다가는 일이 누설이 될 염려가 있지 아니한가. 세자가 비록 본궁에 있다 하더라도 모신적자(謀臣賊子)가 다 수양을 따라 여기 있지 아니한가. 오늘 그놈들만 다

죽여버리고 상왕을 복위하시게 한 뒤에 무사를 시켜 일대병을 거느리고 경복궁으로 짓치어 들어가면 세자가 제가 어디로 도망한단 말인가. 설사 지략 있는 놈이 있다 하더라도 별 수 없을 것이야. 이 천재일우를 잃어버린단 말인가, 이 사람아."

하고 발을 구른다.

전정에서는 풍악이 일어난다. 이 풍악 한 곡조가 그칠 만하면 상왕전에 계시던 상왕과 왕이 가지런히 광연전으로 납시고, 또 다른 전각에서 시각을 기다리던 명나라 사신도 광연전으로 들어올 것이다.

"늦네, 늦어."

하고 유응부가 부득부득 들어가려는 것을 박팽년이 또 황망히,

"대감, 이게 만전지계가 아니외다."

막았다.

"만전지계? 만전지계가 어디 있단 말인가. 온 때를 놓치면 또 어느 때가 있단 말인가."

하고 한탄하고 응부는 하릴없이 물러나왔다.

이렇게 일이 중지된 줄도 모르고 신숙주 죽일 것을 담당한 윤영손은 편상에 앉아 망건을 다시 쓰고 있는 숙주를 죽이려고 칼을 들고 들어가는 것을 역시 삼문이 눈짓하여 막아버렸다.

"왜? 왜?"

하고 윤영손은 성삼문이 막는 것을 의아하게 생각하였으나 이번 일에 주장 되는 삼문의 말을 아니 들을 수가 없었다.

오늘 일이 모두 중지되는 것을 보고 김질은 그 처부 정창손에게로 달려갔다. 이때에 정창손은 우찬성으로 예복을 갖추고 바로 광연전으로 들어

오려 하는 때였다.

"오늘 운검을 폐하시고 세자께서 수가(隨駕) 아니 하신 것은 천명이
요. 오늘 일은 다 틀렸으니 먼저 상감께 고하는 것이 옳을까 합니다. 그
러면 부귀가 유여할 것이 아닙니까."
하였다.

정창손은 잠깐 주저하였으나 가만히 있다가 화를 당하는 것보다 왕께
이 일을 아뢰어 부귀를 누리는 것이 또한 전화위복하는 상책이라 하여 사
위 김질을 데리고 왕이 계신 상왕전으로 달려갔다.

때에 마침 왕은 곤룡포에 익선관을 벗으시고 명나라 황제가 보낸 면류
관과 황포를 입으시고 백옥홀을 드시고 연회장인 광연전으로 납시려 할
때였다.

정창손이 김질을 데리고 황망히 들어오는 것을 보고 왕은 무슨 일인가
하여 일변 의아하고 일변 놀라운 생각으로 창손과 질을 바라보신다.

"소신 정창손 아뢰오. 지금 성삼문의 무리가 역모를 하오니 상감께옵
서 시급히 처분 계옵시오."
하고 정창손이 가장 근심스러운 빛을 보인다.

"무엇이? 성삼문이?"
하고 곁에 섰는 한명회를 돌아보신다. 한명회는 오래전부터 성삼문, 박
팽년의 무리가 간흉하여 이심을 품을 염려가 있음을 누누이 왕께 아뢰
었고, 또 오늘도 세자를 본궁에 두고 운검을 물리라는 말씀을 아뢴 까닭
이다.

한명회는 자기의 선견지명을 자랑하는 듯이 빙그레 웃었다.

"역모라 하니, 그래 어떻게 삼문 배가 역모할 줄을 정 찬성이 알았단

말요?"

하고 왕이 창손을 노려보신다.

"아뢰옵기 황송하오나 소신의 사위 김질이가 평소에 삼문, 팽년의 무리와 추축하와 이번 역모에도 참예하였다가, 황천(皇天)이 살피시와 제 마음을 돌리와 소신께 말하옵기로 여기 데리고 왔사옵거니와 죄당만사(罪當萬死)요. 소신까지도 죽여줍시오."

하고 눈물을 흘린다.

왕이 김질을 흘겨보신다.

김질은 무릎을 덜덜 떨고 이마로 마룻바닥을 두드리며,

"소신 죄당만사요. 죽여줍시오."

하고 느껴 운다.

"그래 분명 역모를 하였단 말이냐?"

하고 왕의 음성도 흥분으로 떨린다.

"소신이 무엇을 아오리이까마는 따라다니며 삼문, 팽년의 무리가 의논하는 것을 들었습니다."

"그래 무어라고 하더냐? 들은 대로 말하여라."

하시는 왕의 눈에서는 불이 나려고 한다. 역모란 말도 불쾌하거니와 더구나 오늘과 같은 날, 조선의 만민이 기껍게 왕을 추대하는 양을 사실로 보이려 하고, 그중에도 상왕과 왕과 사이에 왕위를 주고받은 일이 가장 의합하게 된 것을 실지로 보이자는 오늘에 이러한 불쾌한 일로 파흥과 망신을 아울러 하게 된 것이 분하였다.

김질은 성삼문이 자초로 의논하던 것과, 오늘 하려던 계획이며, 하려다가 중지하게 된 연유를 아뢰되 극히 자세하게 아뢰었다. 그러나 자기가 그중에서 가장 열렬한 사람 중의 하나인 것은 털끝만치도 입 밖에 비치지 아니하였다.

"그래, 너도 그 역모에 참예했더란 말이지?"

하고 왕은 당장에 김질을 죽이기라도 할 것같이 노려보신다.

"전하, 김질이 아니면 누가 이 역모를 사전에 아뢰오리이까? 김질의 죄는 용서하시오."

하고 한명회가 곁에서 김질을 변호한다.

"환궁하리라."

하고 왕은 오늘 연회도 다 잊어버린 듯이 부랴사랴 경복궁으로 돌아오시었다. 명나라 사신과 백관에게까지도 왕이 갑자기 미령하시어 환궁하신 줄로 말하게 하시고, 권람과 한명회와 신숙주 등 극히 심복인 몇 중신만 따르라 하시었다. 그리고는 상왕이 주인이 되시고 계양군과 정인지가 왕을 대표하여 사신과 수작이 있었으나 흥이 날 리가 없었다. 사신은 무슨 눈치를 채었는지 곧 여관으로 돌아가고 말았다.

환궁하신 왕은 편전에 좌정하시고 숙위장사를 모으신 뒤에 명을 내리어 제승지(諸承旨)를 부르라 하시었다.

승지 박원형, 윤자운(尹子雲), 김질 등이 들어온 뒤에 성삼문이 무슨 일인가 하고 달려들어와 추보로 옥좌 앞에 나아가,

"좌부승지 성삼문이오."

하고 왕의 앞에 부복하려 할 때에 왕의 명을 받고 기다리고 있던 내금위 조방림(趙邦林)이 달려들어 우선 철여의로 삼문의 어깨를 한 대 후려갈기고 발을 번쩍 들어 삼문의 목을 내리밟으며,

"이놈, 바로 아뢰어라."

하고 외친다. 충분을 이기지 못하는 듯하다.

　삼문은 일이 탄로가 난 것을 깨달았고, 오늘 왕이 갑자기 복통이 난다고 하여 어연에 참예도 아니하고 급거히 돌아온 연유도 알았다.

　"이놈, 네가 죽을죄를 몰라?"

하고 왕이 발을 구르신다.

　조방림은 손수 삼문의 두 팔을 잡고 발로 삼문의 뒷가슴을 으스러지어라 하고 냅다 차서 붉은 오라로 잔뜩 결박을 지운다.

　"무슨 일인지 모르거니와 이것은 과하지 아니하오?"

하고 삼문은 고개를 들어 조방림을 바라본다.

　왕이 물으시는 말씀에는 대답이 없고 조방림에게 말을 붙이는 삼문의 태도는 왕의 오장을 뒤집어놓는 듯이 더욱 미웠다.

　"이놈 듣거라. 네 내 녹을 먹거든 무엇이 부족하여 오늘 우리 부자를 해하려고 역모를 하였다 하니, 과연 그러하냐?"

하시는 왕의 말씀에 삼문은 이윽히 하늘을 우러러보다가 허허 하고 웃으며,

　"그런 말씀은 누가 아뢰었는지 아뢴 사람을 만나게 하여주시오."

하고 얼굴이 획 풀리어 태연하게 된다.

　"김질아, 네 나와 삼문과 면질하여라."

하시는 왕의 명을 받자와 김질이 덜덜 떨리는 무릎을 끌고 나와 삼문의 옆에 두어 걸음 떨어지시어 선다.

　삼문이 김질을 바라보며,

　"이 사람, 상감께 무슨 말씀을 아뢰었나?"

하고 빙그레 웃는다.

"자네가 그러지 아니하였나. 승정원 입직실에서 그러지 아니하였나. 그때에…… 근일에 혜성이 뜨고 사옹원에서 시루가 울었으니 반드시 무슨 일이 있으리라고 자네가 날더러 그러지 아니하였나. 내 말이 거짓말인가?"

"그래서?"

"그래서 내가 무슨 일이냐고 물으니까, 자네 말이 요새에 상왕께옵서 창덕궁 북문을 열고 유(瑜, 금성대군)의 구가(舊家)에 왕래하시게 하는 것을 보니 이것은 필시 한명회 같은 놈들이 상왕을 좁은 골목에 드시게 하고 역사를 시켜 담을 넘어 죽이게 하려는 꾀라고, 자네가 날더러 안 그랬나, 바로 승정원 대청에서."

"그래서?"

하고 삼문은 옳다는 듯 비웃는 듯 고개를 끄덕끄덕한다.

"그리고 자네가 날더러 네 장인헌데 이 말을 하라고, 그래서 우선 윤사로(尹師路), 신숙주, 한명회의 무리부터 없애버리고 상왕을 다시 세우면 뉘라서 좇지 아니하랴고 그러지 아니하였나. 내 말이 다 옳지 아니한가?"

하고 김질의 얼굴은 처음에는 붉었으나 삼문의 눈살에 전신의 피가 다 말라버리는 듯이 점점 얼굴이 파랗게 되고 입술이 말라 경련하고 망건편자에는 수없는 식은땀이 방울방울 맺는다.

"그래, 그래서 자네는 자네 장인 정창손헌테 그 말을 전하였던가?"

하고 삼문은 또 한 번 웃는다.

김질은 대답이 없다. 두 무릎이 마주친다.

"그래 그뿐인가. 더 한 말은 없나?"

하고 성삼문의 말은 아직도 부드럽다. 하도 어이없고 기막히어서 나오는 부드러움이다.

성삼문과 김질의 양인 대질하는 말이 한마디 한마디 울려날 때마다 왕과 좌우에 입시한 신하들의 등골에는 찬 기운, 더운 기운이 번갈아 흐른다.

김질이 아무쪼록 자기는 빼어가면서, 또 왕이 듣기 싫어하실 말씀을 빼어가면서 지리하게 모복하려던 전말을 말하는 것을 삼문이 고개를 혼들어 막으면서,

"그만해라. 네 말이 다 옳지마는 좀 깐깐하다."

하고 다시 왕을 바라보며,

"더 말할 것 있소. 상왕께옵서 춘추가 높으시어서 선위하신 것도 아니시고 잘못하심이 있어서 하신 것도 아니시오. 나으리라든가 정인지, 신숙주, 한명회 같은 불충한 무리들에게 밀려서 선위를 하옵신 것이니까 복위를 원하는 것은 인신소당위(人臣所當爲)가 아니오? 다시 물을 것 있소? 그래서 오늘 나으리 부자를 죽여서 천하의 공분을 풀려고 하였더니, 일이 뜻 같지 못하여서 이 꼴이 되었소. 마음대로 하시오."

하고 왕을 '상감'이라고 부르지 아니하고 '나으리'라고 부른다.

왕은 삼문의 태연한 태도와 불공한 말에 더욱 진노하시와,

"이놈, 네가 입으로 충효를 부르며 감히 나를 배반하니 저런 죽일 놈이 있느냐."

하시고 무슨 말씀을 더 하시려는 것을 삼문이 막으며,

"배반이란 말이 되오? 내가 어찌하여 배반이란 말이오? 우리네 심사는 국인(國人)이 다 아는 것이야. 나으리같이 남의 국가를 도적하는 사람

446

도 있거든 삼문이 인신이 되어 그 군부(君父)가 폐함이 되심을 차마 보지
못함이지 배반이란 말이 되오? 아서시오. 나으리가 평일에 언필칭 주공
(周公)으로 자처하지 아니하였소. 어디 주공이 이런 짓 하였습데까? 성
삼문이 한 일은 천무이일(天無二日)이요 민무이주(民無二主)인 연고요.
아서오, 그리 마오."

하고 왕을 책망한다.

왕이 용상에서 벌떡 일어나시어 발을 구르시고 소리를 높이시어,

"그러하거든 네 어찌하여 수선(受禪)하는 날 막지를 못하고 오늘 와서
나를 배반한단 말이냐?"

하신다. 명나라 사신이 온 날에 이 일이 일어난 것이 왕께는 더욱 한이 되
는 까닭이다.

"힘이 못 미쳤소. 마음이 없었겠소? 내가 나서야 막지도 못할 것이오.
돌아가 죽으려 하였으나 죽기만 하면 무엇 하오. 도사무익(徒死無益)이
겠기로 후일을 도모하려고 지금까지 살아 있다가 이 욕이오그려."

하고 삼문은 분과 한을 못 이기는 듯 한숨을 쉬고 힘없이 고개를 숙여버
린다.

"이놈, 네가 칭신(稱臣)을 아니 하고 날더러 나으리라 하니 웬 말인
고? 네가 내 녹을 먹었거든 녹을 먹고 배반함이 반복(叛服)이 아니고 무
엇인고? 상왕을 복위한다 하나 실은 사욕을 채우려는 것이 아니냐?"

하신다.

삼문이 고개를 번쩍 들어 노한 눈으로 왕을 노려보며 소리를 가다듬어,

"상왕이 계시거든 나으리가 어떻게 나를 신하로 삼는단 말이오? 또 나
는 나으리의 녹을 먹은 일이 없소. 내 말을 못 믿거든 내 집을 적몰하여다

가 계량하여보오. 나으리께 받은 것은 고대로 쌓아두었으니 도로 가지어
가오. 나으리가 하는 말은 다 허망무가취(虛妄無可取)야, 그 말을 누가
믿는단 말이오?"
하였다.

　왕은 참다못하여,

　"이봐라, 네 이놈을 불로 지지어라."
하고 발을 구르시고 앉으락 일락 하신다.

　무사는 청동화로에 숯불을 피우고 인두와 화젓가락을 묻어서 달인다.
번쩍 빼어 드는 인두는 불 핀 숯과 같이 벌겋게 달았다.

　무사가 달려들어 삼문의 옷을 찢어 벗긴다. 왕은 속히 하라고 성화같
이 재촉하신다.

　왕은 일변 성삼문을 인두로 지지어가며 이번 역모에 공모자가 누구누
구냐고 국문을 계속하고, 일변 승지 윤자운을 창덕궁으로 보내어, 성삼문
등이 상왕을 죽이려는 역모가 발각된 일과 시방 공모자를 공초(供招)받
기 위하여 국문한다는 말을 전하게 하여 가로되,

　"성삼문이 심술이 불초하지마는 돼기 학문이 좀 있기로 정원에 두었
삽더니, 근일에 일에 실수하는 것이 많사옵기로 예방승지를 공방승지로
고치었삽더니 그것을 마음에 분히 여기어 말을 지어 가로되 '상왕이 유
의 집에 왕래하시며 그윽이 불측한 일을 도모하신다.' 하고 또 대신들을
다 죽이려 하옵기로 시방 국문하나이다."
하시었다.

　이로 보건대, 성삼문이 상왕을 해하려 하는 음모를 하기 때문에 괘씸
하여 국문한다는 뜻이다.

이 말을 전하러 온 윤자운에게 상왕은 술을 주시었다. 혹시 상왕은 윤자운이 전하는 왕의 말씀을 믿었는지도 모른다. 대개 삼문 등은 이 일을 도모할 때에 상왕께는 아시게 하지 아니한 까닭이다. 만일 상왕이 이 일을 아신다 하면 불행히 일이 패한 뒤에 화가 상왕께 미칠 것을 두려워하였음이다.

삼문의 팔과 다리에는 불같이 뻘건 인두가 번갈아 닿아 지글지글 살이 타고 기름과 피가 흘렀다. 그러나 그는 잘못하였다고 빌지도 아니하고 누구와 같이 하였다고 불지도 아니하였다. 또 불어 댈 필요도 없다. 김질이 일러바치었으면 다 알 것이다. 그렇지마는 그렇다고 자기의 입으로 동지를 불지는 아니하였다.

그러나 왕은 삼문의 입으로서 잘못했다는 말과 또 누구누구와 함께하였다는 말을 듣고 싶었다. 그래서 벌겋게 단 화젓가락으로 넓적다리와 장딴지를 뚫기도 하고 두 팔과 손바닥을 뚫기도 하였다. 고기 굽는 냄새와 같은 살과 기름 타는 냄새가 대궐 마당에까지 번지고 방 안에는 노란 연기가 피어오른다.

벌겋게 달았던 화젓가락과 인두는 삼문의 피와 기름으로 하여 순식간에 식어버린다. 뿌지직뿌지직하는 소리가 그칠 때마다 삼문은,

"이놈들아, 쇠가 식었구나. 더 달게 하려무나."

하고 소리를 지른다.

왕은 더욱 진노하여,

"이봐라, 그놈이 본시 흉악한 놈이라 불이 뜨거운 줄을 모르나 보다. 네 쇠꼬챙이를 불이 다 되도록 달궈서 그놈의 배꼽을 쑤시어라. 그래도 아픈 줄을 모르고 제 죄를 깨닫지 못하는가 보리라. 그리고 저놈이 만일

기색하거든 냉수를 뿜어서 깨워가며 지지어라."

하신다. 이는 성삼문이 아픈 것을 못 이기어 가끔 꼬빡하고 조는 때가 있기 때문이다.

불같이 뻘건 쇠꼬챙이가 삼문의 배꼽을 지진다. 기름이 보글보글 끓고 그 기름에 불길이 일어난다. 꼬빡 졸던 삼문은 번쩍 눈을 떠서 자기가 당하는 것이 무엇인 것을 보더니,

"성삼문의 몸뚱이가 다 타서 없어지기로 성삼문의 가슴에 박힌 일편 충성이야 탈 줄이 있으랴."

하고 벽력같이 소리를 지른다. 이 소리에 놀래어 쇠꼬치 든 무사가 한 걸음 뒤로 물러선다. 삼문의 배에서 붉은 피가 한없이 흐른다.

이때에 신숙주가 무슨 은밀한 말씀을 아뢰려고 왕의 곁으로 들어오는 것을 보고 삼문이 눈을 부릅뜨고 소리를 지른다.

"이놈 숙주야, 네가 나와 함께 집현전에 입직하였을 적에 영릉(英陵)께오서 원손을 안으시고 뜰에서 거니시며 무어라고 하시더냐? '내가 천추만세 후에 너희는 이 아이를 생각하라.'고 하신 말씀이 아직도 귀에 쟁쟁하거든 너는 벌써 잊어버렸단 말이냐. 아무리 사람을 믿지 못한다 하기로 네가 이다지 궁흉극악하게 될 줄은 몰랐다. 이놈아, 네가 대의를 저버렸거든 천벌이 없이 부귀를 누릴 듯싶으냐?"

숙주의 얼굴은 흙빛이 되어 감히 삼문을 정면으로 바라보지 못한다. 왕은 숙주를 명하여 전(殿) 뒤로 피하게 하신다.

삼문은 점점 기운이 없어진다. 힘써 몸을 바로잡으려 하나 몸이 말을 듣지 아니하고 눈이 감긴다. 앞으로 꼬꾸라질 듯할 때에 왕이 무사를 명하여 냉수를 몸에 끼얹으라 하신다. 삼문이 깜짝 정신을 차리어, 옥좌에

앉으시어 숨소리가 높으신 왕을 바라보며,

"나으리, 형벌이 너무 참혹하구려."

하고는 그만 기절하여 쓰러진다.

왕은 기절한 삼문을 한편을 비켜 다시 피어나도록 약을 쓰라 하고, 다음에 박팽년을 앞으로 불렀다.

왕은 이번 일에 잃어버릴 인재를 아끼거니와 그중에도 박팽년을 더욱 아끼었다. 그도 그럴 만하다. 집현전 문학지사 중에 가장 이름난 사람으로 신숙주, 최항, 이석형, 정인지, 박팽년, 성삼문, 유성원, 이개, 하위지 등이 있어 삼문의 문(文), 위지의 책소(策疏), 성원의 경사(經史), 개의 시(詩), 이 모양으로 각각 특징이 있었지마는, 그중에도 팽년은 모든 것을 집대성하여 경학, 문장, 필법 어느 것이나 빼어나지 아니함이 없었다. 이 까닭으로 왕은 박팽년을 아끼었다.

그뿐 아니라 세조가 정난을 마치고 영의정이 되어 부중에 대연을 베풀었을 때에 이러한 시를 지은 것이 있었다.

廟堂深處動哀絲

萬事如今摠不知

柳綠東風吹細細

花明春日正遲遲

先王大業抽金櫃

聖主鴻恩倒玉巵

不樂何爲長不樂

賡歌醉飽太平時

(묘당 깊은 곳에서 거문고 울릴 때

만사를 자세히 알 수 없구나.

실버들 동풍에 가늘게 흔들리고

꽃 핀 봄날은 마냥 길기도 하구나.

무릇 선왕의 대업을 칭찬할 때

성주의 큰 은혜 술잔에 가득하구나.

즐거운 이날의 계속되는 놀이 속에

태평한 세월이 오래 깃들겠구나.─ 감수자 역)

왕은 이 시가 자기의 공업(功業)을 칭송한 것이라고 생각하여 현판에 새기어 부중에 걸게 하였다. 이 때문에도 박팽년은 아까웠다.

그래서 한명회를 시키어 팽년더러,

"네 내게 항복하거나 이 일을 모르노라고만 하라. 그러면 살리리라."

하고 귓속으로 말하게 하였다.

그러나 박팽년은 웃었다. 그리고 마루에 흐른 성삼문의 피를 가리키며,

"나으리, 이 피를 보시오. 이것이 충신의 피요."

하고 무릎을 꿇어 감히 그 피를 밟지 못할 양을 보인다.

'나으리'란 팽년의 말에 왕의 비위는 와락 뒤집힌다.

"삼문이 나를 불러 나으리라 하더니 너도 나으리라 한단 말이냐. 어찌하여 네 내게 칭신을 아니 한단 말이냐?"

하고 무사를 시키어서 주먹으로 팽년의 입을 쥐어지르게 하신다. 그래도 팽년은 굴치 아니하고 말끝마다 왕을 불러 '나으리'라 하고 자기를 불러 '나'라고 한다.

"네가 이미 내게 신을 일컬었고 또 내 녹을 먹었거든, 이제 와서 칭신을 아니 하면 무엇 한단 말이냐."

하고 왕은 팽년을 비웃으신다.

"내가 상왕의 신하요 나으리 신하가 아니어든, 나으리 앞에 칭신할 리가 있소? 죽여도 안 될 말이오."

하고 팽년이 입으로 피를 뿜는다.

"그러면 어찌하여서 지금까지는 칭신을 하였단 말이냐?"

하고 왕은 어성을 높인다.

"칭신을 할 리가 있소. 내가 충청감사가 되어 나으리에게 계목(啓目)을 보낼 때에 일찍이 '신'이라고 한 일이 없고, 또 나으리가 주는 쌀 한 알갱이도 먹은 일이 없소. 내 말을 못 믿거든 계목을 고람(考覽)이라도 하시구려. 또 나으리가 녹이라고 준 것은 딴 곳간에 꼭꼭 쌓아두었으니까 이제는 도로 가지어가시오. 박팽년이 굶어 죽을지언정 두 임금의 녹을 먹을 사람이 아니오."

하고 엄숙하기 추상과 같다.

"이봐라, 그놈의 입에서 나으리란 소리가 다시 나오지 못하도록 매우 때려서 저리 밀어놓아 다시 생각하여보라 하여라."

하시고 왕은 유응부를 부르신다.

유응부는 정이품 훈련도감의 위풍이 늠름한 군복을 입고 투구 밑으로는 희뜩희뜩한 반백의 귀밑터럭이 보인다.

왕은 유응부를 보시고,

"너는 나깨나 먹고 귀밑이 허연 것이 의리를 알음 직하거든 저 무지한 놈들의 꼬임에 든단 말이야? 그래 어찌할 작정이냐?"

하시고 효유하는 어조로 물으신다.

　응부는 허리도 아니 굽히고 고개도 아니 숙이고 오연히 왕을 바라보며,

　"오늘 한 칼로 임자[足下]를 없애버리고 옛 임금을 회복하려다가 불행히 간사한 놈의 고발한 바가 되었으니, 인제 하길 무엇 하오? 임자는 빨리 나를 죽이오."

하고 노한 눈을 부릅떠 왕을 흘겨본다. 왕은 응부의 눈에서 불이 번쩍함을 보고 몸에 소름이 끼침을 깨달았다.

　"이놈, 무엇이 어찌하여? 상왕을 핑계로 사직을 도모하고서는……."

하시고 왕은 분을 못 이기시어 주먹을 불끈 쥐시고 이를 가신다. '나으리'란 말도 비위가 뒤집히려든 하물며 '임자'라고 함이랴. 당장 유응부의 간을 내어 씹고 싶도록 분하시었다.

　"사직을 도적한 것은 수양 자넬세. 우리네는 무너진 강상(綱常)을 바로잡으려다가 이렇게 자네 손에 붙들린 것일세. 잔말 말고 어서 죽이게, 죽여."

하고 응부가 발을 탕 구르니 대궐이 흔들린다. 전내에 있던 사람들이 모두 실색한다. 지금이라도 손에 칼이 하나 있었으면 하였으나 인제는 결박된 몸이라 어찌할 수 없었다.

　왕은 '자네'라는 응부의 말에 참다못하여 옥좌에서 벌떡 일어나시며 입에 거품을 무시고,

　"이놈을, 이 대역무도한 놈을 세워놓고 껍질을 벗기되 개 껍질 벗기듯이 하여라."

하시고 발을 동동 구르신다.

　무사들이 번쩍번쩍하는 식칼 같은 칼을 들고 달려들어 응부의 옷을 찢

어 벗기고 세워놓은 대로 목에서부터 등과 가슴과 팔로 껍질을 내리벗긴다. 칼이 지나간 뒤를 따라 방울방울 피가 흘러내리고, 껍데기 벗겨진 살은 씰룩씰룩 경련한다. 쩍쩍 하고 껍질 떨어지는 소리가 들린다.

그래도 응부는 아프다는 소리도 내지 아니하고 몸도 꼼짝 아니 하고 꼿꼿이 서 있다. 응부가 삼문, 팽년 등을 돌아보며,

"이르기를, 서생(書生)은 불가여모사(不可與謀事)라더니 과연이로고나. 아까 내가 한번 칼을 써보려 할 때에 너희 놈들이 굳게 막아서 천재일시(千載一時)를 놓치어버렸으니 이런 분할 데가 있나. 이놈들, 날더러 만전지계가 아니라고 하였지? 그래, 이 꼴 되는 것이 만전지계냐? 에끼, 못생긴 놈들 같으니, 너희 같은 놈이 사람이 무슨 사람이야? 개 같은 놈들, 못생긴 놈들."

하고 이를 간다.

누구누구와 함께 역모를 하였느냐고 묻는 데는 유응부는 다만 한마디,

"무슨 물을 말이 있거든 저 썩어진 선비 놈들헌테 물으려무나."

하고는 이내 굳게 입을 닫치어버리고 만다.

왕은 더욱 노하여 단근을 하라고 명하신다. 성삼문을 지지던 쇠꼬챙이를 뻘겋게 달게 하여 응부의 불두덩을 지지니 기름이 지글지글 끓고, 그 기름에 불이 붙어 번쩍 불길이 일어나고 살점이 익고 타서 문들어지어 떨어진다.

"이놈, 그래도 항복을 아니 해? 그래도 같이한 사람을 안 불어?"

하고 왕은 소리를 지르시고 앉을락 말락 진정을 못 하시도록 분통이 터지신다.

응부는 왕의 말은 귓등으로 듣고 대답도 아니 하고 안색이 조금도 변함

이 없이 꼿꼿이 서서 홍종 같은 어성으로,

"이놈들아, 쇠꼬챙이가 식었고나. 더 달궈 오너라."

하고 종시 항복을 아니 한다. 왕은 하릴없이 응부를 물리라 하고 이개를 끌어내어 단근질을 시작한다. 이개는 서서히 왕을 바라보며,

"여보, 이게 무슨 형벌이오?"

하고 물었다. 과연 이런 형벌은 걸주(桀紂) 이후에는 없는 것이다. 왕은 무료하여 더 물으시지 아니하고 하위지를 불러낸다.

하위지는 상왕이 선위하신 뒤에 벼슬을 버리고 선산 향제(鄕第)로 내려갔었으나 이번에 동지들에게 불려 올라왔던 것이다.

왕은 위지를 보시고,

"이놈, 너도 저놈들과 같이 역모를 하였지?"

하고 물으신다.

"참칭왕(僭稱王)을 폐하고 상왕을 복위하시게 하려고 하였지요."

하고 위지는 한숨을 쉰다. 불행히 실패하였다는 뜻이다.

"어찌해서 그랬어? 벼슬이 부족해서 그랬느냐?"

하고 다시 물으신다.

"벼슬? 나으리가 영의정을 주기로 받을 내요? 악(惡)을 치고 의(義)를 붙들자는 것이오."

하고 극히 선선하게 대답한다. 그는 본래 침묵하고, 또 있는 대로 말하는 사람이었다.

문종대왕이 승하하시고 상왕께서 사위(嗣位)하신 지 얼마 아니 되던 어떤 날 박팽년이 하위지를 찾아왔다가 비를 만나서 위지에게 우비를 빌려 입은 일이 있다. 그때에 위지는 시 한 수를 지어서 팽년을 주었다. 그

시는 이러하다.

男兒得失古猶今
頭上分明白日臨
持贈簑衣應有意
五湖烟雨好相尋
(사내의 득실은 예나 지금이나 같은데
머리 위에서는 태양이 환히 비치고 있네.
도롱이를 줄 때에는 뜻이 있어서니
강호에 이슬비 내릴 때 좋아서 서로 찾으리라. — 감수자 역)

이란 것이다. 첫 연은 남아가 예나 이제나 모름지기 의를 위하여 살고 죽
을 것을 말한 것이요, 아래 연은 사생을 같이하자는 뜻을 말한 것이다.
이 시를 받은 팽년은 다만 눈으로 알았다는 뜻을 표하였던 것이다.

왕이 다른 사람과 같이 위지에게도 악형으로 항복을 받으려 할 때에 위
지는 다만,

"내가 반역일 것 같으면 죽일 것이지 더 물을 것이 무엇이오?"
하고 다시 말이 없다.

왕은 악형도 지리해지고 또 악형했자 신통한 것이 없을 것을 알아서 화
로를 물려버렸다. 그러고는 다시 성삼문을 향하여 그같이 한 사람이 누
구누구인 것을 물었다. 일이 이렇게 다 발각이 된 뒤에 숨길 것이 없다고
삼문은 선선하게 대답한다.

"지금 나으리가 다 물어보지 안 했소? 박팽년, 유응부, 하위지, 이개

가 다 내 당이오."

한다.

"네 아비 승이 운검으로 들어가면 나를 죽이려 하였지?"

하고 왕이 물으신다.

"그랬소. 내 아버지가 이 일에 아니 참예할 리가 있소?"

하고 삼문이 자긍하는 듯이 대답한다.

"또 그담에는 누가 있어?"

하고 그래도 더 알아보려고 왕이 물으실 때 삼문은,

"내 아비도 아니 숨기거든 다른 사람을 숨기겠소? 그 밖에는 더 없소.

오, 김질이 있군."

하고 웃는다.

김질의 얼굴이 파랗게 질린다.

때에 제학 강희안(姜希顔)이 붙들려 들어온다. 왕은 그를 고문하였으
나 그는 모른다고 한다. 왕이 삼문을 보고,

"희안은 네 당이지?"

하고 물었다.

"희안은 참말 애매하오. 나으리가 선조 명사를 다 죽이고 인제 이 사람
하나 남았으니 이 사람일랑 죽이지 말고 쓰시오. 현인이 멸종이 되면 나
라꼴이 되겠소? 희안은 현인이오. 또 애매하니 후일에 죽이더라도 아직
은 살려두고 쓰시오."

하는 삼문의 말은 실로 간절하다.

왕은 삼문의 말을 옳이 여겨서 희안을 놓기로 하였다.

악형도 다 끝난 때에 공조참의 이휘가 한편 구석에서 나서며,

"소신이 삼문 배의 역모를 아옵고 진즉 진계하려 하였사오나 사실을 더 알아보려고 늦었사옵니다. 여량부원군 송현수와 그 아내 민씨와, 또 전 예조판서 권자신과 그 어미 최씨가 다 이 일에 간참한 줄로 아뢰오."

하고 일러바친다.

이휘는 성삼문 등과 같이 의논한 사람 중에 하나다. 이 일이 탄로되어 성삼문이 국문을 당하게 되매 혹시나 자기 이름이 나오지나 아니할까 하여 전전긍긍하였으나 삼문은 이미 알려진 사람밖에는 말하지 아니하였다. 유성원도 늙은 어머니가 계신 것을 생각하고 말하지 아니하였고, 이 휘는 늙은 아버지가 있는 것을 생각하고 말하지 아니하였다. 그러므로 가만히만 있었으면 이휘도 아무 일도 없었을 것이다.

그러나 이휘는 안심이 되지를 아니하였다. 더구나 김질이 큰 공명을 하게 된 것을 생각하면, 자기가 그 공명을 못 한 것이 분할뿐더러 또 어느 때 김질의 입에서 자기 이름이 나올는지도 몰랐다. 그래서 궁리해낸 것이 송현수, 권자신을 걸고 들어간 것이다. 그렇게 공조참의 이휘는 영리한 사람이다.

그러나 예기한 바와 같은 칭찬을 이휘는 받지 못하고 성삼문 등의 무서운 눈질만 받아 몸에 오한이 나도록 몸서리를 치었다. 그는 집에 돌아오는 길로 병이 나서 누웠다. 그는 악한 일을 먹고 새길 만한 뱀의 똥집이 없었던 것이다.

왕은 송현수, 권자신을 이번 기회에 없이할 결심을 하였으나, 해도 이미 다 간 오늘에 계속하여 잡아다가 국문할 생각은 없었다. 그만하고 내전에 들어가 편히 쉬고 싶으시었다. 왕도 너무 격렬한 흥분과 참혹한 광경에 진저리가 나고 심신이 피곤하신 것이다. 맥이 풀리는 듯하시었다.

"이놈을 끌어내어 오차를 하여라."

하는 명령을 도승지 한명회에게 내리시고는 옥좌에 일어나시어 뒤도 안 돌아보시고 내전으로 듭시었다. 성삼문, 유응부 등은 눈을 들어 왕이 문으로 나가시는 뒷모양을 바라본다.

여름날 기나긴 해도 인왕산에 거의 올라앉고 대궐 추녀 끝에서는 저녁 까치가 짖는다. 구경하던 여러 신하들도 모가지와 팔다리 힘줄이 돌과 같이 굳어진 듯하였다.

성삼문은 형장으로 가는 길로 무사들에게 끌리어 나서고, 박팽년, 유응부, 이개, 하위지의 차례로 끌려 나선다.

삼문은 옛 친구들을 돌아보며,

"자네들은 현(賢主)를 도와 나라를 태평케 하소. 삼문은 지하에 돌아가 옛 임금께 뵈오려네. 자, 가자."

하고 대궐을 나섰다. 영추문(迎秋門) 협문 밖에는 죄수를 실을 수레가 놓이고 죄수의 가족들이 죽기 전 한번 마지막 볼 양으로 모이어 섰다.

조그만한 판장문이 열리고 전신이 피투성이가 된 성삼문이 먼저 사람들의 눈앞에 나서서, 그의 눈이 지는 볕에 번쩍할 때에 가족이나 아니나 보는 사람들이 다 소리를 놓아 울었다.

이개와 하위지 두 사람은 제 발로 걸어나오나 성삼문, 유응부, 박팽년, 성승, 박정 등은 모두 몸을 마음대로 놀리지 못하여 군사들에게 붙들려 나온다.

삼문은 수레에 오르며 소리 높이 시 한 수를 읊는다.

擊鼓催人命

回頭日欲斜

黃泉無一店

今夜宿誰家

번역하면 이러하다.

북을 쳐서 사람의 목숨을 재촉하는데,

머리를 돌리니 날이 저물었고나.

황천에 주막이 없으니

오늘 밤을 뉘 집에서 잘꼬?

　다 읊고 나니 삼문은 소리와 눈물이 한꺼번에 내리고, 보고 듣는 자도
느껴 울지 않는 자가 없다.

　죽을 사람들의 수레는 삐걱 소리를 내며 육조 앞 넓은 길로 나서서 천
천히 나간다. 수레에 '역적 성삼문'이라 이 모양으로 먹으로 대자(大字)
로 쓴 기를 걸고, 또 등에도 죄목과 성명을 써 붙이었다. 길 좌우에는 장
안 백성들이 눈물을 흘리고 모이어 섰다.

　"충신들이 죽는고나."

하는 한탄 겨운 속삭임이 사람들 사이로 바람과 같이 돌아가고, 그 피투
성이 된 참혹한 모양이 바로 앞에 지나갈 때에는 다들 입술을 물고 고개
를 돌린다.

　삼문의 다섯 살 된 딸이 아버지의 수레 뒤를 따라가며,

"아버지, 아버지! 나도 가, 나도 가요!"
하고 발을 구르고 운다.

삼문이 돌아보며,

"오, 울지 마라. 네 오라비들은 다 죽어도 너는 계집애니까 살 것이다."
하고 종이 따라 올리는 술을 허리를 굽히어 받아 마시고 또 시 한 수를 읊
는다.

食人之食衣人衣
願一平生莫有違
一死固知忠義在
顯陵松栢夢依依
(남의 밥을 먹고 남의 옷을 입으며
한평생 잘못 없기를 바랐네.
이 몸은 죽어도 충의는 살아 있으니
현릉의 소나무와 잣나무는 꿈에도 못 잊겠구나.─ 감수자 역)

이개도 수레에 오를 때에 한 시를 읊었다.

禹鼎重時生亦大
鴻毛輕處死猶榮
明發不寐出門去
顯陵松柏夢中靑
(우왕의 세 발 솥이 무거울 때 삶도 컸으며

목숨이 새의 깃털처럼 가벼운 곳에서는 죽음 또한 영광이구나.

날이 밝아 잠 못 이룬 채 문을 나서니

현릉의 소나무와 잣나무는 꿈속에서도 푸르기만 하구나. — 감수자 역)

첫 연은 사람이 나라를 위하여 큰일을 할 때에는 목숨이 우정(禹鼎)같이 중하지마는 의를 위하여 죽을 때에는 새털같이 가볍다는 뜻이요, 아래 연은 문종대왕의 고명을 저버리지 아니하여 오늘의 죽음을 취하노라는 뜻이다.

일행이 황토마루를 지날 때에 왕은 김질과 금부랑 김명중(金命重)을 시키어 한 번 더 성삼문 이하 여러 사람이 뜻을 돌리기를 권하였다. 뜻만 돌리면 죽기를 면할뿐더러 높은 벼슬로써 갚으리라 하심이었다.

삼문은 붓을 들어,

이 몸이 죽어가서 무엇이 될고 하니

삼각산 제일봉에 낙락장송 되어 있어

백설이 만건곤할 제 독야청청하리라.

하는 단가 한 편을 지어 쓰고, 이개도 붓을 들어,

까마귀 눈비 맞아 희는 듯 검노매라.

야광명월이야 밤인들 어두우랴.

님 향한 일편단심이야 변할 줄이 있으랴.

하였고, 박팽년은,

　금생여수라 한들 물마다 금이 나며
　옥출곤강이라 한들 뫼마다 옥이 나며
　아모리 여필종부라 한들 님마다 좇을쏘냐.

하였다.
　김명중이 팽년을 향하여,
　"글쎄 왜 노친이 계신데 말 한마디면 펴일 일을 이 화를 당하시오?"
하고 다시 마음 돌리기를 권할 때에, 팽년은 입이 아파 말은 못 하고 다시
붓을 들어,

　中心不平不得不爾.
　(마음이 평안치 않으니 부득불. ─ 감수자 역)

라고 써서 보이었다. 김질이 다시 무슨 말을 하려 하였으나 팽년은 더러
운 말은 아니 듣는다 하는 듯이 눈을 감고 고개를 돌려버린다.
　유응부는 말이 없이 다만 눈만 한번 흘겨볼 뿐이요, 김질, 김명중 등이
하는 말은 듣지도 아니한다. 성승과 박정도 그러하였다. 하위지는 오직
잠잠할 뿐, 아니 움직이기 산과 같았다.
　형장인 군기감 앞에는 상왕의 외숙 되는 권자신과 그 어머니 화산부원
군 부인 최씨와 김문기(金文起), 윤영손, 송석동 등이 잡혀 와 있었고,
성삼문의 아우 삼고, 삼빙, 삼성, 박팽년의 아버지 중림(仲林)과 아우 대

464

년(大年), 기년(耆年), 영년(永年), 인년(引年) 등이 벌써 결박되어 죽기를 기다리고 있었다.

유성원과, 허후의 아들이요 이개의 매부인 허조는 잡히기 전에 자살하였다.

그날 유성원은 성균관에서 여상하게 제생을 가르치고 있었다. 무론 오늘 일이 감쪽같이 되리라고 믿고 그 결과가 알아지기만 기다리고 있었다.

그러다가 밖에 나갔던 어떤 학생 하나가 뛰어 들어와 유성원을 보고 성삼문 등이 잡히어서 국문을 당한다는 말을 들었다. 그때에 성원은 명륜당 앞 뜰 은행나무 그늘에서 더위를 피하고 있었다. 성원은 학생이 전하는 말을 듣고 손에 들었던 부채를 던지고 하늘을 우러러 통곡하였다.

성원은 곧 나귀를 내어 타고 집으로 달려 돌아왔다. 의아하는 부인더러 술을 내오라 하여 그 노모께 한 잔을 드리고 부인께도 술을 권하고, 귀련(貴連), 송련(松連) 두 아들을 불러 남아가 언제 죽을 때를 당할는지 모르는 것이니, 아무 때에 죽더라도 비겁한 모양을 보이지 말고 태연자약하게 죽어야 할 것을 말하고는, 아무도 뒤를 따르지 말라 하고 혼자 사당으로 올라가 배례한 뒤에 찼던 칼을 빼어 들고,

"불효 성원이 두 번 가명을 더럽히지 아니하고 죽습니다."
하고 그 칼로 목을 찌르고 자진하였다.

오늘 남편이 하는 일이 수상하고 또 사당에 참배하고 오래 돌아오지 아니하는 것을 근심하여 달려갔을 때에는 성원은 벌써 피에 떠서 숨이 끊어지어 있었다. 부인은 성원의 목에서 칼을 빼었으나 가버린 목숨은 도로 돌아오지 아니하였다.

이때에 금부 나졸이 달려들었다. 아들 귀련, 송련 형제를 잡아 앞세우고 성원의 시체를 지우고 군기감 앞으로 몰아왔다.

유성원의 시체가 형장에 왔을 때에는 성삼문은 벌써 사지를 찢기고 목을 잘리어 전신이 모두 여섯 토막으로 나뉘었었다. 그리고 그의 눈 감지 못한 머리는 상투로 끈을 삼아 그의 죄명과 성명과 함께 높다랗게 새로 세워놓은 시령에 데룽데룽 매어달리었다.

성삼문의 다음이 박팽년이다. 그다음이 이개, 유응부, 하위지, 성승, 박정, 송석동, 권자신을 차례로 찢어 죽이고, 그 다음에 상왕의 외조모인 화산부원군 부인 최씨를 찢어 죽이고, 다음에 유성원의 시체를 찢고, 그 나머지는 날이 저물어서 내일에 죽이기로 하고 항쇄족쇄하여 금부로 옮겨 가두었다.

이 일이 있는 동안에 영의정 정인지 이하로 신숙주, 정창손, 김질, 이휘 등 문무백관이 벌여 서서 형벌 행하는 것을 감독하고 구경하였다.

밤이 들어 백관이 각각 집으로 돌아갈 때에는 어디선지 모르게 돌팔매가 날아오고, "정인지야", "신숙주야" 하고 부르는 소리가 들리어서 대관들은 모든 군사와 무사의 옹위를 받았다.

피비린내 나는 형장에는 창검 든 군사 수십 인이 죽은 이들의 머리와 몸뚱이를 지키느라고 파수를 보았다. 여름 달빛이 피 묻은 머리를 비추어 감지 못한 눈이 번쩍번쩍할 때에는 군사들도 몸에 소름이 끼침을 깨달았다.

이튿날은 도리어 더욱 참혹하였다. 아버지들과 할아버지들이 죽던 피 묻은 자리에서 육십여 명 어린 자손들과 연루자들이 죽었다. 젖 먹는 어린것까지도 죽여버리라는 엄명이요, 만일 그들의 아내 중에 잉태한 자가 있거든 해산하는 것을 지키어 나오는 대로 남자여든 죽이라 하였다.

그때에 죽은 사람들을 일일이 다 기록할 수는 없으나, 그중에서 중요한 사람들 몇을 들면 이러하다(의리를 위하여 목숨을 버렸거든 거기 무슨 중요하고 중요치 아니한 차별이 있으랴마는, 가장 사람들의 흥미를 끌 만한 이를 골라서란 말이다).

첫째 성삼문의 집안을 말하면, 삼문 부자가 이번 사건에 주범으로 죽은 것은 말할 것도 없거니와 맹첨(孟瞻), 맹평(孟平), 맹종(孟終) 삼형제는 그 조부 성승과 아버지로 하여서, 헌(憲), 택(澤), 무명(無名), 금년생(今年生) 네 어린아이들은 그 증조부 승과 조부 삼문으로 하여서 참혹하게 죽었고, 삼문의 아우 되는 부사 삼빙, 정랑 삼성, 장신 삼고는 그 아버지 성승으로 하여 죽임이 되었다.

박팽년의 집으로 말하면, 그 아버지 판서 중림은 팽년과 같이 역모에 간련하였다 하여 죽고, 팽년의 아들 헌(憲), 순(珣), 분(奮) 삼형제와 손자 점동(占同), 개똥〔丐同〕, 파록대(波彔大), 산혼(山欣), 금년생(今年生) 오형제와 팽년의 아우 인년(引年), 검열 영년(永年), 수찬이요 호를 동재(東齋)라 하는 기년(耆年), 박사 대년(大年) 사형제가 다 한자리에서 죽었고, 유응부의 아들 사수(思守), 박정의 아들 숭문(崇文), 손자 계남(季男), 즉동(則同), 권자신의 아들 구지(仇之), 허조의 아들 연령(延齡), 구령(九齡), 송석동의 아들 창(昌), 영(寧), 안(安), 태산(太山) 등이 다 죽고, 우습고 불쌍한 것은 권자신, 송현수를 고발한 이휘가 붙들려 죽은 것이다. 김질은 좌익공신을 봉함이 될 때에 이휘는 역적으로 효수를 당한 것은 참으로 우스운 일이다. 하위지의 가족은 선산 시골집에 있었기 때문에 그 아들들은 며칠 뒤에 선산에서 죽었다.

하위지의 집은 선산부 영봉리에 있었다. 금부도사가 위지의 가족을 잡아, 남자면 죽이고 여자면 종을 만들려고 서울서 내려왔다. 호(琥), 박(珀), 연(璉), 반(班) 사형제 중에 연과 반은 아직 철모르는 어린아이들이요, 호는 장성하였으나 박은 불과 십육 세의 소년이었다.

금부도사가 거느린 선산 관속이 사형제를 잡아 앞세울 때에 박이 금부도사더러 모친에게 마지막 한마디 할 말이 있으니 잠깐만 여유를 달라고 하였다. 금부도사는 박이 연소하면서도 태연자약하며 군자의 풍이 있는 것에 감복하여 허하였다.

박은 안으로 들어가 모친 앞에 꿇어앉았다. 모친은 흘리던 눈물을 거두고 태연하게,

"왜 남아답지 못하게 어미를 한 번 더 보려고 들어왔느냐?"
하고 꾸짖었다.

박은 어머니의 앞에 이마를 조아리며,

"소자가 죽는 것을 어려워하는 것이 아닙니다. 아버지께서 죽임을 당하시었거든 소자가 살 리가 있습니까. 비록 조명이 없다 하더라도 소자가 마땅히 자결하였을 것입니다. 그러하오나 우리 동기 중에 오직 누이하나, 저도 이미 과년하였는데 적몰되어 종이 되면 천한 몸이 부인의 의를 지키기가 극난할 것입니다. 비록 죽을지언정 반드시 한 남편을 좇고 개돼지의 행실을 아니 하도록 어머님께서 잘 훈계하십사고, 그것이 소자가 마지막으로 여쭙는 말씀입니다."
하고 일어나 두 번 절하고 물러나온다. 그때에 곁에 있던 누이가.

"소매가 아녀자지마는 하씨 집 가명을 더럽게 할 사람이 아니니 오라버님 염려 놓으시오."

하였다. 누이는 열다섯 살이었다.

선산부 객사 앞 넓은 마당에서 하위지의 아들 사형제가 일시에 교형을 당하였다. 사형제를 가지런히 늘어세워놓고 금부도사와 선산부사의 감형으로 사형제의 목에 올가미를 씌울 때에 일곱 살 먹은 연까지도 조금도 두려워함 없이 조용히 서 있었다.

선산부에 하위지 모르는 사람이 어디 있으며, 하위지의 덕행에 감복 아니 한 사람이 어디 있을까. 형장에는 수천 명 부민이 모여 모두 눈물을 흘리었다.

그때에 마침 태중에 있던 이가 박팽년의 며느리 한 분과 허조의 아들 연령의 아내였다. 둘이 다 만일 남아만 낳는 날이면 그 아이는 죽을 운명을 가질 것이나, 박팽년의 집에는 마침 종에 상전과 같이 해산한 이가 있어서 상전이 낳은 아들은 종의 아들을 삼고 종이 낳은 딸은 상전의 딸을 삼아 박팽년의 후손이 살아남았고, 허연령의 처가 낳은 아들은 자란 뒤에 죽이기로 하고 연령의 처와 함께 괴산부에 맡기어두었다가 세조대왕의 분한 마음이 풀린 뒤가 되어 아니 죽이기로 하였으니, 그것은 이로부터 칠 년 뒤 일이다.

이렇게 칠십여 명이 죽은 것을 병자원옥(丙子冤獄)이라고 일컫거니와, 이 일이 있은 뒤에 계속하여서 죽이는 일은 한참 동안 끊이지 아니하였다. 그중에 가장 큰 것은 혜빈양씨와 그의 몸에서 난 두 아드님 한남군 어, 영풍군 전의 죽음이다.

이 세 분은 성삼문 사건에 관계되었다고 드러난 증거가 없었다. 그러나 왕이 생각하시기에나 정인지, 신숙주, 권람, 한명회 등이 생각하기에 혜빈양씨 세 모자와, 세종대왕의 아드님으로 나이 가장 높은 화의군 영(瓔)과, 안평대군이 돌아간 뒤에 종실에 가장 명망이 높은 금성대군 유(瑜)와, 상왕이 가장 정다워하시고 또 신임하시는 영양위 정종, 여량부원군 송현수 등은 아무렇게 죄목을 만들어서라도 이번 기회에 없애버려야 할 것이라고 보았다. 죽일 죄를 찾기는 어려운 일이 아니었다. 더구나 혜빈 삼모자로 말하면 가장 상왕과 관계가 가까울뿐더러 매양 말썽이 되어왔다.

독자가 이미 잘 아는 바이어니와, 혜빈은 세종대왕의 후궁이요, 한남군, 수춘군(壽春君), 영풍군 세 분의 어머니일뿐더러 세종대왕의 명을 받들어 상왕을 양육하였고, 후에 문종대왕 승하하실 때에는 동궁을 향하시와 혜빈을 궁중의 어른으로 존경하실 것을 명하시었다. 그래서 비록 수렴청정은 아닐지라도 군국대사에 어리신 왕의 자문을 받는 지위에 있었던 것이다.

그뿐 아니라 혜빈이 덕과 지혜를 갖추고 범할 수 없는 위엄이 있어, 수양대군에게 대하여서는 한 큰 적국을 이루었던 것이다. 또 그의 아드님이요 수양대군에게는 친아우님 되는 한남, 수춘, 영풍 세 분으로 말하면, 항상 대의명분론을 주장하여 수양대군의 야심을 달게 여기지 아니하였다. 그중에도 상왕 선위 전에 돌아간 수춘군이 더욱 충성과 우애지정이 지극하였다. 한남군은 일시 대세라 무가내하다 하여 수양대군이 왕위에 오르시는 것을 찬성하는 태도까지 취하였으나, 당시 아직 이십 미만이던 수춘군이 눈물을 뿌리며 상왕께 신절(臣節)을 지켜야 할 것을 극언함으로부터 다시 마음이 돌아왔다고 한다. 한남, 영풍 형제분이, 선위를 전하는 날 아침에 수양대군을 찾아가서 마지막으로 수양대군의 야심이 옳지 아니한 것을 극언한 것이 수춘군의 정성에 힘입음이 많다고 한다.

어디로 보아도 혜빈 삼모자(수춘군이 살았더면 사모자)의 목숨은 부지할 길이 없었다. 성삼문 등이 죽은 지 사흘 뒤에 이 세 분은 화의군과 함께 성삼문의 당이라 하여 사형을 받았으나, 다만 종실이라 하여 걸형(傑刑)은 면하고 교형을 받았다. 이리하여 왕은 안평대군과 아울러 친동기 네 분의 목숨을 끊어버린 것이다.

금성대군은 왕과 어머니가 같은 덕에 아직 죽기를 면하고 순흥부에 안치를 당한 대로 두고, 송현수와 정종은 상왕의 극히 가까운 척분이 있다 하여 아직 목숨은 보전하여 후일을 기다리게 되었다. 정종은 광주(光州)에 귀양을 보내었다.

이렇게 성삼문 등을 죽이고 난 뒤에 왕은 이러한 반교문을 내리시었다.

頃者 瑢之謀逆 廣植黨援 盤據中外 遺孼未殄 相繼圖亂 近者 餘黨 李塏 包凶稔惡 倡謀作亂 其徒成三問等 潛通宮禁 內外相應 刻日擧 事 將危寡躬 擁挾幼沖 專擅自恣 尙賴 宗社扶佑之力 大惡自露 咸伏 其辜 宜布寬大之恩 以同臣民之慶.

이라 한 것이다. 이 반포문은 왕이 이번 성삼문 사건을 어떻게 해석하고 자 하는가를 보이는 중요한 글이니 고대로 번역하여보자.

"저즘께 용(안평대군)이 역적을 도모하매 널리 당파를 심어 서울과 시골에 아니 박힌 데가 없더니 남은 못된 놈들이 다 죽지 아니하여 서로 이어 난을 도모하도다."

여기까지는 사 년 전에 안평대군, 황보인, 김종서의 무리를 죽인, 이른

바 계유정난을 끌어 이번 역모도 그때 그 못된 놈들 죽다 남은 것들이 한 일이라는 것을 가리킨 것이니, 이것은 한 팔매에 두 마리를 맞히자는 것이다. 즉 세상이 다 애매한 것을 아는 안평대군, 황보인, 김종서 등을 한 번 더 역적이라고 선포하는 것이 하나요, 이번도 계유년 역모의 계속이라 하여 이번 성삼문 등의 역모가 뿌리가 깊은 것을 말하려 함이다.

"근자에 여당(餘黨) 이개가"

하필 이개를 중심으로 내어세운 심사는 성삼문을 머리라기 싫은 까닭이다.

"근자에 여당 이개가 흉악한 생각을 품어 주창하여 난을 지을새 그의 무리 성삼문 등이 그윽이 궁중과 통하여"

여기가 상왕을 물고 늘어지는 데다.

"내외가 서로 응하여 날을 정하고 일을 들어 장차 내 몸을 해하고 어린 이를 끼고 제 마음대로 하려 하더니"

또 한 번 상왕을 꺼들었다. 이것이 심히 중요한 일이니, 이번 일의 근원을, 책임을 상왕께 돌리려 하는 것이 왕과 정인지, 신숙주, 권람, 한명회 등의 일치 협력하여 애를 쓰는 바다.

"그러나 종묘와 사직이 붙들고 도우시는 힘을 입어 큰 악이 스스로 나타나 죄 있는 놈들이 모두 죽었으니"

이번에 참혹하게 죽은 칠십여 명 사람들은 다 죽어 마땅한 죄인들이다.

"마땅히 관대한 은혜를 베풀어 써 신민과 경사를 같이하리라."

하는 것으로 끝을 맺었으니, 이것은 역적들이 다 죽어 없어지어 국가에 이만한 경사가 없은즉 백성에게 이 기쁨을 나누기 위하여 모든 죄인에게 대사, 특사의 은전을 주자는 말이다.

이 반교문이 내리자 과연 전국 수천의 죄수는 지옥과 같은 옥에서 나옴을 얻었다.

또 이 사건 덕으로 좌익 삼등 공신이던 정창손은 이등 공신으로 올라가고, 김질은 좌익 삼등의 녹훈을 받아 상락부원군(上洛府院君)이 되고, 나중에 좌의정으로 문정공(文靖公)이라는 시호까지 받도록 귀한 사람이 되었다.

이 통에 하마터면 죽을 뻔한 이가 둘이 있으니, 하나는 정보요 하나는 이석형이다. 정보는 독자도 기억하시려니와, 여말 충신 정몽주의 손자요 그 서매가 한명회의 첩이 된 사람이다. 천성이 방랑하여 주색으로 일을 삼았으나, 그래도 가슴에 한 점 내조(乃祖)의 기맥을 받은 것이 있어 비록 궁하되 결코 권문세가에 아부하는 일은 없었다. 그가 현감 한 자리를 얻어 한 것이 한명회 덕이라고 비웃는 사람도 있으니, 이것만은 사실인 듯하나 궁해서 한 일이라 그리 책망할 것은 아니라고 성삼문이나 박팽년도 용허하여주었다. 성, 박 등과는 매우 친하게 지내었다.

성삼문 사변이 난 날 그는 명회의 집을 찾아서 그 누이를 보고 명회가 간 곳을 물은즉 누이는,

"대궐에서 아직 안 나오셨어요, 죄인을 국문한다나."

하였다.

"죄인?"

하고 정보는 손을 두르며,

"죄인은 누가 죄인이야? 대감 돌아오거든 그래라, 내가 그러더라고. 이 사람들을 죽이면 만고에 죄인이 되리라고."

하고는 옷을 떨치고 일어나 나갔다. 정보는 다시 이 집에 아니 오리라고

생각한 것이다.

　국문이 끝난 뒤에 명회가 집에 돌아와서 첩 정씨에게 정보가 하던 말을 듣고 분이 나서 저녁상도 아니 받고 대궐로 뛰어들어가 왕께 뵈옵고 정보의 말을 아뢰었다.

　왕께서도 분함을 이기지 못하시와 곧 정보를 잡아들이어 친히 국문을 하시었다.

　"네가 그런 말을 하였느냐?"

하시고 왕이 물으실 때에,

　"네, 과연 하였소."

하고 정보는 태연히 대답하였다.

　"저런 괘씸한 놈이 있단 말이냐. 어찌하여 감히 그런 난언(亂言)을 하여?"

하시고 왕이 소리를 높이신다.

　"옳은 말이니 하였소. 상감도 이 사람들을 죽이시면 만고에 죄인이 되시오리라."

하고 정보는 까딱없다.

　"이놈, 그러면 성가, 박가 놈들이 성인군자란 말이야?"

　"그러하오."

　이때에 곁에 섰던 정인지, 신숙주, 한명회 등이 아뢰기를,

　"제 입으로 제 죄를 자복하였사온즉 청컨대 형벌을 바로 하소서."

하였다.

　"그놈을 찢어라!"

하고 왕은 노함을 누르시지 못하시었다.

정보가 무사에게 끌려 장차 형장으로 나가려 할 때에 왕은 하도 정보가 태연한 것이 심상치 아니하게 생각하시고 왕은 좌우에게 물었다.

"그놈 뉘 자손이냐?"

한명회는 감히 자기의 첩의 형이라고 대답은 못 하였다. 그러다가 자기까지 봉변하기를 두려워하는 까닭이다. 이때에 곁에서 누가,

"정몽주의 손자요."

하고 아뢰었다.

왕도 정보가 정몽주의 자손이란 말을 들으시고는 놀라시었다. 이 사람을 죽이면 또 선비들 사이에 무에라고 말썽이 많을 것을 생각하신 까닭이다. 이때에 만일 정보 하나를 살리면 왕이 충신의 후예를 존중한다는 칭찬을 천추에 남길 것이라고 생각하시고 선선히 사형을 감하여 연일현(延日縣)으로 유배하라신 처분을 내리시었다. 이리하여 정보는 목숨을 보전하여 연일정씨의 조상이 되었다.

둘째로 죽을 뻔한 이는 이석형이다. 이석형은 그 지조로 보든지 성삼문, 박팽년 등과의 교의로 보든지 반드시 죽었어야 옳은 사람이건마는, 그가 병자사변에 들지 아니한 것은 전라감사로 외임에 있었던 까닭이다.

각 읍을 순행하던 길에 익산에 들러서 비로소 성삼문, 박팽년 등 구우들이 다 죽었단 말을 듣고 여관 벽상에 글 한 수를 써 붙이었다.

虞時二女竹

泰日大夫松

縱有哀榮異

寧爲冷熱容

丙子六月二十七日作

(우나라 때 두 여인의 대나무,

진나라 때 대부를 받은 소나무.

비록 슬픔과 영화가 다르지만,

어찌 차고 뜨거운 얼굴을 하리오.

병자년 유월 이십칠일 짓다 — 감수자 역)

'성삼문, 박팽년 등이 대와 같은 절개를 가졌으면, 나도 솔과 같은 절개를 가졌다. 그대들과 함께 죽지는 못하였을망정, 속에 품은 뜻은 같다.'는 말이다. 원체 글줄이나 하는 선비의 객쩍은 짓이다. 이런 글을 써 붙일 까닭이 없는 것이다.

이 글귀가 어떻게 서울에 굴러 올라와서 대간의 탄핵 구실이 되었다. 이때에나 지금이나 잡아먹기를 장기로 알았다. 그러나 왕은,

詩人命意 不知所在 何必乃爾.

(시인의 뜻이 어디 있는지 알지 못하는데, 어찌 반드시 그렇게 하랴? — 감수자 역)

라 하시고 대간의 계목을 물리치시었다.

이야기는 좀 뒤로 돌아간다.

성삼문 등의 국문과 처형이 끝나고 무사와 갑사의 호위를 받아 신숙주는 저물게 집에 돌아왔다. 신숙주가 돌아오는 길은 반드시 성삼문의 문전을 통과하였다. 이제 이 집에 누가 있나? 성삼문은 말할 것도 없고 그

아버지와 형제, 다 신숙주의 눈앞에서 죽어버리었다. 숙주의 교자(轎子)가 삼문의 집 모퉁이를 돌아설 때에 안에서 살아남은 부녀들, 삼문의 어머니와 아내와 제부들과 딸들의 울어 지친 느끼는 소리가 들리어올 때에 숙주의 등골에는 찬땀이 흘렀다. 세상에 친구가 많다 하더라도 숙주와 삼문과 같은 사이는 드물었다. 소년 시로부터 성부동(姓不同) 형제와 같이 지낸 것이다. 안에서까지도 다들 친하였다.

아까 대궐에서 삼문이 자기를 노려보던 눈을 숙주는 어두움 속에 보는 듯하여 눈을 감았다. 가슴이 두근거리었다. 삼문의 원혼이 자기의 뒤를 따르지나 아니하나 하는 어림없는 생각까지도 나서 소름이 끼침을 깨달았다.

숙주가 집에 다다르니 중문이 환히 열렸다. 어찌하여 중문이 열리었는고, 하고 안마당에 들어서서 기침을 하여도 부인이 내다봄이 없었다. 평일 같으면 반드시 대청마루 끝에 나서서 남편을 맞던 부인이다.

숙주는 안방에 들어왔다. 거기도 부인이 없었다. 건넌방을 보아도 없었다. 어디를 보아도 부인의 그림자도 없었다.

"마님 어디 가시었느냐?"
하고 집 사람더러 물어도 아는 이가 없었다.

숙주는 다락문을 열었다. 들이쏘는 등잔불 빛이 소복을 하고 손에 긴 베 긴 폭을 들고 울고 앉았는 부인을 비추었다.

숙주는 놀랐다. 의아하였다.

"부인, 어찌하여 거기 앉았소?"
하고 숙주가 물었다.

부인은 눈물에 젖은 눈으로 남편을 바라보며,

"나는 대감이 살아 돌아오실 줄은 몰랐구려. 평일에 성 승지와 대감과 얼마나 친하시었소? 어디 형제가 그런 형제가 있을 수가 있소? 그랬는데 들으니, 성 학사, 박 학사 여러 분의 옥사가 생기었으니 필시 대감도 함께 돌아가실 줄만 알고, 돌아가시었다는 기별만 오면 나도 따라 죽을 양으로 이렇게 기다리고 있는데 대감이 살아 돌아오실 줄을 뉘 알았겠소?"

하고 소리를 내어 통곡한다.

부인의 이 말에 숙주는 부끄러워 머리를 숙이고 어찌할 바를 모르다가 겨우 고개를 들며,

"그러니 저것들을 어찌하오?"

하고 방에 늘어선 아이들을 가리킨다. 이때에 숙주와 부인과 사이에는 아들 팔형제가 있었다. 나중에 옥새를 위조하여 벼슬을 팔다가 죽임을 당한 정(瀞)이 그 맏아들이었다.

그러나 숙주가 이 말을 하고 고개를 든 때에는 부인은 벌써 보꾹에 목을 매고 늘어지었다.

숙주가 놀래어 집 사람들과 함께 부인의 목맨 것을 끄르고 방에 내려 누였으나, 그렇게 순식간이건마는 어느새에 숨이 끊어지어 다시 돌아오지를 아니하였다. 부인 윤씨는 죽은 것이다.

윤씨는 성삼문 등을 국문하노라는 기별을 전하러 상왕께 심부름 갔던 승지 윤자운의 누이다. 자운은 후에 숙주의 당이 되어 영의정까지 지내었다.

비록 윤씨가 이렇게 죽었건마는, 숙주는 집 사람을 신칙(申飭)하여 이 말이 세상에 흘러나지 못하게 하였다. 그 말이 나는 것은 체면에 큰 수치

478

로 생각한 것이다.

그래서 목매어 죽은 윤씨는 의정부 좌찬성 고령부원군의 부인으로 비단에 씌워 가장 영화로운 장례로써 땅에 묻힘이 되었다.

한편으로, 죽은 사람들의 집은 어떠하였나. 오직 눈물과 분함과 욕봄과뿐이라 할 수 있다. 살아남은 부인과 딸들은 그날부터는 종이 되어 다른 집에도 가지 아니하고, 정인지, 신숙주, 김질, 한명회, 권람, 홍윤성, 양정 같은 소위 공신의 집으로 분배가 되어 가게 되고, 그중에도 과년한 처자는 서로 가지기를 원하여 다투는 형편이다.

그중에도 가장 불쌍한 이는 유응부의 부인이었다. 유응부는 본래 청렴하여 재물을 알지 못하므로 몸이 재상의 지위에 있으되 집에 문짝이 없어 거적을 늘이고, 일찍 그 밥상에 고기가 올라본 일이 없다 하며, 유시호 조석 지을 양식이 떨어지는 일까지 있었고, 그 부인이 육십이 되도록 깁것을 몸에 걸어보지 못하였다. 아들이 없고 오직 딸 형제가 있었으나 다 출가하고 부인 혼자 집을 지니고 있다가 가산과 몸을 적몰을 당할 때에 부인은,

"생전에도 굶주리다가 죽을 때까지 이 화를 당하다니."

하고 통곡하였다. 이 정경을 보고 이웃과 군사들까지도 울었다.

그러나 그렇게 구차하면서도 상왕이 선위하신 뒤에 받은 녹은 곡식 한 알갱이, 피륙 한 자 건드리지 아니하고, 철 찾아 내리는 부채, 책력 등속까지도 꽁꽁 모아 쌓아두었었다. 성삼문, 박팽년 등도 받은 녹은 다 봉하여두었음을 발견하고 왕이,

"독한 놈들이다."

하고 한탄하시었다.

유응부, 성승, 박정 같은 이의 부인들은 다 연로하여 아무도 욕심내는 이가 없으므로 도리어 여생을 보내기가 그리 힘들지 아니하였으나, 가장 곤경을 당한 이는 박팽년 부인 이씨와 성삼문 부인 김씨다. 그들은 다 후실이어서 아직 이십사오 세의 청춘이었고 또 자색도 있었기 때문에 간 곳마다 유혹과 위협이 있었으나 죽기로써 절을 지키었다.

왕은 세종대왕 이래로 인재 양성의 기관이 된 집현전을 혁파하고 거기 있던 책을 예문관(藝文館)으로 옮기었다. 왜 집현전을 혁파하였느냐. 성삼문, 박팽년, 이개, 유성원, 하위지 등이 모두 집현전 학사들이기 때문이다. 그놈의 집현전이라 하면 왕의 이 사이에는 신물이 돌았던 것이다.

다시 상왕을 창덕궁에서 금성대군 궁으로 옮겨 모시고 전보다 대우를 낮추고 단속을 엄하게 하여 일체로 외간(外間)과 교통하심을 금하였다. 잡수시는 것까지도 전에는 왕으로 계실 때와 같이 하였으나, 지금은 보행객주의 손님이나 다름없이 하라 하시었다.

상왕을 창덕궁에서 다시 금성대군 궁으로 옮겨 모실 때에 정인지는,

曩者 三問等之謀 上王旣豫知 得罪宗社 未可因享上王位號 請早圖 以防後患.

이라고 상소를 하였다.

'상왕이 성삼문 등의 도모를 미리 알았다.'고 하는 것은 정인지의 멀쩡한 거짓말이다. 그러나 상왕을 없이하려면 이것을 핑계로 삼는 것이 가장 편하겠기 때문에 이렇게 상왕이 미리 안 것으로 만들어버리는 것이다.

'청조도(請早圖)'라 함은 어서 죽여버리자는 말이다. 상왕을 벌써 죽여버리었더면 이번 성삼문의 일도 아니 생기었을 것이라고 정인지는 자기의 선견지명을 자랑한다. 이제라도 죽여버려야지 그냥 살려두면 또 제이 성삼문 사건이 납니다, 하고 정인지는 왕의 결심을 재촉하려 하였으나, 왕은 아직도 애매한 상왕의 목숨을 끊어버릴 생각까지는 나지 아니하였다.

혈루편(血淚篇)

서강(西江)에 김정수(金正水)라는 사람이 살았다. 그는 일정한 직업이 없이 서울 대갓집 사랑으로 돌아다니는 자다. 의술도 하노라 하고 풍수(風水) 노릇도 하노라 하고, 또 삼전(三傳), 사과(四課) 점도 치노라 한다.

그의 과수 누이 하나가 여량부원군 송현수 집에 침모로 들어가 있다가 부인의 의심을 받아서 매우 창피한 꼴을 당하고 쫓겨나왔다. 그 의심이란 대감이 가까이하는 듯하다는 것이다.

누이가 나와서 그 오라버니 정수에게 서러운 사정을 할 때에 정수는,

"오냐, 속 시원하게 해주마."

하고는 혼자 웃었다. 속 시원하게 한다 함은 무론 원수를 갚는다는 것이다.

그렇지마는 이 사람이 결코 원수만 갚고 말 작자가 아니다. 원수도 갚고 이(利)도 보자는 생각이 났길래 그는 웃은 것이다.

김정수는 곧 갓을 내어 쓰고 문안으로 들어왔다. 누구를 찾아가서 이 말을 할까 하고 주저하였으나 얼른 제학 윤사균(尹士均)의 집으로 발을 돌리었다. 그것은 사균과 가장 친분도 있을뿐더러 또 그가 신숙주와 교분이 있는 것을 알기 때문이다.

　김정수가 들어오는 것을 보고 사균은 매양 하는 버릇으로,

　"어, 김 서방인가."

하고 반쯤 조롱하는 빛으로 맞는다.

　"글쎄 영감, 나이 사십이 되어도 밤낮 김 서방이니, 그래 김정수의 이마빼기에는 '서방' 두 자를 새겨 붙이었던 말씀이오?"

하고 김정수는 성내는 양을 보인다.

　"그럼 무어라고 부르나. 김 정승이라고나 부를까?"

하고 사균은 적이 무료하여진다. 그는 좀 못난 편이다.

　"정승이야 간 대로 바라겠소마는 왜 김정수의 머리에는 탕건이 올라앉지를 못한답니까. 정수의 귀밑에는 옥관자 금관자가 못 붙는답니까?"

　"허, 이 사람이 오늘은 웬일인가?"

　"웬일이라니오. 권람은 우참찬이 되고 명회는 오늘 이조판서 승차 아니 하였소? 영감, 어디 나 같은 사람 감투 하나 얻어 씌워보시구려."

하고 정수가 농치어 웃는다.

　윤사균은 어른한테 놀림받는 아이 모양으로 싱글벙글할 뿐이다.

　얼마 동안 농담과 잡담을 한 뒤에 윤사균이 혼자 있게 된 때를 타서 정수는 정색하고, 그가 정색할 때에는 뒤로 젖히어진 갓을 바로잡는다.

　"그것은 다 웃음엣말씀이고, 그런데 영감, 큰일이 났소이다."

　사균도 덩달아 엄숙하게 되며,

"어, 무슨 큰일?"

하고 정수를 바라본다.

"왜? 어디 또 역모나 일어났나?"

이때에 큰일이라면 상왕을 회복하려는 도모(왕의 편에서 보면 곧 역모다)밖에 없을 것이다. 이 역모라는 말을 들을 때에 웬만한 지위에 있는 사람들에게는 두 가지 생각이 번개같이 지나간다. 나도 몰려 죽지나 아니하나, 또는 내가 먼저 알아다가 고발하였으면, 하는 것이다. 사균도 이두 가지 생각을 동시에 하였으나, 자기가 신숙주와 긴한 것을 생각하고는 첫 근심은 없어지고 둘째 희망이 남을 뿐이었다.

정수는 사균을 믿지 못하는 듯이 이윽히 물끄러미 바라보더니, 말없이 다만 고개만 끄덕끄덕하여 보인다.

"누가? 누가?"

하고 사균은 대단히 구미가 동하는 듯이 싱겁게도 정수를 조른다.

정수는 말을 할까 말까 하는 듯이 가만히 눈을 감고 입을 다물었다.

"이 사람, 누가? 내게야 못 할 말이 어디 있단 말인가. 이 사람, 누가?"

하고 사균은 정수의 소매를 잡아끈다.

이런 경우에 호락호락하게 말해버릴 김정수가 아니다. 저편의 비위를 부쩍 당길수록 이익이 많은 줄을 알기 때문에 말을 할 듯 할 듯하며 아니하는 것은 매우 요긴한 일이다. 그뿐더러, 이런 말이라는 게 섣불리 하여버리면 공은 남에게 빼앗기고 정작 자기는 헛물만 켤뿐더러 도리어 죄를 뒤집어쓰는 일이 십상팔구다. 더구나 인심이 효박(淆薄)하고 악착하여지어 의리보다도 이를 따르는 이때인 것을 정수는 잘 안다.

무론 윤사균은 그렇게 살짝 남의 공을 빼앗고 그 대신에 죄를 뒤집어씩

울 사람은 아니다. 그것은 의기남아가 되어서 그런 것이 아니라, 그만한 꾀가 없어서, 정수의 생각을 빌면 못나서 그런 것이다. 하고많은 사람에 윤사균을 김정수가 택한 것이 이 때문이다.

"내가 영감을 의심할 리야 있소이까. 의심 아니 하길래로 이런 참 대사를 의논하는 것이지요. 그렇지마는 매사는 튼튼히 하는 것이 대장부의 일이니까."

하고 또 잠깐 주저하다가,

"분명 영감이 나를 저버리지 아니하실 테요?"

하고 한번 다진다.

구미가 대단히 동한 윤사균은,

"저버리다니 말이 되나. 어서 말을 하소. 그래 누가 또 역모를 한단 말인가?"

하고 애원하는 빛을 보인다.

그제야 정수는 사균의 귀에 입을 대고,

"송현수."

하고 한마디를 불어넣는다.

"응?"

하는 사균의 눈에는 웃음이 있다.

"그래 송현수가? 응 그럴 일이야. 그래 누구허고?"

정수는 대답이 없다.

"언제 거사하기로?"

하고 사균이 재우쳐 물어도 정수는 여전히 대답이 없다. 정수는 이 자리에서 윤사균에게 다 말해버리는 것이 아무리 하여도 공을 빼앗길 염려가 있는 까닭이다.

"영감, 그럴 게 없소. 나허고 신 찬성 댁으로 가십시다. 그렇지 아니하면 승정원으로 바로 가든지. 이 자리에서 영감한테 말씀해도 좋지마는 이목이 번거하니 같이 나가시지."

하고 정수가 먼저 일어선다.

사균은 정수가 자기를 의심하는 것이 괘씸하게는 생각하였으나 또한 무가내하다. 김정수의 비위를 거스르는 것은 날아 들어오는 부원군 첩지를 몰아내는 셈이라고 생각하여 사균은 정수를 따라나섰다.

신숙주에게로 갈까 바로 대궐로 들어갈까, 망설이다가 대궐로 들어가기로 하였다. 이왕 세울 공이면 신숙주를 새에 내어세울 것도 없었고, 또 요사이 역모를 고발하는 일이면 당상관만 되면 아무 때에나 예궐할 수가 있었다.

이리하여 송현수가 왕을 시(弑)하고 상왕을 복위하려는 음모를 한다는 말과, 매양 권완(權完)이 밤 들게 송현수를 찾아와서는 늦도록 있다는 말과, 송현수 부인 민씨가 상왕과 내통한다는 말과, 기타 김정수가 그럴 듯하게 지어낸 말을 입직 승지에게 고하였다.

왕은 누구든지 송현수, 권완의 무리를 없이할 죄목을 갖다가 바치기를 기다리던 터이라 내전으로 사균을 불러들이어 자세한 말을 물으시고, 누가 이 역모를 알아내었느냐고 물으실 때에 사균은 하릴없이 김정수의 이름을 아뢰었다.

왕은 사균과 정수에게 술을 주라 하시고, 즉시로 대관을 궁중으로 부르시고 일변 금부에 명하시와 판돈령 송현수, 판관 권완을 잡아오라 하시었다. 궁중에는 등불이 휘황하고 또 친국이 있다고 법석이었다.

사균과 정수는 의기양양하여 승정원에 앉아서 떠들었다.

왕이 사정전에 납시와 영의정 정인지, 우의정 정창손, 좌찬성 신숙주, 좌참찬 권람, 우참찬 박중손, 병조판서 홍달손, 예조판서 홍윤성, 영중추원사 윤사로, 판중추원사 이인손, 공조판서 양정, 이조판서 황효원, 도승지 한명회, 우승지 조석문, 우부승지 권지, 동부승지 김질 들을 부르시와 송현수, 권완의 역모를 말씀하시고 제신의 뜻을 물으시었다.

"송현수가 불측한 뜻을 품었다는 말은 들은 지 오래되 상왕의 낯을 보아 지금껏 묻지 아니하였으니 감격하여 마땅하거든, 제가 부녀들의 말에 혹하여 상왕과 통하여 이런 불궤를 도모한단 말인가? 가증한 일이로다."

하시고 왕은 은근히 상왕과 대비와 송현수 부인 민씨도 동죄인 것을 비취어 도저히 용서할 수 없다는 뜻을 제신에게 암시하였다.

영의정 정인지는 백관을 대신하여,

"송현수, 권완의 죄는 만사무석이오."

하고 아뢰었다. 무론 아무도 감히 이 말에 반대하는 자가 없었다.

이윽고 여량부원군 송현수와 돈령부 판관 권완이 들어온다. 그들은 붙들려오는 것이지마는 관복을 갖추었고 결박도 함이 되지 아니하였다. 여기도 왕이 상왕의 친척을 존중하는 모양을 보인 것이다.

송현수와 권완은 왕께 배례도 아니 하고 읍하지도 아니 하고 도승지 박원형이 지정하는 자리에 우두커니 섰다. 그들은 모든 일을 다 안 것이다.

왕은 크게 진노하시와,

"네 어찌 내 앞에서 읍하지 아니하고 부복도 아니 하고 빳빳이 섰단 말이냐?"

하고 두 사람을 노려보신다.

"지금까지는 후일을 바라고 나으리 앞에서 허리를 굽혔소마는 이제 상왕을 회복지도 못하고 나으리 손에 죽는 마당에 허리를 굽혀 무엇 하오? 내가 살아 있고는 나으리가 잠을 편히 못 잘 모양이니 잘되었소. 어서 죽여주오."

하고 송현수가 왕을 바라본다.

"권완이 너는?"

하고 왕이 권완에게 물으시니 권완은 소리를 가다듬어,

"나는 죽어서 지하에 선조를 대하기가 부끄럽소. 나으리 같은 무도한 역신을 진멸을 못 하고 집안에 가만히 앉았다가 붙들려 죽는 것이 부끄럽기 짝이 없소. 이렇게 나으리 마음에 안 드는 사람들을 다 잡아 죽이면 나으리는 천추만세에 복락이 무궁할 듯하지마는 머리 위를 보시오. 창천이 무심하실 리가 없으니 나으리가 가슴을 두드리고 죄를 뉘우칠 날이 머지아니하리다."

하고 왕을 노려본다. 키가 작은 권완의 음성은 쇳소리와 같이 울리었다.

왕은 분하심을 참지 못하시와,

"두 놈을 결박하고 때리라."

하는 영을 내리신다.

도승지 박원형이 무사를 부르니 모두 한명회의 심복이라, 달려들어 송현수와 권완의 사모를 벗기고 품대를 끄르고 두 손을 뒷짐을 지워 결박을 한 뒤에 손을 들어 두 사람의 입을 때리니 코와 입에서 피가 쏟아진다. 얼마큼 때려서 두 사람이 정신없이 고꾸라지는 것을 보시고야 왕이 겨우 노하심을 진정하시었다.

"네가 역모를 할 때에는 상왕과 통모를 하였것다?"

하고 두 사람이 다시 정신이 들 만한 때에 왕이 송현수에게 물으신다.

"내가 역모하는 줄은 나도 몰랐으니 상왕이 아실 리가 있소. 죽이려거든 내나 죽일 것이지, 상왕까지 죽이려 하시오? 아서시오, 그런 법은 없습니다. 더욱 불충일뿐더러 골육상잔이 아니오?"

하고 송현수가 고개를 흔든다.

송현수와 권완은 죄를 자복하지 아니하였으나 어전에서 발한 이 불공한 말만 하여도 걸형을 당하기에 넉넉하였다. 그러나 오늘은 이미 밤이 늦었으니 명일을 기다리어서 죽이기로 하고 밤 동안 금부에 내리어 가두라 하시었다. 정인지, 신숙주의 무리는 당장에 그 무리를 박살하지 아니하는 것이 망극한 성은이라고 칭송을 올리었다.

송현수와 권완과 부인들과 자손들이 멸망을 당한 지 나흘 되는 유월 이십육일에 왕은 교지를 내리시와, 상왕의 어머니시요, 왕 자기에게는 형수님이시요, 문종대왕의 왕후이신 현덕왕후 권씨를 폐하여 서인을 만드시었다. 현덕왕후는 돌아가신 지가 벌써 십칠 년이 되신 양반이다.

이것도 역시 정인지, 신숙주의 계책에서 나온 것이니, 표면 이유는 현덕왕후의 친정어머니 되는 화산부원군 부인 최씨가 역모에 걸리어서 죽었거든 그 딸 되시는 현덕왕후가 어찌 감히 종묘에서 제향을 받으랴 함이지마는, 기실은 상왕을 욕보이자는 것이 목적이요, 정가, 신가의 생각에 상왕을 욕보이는 것은 곧 금상을 기쁘게 함이었다.

이날 왕은 특별히 상왕께서 종묘에 참배하시기를 허하시었다. 무슨 영문을 모르시는 상왕과 대비께서는 첫째로 오래간만에 문밖에 나오시는 것이 좋았고, 둘째로는 슬픔 많고 외로우신 몸이 평소에 사모하옵는 조부모님과 부모님의 위패 앞에 뵈올 것이 기쁘시었다.

상왕이 타신 남여(그것은 연이 아니요, 남여였다)가 종로로 지나갈 때에 그 어른이 상왕이신 줄 아는 백성들은 뒤를 우러러뵈옵고 울었다. 그렇게 이렇게 초초하게 가시는 어른이 이전 왕이시던 상왕이시라고 아는 사람도 얼마 되지 아니하였다.

상왕이 종묘에 듭신 때에 동부승지 김질이 왕명을 받아가지고 문종대왕의 위패를 모신 독에서 현덕왕후의 위패를 빼어내어 상왕이 보시는 곳에서 뜰로 획 내어던지니, 둘러섰던 군사와 궁노들이 발길로 그 위패를 차서 굴린다.

상왕은 신도 안 신으시고 뛰어내려,

"나를 차거라, 나를 차거라."

하시며 흙 묻은 위패를 가슴에 안고 기색하시어 땅에 쓰러지시었다.

그러나 상왕은 그 위패를 보호하실 힘이 없으시었다. 군사들은 기색하신 상왕의 품에서 그 위패를 빼앗아 도끼로 산산조각으로 패어서 아궁이 불 속에 집어넣어버렸다.

이튿날 이십칠일에 왕은 마침내 상왕을 노산군(魯山君)으로 강봉한다는 교지를 내리시었다.

前日 成三問言 上王豫其謀 宗親百官 合辭以爲 皆曰 上王得罪 宗社 不宜安居京師 請之不已 予固不允 欲保初心 到今 人心未定 煽亂之徒 繼踵不息 予豈得以私恩 曲大法 不顧上天之命 宗社之重 特從群議 降封爲魯山君 俾出居寧越 厚奉衣食 以保始終 以定國心 惟爾政府 曉諭中外.

490

허두에,

"성삼문의 말이, 상왕이 그 일에 참예하였다 하므로 종친과 백관이 모두 아뢰기를 상왕이 종사에 죄를 지었으니 서울에 편안히 있지 못할지라 하니"

하였다. 성삼문이 그런 말 한 일은 없지마는 성삼문의 입으로 이 말이 나왔다고 하는 것은 심히 필요한 일이다.

"내 어찌 차마 사사로운 은정으로써 큰 법을 굽히며 하늘이 명하는 바와 종사의 중함을 돌아보지 아니하랴."

하여 부득이 종친과 백관의 청을 들어 상왕을 노산군으로 하고 영월로 내려가시게 한다는 것이다.

상왕을 노산군으로 강봉하여 영월로 가시게 하는 일에 대하여 '종친과 백관이 합사(合辭)'라 하고 "개왈(皆曰)"이라 한 것은 노상 없는 말이 아니다. 종친 중에는 임영대군이 왕의 편이 되어서 종친이 나서야 할 때에는 항상 앞장을 선다. 양녕대군이 집안의 어른이지마는, 그는 성삼문 사건을 듣고는 속리산으로 들어가 숨어버리고 말았다. 그가 서울에만 있더면야 억지로라도 이번 일에 필두가 되고야 말았을 것이다. 임영대군은 왕의 친아우님이요 노산군에게는 마찬가지 숙부다.

또 백관 중에서는 무릇 네 번 상왕을 서울에서 내어쫓자는 상서가 있었다. 그 출천한 충성을 만세에 전하기 위하여 그들의 향기로운 이름을 아니 기록할 수 없다.

첫번은 정인지, 정창손, 신숙주, 황수신(黃守身) 등이 의정부의 이름으로 계목한 것이니, 그 글의 요지는,

今上王 名位相侔 小人棄間 謀亂者有之 近日成三問之亂是已 請
避居他處 以杜邪罔.

〔지금 상왕이 명위(名位)가 서로 같으므로 소인이 틈을 타서 난(亂)을 꾀하는
자가 있으니, 근일의 성삼문의 난이 그것입니다. 청컨대 피하여 다른 곳에 있게
하여 간사하고 속이는 것을 막으소서.— 감수자 역〕

이라 한 것이나 왕은 "不允(불윤)"이라 하시었다.

둘째는 권람, 이인손, 박중손, 홍달손, 성봉조(成奉祖), 김하, 박원형,
어효첨 등이 육조 이름으로,

請令上王避居 以絕嫌疑.

(청컨대 상왕으로 하여금 피하여 있게 하여 혐의스러운 것을 끊게 하소서.— 감
수자 역)

라 한 것이니 역시 왕은 불윤하시었다.

셋째 번은 다시 정인지, 정창손, 신숙주 등이 정부 이름으로,

雖親父子之間 如有嫌疑之事則 尙且避之 請從臣等之請 以圖宗社
之計.

라 한 것이니, 이것은 심히 간절한 청이다. '비록 친부자간이라도 이런
경우에는 내어쫓을 것이거늘 하물며 그까짓 조카랴. 어서 내어쫓으시와
왕의 자리를 굳히소서.' 함이다.

이에 대하여 왕은,

中國雖有正統故事 且予意本不如此 卿等勿須更言.

〔중국에 정통고사(正統故事)가 있고, 또 내 뜻이 본래 이와 같지 않으니, 경등은 다시 말하지 말라.— 감수자 역〕

이라고 불윤하시고, 또 계목하였으나 불윤이라 하시었다.

다음에는 대사헌 안숭효(安崇孝), 좌사간 권개(權愷) 등이,

李塏之徒 謀復擁挾 欲危宗社 而上王亦豫聞焉 其於宗社之大計何如 上王當避位法宮 移居于外 勉循公議.

〔이개의 무리가 다시 옹립하기를 꾀하여 종사를 위태롭게 하고자 하는데 상왕도 또한 참여하여 들었으니, 종사의 대계에 있어 어떠하겠습니까? 상왕은 마땅히 법궁(法宮)에서 피위(避位)하여 밖에 옮겨 거처하여야 한다는 것이 모두의 이야기입니다.— 감수자 역〕

라 하였다.

이 계목 중에는 '피위(避位)'라는 문자가 있다. 이에 대하여서도 왕은 불윤이라 하시었다. 이만하면 왕이 상왕을 아끼시는 성덕을 보이기에는 넉넉하였다. 아무도 감히 상왕의 존호를 폐하고 강봉하자는 말을 내지 못하였다. 이것이 왕의 생각에 퍽 답답하였다. 상왕이라는 존호를 가지신 대로 서울에서 내쫓는다 하면 듣기에 매우 좋지 못하다. 용서할 수 없는 죄를 지어서 상왕의 존호를 잃고 목숨까지도 잃어야 옳을 것을, 왕의

바다 같은 성은으로 목숨 하나는 용서함을 받아서 시골로 가시는 것으로 하지 아니하면 아니 된다.

아무리 왕이 상왕에게 호의를 보이신다 하더라도 상왕의 바로 눈앞에서 그 어머님의 위패를 욕보이시었으니, 아무도 왕의 호의를 알아드리지 아니할 것이다.

아무려나 이리하여 왕은 첨지 어득해(魚得海)와 금부도사 왕방연(王邦衍)을 명하여 노산군을 강원도 영월부로 호송하자 하시고, 군자정 김자행(金自行), 내시부사 홍득경(洪得敬)을 종행하게 하시었다.

노산군이 서울을 떠나시는 날, 병자 유월 이십팔일, 노산군이 계시던 금성대군 궁은 초상난 집과 같았다. 노산군은 비록 대장부의 기개를 보이시어 울음을 참으시거니와, 부인 송씨와, 본래 후궁이었고 지금은 무엇이라고 부를 만한 칭호조차 잃어버린 권씨와 김씨, 세 분은 기색하기를 몇 번을 하다시피 애통하였다. 그까짓 국모의 지위를 잃고 대궐에서 쫓기어나시던 것 같은 것은 생각할 새도 없다. 낳아주신 부모(송현수 부처)가 살육을 당한 지 이레 만에 남편 되시는 어른을 살아 영이별하는 설움, 인생에 이에서 더한 설움이 또 있을까.

권씨도 이번에 그 아버지 권완과 일족의 도륙을 당하였다. 권씨는 송씨와 같이 노산군을 따라 영월로 가려 하였으나 왕은 이를 허하지 아니하시었다. 그 허하시지 아니한 이유가 무엇인지 알 수는 없으나, 밖에서 전하는 말은 아이를 낳으실 것을 염려하심이라고 한다. 아이가 난다 하면 살려두게 되더라도 후환이 있을 것이요 죽여버릴 계제가 되더라도 귀찮을 것이니, 차라리 내외 한데 있지를 못하게 하자는 것이 그 이유라고 한다.

"종사에 큰 죄인이 목숨만 부지하는 것도 어분(於分)에 과의(過矣)거
든 솔권이 말이 되오?"

하시는 것이 한확의 노산군을 위한 간청에 대한 왕의 대답이었었다.

이날 왕은 내시 안로(安璐)를 시키어 화양정(華陽亭)에 약간 잔치를
베풀고 노산군을 전송하게 하였다.

안로는 노산군에게 술을 권하며,

"나으리, 이게 웬일이시오? 나으리는 아무 죄도 없으시건마는 성삼문
때문에 애매히."

하고 동정하는 듯이 노산군의 눈치를 보았다. 이것은 왕이 노산군의 입
으로 성삼문의 역모를 알았다는 말씀을 들어 오라 하신 까닭이다.

"소인에게야 무슨 말씀은 못 하시오? 성삼문이 나으리께 그런 말씀을
아뢰입더니까?"

하고 늙고 교활한 안로는 더욱 간절히 물었다.

지존의 지위를 앗기고 죄인의 몸이 되어 혈혈단신으로 서울을 쫓겨나
시는 노산군은 예전 당신의 신하들 중에 한 놈도 따르기는커녕 나와 뵈옵
지도 아니할 때에 안로가 그래도 전별하는 정을 보이는 것을 보시고 마음
에 고마워하시다가, 이러한 말을 묻는 것을 보시고 괘씸하여,

"이 늙은 여우 놈아, 물러나거라."

하시면서 술잔을 들어 안로의 면상을 때리시었다. 잔이 안로의 코허리를
치어 빨갛게 피가 흘렀다.

노산군이 다 낡은 남여를 타시고 종로를 지나 동대문으로 나가실 때에
장안 백성들은 길가 땅바닥에 엎드리어 울고 배웅을 내었다.

"우리 상감마마 어디를 가시오?"

하고 소리를 내어 외치다가 관노들의 손에 입을 얻어맞는 순박한 늙은이
도 있었다.

장마는 걷혔으나 무시로 비가 오락가락하였다. 볕이 났다 들었다 하였
다. 볕만 나면 길가 풀잎이 시들도록 날이 더웠다. 말복이 엊그제 지나지
아니하였는가.

첨지 어득해가 앞을 서고 군사 오십 명을 두 대에 갈라 앞뒤에 서게 하
고, 의금부도사 왕방연은 날쌘 나졸 네 명으로 더불어 노산군의 바로 뒤
에 말을 타고 따라섰다. 군자정 김자행과 내시부사 홍득경도 항상 노산
군 남여 곁으로 말을 몰았다.

군사들은 밥을 배불리 먹고 또 몸에 밥과 떡을 지니어 길 가면서도 시
장하면 내어 먹었으나, 노산군은 그저께 종묘에서 그 욕을 당하신 뒤로
거의 조석을 폐하시나 다름이 없고, 오늘도 아침에 궁을 납실 때에 부인
이 마지막으로 드리시는 미음을 잡수실 뿐이어서 해가 낮이 기울 때쯤 하
여서는 시장하시고 기탈(氣脫)하심을 금할 수 없으시었다.

혹시 주막에 쉬어 육십 명 일행이 막걸리 한 잔이라도 다 사 먹을 때에
도 노산군에게는 냉수 한 모금도 드리지 아니하였다. 하도 허기가 지고
목이 마르시므로 곁에 따르는 홍득경을 부르시어 잡수실 것을 청하시면
그는,

"아, 왜 이리 급하시오? 나으리 잡수실 것은 영월부에 가야 있지요."
하고 말조차 버릇없이 거절하였다.

"이것도 왕명이냐?"
하고 노산군이 소리를 높이시면,

"명대로 아니 하거든 걸려서 압송하랍시었소. 암말 말고 가만히 계

시오."

하고 첨지 어득해가 호령을 하였다.

이 모양으로 점심 수라도 잡수시지 아니하시고 기나긴 여름 햇발도 벌써 석양이 되었다. 사십 리 길을 걸어 양주 의정부에 거의 다다랐을 적에 어떤 사람 하나가 마주 오다가 노산군 행차를 만나 길을 피하고 있었다. 그는 곧 양성(陽城) 사는 차성복(車聖輹)이었다.

행차가 다 지나가도록 성복은 그가 누구 행차인지를 몰랐다. 그래서 후배(後排)더러,

"어느 행차시오?"

하고 물었다.

"노산군이오."

하고 후배 군졸 하나가 대답한다. 군사들도 더위와 먼 길에 피곤하였다.

"노산군이라, 노산군이 누구시오?"

하고 성복은 의아하여 다시 물었다. 일찍이 노산군이란 이름을 듣지 못하였고, 또 이렇게 오십여 명 군사가 따를 때에는 여간한 양반이 아닐 듯하기 때문이다. 또 하나 이상한 것은 남여 속에 앉은 이의 의표(儀表)가 비범하였음이다.

"상왕이라면 알겠나? 상왕이 인제 노산군이라오."

하였다.

상왕이라는 말에 차성복은 무릎을 굽히고 땅바닥에 엎드리었다. 상왕께서 마침내 높으신 지위를 잃으시고 어느 시골로 떨어지시는가 하고 성복은 황송한 생각을 금하지 못하였다.

이윽히 앞으로 지나가신 행차를 바라보고 한탄하고 있는 즈음에, 어떤

행인 이삼 인이 지나가며 하는 말이 들린다.

"온종일 수라를 안 올렸대."

"온종일이 무엇인가. 영월부에 가시기까지는 일절 잡수실 것을 올리지 말라고 전교가 내렸다네."

이러한 말이다. 설마 영월부까지 가시도록 잡수실 것을 드리지 말라는 전교야 내렸으랴(그것은 알 수 없는 말이다)마는 이러한 소문은 어디서 난지 모르게 장안에도 퍼지고 행차가 지나가는 노변에도 퍼지었다. 그것은 온종일 길을 가도 군사와 나졸들까지도 다 주식을 먹건마는 노산군께 무엇을 올리는 것을 보지 못한 것이 증명하게도 되었다. 군자정 김자행과 내시 홍득경이 행차를 따르는 것은 노산군이 어떻게 대접을 잘 받으시나 하는 것을 염탐하려 하는 것이 아니라, 얼마나 학대를 받으시나 하는 것을 감독하려는 것이다. 만일 어 첨지나 왕 도사나가 설혹 노산군께 좋게 하여드리려 하는 생각이 있더라도 이 두 사람의 네 눈망울이 무서워 어찌할 수 없을 것이다. 사실상 금부도사 왕방연은 노산군께 대하여 그윽한 충성과 동정을 가지고 있어, 오늘도 먹고 마시는 것이 차마 목에 넘어가지를 아니하였다. 그러나 어찌할 수가 없었던 것이다.

행인들이 하는 말을 듣고 성복은 나귀를 돌리어 행차 뒤를 따랐다.

행차가 의정부에 들매 처음에는 백성들이 웬일인 줄을 잘 모르다가, 차차 이 양반이 어린 상감님으로서 삼촌님한테 쫓겨나서 영월로 귀양 가시는 길인 줄을 알게 되매 모두 동정하였다. 다만 군사와 관인들이 무서워 입 밖에 내어서 말을 못 할 뿐이었다.

노산군 숙소는 어떤 주막 안채에 정하고, 그 사랑채에는 첨지 어득해, 도사 왕방연, 내시부사 홍득경, 군자정 김자행이 들었다. 주막집이란,

안채는 보잘것없는 것이다.

차성복은 일행이 다 들고 남은 주막을 택하여 사처를 정하였다. 성복은 주인 노파에게 명하여 백설기 한 시루를 찌라 하였다. 그리고 성복은 행장에서 원산서 가지고 오던 대구어 수십 마리를 꺼내어 잘게 찢기를 시작하였다. 노파는 이 손님이 대체 무엇을 하려는고, 하고 시키는 대로 하였다.

밤이 깊은 뒤에 성복은 떡과 대구어 뜯은 것을 보자기에 싸서 들고 노산군 사처로 찾아갔다. 군사들도 다 곤하여 잠이 들고 성복의 발자취 소리가 날 때마다 개들이 콩콩 짖는다. 여름 그믐밤은 지척을 분변할 수 없도록 캄캄하고, 벌써 가을이 가깝다고 벌레들이 울고 먼 논에 개구리 소리도 들렸다.

길가로 향한 대문은 걸었으나 개천으로 향한 뒤 사립문은 방싯 열린 대로 있다. 초저녁에는 거기도 군노 한두 사람이 앉아 이야기를 하더니 그들도 어디로 가버리고 말았다. 아무도 없는 모양이다.

성복은 발자취를 숨기어 안마당으로 들어왔다. 노산군이 어느 방에 드신 것은 미리 노파를 시켜 알아도 보았거니와 그 방인 안방에는 문이 닫히고 희미하게 불이 비취었다.

성복은 문을 들어섰다.

이때에 노산군은 자리에 누우시어 부채로 모기를 날리시며 잠을 이루지 못하시다가, 불의에 사람이 들어오는 것을 보고 깜짝 놀라 일어 앉으시나 말씀은 없으시었다. 혹시 자객이나 아닌가 하는 의심도 가지시었다. 노산군 생각하시기에 결코 이 길을 무사히 가서 영월 구경을 할 것 같지 아니하시었다. 중로 어느 주막에서 필시 살해를 당할 줄로 생각하시었던 것이다.

성복은 손에 들었던 것을 앞에 놓고 노산군 앞에 부복하였다.

"무엄하온 죄는 만번 죽어 마땅하오나 오늘 상감마마 노중에서 수라 못 잡수신 말씀을 듣삽고 소신이 시루떡과 대구어 자반을 바치오니 내일 가시는 길에 행리 속에 감추시었다가 내어서 잡수시옵소서."

하는 성복의 음성은 울음으로 끝을 막았다.

노산군은 저녁을 잘 잡숫지 못하시어 정히 시장하시던 때라, 성복이 올리는 뭉치를 손수 끄르시어 아직 김이 나는 떡을 떼어 입에 넣으시고 맛나게 잡수시며,

"오, 네 충성이 가상하다."

하시고 눈물을 머금으시며,

"너는 누구냐?"

하고 물으시었다. 성복은 감히 머리를 들지 못하고 엎드리어.

"소신은 양성 사옵는 차성복이오."

하고 아뢴다.

"머리를 들어 나를 보라."

하시는 말씀에 성복이 황송하여 약간 고개를 들어 노산군을 우러러뵈오니, 비록 초췌하오시나 용안의 아름다우심이 이 세상 사람 같지는 아니하시다고 생각하였다.

"물건은 네 붉은 정성이니 잊지 못하리라. 나는 아마 세상에 오래 있지 못할 것이요 또 죽어도 돌아갈 곳이 없으니, 만일 혼이 있으면 네 집에 가서 의탁할는지 어찌 아느냐."

하시고 심히 감개가 많으시다가,

"여기 오래 있을 데가 아니니 어서 나가거라."

하신다. 혹시 들키면 성복에게 무슨 화가 있을까 봐 두려워하심이었다.

성복은 부엌을 더듬어 냉수 한 그릇을 떠다가 드리고 숙소로 물러나왔다. 후에 노산군이 죽임을 당하신 뒤에 성복의 꿈에 익선관, 공룡포를 입으신 단종대왕(노산군)께서 나타나시어 "내가 네 집에 의탁하러 왔다." 하시므로 성복은 기일마다 시루떡을 쪄놓고 제사를 드리었고, 성복이 죽은 뒤에도 대대로 제사를 계속하여 숙종대왕 때 단종대왕을 복위하신 때까지에 이르렀다고 한다.

산을 넘고 강을 건너, 또 산을 넘고 강을 건너, 비에 젖고 볕에 그을어 칠월 초승달 빛에 두견성이 슬피 들릴 때에 하늘에 사무치는 한숨을 품으신 노산군은 마침내 영월부 청령포(淸泠浦) 적소에 도착하시었다.

청령포는 영월부의 서쪽 서강(西江) 가에 있는 조그마한 동리다. 남, 서, 북이 모두 산이요, 동으로는 서강을 건너 영월 부중(府中)이 바라보이었다.

삼면 산에는 수목이 울창하여 항상 구름이 머물고 앞으로 흐르는 서강 물소리는 밤새도록 끊일 줄을 몰랐다.

노산군 계실 곳으로 정한 것이 수풀 속에 있는 촌가 서너 채. 그중에 한 집이 노산군 계신 곳이요, 다른 집들은 노산군을 지키는 군사와 궁노들의 숙소다. 군사 이십 명, 궁노 십 명, 후에 따라온 궁녀 여섯 명, 내시 두 명, 모두 이만하였고, 또 영월부에서도 날마다 중군(中軍), 천총(千摠)이 거느린 십여 명 군사와 형리와 호장이 나와서 다녀갔다.

노산군이 계신 집은 나뭇조각으로 지붕을 인 침침한 집이었다. 뒤꼍은 바로 산에 연하여 밤에는 밤새, 낮에는 낮새 소리가 시끄럽게 들리었다.

부엌에 연한 이 칸 방에 가운데 장지가 있어 새를 막고, 아랫방에 노산군이 계시고 윗방 하나에 궁녀 여섯이 살았다. 처음 노산군이 떠나오실 때에는 궁녀도 내시도 없었으나, 사오 일 후에 상왕전에 모시던 궁녀들 중에 넷은 예전 대비, 지금 노산군 부인 송씨를 따르고, 여섯은 천 리 머나먼 길에 옛 주인을 따라온 것이다.

왕도 그것까지는 막지 아니하시었다. 내시 두 명도 이 모양으로 온 사람이다. 뒤에 정인지가 알고 궁녀가 따라와서 노산군을 모시는 것이 마땅치 아니하다고 누차 왕께 아뢰었으나, 왕은 인지의 말씀을 듣지 아니하였고, 뒤에 신숙주가 또,

"노산군이 종사의 죄인으로 천지에 용납지 못하려든, 궁녀와 환관이 수종한다 하옵고 또 범절이 너무 호사하오니 유사에게 명하시와 자의로 따라간 궁녀와 환관을 엄벌하시고 범절을 줄이도록 하심이 마땅한가 하오. 그렇지 아니하면 이것이 성습(成習)이 되어 차차 무슨 폐단이 생길는지 알 수 없사온즉, 화단을 미연에 막으심이 옳을까 하나이다."

하고 아뢰었으나 왕은 머리를 흔드시고,

"버려두라."

하시었다. 아무려나 이리하여 평소에 모시던 궁녀들이 노산군의 좌우에 모시게 되었다.

노산군이 서울을 떠나시와 영월 청령포까지 오시는 오륙 일 길에 노산군을 모시던 사람들은 다 노산군이 인자하시고 아무리 어려운 처지에 계시더라도 제왕의 위덕을 조금도 손상하심이 없으신 것을 뵈옵고 깊이 감동하였다. 시장하시거나 목이 마르시거나, 모기 때문에 잠을 못 주무시고 밤을 새우시거나, 좌우에 모시는 무지한 무리들이 무엄한 언동을 하

거나, 노산군은 한 번도 불쾌한 빛을 드러내지 아니하시었다. 그래서 따르는 자들은 조금이라도 이 가련하신 옛 임금의 불편하심을 덜어드리려고 마음으로는 애를 쓰나, 서로 무서워서 감히 남의 눈에 띄게 도와드리지는 못하였다. 만일 노산군에게 충성된 빛을 보이었다가 그 말이 왕의 귀에 들어갈까 두려워함이다. 그래도 차차 산간의 맑고 찬 샘물을 떠다드리는 이도 있고, 비에 젖은 뙤딸기를 따다가 드리는 이도 있고, 주막에서 밤중에 일어나 모깃불을 피워드리는 이도 있었다. 그러면 노산군은 언제나 비록 조그마한 호의라도 가상히 여기시고 기억하시는 표를 보이시었다. 그것은 혹은 빙그레 웃으심으로, 혹은 고개를 한 번 끄덕이심으로 표하시었으나 일절 말씀은 하시는 일이 없으시었다.

이렇게 노산군은 따르는 군사들의 사모함을 받으시었다. 그중에도 금부도사 왕방연은 가장 감동받음이 컸다. 그는 노산군을 청령포에 모시어다 두고 사흘 만에 서울로 회정할새, 떠나기 전날 밤에 차마 잠을 이루지 못하고 냇가에 앉아서 이러한 노래를 불렀다.

천리 머나먼 길에 고운 님 여의옵고
이 마음 둘 데 없어 냇가에 앉았으니
저 물도 내 안 같도다 울며 밤길 예노매라.

이날 밤에 잠 못 이룬 이는 금부도사만이 아니었다. 방연은 아무도 듣는 줄 모르고 부른 노래건마는 이때까지 잠 못 이루고 계시던 노산군이 들으시고 곧 궁녀를 불러 이 노래 부르는 이가 누군가 알아 올리라 하시었다. 그리고 그것이 금부도사 왕방연인 줄을 들으시고 더욱 감개무량하시었다.

이튿날 금부도사 왕방연은 노산군께 뵈옵고,

"소인 올라가오."

하고 하직을 아뢴다. 마땅히 '소신'이라고 일컬어야 옳을 처지에 '소인'이라고 일컫기가 왕방연의 마음에 심히 괴로웠다. 그렇지마는 지금은 노산군은 대군도 못 되시고 군이시니, 소인이라고 일컫는 것도 과한 대접이 될는지 알지 못한다. 그렇지마는 관인들은 다 노산군께 칭소인하고, 다만 궁녀들과 내시들만이 옛날 말대로 칭신을 하였으나 아무도 이것까지는 간섭하지 아니하였다.

"오, 가느냐? 애썼다."

하시는 노산군의 눈에는 눈물이 돌았다. 그러나 곧 위의를 정제하시고,

"애썼다. 상감 뵈옵거든 내 잘 왔다 아뢰고 거처가 좀 협착하나 수석(水石)이 좋으니 다행일러라고 아뢰어라."

하시고 망연히 무엇을 잃으신 듯하시다.

"소인 물러가오."

하고 왕방연은 그래도 차마 떠나지 못하여 노산군 앞에 엎드린 채로 이윽히 일어나지를 못하였다.

"소인 물러가오."

하고 한 번 더 하직하는 절을 드리고 물러날 때에 노산군은,

"오, 애썼다."

하시고, 궁녀를 시키어 금부도사에게 술을 주라 하시었다. 왕방연이 지난밤에 부른 노래 한 머리가 말할 수 없는 깊은 인연을 뒤에 남아 있는 여러 사람의 속에 맺게 하였다.

청령포에 오신 지도 벌써 십여 일이 넘어 칠월 백중절을 당하였다. 이때에도 아직 신라와 고려에서 불도를 숭상하던 유풍이 많이 남아서, 칠월 백중이 되면 서울이나 시골이나 관가와 민가에서 열나흘, 보름, 열엿새 사흘 동안을 쉬고 새 옷을 갈아입고 절에 가서 우란분회(盂蘭盆會)에 참예하며, 혹은 집에 중을 청하여 각각 제 조상과 돌아갈 곳 없는 무연(無緣)한 혼령들을 제도하기 위하여 재를 올리고, 또 조상의 산소에 가 성묘하고 지전을 불살랐다.

노산군을 모시는 궁녀들 중에는 늙은이도 있고 젊은이도 있거니와 그들은 궁중에 있는 동안에 다 불도를 존숭하였고, 또 지나간 몇 해 동안에 하도 세상의 변천과 수없는 인명이 초로같이 스러지는 것을 보아서 인생의 무상을 느낌이 심히 간절하여서 더욱 염불을 외우고 진언을 염하는 일이 성풍이 되었다. 더구나 일찍 한 나라의 지존이시던 양반이 보잘것없이 비참한 처지에 계시게 된 것을 뵈옵는 그들은 오직 나무아미타불을 염하여 왕생극락을 하거나, 그것은 못 하더라도 한 번 더 인생에 태어나 금생에 맺힌 무궁무진한 원한을 풀어보거나 할까 하는 생각이 아니 날 리가 없다.

또 그들이 진정으로 사모하옵는 '상감마마(노산군)'를 위하옵는 길도 내생 복락이나 빌어드리자 하는 것밖에 다른 도리가 없다고 생각한다.

이래서 이 궁녀들은 백중을 차리기를 결심하였다. 떡가루를 빻자니 방아가 있나, 떡을 찌자니 시루가 있나, 도라지, 고비, 고사리가 산에 가득하건마는 일찍이 산 것을 보아본 사람이 궁중에 있을 리가 없으니 캐어올 도리도 없었다. 그래서 늙은 궁녀가 인근 민가로 다니며 없는 기구와 물재(物材)를 빌어 오기로 하였다. 민가에서 기쁘게 빌릴뿐더러 기름,

차조, 옥수수, 버섯, 송기, 열무, 멧나물, 오이, 참외, 수박, 가지, 풋고추 등속을 나도 나도 하고 들고 와서 수두룩하게 헛간에 쌓이게 되었다.

등도 많이 만들었다. 떡도 찌고 나물도 삶았다. 후원 늙은 소나무 밑에 단을 모아서 제단을 삼았다. 이 제단은 평시에는 노산군이 나와 앉으실 데라고 생각하면서 정한 황토를 깔았다.

이날, 볕은 났으나 몹시 무더웠다. 첫가을다운 새파란 하늘이 보이면서도 여기저기 때때로 뭉게뭉게 구름이 피어올랐다. 오늘 밤에 비나 아니 오려나 하고 궁녀들은 들며 나며 구름 머리를 바라보았다.

밤이 들어 조그마한 등들이 달리었다. 냇물에 띄워 보낼 등들도 동글동글하게 쌓이어 있었다. 환하게 달이 떠올라서 지나가는 구름장 속에 들락날락하였다.

제단에는 두를 병풍이 없어서 정면에 기둥 두 개를 세우고 거기 널빤지 하나를 가로 건너 매고 커다란 종이에다가 길게 지방을 써서 붙이었다. 이 지방은 노산군이 손수 쓰신 것이다. 첫머리에 "삼생부모영가(三生父母靈駕)"라고 쓰시었다. 이것을 쓰실 때에 가장 간절히 생각난 이는 조부 되시는 세종대왕과 아버니 문종대왕이시거니와, 금생에 한번 대면해 뵈옵지도 못하시고 또 일전에 종묘에서 그 위패까지도 철폐함을 당하신 어머니 현덕왕후 권씨를 생각할 때에는 피눈물이 솟음을 금치 못하시었다.

다음에 쓰신 이는 조모도 되고 어머니와도 같은 혜빈양씨와 그 세 아드님, 그다음이 안평 숙부 부자, 그다음이 아버님 항렬 중에 가장 나이 많은 화의군 영, 다음에 황보인, 김종서, 정분, 허후 등 계유정난 때에 죽은 사람들을 쓰고, 또 그다음에는 성승, 유응부, 박정, 성삼문, 박팽년, 이개, 하위지 등을 쓰시고, 다음에 외조모와 외숙 권자신의 패를 쓰시고,

다음에 장인, 장모 되는 송현수 부처를 쓰시고, 나중에 노산군의 유모 이오 부처를 쓰시고, 나중에 대자로 "충혼원혼영가(忠魂冤魂靈駕)"라고 쓰시었다.

이것을 쓰실 때에 감개가 무량하시었음은 말할 것도 없는 일이다. 정성으로 이 모든 충혼, 원혼을 부르시는 슬프신 뜻이 촛불에 어른어른 비추인 그 필적에 드러났다.

노산군은 친히 이 제사에 참예하시지는 아니하시었고, 다만 궁녀들끼리만 제사를 지내었다. 그렇지마는 친필로 위패를 쓰시었으니 친제하심이나 다를 것이 없다.

노산군은 의관을 정제하시고 방에 홀로 앉으시어 지난 일, 이제 일을 생각하실 제, 후원에서 늙은 궁녀가 축원하는 소리가 들린다. '왕생극락', '천추만세' 같은 구절이 수없이 들린다. 혼령더러는 왕생극락하라고 비는 것이요, 우리 임금(노산군)은 천추만세나 사시라고 비는 것이다. 축문을 지어 읽을 만한 한문의 힘도 없고, 또 푸념, 덕담을 할 만한 무당의 구변도 없는 그들은 그저 같은 소리를 뇌고 뇌고 할 뿐이었다. 중얼중얼하다가는 왕생극락, 천추만세, 상감마마 이러한 소리가 크게 들린다.

나무아미타불, 관세음보살의 합창이 들리는 것은 제사가 다 끝이 나는 모양이다.

이때쯤부터 투드럭투드럭 똘배나무 잎사귀에 굵은 비 떨어지는 소리가 들린다. 그것이 순식간에 천병만마를 몰아오는 듯한 큰비가 되어 순식간에 마당에는 무릎이 잠기도록 물이 괴었다. 우레와 번개와 빗소리와, 갑자기 불어서 미처 내려갈 길을 찾지 못하는 수없는 시냇물 소리가 실로 천지가 뒤집히는 듯하였다. 불을 켜서 흘리려 하였던 등은 불도 아니 컨 채로 다 떠나가버리고 말았다.

궁녀들은 노산군 좌우에 둘러서서 무슨 벌이나 당하기를 기다리는 듯이 덜덜 떨었다.

어디서 우르르하는 소리가 난다. 무엇이 무너지는 소리다. 궁녀들은 더욱 무서워서 입술이 파랗게 질린다. 부엌 뒷벽이 무너지고 그리로서 뒷산 물이 물결을 치고 달려들었다.

위험은 가까웠다. 노산군이 앉으신 방에도 뒷문으로 물이 들어오기를 시작하였다. 번쩍하고 한 번 크게 번개 하는 빛에 보면 마당은 바다와 같이 붉은 물이 편하였고, 뜰 가에 섰는 똘배나무와 느릅나무가 바람에 흔들리어 풀 잎사귀 모양으로 번쩍번쩍 뒤집힌다. 그 광경은 여자가 아니라도, 사내대장부라도 무서울 만하였다.

마침내 노산군은 궁녀들을 데리시고 집을 떠나시었다. 군사들이 유숙하는 집에도 물이 들어서 이 청령포 온 동리가 떠나갈 지경이 되어 백성들은 늙은이를 끌고 어린것들을 업고 퍼붓는 빗속으로 갈팡질팡하였다. 이따금 번개가 크게 번쩍할 때에는 물이 무릎 위에까지 올라오는 속으로 부녀들과 아이들이 울고 헤매는 모양이 보이었다. 읍내로 통하는 서강 다리가 떠버린 것이다.

노산군은 어찌할 줄 모르는 궁녀들더러,

"산으로 가자. 나를 따르라."

하시었다. 노산군 말씀대로 궁녀들은 산 있는 곳으로 길을 더듬었다. 경각간에 옷이 젖어서 몸에서 물이 흐르고 바람이 후려갈기는 빗발에 눈을 뜰 수도 없었다.

어디가 어딘지도 모르고 산속으로 헤매기를 얼마 하였으나 무론 인가

508

를 찾을 길도 없었다. 군사들도 저마다 저 살 길을 찾느라고 사산(四散)하고 어디로 간 줄을 몰랐다. 그래도 태연히 풀을 헤치고 나뭇가지를 더위잡고 나아가시던 노산군은 걸음을 멈추시고,

"내가 어찌 이리 덕이 박한고."

하고 한탄하신다. 궁녀들은 이러한 처지에서도 노산군의 한탄하심을 듣고 눈물을 씻었다. 그러나 산길을 찾기 위하여 다시 번개가 번쩍하기를 기다렸다.

과연 노산군이 하늘을 우러러 한탄하심이 끝나자마자 서북 편에 온 하늘이 모두 불빛이 되는 듯한 큰 번개가 일어났다. 이 무서운 큰 빛에 어둠에 잠기었던 산과 벌과 그 위에 있는 모든 움직이는 것들이 일시에 번쩍 보인다. 누을락 일락 하는 나무들, 철사같이 휘움하게 하늘에서 내리뻗은 빗줄기까지 역력히 눈에 보인다. 그 통에 바로 수십 보 앞 낭떠러지 밑에 잔뜩 불은 물굽이가 불빛같이 보이고, 그 위에 분명히 큰 나무 하나가 가로 넘어지어 다리처럼 되어 있는 양이 보인다. 그러고는 번개가 씨물씨물 동편 하늘로 흘러가버리고 도로 캄캄한 밤이 되고 말았다.

노산군은,

"이리로 나가자."

하고 손을 들어 그 나무 보이던 곳을 가리키시며 앞서 가신다.

번갯불에는 그렇게 지척같이 보이던 곳도 걸어가면 대단히 멀었다. 그러나 천신만고로 마침내 물가에 다다랐다. 거기는 과연 수십 척 돌벼루요 어두운 속에도 그 밑으로는 바위라도 부술 듯하게 급한 물살이 좁은 목을 넘느라고 비비고 틀고 용솟음치어 흘러가는 것이 보이고, 그 요란한 소리가 천지가 움직이는 듯하였다.

아까 번개 빛에 노산군이 보신 바는 추호도 틀림이 없었다. 이쪽 벼루 위에 섰던 큰 소나무 하나가 뿌리가 끊어지어 가로누워서 그 머리를 저편 벼루에 걸치어놓았다. 밑둥이 두 아름은 될 듯하였다.

"천우(天佑)다. 나는 죽어도 아깝지 아니한 몸이다마는 너희야 죽어서 되겠느냐. 자 건너가거라. 여기만 건너가면 읍내가 얼마 멀지 아니할 것이요, 또 읍내 가기 전에 민가가 있을 터이니 사람 사는 곳에 인정 없겠느냐. 어서 건너가거라."

하시고 노산군은 아니 건너가실 듯한 빛을 보이시었다. 노산군은 이제 이 모양을 하고 살아나실 뜻이 없으시어 무고한 궁녀들, 당신을 따라 불원천리하고 아무 영광도 없는 곳에 따라온 그들이나 살길을 얻어주시고는 차라리 이 밤에 몸을 던지어 이 세상을 버리자고 작정하시었던 것이다.

그러나 궁녀들은 노산군 앞에 꿇어 엎디어 이 다리를 건너시기를 빌고, 만일 아니 건너시면 자기네가 먼저 벼루에서 몸을 던지어 죽을 것을 맹세하였다.

이리하여 노산군은 무사히 읍내에 들어오실 수가 있었다.

이 일이 있은 뒤로부터 관에서는 노산군을 청령포에 나가 계시게 하지 아니하고 객사 동헌을 수리하고 거기 계시게 하였다.

새 감사가 올 때마다, 새 부사가 올 때마다, 또 서울서 갑자기 무슨 명이 내려오면 노산군을 대우함이 혹은 후하고 혹은 박하고 여러 가지 변천이 있었으나, 영월 부중에서 여기저기 다니시는 자유까지는 빼앗는 자가 없었다. 영월부사 중에는 노산군을 너무 잘 대접한다 하여 갈린 자도 있었다. 그러므로 약은 사람은, 아무리 마음으로는 노산군에게 동정을 하더라도 겉으로는 노산군을 학대하는 양을 보이지 아니치 못하였다. 평시에도 금부진무 한두 사람이 늘 있을뿐더러 언제 경관이 무슨 명을 가지고 올는지도 몰랐고, 또 관속 중에서도 노산군에 관한 무슨 죄목을 찾아내어서 서울에 밀고하여 공명을 세우려는 놈이 없지 아니하였다.

이러하기 때문에 영월부사로 내려오는 사람은 서울을 떠날 때에 벌써 근심거리가 되었다. 감사도 그러하였다. 노산군을 학대를 하자니 양심도 괴롭거니와 민심에 거슬리어지고 후대를 하자니 왕이 무서웠다. 그래서 무서운 부스럼 모양으로 노산군은 아무쪼록 건드리지 않고 모르는 체하기로만 주장을 삼았다. 한둘이 매우 노산군께 까다롭게 굴어 관풍헌(觀風軒), 자규루(子規樓), 금강정(錦江亭) 같은 데 소풍 나가시는 것조차 이 핑계 저 핑계로 말썽을 부리었으나, 그중에 한 부사가 갈리어서 올라가는 길에 돌팔매를 얻어맞고 죽인다는 위협을 받은 뒤로는 그처럼 까다로운 자도 없었다.

노산군이 영월 오신 지도 반년이 넘어 지내어서 가을이 가고 겨울이 가고 정축년 봄이 된 때에는 노산군을 감시하는 것도 전보다는 많이 해이해지고, 구신(舊臣)들 중에 비밀은 비밀이지마는 찾아와 뵙는 이가 있는 것도 내버려두게 되었다. 인제야 노산군이 무엇을 하랴, 백성들인들 무얼 노산군을 더야 생각할라고, 이러한 심리도 아니 섞였는지 모른다. 사실상 그렇게 전국 민심, 초동목수(樵童牧豎)까지도, 아이들까지도, 여편네들까지도 이를 갈게 흥분시키던 노산군 손위(遜位)도 지금은 얼마쯤 김이 빠지어버렸다. 슬픈 일, 괴로운 일이 끊일 새 없이 뒤대어 오는 이 인생에서는 한 가지 슬픔이나 분함을 오래 지니어가기도 어려운 일이다. 새로운 슬픔과 분함이 들어와서는 낡은 그것들을 아주 잊어버리게 할 지경은 아니라 하더라도 기운이 약하게 만들어버리는 것이다. 그렇지마는 한번 민심에 깊이 박히었던 슬픔이나 분함은 결코 영영 사라지어버리는 것은 아니다. 언제까지라도, 마치 생나무에 낸 생채기와 같이 세월이 갈수록 껍질은 비록 성한 데 비슷하게 되더라도 속으로는 더욱 언저리가 커가고 깊어가는 것이다.

노산군 손위 사건에 대한 비등하던 민론이 적이 가라앉을 때가 되면 왕이 노산군을 불쌍히 여기는 마음도 때때로 솟았다. 가만히 생각해보면 그 어린 조카가 무슨 죄 있나. 성삼문 사건에 노산군이 관계 아니하였을 것을 왕이 모를 리가 없다. 아무리 성삼문이 어리석기로 그런 말씀을 성사도 되기 전에 어리신 상왕께 여쭈었을 리가 없다. 이렇게 왕은 생각하신다. 다만 노산군의 오직 하나 큰 죄는 그가 왕, 당신 위에 임금 되신 것이다.

"내가 왕이 되자 하니 불쌍한 너를 죄를 씌워 내어쫓은 것이로고나."

만일 왕이 면류관을 벗어놓고 그냥 한 사람으로 노산군과 삼촌, 조카가 되어서 만나신다 하면 반드시 이렇게 말씀하시고,

"잘못했다, 모두 내 욕심 탓이로고나. 풀의 이슬 같은 영화를 탐내는 욕심 탓이로고나."

하시고 조카님에게 사죄하였을 것이다. 과연 이로부터 십 년이 못 하여 왕은 이러한 후회를 사실로 하게 된 것이다(그렇지마는 아직 왕이 지으실 죄는 관영하지 못하였다).

왕은 영월에 계신 조카님이시요 예전 임금이시던 노산군을 생각하실 때에 긍측(矜惻)한 마음이 없지 아니하시어서 강원감사 김광수(金光晬)에게,

魯山處 四節果實 隨所得連進 爲設園圃 如甛果 西瓜 蔬菜 多備支
供 每月差守令 問起居.

(노산군이 있는 곳에 사철 과실을 따는 대로 잇달아 바치고, 원포를 설치하여
수박이나 참외, 채소 등을 준비하여 지공하며, 수령은 매달 안부를 물으라. ― 감
수자 역)

라 하신 명을 내리시었다. 그리고 내시부 우승지 김정(金精)을 영월로 보
내시어 노산군께 문안을 하시었다. 이것은 노산군이 과연 어떻게나 지내
는가 하는 것을 알고자 하는 것이 첫 목적이라 하더라도, 또한 어리신 조
카님의 가슴에 맺힌 원한이 무시무시하여 그것을 조금이라도 풀어보자
는 것도 목적이 아님이 아니다.

여기는 노상 이유가 없지 아니하다. 현덕왕후를 폐하고 노산군을 영월
로 내어쫓은 후로는 매양 왕의 마음이 편안치 아니하시어, 무서운 원험
이 원수 같은 칼을 품고 왕의 신변을 범하는 듯한 생각이 가끔 번개같이
지나가서 머리카락이 쭈뼛거림을 깨달으시는 때가 있고, 어떤 때에는 형
수님 되시는 현덕왕후가 원망하시는 눈으로 노려보시는 꿈을 꾸시는 일
도 있었다. 더구나 몸이 피곤하시거나 편치 아니하신 때에 그러하였다.
꿈이 무어? 죽은 사람이 무어? 귀신이 나를 어찌해? 하시고 당신의 강
한 운수를 믿으시면서도, 무시무시하고 쭈뼛쭈뼛한 무엇이 떠나지 아니
하였다. 노산군께 문안을 보내시고 또 강원감사에게 노산군을 편안히 하
여두라는 분부를 내리신 것이, 전혀는 아니라 하여도 일부분은 이 때문
도 되었다.

강원감사 김광수는 이 명을 받아서 명대로 할 것인가 아닌가 하고 주

저하였다. 대개 왕이 비록 겉치레로 이러한 명을 내리시더라도 속으로는 그렇게 노산군을 위하여(그것 잡수실 채소와 과일을 풍성히 드리는 것이 위하여드리는 것이라 하면) 드리는 것을 기뻐 아니 하실 듯한 까닭이다. 그래서 얼마 동안 주저하다가야 비로소 영월부사에게 명하여 노산군 처소에서 가까운 곳에 밭 한 뙈기를 장만하여 그 밭에 각양 채소와 참외, 수박 등속을 심어 노산군이 마음대로 따 잡수시게 하라고 하였다.

왕의 이 명은 얼른 보면 그리 끔찍한 것도 아니었지마는, 그 영향은 적지 아니하였다. 노산군에게 편하게 하여드리어도 죄가 되지 아니한다는 생각을 여러 사람에게 준 것이 여간 노산군에게 큰 이익이 되었는지 모른다. 부사가 매삭 일 차 문안을 나오게 되고, 나올 때마다 혹은 잡수실 것을, 혹은 피륙을 갖다가 바치는 것을 보고 군사들이 버릇없던 것도 차차 들어가서 공순하게 되고, 백성들도 마음 놓고 채소, 과일 같은 것을 보내어드릴 수가 있었다.

그러나 그것이 노산군에게 무슨 큰 위로가 될 리가 만무하다. 봄철이 되어 초목에 새 움이 나오고 철 찾아 오는 새들이 목이 메어 우는 소리를 들으실 때면 노산군의 흉중에는 말할 수 없는 슬픔이 끓어올랐다. 그러나 이 슬픔을 뉘게다 말하랴. 말할 사람이 없었다. 심서가 자못 산란하여 진정키 어려우신 때에는 퉁소 부는 늙은이 하나를 데리시고 관풍매죽루(觀風梅竹樓)에 오르시어 봄달을 바라보시며 퉁소를 들으시었다. 밤에 퉁소 소리가 들리면 인근 백성들은 노산군이 관풍루에 오르신 줄 알고 다들 한숨을 쉬었다. 우는 이도 있었다. 혹시 퉁소 소리를 따라 관풍루 앞으로 지나가는 이도 있었다. 그들의 말을 들으면, 노산군은 반드시 익선관, 곤룡포를 입으시고 난간 앞에 단정히 앉으시와 하늘에 뜬 달을 바라보시되 퉁소 한 곡조가 다 끝나도 몸도 움직이지 아니하시더라고 한다.

　이러하시다가 밤이 이슥한 뒤에야 숙소로 돌아오시기를 일과로 삼으
시었다.

　　月白夜蜀魂啾

　　含愁情倚樓頭

　　爾啼悲我聞苦

　　無爾聲無我愁

　　寄語世上苦勞人

　　愼莫登春三月子規樓

　　(달 밝은 밤 두견 울 제

　　수심 품고 누 머리에 지혔으니

　　네 울음 슬프거든, 내 듣기 애닯아라.

　　여보소 세상 근심 많은 분네,

　　애어 춘삼월 자규루에 오르지 마소.)

하시는 것이나 또,

　　一自冤禽出帝宮

　　孤身隻影碧山中

　　假眠夜夜眠無假

　　窮恨年年恨不窮

　　聲斷曉岑殘月白

血流春谷落花紅

天聾尙未聞哀訴

何奈愁人耳獨聰

(한번 원통한 새가 되어 임금의 궁을 나옴으로부터

외로운 몸, 짝 없는 그림자가 푸른 산속에 있도다.

밤이 가고 밤이 와도 잠이 깊이 아니 들고,

해가 가고 해가 와도 한이 닿지 않는도다.

우는 소리 새벽 묏부리에 끊이니 지샌 달이 희었고,

뿜는 피 봄 골짜기에 흐르니 지는 꽃 붉었도다.

하늘은 귀 먹어 오히려 애달픈 하소연을 듣지 아니하시거늘,

어찌하다 수심 많은 사람의 귀만 홀로 밝았는고.)

하시는 것이나, 다 봄날 잠 아니 오는 밤에 퉁소를 들으시며 지으신 것
이다.

영월은 산읍이라 사면이 산이어서 봄철 밤 달 질 때쯤 하여 누에 오르
면 반드시 어디서나 두견의 소리가 들린다. 밤이 깊을수록 더욱 슬피 울
고 새벽달에 차마 눈물 없이는 들을 수 없도록 슬피 운다. 관풍헌이나 자
규루나 다 노산군이 밤을 새어 자규성을 들으시던 곳이다.

지으신 시를 사람더러 읊으라 하시고는, 그 소리를 들으시고 삼연히
낙루하신 일이 몇 번인고. 좌우에 모시었던 사람들도 옷소매가 젖었다.

차차 날이 더워 여름이 되면 노산군은 금강정(錦江亭)에도 가끔 오르
시었다. 금강정은 금강 가에 있어 누에 앉았으면 물소리 구슬피 들리었
다. 이것을 노산군은 심히 사랑하시어 더구나 달 밝은 밤이면 밤 깊은 줄

도 모르시고 여울여울 울어가는 강물 소리를 들으시었다.

천하가 다 변하는 중에도 옛 정과 옛 의를 잊지 아니하고 찾아와서 뵈옵는 구신들도 있었거니와, 그네를 보신 것도 이러한 곳에서였다. 이목이 번다한 곳에서 구신들을 만나시면 누가 무슨 말을 지어낼지도 모를 것이요, 또 찾아뵈옵는 구신들로 보더라도 밤 종용한 처소가 편하였던 것이다.

영월부에 노산군을 찾아와 뵈온 이를 다 적을 수는 없거니와, 그중에는 조상치, 구인문(具人文), 원호(元昊), 권절, 송간(宋侃), 박계손(朴季孫), 유자미(柳自湄) 같은 이들이 있었다. 비록 구신은 아니나 김시습(金時習)도 거사의 행색으로 두어 번 노산군께 뵈었다. 노산군은 일찍 시습을 대면하신 적은 없었으나 그 이름을 들으시고 누구인지 알아보시었다. 이때에는 시습이 아직 머리를 깎지 아니하였던 것이다.

그들은 다 성명을 변하고 행색을 변하고, 혹은 거사 모양으로, 혹은 유람객 모양으로, 혹은 농부 모양으로 변장을 하고 영월부에 들어와 하루 이틀 묵으면서 동정을 보다가 노산군이 자규루나 관풍루나 금강정에 납시는 기회를 타서 무심코 그 앞으로 지나가는 행객 모양으로 점점 가까이 들어와 노산군께 뵈옵는 목적을 달하였다. 그리고 와서 뵈옵는 이는 노산군 앞에 엎드리어 가슴과 목이 메어 오래 일어나지를 못하고, 노산군도 흔히 낙루하시는 일이 있었다. 이때에 낙루하심은 찾아오는 자의 정성에 감격하심이었다.

뵈어야 길게 사뢸 말씀도 없거니와 또 오래 모시고 있는 것도 옳지 아니할 듯하여, 흔히는 맥맥히 서로 바라보고 눈물을 흘릴 뿐이었다. 이번 떠나면 다시 언제 뵈오리, 이번 마지막이다, 하는 생각이 자연히 날 때에 피차에 감회는 더욱 깊었다.

찾아왔던 이가 하직하고 물러날 때에는 노산군은 반드시 일어나시와 그의 팔이나 손을 만지시고 석별하시는 뜻을 보이시었다. 가는 사람은 십 보에 한 번, 이십 보에 한 번 뒤를 돌아보고 눈물이 앞을 가리어 비틀거림을 금치 못하였다.

금성대군이 순흥부(順興府)에 귀양살이하는 지가 벌써 이태나 되었다. 집을 빼앗긴 것은 이미 독자도 다 아는 바어니와, 왕은 그가 처자와 함께 있기도 허락지 아니하였다. 그래서 금성대군은 순흥부 어떤 조그마한 민가 하나를 잡고 시녀 두엇과 시비 하인 두엇과 함께 둠이 되었다. 시녀는 본디 금성대군 궁에 있던 사람으로, 상전을 따라온 사람이다. 두 궁녀 중에는 금련(金蓮)이라는, 나이 이십이삼 세, 자못 자색이 있는 계집이 있었다.

이 시녀 금련은 어려서부터 금성 궁에서 자라나며 십칠 세 적부터는 그윽이 금성대군을 사모하여 그 곁을 떠나지 아니하려 하였고, 금성대군도 금련이 아름답고 영리한 것을 귀히 여기어 미워하지 아니하였다. 순흥에 금성대군을 따라온 것도 그만한 생각이 있었기 때문이다. 그러나 금성대군은 본이 근엄한 사람인 데다가 단종대왕이 손위하심으로부터는 더구나 주색에 뜻을 두지 아니하였다. 이것이 금련에게는 불만이요 또 원한이 되었다. 금성대군은 이곳 온 뒤로 기회만 있으면 남중 인사와 사귀었다. 그는 금지옥엽의 몸으로도 모든 존귀한 생각과 태도를 버리고 어떤 사람을 대하여도 겸손하고 간담을 토진하였다. 이것이 남중 인사들 사이에 큰 칭찬과 존경을 산 것은 말할 것도 없다.

본래 영남 사람은 의리가 있다. 상왕을 노산군으로 감봉하여 영월에 안치한 것을 보고는 가슴속에 억제할 수 없는 불평을 품고, 한번 죽기로 써 의를 위하여 싸우리라는 비분강개한 생각을 가진 선비도 불소하였다. 이러한 인사들은 금성대군에게서 그 영수(領袖)를 발견한 것이다.

금성대군은 죄인의 몸이라 사람들과 교제하기가 자유롭지를 못하였다. 부사를 따라서 그 자유는 혹 넓어도 지고 좁아도 지었다. 그러나 열 눈이 한 도적 못 막는다는 셈으로, 그러한 중에도 금성대군이 사람 만나 볼 기회는 있었다. 봄철이면 산에서, 여름이면 냇가 낚시질 터에서, 또는 밤에 주석에서 어떻게든지 만나는 방법은 있었고, 또 의리로 서로 사귐 이 여러 번 만나 길게 이야기할 필요가 없었다. 관부의 눈에 띌 위험을 무 릅쓰고 찾아오는 것만 보아도 금성대군 편에서는 저편 생각을 짐작할 수 있고, 또 금지옥엽 귀한 몸으로서 이름도 없는 하향 선비의 손을 잡고 차 마 놓지 못하는 금성대군의 태도만 보면 저편에서도 이편의 생각을 짐작 할 것이다. 만나서 말을 한대야 다만 한훤(寒暄)을 펼 뿐이나, 그것으로 써 의를 맺기에 족하였다.

이렇게 한번 금성대군과 지기(志氣)가 상합(相合)한 사람이면 또 자 기의 동지를 구하여 금성대군에게 소개하였다. 이 모양으로 순흥부에 온 뒤에 금성대군이 사귐을 맺은 사람이 무려 수백 명에 달하였다.

마침 정축년을 당하여 이보흠(李甫欽)이 순흥부사로 내려왔다.

보흠은 세종대왕 기유년에 문과에 급제하여 집현전 박사를 지낸 사람 이다. 자를 경부(敬夫)라 하고 호를 대전(大田)이라 하여 글을 잘하고 이 재(吏才)가 있고 천성이 사치한 것을 싫어하여 옷이 해어지고 때가 묻어 도 부끄러워하지를 아니하였다.

선위가 있고 성삼문 변이 있은 뒤에 벼슬에 뜻이 없어 집에 있다가 이제 순흥부사로 내려온 것이다.

　그는 일찍이 글을 지어 길주서(吉注書)의 묘전에 제를 지내었다. 그 글에 이러한 구절이 있다.

周武擧義 夷齊採薇於首陽 光武中興 子陵垂釣於富春.

　(주나라 무왕이 천하를 통일하자 백이와 숙제는 수양산에서 산나물을 캤고, 한나라 광무제가 중흥하자 엄자릉은 부춘에서 낚시를 하였다.─ 감수자 역)

　이 글 구절을 보아도 그가 시국에 대하여 불평한 생각을 품은 줄을 알 것이다. 그는 친구와 술을 나누다가도 말없이 문득 낙루하는 것은 상왕(노산군)을 생각함이었다.

　그러나 그는 한 강개한 생각을 품은 선비요, 일꾼은 아니다. 그가 순흥부사로 와서 금성대군을 만나지 아니하였던들 그는 무슨 일을 도모할 생각을 내지도 못하였을 것이다. 그러나 그가 금성대군의 맵고 매운 충성과 의리를 볼 때에 그만 감격하여 몸을 바치기를 맹세한 것이다.

　저녁이 되면 부사 이보흠은 미복으로 급창 하나만 데리고 금성대군을 찾아갔다. 이 급창은 얼굴이 잘나고 또 영리하여 보흠이 도임(到任) 이래로 항상 곁을 떠나지 아니하는 사람이다. 아주 공순하고 삽삽하여 보흠의 부인까지도 그를 사랑하였다. 그는 다만 보흠 내외의 사랑만 받을 뿐 아니라 그보다도 더한 믿음을 받았다.

　금성대군과 이보흠이 마주 대하면 서로 낙루함을 금치 못하였다. 금성대군은 보흠을 만나 뜻이 서로 맞는 것을 보고 심히 기꺼하였다. 비록 보흠이 지인지감(知人之鑑)이 부족하고 일솜씨가 없다 하더라도, 그는 순흥부사요 순흥부 삼백 명 군사와 칠십 명 관속을 부릴 권력을 가진 사람이다. 맨주먹밖에 없던 금성대군에게 한 고을 권세라는 것이 여간한 것이 아니었다. 두 사람이 일을 하기로 작정하던 날 밤에(닭 울 때나 되었었다) 금성대군은 자기 갓에 달았던 산호 영자를 뚝 떼어 보흠에게 주며,

"내 몸에 지닌 것이, 벗에게 줄 만한 것이 이것밖에 없소."

하였다. 갓끈을 떼어서 정표로 주는 것, 그것은 실로 작은 일이 아니었다. 보흠은 일어나 절하고 받고, 죽기로써 허하였다.

이렇게 순흥부사 이보흠이 밤이면 금성 궁에 나아가서 밤이 깊도록 일을 의논하는 동안에 다른 일 하나가 생긴다. 그것은 시녀 금련과 급창과의 사랑이다.

처음 급창을 볼 때에부터 금련의 마음이 그에게로 끌리지 아니함이 아니었으나, 금성대군 같은 고귀한 양반을 오래 마음에 두어오던 금련의 눈에 시골 급창 같은 것은 너무도 초라하였다.

그러나 한 달 두 달 지나고 열 번 스무 번 만나는 도수가 많아지는 동안에 그만 두 남녀는 서로 좋아하는 사이가 되고 말았다.

하루는 이보흠이 금성 궁에 있어서 늦도록 상의한 끝에 거사할 계책을 확실히 정하여놓았다. 그 계책은 이러하다.

순흥부에 조련받는 군사가 삼백 명, 관속이 칠십 명이요, 순흥 경내에 흩어지어 있는 정병과 기타 잡역을 모조리 징발하면 또한 삼백 명이 되니, 이리하여 순흥 한 고을에서 육칠백 명 군사를 얻을 수가 있고, 또 비밀히 격서를 보내어 각처에 의기남아를 모집하면 그 아래 모일 사람이 또한 많을 것이다. 그동안 남중에서 얻은 금성대군의 명망과 그윽이 의를 맺어둔 인사가 수백 명에 내리지 아니한즉, 한번 격서를 보는 날이면 이

사람들이 다 향응할 것은 분명한 일이다.

이리하여 순흥에 넉넉한 병력과 군량을 준비해놓고(넉넉한 병력이라 함은 인근 어느 고을 병력이라도 감히 대항하지 못할 만한 병력이라는 뜻이다. 이때에 벌써 태조, 태종 시대에 정하여놓은 제도가 해이하기 시작하여 각 읍 군비와 군량을 실지로 전쟁을 치를 만한 데가 많지 못하였던 것이다), 이리하여 아무 때나 인근 읍을 점령할 만한 실력을 이룬 뒤에(일삭 안에 이 실력은 얻을 수 있으리라고 금성대군과 이보흠은 생각하였다) 영월에 계신 노산군을 모시어 닭선재〔鷄立嶺〕를 넘어 순흥에 이봉하고 새재〔鳥嶺〕, 대재〔竹嶺〕 두 길을 막아 영남과 서울과의 교통을 끊어놓고 영남 일로를 호령하면 영남 각 읍을 손에 넣기는 그리 어렵지 아니할 것이다.

세력이 이만큼만 되면 영남 말고도 팔도 지사가 다 향응할 것이니, 서서히 경중(京中)을 찔러 장안을 점령하고 노산군을 복위하시게 하여 하늘에 사무친 불의와 원한을 한꺼번에 풀어버리자는 것이다.

이렇게 계획을 세워놓고 두 사람은 너무도 감격하여 손을 마주 잡고 이윽히 말이 없었다.

"자, 인제 격서를 짓는 것은 대전의 재주요."

하고 금성대군이 서안 위에 놓인 지필을 보흠의 앞으로 밀어놓는다.

"남아가 글을 배웠다가 이런 데 쓰게 되니 사무여한이오."

하고 순흥부사는 붓을 든 손으로 눈물을 씻었다. 깊은 밤에 벼루에 먹 가는 소리가 삭삭 하고 들린다.

이보흠은 일생 정력을 다하여 격문을 지었다. 다 쓰고 붓을 던질 때에 보흠의 망건편자에는 땀방울이 맺히었다. 그 격서는 그리 길지 아니한 것인데, 대요는 수양대군이 정인지, 신숙주 등 간신에게 그릇함이 되어 골육상잔하는 옳지 못한 일을 하고 마침내 왕위를 찬탈하였으니 이는 천인이 공노할 일이라, 천하 의사(義士)는 일어나 그릇된 일을 바로잡아 상왕을 복위하시게 하자 함이었다. 그중에는 이러한 구절도 있다.

一坏之土未乾 六尺之孤安在.
(한 움큼의 흙은 아직 마르지 않고, 육 척의 고독한 몸은 어디에 있는가.— 감수자 역)

또 이러한 구절도 있다.

挾天子以令諸侯 疇敢不從.
(천자를 끼고 제후를 호령하니 감히 따르지 않을쏘냐.— 감수자 역)

또 이러한 구절도 있다.

成事在天 謀事在人.
(일을 이루게 하는 것은 하늘이로되, 일을 꾸미는 것은 사람이다.— 감수자 역)

격서를 초하기가 끝난 뒤에 금성대군은 서너 번이나 읽어보고 문구에 의혹되는 데를 토론하여 몇 군데를 교정도 하였다. 그래서 더할 수 없이 완전하다고 본 뒤에야 다시 정서하고 끝에다가 "금성대군"이라고 서명하고, 그보다 한 자 떨어뜨리어 "순흥부사 이보흠"이라고 썼다.

보흠이 돌아간 뒤에 금성대군은 그 격서를 봉하여 문갑 속에 넣고 여러 가지 올 일을 생각하다가 잠이 들었다.

늦도록 어려운 일을 생각하고 또 이야기하던 금성대군은 매우 몸이 피곤하였다. 오늘 하루만 아니라 근래에 연일 노심초사로 그의 안색은 매우 초췌하고 잠이 들면 심히 깊이 들었다. 게다가 오늘 밤에는 만사가 다 작정이 되고 격서까지 써놓아서 마음을 턱 놓고 잠이 깊이 들어버리었다.

그 담담날이 순흥 장날이다. 장날을 이용하여 장꾼 모양으로 동지들이 왕래하는 것이 가장 편하였다. 더욱이 여러 사람이 남모르게 한데 모이는 편의는 이 길밖에 없었다. 이번 장에는 각처 동지가 모이어들어 최후 의논을 하게 되었다. 최후 의논이란 다른 것이 아니라, 금성대군이 이보흠과 같이 상의한 일을 전하고 아울러 격서에 착명(着名)할 사람은 착명하고 그 격서를 돌릴 직분을 맡을 사람은 맡는 일이다.

금성대군이 등잔불도 끄지 아니하고 깊이 잠이 들었을 때에 시녀들이 자는 협실(그것은 건넌방이다) 문이 방싯 열리고 금련의 모양이 나타났다. 때는 시월 초승이나 아직 가을날 같은 기후였다.

금련은 마루청 널이 울리지 아니하도록 마치 고양이 모양으로 사뿐사뿐 발을 떼어놓아 금성대군의 방문 밖에 섰다. 그는 귀를 기울이어 방 안에서 나오는 숨소리를 듣는 것이다. 그 숨소리는 가볍게 코를 고는 소리였다.

금련은 방싯하게 문을 연다. 금성대군의 수염 좋은 옥 같은 얼굴이 보인다. 금련이 여는 문으로 들이쏘는 바람에 등잔불이 춤을 춘다. 금련의 그림자가 벽에서 춤을 추었다. 이때에 만일 금성대군이 눈을 떠서 금련의 자태를 보았던들, 그가 아무리 지사의 철석같은 간장을 가졌더라도 금련에게 혹하지 아니치 못하였으리만큼 불빛에 비추인 금련의 모양은 아름다웠다. 그러나 가슴에 한 뭉치 충성밖에 남은 것이 없는 금성대군은 잠결도 향락적인 마음을 아니 가지려는 사람과 같이 금련을 등지고 돌아누워버린다.

금련은 울렁거리는 가슴을 억제하고 문안에 쪼그리고 앉아서 숨소리를 죽인다. 도로 나올까 하고 한 손으로 문을 잡는다.

그러나 금성대군은 돌아누울 때에 잠깐 중지하였던 가벼운 코 고는 소리를 다시 시작하였다. 금련은 불현듯 금성대군이 원망스러운 생각이 난다. 칠팔 년을 두고 사모하여도 거들떠보아주지 아니하는 야멸친 정든 님을 원망한 것이다.

'어디 견디어보아.' 하고 금련은 무릎으로 걸어 금성대군 머리맡에 놓인 문갑을 열고 간지 하나를 집어내어 날쌔게 허리춤에 끼어버린다. 문갑 열리는 소리에 금성대군의 숨소리는 잠깐 가늘어지었으나 다시 여전히 잠이 드는 모양이다.

금련은 그 일 위해서나 들어왔던 모양으로 금성대군의 이불을 끌어올려드리고,

"가엾으시어라, 오죽 곤하시면."

하고 종알거리며 나와버렸다.

금련은 마루에서 내려와 종종걸음으로 대문간으로 나온다.

대문 밖에는 웬 사내가 어정어정하다가 안마당에 발자욱 소리 들릴 때에 대문 곁으로 바싹 가까이 간다. 그 사내는 말할 것 없이 순흥부사 이보흠의 심복 되는 급창이다. 영리한 급창은 금성대군과 부사가 자주 상종하는 것이 무슨 일인지 낌새를 알고 기회만 있으면 엿들었다.

이날도 양인이 대사를 의논하고 격문을 초할 때에는 무론 급창이나 시녀나 부르기 전에는 가까이 오지 말 것을 분부하였으나, 이날따라 더욱 엄하게 좌우를 물리는 것이 더욱 수상하여, 급창은 시녀들에게도 밖에 술 사 먹으러 나간다고 일컫고 뒤곁으로 돌아가 뒷문을 열고 가만히 금성대군 방 반침 속에 들어가 숨어서 양인의 의논을 자초지종으로 다 듣고 나중에 금성대군이 격문을 어디 두는 것까지 살피고 나왔다. 그리고 나와서는 금련을 불러내어 그 이야기를 하고, 격문만 훔쳐내면 부귀가 돌아오고 자기네 양인이 팔자 좋게 백년해로를 하려니와, 그렇지 아니하면 금성대군이 역적으로 몰리는 판에 금련도 같이 적몰되어 죽을 것을 말하였다. 이래서 금련은 마침내 서방과 부귀에 미치어 십 년 상전으로 섬기고 정든 님으로 사모하여오던 금성대군을 배반하여 죽을 곳에 빠지게 할 모양으로 문갑 속에 두었던 격문을 훔치어낸 것이다.

"찾았어?"

하는 것은 밖에 선 사내의 말이다.

"응."

하는 것은 안에 선 계집의 말이다.

"이리 주어!"

하고 급창은 문틈으로 눈과 손을 댄다.

"가만있어!"

하고 금련은 소리 안 나게 대문 빗장을 열려고 손을 옴질옴질한다.

"이러다가 나으리가 알면 모가지 날아나. 어서 그것부터 내어보내어."

하고 사내는 재촉한다.

이 문답이 모두 소리 없는 말로 되었다.

그러나 금련은 그 보물을 문틈으로 내어보내려고는 아니하였다. 그래서 기어이 대문을 열고야 말았다.

"이리 내어!"

하고 사내는 금련의 팔을 잡았다.

"나는 어찌할 테야? 임자만 서울로 달아나면 나는 어찌할 테야?"

하고 금련은 사내의 옷소매에 매어달린다.

"나를 기다리고 있어! 내가 귀히 되면 저는 귀히 되지 않나? 어서 이리 내어!"

하고 급창은 계집이야 어찌 되었든지 그 격문만 있었으면 좋겠다는 빛을 보이고 금련의 품에 손을 넣으려 한다.

"웬 소리야? 나으리가 내일이라도 아시면 나는 죽게. 웬 소리야, 나도 같이 가, 데리고 가."

하고 금련은 가슴을 헤치는 급창의 손을 뿌리친다.

급창은 금련을 달래어도 아니 듣는 것을 보고 와락 금련에게 달려들어 한 팔로 금련을 꼭 껴안고 한 손을 금련의 허리에 넣어 간지를 빼어들고는 한번 힘껏 금련을 떠밀어 대문 안에 비틀비틀 들어가게 하고 자기는 어둠 속에 어디로 달아나버리고 말았다.

"이 녀석! 이 녀석이!"

하고 금련이 이를 갈고 따라나왔으나 벌써 사내는 간 곳을 모르고, 동네 집 닭과 개만 놀란 듯이 소리를 높이어 짖었다.

급창은 그 격문을 전대에 넣어 안 허리에 꼭 둘러 띠고 서울을 향하여 길을 떠났다. 그의 얼굴에는 웃음이 떠돌았고, 발에 날개가 돋치어 저절로 옮겨지는 듯하였다.

이 격문이 잃어진 것을 발견한 것은 그 이튿날 저녁이었다. 마침 어느 동지가 금성대군을 찾아와서 그 격문을 보려 하여 문갑을 열어본즉 격문이 간 곳이 없었다. 금성대군은 크게 놀래어 집안을 뒤지었으나 아무리 찾아도 급창이 가지고 서울로 간 격서가 나올 리가 없다.

"이게 웬일이냐?"

하고 금성대군은 절망한 듯이 한숨을 쉬었다.

금성대군은 곧 부사 이보흠에게 그 연유를 말하였다. 부사도 이 말을 듣고 깜짝 놀랐다. 그것은 급창 놈이 온종일 보이지 아니한 때문이다. 곧 나졸을 급창의 집에 보내어 급창의 어미, 아비를 잡아들이었으나, 어젯밤 나간 뒤에는 간 곳을 모른다고 잡아떼었다. 사실상 그의 부모도 그가 간 곳을 알지 못하였다. 급창은 공명에 탐이 나서 이것저것 돌아볼 사이가 없었다. 부사 이보흠 부처가 평소에 저를 어떻게 심복으로 사랑하여 준 것도 그에게 터럭 끝만 한 의리의 속박을 주지 못하였다. 정든 금련도 그의 마음을 끄는 힘이 되지 못하고 늙은 부모도 다 잊어버리어, 마음의 어느 구석에도 생각이 남지 아니하였다. 그는 다만 서울로 서울로 달리어갔다.

마침내 금성대군과 이보흠은 이것이 급창 놈의 농간인 것을 짐작하였으나 그 격문을 가지고 간 것은 급창이라 하더라도 훔치어낸 사람은 따로 있을 수밖에 없다는 결론에 달하였다.

'그게 누굴까. 이 문갑에 그것이 든 줄은 어찌 알았으며, 또 알았기로니 그것을 누가 집어내었을까?' 의심은 금련에게로 돌아갈 수밖에 없었다.

금성대군은 금련을 불렀다. 금련은 많이 울고 난 사람 모양으로 해쓱하였다.

처음에는 금련이 실토하지 아니하고 똑 잡아떼었으나 마침내 이실직 고하여버리고,

"살려줍시오!"

하고 금성대군 앞에 엎더지었다.

금성대군은 부사에게 부탁하여 금련을 옥에 내리어 가두라 하고 곧 급창 따라잡을 계교를 생각하였다.

"저놈이 본래 길을 잘 걸어 하루에 족히 이백 리를 가는 놈이오."

하는 이보흠의 말에 금성대군의 입술은 파랗게 되었다.

"어찌하면 저놈을 따라잡소?"

하고 금성대군이 부사의 찡그린 얼굴을 바라본다.

보흠은 이윽히 침음하더니,

"한 가지 길이 있소. 기천현감 김효흡(金孝洽)이 말을 잘 타고 또 걸음 잘하는 말을 먹이니 그 사람에게 청을 할 수밖에 없소. 지금 곧 사람을 기천으로 보내어서 그 사람이 마침 어디를 가지 않고 기천에 있기만 하면, 곧 말을 타고 떠나기만 하면 급창이 그놈이 아무리 빨리 가더라도 대재 지경을 못 벗어나서 붙들릴 것이오."

한다. 이 말을 듣고 금성대군은 적이 안심하는 빛을 보이었으나 다시 미우에 근심이 떠돈다.

"어디 기천현감은 믿을 수가 있소?"

"그것은 염려 없을 듯하외다. 그 아비가 생전에 소인과 친분이 있었고, 또 저도 조상부모(早喪父母)하고 혈혈무의(孑孑無依)한 것을 소인의 선친이 거두어서 소인의 집에서 무여 생장하다시피 하였고, 또 남행(南

行)으로 출륙이나 하게 된 것도 소인의 반연이 적지 아니하니, 설마 제가 소인의 청을 아니 듣겠소오니까. 그걸랑 염려 마시겨오."
하고 보흠이 안심하는 한숨을 내어쉰다. 금성대군도 그제야 적이 안심이 되었다.

그러나 그렇다고 안심할 수는 없는 일이다. 그 영리한 급창이 뒤에 따를 것을 미리 짐작하고 간도로 들어갈는지도 모르고, 낮에는 숨고 밤이면 갈는지도 모르는 것이다. 이러한 의심이 나면 보흠의 말도 그리 탐탁하게 믿어지지를 아니하지마는 이 길밖에는 더 어찌할 수가 없었다. 그래서 보흠으로 하여금 기천현감 김효흡에게 간곡하게 통정하고 부탁하는 편지를 쓰고, 금성대군도 이번 일에 힘을 쓰기를 바란다는 말과, 또 그리하면 후일에 공이 크리라는 말까지도 써서 편지 한 장을 써서 동봉하였다. 그리고 감영에 급한 차사 다니기에 쓰는, 썩 걸음 잘 걷는 관노 하나를 뽑아 중상(重賞)을 걸고 나는 듯이 기천에 다녀올 것을 명하였다.

기천현감 김효흡이 순흥부사 이보흠의 편지를 받은 것은 이튿날 평명이었다.

김효흡은 좋게 말하면 쾌남이요 좋지 못하게 말하면 건달 같은 사람이었다. 문관이면서도 말달리기와 활쏘기를 좋아하고 또 주색을 좋아하였다. 문하라기도 우습지마는 기천 읍내에는 말달리기, 활쏘기, 노름하기, 술 먹기 좋아하는 건달패들이 현감의 휘하로 모이어들어, 동헌에는 밤낮에 풍류가 질탕하였다. 이러고도 파직을 아니 당하는 것이 이보흠의 힘인 것은 말할 것이 없다. 이보흠이 일개 부사에 불과하거니와 그의 문명(文名)이 높음이 대관들에게까지도 상당한 존경을 받았던 것이다. 이러한 관계이기 때문에 이보흠은 김효흡을 제질 모양으로 믿고 있었던

530

것이다.

효흡은 보흠의 편지를 받아 보고 곧 말을 달리어 대재를 향하여 달리었다. 급창이 재작일 밤에 순흥부를 떠났다 하면 제아무리 빨리 걸었다 하더라도 충주를 지나지 못하였을 것이니, 역마를 갈아타고 달리면 속(速)하면 장호원, 아무리 더디더라도 이천 안짝에서 따라잡을 것은 의려 없다고 생각하였다.

기천현감은 준마를 달리어 단풍도 다 지나고 낙엽이 표요(飄搖)하는 대재를 단숨에 넘어 단양 육십 리를 점심 지을 때도 다 못 되어 다다랐다.

이 모양으로 그는 밥도 마상에서 먹고 밤에도 주막에서 눈을 붙이는 둥 마는 둥 또 길을 떠나서 사흘 만에 급창을 장호원과 음죽 새에서 따라잡았다.

김효흡이 한 달에도 한두 번은 반드시 순흥에 이보흠을 찾아보는 관계로 급창을 잘 알았다.

"이놈아, 게 섰거라!"

하고 김효흡은 말을 달리어 소로로 피하려 하는 급창을 꼭 붙들었다. 여러 날 길에 놈도 더 뛸 근력이 없었던 것이다.

"이놈아, 그 편지 내어!"

하고 손으로 급창의 몸을 뒤지어 격문이 든 전대를 빼앗았다.

"허 요놈, 발칙한 놈 같으니. 그렇게 너의 사또 신세를 지었거든, 그래 요 짓이야?"

하고 말채찍으로 급창의 잔등을 한 개 후려갈기고 격문을 내어서 본다.

급창은 분함을 금할 수 없었다. 손에 잡았던 금덩어리를 그만 떨어뜨린 셈이 되었다. 처음에 김효흡을 좀 저항하여보려고도 하였으나 아무

리 보더라도 견딜 도리가 없어서 이만 뽀드득뽀드득 갈고 길가에 서서
있다.

효흡이 이것을 다 보고 나서,

"허 고놈, 네 이게 무엇인 줄 알고 훔쳐가지고 어디로 간단 말이냐?"
하고 그 격문을 찢으려고 두 끝을 잡는 것을 급창이 달려들어 효흡의 팔
을 붙들며,

"사또, 잠깐만 참읍쇼. 소인 말씀을 한마디만 들읍쇼."
하고 막는다.

이 꾀 많고 구변 좋은 급창이 좀 어리석은 기천현감을 휘어넘기려는 것
이다.

"그래 무슨 말이니? 요놈, 때려죽일 놈 같으니. 어디 말해봐!"
하고 효흡도 격서 찢기를 잠깐 정지한다.

"사또, 경상감사 한 자리 안 버시렵쇼? 지금 경상감사 궐인뎁쇼. 사또
만 하신 양반이 기천현감이 당합쇼?"

"요놈, 웬 소리야?"
하고 효흡은 급창의 말에 놀라면서도 경상감사란 말이 노상 듣기 싫지는
아니하다.

"사또, 이 격서를 가지고 서울로 올라갑쇼. 그러시면 내려오실 때에는
경상감사는 떼어놓은 당상이닙쇼. 경상감사 하시거든 소인 부르시와 두
둑한 구실이나 한 자리 줍쇼."
하고 급창이 당장 경상감사 앞에 청이나 하는 듯이 허리를 굽신굽신한다.

기천현감 김효흡은 잠깐 주저하였다. 급창의 말이 과연 옳은 말이 아
니냐. 그러나 이보흠의 신세를 어찌할꼬. 옳다, 이보흠의 성명 삼 자는

532

칼로 오려버리자 하고 마음을 작정하였다.

김효흡은 이렇게 생각하고 그 격서를 소매 속에 집어넣고 말에 올라 서울을 향하고 달아나려 할 적에 급창이 앞을 가로막으며,

"사또, 소인은 어떻게 하랍시오?"

"순흥으로 가려무나."

"죽기는 누가 죽고요? 사또 귀히 되시거든 소인 공도 내세운다고 무슨 필적이라도 줍쇼."

필적이란 말에 기천현감은 열이 상투 끝까지 올라 말채찍을 높이 들어 급창을 후려갈기니, 채찍 끝이 머리에서 귀통을 감싸고 돌아 뺨이 터져 피가 흐른다. 급창이 아파서 몸을 휘청하고 쓰러지는 틈을 타서 먼지를 차고 말을 달려 가버리고 말았다.

급창은 의기양양하게 달려가는 기천현감의 뒷모양을 노려보며 이를 갈았으나 어찌할 수 없었다. 그는 안타까운 듯이 땅에 엎드리어 손으로 잔디 뿌리를 뜯다가 문득 벌떡 일어나며,

"옳다, 되었다."

하고 오던 길로 기천을 향하고 돌아섰다. 그는 아무러한 데서나 실망하고 자빠질 사람이 아니다. 발길에 채어서 죽는다 하면 그는 반드시 차는 사람의 발바닥이라도 떼어먹고, 그리고 한 번 웃고야 죽을 사람이다.

그는 한 묘책을 얻은 것이다. 그것은 이러하다.

아무리 기천현감이 말을 잘 탄다 하더라도 서울을 가려면 아직도 이틀은 가야 할 것이요, 서울서 기천현감의 기별을 듣고 관병이 순흥부에 내려오려면 아무리 속하여도 칠팔 일은 걸릴 것이다. 이 동안 급창이 그는 안동으로 가서 안동부사 한명진(韓明溍)에게 이 말을 하여 안동 군사를

가지고 불의에 순흥을 엄습하기는 나흘 안에 할 수가 있을 것이다. 이리하면 격문을 가지고 서울까지 올라간 기천현감이 도리어 헛물을 켜고 금성대군과 순흥부사를 잡은 공은 도리어 자기에게로 돌아올 것이다. 이렇게 생각하고 급창은 김효흡에게 얻어맞아서 아픈 것도 잊어버리고, 있는 기운을 다 내어 안동부로 향하였다.

김효흡은 급창이 말하던 경상감사 인두영이 손에 잡힐 듯 잡힐 듯하여 몸이 피곤하는 줄도 모르고 말을 채치어 서울에 득달하였다. 그래서 판중추원사 이징석(李澄石)을 통하여 그 격문을 왕께 올리었다. 격문 끝에 쓰인 '순흥부사 이보흠'의 이름은 칼로 도려내고 오직 금성대군의 서명만이 있었다.

왕은 격문을 보시고 일변 놀라시고 일변 분하시어 기천현감 김효흡을 불러 이번 역모에 관한 자세한 말씀(그것을 김효흡은 본래 모르는 일이기 때문에 되는대로 지어서 아뢰었다)을 물으시고, 그 일을 고하는 충성을 가상히 여긴다 하시었다. 그리고 즉시로 영의정 정인지를 부르시와 금성대군과 그 간련(干連)을 잡을 것을 명하시고, 대사헌 김순(金淳), 판례빈시 김수(金修)를 보내어 금성대군을 국문하게 하시고, 또 소윤 윤자(尹慈), 우보덕 김지경(金之慶), 금부진무 권함(權瑊) 등으로 금성대군 이외의 죄인을 국문하게 분부하시와 즉일로 출발하라 명하시었다. 안동, 예천 군사로 하여금 순흥을 엄습하게 하고, 한명회의 종제 되는 한명진으로 하여금 토적사(討賊使)의 중임을 맡게 하시었다.

이때에 금성대군과 순흥부사 보흠은 기천현감의 회보를 기다리었으나 이틀이 지나고 사흘, 나흘이 지나도 소식이 없음을 보고 비로소 의아하기를 시작하였다. 만일 김효흡이 그 격문을 가지고 서울로 올라갔다 하면 (이보흠은 김효흡이 그러하리라고 믿지는 아니하였다) 만사는 수포에 돌아갈뿐더러 금성대군과 이보흠의 목숨은 부지를 못할 것이다.

써놓았던 격문을 잃어버린 금성대군은 새로 격문을 써 우선 예천, 안동으로 띄웠다. 그러나 그 격문이 안동 지경을 다 돌기도 전에 밤중을 타서 안동, 예천 군사 오백여 명이 안동부사 한명진의 거느림을 받아 순흥부를 엄습하였다. 불의에 수많은 군사의 엄습함을 받은 순흥부는 미처 손쓸 사이도 없이 개미 한 마리 샐 틈 없이 포위를 당하고 빗발 같은 시석(矢石)이 성중으로 쏟아지었다.

일변 한명진은 순흥부사 이보흠에게 사자를 보내어 속히 금성대군을 잡아내어 보내라, 그렇지 아니하면 성중을 무찌르리라고 위협을 하였다.

본래 용병지재가 아닌 이보흠은 이 불의지변에 어찌할 바를 알지 못하였다. 그는 한낱 선비다. 격문은 지을 줄 알아도 실지로 싸울 줄은 몰랐다.

게다가 한명진은 성중에 글을 던지어 누구나 항복하면 목숨을 용서하려니와 만일 관명을 거역하면 도륙을 면치 못하리라고 위협하고, 또 사실상 약간 반항하는 언행이 있는 사람을 잡아 목을 베어서 높은 곳에 달아 백성들의 기운을 눌러서, 성중 백성들은 오직 전전긍긍하고 군사들도 싸울 뜻이 없이 영문에서 도망할 틈만 엿보았다. 오직 어떤 중군 한 명과 천총 한 명이 각각 백 명가량의 군졸을 수습하여가지고 동헌과 및 사방을 지키어 죽기로써 안동군을 저항할 뿐이다.

이때에 금성대군은 정히 잠이 들어 있다가 병마지성(兵馬之聲)이 요란한 것을 보고, 옷을 떨치어 입고 칼을 들고 뛰어나와 동헌으로 향하였다. 얼마를 가지 아니하여서 뛰어오는 관노 하나를 만났다. 그는 부사의 심부름으로 금성 궁으로 오는 길이었다.

"나으리 마님입시오?"

"오, 누구냐?"

"소인이오. 돌쇠요. 큰일 났습니다. 안동, 예천 군사가 수없이 몰려와서 지금 부중을 겹겹이 에워싸고 나으리 마님 잡아내라고 야단입니다. 사또께옵서는 소인더러 나으리 마님 어서 피신하십소사 여쭙고 오라 하시와 지금 뵈오러 가는 길입니다. 나으리 마님, 시각이 바쁘니 어서 피신하십쇼."

하고 관노는 황황하게 재촉한다.

"사또는 어디 계시냐?"

"시방 군사를 모으라 하시는 모양이오나 군사들이 안동 군사가 무서워 더러는 도망하옵고 더러는 항복하옵고, 또 죽기도 하였는지 알 수 없사오나 모이어드는 군사는 얼마가 되지 못하는 듯하옵니다."

이때에 "뚜우…… 뚜우……" 하고 나발 소리와 북소리가 들린다.

"취군이오."

하고 관노가 가만히 귀를 기울인다. 금성대군도 귀를 기울이니 철철, 터벅터벅 하고 군사들의 발이 땅을 차고 달리는 소리가 땅속에서 나오는 모양으로 들린다. 동헌으로 점점 가까이 갈수록 인기척은 요란하였으나 말소리는 들리지 아니하였다. 한참 동안 짖던 개들도 너무도 짖기에는 어마어마하다는 듯이 소리를 잠가버리고 말았다.

백성들은 모두 잘 수도 없고 뛰어나오기도 무서워 방에서 덜덜 떨고, 믿을 수 없는 문고리만 비끄러매었다.

"어서 피신하십시오."

하고 관노가 성화를 하는 것도 듣지 아니하고 금성대군은 삼문 안까지 들어왔다.

삼문 안에는 한 오십 명가량 되는 군사가 활을 메고 창을 들고 모여 섰다. 이것이 천총 한 사람이 한 알갱이 두 알갱이 모아들인 군사다. 중군이 거느린 군사는 밖에서 동으로 달리고 서로 달려 가장 수효나 많은 듯이 안동 군사를 엄포하고 있었다.

천총은 분명히 계상에 서 있는 부사 이보흠의 명령을 기다리는 모양이었다.

금성대군이 들어오는 것을 보고 부사 이보흠이 펄쩍 뛰며,

"나으리 웬일이시오! 왜 아직도 피신을 아니 하시오?"

하고 심부름 보내었던 관노더러,

"이놈, 내 무어라고 이르더냐. 널더러 나으리 모시어 오라고 이르더냐?"

하고 호령을 한다.

"아니오."

하고 금성대군이 부사의 팔을 붙들고,

"아니오. 내가 피신할 내가 아니오. 이제 내가 불명해서 대사를 그르치었으니 나 혼자 피신하여 살기를 도모할 내가 아니오. 막비 운이어, 운이니까 내 혼자 안동부사를 만나보고 무고한 목숨을 살해하지 말도록 말이나 하려고 하오. 날 잡으러 왔다 하니 나만 가면 무사할 것 아니오?"

하고 일어나 나가려 한다. 부사 이하로 여러 사람이 만류하고 사생을 같이하기를 바랐으나 금성대군은,

"그대들은 살아남아 상왕을 복위하시게 하라."

하고 듣지 아니하였다.

이리하여 금성대군은 안동부사의 손에 붙들려 안동 옥에 가둠이 되었다.

금성대군이 붙들리고 마침내 안동 옥에서 교살을 당하매, 신숙주는 이때야말로 노산군을 없이할 좋은 기회라고 생각하고 자주 왕께 노산군을 제하여버리기를 청하여 이렇게 말하였다.

"거년에 이개의 무리도 노산을 빙자하였삽고, 이제 유(금성대군)도 또한 노산을 끼고 난을 일으키려 하였사온즉 노산을 살려둘 수가 없습니다."

왕은 신숙주의 말을 들으시고 고개를 흔드시며,

"인제 의정부에서 또 무슨 말이 있겠지. 그때에 다시 의론해서 시행하지."

하시었다.

숙주는 왕의 이 말씀을 의정부로 하여금 청하게 하라시는 뜻으로 해석하여 영의정 정인지, 좌의정 정창손, 이조판서 한명회 등에게 말하여 숙주와 함께 왕께 청하기를,

"魯山爲叛逆所主 不可安居."

라 하였다. '노산군이 역적 금성대군의 받든 바 되었으니 살려둘 수 없다.'는 뜻이다.

왕은 침음양구에 붓을 들어(왕은 말씀으로 하시기 어려운 때에는 흔히 글로 쓰시는 버릇이 있었다),

"敬知君臣之意 薄德之至 何敢復爲傷殘骨肉之事乎."

라고 써서 신숙주를 보이시고 한참 있다가 또 붓을 드시어,

"魯山已降封君 廢爲庶人可也."

라고 쓰시어 정인지를 주시었다.

그 뜻은 '삼가 그대들의 뜻(노산군을 죽여야 한다는)은 알거니와 내가 더할 수 없이 박덕하여 형제를 많이 죽였거든 또 어찌 감히 조카를 죽이랴. 노산군을 폐하여 뭇 백성이나 만들라.' 하심이다. 진실로 왕도 안평대군, 금성대군, 화의군, 한남군, 영풍군 합하여 친동기를 다섯 분이나 죽이시었고 조카들은 헤일 것도 없이 죽였으므로, 또 골육을 죽인다 하면 이에서 신물이 돌았다. 될 수만 있으면 노산군은 아니 죽이고 싶었다.

그러나 신숙주와 정인지, 그중에도 신숙주가 주동이 되어 종친부, 의정부, 충훈부, 육조 연명으로 계목을 올리었다.

魯山君得罪宗社 近日亂言者 皆以魯山爲言 今若不置於法 則欲圖富貴者 藉以搆亂 不可宥也.

〔노산군이 종사(宗社)에 죄를 지었는데, 근일에 난언(亂言)하는 자들이 모두 노산군을 빙자하여 말합니다. 이제 만약 법에 두지 않는다면 부귀를 도모하려고 하는 자들이 이것을 빙자해 난리를 일으킬 것이니, 용서할 수 없습니다.—감수자 역〕

이리하여 마침내 노산군을 죽이기로 조의가 확정이 되었다.

"十月二十四日命賜魯山君死."

라고 정원일기에 적히게 되었다. 시월이라 함은 정축년 시월이다.

이날 영월부에는 금부도사가 내려왔다고 사람들이 수군거리고, 노산군을 모시는 시녀들과 종인들도 이 말을 들으매 자연 가슴이 두근거리었다. 순흥부에서 대재 하나 넘으면 영월이라 사흘 길이 다 되지 못하니, 금성대군 사건 일어난 소문이 영월에 들어온 지가 벌써 수십 일이나 되고, 금성대군이 안동 옥에서 교살을 당하였다는 소문이 온 지도 오륙 일은 되었다. 이러한 일이 있은 뒤에는 반드시 노산군의 몸에 무슨 일이 일어날 것은 누구나 다 짐작하던 일이다.

금성대군이 순흥서 잡히어 안동으로 이수(移囚)되었다는 소식을 들으신 날에 노산군은 하룻밤을 내리 우시었다.

"금성 숙부마저 돌아가면 나는 누구를 의지하나."

하고 한탄하시고 느껴 우시니 좌우가 다 목을 놓아 울었다.

그런 뒤로는 노산군은 시녀들과 내시들과 제 소원으로 따라와서 수종드는 오륙 인 선비들에게 각기 돌아갈 곳을 구하는 것이 좋다는 뜻을 말씀하시었다. 그러나 사람들은 다 노산군을 사생 간에 끝까지 따르기를 맹세하였다.

이러하던 판에 금부도사가 내려온 것이다. 내려온 금부도사는 작년에 노산군을 모시고 왔던 왕방연이다. 그는 사약을 가지고 노산군 처소에 이르렀다. 이때에 노산군은 익선관, 곤룡포를 갖추시고 당중(堂中)에 좌

정하시어 정하게 부복한 방연을 보시며,

"무슨 일로 내려왔느냐. 상감 강녕하시냐?"

하고 물으시었다.

처음 왕방연은 문전에 이르러 차마 들어오지 못하여 머뭇거리기를 마지아니하였다. 그러나 나장(羅將)이 시각이 늦는다고 발을 구르고 재촉하므로 부득이 들어간 것이다. 들어오기는 하였지마는 노산군의 위의를 뵈오매 차마 내려온 뜻(잡숫고 돌아가실 약을 가지고 내려왔다는)을 차마 말을 만들어 입 밖에 낼 수가 없어서 다만 이마를 마당에 조아리고 느껴 울 따름이었다.

노산군은 왕방연이 차마 말을 못 하는 양을 보시고, 또 그가 엎드린 곁에 백지로 봉한 네모난 조그마한 상자가 놓여 있음을 보아 그가 가지고 온 사명을 짐작하였다.

대문 밖에서는,

"유시요! 유시요!"

하는 나장의 재촉이 들려온다. 유시(酉時)가 노산군이 사형을 받을 시간이다.

금부도사 왕방연이 울고만 엎드리어 언제 일이 끝날지 모를 때에 평소 노산군을 따라와 모시던 공생(貢生) 한 놈이 활시위를 뒤에 감추어 들고 노산군의 등 뒤로 달려와서 노산군의 목을 졸라매고 북창 밖으로 잡아당기었다. 노산군은 뒤로 넘어지시어 줄을 따라 끌려가시다가 북창 문턱에 걸리시어 절명하시었다. 그동안에 소리도 아니 지르시고 몸도 움직이지 아니하시었다. 시녀들이 알고 달려들어 목맨 줄을 끄르고 애써 소생하시게 하려 하였으나 다시 소생하시지 아니하시었다.

"아이고, 아이고."

하고 시녀들은 머리를 풀어헤치고 통곡하였고, 다른 사람들(그때에도 수십 명 되었다)도 통곡하였다.

공명을 이루려고 노산군을 목을 매어 죽인 공생은 대문을 나서지 못하여 피를 토하고 즉사하여버렸다.

금부도사 왕방연은 군사를 명하여 노산군의 시체를 금강에 뜨게 하였다. 그는 만류하는 사람에게, 이렇게 하지 아니하면 반드시 시체도 온전치 못하시리라고 하였다.

노산군의 시체가 물에 들어가 둥둥 떠서 흐르지 아니하고 하여 열 손가락이 떴다 잠겼다 하는 것을 뵈옵고는, 시녀들과 종자들이 모두 통곡하고 사랑하는 임금의 뒤를 따라 물에 뛰어 들어갔다.

밤에 영월 호장 엄흥도(嚴興道)가 몰래 시체를 건지어 어머니 위하여 짜두었던 관에 넣어 부중에서 북으로 오 리 되는 곳에 평토장을 하고 돌을 얹어 표하여 두었다.

『단종애사』를 통해 본 이광수의 진보와 퇴보

김종욱

『단종애사』가 놓인 자리

이광수는 1928년 11월 30일부터 1929년 12월 11일까지『동아일보』에『단종애사(端宗哀史)』를 연재한다. 이 작품은 제목 그대로 단종이 태어나서 왕위에 올랐다가 숙부 수양대군의 정변으로 폐위되고, 결국 죽음을 맞이하는 과정을 네 부분으로 구분하여 서사화하고 있다. '고명편(顧命篇)'에서는 단종의 탄생과 등극 과정을 그리면서 성삼문, 신숙주에 대한 고명을 부각시키는 한편, 여기에 맞서 정권 찬탈을 도모하는 수양대군과 권람의 밀의(密議) 과정을 서술하고 있다. '실국편(失國篇)'에서는 수양대군이 홍윤성, 한명회 등과 함께 계유정난을 일으켜 김종서와 안평대군 등을 제거하고 정치적 실권을 장악하는 과정을 그리고 있으며, '충의편(忠義篇)'에서는 단종이 정인지 등의 위협으로 수양대군에게 왕위를 넘겨준 뒤 사육신이 단종 복위 운동을 펼치다가 실패하는 과정을 담고 있다. 마지막으로 '혈루편(血淚篇)'에서는 노산군(魯山君)으로 강등된 단종이 영월 청령포에서 최후를 맞이하는 과정을 그린다.

조선왕조가 세워진 지 얼마 지나지 않은 15세기 중엽에 벌어졌던 단종과 세조 사이의 권력 투쟁은 대중적인 관심을 집중시킬 만한 역사적 사건이었다. 그래서 근대로 접어든 뒤에도 여러 서사물들이 창작되었다. 그 중에서도 이해조의 신소설『홍장군전』(오거서창, 1918)과『한씨보응록』(오거서창, 1918)은 각각 정난공신이었던 홍윤성과 한명회를 다룬 이야기여서 계유정난에 대한 근대 초기의 인식을 짐작하게 한다. 이해조는 작품 속에서 계유정난에 대해 직접적으로 평가를 내리지는 않지만, 전통적인 서사 양식인 '전'의 형식을 통해 홍윤성과 한명회의 영웅적인 면모를 부각시키고 있다는 점에서 계유정난에 대한 긍정적 입장을 엿볼 수 있는 것이다.

그런데 이광수의『단종애사』는 계유정난으로 폐위된 단종에 대한 연민을 전편에 내재하고 있다는 점에서 이해조와는 완전히 다른 관점의 작품이라고 할 수 있다. 우연적인 현상으로 치부할 수도 있겠지만, 이광수는 여러 차례 '이해조 다시 쓰기'를 시도하고 있었다. 예컨대『단종애사』가『홍장군전』과『한씨보응록』을 마주 보고 있는 것처럼『일설 춘향전』(1925) 또한 이해조가 산정(刪定)한『옥중화』(1912)와는 다른 관점에서『춘향전』을 해석하고 있는 것이다. 이광수는『무정』이나『개척자』등의 작품을 통해서 소설의 새로운 가능성을 모색하고 있었을 뿐만 아니라, 신소설로 대표되는 전대의 소설사적 맥락과 대결하고 있었던 것이다. 이러한 점을 염두에 둔다면,『단종애사』가『홍장군전』이나『한씨보응록』과 다른 역사적 경향 속에 재맥락화되고 있다는 사실은 흥미로운 일이다.

이러한 문학사적 (비)연속성과 함께『단종애사』가 발표되던 1920년대 후반에 역사소설이 한국 근대소설사에서 전면에 등장하기 시작했다는 점 또한 기억해야 한다. 벽초 홍명희가 1928년 11월 21일『조선일보』에 『임거정전』을 연재하기 시작했고, 이로부터 열흘이 지나지 않아 이광수 또한 『동아일보』에 『단종애사』를 연재하기 시작했던 것이다. 이처럼 역사소설 『임거정전』과 『단종애사』가 동시에 연재됨으로써 두 작가의 개인적 차원을 넘어서 『조선일보』와 『동아일보』 사이의 미디어 경쟁, 그리고 '신간회'를 등에 업은 급진론자와 '민족개조론'을 주창한 점진론자 사이의 이념적 대결이 자존심을 걸고 한판 대결을 벌이게 된다. 총 열한 번의 휴재(자료 조사로 인한 경우를 제외하고 열 번의 휴재는 모두 이광수의 건강 때문이었다)로 인해 1년 동안 217회밖에 연재할 수 없었음에도 불구하고 이광수가 『단종애사』를 멈출 수 없었던 이유 중의 하나였을 것이다.

이광수의 『단종애사』는 이러한 통시적, 공시적 좌표 위에 놓여 있는 작품이다. 통시적으로는 이해조를 위시한 개화파 작가들의 신소설과 대결하고 있으며, 공시적으로는 홍명희를 포함한 카프 맹원들의 신경향파 소설과 대립하고 있는 셈이다.

도덕주의적 시선과 존왕주의적 어조

『단종애사』는 역사적 사실에서 취재를 한 것이기에 작가의 상상력이 개입할 여지가 그다지 넓지 않다. 잘 알려져 있듯이 단종은 1441년(세종 23)에 왕세자 문종(文宗)과 현덕왕후(顯德王后) 사이에 태어났고, 1450년 문종 즉위와 함께 왕세자가 되었다가 1452년 왕위를 이어받았다. 그렇지만 즉위 1년 후인 1453년 숙부였던 수양대군이 주도한 계유정난으로 실권을 빼앗겼으며, 1455년에는 수양대군에게 선위한 채 상왕으로 물러났으나, 이듬해 사육신이 주도한 단종 복위 사건이 발생하면서

1457년 노산군으로 강등되어 강원도 영월에 유배되었다가 사약을 받고 죽음을 맞이했다. 이러한 단종의 일대기는 명백한 역사적 기록이어서 작가가 서사적 골격을 변용하거나 훼손하는 것이 거의 불가능에 가까웠다.

이러한 점은 홍명희의 『임거정전』과 확연히 구분되는 점이기도 했다. 임거정이 역사상의 실존 인물이라고 하더라도 기록 자체가 거의 남아 있지 않아서 작가가 자유롭게 새로운 인물을 창조하고 사건을 진행시켜나갈 수 있었던 것에 비해, 『단종애사』는 계유정난 당시 홍윤성에게 척살당한 김종서를 지키던 여진족 여인 '야화'라든가, 금성대군이 단종의 복위를 도모할 때 고변하는 관비 '금련' 정도가 작가의 상상력으로 창조되고 있을 따름이다. 따라서 실제 사건이나 실존 인물들과 비교를 통해서 『단종애사』의 특성을 찾는 것은 쉽지 않다. 대신 『단종애사』에서 가장 눈여겨보아야 할 것은 서사를 진행하는 서술자라고 할 수 있다. 작가 이광수가 『단종애사』를 통해 창조한 것은 인물이나 배경 혹은 사건과 같은 전통적인 플롯의 요소가 아니라 역사적 사건을 바라보는 시선이었다.

『단종애사』는 다음과 같이 시작한다.

> 지금부터 사백구십 년 전, 조선을 가장 잘 사랑하시고 한글(언문)과 음악과 시표(時表)를 지으시기로 유명하신 세종대왕(世宗大王) 이십삼년 칠월 이십삼일. 이날에 경복궁 안 자선당(資善堂, 동궁이 거처하시던 집)에서 큰 슬픔의 주인 될 이가 탄생하시니, 그는 세종대왕의 맏손자님이시고 장차 단종대왕이 되실 아기시었다.
>
> 아기가 탄생하시기는 진시(辰時) 초였다. 첫가을 아침 볕이 경회루 연당의 갓 피는 연꽃에 넘칠 때에 자선당에서는 아기의 첫 울음소리가

난 것이다. (15면)

이 대목은 우리에게 다음과 같은 사실을 알려주고 있다. 먼저『단종애사』의 서술자가 서 있는 자리가 세종 23년에서 '사백구십 년'이 지난 시점이라는 사실이다. 세종 23년을 서력으로 환산하면 1441년이니, 서술자는 1931년의 시점에서 단종의 탄생을 그리고 있는 셈이다. 물론『단종애사』가 처음 연재되기 시작한 것이 1928년 11월이었으니 "사백구십 년 전"이라는 언급은 조금 어색하게 느껴지기도 하지만, 작가 이광수의 착각이거나 혹은 두루뭉술하게 표현하면서 생겨난 착오쯤으로 볼 수 있을 듯하다. 그런데 서술 주체와 서술 대상 사이에 오백 년 가까운 시차가 개입되어 있기 때문에『단종애사』에서 플롯은 동시대적인 사건, 곧 진행형의 사건이 아니라 역사적인 사건, 곧 완료형의 사건으로 받아들여진다. 이에 따라 서술자가 과거의 역사 속에 자리 잡고 있는『임거정전』에 비해 현장감과 박진감이 현저히 감소될 수밖에 없게 된다.

『단종애사』에 등장하는 이러한 서술 특성이 약점만을 지니는 것은 아니다. 서술 대상과 서술 주체와의 시차는 다른 한편으로 사건에 대한 서술에 객관성을 부여하는 효과를 가져오기도 한다. 실제로『단종애사』에서 서술자는 '역사가'에 가깝다.『연려실기술』등과 같은 사료를 광범위하게 참조하여 객관적으로 해석하고자 할 뿐만 아니라 사료를 비교하고 검토하여 오류를 바로잡기도 하는 것이다.

① 계유 시월 십일 영양위 궁 마당에서 황보인, 이양, 조극관 등을 추살(椎殺)한 데를『연려실기술』에 "使允成洙具致寬椎殺之"라고 하였

으나 삼십육 인 정난공신에 구치관이 녹훈이 아니 된 것을 보면 그는 그
날 밤에 철추를 든 사람은 아닌 듯하기로, 지금까지 구치관이란 칭호로
부르던 인물을 우치만(禹致晚)이라는 가공적 인물로 대신케 합니다.

　　② 수양대군은 국인(國人)의 이 흠점을 잘 알기도 하고 목격해보기도
하였기 때문에, 더구나 아무에게도 알리지 아니하고, 심지어 좌우 대신
에게도 미리 의논함이 없이 다만 혜빈양씨에게 알리고는 독단적으로 다
정해버리었다. "조정에서 왕비 책립하기를 여러 날 하여 마지아니하거
늘(朝廷請納妃 累日不已)"이라고 실록에 있지마는, 그것은 다 그럴듯하
게 쓴 말에서 지나지 못한다.(308면)

　　①은『단종애사』신문 연재본(『동아일보』, 1929. 2. 25)에서 작가가 붙
인 주석이다. 작가의 말에 따르면『연려실기술』에 따라 '구치관'이라는
실존 인물의 행위로 기술해왔지만, 전후 상황에 비추어볼 때 구치관이
한 행위로 보기 어려우므로 '우치만'이라는 인물로 이름을 바꾸겠다는
언급이다. 그리고 단행본으로 발간할 때에는 우치만이라는 이름 대신에
'함귀'라는 새로운 이름을 사용하여 완전히 허구적인 인물로 바꾸어버린
다. ②는『조선왕조실록』의 기록을 그대로 따르지 않고, 세조의 성격에
비추어 달리 해석하였음을 서술자가 직접 언급하고 있는 대목이다. 서술
자가 단순히 사료 그 자체를 인용하는 데 머물지 않고, 그것을 객관적이
고 정합적으로 해석하고자 했다는 점을 강조하고 있는 것이다. 이처럼
『단종애사』에서 서술자는 사료를 정확하게 해석하여 독자들에게 역사의
온전한 모습을 전달하는 역사가로서의 역할을 자임하고 있다. 사료를 원

문 그대로 제시하고 그것을 우리말로 번역하거나, 한 걸음 더 나아가 독자들이 알아듣기 쉽게 항목화하여 설명하는 모습 역시 이와 관련되어 있다. 〔그렇다고 해도 화의군 영을 세종의 맏아들이라 한다거나(329면), 화의군·한남군·영풍군을 단종보다 먼저 세상을 떠난 것으로 그린다거나(506면, 539면) 하는 오류가 완전히 사라진 것은 아니다.〕

그런데 서술자가 사료 해석에서 객관적인 태도를 유지하고자 노력했더라도 인물 형상화의 측면에서 본다면 주관적인 면모를 벗어나지 못했던 것이 사실이다. 백낙청이 이미 지적한 바 있듯이, 『단종애사』에서 서술자의 해석과 판단은 선인과 악인, 보다 구체적으로는 단종과 세조라는 이분법 위에 축조되어 있다. 그리하여 단종을 따르는 인물들은 긍정적으로 그려진 반면, 수양대군을 따르는 인물들은 부정적으로 그려진다.

집현전 여러 학사들 중에 성삼문과 가장 절친하기는 신숙주였다. 성삼문과 신숙주와는 서로 같은 점보다도 서로 다른 점이 더욱 많았다. 삼문은 키가 크고 눈이 크고, 숙주는 그와 반대로 키도 작고 눈도 작았다. 삼문은 눈초리가 봉의 눈인데 숙주는 팔자(八字) 눈인 것같이 반대요, 성질로 보더라도 삼문은 서글서글하나 아무렇게나 하는 점이 있으되 숙주는 겉으로는 서글서글한 체하여도 속은 매우 깐간하여 이해타산을 분명히 하였다. 삼문이 아무리 재주가 있다 하더라도 일을 도모하기에는 도저히 숙주와 겨룰 수가 없었다. 그러므로 삼문은 무엇에나 일에는 항상 숙주에게 졌다. 삼문은 속에 무엇을 하루를 숨겨두지 못하는 성미나, 숙주는 필요로만 생각하면 일생이라도 마음에 감출 수가 있었다. 그러므로 삼문의 속은 숙주가 빤히 들여다보지마는 숙주의 속을 삼문은 삼

분지일도 알지 못하였다.(69면)

이 대목에서 서술자는 문종의 고명을 받던 성삼문과 신숙주를 함께 묘사하고 있는데, 성격이 "서글서글하"여 "속에 무엇을 하루를 숨겨두지 못하는 성미"를 지닌 성삼문과 "겉으로는 서글서글한 체하여도 속은 매우 깐깐하여 이해타산을 분명히 하"고 "필요로만 생각하면 일생이라도 마음에 감출 수가 있"는 신숙주를 뚜렷하게 대비시키고 있는 것이다.

이렇듯 단종을 따르는 인물과 수양대군을 따르는 인물을 충절과 변절, 선과 악으로 판단함으로써, 『단종애사』에서 개별 인물들은 생동감을 갖지 못한 채 정형적인 모습으로만 무대에 등장했다 사라져간다. 수양대군은 인륜을 어기고 왕좌를 탈취한 폭력적인 인물이며, 그의 추종자들 역시 수양대군의 권력욕에 기대어 자신의 사리사욕을 챙기는 모습으로만 존재한다. 이와 반대로 단종은 나이가 어리고 육체적으로 연약한 순진한 인물이며, 그의 추종자들은 대의명분을 위해 자신의 목숨까지도 아까워하지 않는 충직한 모습으로 그려진다. 이렇듯 선인과 악인의 대립이라는 도덕주의적 시선은 '전(傳)'이라는 낯익은 일대기 형식의 구성과 함께 『단종애사』가 독자들에게 쉽게 수용될 수 있는 중요한 이유인지도 모른다. 고전소설적 독법에 익숙한 일반 독자들은 악한 자에 대한 분노와 선한 자에 대한 연민을 교차시키면서 쉽게 등장인물들과 동일화되었던 것이다.

그렇지만, 서술자의 도덕주의적 시선이 작품 전편에 걸쳐 일관성 있게 유지된다고 말하기는 어렵다. 『단종애사』에서 서술자는 흥미롭게도 왕(세종과 문종과 단종, 그리고 세조)을 묘사할 때 존대법을 구사하는 반면,

다른 인물들을 묘사할 때에는 평서법을 사용한다. 그래서 수양대군이 왕위에 등극하는 순간 서술자의 어조는 대단히 드라마틱하게 변화한다.

③ 수양대군은 곧 근정전(勤政殿)으로 올라가려 하였으나 다시 생각하고 대군청(大君廳)으로 나왔다. 이때에는 벌써 수양대군이 아니요 상감마마이시어서 백관이 좌우에 시립하고 군사가 겹겹이 시위하였다.

일각이라도 지체할 수 없다. 일변 집현전 부제학 김예몽(金禮蒙)을 시키어 선위, 즉위의 교서를 봉하게 하고, 일변 유사(有司)를 시키어 근정전에 헌가를 베풀어 즉위식 차비를 시키었다. 그동안이 실로 순식간이다.

수양대군은 미리 준비하였던 익선관, 곤룡포를 갖추고 위의 엄숙하게 백관의 옹위를 받아 근정전 뜰로 들어가 수선(受禪)하는 의식을 마치고는 정전에 올라가 옥좌에 앉아 백관의 하례를 받고 이내 사정전(思政殿)에 들어가 상왕께 뵈오려 하였으나 상왕은 받지 아니하시었다.(410면)

④ 그날 밤으로 왕(수양대군)은 근정전에 대연(大宴)을 배설하고 백관을 불러 질탕하게 노시었다.

"오늘 밤에는 군신지분을 파탈하고 놀자. 누구든지 마음대로 마시고 마음대로 노래하고 마음대로 춤추라. 무슨 일이나 허물치 아니하리라."

하시었다. 그리고 왕이 친히 잔을 들어 정인지, 신숙주, 강맹경, 한확 같은 공신들에게 술을 권하고, 좀 더 취하게 되매 몸소 무릎을 치고 노래를 부르시었다.

신하들도 한없이 기쁜 듯하였다. 아까까지는 영의정이요 같은 신하였지마는, 지금은 상감이 되신 수양대군이 손수 권하시는 술잔을 받을 때에 황송하고도 감격하여 눈물을 흘리는 자까지 있고, 우리 성주(聖主)께 충성을 다하리라고 술 취하여 어눌한 음조로 맹세하는 것은 저마다였다(410~411면).

왕위에 오르기 전(③)과 왕위에 오른 다음(④)의 수양대군을 언급하는 서술자의 어조는 완전히 변화한다. 이에 따라 서술자가 허구 세계에 등장하는 '왕'을 이야기할 때, 현재의 시점이 아니라 15세기 궁중 속에 들어가 신하의 위치에 서 있는 듯한 착각을 불러일으키게 된다. 이에 따라 20세기의 독자들 역시 또한 서술자와 마찬가지로 등장인물로서의 '왕'에 대해 경외감을 느끼게 되는 것이다.

이러한 존왕주의적 어조는 앞서 살핀 바처럼 서술자가 서 있는 자리가 20세기라는 점을 고려할 때 전근대적이고 봉건적이라는 비판에서 벗어나기 어렵다. 어쩌면 『홍길동전』 수준으로 서사적 관습을 퇴행시키고 있는지도 모른다. 뿐만 아니라 이러한 존왕주의적 어조는 도덕주의적 시선과 심각한 모순을 일으킨다는 점에서 문제적이다. 만약 서술자가 도덕주의적 시선을 엄격하게 지킨다면 수양대군은 왕위를 찬탈한 불의의 화신으로서 부정과 비판의 대상에서 벗어날 수 없게 된다. 그런데 수양대군이 왕위에 올랐다는 이유로 존대법을 구사하게 된다면, 서술자는 그에게 도덕적인 비난을 보낼 수 없을 뿐만 아니라 어쩌면 가치판단의 대상으로 삼는 것 자체가 불가능해지고 말 것이다. 결국 『단종애사』에서 서술자가 등장인물들을 판단하는 도덕률로 삼았던 '충의'란 신하들에게만 요구되는 특수한 가치 체계에 불과했던 셈이다.

신민회의 문학적 계승

『단종애사』는 단종의 출생에서 시작하여 죽음으로 끝을 맺고 있는 일대기소설이긴 하지만, 정작 서사의 주인공이 단종인가에 대해서는 의문의 여지가 있다. 단종은 서사에 지속적으로 등장하지 않을뿐더러 사건의 진행에서도 주도권을 지니고 있지 못한다. 수양대군과 그 추종자들은 사건을 만들어 자신들의 욕망을 실현해가는 주동적인 역할을 맡고 있는 반면, 단종과 그 추종자들은 수동적이어서 그 사건에 휘말릴 따름이다. 그런 점에서 『단종애사』의 진정한 서사적 주인공은 수양대군이라고 해도 과언은 아니다. 그럼에도 불구하고 작가가 『단종애사』라는 이름을 붙인 까닭은 다음과 같은 「작가의 말」(『동아일보』, 1928. 11. 20)에 잘 드러나 있다.

단종대왕처럼 만인의 동정의 눈물을 끌어낸 사람은 조선만 아니라 전 세계로 보더라도 드물 것이다.

왕 때문에 의분을 머금고 죽은 이가 사육신(死六臣)을 머리로 하여 백으로써 셀 만하고, 세상에 뜻을 끊고 일생을 강개한 눈물로 지낸 이가 생육신(生六臣)을 머리로 하여 천으로써 셀 것이다. 육신의 충분 의열은 만고에 꺼짐이 없이 조선 백성의 정신 속에 살 것이요, 단종대왕의 비참한 운명은 영원히 세계 인류의 눈물로 자아내는 비극의 제목이 될 것이다.

더구나 조선인의 마음, 조선인의 장처와 단처가 이 사건에서와 같이 분명한 선과 색채와 극단한 대조를 가지고 드러난 것은 역사 전폭을 털어도 다시없을 것이다.

나는 나의 부조한 몸의 힘과 맘의 힘이 허하는 대로 조선 역사의 축도요, 조선인 성격의 산 그림인 단종대왕 사건을 그려보려 한다.

이 사실에 드러난 인정과 의리 ─ 그렇다, 인정과 의리는 이 사실의 중심이다 ─ 는 세월이 지나고 시대가 변한다고 낡아질 것이 아니라고 믿는다.

사람이 슬픈 것을 보고 울기를 잊지 아니하는 동안, 불의를 보고 분내는 것이 변치 아니하는 동안, 이 사건, 이 이야기는 사람의 흥미를 끌리라고 믿는다.

여기에서 작가는 단종 폐위 사건이 전 세계적으로 보기 드문 '비극'이어서 '인정'과 '의리'가 살아 있는 한 사람들의 흥미를 끌 것이라고 말한다. 하지만 단종을 주인공으로 삼는 한 결코 비극이 될 수 없다. 주인공의 죽음으로 끝이 났으니 독자들의 눈물을 자아낼 수는 있을지라도, 자신에게 부여된 운명과 맞서 싸운 것이 아니기에 '비극적'인 주인공이 될 수 없는 까닭이다. 단종은 단지 보통 사람보다 우월한 '계급'의 인물일 뿐, 운명에 순응한 나약하고 평범한 인물이었던 것이다. 다만 나이 어리고 연약해서 폭력적인 세계에 무방비 상태로 노출되어 있다는 사실, 그리하여 아무 일도 하지 않은 채 권력을 빼앗기고 결국 죽음을 맞이한다는 사실을 강조함으로써 사이비 비극의 주인공이 될 수 있었던 것이다.

그래서 어떤 이들은 『단종애사』가 단종의 죽음을 통해 독자들에게 국가 상실의 경험을 환기시키려고 했다고 말하기도 한다. 1919년 3·1운동이 고종의 죽음과 연관되어 있다는 점, 1926년 6·10만세운동이 순종의 죽음과 깊이 연관되어 있다는 사실을 언급하면서 박종화는 『단종애사』가 독자들의 사랑을 받은 것이 "당시 일본 사람한테 강제로 나라를 뺏긴 조선 사람 삼천만의 마음은 마치 사백여 년 전에 강포한 수양대군한테 강제로 신민 노릇을 당하고 있는 그때 그 심정" 때문이었다는 것이다. 하지만 앞서 말한 듯이 『단종애사』의 서술자는 존왕주의적 태도를 간직하고 있기 때문에 수양대군이 왕위를 찬탈하여 세조가 되는 순간 일종의 면죄부를 부여하게 된다. 따라서 박종화의 해석을 그대로 받아들인다면 일본 제국주의의 식민 통치 역시 조선인들에게 거역할 수 없는 운명으로 받아들여진다는 점을 인정해야만 한다. 따라서 『단종애사』에서 수양대군에 의한 단종 폐위를 망국의 한과 직접적으로 대응시키는 것은 그리 적절해 보이지 않는다. 이광수의 『단종애사』가 독자들의 사랑을 받을 수 있었던 것은 오히려 존왕주의적 어조가 일본제국주의의 억압 속에서 조선을 향한 대중적 향수를 자극하고 있었기 때문일 것이다.

그런데 근대주의자였던 이광수가 '충의'를 도덕적 판단의 준거로 삼고 존왕주의적 어조로 사건을 서술하는 모습은 매우 흥미로운 지점이다. 사실 1910년대 이래 오랫동안 이광수는 대표적인 반유교주의자로 활동해 왔다. 그렇지만 이광수가 '조선의 유교'를 비판하고 있음에도 불구하고 유교 자체를 부정하지 않았다는 사실을 잊지 말아야 한다. 이광수는 「신생활론」에서 "왕양명(王陽明)을 통하여 전한 유교는 일본을 흥하게 하였고, 주희(朱熹)를 통하여 전한 유교는 조선을 쇠하게 하였습니다."라고 언급하고 있거니와, 주자학과 달리 양명학은 일본이 근대화를 달성하는 데 매우 중요한 자산이었음을 강조함으로써 유교 전체가 아닌 주자학을 비판하는 데 초점을 맞추고 있다.

이광수가 주자학을 비판하면서도 다른 한편으로는 양명학을 옹호했던 것을 이해하기 위해서는 일본이 조선의 국권을 침탈하던 1910년 전후의 상황을 살펴볼 필요가 있다. 우리는 흔히 이광수의 사상적 출발점을 언급하면서 안창호와 이승훈을 떠올린다. 그들은 모두 1907년 결성된 비밀결사 '신민회'와 깊이 연관되어 있었는데, 이 단체는 중국의 개혁사상가였던 량치차오(梁啓超)의 영향을 받아 성립된 것이었다. 량치차오는 1898년 무술정변으로 인해 변법자강운동이 실패하자 일본으로 망명한 뒤, 『청의보』, 『신민총보』 등을 통해 스승 캉유웨이(康有爲)를 비판하면서 독자적인 길을 걷기 시작한다. 국가의 보존[保國], 민족의 보존[保種], 종교의 보존[保敎]이라는 3대 과제 중에서 나라를 보존하는 근거로서 '보교'를 주장하는 캉유웨이와는 달리 '보국'이 모든 문제에 우선하는 근본임을 주장했던 것이다.

이러한 량치차오의 사상은 20세기 초 조선의 지식인들에게 큰 영향을 미치고 있었다. 신민회 역시 량치차오를 따라 국권 회복이라는 목표를 달성하기 위해 투철한 국가 의식으로 무장한 새로운 국민, 곧 '신민(新民)'의 탄생을 도모하며 결성되었다. 이 무렵 안창호는 량치차오의 저작에 심취하여 평양 대성학교 교재로 『음빙실문집(飮氷室文集)』을 사용했거니와, 안창호가 강조했던 무실(務實), 역행(力行), 충의(忠義), 용감(勇敢)이라는 4대 덕목 역시 량치차오가 생각했던 지도자의 덕목과 상당한 유사성을 보이기도 한다. 그런데 신민회에는 국권 회복을 목표로 하였기에 안창호를 위시한 서북지역 기독교인뿐만 아니라 다양한 이념적·종교적 스펙트럼을 지닌 인물들이 참여하고 있었다. 예컨대 박은식, 신채호, 장지연, 이회영 등 양명학의 세례를 받은 유학자들도 포함되어 있었던 것이다. 이인직이나 이해조와 같은 개화파 지식인들이 캉유웨이의 천민설(天民說)이라든가 대동사상(大同思想), 혹은 공교운동(孔敎運動)의 자장에서 벗어날 수 없었던 것과 달리, 량치차오의 신민설을 통해서 국수사상 곧 국가주의를 받아들여 민족적 주체성을 확립하고자 했던 것이다.

『춘향전』 해석을 둘러싸고 이해조와 이광수가 큰 차이를 보여주었던 것은 이러한 개화기 지성사가 놓여 있다. 뿐만 아니라 신민회에 참여했던 신채호나 박은식이 역사적인 영웅들의 전기를 통해서 민족의식을 고취하고자 한 것도 량치차오의 영향 속에서 이해될 수 있다. 개화파 신소설 작가들이 캉유웨이의 천민설을 따르던 까닭에 영웅적인 인물에 호감을 갖고 있지 않았던 반면, 량치차오의 영향력 아래 있던 개신유학자들의 경우 '신민'이라는 이름의 새로운 영웅의 출현을 갈망했던 것이다. 이광수의 천재론 또한 이러한 영웅론의 변형인 셈이다. 이처럼 1910년대의 이광수는 박은식과 신채호의 뒤를 잇는 신민회의 문학적 적자라고 해도 지나친 말은 아니다. 이광수가 1910년대 내내 국외 망명을 꿈꾸다가 결국 2·8독립선언서를 쓰고 상하이로 망명하여 대한민국임시정부에 참여했던 것은 이러한 신민회 이념의 필연적 귀결이었던 것이다.

그렇지만 중국의 역사가 보여주듯이, 량치차오가 스승 캉유웨이에 맞서 내세웠던 신민설 역시 진보적 의의를 오랫동안 유지할 수 없었다. 쑨원(孫文)이 삼민주의를 내세워 중국 혁명을 도모하자 량치차오는 유교에 대한 부정을 포기하고 절충적인 입장으로 돌아선다. 그는 변법을 꿈꾸긴 했지만 완전한 혁명가는 아니었던 것이다. 결국 량치차오는 민주제를 받아들이는 대신 개명군주제로 돌아서고 만다. 1920년대의 이광수 또한 이러한 량치차오의 전철을 따르고 있다. 신민회가 내세웠던 공화제의 이념을 좇아 대한민국임시정부에 합류했던 이광수였지만, 귀국한 후에는 점차 국민주권사상과 거리를 두기 시작한다. 예컨대 이광수는 「민족개조론」에서 쑨원의 국민혁명론을 비판한다. "중화인의 구제는 오직 민족개조운동자에게서만 찾을 것"이라고 말한다. 이렇듯 국민주권에 기반한 공화제의 이념을 포기했을 때 '신민'의 이념은 국가우선주의라는 표피만 남거니와, 그 결과 손쉽게 유교적 충의론과 만나게 된다. 량치차오가 쑨원을 만났을 때 보수적 성격이 드러났듯이, 이광수 또한 1920년대 사회주의자의 등장과 함께 급격하게 보수화되고 만 것이다.

맺는 말

1910년대 이후 지속적으로 주자학적 전통을 비판했던 이광수가 1920년대 말에 발표한 『단종애사』는 여러 모로 낯설다. 선인과 악인의 대립이라는 이분법적 인식은 차치하고서라도 서술자가 보여주는 존왕주의적 어조는 소설적 관습의 측면에서나 작가적 이념의 측면에서 쉽게 수긍하기 어렵기 때문이다. 불과 십여 년 전에 유교에 대한 강렬한 비판을 쏟아놓았던 이광수가 유교적 충의의 관점에서 역사를 파악하는 인물로 변신했던 셈이다.

『단종애사』를 쓰던 무렵의 이광수는 더이상 반(反)유교주의자가 아니었다. 오히려 반(半)유교주의자에 가까웠다. 이러한 변화가 낯설기는 하지만 전혀 예상 못 할 바도 아니다. 이광수의 나이라든가 혹은 제국주

일본과의 타협 가능성 때문이 아니다. 량치차오가 쑨원의 국민혁명론을 부정한 뒤 입헌군주제를 포기하고 개명군주제로 퇴행했듯이, 국민주권이라는 민주제의 이념을 포기한 국가주의는 유교적 충의론과 쉽사리 결합할 수 있었던 것이다.

『단종애사』는 그런 점에서 이광수의 역사적 위상을 잘 보여주는 작품이라고 할 수 있다. 한편으로는 도덕주의적 시선을 통해서 전대의 서사문학과 차별성을 드러낼 수 있었으며, 다른 한편으로는 존왕주의적 어조를 통해 동시대의 계급문학과 날카롭게 대립할 수 있었다. 그의 민족주의는 여기에 이르러 비로소 사상적인 안식처를 발견한다. 하지만 사상적인 안식처를 발견한 순간 그의 문학은 이제 보수적이거나 혹은 퇴행적인 성격을 띨 수밖에 없게 되었다.